Brújula

Brújula

MATHIAS ENARD

Traducción de
Robert Juan-Cantavella

LITERATURA RANDOM HOUSE

El papel utilizado para la impresión de este libro ha sido fabricado a partir de madera procedente de bosques y plantaciones gestionadas con los más altos estándares ambientales, garantizando una explotación de los recursos sostenible con el medio ambiente y beneficiosa para las personas. Por este motivo, Greenpeace acredita que este libro cumple los requisitos ambientales y sociales necesarios para ser considerado un libro «amigo de los bosques». El proyecto «Libros amigos de los bosques» promueve la conservación y el uso sostenible de los bosques, en especial de los Bosques Primarios, los últimos bosques vírgenes del planeta.

Papel certificado por el Forest Stewardship Council®

MIXTO
Papel procedente de fuentes responsables
FSC
www.fsc.org
FSC® C117695

Título original: *Boussole*
Segunda edición: septiembre de 2016

© 2015, Actes Sud
© 2016, de la presente edición en castellano para todo el mundo:
Penguin Random House Grupo Editorial, S.A.U.
Travessera de Gràcia, 47-49. 08021 Barcelona
© 2016, Robert Juan-Cantavella, por la traducción

Ilustraciones:
p. 260: © Service Historique de la Défense, CHA/Caen
p. 265: © del periódico *El Jihad*, campo de Wünsdorf/Zossen;
extracto del álbum fotográfico de Otto Stiehl
Foto © BPK, Berlín, Dist. RMN-Grand Palais/image BPK
Las demás imágenes pertenecen al archivo privado del autor

Printed in Spain – Impreso en España

ISBN: 978-84-397-3181-8
Depósito legal: B-13.531-2016

Compuesto en La Nueva Edimac, S. L.
Impreso en Cayfosa (Barcelona)

RH31818

Penguin
Random House
Grupo Editorial

Die Augen schließ' ich wieder,
Noch schlägt das Herz so warm.
Wann grünt ihr Blätter am Fenster?
Wann halt' ich mein Liebchen im Arm?

[Cierro los ojos,
mi corazón sigue latiendo ardientemente.
¿Cuándo reverdecerán las hojas en la ventana?
¿Cuándo tendré a mi amor entre mis brazos?]

WILHELM MÜLLER Y FRANZ SCHUBERT,
«El viaje en invierno»

Somos dos fumadores de opio cada uno en su nube, sin ver nada fuera, solos, sin comprendernos jamás fumamos, caras agonizantes en un espejo, somos una imagen congelada a la que el tiempo confiere la ilusión del movimiento, un cristal de nieve deslizándose sobre una bola de escarcha cuyas complejas marañas no hay quien entienda, soy esa gota de agua condensada en el cristal de mi salón, una perla líquida que rueda y nada sabe del vapor que la engendró, ni menos todavía de los átomos que la componen y pronto servirán a otras moléculas, a otros cuerpos, a las nubes que tanto pesan esta noche sobre Viena: quién sabe sobre qué nuca goteará esta agua, contra qué piel, sobre qué acera, hacia qué río, y esta cara indistinta sobre el vidrio no es mía más que por un instante, una de las mil posibles configuraciones de la ilusión; mira, el señor Gruber pasea a su perro a pesar de la llovizna, lleva un sombrero verde y el impermeable de costumbre; se protege de las salpicaduras de los coches dando unos saltitos ridículos en la acera: el chucho cree que quiere jugar, así que brinca hacia su dueño y se lleva un buen sopapo cuando pone su pata mugrienta sobre el impermeable del señor Gruber, que acaba a pesar de todo por acercarse a la calzada para cruzar, las farolas alargan su silueta, charco ennegrecido en medio del mar de sombras de los grandes árboles, desgarrados por los faros sobre la Porzellangasse, y herr Gruber parece dudar de si hundirse o no en la noche del Alsergrund, como yo si abandonar o no mi contemplación de las gotas de agua, del termómetro y del ritmo de los tranvías que descienden hacia Schottentor.

La existencia es un reflejo doloroso, un sueño de opiómano, un poema de Rumi cantado por Shahram Nazeri, el *osti-*

nato del *zarb* hace vibrar ligeramente el cristal bajo mis dedos como la piel de la percusión, debería proseguir con mi lectura en lugar de mirar al señor Gruber desapareciendo bajo la lluvia, en lugar de prestarles mis oídos a los melismas arracimados del cantante iraní, cuya potencia y timbre podrían ruborizar a tantos de nuestros tenores. Debería parar el disco, imposible concentrarme; por más que he releído esta separata por décima vez no comprendo su misterioso sentido, veinte páginas, veinte páginas horribles, escalofriantes, que llegan a mis manos precisamente hoy, hoy que un médico compasivo puede que le haya puesto nombre a mi enfermedad y declarado mi cuerpo oficialmente enfermo, casi aliviado tras haberles asignado –beso mortal– un diagnóstico a mis síntomas, un diagnóstico que conviene confirmar iniciando un tratamiento, me dijo, para seguir la evolución, la evolución, en eso estamos, contemplando una gota de agua que evoluciona hacia la desaparición para reintegrarse en el Gran Todo.

No hay azar, todo está relacionado, diría Sarah, por qué recibo precisamente hoy este artículo por correo, una separata de otra época, un papel grapado en lugar de un PDF acompañado por un mensaje deseando «que te llegue bien», o por un e-mail que podría haberme transmitido alguna noticia, explicarme dónde está, qué es ese Sarawak desde donde escribe, que, según mi atlas, es un estado de Malasia situado en el noroeste de la isla de Borneo, a dos pasos de Brunéi y de su rico sultán, a dos pasos también, creo, de los gamelanes de Debussy y de Britten; pero el contenido del artículo es muy diferente; nada de música, aparte tal vez de un largo canto fúnebre; veinte hojas densas publicadas en el número de septiembre de *Representations*, hermosa revista de la Universidad de California en la que ella ya escribió otras veces. El artículo lleva una breve dedicatoria en la página de guarda, sin comentarios, «Para ti, mi muy querido Franz, con un gran abrazo, Sarah», y fue enviado el 17 de noviembre, es decir, hace dos semanas: todavía hacen falta dos semanas para que un correo haga el trayecto Malasia-Austria, o acaso ha escatimado en sellos, podría haber añadido una postal, qué significa esto, he recorrido todas las huellas que de ella quedan en el apartamento, sus artículos, dos libros, algunas fotografías, y hasta una versión de su tesis doctoral, impresa y encuadernada en skivertex rojo, dos grandes volúmenes de tres kilos cada uno:

«En la vida hay heridas que roen como una lepra el alma en la soledad», escribe el iraní Sadeq Hedayat al principio de su novela *La lechuza ciega*: ese hombre pequeño de gafas redondas lo sabía mejor que nadie. Fue una de esas heridas la que lo hizo abrir el gas en su apartamento de la calle Championnet de París, precisamente una noche de gran soledad, una noche de abril, muy lejos de Irán, muy lejos, con la única compañía de algunos poemas de Jayam y una sombría botella de coñac, tal vez, o una piedrecita de opio, o puede que nada, nada en absoluto, aparte de los textos que todavía guardaba consigo y que se llevó al gran vacío del gas.

No se sabe si dejó una carta o alguna otra señal aparte de su novela *La lechuza ciega*, terminada desde hacía tiempo y que, dos años después de su muerte, habría de valerle la admiración de los intelectuales franceses que jamás habían leído nada acerca de Irán: el editor José Corti publicará *La lechuza ciega* poco después de *El mar de las Sirtes*; Julien Gracq conocerá las mieles del éxito cuando el gas de la calle Championnet acaba de hacer su efecto, año 1951, y dirá que su *Mar* es la novela de «todas las podredumbres nobles», como las que acabaron por roer a Hedayat en el éter del vino y del gas. André Breton tomará partido por los dos hombres y por sus libros, demasiado tarde para salvar a Hedayat de sus heridas, si es que pudo haberse salvado, si es que el dolor no era, con enorme certeza, del todo incurable.

Ese hombre de gruesas gafas redondas vivió en el exilio como en Irán, tranquilo y discreto, hablando en voz baja. Su ironía y su feroz tristeza le valieron la censura, a menos que fuese su simpatía por los locos y los borrachos, o puede que su admiración por ciertos libros y determinados poetas; tal vez lo censuraron porque le gustaban el opio y la cocaína mientras se burlaba de los drogadictos; porque bebía solo, o asumía el pesar de no esperar ya nada de Dios, no hasta ciertas noches de enorme soledad, cuando el gas llama; puede que porque era miserable, o porque creía razonablemente en la importancia de sus escritos, o porque no creía en ellos, todo cosas que incomodan.

Lo cierto es que en la calle Championnet no hay placa que señale ni su paso ni su partida; en Irán no hay monumento que lo recuerde, a pesar del peso de la historia que lo vuelve ineludible, y el peso de su muerte, que pesa aún sobre sus compatriotas. Su obra vive hoy en Teherán como él murió, en la miseria y la clandestinidad, en los estantes de las librerías de lance o en reediciones truncas, desprovistas de cualquier alusión que pueda precipitar al lector a la droga o el suicidio; para preservar a la juventud iraní, tocada por la dolencia de la desesperanza, del suicidio y de la droga y que se abalanza pues, cuando logra hacerlo y con deleite, sobre los libros de Hedayat, que así de famoso y mal leído se une a los grandes nombres que lo rodean en Père-Lachaise, a dos pasos de Proust, tan sobrio en la eternidad como lo fue en vida, tan discreto, sin flores ostentosas ni demasiadas visitas; desde aquel día de abril de 1951 en que escoge el gas y la calle Championnet para poner término a todas las cosas, roído por una lepra del alma, imperiosa e incurable. «Nadie toma la decisión de suicidarse; el suicidio está en ciertos hombres, está en su naturaleza.» Hedayat escribe estas líneas a finales de los años veinte. Las escribe antes de leer y traducir a Kafka, antes de escribir su estudio sobre Jayam. Su obra se abre por el final. La primera recopilación que publica empieza con *Enterrado vivo*, *Zendé bé gour*, el suicidio y la destrucción, y describe claramente los pensamientos, o eso creemos, del hombre en el momento en que se entrega al gas veinte años más tarde, dejándose dormitar suavemente tras haberse asegurado de destruir sus papeles y sus notas, en la minúscula cocina invadida por el insoportable perfume de la primavera entrante. Destruyó sus manuscritos, puede que más valiente que Kafka, puede que porque no tiene a mano ningún Max Brod, puede que porque no confía en nadie, o porque está convencido de que es hora de desaparecer. Y si Kafka se va tosiendo, corrigiendo hasta el último minuto unos textos que querrá quemar, Hedayat parte en la lenta agonía del sueño pesado, su muerte ya escrita, veinte años antes, su vida atravesada por las llagas y las heridas de esa lepra que lo roía en soledad y que adivinamos está ligada a Irán, a Oriente, a Europa y a Occidente, como Kafka en Praga era a la vez alemán, judío y checo sin ser nada de todo eso, perdido más que cualquiera o acaso más libre que nadie. Hedayat sufría una de esas heridas del yo que te hacen tambalearte en el mundo, es esa falla la que se abrió hasta convertirse en grieta; hay en ello, como en el opio, en el alcohol, en todo lo que te abre en dos, no tanto una enfermedad como una decisión, una voluntad de resquebrajar el ser, hasta el fondo.

Si nos adentramos en este trabajo a través de Hedayat y su *Lechuza ciega* es porque nos proponemos explorar esa fisura, asomarnos a la grieta, introducirnos en la embriaguez de aquellas y aquellos que vacilaron demasiado en la alteridad; vamos a tomar de la mano a este hombre para bajar a observar las heridas que carcomen, las drogas, los más allá, y a explorar ese lapso, ese *barzakh*, el mundo entre los mundos en que caen los artistas y los viajeros.

Este prólogo es sin duda sorprendente, quince años después esas primeras líneas siguen resultando igual de desconcertantes: debe de ser tarde, mis ojos se cierran sobre el viejo manuscrito a pesar del *zarb* y la voz de Nazeri. En la defensa de su tesis, a Sarah la enfureció que le criticasen el tono «romántico» de su preámbulo y el paralelismo «absolutamente fuera de lugar» con Gracq y Kafka. Sin embargo Morgan, su director de tesis, trató de defenderla, de un modo por otra parte bastante ingenuo, diciendo que «siempre está bien hablar de Kafka», lo cual hizo suspirar a aquel jurado de orientalistas vejados y de mandarines adormecidos a los que solo el odio que sentían los unos por los otros podía sacar de su ensueño doctrinal; por otra parte, no tardaron en olvidar el preliminar tan inusitado de Sarah cuando le discutieron ciertas cuestiones de metodología, es decir, que no veían de qué manera «el paseo» (aquel viejo escupía la palabra como un insulto) podía tener algo de científico, incluso dejándose guiar por la mano de Sadeq Hedayat. Yo estaba de paso en París, contento ante la oportunidad de asistir por primera vez a una lectura de tesis «en la Sorbona» y de que fuese la suya, pero una vez pasadas la sorpresa y la diversión de descubrir el estado de vetustez de los pasillos, de la sala y del jurado, relegados a las profundidades de sabe Dios qué departamento perdido en el laberinto del conocimiento, donde cinco eminencias iban a dar muestras, una detrás de la otra, de su escaso interés por el texto del que se suponía que iban a hablar, haciendo esfuerzos sobrehumanos –como yo en la sala– por no dormirse, ese ejercicio me llenó de amargura y de melancolía, y cuando abandonamos el lugar (aula sin fasto, con pupitres de aglomerado hendido, resquebrajado, que no entrañaban el menor saber más allá de entretenidos grafitis y chicles pegados) con el fin de dejar que deliberasen, me vi asaltado por un poderoso deseo de largarme con viento fresco, bajar por el bulevar Saint-Michel y caminar por la orilla para no cruzarme con Sarah y que adivinase mis impresiones sobre la famosa lectura de tesis que tan importante iba a ser para ella. Había en el público una treintena de personas, tanto como decir una muchedumbre para el minúsculo pasillo al que nos vimos relegados; Sarah salió al mismo tiempo que la concurrencia, hablaba con una dama muy elegante y mayor que ella que yo sabía que era su madre, y con un hombre que se le parecía de un modo turbador, su hermano. Era imposible avanzar hacia la salida sin cruzarse con ellos, di media vuelta para contemplar los retratos de orientalistas que adornaban el pasillo, viejos grabados amarillentos y placas conmemorativas de una época fastuosa y añeja. Sarah charlaba, parecía agotada pero no abatida; puede que en el fragor del combate científico, tomando notas para preparar sus réplicas, hubiese tenido ella una sensación completamente diferente a la del público. Me vio y me hizo una señal con la mano. Yo había ido sobre todo para acompañarla, pero también para prepararme, aunque solo fuese en mi imaginación, de cara a mi propia lectura de tesis; y lo que acababa de presenciar no era precisamente alentador. Me equivocaba: tras unos minutos de deliberaciones, cuando de nuevo fuimos admitidos en la sala, le concedieron la nota más alta; el famoso presidente enemigo del «paseo» la elogió vivamente por su trabajo y hoy, releyendo una vez más el inicio de ese texto, hay que admitir que había algo potente e innovador en esas cuatrocientas páginas sobre las imágenes y las representaciones de Oriente, no-lugares, utopías, fantasmas ideológicos en los que se habían perdido muchos de cuantos quisieron recorrerlos; los cuerpos de los artistas, poetas y viajeros que habían tratado de explorarlos cayeron poco a poco en la destrucción; la ilusión roía, como decía Hedayat, el alma en soledad: eso que durante mucho tiempo se había llamado locura, melancolía, depresión, era a menudo el resultado de una fricción, la pérdida de uno mismo en la creación, al contacto con la alteridad, y aunque hoy en día me parece un poco precipitado, romántico, por así decirlo, sin duda ya había allí una auténtica intuición sobre la que ella habría de edificar todo su trabajo posterior.

Una vez emitido el veredicto y muy feliz por ella fui a felicitarla, ella me abrazó calurosamente y me preguntó pero qué haces aquí, yo le respondí, amable mentira, que un feliz azar me había llevado a París justo entonces, ella me invitó a unirme a sus allegados en la tradicional copa de champán y acepté; fue así como acabamos en el primer piso de un café del barrio, donde solían celebrarse ese tipo de acontecimientos. De repente Sarah parecía abatida, como si flotase en aquel traje sastre de color gris; sus formas habían sido tragadas por la Academia, en su cuerpo se apreciaba la huella del esfuerzo realizado durante las últimas semanas y meses: los cuatro años anteriores habían tendido hacia ese instante, no habían tenido otro sentido que ese instante, y ahora que corría el champán ella lucía una suave y rendida sonrisa de parturienta; sus ojos cansados, imaginé que por haberse pasado la noche revisando la exposición, demasiado excitada para conciliar el sueño. Gilbert de Morgan, su director de tesis, por supuesto estaba allí; yo ya lo conocía de Damasco. No ocultaba la pasión que sentía por su protegida, la miraba con un aire paternal que por obra y gracia del champán coqueteaba con el incesto: a la tercera copa, los ojos encendidos y las mejillas sonrosadas, solo y acodado a una mesa alta, sorprendí su mirada errando desde los tobillos hasta la cintura de Sarah, de abajo arriba y luego de arriba abajo; enseguida soltó un eructo melancólico y vació su cuarta copa. Advirtió que yo lo estaba observando, fijó en mí sus ojos furibundos y acabó por reconocerme y sonreírme, nosotros ya nos conocemos, ¿no? Le refresqué la memoria, sí, soy Franz Ritter, nos vimos en Damasco, con Sarah; claro, es cierto, el músico, y yo ya estaba tan acostumbrado a ese malentendido que respondí con una sonrisa boba. Aún no había cruzado más que un par de palabras con la aureolada, solicitada por todos sus amigos y parientes, y ya me hallaba arrinconado en compañía de ese gran sabio a quien, más allá de un aula o de una reunión de departamento, todo el mundo evitaba con esmero. Él me hacía preguntas de compromiso sobre mi propia carrera universitaria, preguntas a las que yo no sabía responder y que prefería ni siquiera formularme; sin embargo, él estaba más bien en forma, vigoroso, como dicen los franceses, por no decir lascivo o pícaro, y yo no podía ni imaginar que unos meses más tarde me lo iba a encontrar en Teherán, en unas circunstancias y un estado muy distintos, de nuevo en compañía de Sarah, que en aquel momento conversaba animadamente con Nadim; él acababa de llegar, ella tenía que explicarle todos los pormenores de la lectura, por qué no asistió, lo ignoro; también él era muy elegante, con una hermosa camisa blanca de cuello redondo que alumbraba su tez mate, su corta barba negra; Sarah le tomaba las manos como si fueran a ponerse a bailar. Yo me excusé ante el profesor y fui a su encuentro; Nadim me dio enseguida un abrazo fraternal que por un instante me devolvió a Damasco, a Alepo, al laúd de Nadim en la noche, embriagando las estrellas del cielo metálico de Siria, tan lejos, tan lejos, desgarrado no solo por los cometas sino por los misiles, por las granadas, los gritos y la guerra; imposible imaginar, en París en 1999, ante una copa de champán, que Siria iba a ser devastada por la peor violencia, que el zoco de Alepo ardería, el alminar de la mezquita de los Omeyas derribado, tantos amigos muertos o condenados al exilio; imposible incluso hoy en día imaginar el alcance de los estragos, el alcance de ese dolor desde un confortable y silencioso apartamento vienés.

Y ahora el disco se acaba. Qué fuerza en este fragmento de Nazeri. Qué sencillez mágica, mística, esa arquitectura de percusión que sostiene la lenta pulsación del canto, el ritmo lejano del éxtasis ansiado, un *zikr* hipnótico vertido en el oído que te acompaña durante horas. Nadim es hoy un solista de laúd internacionalmente reconocido, su matrimonio dio mucho que hablar entre la pequeña comunidad extranjera de Damasco, tan imprevisto, tan súbito que se volvía sospechoso a ojos de muchos y sobre todo de la embajada de Francia en Siria; una de las innumerables sorpresas a las que Sarah es asidua, siendo la última este sorprendente artículo sobre Sarawak: poco después de la llegada de Nadim me despedí de ellos, Sarah me agradeció mucho la visita, me preguntó si me iba a quedar unos días en París, si tendríamos tiempo de volver a vernos, yo respondí que al día siguiente regresaba a Austria; saludé respetuosamente al profesor universitario, ya completamente hecho polvo sobre su mesa, y me marché.

Salí del café y reanudé mi paseo parisino. Con pasos lentos sobre las hojas secas de los muelles del Sena, me puse a darle vueltas a la auténtica razón que debió de impulsarme a perder así mi tiempo, en la lectura de una tesis y la correspondiente celebración, y en el halo de luz circundante me parece entrever, en París, los brazos fraternales de los puentes sobresaliendo de la niebla, un momento de una trayectoria, de una deambulación cuyo fin y sentido no iban quizá a presentarse más que *a posteriori* y que evidentemente pasan por aquí, por

Viena, donde el señor Gruber regresa de su paseo con su chucho infecto: pasos torpes en la escalera, el perro que ladra; luego, por encima de mí, sobre mi techo, galopes y arañazos. El señor Gruber nunca ha sabido ser discreto y sin embargo es el primero en quejarse de mis discos, Schubert todavía tiene un pase, me dice, pero esas viejas óperas y esas músicas, hum... exóticas, no tienen por qué ser del agrado de todo el mundo, ya sabe a qué me refiero. Entiendo que la música le moleste, señor Gruber, y lo siento mucho. Solo quiero recordarle que, en su ausencia, mi oído ha desarrollado cuanta experiencia es posible e incluso imaginable en relación a su perro: y descubrí que solo Bruckner (y aun así, a niveles sonoros que rozan lo inaceptable) calma sus arañazos en el parqué y logra acallar sus ladridos sobreagudos, de los que, todo sea dicho, el edificio al completo se queja, lo cual me propongo desarrollar en un artículo científico de musicoterapia veterinaria que me valdrá sin duda alguna la felicitación de mis pares: «Efectos de los metales en el humor canino: desarrollo y perspectivas».

Tiene suerte Gruber de que yo mismo esté cansado, porque le atizaría un buen golpe de *tombak*, un poco de música exótica a todo trapo para él y su perro. Cansado de un largo día de recuerdos para escapar —a qué negarlo— de la perspectiva de la enfermedad, esta mañana ya de regreso del hospital abrí el buzón, pensé que el sobre acolchado contendría esos famosos resultados de los exámenes médicos que el laboratorio debe enviarme: antes de que el matasellos me sacase de mi error vacilé largos minutos si abrirlo o no. Yo creía a Sarah en algún lugar entre Darjeeling y Calcuta y va y aparece en una selva verdecida del norte de la isla de Borneo, en las antiguas posesiones británicas de esa isla barrigona. El monstruoso tema del artículo, el estilo seco, tan alejado de su acostumbrado lirismo, resulta escalofriante; hace semanas que no hemos cruzado ningún correo y justo cuando paso por el momento más difícil de mi vida reaparece de este modo tan peculiar; me he pasado el día releyendo sus textos, con ella, lo cual me ha permitido no pensar, alejarme de mí mismo, y aunque me había propuesto ponerme a corregir la disertación de una estudiante es hora de dormir, creo que voy a esperar a mañana por la mañana para sumergirme en las consideraciones de esta alumna, «Oriente en las óperas vienesas de Gluck», pero debo abandonar toda lectura porque el cansancio me cierra los ojos y tengo que irme a la cama.

La última vez que vi a Sarah, pasaba tres días en Viena por no sé qué motivo académico. (Yo, evidentemente, la invité a alojarse aquí, pero ella declinó mi invitación, alegando que la organización le ofrecía un hotel magnífico y muy vienés que no pensaba perderse por mi raído sofá, lo cual, reconozcámoslo, me pareció bastante mal.) Estaba estupenda y me citó en un café del distrito primero, uno de esos suntuosos establecimientos a los que la afluencia de turistas, señores del lugar, confiere un aire decadente que a ella le hacía gracia. Enseguida insistió en dar un paseo, a pesar de la llovizna, lo cual me contrarió, no me apetecía lo más mínimo pasearme como un turista en una tarde de otoño húmeda y fría, pero ella desbordaba energía y acabó por convencerme. Quería tomar el tranvía D hasta el final, allá arriba en Nussdorf, luego caminar un poco por el Beethovengang; yo le repliqué que caminaríamos más bien por el lodo, que más valía quedarse en el barrio; estuvimos errando por el Graben hasta la catedral, le conté dos o tres anécdotas sobre las canciones lascivas de Mozart que la hicieron reír.

—¿Sabes, Franz? —me dijo cuando pasábamos junto a las filas de calesas a un lado de la plaza de San Esteban—, hay algo muy interesante en los que piensan que Viena es la puerta de Oriente.

Lo cual también me hizo reír a mí.

—No, no, no te rías. Creo que escribiré sobre el tema, sobre las representaciones de Viena como *Porta Orientis*.

Los caballos tenían los ollares humeantes de frío y defecaban tranquilamente en bolsas de cuero enganchadas bajo la cola para no ensuciar los muy nobles adoquines vieneses.

—Por más que lo piense, no lo veo –le respondí–. La fórmula de Hofmannsthal, «Viena puerta de Oriente», me parece muy ideológica, sometida al *deseo* de Hofmannsthal en lo tocante al lugar del imperio en Europa. La frase es de 1917... Por supuesto, hay *ćevapčići* y páprika, pero aparte de eso, es más bien la ciudad de Schubert, de Richard Strauss, de Schönberg, en mi opinión nada muy oriental. E incluso en la representación, en la imaginería vienesa, aparte del cruasán me costaba entrever cualquier cosa que recordase a Oriente aunque fuese solo un poco.

Es un cliché, le asesté con desprecio sobre esa idea tan trillada y desprovista del menor sentido:

—No basta con haber tenido dos veces a los otomanos a sus puertas para convertirse nada menos que en la puerta de Oriente.

—La cuestión no es esa, la cuestión no está en la realidad de la idea. Lo que me interesa comprender es por qué y de qué manera son tantos los viajeros que han visto en Viena y en Budapest las primeras ciudades «orientales» y lo que eso puede enseñarnos sobre el sentido que le dan a la palabra. Y si Viena es la *puerta* de Oriente, ¿hacia qué Oriente se abre?

Su búsqueda del sentido de Oriente, interminable, infinita; reconozco que dudé de mis certezas, y pensándolo ahora, al apagar la luz, puede que en el cosmopolitismo de la Viena imperial hubiese algo de Estambul, algo del *Öster Reich*, del Imperio del Este, pero algo que hoy me parecía lejano, muy lejano. Hace mucho que Viena no es la capital de los Balcanes, y los otomanos ya no existen. Cierto que el imperio de los Habsburgo era el imperio de en medio, y con la calma de la respiración que precede al adormecimiento, escuchando los coches deslizándose sobre la húmeda calzada, la almohada todavía deliciosamente fresca contra mi mejilla, aún la sombra del latido del *zarb* en el oído, debo reconocer que sin duda Sarah conoce Viena mejor que yo, más profundamente, sin limitarse a Schubert o Mahler, como a menudo los extranjeros conocen una ciudad mejor que sus habitantes, perdidos en la rutina; ella fue quien me arrastró, hace ya mucho tiempo, antes de nuestra partida a Teherán, después de que yo me instalase aquí, me arrastró al Josephinum, el antiguo hospital militar donde se encuentra uno de los más atroces museos: la exposición de los modelos anatómicos de finales del siglo XVIII, concebidos para la formación de los cirujanos del ejército, para su aprendizaje, sin tener que depender de cadáveres ni padecer su olor; figuras de cera encargadas en Florencia a uno de los mayores talleres de escultura; entre los modelos expuestos en vitrinas de madera preciosa, sobre un cojín rosa desteñido por el tiempo, había una joven rubia de rasgos finos, acostada, el rostro vuelto hacia un lado, la nuca un tanto inclinada, los cabellos sueltos, una diadema de oro en la frente, los labios ligeramente entreabiertos, dos tiras de hermosas perlas alrededor del cuello, una rodilla a medio doblar, los ojos abiertos en un gesto más bien inexpresivo pero que, tras una larga observación, sugería abandono o por lo menos pasividad; desnuda por completo, el pubis más oscuro que la cabellera y ligeramente rizado, era de una enorme belleza. Abierta como un libro desde el pecho a la vagina, podían verse su corazón, sus pulmones, su hígado, sus intestinos, su útero, sus venas, como si la hubiese descuartizado cuidadosamente un criminal sexual de prodigiosa habilidad que le sajara el tórax, el abdomen para ponerla a punto, el interior de una caja de costura, de un carísimo reloj, de un autómata. Los largos cabellos desplegados sobre el cojín, la mirada calma, las manos medio replegadas sugerían incluso que podría haber sentido placer, y el conjunto, en su jaula de cristal con montantes de caoba, provocaba deseo y al mismo tiempo pavor, fascinación y repugnancia; y yo imaginaba a los jóvenes aprendices de médico descubriendo hace unos dos siglos aquel cuerpo de cera, por qué pensar en esas cosas antes de dormirme, más me valdría imaginar el beso de una madre en la frente, esa ternura esperada en la noche que no llega nunca en lugar de los maniquíes anatómicos abiertos de la clavícula al bajo vientre; en qué pensarían aquellos matasanos en ciernes frente al simulacro desnudo, acaso lograrían concentrarse en el sistema digestivo o respiratorio cuando la primera mujer que veían así, sin ropa, desde lo alto de sus gradas y de sus veinte años era una elegante rubia, una falsa muerta que el escultor se las había ingeniado para dotar de todos los aspectos de la vida empleando todo su talento en el pliegue de la rodilla, en la encarnación de los muslos, en la expresión de las manos, en el realismo del sexo, en el amarillo nervado de sangre del bazo, el rojo oscuro y alveolar de los pulmones. Sarah estaba extasiada ante aquella perversión, mira esos cabellos, es increíble, decía, están sabiamente dispuestos para sugerir indolencia, amor, y yo imaginaba un anfiteatro entero de estudiantes de medicina militar soltando un oh admirativo tras otro mientras un rudo profesor con bigotes descubría aquel modelo para contar, vara en mano, los órganos uno por uno y golpetear, con aire de entendido, al invitado especial del espectáculo: el minúsculo feto contenido en la matriz rosácea, a pocos centímetros del pubis de rubia pelambre, evanescente y delicada, de una finura que uno imagina como el reflejo de una dulzura terrorífica y prohibida. Fue Sarah quien me lo hizo notar, qué te parece, es una locura, está embarazada, y yo me pregunté si aquella gravidez cerosa era un capricho del artista o una exigencia de quien hizo el encargo, mostrar el eterno femenino en todas sus costuras, en todas sus posibilidades; aquel feto, una vez descubierto por encima del claro vellón, no hacía sino acentuar la tensión sexual que emanaba del conjunto, y una inmensa culpabilidad me acongojó por haber discernido la belleza en la muerte, una chispa de deseo en un cuerpo tan perfectamente despedazado: uno no podía abstenerse de imaginar el instante de la concepción de ese embrión, un tiempo perdido en la cera, ni de preguntarse qué hombre, de carne o de resina, habría penetrado esas entrañas tan perfectas para sembrarlas, y entonces volvía inmediatamente la cabeza; Sarah se rió de mi pudor, siempre me consideró un mojigato, sin duda porque se le escapaba que no era aquella escena en sí misma la que me hacía mirar hacia otro lado, sino la que aparecía en mi mente, en realidad mucho más turbadora: yo, o alguien que se parecía a mí, penetrando a aquella muerta viviente.

El resto de la exposición no le iba a la zaga: un desollado vivo descansaba tranquilamente con la rodilla plegada como si nada, a pesar de no conservar ni un centímetro cuadrado de piel, ni uno solo, para mostrar en toda su coloreada complejidad la circulación sanguínea; pies, manos, órganos diversos metidos en frascos de cristal, detalles de huesos, de articulaciones, de nervios y, en fin, todo lo que el cuerpo contiene de misterios grandes y pequeños, y desde luego tengo que pensar en ello ahora, esta tarde, esta noche, cuando esta mañana he leído el horrible artículo de Sarah, cuando a mí mismo me han anunciado la enfermedad y espero los malditos resultados del análisis, pasemos a otro tema, volvámonos; el hombre que intenta dormir se vuelve y es una nueva partida, un nuevo ensayo, respira profundamente.

Un tranvía traquetea bajo mi ventana, otro de los que baja por la Porzellangasse. Los tranvías que suben son más silenciosos, o puede que simplemente no sean tantos; quién sabe, puede que el gobierno municipal desee traer a los consumidores al centro, sin preocuparse luego por devolverlos a sus casas. Hay algo de musical en ese bamboleo, algo de *El ferrocarril* de Alkan, pero en más lento, Charles-Valentin Alkan, maestro olvidado del piano, amigo de Chopin, de Liszt, de Heinrich Heine y de Victor Hugo, de quien se cuenta que murió aplastado por su biblioteca tratando de tomar el Talmud de un anaquel; no hace mucho he leído que eso es falso, una más de las leyendas sobre el legendario compositor, tan brillante que fue olvidado durante más de un siglo, parece ser que murió aplastado por un perchero o una pesada estantería llena de sombreros, el Talmud no tuvo nada que ver, *a priori*. En todo caso su *Ferrocarril* para piano es absolutamente virtuoso, se aprecia el vapor, el rechinamiento de los primeros trenes; la locomotora galopa a mano derecha y sus bielas ruedan a la izquierda, lo que causa una impresión de desmultiplicación del movimiento para mí bastante extraña, y en mi opinión atrozmente difícil de tocar; kitsch, hubiese sentenciado Sarah, muy kitsch esa historia del tren, y no iría tan desencaminada, es cierto que las composiciones programáticas «imitativas» tienen algo de caduco, y sin embargo puede que haya ahí una idea para un artículo, «Ruidos de trenes: el ferrocarril en la música francesa», añadiendo a Alkan la *Pacific 231* de Arthur Honegger, los *Ensayos de locomotoras* de Florent Schmitt el orientalista y hasta el *Canto de ferrocarriles* de Berlioz; yo mismo podría componer una pequeña pieza, *Tranvías de porcelana*, para campanillas, *zarb* y cuencos tibetanos. Es muy posible que a Sarah esto último le pareciese kitsch, acaso vería la evocación del movimiento de una rueca, la carrera de un caballo o la deriva de una barca igualmente kitsch, seguro que no, creo recordar que ella apreciaba, como yo, los *Lieder* de Schubert, en cualquier caso solíamos hablar de ello. El madrigalismo es definitivamente una gran cuestión. No consigo sacarme a Sarah de la cabeza, en la frescura de la almohada, del algodón, en la ternura de las plumas, por qué me arrastró hasta ese increíble museo de cera, imposible acordarme; en qué andaba ella trabajando en aquel momento, cuando me instalé aquí, convencido de ser una especie de Bruno Walter llamado para secundar a Mahler el Grande en la Ópera de Viena cien años después: regresando victorioso de una campaña en Oriente, en Damasco precisamente, me habían enviado para secundar a mi maestro en la universidad y encontré casi enseguida este alojamiento a dos pasos del magnífico campus donde iba a oficiar, cierto que es aparentemente pequeño, pero agradable a pesar de los arañazos del animal de herr Gruber, y cuyo sofá cama, a pesar de lo que diga Sarah, es perfectamente honorable, la prueba: cuando vino por primera vez, cuando aquella extraña visita al museo de las bellas descuartizadas, durmió en él por lo menos una semana sin la menor queja. Encantada de ver Viena, encantada de que yo le descubriese Viena, decía, aunque fue ella la que me arrastró a los lugares más insospechados de la ciudad. Por supuesto, la llevé a ver la casa de Schubert y las numerosas moradas de Beethoven; por supuesto, pagué (sin reconocerlo, mintiéndole sobre el precio) una fortuna para que pudiésemos ir a la ópera: un *Simón Boccanegra* de Verdi lleno de espadas y de furor con la puesta en escena de Peter Stein el Grande, Sarah salió encantada, boquiabierta, pasmada por el lugar, la orquesta, los cantantes, el espectáculo, Dios sabe sin embargo que la ópera puede ser kitsch, pero aun así se rindió a Verdi y a la música, no sin llamar mi atención, como de costumbre, sobre una divertida coincidencia: ¿Te has dado cuenta de que el personaje manipulado a lo largo de la ópera se llama Adorno? El que cree tener razón, se rebela, se equivoca, pero acaba por ser proclamado dux. No me digas que no es curioso. Era incapaz de dejarse llevar, ni siquiera en la ópera. Qué hicimos luego, sin duda tomar un taxi para subir a cenar en un *Heuriger* y aprovechar el aire excepcionalmente tibio de la primavera, cuando las colinas vienesas huelen a parrilladas, a hierba y a mariposas, eso sí que me vendría bien, un poco de sol de junio en lugar de este interminable otoño y de esta lluvia incesante que golpea mi ventana; he olvidado correr las cortinas, menudo idiota, con las prisas de ir a acostarme y apagar la luz, voy a tener que levantarme, pero no, ahora no, no ahora que estoy en ese *Heuriger* bajo un emparrado bebiendo vino blanco con Sarah, posiblemente evocando Estambul, Siria, el desierto, quién sabe, o hablando de Viena y de música, de budismo tibetano, del viaje a Irán que empezaba a perfilarse. Las noches de Grinzing después de las noches de Palmira, el *Grüner Veltliner* después del vino libanés, la frescura de una tarde primaveral después de las veladas sofocantes de Damasco. Una tensión un poco molesta. Acaso ya hablaba de Viena como la *Puerta de Oriente*, me contrarió arremetiendo contra el *Danubio* de Claudio Magris, uno de mis libros preferidos: Magris es un habsburgués nostálgico, decía ella, su *Danubio* es terriblemente injusto con los Balcanes; cuanto más se adentra en ellos, menos información nos da. Los mil primeros kilómetros del curso del río ocupan más de dos tercios del libro y a los siguientes mil ochocientos no les dedica más que un centenar de páginas: tan pronto como deja Budapest no tiene casi nada más que decir, da la impresión (contrariamente a lo que anuncia en su introducción) de que toda la Europa del sudeste es mucho menos interesante, de que no ha sucedido ni se ha construido nada importante. Es una visión de la geografía cultural terriblemente «austrocentrista», una negación casi absoluta de la identidad de los Balcanes, de Bulgaria, de Moldavia, de Rumanía y sobre todo de su herencia otomana.

Junto a nosotros una mesa de japoneses engullía unas escalopas vienesas de un tamaño tan rocambolesco que colgaban por ambos lados de unos platos sin embargo desmesurados, orejas de oso de peluche gigante.

Y ella calentándose al decir aquello, sus ojos se habían ensombrecido, la comisura de sus labios temblaba un poco; no pude evitar reírme:

—Lo siento, no veo dónde está el problema; el libro de Magris me parece sabio, poético y a veces incluso divertido, un paseo, un paseo erudito y subjetivo, qué hay de malo en ello, está claro que Magris es un especialista en Austria, escribió una tesis sobre la visión del Imperio en la literatura austríaca del siglo diecinueve, pero qué quieres, no me moverás de la idea de que el *Danubio* es un gran libro, y lo que es más, un éxito mundial.

—Magris es como tú, un nostálgico. Un triestino melancólico que añora el Imperio.

Exageraba, por supuesto, auxiliada por el vino, se estaba dejando llevar, cada vez hablaba más alto, hasta tal punto que nuestros vecinos japoneses se volvían de vez en cuando hacia nosotros; comenzaba a ser un poco embarazoso; además, aunque la idea de un austrocentrismo a finales del siglo xx me parecía de lo más cómica, absolutamente divertida, con la palabra «nostálgico» me había herido.

—El Danubio es el río que une el catolicismo, la ortodoxia y el islam —añadió—. Eso es lo importante: es más que un vínculo, es… Es… un medio de transporte. La posibilidad de un pasaje.

La miré, parecía más calmada. Su mano sobre la mesa, un poco avanzada hacia mí. A nuestro alrededor, en el jardín verdecido del hostal, entre las cepas de los emparrados y los troncos de los pinos negros, las camareras con delantales bordados correteaban con pesadas bandejas cargadas de jarras que se iban desbordando a merced del paso de las jóvenes sobre la grava, su vino blanco tan frescamente tirado del barril que estaba turbio y espumoso. A mí me apetecía evocar recuerdos de Siria, pero allí estaba, disertando sobre el *Danubio* de Magris. Sarah.

—Olvidas el judaísmo —dije.

Ella me sonrió, más bien sorprendida; por un instante su mirada se iluminó.

—Sí, por supuesto, el judaísmo también.

Si fue antes o después de que me llevase al museo judío de la Dorotheergasse, ya no lo sé, pero estaba indignada, absolutamente desconcertada por «la indigencia» de aquel museo: incluso había redactado un «Comentario anexo a la guía oficial del Museo Judío de Viena», muy irónico, más bien hilarante. Debería volver uno de estos días, ver si las cosas han cambiado; en aquella época la visita estaba organizada por pisos, exposiciones temporales primero, luego colecciones permanentes. El recorrido *holográfico* de las personalidades judías eminentes de la capital le pareció de una vulgaridad sin igual, hologramas para una comunidad desaparecida, para fantasmas, qué evidencia tan horrible, sin mencionar la fealdad de las imágenes. Y aquello no era sino el inicio de su indignación. El último piso hizo que directamente se echase a reír, una risa que poco a poco se trocó en triste rabia: decenas de vitrinas rebosantes de objetos de todo tipo, cientos de copas, candelabros, filacterias, chales, miles de objetos propios del culto hebraico amontonados sin orden alguno, con una explicación sumaria y terrorífica: «Artículos expoliados entre 1938 y 1945, cuyos propietarios nunca se han dado a conocer», o algo parecido, botines de guerra encontrados entre las ruinas del Tercer Reich y amontonados bajo los tejados del Museo Judío de Viena como en el desván de un abuelo un tanto desordenado, pura acumulación, un montón de antiguallas para un anticuario sin escrúpulos. No tengo la menor duda, decía Sarah, de que lo hicieron con la mejor intención del mundo, antes de que el polvo les tomase la delantera y el sentido de este amontonamiento se perdiese totalmente para dejar sitio a un *cafarnaum*, que es el nombre de una ciudad de Galilea, no lo olvides, decía. Y así oscilaba entre la risa y la cólera; pero qué imagen de la comunidad judía, qué imagen, no me lo puedo creer, imagina a los niños de las escuelas que visitan el museo, van a creer que esos judíos desaparecidos eran unos plateros coleccionistas de palmatorias, y sin duda tenía razón, era deprimente y me hacía sentir un poco culpable.

La cuestión que atormentaba a Sarah desde nuestra visita al museo judío era la de la alteridad, de qué modo esa exposición eludía la cuestión de la diferencia para centrarse en ciertas «personalidades eminentes» que destacaban sobre lo «mismo», así como una acumulación de objetos privada del menor sentido que «desactivaba», decía ella, las diferencias religiosas, litúrgicas, sociales y hasta lingüísticas para presentar la cultura material de una civilización brillante y desaparecida. Parece el amontonamiento de escarabajos fetiche en las vitrinas de madera del Museo de El Cairo, o los cientos de puntas de flecha y de raspadores de hueso de un museo de la prehistoria, decía. El objeto llena el vacío.

Hete aquí que me encontraba tranquilamente en un *Heuriger* disfrutando de una magnífica velada de primavera y ahora tengo a Mahler y sus *Kindertotenlieder* en la cabeza, los cantos de los niños muertos, compuestos por quien solo tres años después de alumbrarlos habría de tener en sus brazos a su propia hija muerta en Maiernigg, Carintia, cantos cuyo horrible alcance no llegará a ser bien entendido hasta después de su propia desaparición en 1911: a veces el sentido de una obra es atrozmente amplificado por la historia, multiplicado, decuplicado en el horror. No hay azar, diría Sarah henchida de budismo, la tumba de Mahler se encuentra en el cementerio de Grinzing, a dos pasos de ese famoso *Heuriger* donde tan hermosa velada estábamos pasando a pesar de la «disputa» danubiana, y estos *Kindertotenlieder* son poemas de Rückert, primer gran poeta orientalista alemán junto con Goethe: Oriente, siempre Oriente.

No hay azar, pero todavía no he corrido las cortinas, y la lámpara esquinera de Porzellan me molesta. Ánimo; para quien acaba de acostarse, levantarse resulta un incordio, ya sea por haber omitido una necesidad natural que su cuerpo le recuerda súbitamente o por haber olvidado el despertador más allá de su alcance, es una putada, hablando vulgarmente, tener que salir del edredón, buscar con la punta del pie las pantuflas que no deberían estar lejos, decidir que al diablo las pantuflas para un trayecto tan corto, apresurarse hasta el cordón de las cortinas, resolverse a dar un rápido rodeo hasta el cuarto de baño, orinar sentado, los pies al aire para evitar un contacto prolongado con las frías baldosas, efectuar el trayecto inverso lo más rápido posible para regresar por fin a los sueños que nunca debería haber abandonado, con la misma melodía en una cabeza que ya descansa, por fin aliviada, sobre el cojín; de adolescente, esa era la única parte de Mahler que yo soportaba, y no solo eso, una de las raras piezas capaces de conmoverme hasta el llanto, el sollozo de ese oboe, ese canto terrorífico, yo ocultaba esa pasión como una tara un tanto vergonzosa y hoy es bien triste ver a Mahler tan prostituido, engullido por el cine y la publicidad, su hermoso rostro enjuto de tal modo utilizado para vender Dios sabe qué, hay que esforzarse para no detestar esa música que atesta los programas de orquesta, los anaqueles de los vendedores de discos y las radios; el año pasado, cuando se cumplía el centenario de su muerte, había que taparse los oídos de tanto como Viena rezumaba Mahler hasta por las más insospechadas grietas, veías a los turistas enfundados en camisetas con la efigie de Gustav, comprando pósters, imanes para sus frigoríficos y seguro que en Klagenfurt había cola para visitar su cabaña a orillas del Wörthersee; yo nunca fui, es una excursión que podría proponerle a Sarah, ir a recorrer la Carintia misteriosa; no hay azar, Austria está entre nosotros en medio de Europa, fue en Austria donde nos conocimos, yo acabé por volver y ella no dejó de visitarme. El Karma, el Destino, según el nombre que se le quiera dar a esas fuerzas en las que ella cree: la primera vez que nos vimos fue en Estiria con motivo de un coloquio, una de esas misas mayores del orientalismo organizadas a intervalos regulares por los tenores de nuestro ramo y en la que, como es debido, habían aceptado a algunos «jóvenes investigadores»; para ella, para mí, el bautismo de fuego. Yo hice el trayecto de Tubinga en tren, vía Stuttgart, Nuremberg y Viena, aprovechando el magnífico viaje para pulir los últimos detalles de mi intervención («Modos e intervalos en la teoría musical de Al-Farabi», título, por otra parte, absolutamente presuntuoso teniendo en cuenta las pocas certezas que contenía aquel resumen de mi disertación) y sobre todo para leer *El mundo es un pañuelo*, obra hilarante de David Lodge que constituía, o eso pensaba yo, la mejor introducción posible al mundo universitario (hace mucho tiempo que no lo releo, mira, eso podría amenizar una larga noche de invierno). Sarah presentaba una comunicación mucho más original y lograda que la mía, «Lo maravilloso en *Los prados de oro* de Al-Masudi», sacada de su tesis de licenciatura. Como único «músico», me hallaba yo en medio de un panel de filósofos; ella participaba de manera extraña en una mesa redonda sobre «Literatura árabe y ciencias ocultas». El coloquio tenía lugar en Hainfeld, hogar de Joseph von Hammer-Purgstall, primer gran orientalista austríaco, traductor de *Las mil y una noches* y del *Diván* de Hafez, historiador del Imperio otomano, amigo de Silvestre de Sacy y de todo cuanto la pequeña banda de los orientalistas de la época contaba como miembro, designado único heredero de una aristócrata muy mayor de Estiria que en 1835 le legó el título y el castillo, el *Wasserschloss* más grande de la región. Von Hammer el maestro de Friedrich Rückert, a quien enseñó persa en Viena, y con quien tradujo extractos del *Divan-e Shams* de Rumi, una conexión entre un castillo olvidado de Estiria y los *Kindertotenlieder*, que vincula a Mahler con la poesía de Hafez y con los orientalistas del siglo XIX.

Según el programa del coloquio, la Universidad de Graz, nuestra anfitriona en el ilustre palacio, había hecho bien las cosas; estaríamos alojados en las pequeñas ciudades de Feldbach o de Gleisdorf, muy cercanas; un autobús especialmente fletado nos llevaría cada mañana a Hainfeld y nos devolvería después de la cena, servida en el castillo; habían preparado tres salas del edificio para los debates, siendo una de ellas la espléndida biblioteca del propio Hammer, cuyas estanterías seguían guarnecidas por sus colecciones, y, la guinda del pastel, la oficina de turismo de Estiria propondría allí mismo y de forma permanente degustaciones y venta de productos locales: todo parecía particularmente «auspicioso», como hoy diría Sarah.

El lugar era completamente asombroso.

Los amplios fosos de recreo, atrapados entre una granja moderna, un bosque y una ciénaga, rodeaban un edificio de dos pisos con tejados inclinados cubiertos con tejas oscuras que cerraban un patio cuadrado de cincuenta metros de lado; tan extrañamente proporcionado que, desde el exterior, y a pesar de las amplias torres angulares, el castillo parecía demasiado bajo para semejantes dimensiones, aplastado en la llanura por la palma de un gigante. Las austeras paredes exteriores perdían su gris revestimiento en grandes placas que descubrían los ladrillos y solo el vasto porche de la entrada –un túnel largo y oscuro abovedado en ojiva rebajada– conservaba su esplendor barroco y sobre todo, para sorpresa de todos los orientalistas que cruzaban ese umbral, una inscripción en árabe caligrafiada en alto relieve en la piedra, que protegía la morada y a sus habitantes mediante sus bendiciones: se trataba sin la menor duda del único *Schloss* de toda Europa que esgrimía así el nombre de Alá todopoderoso en su frontispicio. Al bajar del autobús me pregunté qué podía estar contemplando, la cabeza alzada, aquella manada de académicos, hasta que también yo quedé estupefacto ante el pequeño triángulo de arabescos perdido en tierras católicas, a solo unos kilómetros de las fronteras húngara y eslovena: ¿se había traído Hammer esa inscripción de uno de sus numerosos viajes, o acaso la hizo copiar con esfuerzo a un cantero local? Aquel mensaje árabe de bienvenida era solo la primera de las sorpresas, la segunda también estaba tallada: una vez atravesado el túnel de la entrada, de repente tenías la impresión de hallarte en un monasterio español, incluso en un claustro italiano; alrededor del inmenso patio y sobre sus dos pisos corría una interminable arcada, de arcos de color tierra de Siena, interrumpida únicamente por una blanca capilla barroca cuyo campanario de cúpula bulbosa contrastaba con el aspecto meridional del conjunto. Toda la circulación del castillo se articulaba, pues, por ese inmenso balcón al cual daban, con monástica regularidad, las numerosas estancias, algo del todo sorprendente en un rincón de Austria cuyo clima en invierno no era precisamente célebre por contarse entre los más suaves de Europa pero que se explicaba, como supe más tarde, por el hecho de que el arquitecto, un italiano, no visitó la región más que en verano. El valle del Raba, siempre y cuando permaneciésemos en aquel patio sobredimensionado, adquiría de este modo un aire a la Toscana. Estábamos a principios de octubre y al día siguiente de nuestra llegada a la Marca de Estiria, a casa del difunto Joseph von Hammer-Purgstall, no tuvimos muy buen tiempo; un tanto aturdido por mi viaje en tren, yo había dormido como un lirón en un pequeño y aseado hostal en el corazón de un pueblo que (puede que debido al cansancio del trayecto o a la densa niebla en el camino que serpenteaba entre las colinas hasta llegar a Graz) me pareció mucho más alejado de lo que los organizadores habían anunciado; dormir como un lirón, ha llegado el momento de pensar en ello, quizá también ahora debiera arreglármelas para amodorrarme, un largo viaje en tren, una carrera por las montañas, o recorrer los tugurios para tratar de conseguir una bolita de opio, pero en el Alsergrund no tengo muchas opciones de dar con una banda de *teriyaki* iraníes: desgraciadamente, en nuestros días, víctima del mercado, Afganistán exporta sobre todo heroína, una sustancia todavía más horrorosa que las píldoras prescritas por el doctor Kraus, pero tengo esperanzas, tengo esperanzas de conciliar el sueño, de lo contrario en algún momento el sol acabará por salir. Todavía con este aire de desgracia en la cabeza. Hace diecisiete años (tratemos, mediante un movimiento de almohada, de disipar a Rückert, a Mahler y a todos los niños muertos) Sarah era mucho menos radical en sus posiciones, o puede que igual de radical, pero más tímida; trato de verla de nuevo bajando de aquel autocar ante el castillo de Hainfeld, los cabellos pelirrojos, largos y ensortijados; las mejillas rollizas y las pecas le conferían un aire infantil que contrastaba con su mirada profunda, casi dura; ya entonces tenía un no-sé-qué oriental en el rostro, en la tez y en la forma de los ojos que según creo se acentuó con la edad, en alguna parte debo de tener fotos, sin duda no de Hainfeld pero sí muchas imágenes olvidadas de Siria y de Irán, hojas de álbum, ahora me encuentro tranquilo, aletargado, mecido por el recuerdo de aquel coloquio austríaco, del castillo de Hammer-Purgstall y de Sarah en su atrio, contemplando la inscripción árabe con un incrédulo cabeceo y aire deslumbrado, el mismo cabeceo que tantas veces he visto oscilar entre la admiración, la perplejidad y la apática frialdad, esa de la que hace gala cuando la saludo por primera vez, después de su intervención, atraído por la calidad de su texto y, por supuesto, por su enorme belleza, el mechón rojizo que oculta su rostro cuando, un tanto emocionada los primeros minutos, lee su papel sobre los monstruos y los milagros de *Los prados de oro*: vampiros terroríficos, genios, *hinn*, *nisnas*, *hawatif*, criaturas extrañas y peligrosas, prácticas mágicas y adivinatorias, pueblos semihumanos y animales fantásticos. Me acerco a ella atravesando la multitud de sabios que se arracima en torno al bufet en la pausa para el café, en uno de esos balcones con arcadas que se abren al tan italiano patio del castillo estiriano. Está sola, apoyada en la baranda, una taza vacía en la mano; observa la fachada blanca de la capilla en la que se refleja el sol de otoño y yo le digo discúlpeme, magnífica intervención sobre Al–Masudi, increíbles todos esos monstruos, y ella me sonríe amablemente sin responder nada, mirando cómo me debato entre su silencio y mi timidez: enseguida comprendo que espera a ver si voy a perderme en trivialidades. Y yo me contento con proponerle si quiere que le llene la taza, me sonríe de nuevo y cinco minutos más tarde estamos conversando animadamente, hablando de guls y de djinns; lo más fascinante, me dice, es la selección que opera Masudi entre criaturas *atestiguadas, verídicas,* y puras invenciones de la imaginación popular: para él los djinns y los guls son perfectamente reales, ha reunido testimonios que para sus criterios de comprobación resultan aceptables, mientras que los *nisnas,* por ejemplo, o los grifos y el fénix, son leyendas. Masudi nos enseña numerosos detalles sobre la vida de los guls: en tanto que su forma y sus instintos los aíslan de todos los seres, dice, buscan la más salvaje soledad y solo les gustan los desiertos. En cuanto al cuerpo, comparten cualidades con el hombre y a la vez con el animal más brutal. Lo que más le interesa al «naturalista» que es Masudi es comprender cómo nacen y se reproducen los guls, si es que se trata de animales: las relaciones carnales con humanos, en medio del desierto, se contemplan como una posibilidad. Pero la tesis que él privilegia es la de los sabios de la India, que consideran que los guls son una manifestación de la energía de ciertas estrellas, cuando ascienden.

Otro participante en el congreso se suma a nuestra conversación, parece muy interesado en las posibilidades de acoplamiento entre seres humanos y guls; es un francés más bien simpático llamado Marc Faugier, que se define con mucho humor como un «especialista del acoplamiento árabe»; Sarah se enzarza en unas explicaciones bastante terroríficas sobre los encantos de esos monstruos: en Yemen, dice, si un hombre ha sido violado en sueños por un gul, lo cual se detecta por una intensa fiebre y pústulas en malos sitios, utilizan una triaca compuesta de opio y de plantas aparecidas en ascensión de la estrella del Perro, así como talismanes y encantamientos; si le sobreviene la muerte, hay que quemar el cuerpo la noche siguiente al deceso para evitar el nacimiento del gul. Si el enfermo sobrevive, lo cual es raro, entonces se le tatúa en el pecho un dibujo mágico; en cambio, ningún autor describe, aparentemente, el nacimiento del monstruo... los guls, vestidos con harapos, con viejas mantas, procuraban desviar a los viajeros cantándoles canciones; son un poco las sirenas del desierto: si su cara y su olor auténticos son los de un cadáver en descomposición, tienen sin embargo el poder de transformarse para encantar al hombre extraviado. Un poeta árabe preislámico, apodado Ta'abbata Sharran, «aquel que lleva la desgracia bajo el brazo», habla de su relación amorosa con un gul hembra: «Al aparecer la aurora –dice–, se presentó ante mí para ser mi compañera; le pedí sus favores y se arrodilló. Si me preguntan por mi amor, diré que se esconde entre los pliegues de las dunas».

El francés tiene pinta de encontrar todo eso alegremente repugnante; a mí esa pasión del poeta y el monstruo me parece más bien conmovedora. Sarah es inagotable; continúa hablando, en el balcón, mientras la inmensa mayoría de los sabios regresa a sus paneles y trabajos. Pronto nos quedamos solos, fuera, los tres, ante el sol poniente; la luz es anaranjada, últimos destellos de sol o primeras luces eléctricas en el patio. Los cabellos de Sarah brillan.

–¿Sabéis que también este castillo de Hainfeld oculta monstruos y maravillas? Es, por supuesto, el hogar de Hammer el orientalista, pero es también el lugar que inspiró a Sheridan Le Fanu su novela *Carmilla*, la primera historia de vampiros, que estremecerá a la buena sociedad británica una década antes que *Drácula*. En literatura, el primer vampiro es una mujer. ¿Habéis visto la exposición de la planta baja? Es absolutamente increíble.

La energía de Sarah es extraordinaria; me fascina; la sigo por los pasillos de la inmensa morada. El francés se ha quedado con sus actividades científicas, Sarah y yo hacemos novillos, en la noche de sombras y capillas olvidadas, en busca de la memoria de los vampiros de la Estiria misteriosa: la exposición, en realidad, más que en la planta baja está en el subsuelo, en unos abovedados sótanos acondicionados para la ocasión; somos los únicos visitantes; en la primera sala, varias grandes crucifixiones de madera pintada se alternan con viejas alabardas y representaciones de hogueras: mujeres andrajosas ardiendo, «las brujas de Feldbach», explica el comentario; el escenógrafo no nos ahorra el sonido, unos lejanos alaridos ahogados en salvajes crepitaciones. Quedo turbado por la gran belleza de esos seres que pagan su comercio con el Demonio y que los artistas medievales muestran medio desnudas, carne ondulante en las llamas, ondinas malditas. Sarah observa y comenta, su erudición es extraordinaria, cómo puede conocer tan bien todos esos relatos, todas esas historias de Estiria, si también ella acaba de llegar a Hainfeld, resulta casi inquietante. Yo empiezo a estar asustado, en el húmedo sótano me falta el aire. La segunda sala está dedicada a los filtros, a los brebajes mágicos; una pila de granito grabado con runas contiene un líquido negro y poco apetecible, cuando nos acercamos resuena una melodía al piano en la que creo reconocer un tema de Georges Gurdjieff, de sus composiciones esotéricas; en la pared, a la derecha, una representación de Tristán e Isolda en el barco ante un tablero de ajedrez; Tristán bebe en una gran copa que sostiene en su mano derecha mientras un paje con turbante vierte en otra el filtro a Isolda, quien mira el tablero y sujeta una pieza entre el pulgar y el índice; detrás de ellos, la sirvienta Brangania los observa y el mar infinito despliega sus ondulaciones. De repente me asalta la sensación de hallarme en el bosque oscuro, cerca de esa fuente de granito, en *Peleas y Melisande*; Sarah se divierte arrojando una onda al líquido negro, y eso hace que aumente el volumen de la amplia y misteriosa melodía de Gurdjieff; yo la miro, sentada en el brocal de la pila de piedra; sus largos rizos acarician las runas mientras su mano se zambulle en el agua sombría.

La tercera sala, sin duda una antigua capilla, es la de *Carmilla* y los vampiros. Sarah me cuenta cómo el escritor irlandés Sheridan Le Fanu pasó todo un invierno en Hainfeld, unos años antes de que Hammer el orientalista se instalase; *Carmilla* está inspirada en una historia real, dice: el conde Purgstall acogió a una de sus parientes huérfanas llamada Carmilla, que inmediatamente estableció una profunda amistad con su hija Laura, como si se conociesen desde siempre; enseguida se hacen íntimas; comparten secretos y pasiones. Laura empieza a soñar con animales fantásticos que la visitan por la noche, la abrazan y la acarician; a veces, en sus sueños, se transforman en Carmilla, hasta tal punto que Laura acaba por preguntarse si Carmilla no será un joven disfrazado, lo cual explicaría su turbación. Laura cae aquejada de una enfermedad de languidez que ningún médico acierta a curar, hasta que a oídos del conde llega un caso semejante, a unos kilómetros de allí: hace varios años murió una joven, dos agujeros redondos en la garganta, víctima del vampiro Millarca Karstein. Carmilla no es otra cosa que el anagrama y la reencarnación de Millarca; ella es quien chupa la vitalidad de Laura: el conde deberá matarla y devolverla a la tumba mediante un ritual aterrador.

Al fondo de la cripta donde unos grandes tableros rojo sangre explican la relación de Hainfeld con los vampiros hay una cama con baldaquín, una cama bien hecha, con sábanas blancas, con ebanistería tapizada y velos de seda brillantes que el escenógrafo de la exposición ha iluminado desde abajo con luces muy suaves; sobre la cama, el cuerpo de una joven acostada con un vestido vaporoso, una estatua de cera que imita el sueño o la muerte; tiene dos marcas rojas en el torso, a la altura del seno izquierdo, que la seda o el encaje dejan apreciar por completo; Sarah se acerca, fascinada; se inclina sobre la joven, acaricia despacio sus cabellos, su pecho. Yo me siento incómodo, me pregunto qué significa esa súbita pasión, hasta que también yo siento un deseo sofocante: observo los muslos de Sarah bajo las medias negras rozando la tela ligera del blanco camisón, sus manos acariciando el vientre de la estatua, siento vergüenza por ella, mucha vergüenza, de repente me ahogo, inspiro profundamente, levanto la cabeza de la almohada, estoy en la oscuridad, me queda esa última imagen, esa cama barroca, esa cripta horrorosa y al mismo tiempo hermosa, abro la boca para aspirar el aire fresco de mi cuarto, el contacto tranquilizador de la almohada, el peso del edredón.

Una gran vergüenza mezclada con rastros de deseo, eso es lo que queda.

Qué memoria en los sueños.

Despierto sin haber dormido, procurando atrapar, en mí mismo, los jirones del placer del otro.

Hay rincones más fáciles de iluminar, otros más oscuros. El líquido sombrío tiene que ver sin duda con el terrorífico artículo que he recibido esta mañana. No deja de ser curioso que Marc Faugier se inmiscuya en mis sueños, hace años que no lo veo. Especialista en el coito árabe, seguro que eso le haría gracia. Por supuesto, no estaba presente en aquel coloquio. Por qué ha aparecido, por qué secreta asociación, imposible saberlo.

Estaba bien el castillo de Hainfeld, pero en el sueño todavía me parecía más grande. Siento una falta física muy fuerte, ahora, el dolor de una separación, como si acabasen de privarme del cuerpo de Sarah. Los filtros, los sótanos, las jóvenes muertas: vuelvo a pensarlo y tengo la impresión de estar yo mismo acostado bajo aquel baldaquín, anhelando ardientemente las caricias consoladoras de Sarah, sobre mi propia cama de muerto. La memoria es muy sorprendente, el horrible Gurdjieff, Dios mío. Qué venía a hacer él allí, ese viejo ocultista oriental, estoy seguro de que esa melodía dulce e hipnótica no es suya, los sueños superponen máscaras, y este era bien oscuro.

De quién es esa pieza para piano, lo tengo en la punta de la lengua, podría ser Schubert, pero no es él, puede que un pasaje de una *Romanza sin palabras* de Mendelssohn, en todo caso no es algo que escuche a menudo, está claro. Si me duermo enseguida quizá vuelva a encontrarla, con Sarah y los vampiros.

Que yo sepa en el castillo de Hammer no había cripta alguna, ni cripta ni exposición, en la planta baja había un albergue completamente estiriano donde servían escalopas, gulasch y *Serviettenknödel*; sí que es cierto que enseguida simpatizamos, Sarah y yo, aunque sin guls ni coitos sobrenaturales, íbamos a comer siempre juntos y recorrimos ampliamente las estanterías de la biblioteca del asombroso Joseph von Hammer-Purgstall. Yo le traducía los títulos alemanes que a ella le costaba descifrar; su nivel de árabe, muy superior al mío, le permitía explicarme el contenido de obras de las que yo no entendía nada, y así pasamos solos mucho tiempo, hombro con hombro, mientras todos los orientalistas se precipitaban sobre la comida, por miedo a que no hubiese bastantes patatas para todo el mundo; apenas la conocía de un día y ya estábamos el uno contra el otro, inclinados sobre un viejo libro; mis ojos debían de bailar sobre las líneas y el corazón se me encogía, sentía el perfume de sus rizos por vez primera; experimentaba la potencia de su sonrisa y de su voz por vez primera: resulta muy extraño pensar que, sin ninguna vigilancia especial, en aquella biblioteca cuya enorme ventana (único accidente de la fachada exterior, de una regularidad que rozaba la monotonía) se abría a un pequeño balcón que sobrevolaba el foso sur, teníamos entre las manos una recopilación de poemas de Friedrich Rückert dedicado de su puño y letra a su viejo maestro Hammer-Purgstall; escritura holgada e inclinada, firma compleja y un tanto amarilleada, fechada en Neuses, en alguna parte de Franconia, en 1836, mientras ante nosotros se estremecían, al borde del agua, esos acorus aromáticos llamados *Calamus* en los que en otros tiempos tallaban los cálamos. «Beshnow az ney tchoun hekayat mikonad», «Escucha al *ney*, cómo cuenta historias», se dice al principio del *Masnavi* de Rumi; era maravilloso descubrir que esos dos traductores del persa, Hammer y Rückert, estaban allí juntos, mientras fuera los juncos nos ofrecían una majestuosa sinestesia, convocando, de golpe, la ternura de los lieder de Schubert y de Schumann, la poesía persa, las plantas acuáticas usadas allá en Oriente para hacer flautas y nuestros dos cuerpos, retenidos inmóviles y apenas rozándose en la luz casi ausente —de época— de aquella biblioteca de inmensas estanterías de madera combadas por el peso de los años o de las obras tras sus vitrinas de preciosa marquetería. Le leí a Sarah algunos poemas de aquella pequeña recopilación de Rückert, traté de traducírselos lo mejor que pude; seguro que aquella traducción a primera vista no fue precisamente brillante, pero no quería dejar escapar el momento, me tomé mi tiempo, lo reconozco, y ella no hizo el menor gesto para acortar mis vacilaciones, como si leyésemos un juramento.

Un extraño juramento, pues apostaría a que ella ya no recuerda ese momento o, más bien, que ella nunca le dio la misma importancia que yo; la prueba: el artículo contra natura que me ha llegado esta mañana, sin nota alguna, que me ha hecho tener pesadillas dignas de un viejo opiómano.

Pero ahora, los ojos completamente abiertos, suspirando, un poco febriles, voy a intentar volver a dormirme (escalofríos en las pantorrillas, siento calor extremo padeciendo frío, como quien dice) y olvidar a Sarah. Hace tiempo que no cuento ovejitas; «Go to your happy place», le decían a un agonizante en una serie de televisión, cuál sería mi *happy place*, me pregunto, algún lugar de la infancia, a orillas de un lago en verano en el Salzkammergut, una opereta de Franz Lehár en Bad Ischl, o los coches de choque con mi hermano en Prater, posiblemente en Turena en casa de la abuela, país que nos parecía extraordinariamente exótico, extranjero sin serlo, donde la lengua materna por la que en Austria casi sentíamos vergüenza de repente se volvía mayoritaria: en Ischl todo era imperial y danzante, en Turena todo era francés, asesinábamos gallinas y patos, recogíamos alubias verdes, cazábamos gorriones, comíamos quesos putrefactos envueltos en ceniza, visitábamos castillos de cuento de hadas y jugábamos con unos primos cuyo idioma no acabábamos de entender, porque nosotros hablábamos un francés de adultos, el francés de nuestra madre y de algunos francófonos de nuestro entorno, un francés de Viena. No me cuesta verme como rey del jardín con un palo en la mano, como capitán en una gabarra descendiendo el Loira bajo los muros de Alexandre Dumas en Montsoreau, en bicicleta en las viñas de los alrededores de Chinon; esos territorios de la infancia me provocan un terrible dolor, puede que debido a su brutal desaparición, que prefigura la mía, la enfermedad y el miedo.

¿Y una nana? Probemos el catálogo de las nanas: Brahms, que suena como una caja de música barata que todos los niños de Europa han oído en su cama, en el interior de un peluche azul o rosa, Brahms el Volkswagen de la nana, masivo y eficaz, no hay nada que adormezca más rápidamente que Brahms, ese villano barbudo saqueador de Schumann sin su audacia ni su locura; Sarah adoraba uno de los sextetos de Brahms, el primero sin duda, opus 18 si mal no recuerdo, con un tema, cómo decirlo, avasallador. Es divertido, el auténtico himno europeo, el que resuena desde Atenas hasta Reikiavik y pende sobre nuestras simpáticas cabezas rubias es esa endemoniada nana de Brahms, atrozmente simple como lo son los más eficaces golpes de espada. Antes de él Schumann, Chopin, Schubert, Mozart y *tutti quanti*, mira, ahí podría haber un proyecto de artículo, el análisis de la nana como género, con sus efectos y sus prejuicios; pocas nanas para orquesta, por ejemplo, la nana pertenece por definición a la música de cámara. No existe, que yo sepa, nana alguna con electrónica o para piano preparado, aunque habría que verificarlo. ¿Sería capaz de recordar una nana contemporánea? Arvo Pärt, el ferviente estonio, compuso nanas, nanas para coros y conjuntos de cuerda, nanas para adormecer monasterios enteros, hablé de ello en mi nota asesina sobre su pieza para orquesta *Oriente-Occidente*: no cuesta imaginar dormitorios enteros de frailecillos cantando antes de dormirse bajo la dirección de barbudos popes. Sin embargo, es de ley reconocerlo, hay algo de consolador en la música de Pärt, algo de ese deseo espiritual de las masas occidentales, deseo de músicas simples sonando como campanas, de un *Oriente* donde nada se habría perdido de la relación que une al hombre con el cielo, un *Oriente* cercano a *Occidente* por el credo cristiano, un resto espiritual, una corteza para los tiempos de desamparo; qué nana para mí, pues, acostado en la oscuridad, aquí y ahora, mientras siento miedo, siento miedo, siento miedo del hospital y de la enfermedad; trato de cerrar los ojos pero aprehendo ese cara a cara con mi cuerpo, con los latidos de mi corazón que voy a encontrar demasiado rápidos, los dolores que, cuando uno se interesa por ellos, se multiplican en todos los rincones de la carne. El sueño debería llegar por sorpresa, por detrás, como te estrangula o te decapita el verdugo, como te golpea el enemigo; podría tomarme una pastilla, simplemente, en lugar de acurrucarme como un perro henchido de angustia entre mis mantas sudadas que ahora retiro, demasiado calor ahí debajo, volvamos a Sarah y a la memoria, pues son tan inevitables la una como la otra; también ella sufre su enfermedad, muy diferente de la mía, por supuesto, pero aun así una enfermedad. Esta historia de Sarawak puede que confirme mis dudas, acaso no se habrá perdido también ella, perdida en cuerpo y alma en Oriente como todos esos personajes a los que tanto estudió.

Lo que realmente selló nuestra amistad, después de Hainfeld y de las lecturas de Rückert, fue la pequeña excursión que hicimos cuando acabó el coloquio a treinta kilómetros de allí; ella me invitó a acompañarla, yo evidentemente acepté, mintiendo sobre la posibilidad de cambiar mi billete de tren; después, por tanto, de una pequeña mentira, participé en ese paseo, en perjuicio del camarero del albergue que conducía el coche y contaba, no hay duda, con quedarse a solas con Sarah en pleno campo. Ahora veo claramente que ese fue sin duda el motivo de la invitación, yo iba a hacer de carabina, anular cualquier asomo de romanticismo en aquella expedición. Y eso no es todo, como Sarah sabía muy poco alemán y el inglés del improvisado chófer era bastante flojo, a mí (de esto me di cuenta, para mi desgracia, bastante rápido) me tocaba alimentar la conversación. Yo estaba medianamente impresionado por lo que Sarah quería ver, la razón de aquella excursión: el monumento a la batalla de San Gotardo, más exactamente en Mogersdorf, a tiro de flecha desde Hungría; a qué se debía su interés por una batalla de 1664 contra los otomanos, victoria del Sacro Imperio y de sus aliados franceses, en un pueblo perdido, una colina que domina el valle del Raba, afluente del Danubio que fluye a unos cientos de metros de los juncos de Hainfeld, no tardaría en averiguarlo, pero antes iba a tener que sufrir tres cuartos de hora de palabrería con un joven no especialmente afable, muy decepcionado de verme allí, a su lado, donde él había imaginado a Sarah con su minifalda: yo mismo me preguntaba por qué me había embarcado en todos aquellos gastos, billete de tren, noche de hotel suplementaria en Graz, para comentar si llueve o deja de llover con aquel tipo del albergue que, para ser sinceros, no era un mal tipo. (Ahora me doy cuenta de que Sarah, tranquilamente sentada detrás, debía de estar pasándoselo bomba tras conseguir desbaratar dos trampas eróticas de una sola vez, con dos pretendientes que se anulaban mutuamente en triste y recíproca decepción.) Él era de Riegersburg y había estudiado en la escuela hotelera del lugar; durante el camino nos contó una o dos anécdotas sobre el *burg* de Gallerin, feudo de los Purgstall, nido de águila posado desde el año mil en lo alto de una aguja que ni los húngaros ni los turcos consiguieron nunca tomar. El valle del Raba alimentaba una frondosidad anaranjada por el otoño, y a nuestro alrededor las colinas y los viejos volcanes extintos del camino reverdecían hasta el infinito bajo el cielo gris, alternando a un lado y al otro bosques y viñas, un perfecto paisaje *Mitteleuropa*; para completar el cuadro solo faltaban algunas capas de niebla y los gritos de hadas o de brujas como fondo sonoro; empezó a caer una fina llovizna; eran las once de la mañana pero muy bien podrían haber sido las cinco de la tarde, yo me preguntaba qué pintaba allí, aquel domingo, pudiendo estar tranquilamente en mi tren a Tubinga en lugar de dirigirme a un campo de batalla perdido con una desconocida o casi y el camarero de un albergue rural que no debía de hacer ni un año que disponía de carnet de conducir; poco a poco fui enfadándome en el coche; estaba claro que en algún cruce nos habíamos equivocado y que así habíamos llegado a la frontera húngara, ante la ciudad de Szentgotthárd cuyos edificios vislumbrábamos más allá de las casetas de la aduana; el joven chófer se sentía incómodo; dimos media vuelta; el pueblo de Mogersdorf quedaba a unos kilómetros en la ladera del promontorio que nos interesaba: el campo del Sacro Imperio, marcado por una monumental cruz de hormigón de una decena de metros de altura, construida en los años sesenta; una capilla del mismo material y de la misma época completaba el conjunto a poca distancia, y una tabla de orientación grabada sobre piedra desplegaba el guión de la batalla. La vista estaba despejada; veíamos el valle, que se extendía en todo su esplendor a nuestra izquierda, en dirección a Hungría; hacia el sur, las colinas doblegaban los treinta o cuarenta kilómetros que nos separaban de Eslovenia. Apenas hubo bajado del vehículo, Sarah empezó a mostrar su excitación; una vez se hubo orientado comenzó a observar el paisaje, luego la cruz, sin dejar de decir «Esto es extraordinario», yendo y viniendo de la capilla al monumento y de este a la gran tabla grabada. Yo me preguntaba (y el camarero también, al parecer, mientras fumaba acodado a la portezuela de su vehículo lanzándome de cuando en cuando miradas un tanto aterrorizadas) si no estaríamos asistiendo a la reconstitución de un crimen, del tipo Rouletabille o Sherlock Holmes: esperaba a que ella, en cualquier momento, desenterrase unas herrumbrosas espadas o los huesos de un caballo, a que nos explicase el emplazamiento de tal o cual regimiento de ulanos o de piqueros piamonteses, si es que hubo ulanos y piamonteses en aquel enfrentamiento con los feroces jenízaros. Esperaba que eso me diese la oportunidad de brillar, desplegando a propósito de la batalla mis conocimientos sobre música militar turca y sobre su importancia para el estilo *alla turca* tan frecuente en el siglo XVIII, con Mozart como máximo exponente, en resumen, esperaba mi hora emboscado cerca de nuestra carroza, con el cochero, sin molestarme en ir a embarrarme los zapatos más lejos hacia el borde del promontorio, el mapa de orientación y la inmensa cruz; pero cinco minutos más tarde, agotadas sus idas y venidas, Sarah la detective salvaje seguía absorta en su contemplación ante aquel mapa de piedra, como si esperase a que yo fuese junto a ella; así que avancé, imaginando una maniobra femenina para incitarme a acercarme a ella, pero tal vez el recuerdo de las batallas no acabe de ser propicio para el juego amatorio, o fue más bien que no conocía a Sarah: tuve la impresión de molestarla en sus pensamientos, en su lectura del paisaje. Por supuesto, lo que le interesaba de aquel lugar no era tanto el propio enfrentamiento como el modo en que se había organizado la memoria del mismo; para ella, lo importante era la gran cruz de 1964 que, conmemorando la derrota turca, trazaba una frontera, un muro contra la Hungría comunista, el Este de la época, el nuevo enemigo, el nuevo Oriente que reemplazaba naturalmente al antiguo. En sus observaciones no había lugar ni para mí ni para la *Marcha turca* de Mozart; se sacó un pequeño cuaderno del bolsillo y tomó algunas notas, luego me sonrió, evidentemente contenta de su expedición.

De nuevo empezó a llover; Sarah cerró el cuaderno, lo guardó en el bolsillo de su impermeable negro; a mí me tocó aplazar para el camino de regreso mis consideraciones sobre la influencia de la música militar turca y sus percusiones; lo cierto es que en 1778, cuando Mozart compone su undécima sonata para piano, la presencia otomana, el sitio de Viena o esa batalla de Mogersdorf ya quedan muy lejos y sin embargo su *Rondo alla turca* es sin duda la pieza de la época que más estrecha relación mantiene con las *mehter*, las fanfarrias y los jenízaros; si ello se debe a los relatos de los viajeros o es simplemente porque tiene el genio de la síntesis y retoma de forma magnífica todas las características del estilo «turco» de la época, es algo que no sabemos, y yo, para brillar en aquella tartana que se arrastraba por una Estiria rezumante de otoño, no dudaba en sintetizar (copiar, vaya) los trabajos de Eric Rice y de Ralph Locke, insuperables en este sentido. Mozart consigue encarnar tan bien el «sonido» turco, los ritmos y las percusiones, que incluso Beethoven el inmenso con el *tam taladam tam tam taladam* de su propia marcha turca de las *Ruinas de Atenas* llega apenas a copiarlo, o a rendirle un homenaje, tal vez. Para ser un buen orientalista no basta con proponérselo. Me encantaría contarle a Sarah, ahora, para hacerla reír un poco, aquella hilarante actuación, grabada en 1974, de ocho pianistas mundialmente célebres interpretando en escena la *Marcha turca* de Beethoven, ocho inmensos pianos en círculo. Tocan ese extraño arreglo para dieciséis manos una primera vez, y luego, tras los aplausos, vuelven a sentarse y lo interpretan de nuevo, pero en una versión burlesca: Jeanne-Marie Darré se pierde en su partitura; Radu Lupu se saca vaya usted a saber de dónde un fez y se lo cala, puede que para dejar bien claro que él, siendo rumano, es el más oriental de los presentes; llega incluso a sacarse un puro del bolsillo y toca de cualquier forma, los dedos estorbados por el tabaco, contrariando a su vecina Alicia de Larrocha, a quien no parece hacerle la menor gracia, aquel concierto de disonancias y de notas desafinadas, como tampoco a la pobre Gina Bachauer, cuyas manos parecen minúsculas en relación a su cuerpo gigantesco; está claro que la *Marcha turca* es la única pieza de Beethoven con la que podían permitirse esa farsa infantil, aunque no estaría nada mal repetir la hazaña con, por ejemplo, una balada de Chopin o la *Suite para piano* de Schönberg; sería interesante comprobar lo que el humor y la payasada podrían aportar a esas obras. (He aquí otra idea para un artículo, sobre las desviaciones y la ironía en música en el siglo xx; un poco vasto sin duda, ya debe de haber trabajos sobre el tema, me parece recordar vagamente una contribución –¿de quién?– sobre la ironía en Mahler, por ejemplo.)

Lo más fascinante de Sarah es hasta qué punto, ya en Hainfeld, era sabia, curiosa y sabia, ávida de conocimientos; antes incluso de llegar se había empollado (y ni hablar de una consulta en Google en aquellos tiempos ya antiguos) la vida de Hammer-Purgstall el orientalista, hasta tal punto que sospeché si no se habría leído sus memorias y por tanto me había mentido cuando dijo saber muy poco alemán; se había preparado la visita a Mogersdorf, lo conocía todo de esa batalla olvidada y de sus circunstancias: cómo los turcos, superiores en número, fueron sorprendidos por la caballería del Sacro Imperio que bajaba por la colina cuando ellos acababan de atravesar el Raba y sus líneas aún no estaban formadas; miles de jenízaros acorralados entre el enemigo y el río intentaron un repliegue desesperado, una gran parte de ellos se ahogó o fue masacrada desde la orilla, hasta el punto de que un poema otomano, contaba Sarah, describe el cuerpo mutilado de un soldado que baja a la deriva hasta Győr –le había prometido a su bienamada que volvería y lo hizo, completamente corrompido, los ojos vaciados por los cuervos– y cuenta el horrible final del combate, hasta que su cabeza se separa del tronco y prosigue su terrorífico camino a merced del Danubio, hasta Belgrado o incluso Estambul, prueba del coraje de los jenízaros y de su tenacidad; durante el camino de regreso, traté de traducirle el relato a nuestro chófer, cuyos ojos veía yo en el retrovisor observando a Sarah a su lado con pinta de estar un tanto asustado; y es que no resulta sencillo cortejar a una joven que te habla de batallas, de cadáveres en descomposición y de cabezas arrancadas, a pesar de que ella relataba estas historias con auténtica compasión. Antes de poder soñar con lo hermoso, había que sumirse en el más profundo horror y recorrerlo por entero, esa era la teoría de Sarah.

Al final nuestro joven acompañante resultó ser muy simpático, nos dejó en Graz a media tarde, con armas y equipaje, no sin antes indicarnos (e incluso bajar del coche para hacer las presentaciones) un hostal que conocía en el casco antiguo de la ciudad, a dos pasos de la subida hacia el Schlossberg.

Sarah se lo agradeció vivamente, y yo también. (¿Cómo se llamaba aquel muchacho que tan amablemente nos llevó de paseo? En mi memoria lleva un nombre que por lo general pertenece a una generación anterior a la suya, tipo Rolf o Wolfgang; no, Wolfgang no, de eso me acordaría; puede que Otto, o Gustav, incluso Winfried, lo cual causaba el efecto de envejecerlo artificialmente y creaba en él una extraña tensión, acentuada por un bigote que, claro y juvenil, trataba de sobrepasar la comisura de los labios tan vanamente como el ejército turco el fatídico Raba.)

Podría haberme ido a la estación y tomar el primer tren a Viena, pero aquella joven, con sus historias de monstruos, de orientalistas y de batallas me fascinaba demasiado como para abandonarla tan fácilmente, teniendo como tenía la oportunidad de pasar la noche a solas con ella y no con mamá, lo cual no era una opción desagradable, pero sí un tanto cansina: si viví un tiempo en Tubinga fue precisamente para dejar Viena, demasiado sofocante, demasiado familiar, y no para volver a cenar con mi madre todos los domingos. Seis semanas después tenía que ir a Estambul por primera vez, y las primicias turcas de aquella estancia en Estiria me encantaban: ¿acaso el joven dragomán Joseph Hammer no había empezado su propia carrera (después, claro, de ocho años de escuela de intérpretes en Viena) en la legación austríaca del Bósforo? Estambul, el Bósforo, eso sí que es un *happy place*, un lugar al que regresaría sin pensarlo un instante si no estuviese retenido por los médicos en la Porzellangasse, me instalaría en un minúsculo apartamento en lo más alto de un estrecho edificio de Arnavutköy o de Bebek y miraría pasar los barcos, los contaría observando cómo cambia el color de la orilla oriental al ritmo de las estaciones; de vez en cuando tomaría un ferry para cruzar a Üsküdar o a Kadiköy y ver las luces del invierno sobre Bagdat Caddesi, y volvería helado, los ojos fatigados, sintiendo no haber comprado unos guantes en uno de esos centros comerciales tan iluminados, las manos en los bolsillos y acariciando con la mirada la Torre de Leandro que tan cercana parece por la noche en medio del Estrecho, luego ya en casa, allá arriba, sofocado por la subida me serviría un té bien fuerte, bien rojo, muy azucarado, me fumaría una pipa de opio, solo una, y me adormecería tranquilamente en mi butaca, despertado de vez en cuando por las sirenas de niebla de los petroleros procedentes del mar Negro.

El futuro era tan radiante como el Bósforo en un hermoso día de otoño, se anunciaba bajo unos auspicios igual de brillantes que aquella noche de los años noventa en Graz a solas con Sarah, nuestra primera cena íntima, yo estaba intimidado por lo que aquel protocolo pudiese implicar en términos de romanticismo (a pesar de que no había palmatoria de estaño sobre la mesa de la *Gasthaus*), ella no: hablaba exactamente del mismo modo y de las mismas cosas horribles que si estuviésemos cenando, no sé, en la cafetería de una residencia universitaria, ni más bajo ni más alto, mientras que a mí la atmósfera amortiguada, las luces bajas y la elegancia distante de los camareros me conminaban a hablar entre susurros, en tono de confidencia; no tenía demasiado claro qué secretos podría haberle confiado a aquella jovencita que seguía con sus relatos de batallas turcas, animada por nuestra visita a Graz y la Landeszeughaus, el Arsenal de Estiria, salido todo ello directamente del siglo XVII. En aquella preciosa y antigua casa de fachada ornada había miles de armas perfectamente ordenadas, sabiamente dispuestas, como si al día siguiente quince mil hombres fuesen a hacer cola en la Herrengasse para tomar unos un sable, otros un peto, otros un arcabuz o una pistola y a correr para defender la región contra un improbable ataque musulmán; miles de mosquetes, cientos de picas, de alabardas para hacer frente a los caballos, de cascos y de yelmos para proteger a infantes y a jinetes, miríadas de armas de puño, de armas blancas prestas a ser asidas, de cuernos de pólvora preparados para ser distribuidos; resultaba bastante escalofriante advertir, en aquella acumulación tan ordenada, que muchos de esos objetos habían sido utilizados: las armaduras conservaban el rastro de las balas que habían detenido, los filos estaban gastados por los golpes asestados, no costaba imaginar el dolor que todos aquellos objetos inertes habían provocado, la muerte diseminada a su alrededor, los vientres perforados, los cuerpos hechos pedazos en el fragor de la batalla.

En aquel Arsenal se podía oír, decía Sarah, el gran silencio de esos instrumentos de guerra, su silencio elocuente, añadía, hasta tal punto la acumulación de ingenios mortales que había sobrevivido a sus propietarios dibujaba su sufrimiento, su destino y, finalmente, también su ausencia; de eso es de lo que me estuvo hablando en el transcurso de aquella cena, del silencio que representaba la Landeszeughaus, vinculando ese silencio con los numerosos relatos que ella había leído, turcos sobre todo, voces olvidadas que contaban aquellos enfrentamientos; yo debí de pasarme la velada mirándola y escuchándola, o por lo menos eso me imagino, sometido a su encanto, hechizado por su discurso que mezclaba historia, literatura y filosofía budista; acaso me fijé en su cuerpo, sus ojos en el rostro como en el museo, ambos flanqueados por pecas sobre los pómulos, su pecho que a menudo escondía tras los antebrazos cruzando las muñecas bajo la barbilla, como si estuviese desnuda, en un gesto maquinal que siempre me pareció encantador, púdico y a la vez molesto, pues me devolvía la supuesta concupiscencia de mi mirada. La memoria es cosa extraña; soy incapaz de recordar su cara de ayer, su cuerpo de ayer, se desvanecen bajo el peso de los de hoy en el decorado del pasado; por supuesto, yo añadí a la charla una precisión musical: en aquella batalla de Mogersdorf había un músico, un compositor barroco olvidado, el príncipe Pál Esterházy, primero de su nombre, el único gran guerrero-compositor o gran compositor-guerrero conocido, que luchó un número incalculable de veces contra los turcos, autor de cantatas como el magnífico ciclo *Harmonia caelestis* y enorme músico al clavicordio él mismo; no está claro si fue el primero en inspirarse en esa música militar turca que tan a menudo oía, aunque lo dudo: después de tantas batallas y tantos desastres en sus tierras, seguramente lo que más le apetecía era olvidar la violencia y dedicarse (con éxito) a la Armonía Celeste.

Mira, a propósito de música militar: la galopada del señor Gruber que va a acostarse. Así que son las once de la noche; no deja de resultar increíble que este señor corra hacia el cuarto de baño, todas las noches, que cada noche Dios haga que herr Gruber se precipite al cagadero a las once en punto haciendo que el parquet cruja y que mis lámparas tiemblen.

Al volver de Teherán, me detuve en Estambul, donde pasé tres días maravillosos a solas, o casi, aparte de una juerga memorable con Michael Bilger para «celebrar mi liberación», ya que es cierto que tras diez meses sin salir de Teherán y de una inmensa tristeza me merecía una fiesta por todo lo alto, en la ciudad, en bares llenos de humo y tabernas con música, chicas y alcohol, creo que fue la única vez en mi vida que me emborraché, ebrio de verdad, ebrio de ruido, ebrio de los cabellos de las mujeres, ebrio de los colores, de libertad, ebrio de olvido del dolor por la marcha de Sarah; Bilger el arqueólogo prusiano era un guía excelente, me paseó de bar en bar a través de Beyoğlu hasta terminar en una discoteca ya no sé dónde; me sumergí en medio de las putas y de sus vestidos abigarrados, la nariz metida en una copela que contenía zanahorias crudas y zumo de limón. Al día siguiente me contó que le había tocado llevarme hasta mi habitación de hotel, según él cantando a voz en grito (¡qué horror!) la *Marcha Radetzky*, pero eso no me lo acabo de creer, por qué diantres iba yo a cantar (aun estando de camino a Viena) ese tema marcial en la noche estambulita, seguro que se burlaba de mí, Bilger siempre se burló de mi acento vienés; no creo haber cantado nunca Johann Strauss de viva voz, ni siquiera haber silbado aunque sea el *Vals de los patinadores*, ya en el liceo los cursos de vals eran una auténtica tortura, por otra parte el vals es la maldición de Viena, debería haber sido prohibido tras el advenimiento de la república, al mismo tiempo que el uso de los títulos de nobleza: eso nos ahorraría un sinfín de horribles bailes nostálgicos y de atroces conciertos para turistas. Todos los valses, salvo, por supuesto, el pequeño vals para flauta y violonchelo de Sarah, el «tema de Sarah», que era una de esas frasecitas misteriosas, infantiles, frágiles, que uno se preguntaba de dónde podía haberla sacado y que era al mismo tiempo un grato lugar al que regresar, la música es un hermoso refugio contra la imperfección del mundo y la decadencia del cuerpo.

Al día siguiente me desperté despabilado en Estambul, como si no hubiese pasado nada, hasta tal punto la energía de la ciudad y el placer de recorrerla borraban poderosamente los efectos del alcohol ingurgitado la vigilia, nada de dolores de cabeza, nada de náuseas, nada que no se desvaneciese de golpe, Sarah y los recuerdos, aclarados por el viento del Bósforo.

El vals es una poderosa droga: las calurosas cuerdas del violonchelo envuelven la flauta, hay algo poderosamente erótico en ese dúo de instrumentos que se enlazan cada uno en su propio tema, su propia frase, como si la armonía fuese una distancia calculada, un lazo fuerte y a la vez un espacio infranqueable, una rigidez que nos une el uno al otro e impide a la vez el completo acercamiento. Un coito de serpientes, creo que la imagen es de Stravinski, pero de qué hablaba él, seguro que no del vals. En Berlioz, en su *Fausto*, en *Los troyanos* o en *Romeo y Julieta*, el amor es siempre el diálogo entre una viola y una flauta o un oboe; hace mucho tiempo que no escucho *Romeo y Julieta*, sus pasajes sobrecogedores de pasión, violencia y pasión.

Hay luces en la noche, a través de las cortinas; podría ponerme a leer, tengo que relajarme, mañana será agotador.

En Graz no hay duda de que tampoco dormí bien, después de la cena a solas me sentía un tanto deprimido por la perfección de aquella chica, por su belleza pero sobre todo por su facilidad para disertar, para comentar, para exponer con una extraordinaria naturalidad los más improbables conocimientos. Acaso era entonces consciente de que nuestros caminos estaban tan cerca el uno del otro, acaso tuve la intuición de las puertas que estaba abriendo aquella cena, o me dejé guiar por mi deseo, dándole las buenas noches en un pasillo que no me cuesta visualizar de nuevo, paredes cubiertas por un fieltro marrón, muebles de madera clara, pantallas verde oscuro, como tampoco me cuesta verme acostado luego en la cama estrecha con los brazos cruzados bajo la cabeza, mirando al techo y suspirando, decepcionado por no estar junto a ella, por no haber descubierto su cuerpo tras caer rendido ante su espíritu; mi primera carta será para ella, me dije pensando en mi viaje a Turquía; imaginaba una correspondencia tórrida mezclada con lirismo, descripciones y erudición musical (pero sobre todo con lirismo). Supongo que debí de contarle al detalle el objeto de mi estancia estambulita, la música europea en Estambul de los siglos xix y xx, Liszt, Hindemith y Bartók en el Bósforo, de Abdülaziz a Atatürk, un proyecto que me había valido una beca de investigación de una prestigiosa fundación de la que no estaba yo poco orgulloso y que habría de auspiciar mi artículo a propósito del hermano de Donizetti, Giuseppe, como introductor de la música europea entre las clases dirigentes otomanas: me pregunto cuál es el valor de ese texto hoy en día, sin duda no gran cosa, aparte de la reconstrucción de la biografía de ese personaje singular y casi olvidado que vivió cuarenta años al amparo de los sultanes y fue enterrado en la catedral de Beyoğlu al paso de las marchas militares que él mismo compuso para el Imperio. (La música militar es decididamente un punto de intercambio entre el Este y el Oeste, diría Sarah: es extraordinario que esa música tan mozartiana «regresase» en cierto modo a su punto de origen, la capital otomana, cincuenta años después de la *Marcha turca*; a fin de cuentas, es lógico que los turcos se sintiesen seducidos por esa transformación de sus propios ritmos y sonoridades, pues —por decirlo con el vocabulario de Sarah— había en ella algo del yo en el otro.) Voy a tratar de silenciar mis pensamientos, en lugar de abandonarme a la memoria y a la tristeza de ese pequeño vals; voy a utilizar una de esas técnicas de meditación tan preciadas por Sarah que, riéndose un poco, todo sea dicho, me enseñó aquí en Viena: tratemos de respirar profundamente, de dejar fluir los pensamientos en una inmensa blancura, párpados cerrados, manos sobre el vientre, remedemos a la muerte antes de que se presente.

23.10

Sarah medio desnuda en un cuarto de Sarawak, apenas vestida con una camiseta sin mangas y unos pantalones cortos de algodón; un poco de sudor entre los omóplatos y en el interior de las rodillas, la sábana a un lado, amontonada por debajo de las pantorrillas. Algunos insectos se agarran todavía a la mosquitera, atraídos por el batir de la sangre de la durmiente, a pesar del sol que ya despunta a través de los árboles. La *long house* se despierta, las mujeres están fuera, bajo el porche, en la terraza de madera; preparan la comida; Sarah percibe vagamente los ruidos de las escudillas, sordos como simandros, y voces extranjeras.

En Malasia son siete horas más, está amaneciendo.

¿Cuánto he durado, diez minutos sin pensar casi en nada?

Sarah en la selva de los Brooke, los rajás blancos de Sarawak, la dinastía de quienes quisieron ser reyes en Oriente y lo fueron, gobernando el país durante cerca de un siglo, entre los piratas y los cortadores de cabezas.

El tiempo ha pasado.

Después del castillo de Hainfeld, de los paseos vieneses, de Estambul, de Damasco, de Teherán, nos fuimos cada uno por su cuenta, separados, por el mundo. Mi corazón late demasiado rápidamente, puedo sentirlo; respiro demasiado a menudo; la fiebre puede provocar esta ligera taquicardia, me lo dijo el médico. Voy a levantarme. O a tomar un libro. Olvidar. No pensar en esos malditos exámenes, en la enfermedad, en la soledad.

Podría escribirle una carta, eso es; por lo menos me entretendría. «Mi muy querida Sarah, gracias por el artículo, pero confieso que su contenido me inquieta: ¿estás bien? ¿Qué haces en Sarawak?» No, demasiado anodino. «Querida Sarah, deberías saber que me estoy muriendo.» Un poco prematuro. «Querida Sarah, te echo de menos.» Demasiado directo. «Queridísima Sarah, ¿acaso los dolores antiguos no podrían un día trocarse en alegrías?» Eso es bonito, los dolores antiguos. ¿Llegué a fusilar a algún poeta en mis cartas de Estambul? Espero que no las conserve: un monumento a la fanfarronería.

La vida es una sinfonía de Mahler, nunca da un paso atrás, nunca vuelve sobre sus pasos. En ese sentimiento del tiempo que es la definición de la melancolía, la conciencia de la finitud, no hay refugio alguno, aparte del opio y del olvido; la tesis de Sarah puede leerse (es algo que pienso ahora) como un catálogo de melancólicos, el más extraño de los catálogos de aventureros de la melancolía, de tipos y países diferentes, Sadeq Hedayat, Annemarie Schwarzenbach, Fernando Pessoa, por citar solo a sus preferidos; que son también a los que menos páginas dedica, limitada como está por la ciencia y la universidad a centrarse en su objeto de estudio, las *Visiones del otro entre Oriente y Occidente*. Me pregunto si lo que buscaba, en el curso de esa vida científica que abarca por completo su vida entera, su investigación, no sería su propia salvación: vencer a la atrabilis mediante el viaje, primero, luego mediante el saber, y después mediante la mística; sin duda yo también, yo también, si se considera que la música es el tiempo razonado, el tiempo circunscrito y transformado en sonidos, si hoy me debato en estas sábanas, es muy probablemente porque también yo he sido herido por ese Mal Elevado que la psiquiatría moderna, asqueada por el arte y la filosofía, llama «depresión estructural», a pesar de que los médicos, en mi caso, no se interesen sino por los aspectos físicos de mis males, sin duda completamente reales por mucho que me complaciese que solo fueran imaginarios; voy a morir, voy a morir, ese es el mensaje que debería enviarle a Sarah, respira, respira, enciende la luz, no te dejes llevar por esa deriva. Voy a resistir.

¿Dónde están mis gafas? Esta lámpara de mesa es una auténtica birria, tengo que cambiarla lo antes posible. ¿Cuántas noches no la habré encendido y luego apagado diciendo lo mismo? Menudo abandono. Hay libros por todas partes. Objetos, imágenes, instrumentos musicales que nunca sabré tocar. ¿Dónde están las gafas? Imposible dar con las actas del coloquio de Hainfeld, donde se encuentra su texto sobre los guls, los djinns y otros monstruos junto a mi intervención sobre Farabi. No me deshago de nada y sin embargo lo pierdo todo. El tiempo me despoja. Me he dado cuenta de que me faltan dos volúmenes de mis obras completas de Karl May. Tampoco es tan grave, está claro que nunca volveré a leerlos, moriré sin haberlos releído, es atroz pensar en eso, en que un día estaremos demasiado muertos para releer *Los desiertos y los harenes*. Que mi *Panorama de Estambul desde la torre de Gálata* acabará en manos de un anticuario vienés que lo venderá explicando que procede de la colección de un orientalista muerto recientemente. ¿Para qué cambiar la lámpara, de repente? *Panorama de Estambul...* o ese dibujo de David Roberts litografiado por Louis Hague y cuidadosamente coloreado a mano para la Suscripción Real que representa la entrada de la mezquita del sultán Hassan en El Cairo, ese el anticuario no tendrá que saldarlo, por ese grabado pagué una fortuna. Lo que me fascina de Sarah es que no posee nada. Sus libros y sus imágenes están en su cabeza; en su cabeza, en sus innumerables libretas. A mí los objetos me tranquilizan. Sobre todo los libros y las partituras. O me angustian. Puede que me angustien tanto como me tranquilizan. No me cuesta imaginar su maleta de Sarawak: siete braguitas tres sujetadores otras tantas camisetas, pantalones cortos y vaqueros, un montón de libretas a medio llenar y punto. Cuando viajé a Estambul por primera vez mamá me obligó a llevarme jabón, detergente, un botiquín de primeros auxilios y un paraguas. Mi maleta pesaba treinta y seis kilos, lo cual me causó ciertos problemas en el aeropuerto de Schwechat; me tocó dejarle una parte a mamá, pues tuvo la agradable idea de acompañarme: de mala gana le dejé la correspondencia de Liszt y los artículos de Heine (más tarde los eché en falta), imposible endilgarle el paquete de detergente, el calzador o mis zapatos de montaña, ya que me decía «¡Es que es indispensable, no vas a irte sin calzador! Además, no pesa nada», por qué no un sacabotas, ya puestos, pues llevaba todo un surtido de corbatas y de chaquetas «por si te invitan a casa de gente bien». Por poco me obliga a llevarme una plancha de viaje, pero logré convencerla de que, si bien era cierto que en aquellas tierras lejanas me iba a costar encontrar un buen detergente austríaco, los aparatos electrodomésticos allí eran corrientes, incluso abundaban, dada la proximidad de China y de sus fábricas, lo cual no la tranquilizó sino someramente. Fue así como aquella maleta se convirtió en mi cruz, treinta kilos de cruz arrastrados penosamente (las ruedecillas sobrecargadas no tardaron, claro, en reventar al primer traqueteo) de alojamiento en alojamiento por las calles de terroríficas pendientes de Estambul, de Yeniköy a Taksim, y me valieron no pocos sarcasmos de mis compañeros de piso, sobre todo por el detergente y la farmacia. Yo quería dar la imagen de un aventurero, un explorador, un *condottiere*, y no era más que un niño de mamá cargado de medicinas contra la diarrea, de botones y de hilo de coser por si acaso. Es un poco deprimente admitir que no he cambiado, que los viajes no hicieron de mí un hombre intrépido, valiente y bronceado, sino un pálido monstruo con gafas que hoy tiembla ante la idea de atravesar su barrio para ir al lazareto.

Mira cómo los reflejos de la lámpara realzan el polvo sobre el *Panorama de Estambul desde la torre de Gálata*, ya casi no se ven ni los barcos, tendría que limpiarla y sobre todo encontrar esas gafas perdidas. Compré ese fotocromo en una tienda detrás de Istiqlal Caddesi, parte de la roña debe de venir de la mismísima Estambul, suciedad original, en compañía de Bilger el arqueólogo; según las últimas noticias, sigue igual de loco y alterna las estancias en el hospital con períodos de una terrorífica exaltación en los que descubre tumbas de Tutankamón en los parques públicos de Bonn, hasta que una vez más recae, vencido por las drogas y la depresión, sin que quede demasiado claro cuál de esas fases es la más inquietante. Para darse cuenta de hasta qué punto padecía hay que escucharle gritando y gesticulando que era víctima de la maldición del faraón y describiendo la conspiración científica que lo apartaba de los puestos importantes. La última vez, invitado para dar una conferencia en la Beethovenhaus, procuré evitarlo, pero por desgracia no estaba en la clínica sino entre el público, en primera fila por cierto, y por supuesto planteó una cuestión interminable e incomprensible acerca de una conspiración anti-Beethoven en la Viena imperial, donde todo lo mezclaba, el resentimiento, la paranoia y la certeza de ser un genio incomprendido; los asistentes lo miraban (a falta de escucharlo) con un aire absolutamente consternado, y la organizadora me lanzaba miradas aterradas. Sabe Dios, sin embargo, que en otros tiempos estuvimos muy unidos; él «tenía un futuro prometedor» e incluso llegó a dirigir, de forma interina durante algunos meses, la filial del prestigioso Deutsches Archäologisches Institut en Damasco. Ganaba mucho dinero, recorría Siria en un impresionante 4×4 blanco, pasaba de las excavaciones internacionales a la prospección de yacimientos helenísticos inviolados, desayunaba con el director sirio de Antigüedades Nacionales y frecuentaba a numerosos diplomáticos de alto rango. Una vez lo acompañamos al Éufrates en una visita de inspección, en medio del desierto, detrás de la atroz ciudad de Al Raqa; era una maravilla ver a todos aquellos europeos sudando a chorros en medio de la arena para dirigir los comandos de obreros sirios, auténticos artistas de la pala, y para señalarles dónde y cómo debían cavar en la arena para sacar de ella los vestigios del pasado. Desde el alba helada, para evitar el calor del mediodía, aquellos indígenas tocados con su kufiyya rasgaban la tierra a las órdenes de sabios franceses, alemanes, españoles o italianos, muchos de los cuales no tenían ni treinta años y estaban allí, la mayoría de las veces gratis, para disfrutar de una experiencia sobre el terreno en uno de los tells del desierto sirio. Cada nación tenía sus yacimientos, a lo largo del río y hasta las lúgubres tierras de Jéziré, en los confines de Irak: los alemanes Tell Halaf y Tell Bi'a, que recubrían una ciudad mesopotámica denominada con el dulce nombre de Tuttul; los franceses Doura Europos y Mari; los españoles Halabiya y Tell Halula, etcétera; se peleaban por las concesiones sirias como las compañías petroleras por los campos petrolíferos, y eran tan reacios a compartir sus piedras como los niños sus canicas, salvo cuando había que sacarle dinero a Bruselas, entonces sí se aliaban, entonces todos se ponían de acuerdo, cuando se trataba de cavar no en la tierra sino en las arcas de la Comisión Europea. En ese medio Bilger se sentía como pez en el agua; parecía el Sargon de aquellas masas necesitadas; comentaba las excavaciones, los hallazgos, los planos; llamaba a los obreros por su nombre de pila, Abu Hassan, Abu Muhammad; aquellos cavadores «locales» ganaban una miseria, pero una miseria muy superior a lo que les pagarían trabajando en la construcción, sin contar la diversión de trabajar para esos francos con sahariana y fular de color crema. Era la gran ventaja de las campañas de excavación «orientales»: allí donde en Europa, forzados por sus presupuestos, les hubiese tocado excavar a ellos mismos, en Siria los arqueólogos, a imagen y semejanza de sus gloriosos predecesores, podían delegar esas bajas tareas. Como decía Bilger citando *El bueno, el feo y el malo*: «El mundo se divide en dos categorías: los que tienen un revólver y los que cavan». Los arqueólogos europeos adquirieron, pues, un vocabulario árabe particular y técnico: cavar aquí, despejar allí, con la pala, con el pico, con el pico pequeño, con la paleta; el pincel era privativo de los occidentales. Cavar despacio, despejar rápidamente, y no era raro asistir a un diálogo como el siguiente:

–Aquí bajar un metro.

–Sí, jefe. ¿Con la pala de obra? ·

–Eh, pala grande… Pala grande no. Mejor pico.

–¿Con el pico grande?

–Pico grande no, pico pequeño.

–¿Cavar un metro con el pico pequeño?

–*Na'am na'am.* Poco a poco, eh, no vayáis a desfondarme toda la muralla para acabar antes, ¿OK?

–De acuerdo, jefe.

En tales circunstancias, por supuesto se producían unos malentendidos que provocaban pérdidas irreparables para la ciencia: un gran número de paredes y de estilóbatos cayeron víctimas de la perversa alianza de lingüística y capitalismo, pero en conjunto los arqueólogos estaban contentos con su personal, que iban formando, por decirlo de algún modo, temporada tras temporada: algunos eran cavadores arqueológicos de padre a hijo desde hacía varias generaciones, habían conocido a los grandes antepasados de la arqueología oriental y figuraban en las fotos de los yacimientos desde la década de 1930. Por otra parte, resulta extraño cuestionarse cuál podía ser su relación con ese pasado que contribuían a restituir; Sarah, por supuesto, se hizo la pregunta:

—Tengo curiosidad por saber lo que tales excavaciones representan para esos obreros. ¿Tendrán la sensación de que los despojamos de su historia, de que una vez más el europeo les está robando algo?

Bilger tenía una teoría, sostenía que para esos cavadores todo lo anterior al islam no les pertenecía, era de otro orden, de otro mundo, que ellos confinan en el *qadim jiddan*, lo «muy antiguo»; Bilger afirmaba que para un sirio la historia del mundo se dividía en tres períodos: *jadid*, reciente; *qadim*, antiguo; *qadim jiddan*, muy antiguo; sin que quede demasiado claro si la causa de semejante simplificación no era, simplemente, su nivel de árabe hablado: aun cuando sus obreros le hubiesen explicado las sucesivas dinastías mesopotámicas, a falta de una lengua común y para que lo entendiese, tal vez se viesen obligados a remitirse al *qadim jiddan*.

Europa ha socavado la Antigüedad bajo los sirios, los iraquíes, los egipcios; nuestras gloriosas naciones se han apropiado de lo universal a través de su monopolio de la ciencia y la arqueología, desposeyendo mediante este pillaje a las poblaciones colonizadas de un pasado que, de resultas, es fácilmente vivido como algo alógeno: los atolondrados demoledores islamistas manejan tanto más fácilmente la excavadora en las ciudades antiguas cuanto que alían su profunda e inculta necedad al sentimiento más o menos difuso de que ese patrimonio es una extraña emanación retroactiva del poder foráneo.

Al Raqa es hoy una de las ciudades administradas directamente por el Estado Islámico de Irak y de Siria, algo que no debe de convertirla en un lugar precisamente acogedor: los degolladores barbudos se consagran allí en cuerpo y alma, cortan carótidas por aquí, manos por allá, queman iglesias y violan infieles con toda tranquilidad, costumbres *qadim jiddan*; la demencia parece haberse enseñoreado de la región, puede que tan incurable como la de Bilger.

A menudo me he preguntado sobre las señales precursoras de la locura de Bilger y, contrariamente a la locura de la propia Siria, aparte de su extraordinaria energía, su don de gentes y su megalomanía, veo pocas, lo cual quizá ya sea mucho. Parecía completamente equilibrado y responsable; cuando nos vimos en Estambul, antes de que partiese a Damasco, era un tipo apasionado y eficaz; fue él quien me presentó a Faugier: buscaba compañero de piso justo cuando yo recorría en vano todas las instituciones germanófonas con el fin de encontrar un lugar en que vivir durante los dos meses que me quedaban en el Bósforo, pues había agotado la gentileza del Kulturforum en el palacio de Yeniköy, magnífica sede de la embajada y luego del consulado general de Austria, allá arriba pasado Rumeli Hisar, a tiro de piedra de la casa de Büyükdere donde estuvo alojado mi eminente compatriota Von Hammer-Purgstall. El palacio era un lugar sublime que, en esa ciudad roída por los atascos, tenía un único inconveniente: resultaba extraordinariamente complicado acceder a él; así que mi maleta y yo nos sentimos muy afortunados de encontrar una habitación de alquiler en el apartamento de un joven investigador francés, un científico social que se interesaba por la prostitución a finales del Imperio otomano y a principios de la república turca, tema que evidentemente le oculté a mamá, por miedo a que se imaginase que estaba viviendo en un burdel.

Un apartamento céntrico que me acercaba a mis investigaciones musicales y a la ex-Sociedad Coral Italiana cuya sede quedaba a unos cientos de metros. Cierto que Faugier se interesaba por la prostitución, pero en Estambul estaba «exiliado»: su auténtico territorio era Irán, había sido recogido por el Instituto Francés de Estudios Anatolianos a la espera de obtener un visado para ir a Teherán, donde, por otra parte, me lo encontraría yo años más tarde; no hay azar en el mundo de los estudios orientales, habría dicho Sarah. Compartía sus saberes con su instituto de adopción y preparaba un artículo sobre «La regulación de la prostitución en Estambul al principio de la República», del cual me hablaba día y noche; era un extraño erotómano; un golfo parisino más bien elegante, de buena familia pero pertrechado con una horrible franqueza que nada tenía que ver con la sutil ironía de Bilger. Cómo y por qué esperaba obtener un visado para viajar a Irán era un misterio para todo el mundo; cuando alguien le preguntaba, él se contentaba con decir «Ah ah ah, Teherán es una ciudad muy interesante, en sus bajos fondos hay de todo», obstinándose en no entender que nuestro asombro no tenía que ver con los recursos de la ciudad en lo tocante a su investigación, sino con la simpatía que podía sentir la República Islámica por esa rama más bien *picante* de la ciencia. (Dios mío, pienso como mi madre, *picante*, nadie utiliza ya esa expresión desde los ochenta, Sarah tiene razón, soy un mojigato, anticuado e incorregible, no hay nada que hacer.) Contrariamente a lo que cabría pensar, en su ámbito era extraordinariamente respetado y de vez en cuando escribía crónicas en los grandes periódicos franceses; resulta divertido que se inmiscuya en mis sueños, especialista en el coito árabe, eso no le hubiese desagradado, aunque, hasta donde yo sé, no tiene la menor relación con el mundo árabe, solo con Turquía e Irán, pero vaya uno a saber. Puede que nuestros sueños sean más sabios que nosotros.

El loco de Bilger se reía mucho de haberme «casado» con semejante individuo. En la época disfrutaba de una de sus innumerables becas, trababa amistad con todos los *Prominen-*

ten habidos y por haber; hasta llegó a utilizarme para introducirse en los círculos austríacos, y enseguida llegó mucho más cerca que yo de nuestros diplomáticos.

Yo me escribía regularmente con Sarah, postales de Santa Sofía, vistas del Cuerno de Oro; como decía Grillparzer en sus diarios de viaje, «puede que no haya en todo el mundo nada comparable». En ellos describe, subyugado, esa sucesión de monumentos, de palacios, de pueblos, la potencia de un lugar que también a mí me sobrecogió y me cargó de energía, tan abierta como es la ciudad, una herida marina, una falla donde la belleza se precipita; pasearse por Estambul era, cualquiera que fuese el objeto de la expedición, un desgarro de belleza en la frontera; ya se considere Constantinopla como la ciudad más al este de Europa o más al oeste de Asia, como un fin o un comienzo, como un puente o un linde, ese carácter mixto queda fracturado por la naturaleza, y el lugar pesa sobre la historia como la propia historia sobre los hombres. Para mí, era el límite de la música europea, el destino más oriental del infatigable Liszt, que fabricó sus contornos; para Sarah era el principio del territorio donde se habían extraviado sus viajeros, tanto en un sentido como en el otro.

Transitando en la biblioteca por las páginas del *Diario de Constantinopla - Eco de Oriente*, resultaba extraordinario darse cuenta de hasta qué punto la ciudad había atraído en todo momento (gracias, entre otras cosas, a la generosidad de un sultán sin embargo estrepitosamente arruinado en la segunda mitad del siglo xix) a cuanto Europa contaba de pintores, músicos, hombres de letras y aventureros; descubrir que, desde Miguel Ángel y Da Vinci, todos habían soñado que el Bósforo era absolutamente maravilloso. Lo que me interesaba de Estambul, por decirlo con las palabras de Sarah, era una variación del «yo», las visitas y los viajes de los europeos a la capital otomana, más que realmente la «alteridad» turca; aparte del personal local de los diferentes institutos y de algunos amigos de Faugier o de Bilger, yo no tenía mayor contacto con ellos: una vez más, era la lengua un obstáculo insalvable, y desgraciadamente yo estaba muy lejos de ser como Hammer-Purgstall, que podía, según dice, «traducir del turco o del árabe al francés, al inglés o al italiano, y hablar el turco tan bien como el alemán»; posiblemente me faltaban hermosas griegas o armenias con las que pasearme cada tarde, como él, a orillas del Estrecho para practicar la lengua. Sobre este tema Sarah tenía un recuerdo horrible de su primer curso de árabe en París: una eminencia, un orientalista de renombre, Gilbert Delanoue, había asestado, desde lo alto de su púlpito, la siguiente verdad: «Para aprender árabe decentemente hacen falta veinte años. Este período puede reducirse a la mitad con la ayuda de un buen diccionario de piel de nalgas». «Un buen diccionario de piel de nalgas», eso es lo que parecía tener Hammer, o incluso varios; él no esconde que cuanto aprendió de griego moderno se lo debe a las jóvenes de Constantinopla a las que cortejaba a orillas del agua. Así es como yo imaginaba el «método Faugier»; él hablaba el persa y el turco de forma habitual, un turco de los bajos fondos y un auténtico persa de bazar, aprendido en los burdeles de Estambul y los parques de Teherán, sobre el terreno. Su memoria auditiva era prodigiosa; era capaz de recordar y reutilizar conversaciones enteras, pero curiosamente no tenía oído: en sus labios, todas las lenguas parecían un oscuro dialecto parisino, hasta tal punto que cabía preguntarse si no lo haría a propósito, persuadido de la superioridad del acento francés sobre la fonética indígena. Los estambulitas o los teheraníes, puede que porque nunca tuvieron la posibilidad de oír a Jean-Paul Belmondo chapurreando su idioma, quedaban hechizados por aquella extraña mezcla de refinamiento y vulgaridad que nacía de tan monstruosa asociación, la de sus peores lugares de perdición con un sabio europeo elegante como un diplomático. Era de una grosería constante en todas las lenguas, hasta en inglés. La verdad es que yo envidiaba terriblemente su prestancia, su saber, su franqueza y su conocimiento de la ciudad; seguramente, también su éxito con las mujeres. No, *sobre todo* su éxito con las mujeres: en aquel quinto piso que compartíamos, perdido al fondo de un callejón de

Cihangir, cuya vista se parecía a la del *Panorama*, había muy a menudo veladas, organizadas por él, a las que acudían muchas jóvenes la mar de apetecibles; una noche incluso bailé (qué vergüenza) al ritmo de un hit de Sezen Aksu o de Ibrahim Tatlises, ya no me acuerdo, en compañía de una hermosa turca (cabellos casi largos, jersey ajustado de algodón color rojo vivo a juego con el rojo de sus labios, maquillaje azul alrededor de sus ojos de hurí) que luego se sentó a mi lado en el sofá, estuvimos charlando en inglés; a nuestro alrededor, otros bailarines cerveza en mano; detrás de ella se extendían las luces de la orilla asiática del Bósforo hasta la estación de Haydar Pasha que encuadraban su cara de pómulos marcados. Los temas eran banales, qué haces en la vida, qué haces en Estambul, y, como de costumbre, a mí me resultaba embarazoso:

–I'm interested in the history of music.

–Are you a musician?

(Bochorno.)

–No. I… I study musicology. I'm a… a musicologist.

(Asombro, interés.)

–How great, which instrument do you play?

(Vívido bochorno.)

–I… I don't play any instrument. I just study. I listen and write, if you prefer.

(Decepción, asombro decepcionado.)

–You don't play? But you can read music?

(Alivio.)

–Yes, of course, that's part of my job.

(Sorpresa, sospecha.)

–You read, but you don't play?

(Mentira descarada.)

–Actually, I can play several instruments, but poorly.

Luego me perdí en una larga explicación sobre mis investigaciones, tras un rodeo pedagógico por las artes plásticas (no todos los historiadores y críticos de arte son pintores). Tuve que admitir que la música «moderna» no me interesaba demasiado (es decir, desde un punto de vista científico, tuve que mentir e inventar una pasión por el pop turco, que era un entendido), aclararle que lo mío era la música del siglo XIX, occidental y oriental; el nombre de Franz Liszt le resultaba familiar, el de Haci Emin Effendi no le decía absolutamente nada, sin duda porque yo lo pronunciaba fatal. Tuve que hacerme el listillo y hablarle de mi investigación (que era para mí apasionante, incluso conmovedora) a propósito del piano de Liszt, ese famoso piano «de cola, gran modelo *la, mi, la*, de siete octavas y tres cuerdas, mecánica de doble escape Érard, con todos los perfeccionamientos, de caoba, etcétera» con el que tocó ante el sultán en 1847.

Mientras tanto, los otros invitados también se fueron sentando, centrados de nuevo en sus cervezas, y Faugier, que hasta entonces había prestado su atención a otra, le echó el ojo a la joven a la que yo le contaba a duras penas, en inglés (lo cual siempre resulta complicado, ¿cómo se dice «caoba», por ejemplo? ¿*Mahagoni*, como en alemán?), mis grandes pequeños asuntos; en un santiamén y en turco, la hizo reír a carcajadas, imagino que a mi costa; luego, siempre en la misma lengua, hablaron de música, o eso me pareció, entendí Guns N' Roses, Pixies, Nirvana, luego fueron a bailar; yo durante un largo momento contemplé el Bósforo que brillaba en la ventana, y el culo de la chica turca que ondulaba casi ante mis ojos, mientras se contoneaba ante ese presumido tan contento de conocerse que era Faugier; más vale reírse, pero en aquel momento me sentí más bien herido.

Desde luego, yo ignoraba la realidad de la falla, de la grieta de Faugier que iba a convertirse en falla: hubo que esperar a Teherán unos años más tarde para descubrir lo que se escondía tras aquella fachada de seductor, la tristeza y la sombría locura solitaria de aquel perito de los bajos fondos. Por supuesto, es a Faugier a quien debo haber fumado mi primera pipa de opio: pasión y técnica que se trajo de su primera estancia en Irán. Fumar opio en Estambul me parecía de época, un antojo de orientalista, y precisamente por esa razón, yo que jamás había probado ninguna droga ilegal ni tenía el menor vicio, me dejé tentar por el tebaico: muy conmovido, incluso asustado, pero por un miedo al disfrute, el de los niños ante lo prohibido, no el de los adultos ante la muerte. En nuestro imaginario, el opio estaba hasta tal punto asociado al Extremo Oriente, a los cromos de chinos tumbados en fumaderos que casi olvidábamos que era originario de Turquía y de la India y que se había fumado desde Tebas hasta Teherán pasando por Damasco, algo que, en mi interior, me ayudaba también a alejar la aprensión: fumar en Estambul o en Teherán era un poco ir al encuentro del espíritu del lugar, participar de una tradición que no conocíamos bien y poner al día una realidad local que los clichés coloniales habían desplazado a otros lugares. El opio sigue siendo tradicional en Irán, donde los *teriyaki* se cuentan por miles; se ven abuelos enflaquecidos, vindicativos y gesticulantes, locos hasta que fuman su primera pipa o se disuelvan en el té un poco del residuo requemado del día anterior y vuelven a ser dulces y prudentes, envueltos en sus gruesos abrigos, calentándose junto a un brasero cuyas brasas utilizarán para prender sus *bâfour* y aliviar su alma y sus viejos huesos. Faugier me contaba todo eso durante las semanas que precedieron a mi iniciación, que iba a acercarme a Théophile Gautier, a Baudelaire, e incluso al pobre Heinrich Heine, quien halló en el láudano y sobre todo en la morfina un remedio a sus males, un consuelo a su interminable agonía. Faugier acudió a sus contactos entre los encargados de burdeles y los vigilantes de antros nocturnos para hacerse con algunas rodajas de esa resina negra que dejaba en los dedos un olor tan singular, un perfume desconocido que recordaba al incienso pero como caramelizado, azucarado y al mismo tiempo extrañamente amargo; un regusto que te persigue durante mucho tiempo, que a veces reviene en las narices y en el fondo de la garganta al azar de los días; si lo convoco ahora, ese regusto, es porque puedo hacer que reaparezca cuando trago saliva, cuando cierro los ojos, como supongo que debe de sucederle a un fumador con el horrible hedor del alquitrán quemado del tabaco, pero bien distinto, pues al contrario de lo que yo pensaba antes de llevar a cabo la experiencia, el opio no arde, sino que hierve, se derrite y genera un vapor espeso al contacto con el calor. Sin duda es la complejidad de la preparación lo que evita que las masas europeas se conviertan en *teriyaki* a la iraní; fumar opio entraña una destreza tradicional, un arte, dicen algunos, mucho más lento y complejo que la inyección; así, en *Rohstoff*, su novela autobiográfica, Jörg Fauser, el Burroughs alemán, describe a los hippies de los años setenta en Estambul, echados en las mugrientas camas de las innumerables pensiones de Küçükayasofia Caddesi, ocupados todo el santo día en inyectarse opio puro disuelto deprisa y corriendo en todos los líquidos imaginables, debido a su incapacidad para fumarlo de forma eficaz.

En nuestro caso, la preparación fue *a la iraní*, según Faugier; más tarde, comparando sus gestos con los de los iraníes, pude comprobar hasta qué punto controlaba el ritual, lo cual resultaba bastante misterioso: él no parecía un opiómano, o por lo menos no tenía ninguno de los síntomas que normalmente se asocian a los drogadictos, lentitud, delgadez, irascibilidad, dificultad de concentración, y sin embargo pasaba por un maestro en la preparación de pipas, según la calidad de la sustancia que tenía entre manos, opio puro o fermentado, y el material del que disponía, en nuestro caso un *bâfour* iraní, cuya gruesa cabeza de barro cocido calentaba lentamente en el brasero; las cortinas cuidadosamente echadas, como ahora mis pesadas cortinas de tela de Alepo, grana y oro, con motivos orientales fatigados por años de pobre luz vienesa: en Estambul teníamos que esconder el Estrecho de nuestras persianas para no ser vistos por los vecinos, pero los riesgos eran limitados; en Teherán nos arriesgábamos mucho más: el régimen le había declarado la guerra a la droga, al este del país los Guardianes de la Revolución se enfrentaban en auténticas batallas campales con los contrabandistas, y para quienes desconfiasen de la realidad de ese combate, la antevíspera de Nouruz, el Año Nuevo iraní, en 2001, cuando yo acababa de llegar, los jueces de la República Islámica organizaron un espectáculo de una extraordinaria crueldad y difundieron las imágenes por todo el planeta: la ejecución pública de cinco traficantes entre los cuales había una joven de treinta años, colgados todos de unos camiones-grúa, los ojos vendados, alzados en el aire poco a poco, la cuerda al cuello, las piernas agitadas por espasmos hasta la muerte, sus pobres cuerpos balanceándose en el extremo de aquellos brazos telescópicos; la chica se llamaba Fariba, iba vestida con un chador negro; su traje hinchado por la brisa hacía de ella un ave terrorífica, un cuervo desventurado que maldecía a los espectadores con sus alas y nosotros nos imaginábamos que aquella multitud de brutos (hombres, mujeres, niños) que gritaba consignas viendo cómo esos pobres diablos se elevaban hacia la muerte iba a verse atacada por su maldición y a experimentar los más atroces sufrimientos. Aquellas imágenes me persiguieron durante mucho tiempo; por lo menos nos ayudaban a recordar que, a pesar de todos los encantos de Irán, nos encontrábamos en un país maldito, territorio del dolor y de la muerte, donde todo, hasta las amapolas, flores del martirio, era rojo sangre. Nosotros nos apresurábamos a intentar olvidar todo aquello en la música y la poesía, porque hay que seguir adelante, como los iraníes que se han convertido en maestros en el arte del olvido; los jóvenes fumaban opio mezclado con tabaco, o consumían heroína; las drogas eran extraordinariamente baratas, incluso en moneda local: a pesar de los esfuerzos de los mulás y las espectaculares ejecuciones, la desocupación de la juventud era tal que nada podía impedirles buscar consuelo en la droga, la fiesta y la fornicación, como dice Sarah en la introducción de su tesis.

Faugier examinaba toda aquella desesperación como un especialista, un entomólogo del abatimiento, entregándose también él a los más formidables excesos en una especie de contagio de su objeto de estudio, aterido por una tristeza galopante, una tuberculosis del alma que él curaba, como el profesor Laennec sus pulmones, con formidables cantidades de estupefacientes.

Mi primera pipa de opio me acercaba a Novalis, a Berlioz, a Nietzsche, a Trakl: entraba en el círculo cerrado de cuantos habían probado el fabulosos néctar que Helena sirvió a Telémaco para que olvidase por un momento su tristeza: «Pero entonces otra cosa decidió Helena, nacida de Zeus, y vertió en el vino que bebían un bálsamo, el nepentes, que borraba la pena y la amargura y suscitaba olvido de todos los pesares. Quien la tomara, una vez que se había mezclado en la crátera, no derramaba, al menos en un día, llanto en sus mejillas, ni aunque se le muriesen su padre y su madre, ni si ante él cayeran destrozados por el bronce su hermano o un hijo bienamado y lo viera con sus ojos. Tales remedios poseía la hija de Zeus, que le había procurado Polidamna, la esposa de Ton, la egipcia, que allí la fértil tierra produce esos bálsamos, muchos que resultan benéficos en la mezcla, y muchos perniciosos. Cualquier persona entendida en todos ellos se hace un buen médico, pues, desde luego, son de la estirpe de Peán»; es bien cierto que el opio ocultaba todo pesar, toda pena, moral o física, y que curaba, temporalmente, los dolores más secretos, hasta el mismo sentimiento del tiempo: el opio induce un balanceo, abre un paréntesis en la conciencia, un paréntesis interior en el cual uno tiene la impresión de tocar la eternidad, de haber vencido la finitud del ser y la melancolía. Telémaco disfruta de dos ebriedades, la que le provoca la contemplación del rostro de Helena y la propia potencia del nepentes; una vez, en Irán, fumando solo con Sarah y a pesar de que ella no sentía la menor pasión por las drogas blandas o duras, tuve la oportunidad de ser acariciado por su belleza cuando el humo gris vació mi espíritu de todo deseo de posesión, de toda angustia, de toda soledad: yo la veía realmente, y resplandecía llena de luna; el opio no desarreglaba los sentidos, los volvía objetivos; desvanecía el sujeto, y no es esa la menor de las contradicciones de un estupefaciente místico que, exacerbando la conciencia y las sensaciones, te sacaba de ti mismo y te guarecía en la gran calma de lo universal.

Faugier me había prevenido de que uno de los numerosos alcaloides que componen el opio tenía el poder de hacer vomitar, y que las primeras experiencias opiáceas podían llegar acompañadas de violentas náuseas, aunque no fue mi caso: el único efecto secundario, aparte de extraños sueños eróticos en harenes de leyenda, fue un sano estreñimiento; otra ventaja de la adormidera para el viajero, siempre al albur de desarreglos intestinales más o menos crónicos, que son, junto con los gusanos y otras amebas, compañeros de ruta de cuantos recorren el Oriente eterno, aunque en rara ocasión los tienen en cuenta en sus recuerdos.

Por qué hoy en día el opio ha desaparecido de la farmacopea europea, lo ignoro; mi médico casi se echó a reír cuando le pedí que me lo prescribiese; sabe, sin embargo, que soy un enfermo serio, un buen paciente, y que no abusaría de él, si es que es posible (y ahí está el peligro, desde luego) no abusar de semejante panacea, pero Faugier, para disipar mis últimos temores, me aseguró que fumando una o dos pipas a la semana no se desarrollaba la menor dependencia. Aún puedo ver sus gestos mientras preparaba el *bâfour*, cuyo horno de barro cocido había calentado previamente en las brasas; desmenuzaba la pasta negra y endurecida en unos trocitos que ablandaba acercándolos al calor para luego tomar la pipa tibia; la encerada madera enarcada por latón recordaba un poco a una dulzaina o a una bombarda sin lengüeta ni orificios, pero provista de una boquilla dorada que Faugier embocaba; luego tomaba delicadamente uno de los carbones ardientes con la ayuda de una pinza y lo ponía en la parte superior; el aire que aspiraba enrojecía las brasas, su cara se cubría de reflejos color bronce; cerraba los ojos, el opio se fundía produciendo un ínfimo chisporroteo y unos segundos más tarde él escupía una nube ligera, el exceso que sus pulmones no habían conseguido retener, un soplo de placer; era un flautista antiguo tocando en la penumbra, y el perfume del opio quemado (picante, agrio y azucarado) llenaba la noche.

El corazón se me desboca mientras espero mi turno; me pregunto qué efecto me producirá el látex negro; tengo miedo, nunca he fumado nada aparte de un porro de hierba en el liceo; me pregunto si no voy a toser, a vomitar, a desvanecerme. Faugier profiere una de sus horribles frases, «Hostia puta, está de puta madre», me tiende la pipa sin soltarla, yo la sostengo con la mano izquierda y me inclino, la boquilla de metal está tibia, descubro el sabor del opio, primero lejano, luego, cuando aspiro mientras Faugier acerca al horno un carbón incandescente cuyo calor noto contra la mejilla, de repente poderoso, más poderoso, tan poderoso que ya no me siento los pulmones; quedo sorprendido por la dulzura casi acuosa del humo, sorprendido por la facilidad con que se traga, aunque, para mi gran vergüenza, no noto nada aparte de la desaparición de mi aparato respiratorio, una grisalla en el interior, me han ennegrecido el pecho a lápiz. Soplo. Faugier me observa, una sonrisa cuajada en el rostro, se inquieta: ¿Entonces? Yo hago un mohín inspirado, espero, escucho. Me escucho, busco ritmos y acentos nuevos en mi interior, trato de seguir mi propia transformación, permanezco muy atento, a punto estoy de cerrar los ojos, a punto estoy de reír, sonrío, podría hasta reír, pero me complace sonreír porque siento Estambul a mi alrededor, la oigo sin verla, es una felicidad muy simple, muy completa que se instala, aquí y ahora, sin esperar nada aparte de la perfección absoluta del instante suspendido, dilatado, y supongo, en ese instante, que ese es el efecto.

Observo cómo Faugier rasca con una aguja el residuo de opio.

El brasero se vuelve gris; poco a poco los carbones van enfriándose y cubriéndose de ceniza; pronto habrá que soplar para arrancarles esa piel muerta y recuperar, si no es demasiado tarde, la llama que en ellos queda. Escucho un instrumento de música imaginaria, un recuerdo de mi jornada; es el piano de Liszt; está tocando ante el sultán. Si me atreviese, le preguntaría a Faugier: ¿Qué crees que pudo tocar Liszt en 1847 en el palacio de Çiragan, ante la corte y ante todos los extranjeros importantes con que contaba la capital otomana? ¿Acaso el sultán Abdülmecit era tan melómano como lo sería su hermano Abdülaziz, el primer wagneriano de Oriente? Las

Melodías húngaras, claro está, y por supuesto también el *Gran galope cromático*, que tantas veces interpretó por toda Europa y hasta en Rusia. Puede que, del mismo modo que en otros lugares, también *Improvisaciones sobre un tema local mezclado con Melodías húngaras*. ¿Acaso Liszt probó el opio? En todo caso, Berlioz sí.

Faugier modela una nueva bolita de pasta negra en el horno de la pipa.

Oigo apaciblemente esa lejana melodía, miro, en lo alto, a todos esos hombres, todas esas almas que aún se pasean a nuestro alrededor; quién fue Liszt, quién fue Berlioz, quién fue Wagner y todos aquellos a quienes conocieron, Musset, Lamartine, Nerval, una inmensa red de textos, de notas y de imágenes, clara, precisa, un camino visible solo por mí que vincula al viejo Von Hammer-Purgstall con todo un mundo de viajeros, de músicos, de poetas, que vincula a Beethoven con Balzac, con James Morier, con Hofmannsthal, con Strauss, con Mahler y con los dulces humos de Estambul y Teherán, acaso es posible que el opio me siga acompañando después de todos estos años, que uno pueda convocar sus efectos como a Dios en la oración; acaso soñaba yo con Sarah en la adormidera, largamente, como esa noche, un largo y profundo deseo, un deseo perfecto, pues no requiere de ninguna satisfacción, de ningún final; un deseo eterno, una interminable erección sin objetivo, eso lo que provoca el opio.

Nos guía en las tinieblas.

Franz Liszt el niño bonito llega a Constantinopla a finales de mayo de 1847 procedente de Jassi, ciudad de sangrientos pogromos, vía Galaţi, en el mar Negro. Viene de una larga gira, Lemberg, Czernowitz, Odessa, todo lo que en el este de Europa cuenta con salas, grandes o pequeñas, y con notables, grandes o pequeños. Es una estrella, un monstruo, un genio; hace llorar a los hombres y desvanecerse a las mujeres; hoy cuesta creer lo que se cuenta de su éxito: cuando se va de Berlín quinientos estudiantes lo acompañan a caballo hasta la primera parada de posta, una muchedumbre de mujeres jóvenes lo celebra con pétalos de flores a su salida de Ucrania. No hay artista que conozca mejor Europa hasta en sus más lejanas fronteras, de oeste a este, de Brest a Kiev. En todas partes genera rumores, ruido que lo precede en la siguiente ciudad: ha sido detenido, se ha casado, ha caído enfermo; en todas partes lo esperan y, lo más extraordinario, a todas partes llega, anunciado por la aparición de su piano Érard, tan infatigable por lo menos como él mismo; el fabricante parisino se apresura a enviarlo en barco o en coche tan pronto como averigua el destino de quien es su mejor representante; y así, el *Periódico de Constantinopla* publica el 11 de mayo de 1847 una carta recibida de París, del mismísimo fabricante Sébastien Pierre Érard, que anuncia la inminente llegada de un piano modelo especial, de caoba, con todos los perfeccionamientos posibles, enviado desde Marsella el 5 de abril. ¡Entonces Liszt va a venir! ¡Viene Liszt! Por más que he buscado, no he descubierto más que algún detalle sobre su estancia en Estambul, aparte tal vez del nombre de quien debía acompañarlo:

Y esa pobre Mariette Duplessis que murió… Es la primera mujer de la que me enamoré, y a saber en qué cementerio se halla, ¡abandonada a los gusanos del sepulcro! Hace quince meses ella me decía: «No viviré; soy una chica singular y no podré insistir en esta vida con la que no me sé manejar y que además no podría soportar. Tómame, llévame donde quieras; no te molestaré, duermo todo el día, por la tarde me permitirás ir al espectáculo y por la noche harás de mí lo que te plazca». Yo le dije que la llevaría a Constantinopla, porque ese era el único viaje sensatamente posible que podía ofrecerle. Ahora está muerta…

A Sarah esa frase le parecía extraordinaria: «Tómame, llévame donde quieras; no te molestaré, duermo todo el día, por la tarde me permitirás ir al espectáculo y por la noche harás de mí lo que te plazca», una declaración de una belleza y de una desesperación absolutas, una total desnudez; a diferencia de Liszt, yo sé en qué cementerio está enterrada, en el de

Montmartre, que Sarah me descubrió. El destino de la modelo no tiene nada que envidiar al de la Dama de las Camelias; a juzgar por esta frase, el personaje de Dumas incluso destiñe un poco: en lo que a ella se refiere, la adaptación que hizo Verdi de la vida de Marie Duplessis es en efecto *musical*, pero un poco escorada hacia el drama. *La Traviata* fue creada en Venecia en 1853, estas cosas en la época iban rápidas; siete años después de su muerte, la pequeña cortesana Marie Duplessis alias Margarita Gautier alias Violetta Valéry es célebre en toda Europa, lo mismo que Dumas hijo y que Verdi. Liszt confía tristemente:

Si por casualidad me hubiera hallado en París cuando la enfermedad de la Duplessis, hubiese tratado de salvarla costara lo que costase, porque era verdaderamente un prodigio de la naturaleza, y la costumbre de cuanto llamamos corruptor (y de cuanto tal vez lo sea) nunca afectó a su corazón. Créase que sentí por ella un afecto sombrío y elegíaco, el cual, aun sin yo saberlo, volvió a ponerme en el camino de la poesía y la música. Es la última y única conmoción que me ha asaltado desde hace años. Renunciemos a explicar estas contradicciones, ¡el corazón humano es una cosa extraña!

El corazón humano es en efecto una cosa extraña, y ese corazón de alcachofa de Franz Liszt no dejó de enamorarse, incluso de Dios; en las reminiscencias del opio, mientras oigo rodar cual tambores del suplicio los virtuosismos de Liszt que tanto me ocuparon en Constantinopla, también a mí se me aparece una *chica singular*, allá en su Sarawak, aunque Sarah no tiene nada que ver ni con la Duplessis ni con Harriet Smithson («Vean ustedes a esa gruesa inglesa sentada en el proscenio», cuenta Heinrich Heine en su reseña), la actriz que inspiró la *Sinfonía fantástica*. Pobre Berlioz, perdido en su pasión por la actriz de la «poor Ophelia»: «¡Pobre gran genio, reñido con los tres cuartos de lo imposible!», como escribió Liszt en una de sus cartas.

Se necesitaría una Sarah para interesarse por todos esos trágicos destinos de mujeres olvidadas; menudo espectáculo, sin embargo, el de Berlioz, loco de amor, tocando los timbales en su propia *Marcha del suplicio* en la gran sala del Conservatorio. Ese cuarto movimiento es pura locura, un sueño de opio, de envenenamiento, de tortura irónica y chirriante, una marcha hacia la muerte, escrita en una noche, una noche de adormidera, y Berlioz, cuenta Heinrich Heine, Berlioz desde su timbal miraba a Harriet Smithson, la miraba fijamente, y cada vez que sus miradas se cruzaban, él golpeaba el instrumento con mayor fuerza, igual que un poseso. (Por otra parte, Heine anota que el timbal, o las percusiones en general, era un instrumento que a Berlioz le quedaba bien. Berlioz jamás viajó a Oriente, pero desde los veinticinco años estaba fascinado por *Los orientales* de Hugo. Habría, pues, un Oriente *segundo*, el de Goethe o el de Hugo, que ni conocen las lenguas orientales ni los países donde estas se hablan, pero que se apoyan en los trabajos de orientalistas y viajeros como Hammer-Purgstall; y hasta un Oriente *tercero*, un *Tercer Oriente*, el de Berlioz o el de Wagner, que se nutren de esas obras en sí mismas ya indirectas. El *Tercer Oriente*, he aquí una noción a desarrollar. Lo que prueba que, tras un timbal, hay mucho más de lo que uno cree.) El caso es que esa pobre Ofelia de Harriet Smithson, contrariamente a las tropas británicas, cedió a las percusiones francesas y se casó con el artista. Un matrimonio forzado por el arte que terminó en desastre, a veces la música no lo puede todo, y Heine observa, unos años más tarde, cuando vuelven a interpretar la *Sinfonía fantástica* en el Conservatorio, que «Berlioz de nuevo se ha sentado detrás de la orquesta, a las percusiones, la gruesa inglesa sigue en el proscenio, sus miradas vuelven a cruzarse... pero él ya no golpea su timbal con aquella fuerza».

Hace falta ser Heine para dibujar así, en diez líneas, la novela de un amor difunto; «el bueno y espiritual Henri Heine», como le llama Théophile Gautier, Heine que en París, en el concierto de Liszt, cuando el aficionado al hachís está a punto de partir a Constantinopla, le pregunta con su acento alemán lleno de humor y de malicia: «¿Cómo hará usted para hablar de Oriente una vez que lo haya visitado?». Pregunta que se le podría haber hecho a todos cuantos viajan a Estambul, a tal punto el viaje difumina su propósito, lo disemina y lo multiplica en destellos y en detalles hasta despojarlo de su realidad.

Por otra parte, Franz Liszt cuenta bien poca cosa sobre esa visita a Turquía, que una placa conmemorativa, en el callejón que desciende hacia el palacio de Francia en Beyoğlu, recuerda brevemente a los transeúntes. Se sabe que desde el mismo momento en que bajó del barco fue recibido por el maestro de música Donizetti y por el embajador de Austria, que el sultán había enviado a su encuentro; que vivió en el palacio de Chagatay, unos días, invitado por el Gran Señor, y que dio allí un concierto con ese famoso piano Érard; que pasó luego un tiempo en el palacio de Austria y después en el palacio de Francia, donde fue el huésped del embajador François-Adolphe de Bourqueney y allí dio un segundo concierto, siempre con el mismo instrumento que lo seguía infatigablemente a todas partes; que al final de su estancia conoció al propio embajador porque antes la mujer de este estuvo indispuesta; que dio un tercer concierto en Pera y se encontró con dos viejos conocidos, un francés y un polaco, con quienes hizo una excursión a Asia; que mostró su agradecimiento por correo a Lamartine, gran especialista en el Imperio otomano, quien le había enviado una carta de recomendación para el ministro de Asuntos Exteriores, Rechid Pasha: es más o menos cuanto puede decirse de fuente segura.

Y vuelvo a ver mis paseos entre dos sesiones de archivos y de periódicos de época; mis visitas a los especialistas susceptibles de ofrecerme alguna información, siempre historiadores más bien gruñones, temerosos, como tan a menudo en la Academia, ante la posibilidad de que un joven pueda saber más que ellos o hacerlos caer en falta, sobre todo si ese joven no era turco, sino austríaco, y aun eso a medias, y si su tema de investigación caía en un vacío científico, un agujero entre la historia de la música turca y la europea; a veces, y eso me resultaba un tanto deprimente, tenía la impresión de que mis consideraciones eran como el Bósforo: un hermoso lugar entre dos orillas, cierto, pero que en el fondo no era más que agua, por no decir viento. Por más que me tranquilizaba repitiéndome que también el Coloso de Rodas o Hércules habían tenido en sus tiempos un pie en cada orilla, a menudo las miradas burlonas y las observaciones hirientes de los especialistas lograban desanimarme.

Afortunadamente, ahí estaban Estambul y Bilger y Faugier y el opio que nos abría las puertas de la percepción; mi teoría sobre la iluminación de Liszt en Constantinopla surgía de las *Armonías poéticas y religiosas* y principalmente de la «Bendición de Dios en la soledad», que compone poco tiempo después de su estancia estambulita, en Woronince; la «adaptación» musical del poema de Lamartine respondía a la pregunta de los primeros versos, «¿De dónde me viene, ¡oh, Dios mío!, esta paz que me inunda? / ¿De dónde me viene esta fe que en mi corazón tanto abunda?», y yo estaba íntimamente persuadido de que hablaba del descubrimiento de la luz oriental y no, como sostenían a menudo los comentadores, de un recuerdo amoroso de Marie d'Agoult «remachado» para la princesa Carolyne zu Sayn-Wittgenstein.

Tras su visita a Estambul, Liszt renuncia a su vida de músico errante, renuncia al éxito de los años brillantes y emprende, desde Weimar, un largo trayecto hacia la contemplación, un nuevo viaje —aunque algunos de esos pasajes efectivamente habían sido esbozados antes— por las *Armonías poéticas y religiosas*. La «Bendición…», por mucho que sea masacrada por todos los pianistas novatos, no deja de ser no solo la melodía más hermosa de Liszt, sino el acompañamiento más simplemente complejo del compositor, acompañamiento (y eso era, a mis oídos principiantes, lo que acercaba esta pieza a una especie de iluminación) que había que hacer sonar como la fe superabundante allí donde la melodía representaba la paz divina. Hoy en día me parece una lectura un tanto «teleológica» y simplista (siendo la música muy raras veces reductible a las causas de su composición), y sobre todo vinculada a mi propia experiencia de Estambul: una mañana de un azul intenso, con el aire todavía cargado de frío, cuando las islas Príncipe se desprenden de la luz rasante de la punta del serrallo y los alminares del viejo Estambul estrían el cielo con sus lanzas, con sus lápices para escribir el centésimo nombre de Dios en el seno de la pureza de las nubes, todavía hay pocos turistas o transeúntes en el extraño callejón (altos muros de piedra ciega, antiguos caravasares y bibliotecas cerradas) que lleva a la parte de atrás de la mezquita de Süleymaniye, construida por Sinan el Divino para Solimán el Magnífico. Cruzo el peristilo de mármol coloreado; algunas gaviotas revolotean entre las columnas de pórfido; el enlosado luce como si hubiese llovido. Ya he entrado en varias mezquitas, Santa Sofía, la Mezquita Azul, y visitaré otras tantas, en Damasco, en Alepo, en la propia Ispahán, pero ninguna obrará en mí ese efecto inmediato: una vez depositados mis zapatos en un casillero de madera y ya en la sala de oración, una contracción del pecho, una pérdida de referencias, trato vanamente de caminar y me abandono allí donde me encuentro, sobre la alfombra roja con flores azules, intentando recuperarme. Descubro que estoy solo en el monumento, solo rodeado de luz, solo en ese espacio de proporciones desconcertantes; el círculo de la cúpula inmensa es acogedor y cientos de ventanas me rodean; me siento con las piernas cruzadas. Me emociono hasta el llanto pero no lloro, me siento elevado del suelo y recorro con la vista las inscripciones de la fayenza de Izmit, la decoración pintada, todo centellea, luego me sobrecoge una gran calma, una calma desgarradora, una cumbre divisada, pero enseguida la belleza me elude y me rechaza; poco a poco me voy recuperando; lo que ahora perciben mis ojos me parece magnífico, cierto, pero no tiene nada que ver con la sensación que acaba de arrobarme. Una enorme tristeza se apodera de mí de repente, una pérdida, una visión siniestra de la realidad del mundo y de toda su imperfección, su dolor, una tristeza acentuada por la perfección del edificio, y me viene una frase, solo las proporciones son divinas, el resto pertenece a los hombres. Hasta que un grupo de turistas entra en la mezquita y trato de ponerme en pie y mis piernas anquilosadas por las dos horas que he pasado allí sentado me hacen titubear y abandonar la Süleymaniye como un hombre ebrio, un hombre que vacila entre la alegría y las lágrimas, y que huye, pues más que salir huí de la mezquita; el gran viento de Estambul acabó de despertarme, y sobre todo el frío del mármol del patio, pues había olvidado mis zapatos, totalmente desorientado, y me di cuenta de que me había pasado dos horas inmóvil o casi, dos horas desvanecidas, inexistentes, solo advertidas por mi reloj; descubro de repente que estoy en calcetines en medio del patio y que mis zapatos han desaparecido del casillero donde los dejé, he ahí algo que te devuelve instantáneamente a los suplicios del mundo; y robé también yo un par de enormes sandalias de plástico azul, tras varios intentos infructuosos de explicarme ante un portero bigotudo que se golpeaba el cuerpo con los brazos en señal de impotencia, «no shoes, no shoes», pero que me dejó quedarme con ese calzado de monitor de natación que había por allí, con el que atravesé Estambul como un derviche, el alma en pena.

La memoria es algo bien triste, porque recuerdo con mayor claridad la vergüenza al caminar por la ciudad en calcetines con aquellas cansadas chanclas de látex azul que la emoción que sentí y las horas desaparecidas en la Süleymaniye, la primera emoción espiritual que no experimento a través de la música: unos años más tarde, contándole esta historia a Sarah, que ella llamó «El satori de las babuchas», me acordé de este cuarteto de Jayam:

> *Fui a la mezquita, y allí robé una alfombra.*
> *Mucho tiempo después, me arrepentí,*
> *regresé a la mezquita: la alfombra estaba usada,*
> *había que cambiarla.*

A diferencia del viejo Omar Jayam, yo nunca me atreví a volver a la Süleymaniye, la última vez que pasé por Estambul me quedé en el jardín, acudí a visitar la tumba de ese arquitecto, Sinan, que fue, como lo fueron pocos, un intermediario entre nosotros y Dios; le dediqué una corta oración y recordé las infames sandalias que aquel día heredé y luego perdí o tiré sin comprobar, hombre de poca fe como era yo, que no fuesen milagrosas.

Síndrome de Stendhal o auténtica experiencia mística, no lo sé, pero comprendí que Liszt el gitano celestial podría haber hallado allí, también él, un detonante, una fuerza, en aquellos paisajes y edificios; que tal vez una parte de esa luz de Oriente que llevaba consigo se vio reavivada durante su estancia en Constantinopla. Era sin duda una intuición interesante en el plano personal, pero para la ciencia, en atención a los escasos comentarios que tenemos del propio Liszt sobre su paso por el Bósforo, una ambición totalmente desmesurada.

Lo que en cambio sí conseguí reconstruir fue una descripción más o menos plausible del primer conjunto otomano, la orquesta privada de Abdülaziz, que tocaba sentada en el suelo sobre las alfombras del palacio; es sabido que el sultán se ponía nervioso por los tics «orientales» de sus violinistas cuando interpretaban obras italianas y alemanas y que llegó a organizar un coro para los conciertos privados de óperas, especialmente *Las bodas de Fígaro*; el gran hombre se cabreaba porque a sus cantantes les costaba cantar de otro modo que no fuese al unísono, y los dúos, los tríos, los cuartetos, los octetos virtuosos de las bodas se convertían en un potaje sonoro que al melómano monarca le arrancaba lágrimas de impotencia, y eso a pesar de los ingentes esfuerzos de los eunucos con voz de ángel y los avisados consejos del maestro de música italiana. Sin embargo, Estambul ya había visto nacer, en 1830, a un gran compositor olvidado, August von Adelburg Abramović, cuya existencia yo esbocé pacientemente: tras una infancia en el Bósforo, Adelburg se hizo famoso en Budapest gracias a una ópera «nacional», *Zrinyi*, donde trataba de demostrar que, contrariamente a lo que afirmaba Liszt, la música húngara no era de origen gitano; hay en ello algo de fascinante, en que sea precisamente un levantino quien se convierta en adalid del nacionalismo húngaro a través de su héroe Miklós Zrínyi, gran perdonavidas de turcos; sin duda es esta contradicción íntima y profunda la que lo abismará en la locura, una locura tan grave que lo conducirá al internamiento y a la muerte con solo cuarenta y tres años. Adelburg, el primer músico europeo de relevancia nacido en el Imperio otomano, acaba su vida en la demencia, en la falla de la alteridad; como si, a pesar de todos los puentes, de todos los lazos tendidos por el tiempo, la diversidad se revelase imposible ante la patología nacionalista que poco a poco va invadiendo el siglo XIX y que destruye, suavemente, las frágiles pasarelas que se habían ido tendiendo para no dejar espacio sino a las relaciones de dominación.

Obviamente, mis gafas estaban bajo la pila de libros y revistas, mira que soy despistado. Aunque para contemplar las ruinas de mi dormitorio (ruinas de Estambul, ruinas de Damasco, ruinas de Teherán, ruinas de mí mismo) tampoco es que necesite la vista, me conozco todos estos objetos de memoria. Los fotocromos y los grabados orientalistas amarillentos. Las obras poéticas de Pessoa sobre un atril de madera esculpida que supuestamente acogió el Corán. Mi tarbush de Estambul, mi pesado sobretodo de lana del zoco de Damasco, el laúd de Alepo que compré con Nadim. Esos volúmenes blancos, un perfil negro con el pelo revuelto en el lomo, son los diarios de Grillparzer; qué gracioso le habrá resultado eso a todo el mundo en Estambul, que un austríaco se pasease con su Grillparzer. Lo del detergente todavía pasaba, ¡pero Grillparzer! Los alemanes son celosos, eso lo explica todo. Sé de dónde viene la querella: los alemanes no pueden soportar la idea (y no soy yo quien lo dice, lo afirma Hugo von Hofmannsthal en un famoso artículo, «Nosotros los austríacos y Alemania») de que Beethoven se fuese a Viena y nunca quisiera regresar a Bonn. Por otra parte, Hofmannsthal, el libretista más grande de todos los tiempos, escribió un extraño diálogo teatral entre Von Hammer-Purgstall el eterno orientalista y Balzac el infatigable, que Sarah cita abundantemente en su artículo sobre Balzac y Oriente; confieso que ya no recuerdo muy bien de qué se trata, ayer volví a sacar el artículo, está ahí, y mira, dentro hay un pequeño pedazo de papel, una nota, una vieja carta escrita en una hoja arrancada, con márgenes trazados en rojo y líneas azules, la página de un cuaderno escolar:

Mi muy querido Franz:

Aquí tienes por fin la publicación que me ha ocupado estos últimos meses. Estoy un poco lejos de mis queridos monstruos y otros horrores, como tú dices, pero es solo temporal. El coloquio de Hainfeld ha resultado ser muy fructífero, puedes juzgarlo por ti mismo... ¡Y no solo en términos universitarios!

Nunca te estaré lo suficientemente agradecida por la imagen del castillo y por tus traducciones.

Te supongo a punto de dejar Estambul, espero que tu estancia haya sido provechosa. ¡Muchísimas gracias por el «recado» y por las fotos! ¡Son magníficas! Mi madre está encantada. Tienes mucha suerte, menudo sueño, descubrir Constantinopla... ¿Vuelves a Viena o a Tubinga? Sobre todo no olvides avisarme la próxima vez que pases por París.

Hasta pronto, espero. Un beso,

SARAH

P. D.: Me intriga saber qué pensarás de este artículo «vienés». ¡Espero que te guste!

Es agradable encontrar por sorpresa esta querida escritura, a tinta, un tanto apresurada, un tanto difícil de leer pero tierna y elegante; hoy que los ordenadores han tomado la delantera, no vemos la caligrafía de nuestros contemporáneos sino muy raramente, quién sabe si la cursiva manuscrita no se convertirá en una forma de desnudez, una manifestación íntima y escondida, oculta a todos excepto a los amantes, los notarios y los banqueros.

Ya está, no tengo sueño. El sueño nunca acude a mi encuentro, me abandona con enorme presteza, alrededor de la medianoche, después de haberme acosado durante toda la tarde. El sueño es un monstruo egoísta que siempre va a la suya. El doctor Kraus es un médico pésimo, debería buscarme otro. Despedirlo. Podría darme el lujo de despedir a mi médico, ponerlo de patitas en la calle, un médico que en cada visita te habla de descanso pero es incapaz de hacerte dormir no merece el nombre de médico. Hay que reconocer, en su descargo, que nunca me tomo las cochinadas que me receta. Pero un médico que no adivina que no vas a tomarte las cochinadas que te receta no es un buen médico, por eso tengo que buscarme otro. Sin embargo, Kraus tiene el aspecto de alguien inteligente, sé que le gusta la música, aunque no, exagero, sé que va a conciertos, lo cual no prueba nada. Ayer mismo me dijo «He ido a escuchar a Liszt en el Musikverein», yo le respondí que tuvo suerte, pues hacía mucho tiempo que Liszt no tocaba en Viena. Se rió, por supuesto, diciendo «Ah, doctor Ritter, con usted me muero de risa», algo que viniendo de un médico suena un tanto extraño. Lo que no le perdono es que se riese cuando le pedí que me prescribiese opio. «Oh oh oh, puedo redactarle la receta, pero luego va a tener que dar con una farmacia del siglo diecinueve.» Sé que miente, lo he comprobado en el *Boletín oficial*, un médico austríaco tiene derecho a prescribir hasta dos gramos de opio al día y veinte gramos de láudano, así que debe de haber. Lo que sí resulta descabellado es que un veterinario de la misma nacionalidad puede prescribir hasta quince gramos de opio y ciento cincuenta de tintura: quién fuese un perro enfermo. Quizá podría suplicarle al chucho de Gruber que me vendiese un poco de esas medicinas a espaldas de su dueño, así esa alimaña serviría al fin de algo.

Me pregunto por qué me obsesiono hoy con esta cuestión, si nunca me he sentido atraído por la embriaguez y en total no me he fumado más que cinco o seis pipas en mi vida, y ya hace años. Sin duda por culpa del texto de Balzac que cita Sarah en este artículo amarillento de grapas oxidadas cuyo polvo se me pega en los dedos:

Al opio le pedían que les mostrase las cúpulas doradas de Constantinopla y que los envolviese en los divanes del serrallo, entre las mujeres de Mahmud: y allí, embriagados por el placer, temían o bien el frío del puñal o bien el silbido del cordón de seda; y, siendo presa de las delicias del amor, presentían el castigo… ¡El opio les entregaba el universo entero!…

Y por tres francos y veinticinco céntimos, se transportaban a Cádiz o a Sevilla, escalaban muros, yacían acostados bajo una celosía, ocupados en ver dos ojos en llamas: una andaluza protegida por una persiana de seda roja, cuyos reflejos le comunicaban el calor, lo finito, la poesía de las figuras, objetos fantásticos de nuestros jóvenes sueños… Luego, de repente, al volverse se encontraban cara a cara ¡con el terrible rostro de un español armado con un trabuco bien cargado!…

A veces probaban la plancha deslizante de la guillotina y se despertaban en el fondo de las fosas, en Clamart, para sumirse en todas las dulzuras de la vida doméstica: un hogar, una tarde de invierno, una mujer joven, niños llenos de gracia que arrodillados rezaban a Dios, bajo el dictado de una vieja criada… Todo por tres francos de opio. ¡Sí, por tres francos de opio llegaban incluso a reconstruir las gigantescas concepciones de la Antigüedad griega, asiática y romana!… Se procuraban los añorados anoplotheriums hallados aquí y allá por el señor Cuvier. ¡Reconstruían las caballerizas de Salomón, el templo de Jerusalén, las maravillas de Babilonia y toda la Edad Media con sus torneos, sus castillos, sus caballeros y sus monasterios!…

¡Por tres francos de opio! Balzac se burla, está claro, pero, a pesar de todo, tres francos, ¿qué puede representar eso en chelines? No, perdón, en esos tiempos en coronas. Nunca se me han dado bien las conversiones. Hay que reconocerle a

Sarah que tiene el don de ir a toparse con las historias más increíbles y olvidadas. Balzac, quien en teoría no se ocupó sino de los franceses y sus costumbres, escribiendo un texto sobre el opio, y por si fuera poco uno de sus primeros textos publicados. Balzac, ¡el primer novelista francés que incluye un texto en árabe en una de sus novelas! Balzac el turonense que se hace amigo de Hammer-Purgstall el gran orientalista austríaco, hasta el punto de dedicarle una de sus obras: *El gabinete de los antiguos*. He aquí un artículo que podría haber causado sensación, aunque en la universidad nada causa sensación, por lo menos en ciencias humanas; los artículos son frutos aislados y perdidos que nadie o casi nadie llega a catar, sobre eso algo sé. Sin embargo, el lector que abría su reedición de 1837 de *La piel de zapa* según Sarah se encontraba con esto:

LA PEAU DE CHAGRIN. 59

Il apporta la lampe près du talisman que le jeune homme tenait à l'envers, et lui fit apercevoir des caractères incrustés dans le tissu cellulaire de cette peau merveilleuse, comme s'ils eussent été produits par l'animal auquel elle avait jadis appartenu.

—J'avoue, s'écria l'inconnu, que je ne devine guère le procédé dont on se sera servi pour graver si profondément ces lettres sur la peau d'un onagre.

Et, se retournant avec vivacité vers les tables chargées de curiosités, ses yeux parurent y chercher quelque chose.

— Que voulez-vous? demanda le vieillard.

— Un instrument pour trancher le chagrin, afin de voir si les lettres y sont empreintes ou incrustées.

Le vieillard présenta son stylet à l'inconnu, qui le prit et tenta d'entamer la peau à l'endroit où les paroles se trouvaient écrites; mais quand il eut enlevé une légère couche de cuir, les lettres reparurent si nettes et tellement conformes à celles qui étaient imprimées sur la surface, que, pendant un moment, il crut n'en avoir rien ôté.

— L'industrie du Levant a des secrets qui lui sont réellement particuliers, dit-il en regardant la sentence orientale avec une sorte d'inquiétude.

— Oui, répondit le vieillard, il vaut mieux s'en prendre aux hommes qu'à Dieu!

Les paroles mystérieuses étaient disposées de la manière suivante.

40   LA PEAU DE CHAGRIN.

لو ملكتني ملكت الكل
و لكن عمرك ملكي
و اراد الله هكذا
اطلب و ستنال مطالبك
و لكن قس مطالبك على عمرك
وهي هاهنا
فدكل مرامك ستنزل ايامك
أتريد في
الله مجيبك
أمين

qui voulait dire en français:

SI TU ME POSSÈDES, TU POSSÉDERAS TOUT. MAIS TA VIE M'APPARTIENDRA. DIEU L'A VOULU AINSI. DÉSIRE, ET TES DÉSIRS SERONT ACCOMPLIS. MAIS RÈGLE TES SOUHAITS SUR TA VIE. ELLE EST LA. A CHAQUE VOULOIR JE DÉCROITRAI COMME TES JOURS. ME VEUX-TU? PRENDS. DIEU T'EXAUCERA. SOIT!

Mientras que en la edición original de 1831, solo encontraba el siguiente texto:

— Que voulez-vous?... demanda le vieillard.

— Un instrument pour trancher le chagrin afin de voir si les lettres y sont empreintes ou incrustées...

Le vieillard lui présenta le stylet. Il le prit et tenta d'entamer la peau à l'endroit où les paroles se trouvaient écrites; mais quand il eut enlevé une légère couche du cuir, les lettres y reparurent si nettes et si conformes à celles imprimées sur la surface, qu'il crut, pendant un moment, n'en avoir rien ôté.

—L'industrie du Levant a des secrets qui lui sont réellement particuliers! dit-il en regardant la sentence talismanique avec une sorte d'inquiétude.

— Oui!... répondit le vieillard, il vaut mieux s'en prendre aux hommes qu'à Dieu!

Les paroles mystérieuses étaient disposées de la manière suivante :

SI TU ME POSSÈDES TU POSSÉDERAS TOUT.
MAIS TA VIE M'APPARTIENDRA. DIEU L'A
VOULU AINSI. DÉSIRE, ET TES DÉSIRS
SERONT ACCOMPLIS. MAIS RÈGLE
TES SOUHAITS SUR TA VIE.
ELLE EST LA. A CHAQUE
VOULOIR JE DÉCROITRAI
COMME TES JOURS.
ME VEUX - TU?
PRENDS. DIEU
T'EXAUCERA.
— SOIT!

—Ah! vous lisez couramment le sanscrit?... dit le vieillard. Vous avez été peut-être au Bengale, en Perse?...

*— Non, Monsieur, répondit le jeune homme en tâtant avec une curiosité digitale cette peau symbolique, assez semblable à une feuille de métal par son peu de flexibilité.

Le vieux marchand remit la lampe sur la

Abstract

Entre las numerosas relaciones de los autores y artistas europeos de la primera mitad del siglo XIX con Oriente, muchas ya han sido exploradas. Se conocen con bastante precisión, por ejemplo, las modalidades de este encuentro en el caso de Goethe o Hugo. En cambio, uno de los más sorprendentes vínculos entre orientalismo científico y literatura es el que mantienen Honoré de Balzac y el orientalista austríaco Joseph von Hammer-Purgstall (1774-1852), que no solo conduce a la primera inclusión de un texto directamente en lengua árabe en una obra destinada al gran público francés, sino que además explica con toda certeza el sentido, oscuro hasta el momento, del diálogo en que Hugo von Hofmannsthal pone en escena a los dos hombres en Viena en 1842 [*sic*], *Sobre los personajes de la novela y del drama* (1902). Asistimos aquí a la formación de una red artística que, desde Hammer-Purgstall el orientalista, irriga toda la Europa del Oeste, desde Goethe hasta Hofmannsthal, pasando por Hugo, Rückert y el propio Balzac.

El resumen es impecable, había olvidado por completo este artículo, es muy «vienés», como ella dice; Sarah me pidió que buscase el grabado del castillo de Hainfeld que Hammer envía por carta a Balzac poco después de su estancia. Sarah hace un añadido francés a la teoría (por otra parte defendida por Hofmannsthal) según la cual Austria es la tierra de los encuentros, una tierra de frontera mucho más rica en contactos y mezclas que la propia Alemania, la cual, muy al contrario, procura extirpar al *otro* de su cultura, sumirse en las profundidades de su propio *yo*, en palabras de Sarah, incluso si semejante proyecto ha de desembocar en la mayor de las violencias. Una idea que ameritaría ser trabajada; el artículo, pues, debí de recibirlo en Estambul, si hay que confiar en la nota que pregunta si volveré «a Viena o a Tubinga»; me agradece las fotos que me había pedido, pero soy yo quien debería estarle agradecido, pues me permitió visitar un magnífico barrio de Estambul al que de otro modo nunca habría ido, lejos de los turistas y lejos de la imagen acostumbrada de la capital otomana, Hasköy el inaccesible al fondo del Cuerno de Oro; si la buscase bien podría dar con la carta en la que me pedía que fuese a fotografiar para ella (sin duda hoy en día internet hace inútiles este tipo de excursiones) el liceo de la Alianza Israelita Universal en el que fue escolarizado su bisabuelo materno en la década de 1890; había algo de muy emocionante en ir, sin ella, a descubrir esos lugares de los que provenía, por así decirlo, pero que ella, como tampoco su madre, nunca había visto. Cómo fue a parar un judío de Turquía a la Argelia francesa antes de la Primera Guerra Mundial, no tengo la menor idea, ni siquiera la propia Sarah está muy segura de saberlo: uno de los tantísimos misterios del siglo XX, que a menudo esconden violencia y dolor.

Llovía sobre Hasköy, una de esas lluvias de Estambul que se arremolinan por efecto del viento y, aunque no sea más que fina llovizna, pueden calarte hasta los huesos en un segundo con solo dar dos pasos; yo protegía cuidadosamente mi cámara de fotos bajo el impermeable, tenía dos carretes de treinta y seis, ASA 400 color, toda una antigualla esas palabras hoy en día; quizá aún tenga esos negativos en mi caja de fotos, es muy probable. Llevaba también un plano de la ciudad, que sabía por experiencia muy incompleto en cuanto a los nombres de las calles, y también un paraguas absolutamente vienés con el bastón de madera. Llegar hasta Hasköy fue en sí mismo todo un proceso: había que dar un rodeo por el norte vía Şişli, luego bordear el Cuerno de Oro a través de Kasımpaşa, tres cuartos de hora de paseo desde Cihangir por las pendientes de Beyoğlu. Maldije a Sarah cuando un coche pasó en tromba junto a mí y me pintó de lodo los bajos de los pantalones, y a punto estuve de dejar para más tarde una expedición que se anunciaba bajo los más oscuros augurios, pues estaba bien pringado, el impermeable maculado, los pies mojados, y solo después de diez minutos de haber salido de la casa donde Faugier, no obstante, observando cómo las nubes oscurecían el Bósforo, recuperándose del raki del día anterior con un té en la mano, ya me había prevenido amablemente: No es día para que un orientalista salga a la calle. Me decidí a tomar un taxi, algo que hubiese querido evitar, evidentemente no por tacañería, sino solo porque no sabía explicarle adónde iba; me contenté con «Hasköy eskelesi, lütfen», y después de una buena media hora de atascos me encontré al borde del agua, en el Cuerno de Oro, ante un pequeño puerto absolutamente encantador; a mi espalda, una de esas colinas coloreadas de muy rígida pendiente tan comunes en Estambul, una calle escarpada con el asfalto recubierto por una fina capa de lluvia, un arroyo transparente que aprovechaba gentilmente la inclinación para ir a buscar el mar; esa extraña ascensión acuática me recordaba a nuestros juegos a orillas de los torrentes de montaña en Austria; yo saltaba de un lado al otro del callejón a merced de los caprichos de aquel río urbano, sin tener demasiado claro adónde iba; el inconveniente de llevar los zapatos mojados quedaba ampliamente compensado por el placer del juego. Imagino que los transeúntes debieron de pensar que tenían en el barrio a un turista chiflado aquejado de acuafilia. Después de unos cientos de metros y de un intento fallido de desplegar mi plano bajo el paraguas, un hombre de cierta edad con una corta barba blanca se acercó a mí, me miró de arriba abajo y preguntó:

—Are you a jew?

Evidentemente no lo entendí, le dije «What?» o «¿Cómo?», hasta que él, sonriente, concretó la pregunta:

—I can make a good jewish tour for you.

Acababa de abordarme un profeta que venía a salvarme de las aguas: Ilya Virano era uno de los pilares de la comunidad judía de Hasköy, me vio perdido y adivinó (como él mismo reconocería, por aquellos lares los turistas no eran legión) que probablemente andaba buscando algo relacionado con la historia judía del barrio, por el cual nos paseó, a mi cámara de fotos y a mí, durante el resto del día. El señor Virano hablaba un francés perfecto aprendido en un liceo bilingüe de Estambul; su lengua materna era el ladino, de cuya existencia me enteraba yo en aquel momento: los judíos expulsados de España que se instalaron en el Imperio se llevaron consigo su lengua, y ese español del Renacimiento evolucionó con ellos durante su exilio. Los judíos de Estambul habían sido bizantinos o sefardíes o asquenazíes o caraítas, por orden de llegada a la capital (los misteriosos caraítas fueron más o menos los últimos en llegar, la mayoría de ellos se instaló tras la guerra de Crimea) y resultaba absolutamente milagroso escuchar a Ilya Virano contando los grandes momentos de esa diversidad, al ritmo de los edificios del distrito: la sinagoga caraíta era la más impresionante, casi fortificada, rodeada de murallas ciegas que encerraban pequeñas casas de madera y piedra, algunas habitadas y otras a punto de venirse abajo; Ilya Virano sonrió ante mi ingenuidad cuando le pregunté si sus ocupantes seguían siendo caraítas: Hace mucho tiempo que no queda ni uno por aquí.

La mayoría de las familias judías de Estambul fueron a instalarse a otros lugares, en barrios más modernos, en Şişli o al otro lado del Bósforo, cuando no emigraron a Israel o a

Estados Unidos. Ilya Virano me explicaba todo eso sin nostalgia, con naturalidad, del mismo modo que me iniciaba en las diferencias teológicas y rituales entre las numerosas ramas del judaísmo al ritmo de las visitas, caminando con paso precavido por aquellas calles tan inclinadas, casi respetuoso ante mi ignorancia; me preguntó por el apellido de ese abuelo tras el rastro del cual andaba yo: Es una lástima que no lo sepa, me dijo, puede que todavía tenga primos por aquí.

El señor Virano debía de tener cerca de sesenta y cinco años, era grande, bastante elegante, de aspecto atlético; su traje, su corta barba y su pelo engominado hacia atrás le conferían un poco el aspecto de un joven galán que va a recoger a una chica a casa de sus padres para llevarla al baile del liceo, aunque en canoso, por supuesto. Hablaba mucho, feliz, me decía, de que entendiese el francés: La inmensa mayoría de los turistas de los Jewish Tours son norteamericanos o israelíes, y no tenía muchas ocasiones, decía, de practicar esa hermosa lengua.

El antiguo templo de los judíos expulsados de Mallorca, la Sinagoga Mayor, estaba ocupada por un pequeño taller mecánico; conservaba su cúpula de madera, sus columnas y sus inscripciones en hebreo; sus dependencias hacían ahora las veces de almacenes.

Mi primer carrete se había acabado y ni siquiera habíamos llegado aún al antiguo liceo de la Alianza Israelita Universal, dejó de llover y, a diferencia de mi anfitrión, me asaltó un ligero spleen, una vaga tristeza inexplicable; todos aquellos lugares estaban cerrados, parecían abandonados; la única sinagoga que seguía en activo, con sus pilastras de mármol bizantino en la fachada, no se utilizaba sino de forma excepcional; el gran cementerio había sido recortado en una cuarta parte por la construcción de una autopista y estaba invadido por gramíneas. El único mausoleo de importancia, de una gran familia, me explicó Virano, una familia tan grande que poseía un palacio en el Cuerno de Oro, un palacio en el que había hoy no sé qué institución militar, parecía un viejo templo romano, un lugar de oración olvidado, ornado nada más que con unas pintadas rojas y azules; un templo de los muertos que dominaba la colina desde donde se veía el final del Cuerno de Oro, allí donde deja de ser un estuario para volver a convertirse en un simple río, en medio de los coches, las chimeneas de las fábricas y las grandes moles de edificios. Las lápidas sepulcrales parecían desperdigadas por la pendiente aquí y allá (acostadas, como quiere la costumbre, me explicaba mi guía), a veces quebradas, a menudo ilegibles; sin embargo, él me descifraba los apellidos; el hebreo resiste mejor al paso del tiempo que los caracteres latinos, decía, y a mí me costaba entender semejante teoría, pero el hecho es que él lograba pronunciar los nombres de aquellos desaparecidos y a veces hasta encontraba descendientes o lazos de parentesco sin la menor emoción aparente; él subía hasta allí a menudo, decía; desde que está la autopista ya no hay cabras, sin cabras no hay cagarrutas de cabra pero sí hierba en abundancia, decía. Deambulando entre las tumbas con las manos en los bolsillos yo buscaba algo que decir; había grafitis, de aquí, de allí, ¿antisemitismo?, le pregunté, él me respondió no no no, amor, cómo que amor, sí, un joven que ha escrito el nombre de su amada, a Hülya toda la vida, o algo parecido, y comprendí que no quedaba allí nada que profanar que el tiempo y la ciudad no hubiesen profanado ya, y que seguramente muy pronto las tumbas, sus despojos y sus losas serían desplazadas y amontonadas en otro lugar para dejar sitio a las excavadoras; pensé en Sarah, no hice fotos del cementerio, no me atreví a sacar la cámara, aunque ella no tenía nada que ver con todo aquello, aunque nadie tenía nada que ver con aquel desastre que era el de todos nosotros, y le pedí a Ilya Virano si sería tan amable de indicarme dónde encontrar la escuela de la Alianza Israelita, mientras un hermoso sol empezaba a reflejarse en las Aguas Dulces de Europa y a iluminar Estambul hasta el Bósforo.

La fachada neoclásica del liceo era de un gris oscuro, ritmada por blancas columnas embebidas, no había inscripción sobre el frontón triangular. Ya hace tiempo que dejó de ser una escuela, me explicó Ilya Virano, hoy en día es una casa de descanso; fotografié concienzudamente la entrada y el patio; unos pocos jubilados muy mayores tomaban la fresca en un banco bajo el porche; mientras el señor Virano iba a saludarlos, pensé que seguramente sus vidas habrían comenzado entre aquellas paredes, que allí habrían estudiado hebreo, turco, francés, que habrían jugado en aquel patio, que en él habrían amado, copiado poemas y se habrían peleado por insuperables pecadillos y que ahora, una vez cerrado el bucle, en el mismo edificio un tanto austero de inmaculadas baldosas agotaban despacio sus días, viendo por las ventanas, desde lo alto de su colina, cómo Estambul avanzaba con paso firme hacia la modernidad.

Aparte de esa nota hallada en el artículo balzaquiano, no recuerdo que Sarah volviese a mencionarme nunca aquellas fotografías de Estambul arrancadas a la lluvia y al olvido; a Cihangir volví deprimido, tenía ganas de decirle a Bilger (cuando
llegué estaba tomando té en nuestra casa) que la arqueología me
parecía la más triste de las actividades, que no veía poesía en la
ruina, ni el menor placer en penetrar la desaparición.

Por otra parte, sigo sin saber gran cosa de la familia de
Sarah, más allá de que su madre pasó su infancia en Argel y
que ella se fue cuando la independencia para instalarse en
París; ignoro si el bisabuelo estambulita hizo el viaje. Sarah
nació unos años más tarde en Saint-Cloud y creció en Passy,
en ese distrito XVI del que hablaba como un barrio muy agradable, con sus parques y sus rincones, sus viejas pastelerías y
sus nobles bulevares; qué extraña coincidencia, que los dos
hayamos pasado una parte de nuestra infancia cerca de una
casa de Balzac: ella de la calle Raynouard, donde el gran hombre vivió mucho tiempo, y yo a unos pocos kilómetros de
Saché, pequeño castillo de Turena donde residía con cierta
frecuencia. Visitar al señor Balzac era una excursión casi obli-
gatoria, verano tras verano, en el transcurso de nuestras vacaciones en casa de la abuela; la ventaja de ese castillo era que
lo visitaban mucho menos que los de los alrededores (Azay-
le-Rideau o Langeais) y tenía un fondo cultural, por decirlo
con palabras de mamá: imagino que la abuela estaría contenta de saber que también ese Balzac a quien ella consideraba
un poco como su primo (después de todo, ambos fueron a la

escuela en Turena) había venido a Viena, lo mismo que ella; una vez o dos nos visitó, pero, como a Balzac, no le gustaban los viajes, y se quejaba de que no podía abandonar su jardín demasiado tiempo, no más que Honoré a sus personajes.

En mayo de 1835 Balzac visita Viena, donde conoce a su gran amor, la señora Hańska. «El 24 de marzo de 1835 –anota Hammer-Purgstall–, al volver de una velada en agradable compañía en casa de la condesa Rzewuska [nombre de soltera Ewelina Hańska], encuentro una carta del capitán Hall [anotemos aquí que el capitán Hall no es otro que Basil Hall (1788-1844), oficial de marina, amigo de Walter Scott, autor de numerosos relatos de viaje, entre ellos de *Hainfeld's Castle: A Winter in Lower Styria*, que inspirará a Sheridan le Fanu para su novela *Carmilla*][18] en la que me informa de la gravedad del estado de salud de mi amiga la baronesa Purgstall, moribunda.»[19]

Sabemos, pues, que es a través de la señora Hańska como el gran orientalista conoce la obra de Balzac, y que él frecuentaba a la condesa y a sus amigos desde hacía ya algún tiempo.[20] No es hasta su regreso a Estiria, en abril, tras el deceso de la baronesa Purgstall, cuando Joseph von Hammer sabe que Balzac se dispone a pasar unas semanas en Viena.[21] Se visitan mutuamente, se aprecian. Hammer nos permite incluso valorar la celebridad europea del novelista: un día, nos cuenta, va al domicilio vienés de Balzac y le dicen que este no se encuentra allí, que ha ido a casa del príncipe Metternich; Hammer decide reunirse con él en palacio, pues él mismo tenía que ir. En la antecámara se encuentra con una muchedumbre, y el chambelán le explica que todos esos señores esperan audiencia, pero que el príncipe se ha encerrado con Balzac hace más de dos horas y ha prohibido que le molesten.[22]

Increíble pensar que el propio Metternich se apasionase por aquel hombre acribillado por las deudas, que vivía en París bajo seudónimos y recorría Europa, entre novela y novela, persiguiendo a su amada. ¿De qué pudieron hablar durante esas dos horas? ¿De política europea? ¿De las opiniones de Balzac sobre el gobierno de Luis Felipe? ¿De *La piel de zapa*? El artículo de Sarah destaca sobre todo el papel de la señora Hańska como mediadora entra Balzac y Oriente; si Hammer acaba por regalarle a Balzac la traducción en árabe del texto que adorna *La piel de zapa*, fue gracias a la intermediación de la condesa Rzewuska. Como también a ella le debe la entrevista con Metternich. Imagino al Balzac de Saché, encerrado con sus papeles, su pluma y su cafetera, un hombre que salía poco y aun así solo para dar una vuelta por el parque y desentumecer las piernas; «hacía la ostra», como él decía; bajaba hasta el río, recogía del suelo algunas castañas y jugaba a tirarlas al agua, para luego volver con *Papá Goriot* allí donde lo había dejado; es acaso el mismo que el enamorado perdido de Viena, siempre rechazado por la puritana Ewelina Hańska, rechazado durante quince años, lo que dice mucho sobre la fortaleza de carácter y la paciencia de Balzac. En 1848 acabó por desposarla, resulta tranquilizador; justo antes de morir en 1850, lo cual lo es menos. Puede que en parte fuese ese deseo lo que hacía imposible derribar a este hombre tambaleante, es como si Balzac se abismase en el trabajo y la escritura precisamente porque se tambaleaba, porque su vida (aparte de sus frases, dónde está Dios) se le escapase; que fuese dando tumbos de acreedor en acreedor, de amor imposible en deseo insatisfecho y que solo los libros representasen un mundo a su medida, él que fue impresor antes que escritor. Tres mil páginas de cartas, ese es el monumento que le construyó a su amor, y a menudo le habla a Ewelina de Viena, de su futuro viaje a Viena, adonde quiere ir para dirigirse enseguida a Wagram y a Essling a visitar los campos de batalla porque tiene en proyecto la escritura de un relato de batalla, un formidable relato de batalla que tendrá lugar por completo en el corazón del combate, sin salir de él, en un día furioso; no me cuesta imaginar a Balzac como Sarah en San Gotardo recorriendo Aspern y tomando notas, figurándose los movimientos de las tropas sobre las colinas, el lugar donde el mariscal Lannes fue herido de muerte, fijándose en las perspectivas, en los árboles a lo lejos, en la forma de las colinas, en todo cuanto jamás escribirá, pues se demoró en Viena y puede que ese proyecto no fuese más que un pretexto; ya más tarde estará demasiado ocupado bregando con *La comedia humana* para encontrar el tiempo de darle cuerpo a esa idea; lo mismo que Sarah, que yo sepa, nunca llegó a escribir detalladamente su visión de la batalla de Mogersdorf, mezclando todos los relatos, turcos y cristianos, acompañados por la música de Pál Esterházy, si es que alguna vez se lo propuso.

Mira, en este artículo Sarah reproduce el grabado del castillo de Hainfeld que Hammer le envía a Balzac tras su regreso a París; para hacerle este recado me tocó peregrinar por todos los anticuarios de Viena; Hammer les envía a sus allegados una imagen de su castillo como hoy una fotografía, el bueno de Hammer, sobre quien Balzac dice que es «paciente como una cabra que se ahoga» y a quien a modo de agradecimiento por sus conocimientos orientales dedicará *El gabinete de los antiguos.* Supongo que yo corría tras los anticuarios de Viena como Balzac tras Ewelina Hańska, con frenesí, hasta echarle el guante a esta viñeta que ella reproduce en medio de las citas de la correspondencia concernientes a la estancia vienesa:

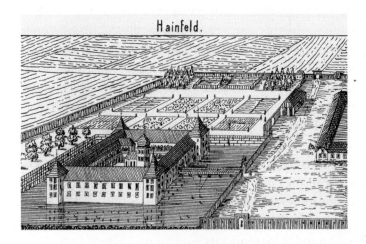

28 de abril de 1834: Si fuese rico, me complacería enviaros un cuadro, un *Interior de Argel*, pintado por Delacroix, que me parece excelente.[31]

9 de marzo de 1834: De aquí a Viena, no hay más que trabajo y soledad.[32]

11 de agosto de 1834: Oh, pasar el invierno en Viena. Estaré allí, sí.[33]

25 de agosto de 1834: Cuánto necesito ver Viena. Antes del próximo junio tengo que haber explorado los campos de Wagram y de Essling. Necesito sobre todo grabados que representen los uniformes del ejército alemán, e iré a buscarlos. Tened solamente la bondad de decirme si eso existe.[34]

18 de octubre de 1834: Sí, he respirado un poco del otoño de Turena; he hecho la planta, la ostra y, cuando el cielo era tan hermoso, pensaba que era un presagio y que de Viena vendría una paloma con una rama verde en el pico.[35]

Pobre Balzac, qué sacó en limpio de Viena, algunos besos y juramentos, si hay que confiar en esas cartas que Sarah cita abundantemente; y yo, que siempre me hacía tantas ilusiones cuando ella venía a mi capital, hasta el punto de renovar mi armario cada vez e ir al peluquero, qué saqué yo en limpio, una nueva separata que no me atrevo a descifrar; la vida hace nudos, la vida hace nudos y raramente son los del ropaje de san Francisco; nos cruzamos, luego el nudo se corre, durante años, en la oscuridad, y cuando pensamos que por fin tenemos sus manos entre las nuestras, la muerte nos lo arrebata todo.

Jane Digby no aparece en el artículo de Sarah sobre Balzac y Oriente, sin embargo es uno de los vínculos indirectos entre el turonense y Siria; la hermosa, la sublime Jane Digby, cuyo cuerpo, cuyo rostro y cuyos ojos de ensueño causaron tantos estragos en la Europa y el Oriente del siglo XIX: una de las vidas más sorprendentes de la época, de las más aventureras en todos los sentidos del término. Inglesa divorciada a la escandalosa edad de veinte años, desterrada de la Inglaterra victoriana por su «promiscuidad», luego, de forma sucesiva, amante de un noble austríaco, mujer de un barón bávaro, querida del rey Luis I de Baviera, casada con un noble corfiota que atendía al magnífico nombre de conde Spyridon Theotokis y finalmente raptada (no contra su voluntad) por un pirata albanés, lady Jane Ellenborough nacida Digby acaba por encontrar la estabilidad amorosa en el desierto, entre Damasco y Palmira, en los brazos del jeque Medjuel al-Mezrab, príncipe de la tribu de los annazahs y veinte años menor que ella, con el que se casó pasados los cincuenta. Los últimos veinte años de su vida los vivió en Siria, en la más absoluta felicidad, o casi, pues conoció los horrores de la guerra cuando las matanzas de 1860, de las que salió ilesa gracias a la intervención del emir Abd al-Qádir, en el exilio en Damasco, que protegió a numerosos cristianos sirios y europeos. Aunque sin duda el episodio más atroz de su existencia tuvo lugar mucho antes, en Italia, en Bagni di Lucca, al pie de los Apeninos. Aquella tarde, Leónidas, su hijo de seis años, el único de sus hijos por el que sentía un inmenso amor, quería ir junto a su mamá, a la que podía ver allí abajo, ante el porche del hotel, desde el balcón de su cuarto; se inclinó, cayó y se estrelló contra el suelo de la terraza, a los pies de su madre, muerto al instante.

Puede que fuese ese horrible accidente el que impidió que Jane conociese la felicidad en ningún otro lugar que no fuese el fin del mundo, en el desierto del olvido y del amor: su vida, como la de Sarah, es un largo camino hacia el este, una serie de estaciones que la llevan, de forma inexorable, cada vez más lejos en dirección a Oriente buscando algo que ella misma ignora. Balzac se cruza con esta mujer extraordinaria al principio de su inmenso recorrido, primero en París, alrededor de 1835, cuando «lady Ell'» engaña a su bávaro barón Von Venningen con Theotokis; Balzac le cuenta a la señora Hańska que lady Ell'… acababa además de escaparse con un griego, que el marido se presentó allí, se batió en duelo con el griego, lo dio por muerto y se llevó a su mujer sin disponer que se curase al amante: «Qué mujer tan singular», anota Balzac. Luego, unos años más tarde, cuando regresa de Viena, se detiene en el castillo de Weinheim, cerca de Heidelberg, para visitar a Jane; relata esos días a la señora Hańska por carta y podemos sospechar con toda legitimidad que, cuando dice «otra de esas acusaciones que me dan risa», está mintiendo para no desencadenar el furor celoso de Ewelina, pues se sabe que están en contacto. Me pregunto si Balzac fue seducido por la escandalosa aventurera de ojos azules, podría ser; es sabido que le inspiró en parte el personaje de lady Arabelle Dudley de *El lirio en el valle*, lady Dudley conquistadora, amorosa y carnal. Leí esa novela a unos pocos kilómetros de Saché, en aquellos paisajes de Turena por donde cabalgan lady Dudley y el idiota de Félix de Vandenesse; lloré por la pobre Henriette, muerta de tristeza; sentí ciertos celos, también, por los placeres eróticos que la fogosa Arabelle le ofrecía a Félix. Balzac ya opone un Occidente casto y apagado a las delicias de Oriente; da la impresión de que a través de los cuadros de Delacroix, que tanto aprecia, en el imaginario orientalista que ya se está fabricando, él entrevé el destino posterior de Jane Digby como un profeta o un vidente: «Su deseo va como el torbellino del desierto, el desierto cuya ardiente inmensidad se pinta en sus ojos, el desierto lleno de azur, con su cielo inalterable, con sus frescas noches estrelladas», escribe de lady Dudley antes de una larga comparación entre Occidente y Oriente; lady Dudley, como Oriente, «exudando su alma, rodeando a sus fieles con una luminosa atmósfera»; en casa de la abuela, en aquella butaca *crapaud* bordada, cerca de la ventana cuyas cortinas de encaje blanco dejaban pasar la luz ya tamizada por los magros robles del lindero del bosque, me imaginaba yo a caballo con esa Diana cazadora británica deseando (me hallaba en el confín de la infancia) que Félix acabase por desposar a Henriette la acongojada, vacilando yo también entre los quehaceres del alma y los placeres de la carne.

Balzac y Hańska, Majnun y Layla, Jane Digby y el jeque Medjuel, he aquí un hermoso catálogo que hacer crecer, un libro por qué no, podría escribir un libro, ya imagino la cubierta:

Differentes fformas de locura en Oriente
Volumen primero
Los orientalistas enamorados

Ahí habría un hermoso material, entre los locos de amor de todo pelaje, felices o infelices, místicos o pornográficos, mujeres y hombres, si yo fuera bueno en algo más que en remover viejas historias sentado en mi cama, si tuviese la energía de Balzac o de Liszt, y sobre todo su salud; no sé qué será de mí los próximos días, voy a tener que confiarme a la medicina, quiero decir en el peor de los casos, no me imagino en absoluto en el hospital, ¿qué voy a hacer con mis noches de insomnio? Victor Hugo el oriental cuenta la agonía de Balzac en sus *Cosas vistas*, el señor de Balzac estaba en su cama, dice, la cabeza cobijada en un montón de almohadas a las que se había añadido unos cojines de damasco rojo tomados prestados del sofá de la habitación. Tenía la cara morada, casi negra, inclinada a la derecha, la barba sin arreglar, los cabellos grises y cortos, el ojo abierto y fijo. La cama exhalaba un olor insoportable. Hugo levantó el cobertor y tomó la mano de Balzac. Estaba cubierta de sudor. La apretó. Balzac no respondió a la presión. Una mujer mayor, la guardia, y un criado permanecían en pie a ambos lados de la cama. Una vela ardía tras la cabecera sobre una mesa, otra sobre una cómoda cerca de la puerta. Sobre la mesilla de noche había un jarrón de plata. Ese hombre y esa mujer callaban con una especie de espanto y escuchaban los ruidosos estertores del moribundo, la señora Hańska se había vuelto a su casa, sin duda porque no podía soportar los estertores de su marido, ni su agonía; Hugo cuenta todo tipo de horrores sobre el absceso en las piernas de Balzac, que se había abierto algunos días antes.

Menuda maldición la del cuerpo, por qué a Balzac no le dieron opio o morfina como a Heinrich Heine, pobre cuerpo de Heine, un Heine consciente de que iba a morir lentamente de sífilis aunque los médicos de hoy se inclinan más bien por una esclerosis múltiple, en cualquier caso una larga enfermedad degenerativa que lo condenó a la cama durante años; Dios mío, un artículo científico detalla las dosis de morfina que tomaba Heine, asistido por un farmacéutico benévolo que puso a su disposición esa reciente innovación, la morfina, el jugo de la divina adormidera; por lo menos en el siglo XIX no se le niegan esos cuidados a un moribundo, solo tratan de alejarlo de los vivos. Ya no recuerdo qué escritor francés nos reprochaba seguir vivos mientras que Beethoven había muerto, algo que me irritó muchísimo, el título era *Cuando pienso que Beethoven está muerto mientras que tantos imbéciles siguen con vida* o algo parecido, lo cual dividía a la humanidad en dos categorías, los idiotas y los Beethoven, y quedaba más o menos claro que ese autor se contaba de buena gana entre los Beethoven, cuya gloria inmortal compensaría las taras del presente, y nos deseaba la muerte a todos para vengar la del maestro de Bonn; en aquella librería parisina, a Sarah, a quien a veces le falta discernimiento, ese título le pareció muy divertido: una vez más tuvo que reprocharme mi seriedad, mi intransigencia, como si ella no fuese intransigente. La librería estaba en la plaza Clichy, al final de nuestra expedición a casa de Sadeq Hedayat en la calle Championnet y al cementerio de Montmartre donde habíamos visitado las tumbas de Heine y de Berlioz, para cenar luego en un agradable restaurante de nombre alemán, creo. Sin duda mi rabia contra ese libro (cuyo autor me parece que también tenía un apellido alemán, otra coincidencia) no pretendía más que llamar la atención sobre mí mismo, hacerme notar a costa de ese escritor y brillar gracias a mis conocimientos sobre Beethoven; Sarah estaba en plena redacción de su tesis, no tenía ojos más que para Sadeq Hedayat o Annemarie Schwarzenbach. Había adelgazado mucho, trabajaba catorce, incluso dieciséis horas al día, salía poco, se debatía en su corpus como un nadador de combate, sin prácticamente alimentarse; a pesar de todo, parecía feliz.

Después del incidente de Alepo, la habitación del Hotel Baron, no había vuelto a verla durante meses, tan sofocado como estaba por la vergüenza. Era muy egoísta por mi parte agobiarla en plena tesis con mis celos, menudo idiota presuntuoso: me hacía el gallito, cuando debería haberme ocupado de ella, dedicarle toda la atención necesaria y abstenerme de subirme a la parra beethoveniana, algo que, con el tiempo, pude comprobar que no me hacía precisamente popular entre las mujeres. Puede que, en el fondo, lo que tanto me molestaba de ese título, *Cuando pienso que Beethoven está muerto mientras que tantos imbéciles siguen con vida*, es que su propietario había encontrado la forma de resultar divertido y simpático hablando de Beethoven, algo que generaciones enteras de musicólogos, incluida la mía, trataron de conseguir en vano.

Joseph von Hammer-Purgstall el orientalista, él una vez más, cuenta que en Viena frecuentaba a Beethoven a través del doctor Glossé. Hay que ver qué mundo esas capitales a principios del siglo XIX, donde los orientalistas frecuentaban a los príncipes, a los Balzac y a los músicos de genio. Aunque sus memorias también contienen una anécdota terrorífica, allá por el año 1815: Hammer asiste a un concierto de Beethoven en uno de esos extraordinarios salones vieneses; no cuesta imaginar los cabriolés, los lacayos, los cientos de velas, las lámparas de araña con perlas de cristal; hace frío, estamos en invierno, el invierno del Congreso de Viena, y ellos se calientan tanto como pueden en casa de la condesa Teresa Apponyi, que recibe; apenas ha cumplido los treinta, no sabe que unos años más tarde encandilará a todo París; en su embajada del barrio Saint-Germain, Anton y Teresa Apponyi harán de anfitriones de todo cuanto la capital francesa tiene de escritores, artistas y músicos importantes. La noble pareja austríaca será amiga de Chopin, de Liszt, de la escandalosa George Sand; recibirán a Balzac, Hugo, Lamartine y a todos los agitadores de 1830. Pero esta tarde de invierno a quien recibe es a Beethoven; Beethoven, que no ha salido al mundo desde hace meses: como a las grandes fieras, sin duda es el hambre lo que lo saca de su triste guarida, necesita dinero, amor y dinero. Da, pues, un concierto para esa condesa Apponyi y el inmenso círculo de sus amigos, entre los que figura Hammer. El orientalista diplomático está en la ciudad en el momento de ese Congreso de Viena, donde se acercó a Metternich; frecuentó a Talleyrand, de quien no sabe si se trata de un hurón depravado o de un halcón altivo: en cualquier caso, un animal de presa. Europa celebra la paz, el equilibrio restablecido en el juego de las potencias, y sobre todo el fin de Napoleón, que patalea en la isla de Elba; los Cien Días pasarán como un escalofrío de miedo en la espalda de un inglés. Napoleón Bonaparte es el inventor del orientalismo, él es quien con su ejército arrastra la ciencia hasta Egipto e introduce por vez primera a Europa en Oriente, más allá de los Balcanes. Tras los militares y los comerciantes, el saber se precipita en Egipto, en la India, en China; los textos traducidos del árabe y del persa empiezan a invadir Europa, Goethe el gran roble dio el pistoletazo de salida; mucho antes de *Los orientales* de Hugo, en el momento en que Chateaubriand inventa la literatura de viaje con *Itinerario de París a Jerusalén*, mientras Beethoven toca esa tarde para la condesa italiana casada con un húngaro ante la flor y nata de Viena, el inmenso Goethe da los últimos retoques a su *West-östlicher Divan*, directamente inspirado en la traducción de Hafez que publicó Hammer-Purgstall en 1812 (Hammer, por supuesto, está allí, le toman el abrigo, se inclina para fingir que roza con los labios el guante de Teresa Apponyi, sonriendo, pues la conoce muy bien, su marido es también un diplomático del círculo de Metternich), mientras que ese dragón de Napoleón, ese horrible mediterráneo creía poder enfrentarse a los rusos y a su terrorífico invierno, a tres mil leguas de Francia. Aquella tarde, mientras Napoleón golpetea el suelo con el pie esperando los barcos en Elba, allí está Beethoven, y está el viejo Hafez, y Goethe, y también Schubert, que pondrá música a los poemas del *Diván de Oriente y Occidente*, y Mendelssohn y Schumann y Strauss y Schönberg, también ellos retomarán esos poemas de Goethe el inmenso, y al lado de la condesa Apponyi se encuentra Chopin el fogoso, que le dedicará dos nocturnos; cerca de Hammer se sientan Rückert y Mowlana Jalal od-Din Rumi; y Ludwig van Beethoven, el maestro de todos ellos, se sienta al piano.

No cuesta imaginar a Talleyrand, repentinamente templado por las estufas de cerámica, durmiéndose incluso antes de que los dedos del compositor rocen el teclado; Talleyrand el diablo cojo ha estado ocupado toda la noche, pero no con música sino con naipes: una partida a la banca del faraón con vino, mucho vino, y sus ojos tienden a cerrarse. Es el más elegante de los obispos exclaustrados, y también el más original; sirvió a Dios, sirvió a Luis XVI, sirvió a la Convención, sirvió al Directorio, sirvió a Napoleón, sirvió a Luis XVIII, servirá a Luis Felipe y devendrá el hombre de Estado que los franceses tomarán como modelo, ellos que creen sinceramente que los funcionarios deben ser como Talleyrand, edificios, iglesias inamovibles que resisten a todas las tempestades y encarnan la famosa *continuidad del Estado*, es decir, la apatía de cuantos subordinan sus convicciones al poder, cualquiera que este sea: Talleyrand rendirá homenaje a la expedición de Bonaparte a Egipto y a todos los conocimientos que Denon y sus sabios produjeron sobre el Egipto antiguo ordenando que su cuerpo sea embalsamado *a la egipcia*, momificado, siguiendo la moda faraónica que invade París, poniendo un poco de Oriente en su ataúd, él, el príncipe que siempre soñó con trocar en harén su tocador.

Joseph Hammer no se duerme, él es un melómano; aprecia la buena sociedad, la bella compañía, las bellas asambleas; tiene poco más de cuarenta años, varios años de experiencia en Levante, habla perfectamente seis lenguas, ha frecuentado a los turcos, a los ingleses y a los franceses y, aunque de distinto modo, aprecia a estas tres naciones cuyas cualidades ha podido admirar. Es un austríaco, hijo de un funcionario de provincias, y no le faltan más que un título y un castillo para realizar ese Destino al que siente que está llamado: tendrá que esperar veinte años más y un golpe de suerte para heredar de Hainfeld la baronía que lo acompañe y devenir Von Hammer-Purgstall.

Beethoven ha saludado a la concurrencia. Estos años son muy duros para él, acaba de perder a su hermano Carl y se lanza a un largo proceso para que le sea confiada la custodia de su sobrino; el avance de su sordera lo aísla cada vez más. Se ve obligado a utilizar esas enormes trompetillas de cobre, de formas extrañas, que pueden apreciarse en Bonn, en una vitrina de la Beethovenhaus, y que le dan un aire de centauro. Está enamorado, pero es un amor del que presiente, ya sea por su enfermedad o por la alta cuna de la que procede la joven, que no le dará nada más aparte de música; lo mismo que Harriet para Berlioz, ese amor está allí, en la sala; Beethoven empieza a tocar, su sonata número 27, compuesta hace unos meses, con vivacidad, sentimiento y expresión.

El público tiembla un poco; hay un murmullo que Beethoven no oye: Hammer cuenta que el piano, probablemente debido a la calefacción, no está bien afinado y suena de forma horrible: los dedos de Beethoven tocan a la perfección, y él, en su interior, oye su música tal como debería ser; para el público es una catástrofe sonora, y si Beethoven observa de vez en cuando a su amada debe de darse cuenta, poco a poco, de que los rostros se van viendo invadidos por la molestia, por la vergüenza, incluso, de asistir así a la humillación del gran hombre. Afortunadamente, la condesa Apponyi es una dama con tacto, aplaude frenéticamente, de forma discreta dispone que se abrevie la sesión; y no cuesta imaginar la tristeza de Beethoven cuando comprende la horrible farsa de que ha sido víctima: será su último concierto, nos cuenta Hammer. A mí me gusta imaginar que cuando, unas semanas más tarde, Beethoven le componga el ciclo de lieder *An die ferne Geliebte* a la lejana amada, es en esta distancia de la sordera en lo que pensará, pues lo aleja del mundo con mayor fuerza que el exilio, y aunque a pesar de las apasionadas investigaciones de los especialistas todavía ignoremos quién era esa joven, en el *Nimm sie hin, denn, diese Lieder* final se adivina toda la tristeza de un artista que ya no puede cantar o tocar él mismo las melodías que ha escrito para aquella a quien ama.

Durante años he coleccionado todas las interpretaciones posibles de las sonatas para piano de Beethoven, las buenas y las malas, las esperadas como las sorprendentes, decenas de vinilos, de cedés, de cintas magnéticas, y cada vez que escucho el segundo movimiento de la número 27, a pesar de ser *molto cantabile*, no puedo abstenerme de soñar con la vergüenza y la confusión, la vergüenza y la confusión de tantas declaraciones de amor que acaban resultando cómicas, y voy a digerir mi vergüenza sentado en mi cama, la luz encendida, si pienso en eso, cada cual tocamos nuestra sonata en soledad sin darnos cuenta de que el piano está desafinado, víctimas de nuestros sentimientos; los otros entienden hasta qué punto somos falsos, en el mejor de los casos conciben una sincera piedad, y en el peor el terrible dolor de verse de tal modo confrontados con nuestra humillación que les salpica cuando ellos, la mayoría de las veces, no habían pedido nada; aquella noche en el Hotel Baron Sarah no había pedido nada; o tal vez sí, quizá, no lo sé, reconozco que ya no sé nada; hoy, después de todo este tiempo, después de Teherán, de los años, de aquella noche, mientras me abismo en la enfermedad como Beethoven y, a pesar del misterioso artículo de esta mañana, Sarah está más lejos que nunca, *ferne Geliebte*, afortunadamente no compongo poemas, y desde hace mucho tiempo tampoco música. Mi última visita a la Beethovenhaus de Bonn para aquella conferencia sobre «*Las ruinas de Atenas* y Oriente» se remonta a hace varios años, y también está marcada por la vergüenza y la iluminación, la de la locura de ese pobre Bilger: todavía puedo verlo de pie, en primera fila, la baba en los labios, empezando por despotricar sobre Kotzebue (el autor del libreto de *Las ruinas de Atenas* que no pidió, tampoco él, nada a nadie y cuya única gloria fue, sin duda, ser víctima de una puñalada fatal), luego mezclándolo todo, la arqueología y el racismo antimusulmán, porque el «Coro de los derviches» del que yo acababa de hablar nombra al Profeta y la Kaaba y esa es la razón por la que nunca es interpretado en nuestros días, gritaba Bilger, respetamos demasiado a Al Qaeda, nuestro mundo peligra, ya nadie se interesa por la arqueología griega y romana, solo por Al Qaeda, y Beethoven comprendió perfectamente que había que acercar los dos lados en la música, Oriente y Occidente, para afrontar el fin del mundo que se acerca, y tú, Franz (fue entonces cuando la dama de la Beethovenhaus se volvió hacia mí con un aire consternado al cual respondí con un mohín cobarde y dubitativo que significaba «No tengo la menor idea de quién es este energúmeno»), tú lo sabes pero no lo dices, sabes que el arte está amenazado, que toda esa gente que se vuelve hacia el islam, hacia el hinduismo y el budismo es un síntoma del fin del mundo, no hay más que leer a Hermann Hesse para darse cuenta, la arqueología es una ciencia de la tierra y todo el mundo lo olvida, como se olvida que Beethoven es el único profeta alemán; de repente sentí unas bruscas y terroríficas ganas de orinar, ya no oía lo que farfullaba Bilger, de pie en medio del público, no escuchaba más que a mi cuerpo y a mi vejiga, me parecía que iba a estallar, me decía he bebido té, he bebido demasiado té, no podré aguantarme, tengo unas formidables ganas de mear voy a mojar los pantalones y los calcetines es horrible, delante de todo el mundo, no podré aguantar más tiempo, debía de estar empalideciendo a ojos vistas, y mientras Bilger seguía balbuciendo sus imprecaciones para mí inaudibles me levanté y corrí, retorciéndome, la mano en la entrepierna, a buscar refugio en los servicios mientras a mi espalda una salva de aplausos saludaba mi huida, interpretada como la desaprobación del orador chiflado. A mi regreso, Bilger ya no estaba allí; se había ido, según me contó la valerosa dama de la Beethovenhaus, poco después de mi desaparición, no sin antes tratarme de cobarde y de traidor, algo en lo que, debo admitirlo, no iba desencaminado.

Ese incidente me entristeció profundamente; a pesar de que me hacía ilusión volver a ver pausadamente los objetos de la colección Bodmer, apenas pasé diez minutos en las salas del museo; la conservadora que me acompañaba notó lo apenado que estaba y procuró tranquilizarme, usted ya sabe, locos los hay en todas partes, y aunque la intención era loable, la idea de que pudiese haber locos como Bilger «en todas partes» me acabó de deprimir. Acaso sus demasiado numerosas estancias en Oriente habían aumentado una falla del alma ya existente, acaso contrajo allí una enfermedad espiritual, o es que ni Turquía ni Siria tenían nada que ver en todo aquello e igual se hubiese vuelto loco si nunca hubiese salido de Bonn, imposible saberlo; un cliente para tu vecino, habría dicho Sarah, haciendo referencia a Freud, y reconozco que ignoro por completo si el tipo de delirio paranoico de Bilger no estará *más allá* del psicoanálisis, más bien en el terreno de la trepanación, a pesar de toda la simpatía que me inspiran el buen doctor Sigmund y sus acólitos. «Tú resistes», habría dicho Sarah; me había explicado el concepto extraordinario de *resistencia* en psicoanálisis, ya no sé a cuento de qué, y me sentí indignado por la simpleza del argumento, todo lo que va en contra de la teoría psicoanalítica es del dominio de la *resistencia*, es decir, los enfermos que se niegan a curarse se niegan a ver la luz en las palabras del buen doctor. No hay duda de que es mi caso, ahora que lo pienso, resisto, resisto desde hace años, no he entrado nunca en el apartamento del cocainómano especialista en la vida sexual de los niños de pecho, ni siquiera acompañé a Sarah cuando ella fue, todo lo que tú quieras, le dije, no me importa ir a ver a mujeres descuartizadas en un museo de anatomía, pero ni hablar de visitar el apartamento de ese charlatán, por otra parte nada ha cambiado, ¿sabes?, la estafa continúa: van a hacerte pagar una fortuna por ver una vivienda totalmente vacía, porque sus posesiones, su diván, su alfombra, su bola de cristal y sus cuadros de mujeres desnudas están en Londres. Evidentemente era mala fe, otra forma de hacerme el listillo, no tengo nada contra Freud, por supuesto, y ella lo adivinó, como de costumbre. Puede que Freud consiguiese adormecerme con su péndulo de hipnotizador, hace una hora que estoy sentado en mi cama la luz encendida las gafas sobre la nariz un artículo en las manos mirando tontamente las estanterías de mi biblioteca:

«Los tiempos están tan malos que he decidido hablar solo», dice ese ensayista español, Gómez de la Serna, y le comprendo. También a mí me sucede eso de hablar solo.

Cantar incluso, en ocasiones.

Todo en calma en casa de Gruber. Debe de estar durmiendo, hacia las cuatro se levantará por sus necesidades, la vejiga no lo deja tranquilo, un poco como a mí en Bonn, menuda vergüenza, cuando pienso en ello, todo el mundo creyó que abandonaba la sala indignado por la actuación de Bilger, tendría que haberle gritado «¡Acuérdate de Damasco! ¡No olvides el desierto de Palmira!» y tal vez se hubiese despertado bruscamente, como un paciente de Freud que descubriese de repente, en plena sesión, que confundía el «hace-pipí» de su padre con el de un caballo y se encontrase, de pronto, inmensamente aliviado: sin embargo, esa historia del *Pequeño Hans* es increíble, he olvidado su verdadero nombre pero sé que más tarde ese hombre fue escenógrafo de ópera, y que militó toda su vida para que la ópera fuese un espectáculo popular; qué fue de su fobia a los caballos, acaso lo curó el buen doctor Freud, no lo sé, en cualquier caso espero que no volviese a utilizar la expresión «hace-pipí». ¿Por qué la ópera? Seguro que porque uno se cruza con menos «hace-pipí» que, pongamos, en el cine; y con muy pocos caballos. Me negué a acompañar a Sarah a casa de Freud, no me interesaba (o me resistí, dependiendo de la terminología). Ella regresó encantada, desbordante de energía, las mejillas enrojecidas por el frío (ese día en Viena soplaba un hermoso viento glacial), yo la esperé en el café Maximilien en la esquina de la plaza de la Votivkirche, leyendo el periódico, bien oculto en un rincón tras el *Standard*, que apenas sirve para esconderse de los estudiantes y colegas que frecuentan el establecimiento, pero que por aquel entonces había editado una serie de DVD de cien «películas austríacas» y solo por esa interesante iniciativa merecía ser recompensado, la celebración del cine austríaco; desde luego, una de las primeras de la serie fue *La pianista*, película terrorífica adaptada de la novela de la no menos terrorífica Elfriede Jelinek, y en esas cosas un poco tristes pensaba yo protegido tras mi *Standard* cuando Sarah volvió tan flamante y vivaracha de casa del señor Freud; inmediatamente mezclé en mi cabeza al pequeño Hans, la agorafobia de Jelinek y su voluntad de cortar todos los «hace-pipí», tanto de hombres como de caballos.

Sarah había descubierto algo, estaba muy emocionada; apartó el periódico y me tomó la mano, tenía los dedos helados.

SARAH *(agitada, infantil)*: ¿Sabes qué? Es increíble, ¿a que no adivinas cómo se llama la vecina de arriba del doctor Freud?

FRANZ *(confuso)*: ¿Cómo? ¿Qué vecina de Freud?

SARAH *(ligeramente irritada)*: En el buzón. El apartamento de Freud está en el primero. Y en el edificio vive gente.

FRANZ *(humor vienés)*: Tal vez le toque soportar los gritos de los histéricos, debe de ser todavía peor que el perro de mi vecino.

SARAH *(sonrisa paciente)*: No, no, en serio, ¿sabes cómo se llama la dama que ocupa el apartamento situado sobre el de Freud?

FRANZ *(distante, un poco esnob)*: Ni idea.

SARAH *(aire victorioso)*: Pues bien, se llama Hannah Kafka.

FRANZ *(desganado)*: ¿Kafka?

SARAH *(sonrisa extática)*: Te lo juro. Es una hermosa coincidencia. Kármica. Todo está relacionado.

FRANZ *(exageración desvergonzada)*: Qué reacción tan típicamente francesa. En Viena hay muchos Kafka, es un apellido muy extendido. Mi fontanero se llama Kafka.

SARAH *(indignada por la mala fe, ofendida)*: ¡Pero reconoce por lo menos que es extraordinario!

FRANZ *(vilmente)*: Te estoy tomando el pelo. Por supuesto que es extraordinario. Puede que se trate de la nieta de una prima de Franz, quién sabe.

SARAH *(belleza solar, radiante)*: Sí, ¿verdad? Es un descubrimiento *fantástico*.

Kafka era una de sus pasiones, uno de sus «personajes» preferidos, y le alegró encontrárselo así en Viena, encima de la casa de Freud. A Sarah le encanta leer el mundo como una sucesión de coincidencias, de encuentros fortuitos que le confieren un sentido al conjunto, que dibujan el *samsara*, el ovillo de lana de la contingencia y los fenómenos; por supuesto, me hizo notar que yo me llamo Franz, como Kafka: tuve que explicarle que era el nombre de mi abuelo paterno, llamado Franz Josef por haber nacido el día que murió el emperador del mismo nombre, el 21 de noviembre de 1916; mis padres fueron lo bastante buenos como para no infligirme el «Josef», lo cual la hizo reír mucho: Te imaginas, ¡deberías haberte llamado Francisco José! (Por otra parte, en sus cartas y mensajes muchas veces me llamaba Francisco José. Afortunadamente, mamá nunca llegó a saber que se burlaba así de sus afinidades patronímicas, la hubiese entristecido mucho.) Por suerte, mi hermano no se llama Maximilien sino Peter, aunque en este caso desconozco el motivo. Desde su llegada a Viena en 1963, mamá siempre jugó con la idea de ser una princesa francesa a la que un joven noble habsburgués había venido a sacar del campo para llevarla a disfrutar del lustre de su luminosa capital; siempre conservó un acento francés muy fuerte, *de película de época*, siendo un niño yo sentía una horrible vergüenza ante esa entonación, ante ese modo de acentuar todas las frases y todas las palabras de todas las frases en la última sílaba decorando el conjunto con algunas vocales nasales; por supuesto, a los austríacos ese acento les parece *encantador, sehr encantador*. En cuanto a los sirios, aparte de en las grandes ciudades, quedaban tan sorprendidos de que un extranjero pudiese hablar aunque solo fuesen unas pocas palabras de árabe que abrían los ojos como platos y prestaban mucha atención para tratar de penetrar los misterios de la exótica articulación de los francos; Sarah habla el árabe o el persa mucho mejor que el alemán, eso es verdad, siempre me costó escucharla hablar nuestro idioma, seguramente –qué pensamiento tan horrible– porque su pronunciación me recuerda a la de mi madre. No nos metamos en arenas movedizas, dejémosle ese dominio al buen doctor, el vecino de abajo de la señora Kafka. Sarah me contaba que, en Praga, Kafka era un héroe en la misma medida que lo eran Mozart, Beethoven o Schubert en Viena; tiene su museo, sus estatuas, su plaza; la oficina de turismo organiza Kafka Tours y uno puede comprarse un imán con el retrato del escritor para pegarlo en su nevera gigante de Oklahoma City cuando vuelve a casa; a saber por qué los jóvenes norteamericanos se han encaprichado con Praga y con Kafka; recorren la ciudad en bandas, en gran número, pasan varios meses en la capital checa, cuando no se quedan durante años, sobre todo los escritores en ciernes salidos de las escuelas de *creative writing*; llegan a Praga como en otros tiempos iba uno a París, por la inspiración; tienen sus blogs y llenan sus cuadernos o nutren sus páginas virtuales en los cafés, beben litros y litros de cerveza checa, y estoy seguro de que algunos siguen allí diez años más tarde, dándole los últimos retoques a su primera novela o al libro de relatos que se supone que los propulsará a la gloria; afortunadamente, en Viena tenemos sobre todo viejos norteamericanos, parejas de una edad respetable que disfrutan de los numerosos palacios, hacen cola para visitar el Hofburg, comen *Sachertorte*, van a un concierto donde se toca a Mozart con peluca y disfraz y vuelven a pie a sus hoteles en medio de la noche, cogiditos del brazo, con la sensación de estar atravesando nada menos que los siglos XVIII y XIX, jovialmente excitados por el miedo a que un rufián pueda salir de uno de esos desiertos y silenciosos callejones barrocos para desvalijarlos, se quedan dos, tres, cuatro días, luego van a París, a Venecia, a Roma o a Londres para regresar después a su chalet en Dallas y enseñarles a sus asombrados allegados las fotos y los recuerdos. Desde Chateaubriand uno viaja para contarlo; toma imágenes, soporte de la memoria y de lo compartido; cuenta que en Europa «las habitaciones son minúsculas», que en París «la habitación de hotel al completo era más pequeña que nuestro cuarto de baño», lo que provoca escalofríos entre la asistencia; escalofríos pero también un destello de envidia en la mirada, «Venecia es magníficamente decadente, los franceses son extraordinariamente descorteses, en Europa hay vino en todas las tiendas y supermercados, lo hay por todas partes», y se sienten contentos, y mueren habiendo visto el Mundo. Pobre Stendhal, cuando publicó sus *Memorias de un turista* no sabía lo que hacía, se estaba inventando mucho más que una palabra, «gracias al cielo —decía—, el presente viaje no tiene la menor pretensión estadística ni científica», sin darse cuenta de que empujaba a generaciones de viajeros hacia la futilidad, con la ayuda del cielo, que es todavía más grave. Resulta divertido que Stendhal esté asociado no solo a la palabra «turista», sino también al síndrome del viajero que lleva su nombre; al parecer, el hospital de Florencia tiene un servicio psiquiátrico específico para los extranjeros que se quedan pasmados ante el Museo de los Oficios o el Ponte Vecchio, un centenar al año, y no recuerdo quién me contó que en Jerusalén había un asilo especial para los delirios místicos, que la mera visión de Jerusalén podía provocar fiebres, aturdimientos, apariciones de la Virgen, de Cristo y de todos los profetas habidos y por haber, en medio de las intifadas y los judíos ortodoxos que la toman con las minifaldas y los escotes como sus colegas árabes con los militares, a pedradas, a la antigua, de un modo *qadim jiddan* en el mismísimo centro de cuanto el planeta tiene de sabios laicos y religiosos inclinados sobre venerables textos, torás, evangelios y hasta coranes en todas las lenguas antiguas y en todas las europeas, según las escuelas, protestantes alemanes, holandeses, británicos y norteamericanos, papistas franceses, españoles, italianos y hasta austríacos, croatas o checos, sin contar la retahíla de iglesias cristianas orientales, griegas, armenias, rusas, etíopes, egipcias, sirias, todas ellas con su versión uniata, a las que hay que añadir la infinidad de variantes posibles del judaísmo, reformadas o no, rabínicas o no, y los cismas musulmanes, unos musulmanes para quienes Jerusalén no es, en efecto, tan importante como La Meca pero sigue siendo un lugar muy santo, no sea cosa que vaya a quedar en manos de otras confesiones; todos esos sabios, todas esas eminencias se reagrupaban en otras tantas escuelas, revistas científicas, exégesis; Jerusalén descuartizada entre traductores, peregrinos, hermeneutas y visionarios, en el mismísimo centro del contubernio comercial, vendedores de mantones, de iconos, de aceites santos y culinarios, de cruces de madera de olivo, de joyas más o menos consagradas, de imágenes piadosas o profanas; el canto que ascendía hacia el cielo siempre puro era una atroz cacofonía que mezclaba las polifonías con las cantilenas, las monodias piadosas con las liras paganas de los soldados. Había que ver en Jerusalén los pies de esa muchedumbre y la diversidad de sus calzados: sandalias crísticas con o sin calcetines, *caligae*, botas de cuero, chanclas, alpargatas, mocasines de talón bajo; tanto los peregrinos como los militares o los vendedores ambulantes podían reconocerse sin levantar la vista del suelo mugriento del casco antiguo de Jerusalén, donde uno también se cruzaba con pies desnudos, pies ennegrecidos que habían caminado por lo menos desde el aeropuerto Ben Gurión, incluso a veces desde más lejos, hinchados, vendados, sanguinolentos, velludos o lampiños, extremidades masculinas o femeninas; uno podría pasarse días enteros en Jerusalén observando solamente los pinreles de la multitud, la cabeza inclinada, los ojos al suelo en señal de humildad fascinada.

En comparación con los arrebatos místicos de los turistas en Jerusalén, Stendhal y su pasmo florentino no parecerían más que unos principiantes. Me pregunto qué pensaría el doctor Freud de semejantes turbaciones; debería preguntárselo a Sarah, especialista del sentimiento oceánico y de la pérdida del yo en todas sus formas: ¿cómo interpretar mis propias emociones espirituales, esa fuerza, por ejemplo, que me acerca al llanto cuando asisto a un concierto, en determinados momentos, tan intensa y breve, en que siento que mi alma toca lo inefable del arte y lamenta, luego, en la tristeza, ese sabor anticipado del paraíso con el que acaba de coquetear? ¿Qué pensar de mis lagunas en ciertos lugares cargados de espiritualidad, como la Süleymaniye o el pequeño convento de derviches de Damasco? Misterios más que suficientes como para una nueva vida, como diría Sarah; tengo ganas de ir a por su terrorífico artículo sobre Sarawak, para releerlo y comprobar si hay en él, más allá del horror, alguna sutil alusión a nuestra historia, a Dios, a la trascendencia. Al amor. A esa relación entre el Amante y el Amado. Puede que el texto más místico de Sarah sea ese artículo simple y edificante, «El orientalismo es un humanismo», dedicado a Ignác Goldziher y Gershom Scholem, aparecido precisamente en una revista de la Universidad de Jerusalén; debo de tenerlo en alguna parte, acaso tendría que levantarme, levantarme significaría renunciar al sueño hasta el alba, me conozco.

Podría hacer una nueva tentativa de dormirme, aparto las gafas y la separata balzaquiana, ya está, mis dedos han dejado marcas en la cubierta amarilleada, a menudo uno olvida que el sudor es ácido y deja su rastro en el papel; puede que lo que hace que me suden los dedos sea la fiebre, efectivamente mis manos están sudadas, sin embargo la calefacción está apagada y no tengo la menor sensación de calor, también en mi frente hay algunas gotas de sudor, como de sangre; a la sangre de caza los cazadores la llaman «sudor», en Austria en la caza no hay sangre sino *sudor*, la única vez en que acompañé a mi tío a cazar vi un corzo alcanzado en el pecho, los perros ladraban ante el animal sin acercarse a él, la bestia temblaba y raspaba el humus con los cascos, uno de los cazadores le clavó un cuchillo en el pecho, como en un cuento de los hermanos Grimm, pero no era un cuento de los Grimm, era un tipo gordo y basto con una gorra, yo le dije a mi tío «Tal vez podríamos haberlo curado, al pobre», una extraña e ingenua reacción que me valió una buena colleja. Los perros lamían las hojas secas. «Recuperan la sangre», comenté, asqueado; mi tío me miró enojado y masculló «Eso no es sangre. No hay sangre. Es *sudor*». Los perros estaban demasiado bien adiestrados como para acercarse al corzo moribundo; se contentaban con las gotas derramadas, con esos rastros que tan acertadamente habían seguido, con el *sudor* que el bicho había perdido corriendo hasta la muerte. Pensé que iba a vomitar, pero no; la cabeza del corzo rendido bamboleaba a derecha e izquierda mientras se lo llevaban hacia el coche, yo miraba todo el tiempo al suelo, los ojos en el ramaje, en las castañas y en las bellotas secas, para evitar caminar sobre aquel *sudor* que imaginaba goteando del corazón traspasado del animal, y el otro día, en el laboratorio de análisis, cuando la enfermera me colocó el torniquete elástico alrededor del bíceps, aparté los ojos diciendo en voz alta «Eso no es sangre. No hay sangre. Es *sudor*», la joven debió de tomarme por un loco, seguro, justo entonces empezó a sonarme el teléfono, cuando ella se disponía a clavarme su instrumento en la vena, y el teléfono lo tenía en la chaqueta, junto al escritorio, «Con la guardia entrante, como soldaditos» resonando en el gabinete médico con un horrible tono informático; un aparato que no suena nunca va y escoge precisamente ese momento para berrear *Carmen* a voz en grito, justo cuando aquella dama estaba a punto de *sudarme*. Tenía el teléfono a cinco metros, yo estaba atado por un torniquete, presto a ser ensartado por una aguja, nunca he vivido una situación tan embarazosa: la enfermera vaciló, la jeringa en el aire; la guardia no terminaba de entrar, Bizet se convertía en cómplice de mi humillación, la encargada de la extracción me preguntó si quería cogerlo, yo dije que no con la cabeza, me pinchó antes de que pudiese mirar a otra parte; vi cómo el metal se hundía en la vena saliente y azul, sentí cómo crujía el torniquete, me pareció que la sangre borbollaba en el recipiente, «Con la guardia entrante», cuánto tiempo puede sonar un teléfono, mi *sudor* era negro como la tinta de esos bolígrafos rojos transparentes que utilizo para corregir los exámenes de los estudiantes, «como soldaditos», parecía que todo aquello no fuese a terminar nunca, a veces la vida es larga, dice T. S. Eliot, la vida es muy larga, «Con la guardia entrante», la enfermera retiró su probeta de plástico, el teléfono enmudeció por fin y ella puso sin piedad un segundo tubo en el lugar del primero, dejando durante unos segundos la cánula abandonada balanceándose en mi brazo.

Eso no es sangre, no hay sangre, es *sudor*.

Afortunadamente no sangro, pero aun así estas sudoraciones nocturnas, esta fiebre, me preocupa.

Kafka esputaba sangre, también eso debía de ser desagradable, esos rastros rojos en su pañuelo, qué horror; según parece, en 1900 uno de cada cuatro vieneses moría de tuberculosis, acaso sea la enfermedad lo que hace a Kafka tan popular y está en el origen de ese «malentendido» sobre su personalidad, podría ser. En una de sus últimas cartas, terroríficas, Kafka le escribe a Max Brod desde el sanatorio de Kierling, en Klosterneuburg, cerca del Danubio, «Esta noche he llorado varias veces sin razón, mi vecino ha muerto esta noche», y dos días más tarde también Franz Kafka estaba muerto.

Chopin, Kafka, maldita enfermedad a la que no obstante debemos *La montaña mágica*, no hay que olvidarlo, no hay azar, Thomas Mann el grande era vecino en Munich de Bruno Walter, sus hijos jugaban juntos, así lo cuenta su hijo Klaus Mann en sus *Memorias*, qué familia los grandes hombres. Obviamente, Sarah señaló todos estos pequeños vínculos que unían a sus «personajes»: Kafka aparece en su tesis por dos de sus relatos, *En la colonia penitenciaria* y *Chacales y árabes*; para Sarah, el desplazamiento kafkiano está íntimamente vinculado a su identidad-frontera, a la crítica de un Imperio austríaco a punto de morir y, más allá, a la necesidad de aceptación de la alteridad como parte integral del yo, como contradicción fecunda. Por otra parte, la injusticia colonial (y ahí es donde reside toda la originalidad de su tesis) guarda el mismo tipo de relación con el saber «orientalista» que los chacales con los árabes en el relato de Kafka; puede que resulten indisociables, pero la violencia de unos no puede extrapolarse en ningún caso a los otros. Para Sarah, considerar a Kafka como un romántico miserable y gris perdido en una administración estalinista es una aberración absoluta: supone olvidar la risa, la burla, el júbilo que emerge desde el fondo de su lucidez.

Transformado en producto para turistas, el pobre Franz ya no es más que una máscara para el triunfo del capitalismo, y esa verdad la entristecía hasta tal punto que, a pesar de que, gracias a la vecina del doctor Freud, Kafka acabase de aparecer en el café Maximilien en la esquina de la Votivkirche, al final no quiso que fuésemos a Klosterneuburg a ver lo que quedaba del sanatorio donde en 1924 murió el praguense. La idea de tomar el S–Bahn no me ilusionaba especialmente, de modo que no insistí, aunque solo por complacerla hubiese estado dispuesto a helarme en el viento de ese noble suburbio, que yo suponía terriblemente glacial.

Eso no es sangre, no hay sangre, es *sudor*.

Tal vez debería haber insistido, pues la alternativa se reveló cuando menos igual de penosa; ya conocía la pasión de Sarah por las monstruosidades, y eso que en aquella época su interés por la muerte y el cuerpo de los muertos no se manifestaba con tanta vivacidad como hoy en día. En su momento tuve que soportar la siniestra exposición de aquellos modelos anatómicos y ahora me llevaba al otro lado del canal, a un museo en Leopoldstadt «que Magris citaba en su *Danubio*» y que siempre la había intrigado: ni más ni menos que el Museo del Crimen, yo lo conocía de nombre pero jamás había puesto un pie en su interior; el museo oficial de la Policía de Viena, de nuevo el horror y de nuevo los monstruos, cráneos machacados y fotos de cadáveres mutilados, mira tú qué casualidad, y yo me pregunto por qué se interesa por las sombrías entrañas de mi ciudad cuando podría enseñarle tantas cosas bellas, el apartamento de Mozart, el Belvedere y los cuadros de Leopold Carl Müller, apodado el Egipcio u «Oriente Müller», con Rudolf Ernst y Johann Viktor Krämer uno de los mejores pintores orientalistas austríacos, además de tantas cosas sobre mí, el barrio de mi infancia, el lugar donde estudié, la tienda de relojero del abuelo, etcétera. Qué debió de visitar Balzac en Viena, aparte de campos de batalla y libreros para encontrar grabados con uniformes alemanes, sabemos que le pedía prestado su lacayo a Hammer para que lo acompañase en sus paseos, pero nada o casi nada sobre sus impresiones; algún día debería leer completas sus *Cartas al extranjero*, por fin una historia de amor que acaba bien, más de quince años de paciencia, quince años de paciencia.

Acostado boca arriba en la oscuridad también yo voy a necesitarla, toda esa paciencia, venga, respira con calma; acostado boca arriba en el profundo silencio de la medianoche. No pienses en el umbral de aquella habitación del Hotel Baron en Alepo, no pienses en Siria, en la intimidad de los viajeros, en el cuerpo de Sarah acostado al otro lado del tabique en su cuarto del Hotel Baron en Alepo, inmensa estancia en el primer piso con un balcón que daba a la calle Baron, antes llamada del General Gouraud, ruidosa arteria a dos pasos de Bab al-Faraj y de la parte antigua por callejones manchados de aceite de motor y sangre de cordero, sembrados de mecánicos, de restauradores, de vendedores ambulantes y de puestos de zumo de frutas; el clamor de Alepo atravesaba los postigos desde el alba; llegaba acompañado de efluvios de carbón vegetal, diésel y ganado. Para quien llegaba de Damasco, Alepo resultaba exótica; puede que más cosmopolita, más próxima a Estambul, árabe, turca, armenia, kurda, a unas pocas leguas de Antioquía, patria de los santos y los cruzados, entre los cursos del Orontes y del Éufrates. Alepo era una ciudad de piedra, con interminables dédalos de zocos cubiertos que desembocaban contra el glacis de una ciudadela inexpugnable, y también una ciudad moderna, de parques y jardines, construida alrededor de la estación, rama meridional del Bagdad Bahn, con el que desde enero de 1913 Alepo quedaba a una semana de Viena vía Estambul y Konya; todos los pasajeros que llegaban en tren se alojaban en el Hotel Baron, equivalente alepino del Pera Palace estambulita; el armenio que llevaba el hotel cuando en 1996 estuvimos allí por primera vez era el nieto del fundador, no había conocido a los huéspedes ilustres que hicieron famoso el establecimiento: Lawrence de Arabia, Agatha Christie o el rey Faysal habían dormido en aquel edificio con ventanas en ojiva otomana, escalera monumental, viejas alfombras usadas y deterioradas habitaciones donde todavía encontrabas inútiles teléfonos de baquelita y bañeras de metal con patas de león cuyas cañerías sonaban como una ametralladora en cuanto abrías el grifo, entre marchito papel pintado y colchas manchadas de óxido. El encanto de la decadencia, decía Sarah; estaba contenta de encontrar la sombra de Annemarie Schwarzenbach, su suiza errante, que había paseado por allí su spleen durante el invierno de 1933-1934; los últimos vestigios de la república de Weimar se habían hundido, «un Pueblo, un Imperio, un Guía» resonaba en toda Alemania y la joven Annemarie viajaba sin rumbo para escapar de la tristeza europea que invadía hasta el mismo Zurich. El 6 de diciembre de 1933, Annemarie desembarcaba en Alepo, en el Hotel Baron; Sarah entró en éxtasis al descubrir, en una página amarilleada y polvorienta, la escritura fina y apretada de la viajera, que había rellenado en francés la ficha de llegada: blandía el registro en el vestíbulo del hotel ante la mirada divertida del director y del personal, acostumbrados a que los archivos de su establecimiento escupiesen nombres célebres como una locomotora el humo; el director no tenía el gusto de conocer a aquella suiza muerta que semejante demostración de afecto le valía, pero (nadie resultó jamás insensible a los encantos de Sarah) parecía sinceramente feliz del hallazgo que provocaba semejante arrebato, al punto de unirse a nosotros en el bar del hotel para celebrar el descubrimiento; a la izquierda de la recepción se abría una pequeña estancia atestada de viejos sillones club y muebles de madera oscura, un mostrador con una barra de cobre y taburetes de cuero en un estilo neobritánico equivalente en fealdad a los salones orientalistas del Segundo Imperio; detrás del mostrador, un gran nicho ojival con estanterías oscuras rebosaba de objetos promocionales de marcas de bebidas de los años cincuenta y sesenta, Johnnie Walker de cerámica, gatos del mismo material, viejas botellas de Jägermeister; a cada lado de ese museo monótono y polvoriento se balanceaban, quién sabe por qué razón, dos cartucheras vacías, como si acabasen de servir para cazar faisanes imaginarios o quién sabe si los enanos de porcelana que encuadraban con indolencia. Por la tarde, en cuanto se ponía el sol, aquel bar se llenaba no solo de clientes del hotel, sino también de turistas alojados en otros lugares que acudían a disfrutar de un baño de nostalgia tomándose una cerveza o un arak cuyo olor anisado, mezclado con el de los cacahuetes y los cigarrillos, constituía el único toque oriental de la decoración. Las mesas redondas estaban llenas de guías turísticas y de cámaras de fotos, y en las conversaciones de los clientes uno oía, al vuelo, los nombres de T. E. Lawrence, Agatha Christie y Charles de Gaulle; todavía puedo ver a Sarah en la barra, las piernas veladas de negro cruzadas sobre un taburete, la mirada en el vacío, y sé que está pensando en Annemarie, la periodista-arqueóloga suiza: la está imaginando en ese mismo lugar sesenta años antes, bebiendo a sorbitos un arak después de un buen baño para desembarazarse del polvo del camino; llega de un yacimiento entre Antioquía y Alejandreta. A última hora de la noche le escribe una carta a Klaus Mann, que yo ayudé a traducir a Sarah; una carta con membrete del Hotel Baron donde todavía habitaban la nostalgia y la decadencia, como hoy los obuses y la muerte; imagino los postigos cerrados, acribillados por las explosiones; la calle recorrida en tromba por soldados, los civiles que se esconden como pueden de los francotiradores y los verdugos; Bab al-Faraj en ruinas, la plaza llena de escombros; los zocos incendiados, sus hermosos kanes ennegrecidos y hundidos; la mezquita de los Omeyas sin su minarete, cuyas piedras yacen dispersas en el patio de mármol quebrantado y el olor, por todas partes el olor de la atrocidad y de la tristeza. Imposible entonces, en el bar del Hotel Baron, prever que la guerra civil iba a apoderarse de Siria, aunque la violencia de la dictadura y sus señales eran omnipresentes, tan presentes que uno prefería olvidarlos, porque hay en todo régimen policial una cierta comodidad para los extranjeros, una paz enguatada y silenciosa de Daraa a Qamishli, de Kassab a Quneitra, una paz embrutecida de odio y de destinos que cedían bajo un yugo al que todos los sabios extranjeros se acomodaban de muy buena gana, los arqueólogos, los lingüistas, los historiadores, los geógrafos, los politólogos, todos disfrutaban de la paz de plomo de Damasco o de Alepo, también nosotros, Sarah y yo, leyendo las cartas de Annemarie Schwarzenbach el ángel inconsolable en el bar del Hotel Baron, comiendo recostados semillas de calabaza en su blanca cáscara y pistachos de un pardo pálido, disfrutábamos de aquella calma de la Siria de Háfez al-Ásad el padre de la Nación; ¿cuánto tiempo llevábamos en Damasco? Yo debí de llegar a principios de otoño; Sarah ya estaba allí desde hacía unas semanas, me recibió calurosamente a mi llegada y hasta me alojó un par de noches en su pequeño apartamento de Chaalane. El aeropuerto de Damasco era un lugar muy poco hospitalario, poblado por tipos patibularios y bigotudos con los pantalones de pinzas subidos hasta el ombligo que no tardabas en identificar como esbirros del régimen, los famosos mujabarat, incontables informadores y policías secretos; vestían camisas de enorme solapa y conducían Peugeot 504 Break o Range Rover adornados con retratos del presidente Al-Ásad y de toda su familia, a tal punto que un chiste de la época contaba que el mejor espía sirio en Tel Aviv terminó cayendo, después de muchos años, en manos de los israelíes, por haber pegado en el cristal trasero de su coche una foto de Netanyahu y de sus hijos: con esa historia nos moríamos de risa, nosotros los orientalistas de Damasco, donde estaban representadas todas las disciplinas, la historia, la lingüística, la etnología, las ciencias políticas, la historia del arte, la arqueología y hasta la musicología. En Siria había de todo, desde especialistas suecos en literatura femenina árabe hasta exégetas catalanes de Avicena, la inmensa mayoría vinculados de un modo u otro a alguno de los centros de investigación occidentales instalados en Damasco. Sarah había conseguido una beca para unos meses de investigación en el Instituto Francés de Estudios Árabes, gigantesca institución que agrupaba a decenas de europeos, franceses por supuesto, pero también españoles, italianos, británicos, alemanes, y ese pequeño mundo, cuando no andaba ocupado en investigaciones doctorales o posdoctorales, se dedicaba al estudio de la lengua. Todos se fueron formando juntos, en la más pura tradición orientalista: futuros sabios, diplomados y espías sentados codo con codo y entregándose de forma conjunta a los placeres de la gramática y la retórica árabes. Había incluso un joven sacerdote católico romano que dejó su parroquia para dedicarse al estudio, versión moderna de los misioneros de otros tiempos; en total, unos cincuenta estudiantes y una veintena de investigadores disfrutaban de las instalaciones de ese instituto y sobre todo de su gigantesca biblioteca, fundada en los tiempos del mandato francés en Siria, sobre la cual todavía planeaban las sombras coloniales de Robert Montagne o de Henri Laoust. Sarah estaba muy contenta de hallarse en medio de todos aquellos orientalistas, y de observarlos; a veces teníamos la impresión de que estaba describiendo un zoo, un mundo enjaulado en el cual muchos caían en la paranoia y perdían el sentido común desarrollando odios grandiosos los unos hacia los otros, locuras, patologías de toda clase, eczemas, delirios místicos, obsesiones, bloqueos científicos que los hacían trabajar, trabajar, hincar los codos horas y horas en sus despachos sin producir nada, nada de nada aparte del vapor de meninges que escapaba por las ventanas del venerable instituto para disolverse en el aire damasceno. Había quienes frecuentaban la biblioteca por la noche; se paseaban entre las estanterías durante horas, esperando que la materia impresa acabase por desbordarse, por impregnarlos de ciencia y terminaban, al alba, completamente desesperados, hundidos en un rincón hasta que los bibliotecarios, cuando abrían las puertas, los sacaban de allí. Otros eran más subversivos; Sarah me contó que un joven investigador rumano se pasaba el tiempo escondido tras una hilera de obras particularmente inaccesibles donde dejaba olvidado algún producto perecedero (a menudo un limón, pero a veces también una sandía *entera*) para comprobar si el personal, guiado por el olor, lograba localizar aquello que se pudría, lo cual terminó por provocar una enérgica reacción de las autoridades: mediante un cartel quedó prohibido «introducir cualquier tipo de materia orgánica en el depósito bajo pena de expulsión definitiva».

El bibliotecario, agradable y afectuoso, con una cara bronceada de aventurero, era especialista en los poemas que los marineros árabes emplearon en otro tiempo como memorando para la navegación, y a menudo soñaba con expediciones a vela, entre Yemen y Zanzíbar, a bordo de un dhow cargado de khat y de incienso, bajo las estrellas del océano Índico, sueños que le gustaba compartir con todos los lectores que frecuentaban su institución, conociesen o no los rudimentos de la náutica: relataba las tempestades a las que había hecho frente y los naufragios de los que había escapado, algo que en Damasco (donde tradicionalmente se habían preocupado mucho más por los camellos de las caravanas y la piratería siempre terrestre de los beduinos del desierto) resultaba magníficamente exótico.

Los directores eran profesores de universidad, generalmente poco preparados para ponerse al mando de una estructura tan imponente; a menudo se contentaban con levantar barricadas en la puerta de sus despachos para sumergirse en las obras completas de Jahiz o de Ibn Taymiyyah y ver pasar el tiempo, dejando a sus lugartenientes al cargo de organizar la producción en la fábrica del saber.

Los sirios veían con cierto regocijo cómo esos eruditos en ciernes se entretenían en su capital y, al contrario que en Irán, donde la República Islámica era muy puntillosa con la actividad investigadora, el régimen de Háfez al-Ásad dejaba a esos científicos en una paz regia, arqueólogos incluidos. Los alemanes tenían en Damasco su instituto de arqueología, donde oficiaba Bilger, mi anfitrión (el apartamento de Sarah, para mi gran disgusto, era demasiado pequeño para que pudiese quedarme allí), y en Beirut el famoso Orient Institut de la venerable Deutsche Morgenländische Gesellschaft, dirigido por la coránica y no menos venerable Angelika Neuwirth. Bilger se había encontrado en Damasco con un compañero de Bonn, un especialista en arte y urbanismo otomanos, Stefan Weber, al que hace mucho que no veo; me pregunto si todavía dirige el departamento de artes del islam del Museo de Pérgamo de Berlín; Weber tenía alquilada una hermosa casa árabe en el corazón de la zona antigua, en un callejón del barrio cristiano, en Bab Tuma; una residencia típicamente damascena, con su gran patio, su fuente de piedra negra y blanca, un *iwan* y una crujía en el piso; una casa que era la envidia de la comunidad orientalista al completo. Sarah, como todo el mundo por otra parte, adoraba a ese Stefan Weber que hablaba perfectamente árabe y cuyo saber en materia de arquitectura otomana era deslumbrante, dos cualidades que le valían la envidia y la enemistad de Bilger, quien en materia de competencia y deslumbramiento no soportaba sino los suyos propios. Su apartamento era a su imagen y semejanza: brillante y desmesurado. Estaba situado en Jisr al-Abyad, «el puente blanco»: ese barrio lujoso al principio de las pendientes del monte Qasioun, muy cerca del palacio presidencial y de las viviendas de los personajes importantes del régimen, debía su nombre a un puente sobre un brazo del río Barada que servía más a menudo para desembarazarse de basura doméstica que para remar, pero cuyas orillas estrechas estaban llenas de árboles, lo cual, de haber sido provistas de aceras dignas de ese nombre, hubiese permitido un agradable paseo. La «Residencia Bilger» estaba totalmente decorada al gusto saudí o kuwaití: todo, desde los picaportes hasta los grifos, estaba pintado de color dorado; los techos se hundían bajo las molduras neorrococó; tejidos negro y oro cubrían los sofás. Las habitaciones estaban equipadas con piadosos despertadores: unas maquetas de la mezquita del Profeta en Medina que si uno olvidaba desconectar gritaban al amanecer la llamada a la oración con una voz gangosa. Había dos salones, un comedor con una mesa para veinte invitados (también negra y oro, pies en palmetas brillantes) y cinco dormitorios. De noche, si por ventura te equivocabas de interruptor, decenas de apliques con tubos de neón sumergían el apartamento en una luz verde claro y poblaban las paredes con los noventa y nueve nombres de Alá, milagro para mí absolutamente escalofriante pero que a Bilger le encantaba: «No hay nada más hermoso que ver la tecnología al servicio del kitsch». Las dos terrazas ofrecían un panorama magnífico sobre la ciudad y el oasis de Damasco, desayunar o comer allí a la fresca era una delicia. Además del apartamento y del coche, la tripulación de Bilger comprendía un cocinero y un hombre para todo; el cocinero acudía por lo menos tres veces a la semana para preparar los banquetes y las recepciones que el rey Bilger ofrecía a sus huéspedes; el hombre para todo (veinte años, muy divertido, vivo y agradable, kurdo originario de Qamishli, donde Bilger lo había enrolado en unas excavaciones) se llamaba Hassan, dormía en una pequeña pieza detrás de la cocina y se ocupaba de los quehaceres domésticos, compras, limpieza, colada, lo cual, como su maestro (me cuesta verlo como «su patrón») se ausentaba a menudo, le dejaba mucho tiempo libre; estudiaba alemán en el Goethe Institut y arqueología en la Universidad de Damasco y me contó que Bilger, a quien veneraba como a un semidiós, le ofrecía ese trato para permitirle proseguir sus estudios en la capital. En verano, cuando llegaba el momento de las grandes excavaciones arqueológicas, el simpático estudiante factótum reanudaba su trabajo de arqueólogo y acompañaba a su mentor a las excavaciones de Jeziré, donde lo ponían pala en mano, por supuesto, pero también en la selección y en el dibujo de la cerámica, misión que le encantaba y en la que se manejaba con gran maestría: a partir de pedazos minúsculos y de un solo vistazo era capaz de reconocer sigiladas, alfarería grosera o vidriados islámicos. Bilger lo llevaba siempre consigo para los trabajos de prospección sobre tells todavía vírgenes, y tanta proximidad provocaba, por supuesto, ciertos cuchicheos: recuerdo guiños jocosos cuando se evocaba a la pareja, expresiones como «Bilger y su estudiante», o peor, «el gran Fritz y su muchachito», sin duda porque Hassan era objetivamente joven y muy guapo, y porque el orientalismo mantiene una inequívoca relación no solo con la homosexualidad, sino con mayor frecuencia con la dominación sexual de los poderosos sobre los débiles, los ricos sobre los pobres. Hoy me parece que a Bilger, a diferencia de otros, no era el goce del cuerpo de Hassan lo que le interesaba, sino la imagen de nabab, de bienhechor todopoderoso que su propia generosidad le devolvía: en el transcurso de los tres meses que pasé en su casa en Damasco, nunca fui testigo del menor tipo de familiaridad física entre ellos, muy al contrario; tan pronto como surgía la ocasión yo desmentía los rumores que corrían a su costa. Bilger quería parecerse a los arqueólogos de otros tiempos, a los Schliemann, a los Oppenheim, a los Dieulafoy; nadie veía, nadie podía ver, hasta qué punto esos sueños devenían una forma de locura, suave todavía, comparada con el grado que ha alcanzado en la actualidad, eso está claro, Bilger el príncipe de los arqueólogos era un leve chalado y ahora es un loco de atar; pensándolo bien, en Damasco las cartas ya estaban sobre el tapete, en su generosidad y su desmesura: sé que a pesar de su salario desorbitado regresó a Bonn acribillado por las deudas, algo de lo que estaba orgulloso, orgulloso de haberlo dilapidado todo, decía, de haberlo calcinado en recepciones lujosas, en emolumentos para sus acólitos, en miríficas babuchas, en tapices de Oriente y hasta en antigüedades de contrabando, sobre todo monedas helenísticas y bizantinas que compraba a anticuarios principalmente de Alepo. La cima para un arqueólogo; como había hecho Schliemann, también él le enseñaba sus tesoros a los invitados, aunque él no los robaba en los yacimientos que excavaba: se contentaba, decía, con «recuperar» los objetos que había en el mercado «para que no desapareciesen». Hacía los honores de sus *nomismata* a sus invitados, explicaba la vida de los emperadores que las habían tocado, los Comneno, los Focas, apuntaba la procedencia probable de cada pieza, la mayoría de las veces Ciudades Muertas del Norte; el joven Hassan era el encargado del mantenimiento de aquellas brillantes maravillas; las lustraba, las disponía armoniosamente en los expositores de fieltro negro, sin darse cuenta del extraordinario peligro que ello podía representar: estaba claro que Bilger no se arriesgaba sino al escándalo, o a la expulsión y la confiscación de sus onerosos juguetitos, pero Hassan, si lo pillaban, podía despedirse de sus estudios, e incluso de un ojo, de algunos dedos y de la inocencia.

Los grandes discursos de Bilger tenían algo de obsceno: era como un militante ecologista vestido con un abrigo de zorro dorado o de armiño explicando cómo y por qué hay que preservar la vida animal, con grandes gestos de antiguo augur. Hubo una noche especialmente regada y embarazosa en que todos los presentes (jóvenes investigadores, pequeños diplomáticos) sintieron una vergüenza terrorífica, en medio de aquellos sofás negros y neones verdes, cuando Bilger, su elocuencia espesada por el alcohol, de pie en el centro del semicírculo de sus invitados, se puso a declamar sus diez mandamientos de la arqueología, las razones absolutamente objetivas por las cuales él era el más competente de los sabios extranjeros presentes en Siria y cómo, gracias a él, la ciencia se precipitaba hacia el futuro; el joven Hassan, sentado a su lado en el suelo, le lanzaba miradas admirativas; el vaso de whisky vacío en la mano de Bilger, agitado por los gestos dramáticos, vertía de vez en cuando algunas gotas de hielo fundido sobre el pelo moreno del sirio, horrible bautismo pagano que el joven, perdido en la contemplación del rostro de su maestro, concentrado en comprender su inglés refinado hasta el límite de la pedantería, no parecía advertir. Le conté esta escena bíblica a Sarah, que no asistió, y no me creía; como otras veces, pensó que exageraba y me costó Dios y ayuda convencerla de que el episodio había tenido lugar tal cual.

No obstante, debemos a Bilger magníficas expediciones al desierto, sobre todo una noche en una tienda de beduinos entre Palmira y Rusafa, una noche en que el cielo era tan puro y las estrellas tan numerosas que descendían hasta el suelo, más abajo que la propia mirada, una noche como imagino que solo los marinos pueden ver, en verano, cuando el mar está tan tranquilo y sombrío como la *badiyé* siria. Sarah se mostraba encantada de poder vivir, salvo por algunos detalles, las aventuras de Annemarie Schwarzenbach o de Marga d'Andurain sesenta años antes en el Levante del mandato francés; estaba allí por eso; según me confió en el bar del Hotel Baron en Alepo, sentía lo mismo que Annemarie le escribió a Klaus Mann el 6 de diciembre de 1933 en aquel mismo lugar:

> A lo largo de este viaje extraño, a causa del cansancio o cuando he bebido mucho, a menudo me sucede que todo se vuelve vago; nada del ayer sigue estando ahí; ni un solo rostro. Es un gran pavor y, también, una tristeza.

Annemarie evoca a continuación «la figura inflexible» de Erika Mann, que se halla en medio de esa desolación, e imagina que su hermano conoce el papel que ella tiene en esa pena; no le queda otra elección que continuar su viaje, ¿adónde iba a ir en Europa? También a la familia Mann le va a tocar iniciar su exilio, un exilio que en 1941 la llevará a Estados Unidos, y no hay duda de que, si se hubiese resuelto a dejar definitivamente la ilusión suiza y la influencia de su madre, Annemarie Schwarzenbach jamás habría tenido ese estúpido accidente de bicicleta que en 1942 le costó la vida y la cuajó para siempre en la juventud, a la edad de treinta y cuatro años; en el momento de su primer viaje a Oriente Próximo tiene veinticinco, más o menos como Sarah. Aquella primera noche en Alepo, después de instalarnos en el Baron y de celebrar el descubrimiento en el registro del hotel de la ficha de llegada de Annemarie, fuimos a cenar a Jdayde, barrio cristiano de la zona antigua de la ciudad, donde las casas tradicionales estaban siendo restauradas poco a poco para transformarlas en hoteles y en restaurantes de lujo: el más antiguo y más famoso de ellos, al principio de un callejón estrecho que iba a dar a una pequeña plaza, se llamaba Sissi House, lo cual a Sarah le hizo mucha gracia, me decía «Pobrecito, Viena y Franz Josef te persiguen, no hay nada que hacer», e insistió en que cenásemos allí; aunque no soy lo que se dice un sibarita ni un gastrónomo, hay que reconocer que el marco, la comida y el excelente vino libanés que servían (sobre todo la compañía de Sarah, cuya belleza quedaba ensalzada por el patio otomano, las piedras, los tejidos, las celosías de madera) han fijado aquella noche en mi memoria; éramos unos príncipes, unos príncipes de Occidente a los que Oriente acogía y trataba como tales, con refinamiento, obsequiosidad y suave languidez, y todo el conjunto, conforme a la imagen que nuestra juventud había construido del mito oriental, nos daba la impresión de habitar por fin las tierras perdidas de *Las mil y una noches*, reaparecidas solo para nosotros: ningún extranjero, en aquel inicio de primavera, que arruinase semejante exclusividad; nuestros comensales eran una rica familia alepina que celebraba el aniversario de un patriarca, y las mujeres, enjoyadas, vestidas con camisas de encaje blancas y con estrictos chalecos de lana negros, no dejaban de sonreír a Sarah.

El humus, el *mutabal* o las carnes asadas a la parrilla nos parecían mejores que en Damasco, trascendidos como nos sentíamos, sublimados; el *sujuk* era más salvaje, la *basturma* más perfumada y el néctar de la Bekaa más mareante que de costumbre.

Volvimos al hotel dando un rodeo, en la penumbra de los callejones y de los bazares cerrados; hoy todos esos lugares son presa de la guerra, arden o han ardido, las persianas metálicas de las tiendas deformadas por el calor del incendio, la pequeña plaza del Obispado maronita invadida por edificios derrumbados, su asombrosa iglesia latina de doble campanario con tejas rojas devastada por las explosiones; acaso recuperará Alepo su esplendor perdido, tal vez, imposible saberlo, pero hoy nuestra estancia es un sueño por partida doble, perdido en el tiempo y condenado a la vez por la destrucción. Un sueño con Annemarie Schwarzenbach, T. E. Lawrence y todos los clientes del Hotel Baron, los muertos famosos y los olvidados, con quienes fuimos a reunirnos en el bar, en los taburetes redondos con asiento de cuero, ante los ceniceros publicitarios y las dos extrañas cartucheras de cazador; un sueño de música alepina, el canto, el laúd, la cítara; más vale pensar en otra cosa, darse la vuelta, dormirse para borrar, borrar el Baron, Alepo, las granadas, la guerra y a Sarah, tratar más bien de encontrarla, con un movimiento de almohada, en el misterioso Sarawak, entre la selva de Borneo y los piratas del mar de China.

Sabrá Dios por qué rara asociación suena ahora esa melodía en mi cabeza; incluso con los ojos cerrados tratando de respirar profundamente tiene mi cerebro que trabajar, tiene que ponerse mi íntima caja de música a tocar en el momento más importuno, acaso será una señal de locura, lo ignoro, no oigo ninguna voz, oigo orquestas, laúdes, cantos; me atestan el oído y la memoria, arrancan solos como si en el momento en que se atenuase una agitación apareciese otra distinta, comprimida bajo la primera, para desbordar la conciencia: sé que se trata de una frase del *Desierto* de Félicien David, o creo saberlo, me parece reconocer a ese viejo Félicien, primer gran músico oriental, olvidado como todos cuantos se consagraron en cuerpo y alma a los vínculos entre el Este y el Oeste, sin detenerse en los combates de los ministros de la Guerra o de las Colonias, raramente tocado hoy en día, poco grabado y sin embargo adulado por los compositores de su tiempo como alguien que «llegó a romper algo», como alguien que alumbró «un rugido nuevo, una sonoridad nueva», Félicien David nacido en el sur de Francia, en Vaucluse o en Rosellón, y muerto (de eso estoy seguro, es bastante idiota como para que uno no se acuerde) en Saint-Germain-en-Laye, horrendo municipio de las inmediaciones de París organizado alrededor de un castillo lleno hasta los topes de sílex tallado y guijarros galos, Félicien David muerto también de tuberculosis en 1876, un santo varón, porque todos los sansimonianos eran unos santos, unos locos, unos locos y unos santos, como Ismaÿl Urbain el primer francés argelino, o el primer argelino de Francia, no estaría de más que los franceses lo recordasen, el primer hombre, el primer orientalista en laborar por una «Argelia para los argelinos» desde la década de 1860, contra los malteses, los sicilianos, los españoles y los marselleses que conformaban el embrión de los colonos, aquellos que habrían de arrastrarse sobre los carriles trazados por las botas de los militares: Napoleón III atendía a las palabras de Ismaÿl Urbain y poco faltó para que la suerte del mundo árabe cambiase, pero los políticos franceses e ingleses son unos cobardes retorcidos que se miran sobre todo el «hace-pipí» en el espejo, e Ismaÿl Urbain el amigo de Abd al-Qádir murió, y ya no hubo nada que hacer, la política de Francia y de Gran Bretaña cayó en el despropósito, se abismó en la injusticia, en la violencia, en la cobardía.

Mientras tanto, hubo un Félicien David, un Delacroix, un Nerval, todos cuantos visitaron la fachada de Oriente, de Algeciras a Estambul, o su patio trasero, de la India a la Cochinchina; mientras tanto, ese Oriente había revolucionado el arte, las letras y la música, sobre todo la música: después de Félicien David ya nada iba a ser igual. Esta reflexión puede tal vez tomarse como la expresión de un deseo piadoso, exageras, diría Sarah, pero, santo Dios, todo eso ya lo he demostrado, todo eso ya lo he escrito, he demostrado que en los siglos XIX y XX la revolución en la música se lo debe todo a Oriente, que no se trata de «procedimientos exóticos», como antes se pensaba; que ese exotismo tenía un sentido, que propiciaba la entrada de elementos exteriores, de la alteridad, que se trata de un gran movimiento, que cuenta entre otros con Mozart, con Beethoven, con Schubert, con Liszt, con Berlioz, con Bizet, con Rimski-Kórsakov, con Debussy, con Bartók, con Hindemith, con Schönberg, con Szymanowski, con cientos de compositores en toda Europa; que sobre toda Europa sopla el viento de la alteridad, que todos esos grandes hombres utilizan lo que les llega del otro para modificar el yo, para bastardearlo, pues el genio tiende a lo bastardo, a la utilización de procedimientos exteriores para hacer tambalear la dictadura del canto de iglesia y la armonía; por qué me pongo nervioso, yo solo, la cabeza en la almohada, seguro que por ser un pobre universitario sin éxito con una tesis revolucionaria de la que nadie saca la menor consecuencia. Hoy ya nadie se interesa por Félicien David, que se hizo extraordinariamente famoso el 8 de diciembre de 1844 tras el estreno del *Desierto* en el Conservatorio de París, oda-sinfonía en tres partes para solista, tenor solo, coro y orquesta, compuesta a partir de los recuerdos del compositor de su viaje a Oriente, entre El Cairo y Beirut; en la sala están Berlioz, Théophile Gautier y todos los sansimonianos, entre ellos Enfantin, el gran maestro de la religión nueva, él que viajó a Egipto para encontrar una esposa a la que hacerle un infante, un mesías mujer, y reconciliar así a Oriente con Occidente, unirlos en la carne, Barthélemy Enfantin proyectará el Canal de Suez y los Ferrocarriles de Lyon, procurará interesar en sus proyectos orientales a Austria y a un Metternich envejecido, sin éxito, el hombre de Estado no lo recibió, como consecuencia de una conspiración católica y a pesar de los consejos de Hammer-Purgstall, que vio en el proyecto una idea genial para introducir el Imperio en Oriente. Barthélemy Enfantin, gran fornicador místico, el primer gurú moderno y empresario genial, está sentado en la sala junto a Berlioz, quien no oculta sus simpatías por la vertiente social de la doctrina sansimoniana.

El desierto invade París: «Según unánime opinión, fue la tormenta más hermosa que la música haya dado, ningún maestro fue tan lejos», escribe Théophile Gautier en *La Presse*, describiendo la tempestad que asalta la caravana en el desierto; es también la primera «danza de las *almées*», motivo erótico cuya fortuna posterior es bien conocida y, sorpresa sorpresa, el primer «canto del almuecín», la primera llamada a la oración musulmana que resuena en París: «A esa hora matinal, oímos la voz del almuecín —escribe Berlioz el 15 de diciembre en *Le Journal des débats*—, David aquí se limitó, no al papel de imitador, sino al de simple arreglista; se borró por completo para mostrarnos, en su extraña desnudez y en la propia lengua árabe, el canto bizarro del almuecín. El último verso de esa especie de grito melódico acaba con una gama compuesta por intervalos más cortos que semitonos, que el señor Béfort ejecutó con enorme habilidad, pero que causó una gran sorpresa en el auditorio. Un contralto, un verdadero contralto femenino (el señor Béfort, padre de tres niños) cuya voz extraña desorientó un poco, o más bien orientó al público despertando en su seno la idea del harén, etcétera. Tras la oración del almuecín, la caravana reanuda su marcha, se aleja y desaparece. El desierto se queda solo». El desierto siempre se queda solo, y la oda sinfónica tiene tal éxito que David la lleva por toda Europa, principalmente a Alemania y a Austria, donde los sansimonianos, de nuevo en vano, intentan extender su influencia; al año siguiente Félicien David conocerá a Mendelssohn, dirigirá en Frankfurt, en Potsdam ante la corte de Prusia, en Munich y en Viena, en diciembre, cuatro conciertos vieneses, un inmenso éxito al que, por supuesto, asistirá Hammer-Purgstall, quien sentirá un poco de nostalgia, según nos cuenta, de ese Oriente ahora tan lejano para él.

Por supuesto, se le pueden recriminar a David sus dificultades a la hora de transcribir en su partitura los ritmos árabes, pero eso supone olvidar que a los propios compositores otomanos les cuesta transponer sus propios ritmos en notación «occidental»; tienden a simplificarlos, como hace David, habrá que esperar a Béla Bartók y su viaje a Turquía para que esa notación adquiera mayor precisión, aunque, mientras tanto, el gran Francisco Salvador Daniel, alumno de Félicien David, profesor de violín en Argel, primer gran etnomusicólogo *avant la lettre*, nos dejó un magnífico *Álbum de canciones árabes, moriscas y cabilas*; Rimski-Kórsakov retomará esas melodías regaladas por Borodine en varias obras sinfónicas. Francisco Salvador Daniel, amigo de Gustave Courbet y de Jules Vallès, socialista y comunardo, director del Conservatorio durante la Comuna, Francisco Salvador Daniel acabará ejecutado por los versallescos, tras tomar las armas sobre una barricada y reemplazar su violín por un fusil; ninguna sepultura en esas tierras para Francisco Salvador Daniel, muerto a la edad de cuarenta años y absolutamente olvidado después, en Francia en España o en Argelia, ninguna sepultura más allá de los rastros de sus melodías en las obras de Massenet, de Delibes, de Rimski, sin duda más acabadas, pero que no serían nada sin los materiales que les brindó Francisco Salvador. Me pregunto cuándo esa gente será salvada del olvido, cuándo les haremos justicia, a todos cuantos laboraron, por amor a la música, por el conocimiento de los instrumentos, los ritmos y los modos de los repertorios árabes, turcos o persas. Mi tesis y mis artículos, una tumba para Félicien David, una tumba para Francisco Salvador Daniel, una tumba bien sombría, donde nadie los importuna en su descanso eterno.

00.55

Prefiero estar en mi cama los ojos en la oscuridad acostado boca arriba la nuca contra una almohada mullida que en el desierto, incluso en compañía de Félicien David, incluso en compañía de Sarah; el desierto es un lugar extraordinariamente incómodo, y ni siquiera hablo del desierto de arena, donde tragas sílice sin descanso tanto de día como de noche, se te mete en todos los orificios, las orejas, las fosas nasales y hasta el ombligo, sino del desierto de piedras a la manera siria, piedras, rocalla, montañas rocosas, montículos, túmulos, colinas aquí y allá, oasis en los que a saber cómo aflora una tierra enrojecida, y la *badiyé* se cubre entonces de campos, de trigo de invierno o de datileras. Hay que decir que en Siria «desierto» era una palabra usurpada, allí había gente hasta en las regiones más lejanas, nómadas o soldados, y bastaba con que una mujer se detuviese a orinar detrás de un cerro al borde del camino para que enseguida un beduino asomase su nariz y se quedase mirando con aire indiferente el lechoso trasero de la occidental pasmada, en este caso Sarah, a quien vimos correr hacia el coche, desabrochada, sujetándose los pantalones con la mano, como si hubiese visto un vampiro; al principio Bilger y yo pensamos si sería un chacal, incluso una serpiente o un escorpión que la habría tomado con sus nalgas, pero recuperada del susto nos explicó entre carcajadas que una kufiyya roja y blanca había salido de detrás de una piedra y que bajo la kufiyya acechaba un nómada bronceado, de pie, los brazos cruzados, el rostro inexpresivo, observando en silencio lo que también para él debía de ser una aparición extraña, una mujer desconocida en cuclillas en su desierto. Un auténtico personaje de dibujos animados, decía una Sarah risueña mientras se acomodaba en el asiento trasero, menudo canguelo, y Bilger apuntó con soberbia: «Esta región está habitada desde el tercer milenio antes de Cristo, acabas de comprobarlo por ti misma».

Sin embargo, a nuestro alrededor no distinguíamos más que kilómetros y kilómetros de un polvo mate bajo el cielo lechoso: estábamos entre Palmira y Deir ez-Zor, en la interminable ruta que une la más famosa de las ciudades antiguas de Siria con el Éufrates de cañas impenetrables, en plena expedición tras los rastros de Annemarie Schwarzenbach y de Marga d'Andurain, la inquietante reina de Palmira que, en los tiempos del mandato francés de Siria, dirigió el Hotel Zenobia, situado en el límite de las ruinas de la ciudad caravanera, en el linde de los campos de columnas quebrantadas y de templos cuya piedra suave se teñía de ocre con el sol de la tarde. Palmira dominada por una montaña rocosa coronada por una vieja fortaleza árabe del siglo xv, Qalat Fakhr ed-Din Ibn Maan: la vista sobre el yacimiento, el palmeral y las torres funerarias es desde allí tan portentosa que decidimos acampar con una banda de orientalistas en ciernes de Damasco. Como soldados, colonos o arqueólogos antiguos, sin preocuparnos por ningún reglamento ni la menor comodidad (y animados por Sarah y por Bilger, pues ambos, por razones muy distintas, estaban absolutamente entusiasmados con la idea de esa expedición), resolvimos pasar la noche en la vieja ciudadela o en su plaza, pensasen lo que pensasen sus guardianes. El castillo, recogido sobre sí mismo, compacto, como hecho de oscuras piezas de Lego sin la menor abertura aparte de sus troneras, invisibles desde lejos, parece en inestable equilibrio en la cumbre de la pendiente guijarrosa; desde la base del yacimiento arqueológico podría pensarse que se inclina y amenaza, a merced de una tempestad más poderosa que de costumbre, con deslizarse sobre la grava hasta la ciudad, como un niño en un trineo; pero cuanto más nos acercábamos, más desenrollaba el camino su zigzag hacia la parte trasera de la montaña, y más adquiría el edificio, a ojos de los viajeros, su masa real, su auténtico tamaño: el de un abrupto torreón bien protegido al este por un profundo foso, el de un edificio sólido de mortales salientes, ante el cual no daban las más mínimas ganas de ser un soldado con la misión de tomarlo. El príncipe druso del Líbano Fakhr ed-Din que lo hizo edificar sabía un par de cosas sobre arquitectura militar; el lugar parecía inexpugnable de no ser por el hambre y la sed; no costaba imaginar a sus guardianes asediados desesperando de Dios, sobre su montón de piedras, contemplando la frescura del oasis, cuyas palmeras dibujaban un lago profundo y verde más allá de las ruinas de la ciudad antigua.

La vista allí era mágica: con el sol naciente o poniente, la luz rasante iluminaba por turnos el templo de Baal, el campo de Diocleciano, el ágora, el tetrápilo y los muros del teatro, y a nosotros no nos costaba imaginar la admiración de aquellos ingleses del siglo XVIII que descubrieron el oasis y trazaron las primeras vistas de Palmira, la Novia del Desierto; aquellos dibujos iban a dar la vuelta a Europa, enseguida grabados en Londres y difundidos por todo el continente. Bilger llegaba incluso a contar que esas reproducciones estaban en el origen de numerosas fachadas y columnatas neoclásicas de la arquitectura europea: nuestras capitales debían mucho a los capiteles palmirianos, un poco del desierto de Siria habitaba, en la clandestinidad, tanto en Londres como en París o en Viena. Imagino que hoy los saqueadores se consagran en cuerpo y alma a desmontar los bajorrelieves de las tumbas, las inscripciones, las estatuas para revenderlas a coleccionistas sin escrúpulos, ya que hasta el propio Bilger, de no haber sido por su locura, seguro que se habría sentido tentado de comprar esas migajas arrancadas del desierto; en el desastre sirio las granadas y las retropalas han reemplazado a los pinceles de los arqueólogos; se dice que desmontan los mosaicos con martillo neumático, que excavan las Ciudades Muertas o los yacimientos del Éufrates con bulldozer y que revenden las piezas interesantes en Turquía o en el Líbano, los vestigios son una riqueza del subsuelo, un recurso natural, como el petróleo, que han sido explotados desde siempre. En Irán, en la montaña, cerca de Shiraz, un joven un poco perdido nos vendía una momia, una momia del Lorestán completa, con sus joyas de bronce, sus pectorales, sus armas; tardamos un tiempo en darnos cuenta de lo que nos estaba ofreciendo, hasta tal punto la palabra «momia» parecía incongruente en aquel pueblo montañés, qué quiere usted que hagamos nosotros con una momia, le pregunté, pues mire, es hermosa, es útil, y puede usted revenderla si necesita dinero; el chaval (no debía de tener más de veinte años) nos proponía entregarnos la momia en cuestión en Turquía, y como la conversación se eternizaba, Sarah encontró una forma muy inteligente para deshacernos del inoportuno: Nosotros pensamos que las antigüedades iraníes deben permanecer en Irán, Irán es un gran país que necesita de todas sus antigüedades, no deseamos hacer nada que pueda perjudicar a Irán, y esa perorata nacional pareció enfriar el ardor del arqueólogo aficionado, obligado a asentir, a pesar de que, en su interior, no estuviese del todo convencido del fervor nacionalista de aquellos dos extranjeros. Al ver cómo aquel joven abandonaba el pequeño parque en que nos había abordado, por un momento me imaginé la momia, venerable cadáver, atravesando los Zagros y las montañas del Kurdistán a lomos de un burro para llegar hasta Turquía y luego a Europa o a Estados Unidos, pasajero clandestino de diez mil años de edad siguiendo la misma ruta peligrosa que los ejércitos de Alejandro o los iraníes que huían del régimen.

Que yo sepa, los saqueadores de tumbas de Siria no ofrecen momias sino animales de bronce, sellos cilíndricos, lámparas de aceite bizantinas, cruces, monedas, estatuas, bajorrelieves y hasta cornisamentos o capiteles esculpidos; en Palmira las piedras viejas eran tan abundantes que hasta el mobiliario de jardín del Hotel Zenobia al completo estaba construido con ellas: capiteles para las mesas, fustes de columna para los bancos, mampuestos para los dinteles, la terraza tomaba prestado todo cuanto necesitaba de las ruinas circundantes. El hotel, de una sola altura, había sido construido por un gran arquitecto olvidado, Fernando de Aranda, hijo de Fernando de Aranda músico de la corte de Abdul Hamid en Estambul, sucesor de Donizetti como jefe de la orquesta y de las fanfarrias militares imperiales; así que en Palmira me sentí un poco como en casa, en el desierto resonaban lejanos tonillos de la música de la capital otomana. Fernando de Aranda hijo desarrolló toda su carrera en Siria, donde murió en los años sesenta, y construyó varios edificios importantes en Damasco, en un estilo que podría calificarse como «art nouveau orientalizante», entre los que estarían la estación de Hiyaz, la universidad, numerosas casas importantes y el Hotel Zenobia de Palmira, que todavía no se llamaba Zenobia, şino Kattané, por el nombre de la sociedad de inversiones que se lo encargó a la estrella emergente de la arquitectura moderna siria, en previsión de la apertura de la región a los viajeros; el edificio fue abandonado antes incluso de acabarlo, dejado al cuidado de la guarnición francesa de Palmira (meharistas, aviadores, pequeños oficiales sin futuro) que velaba por los asuntos beduinos y por el inmenso territorio desértico hasta Irak y Jordania, donde los británicos actuaban con mano dura. La obra de Fernando de Aranda, de dimensiones ya modestas, vio cómo le era amputada un ala, lo que confería a su fachada un aire más bien deforme: el frontón sobre la puerta de entrada, con sus dos pilastras y sus palmetas, ya no ostentaba una noble simetría, sino el principio de un hueco en el que se alzaba la terraza del hotel, y ese desequilibrio le confería al conjunto un aspecto renqueante, susceptible de provocar, dependiendo de los sentimientos que a uno le inspiren los cojos, o bien ternura o bien desprecio. Ternura o desprecio que por otra parte quedaban reforzados por el interior de la construcción, con unas extrañas y viejas sillas de paja en el lobby, habitaciones minúsculas y sofocantes, hoy renovadas, pero que en la época estuvieron presididas por imágenes amarilleadas del Ministerio de Turismo sirio y polvorientas baratijas beduinas. Sarah y yo nos inclinábamos más bien por la ternura, ella debido a Annemarie Schwarzenbach y Marga d'Andurain, yo feliz de ver los frutos insospechados que el maestro de música otomana había ofrecido, por intermediación de su hijo, al desierto de Siria.

El emplazamiento del Hotel Zenobia era extraordinario: por el lado de la ciudad antigua, apenas a unas decenas de metros, se alzaba ante el templo de Baal, y si uno tenía la suerte de hacerse con una de las habitaciones que daban a la fachada delantera, dormía por así decirlo entre las mismas ruinas, la cabeza en las estrellas y en los sueños antiguos, mecido por la conversación de Baalshamin, dios del sol y del rocío, con Ishtar la diosa y su león. Ahí reinaba Tammuz, el Adonis de los griegos, a quien cantaba en sus poemas Badr Shakir al-Sayyab el iraquí; uno esperaba ver cómo el oasis quedaba cubierto de anémonas rojas, nacidas de la sangre de ese mortal cuyo único pecado fue que las diosas se apasionasen por él en demasía.

Aquel día la cuestión no era el hotel, pues habíamos tenido la extraña idea de dormir en la ciudadela de Fakhr ed-Din para disfrutar de la belleza de la ciudad a la puesta del sol y al amanecer. Por supuesto, no llevábamos ningún tipo de material de acampada; Bilger y yo habíamos metido en el 4×4 cinco o seis mantas que harían las veces de colchón y de sacos de dormir, almohadas, platos, cubiertos, vasos, botellas de vino libanés y de arak y hasta la pequeña barbacoa de metal de su terraza. Aparte de Sarah, de los que participaron en esa expedición recuerdo a una historiadora francesa morena y sonriente de pelo largo y a su compañero, igualmente moreno y sonriente, creo que ahora es periodista y recorre Oriente Próximo para varios medios franceses: en aquellos tiempos, soñaba con un puesto prestigioso en una universidad norteamericana; creo que Sarah mantuvo el contacto con aquella encantadora pareja que aunaba belleza e inteligencia. Ahora me resulta extraño no haber conservado en Damasco otros amigos aparte de Sarah y Bilger el Loco, ni sirios ni orientalistas, me doy cuenta de hasta qué punto debía de ser insoportable en mi exigencia y pretensiones, afortunadamente después he hecho muchos progresos, sin que ello, todo sea dicho, se traduzca, en términos de amistades nuevas, en una vida social desmesurada. Si Bilger no se hubiese abismado en la demencia, si Sarah no resultase tan inalcanzable, ellos constituirían sin la menor duda mi relación con todo ese pasado que llama a mi puerta en medio de la noche, cómo se llamaban, pues, aquella pareja de historiadores franceses, Jeanne tal vez, no, Julie, y él François-Marie, recuerdo su figura enjuta, su barba oscura y, misterios de la armonía del rostro, también su humor y su mirada maliciosa que compensaba la dureza del conjunto, solo la memoria me sigue asistiendo, solo ella no vacila como el resto de mi cuerpo; a última hora de la mañana habíamos comprado carne en una carnicería de la ciudad moderna de Palmira; la sangre de un cordero recién muerto manchaba la acera ante el escaparate del que colgaban, de un gancho de hierro, los pulmones, la tráquea y el corazón del animal; en Siria a nadie le era dado olvidar que la tierna carne de las brochetas provenía de un mamífero degollado, un mamífero lanoso y balante cuyas vísceras adornaban todos los mostradores.

Dios es el gran enemigo de los carneros; cabe preguntarse por qué horrible razón, en el momento del sacrificio, decidió Él reemplazar al hijo de Abraham por un carnero y no por una hormiga o una rosa, condenando de este modo a los pobres ovinos a una interminable hecatombe por los siglos de los siglos. Por supuesto, la encargada de las compras fue Sarah (divertida coincidencia bíblica), no solo porque la visión de la sangre y los menudillos tibios no le molestaba, sino sobre todo porque su conocimiento del dialecto y su gran belleza aseguraban siempre la calidad de la mercancía y un precio más que razonable, si es que le permitían pagar: no era extraño que los tenderos, hipnotizados por el brillo de ese ángel taheño de carmín sonrisa, procurasen retenerla en su puesto cuanto más tiempo mejor negándose obstinadamente a cobrarle. La ciudad moderna de Palmira, al norte del oasis, era un cuadrilátero bien ordenado de casas bajas de pobre hormigón, limitado al norte y al nordeste por un aeropuerto y una siniestra prisión, la más famosa de toda Siria, una prisión negra y rojo sangre, colores premonitorios de la bandera siria que la dinastía Al-Ásad se había ensañado en desplegar por todo el territorio: en sus cárceles, las torturas más atroces eran diarias, los suplicios medievales sistemáticos, una rutina sin mayor objetivo que el pavor generalizado, la propagación del miedo como el estiércol por todo el país.

Más allá de la deslumbrante belleza de las ruinas y la monstruosidad del régimen Al-Ásad, lo que más le interesaba a Sarah de Palmira eran los rastros de la estancia de Annemarie Schwarzenbach y su extraña anfitriona Marga d'Andurain, patrona del Hotel Zenobia a principios de la década de 1930; alrededor del fuego, ante la ciudadela de Fakhr ed-Din, nos pasamos gran parte de la noche contando historias por turno, una auténtica *sesión*, una *maqâma*, género noble de la literatura árabe en el que los personajes se van cediendo la palabra para explorar, uno tras otro, un mismo tema: aquella noche escribimos la *Maqâma tadmoriyya*, la Sesión de Palmira.

El guardia del fuerte era un hombre mayor y seco con kufiyya armado con una escopeta; su misión consistía en cerrar, con una cadena y un candado impresionantes, la reja de acceso al castillo; quedó absolutamente sorprendido por nuestra delegación. Habíamos dejado que las arabistas negociasen con él y tanto Bilger como François-Marie y yo observábamos desde la distancia el desarrollo del parlamento: el guardia era inflexible, la reja debía cerrarse por la tarde al ponerse el sol y reabrirse al amanecer, esa era su misión y pensaba cumplir con ella, aunque no fuese del agrado de los turistas; nuestro proyecto se desmoronaba y nosotros nos preguntábamos cómo habíamos podido imaginar ni por un segundo que pudiese haber sido de otro modo; sin duda por deje colonialista. Sarah no se daba por vencida; seguía razonando con aquel palmiriano que jugaba mecánicamente con la correa de su arma echándonos de vez en cuando miradas inquietas; debía de preguntarse por qué lo dejábamos a solas con aquella joven mientras que nosotros, tres hombres, permanecíamos allí, a dos metros, observando plácidamente el conciliábulo. Julie vino a ponernos al tanto del desarrollo de las negociaciones; el guardia estaba obligado a cumplir con su deber, la apertura y el cierre. En cambio, podíamos quedarnos dentro de la ciudadela, es decir, encerrados hasta el alba, eso no afectaba en absoluto a su misión. Sarah había aceptado, como punto de partida, esas condiciones, pero además trataba de conseguir la llave del candado, lo cual nos permitiría salir del noble torreón en caso de emergencia sin tener que esperar a la liberación de la aurora, como en un cuento de hadas. Hay que reconocer que la perspectiva de quedar encerrados dentro de una fortaleza inexpugnable, a unos pocos kilómetros de la prisión más siniestra de Siria, me hacía estremecerme un poco; el edificio no era más que un montón de piedras, sin comodidad alguna, estancias vacías alrededor de un breve patio atestado por piedras desprendidas, con escaleras sin barandilla que subían hasta las terrazas más o menos almenadas donde se arremolinaban los murciélagos. Para nuestra gran suerte, el guardia estaba al límite de su paciencia; después de proponernos entrar por última vez, y como seguíamos dudando de si recluirnos voluntariamente o no hacerlo (¿teníamos realmente todo lo que necesitábamos?, ¿cerillas, papel de periódico, agua?), acabó por cerrar la reja sin más demora, ansioso por volver a su casa; Sarah le hizo una última pregunta, a la que pareció responder afirmativamente, antes de darnos la espalda para bajar hacia el valle de las tumbas, recto en la pendiente.

–Nos ha permitido oficialmente instalarnos aquí.

«Aquí» significaba el breve atrio rocoso situado entre el antiguo puente levadizo y el arco del pórtico. El sol había desaparecido detrás de nuestra colina; sus últimos rayos salpicaban de oro las columnatas, irisaban las palmas; la ligera brisa transportaba un perfume de piedras templadas mezclado a ratos con caucho y basura doméstica quemados; más abajo, un hombre minúsculo paseaba a un camello en la pista oval del gran estadio de polvo donde se organizaban unas carreras de dromedarios que atraían a los nómadas de toda la comarca, esos beduinos a los que tanto quería Marga d'Andurain.

Nuestro campamento era mucho más espartano que el de los exploradores de otros tiempos; se cuenta que lady Hester Stanhope, primera reina de Tadmor, orgullosa aventurera inglesa de costumbres de acero, cuyo Oriente le chupó la fortuna y la salud hasta su muerte en 1839 en un pueblo de las montañas libanesas, necesitaba siete camellos para transportar su equipaje y que la tienda donde recibía a los emires de la región era con mucho la más suntuosa de toda Siria; quiere la leyenda que, además de su orinal, único accesorio indispensable en el desierto, según decía, la sobrina de William Pitt transportase a Palmira un servicio de cena de gala, una cena regia; que de los baúles salieran las vajillas y los platos más refinados, para enorme sorpresa de los comensales; todos los jeques y los emires de la comarca quedaron deslumbrados por lady Hester Stanhope, según se dice. En cuanto a nuestra comida, constaba exclusivamente de cordero a la parrilla, nada de salsa inglesa ni de manjares, solo unas brochetas, las primeras quemadas, las segundas crudas, al dictado de nuestro fuego caprichoso en el *manqal* de Bilger. Carne que enrollábamos en ese pan ácimo delicioso, esa torta de trigo cocida sobre un domo de metal que en Oriente Próximo sirve a la vez de feculento, de plato y de tenedor. Nuestras llamas debían de verse a varios kilómetros a la redonda, como un faro, temíamos que la policía siria pudiese llegar a desalojarnos, pero Eshmún velaba por los orientalistas, y nadie nos molestó antes del alba, aparte del beso glacial: hacía un frío que pelaba.

Apretujados alrededor de la pequeña barbacoa, cuyo calor era tan ilusorio como el de los millones de estrellas a nuestro alrededor, arropados en las mantas de lana azul cielo de Bilger y con un vaso en la mano escuchábamos las historias que nos contaba Sarah; la pequeña cavidad rocosa resonaba ligeramente y le daba relieve a su voz y profundidad a su timbre; hasta

Bilger, que no entendía muy bien el francés, había renunciado a sus peroratas para escucharla contar las aventuras de lady Stanhope, quien nos había precedido en aquel peñasco, mujer de un destino excepcional, decía ella, y lo cierto es que no me cuesta entender su pasión por esa dama cuyas motivaciones eran tan misteriosas como el propio desierto; ¿qué es lo que empujó a lady Hester Stanhope, rica y poderosa, sobrina de uno de los políticos más brillantes de la época, a dejarlo todo para instalarse en el Levante otomano, donde no paró hasta llegar a gobernar, a regentar el pequeño dominio que ella misma se forjó allí, en Chouf, entre drusos y cristianos, como una granja en Surrey? Sarah contó una anécdota sobre el modo en que administraba a sus aldeanos: «Su gente la respetaba de forma singular —decía Sarah—, aunque su justicia oriental a veces se equivocaba. Consciente de la importancia que otorgan los árabes al respeto por las mujeres, castigaba sin piedad toda infracción contra la severa abstinencia que le exigía a sus servidores. Su intérprete y secretario, hijo de un inglés y de una siria, y a quien tenía en gran estima, fue un día a decirle que alguien de los suyos, llamado Michel Tutunji, había seducido a una joven siria del pueblo, que él los había visto sentados bajo un cedro del Líbano. Tutunji sostenía que era falso. Lady Hester convocó a todo el pueblo ante el castillo, se sentó sobre unos cojines, con su gobernador a la derecha y Tutunji a la izquierda, envueltos en sus abrigos como nosotros en estas mantas, en una actitud respetuosa. Los campesinos formaban un círculo; "Tutunji", dice ella apartando de sus labios el largo tubo de ámbar de esa pipa que siempre se la ve fumar en los grabados, "se os acusa de una relación criminal con Fattum Aisha, muchacha siria, que está aquí ante mí. Vos lo negáis. Vosotros", continuó, dirigiéndose a los campesinos, "si sabéis algo acerca de esta cuestión, decidlo. Quiero hacer justicia. Hablad". Todos los aldeanos respondieron que no tenían el menor conocimiento del hecho apuntado. Entonces ella se volvió hacia su secretario, quien, las manos cruzadas sobre el pecho, esperaba la sentencia. "Vos imputáis a este joven que apenas está entrando en el mundo y que no tiene, por tanto, más que su reputación por toda fortuna, cosas abominables. Llamad a vuestros testigos, ¿dónde están?" "No tengo ninguno", respondió humildemente, "pero lo vi". "Vuestra palabra carece de valor ante el testimonio de toda la gente del pueblo y la buena fama del joven"; luego, adoptando el tono severo de un juez, se volvió hacia el acusado Michel Tutunji: "Si vuestros ojos y vuestros labios han cometido el crimen, si habéis mirado a esa mujer, si la habéis seducido y besado, en tal caso vuestro ojo y vuestros labios tendrán su castigo. ¡Prendedlo y que así sea! Y tú, barbero, afeita la ceja izquierda y el bigote derecho del joven". Y tal como se dispuso, se ejecutó, "*sam'an wa tâ'atan*, escucho y obedezco", como en los cuentos. Cuatro años más tarde, lady Stanhope, que se jactaba de tan incruenta justicia administrada al condenado, recibió una carta en la que Tutunji se regocijaba en contarle que la historia de la seducción era muy cierta, y que su bigote y su ceja estaban bien».

Esta parodia orientalista de juicio a la Harún al-Rashid fascinaba a Sarah; que estuviese comprobada o no (y, a la vista de las costumbres de la dama, es probable que sea cierto) importaba menos que mostrar hasta qué punto la inglesa se había integrado en las costumbres supuestas a esos drusos y cristianos libaneses de la montaña donde ella residía y cómo su leyenda alcanzó a propagar semejantes historias; Sarah nos describía con pasión el grabado en el que se la ve, ya mayor, sentada en una postura noble y hierática, la de un profeta o de un juez, su larga pipa en la mano, lejos, muy lejos de las lánguidas imágenes de las mujeres en los harenes; nos explicaba cómo se había negado a llevar velo y decidió, por cierto, vestirse «a la turca», pero de hombre. Nos contaba la pasión que lady Hester inspiró a Lamartine, el poeta orador, el amigo de Liszt y de Hammer-Purgstall, con quien comparte una historia del Imperio otomano: para los franceses un poeta incomparable, pero también un prosista de genio. Como Nerval, pero en menor medida, Lamartine se rebelaba en su viaje a Oriente, escapaba a sus grilletes parisinos, abría su frase; ante la belleza de lo desconocido, el político se libraba de sus golpes de efecto y de su lirismo tosigoso. Posiblemente, y es bien triste, fue necesario que perdiese a su hija Julia, muerta de tuberculosis en Beirut, para que el Levante cristalizase en él la muerte y el dolor; fue necesario, como para otros la Revelación, sufrir la peor herida, el padecimiento último para que sus ojos, sin el nepentes de Helena de Troya, inundados por las lágrimas, dibujasen el retrato magnífico de sombría belleza de un Levante original: una fuente mágica que apenas descubierta empieza a escupir muerte. Lamartine venía a Oriente para ver el coro de una iglesia que se reveló amurallado, visitar la nave de un templo que resultó estar condenado; se mantenía de pie ante el altar, sin advertir que los rayos del ocaso inundaban el crucero detrás de él. Lady Stanhope le fascina porque está más allá de sus interrogaciones; está en las estrellas, decía Sarah; lee el destino de los hombres en los astros; apenas llega, propone a Lamartine revelarle su futuro; «la Circe de los desiertos», como él la llama, le explica enseguida, entre dos pipas perfumadas, su sincretismo mesiánico. Lady Stanhope le revela que Oriente es su patria verdadera, la patria de sus padres, y que volverá, lo adivina en sus pies: «Fijaos —le dice—, el empeine está muy elevado, cuando tenéis el pie apoyado hay entre vuestro talón y vuestros dedos espacio suficiente para que pase el agua sin mojaros: es el pie del árabe; es el pie de Oriente; vos sois un hijo de estos climas y se acerca el día en que cada cual regresará a la tierra de sus padres. Volveremos a vernos».

Esa anécdota podológica nos hizo reír mucho; François-Marie no pudo evitar quitarse los zapatos para comprobar si estaba llamado a regresar a Oriente o no; para su gran desesperación tenía, según dijo, «un pie bordelés», y regresaría, al final de los tiempos, no al desierto sino a una bastida de Entre-deux-Mers, del lado de la casa de Montaigne, lo cual, bien pesado, resultaba igualmente envidiable.

Ahora que lo pienso, los pies de Sarah tienen un puente perfecto bajo el cual fluiría fácilmente un riachuelo; hablaba en la noche y era nuestra maga del desierto, sus relatos encantaban el centelleante metal de las piedras y de las estrellas; no todas las aventureras de Oriente conocieron la evolución mística de la señora Stanhope, la reclusa inglesa del monte Líbano, su trayecto hacia el despojo de sus bienes, su abandono progresivo de todo atavío occidental, la construcción gradual de su propio monasterio, un monasterio de orgullo o de humildad; no todas las viajeras recibieron la iluminación trágica de lady Hester o de Isabelle Eberhardt en el desierto, muy al contrario; el siguiente en tomar la palabra fue François-Marie, aparte de una interrupción de Bilger no solo para servir bebida, sino sobre todo para tratar también él de contar una historia, una parte de las aventuras de Alois Musil, llamado Lawrence de Moravia o Alois de Arabia, orientalista y espía de los Habsburgo a quien los franceses no conocían; fue sobre todo un intento de volver a convertirse en el centro de atención, un intento desastroso, que podría haber precipitado en el sueño a muchos de los comensales, tan incomprensible como resultaba su francés; y es que por suficiencia o presunción, se negó a hablar en inglés. Afortunadamente, cuando yo empezaba a sentir vergüenza por él y por Alois Musil, fue hábilmente interrumpido por François-Marie. Como especialista en la historia del mandato francés en el Levante, se apoyó en lady Hester y Lawrence de Moravia para devolver diplomáticamente la conversación a Palmira. Para él, el destino de Marguerite d'Andurain llamada Marga representaba la antítesis del de Stanhope, del de Eberhardt o del de Schwarzenbach, su doble oscuro, su sombra. Nosotros nos templábamos en el acento de François-Marie y sobre todo gracias al vino libanés que había descorchado Bilger; los largos rizos pelirrojos de mi vecina se enrojecían por efecto de las últimas brasas, que le modelaban el rostro con medias tintas graves. La vida de Marga d'Andurain era para François-Marie la historia de un fracaso trágico: la hermosa aventurera había nacido a punto de acabarse el siglo XIX en el seno de una buena familia de Bayona (evidentemente, el historiador gascón, que había vuelto a calzarse para proteger sus pinreles del frío, puso de relieve este detalle), luego se había casado joven con su primo, un vasco de la pequeña nobleza con un gran futuro por delante, pero que se reveló más bien flojo y veleidoso, apasionado casi exclusivamente por los caballos. Y Marga era todo lo opuesto, de una fuerza, de una vitalidad y de una habilidad excepcionales. Tras una breve tentativa en la ganadería de équidos en la Argentina de preguerra, en noviembre de 1925 la pareja desembarca en Alejandría y se instala en El Cairo, frente al salón de té Groppi, plaza Solimán Pachá, centro de la ciudad «europea». Marga tenía el proyecto de abrir allí un instituto de belleza y un comercio de perlas artificiales. Muy pronto, frecuenta a la buena sociedad cairota, especialmente a los aristócratas británicos del Gezira Sporting Club, en la isla de Zamalek. El añadido a su apellido del título de «condesa» data de esa época; por decirlo así, se ennoblece por contagio. Dos años más tarde decide acompañar a una amiga inglesa en un viaje a Palestina y Siria, viaje cuyo guía sería el mayor Sinclair, responsable del servicio de inteligencia de los ejércitos en Haifa. Es en su compañía como Marga llega a Palmira por vez primera, tras una agotadora ruta desde Damasco, donde, cansada y celosa, la amiga británica prefirió quedarse a esperarlos. Las tensas relaciones entre Francia y Gran Bretaña en el Levante, la reciente rebelión en Siria y su represión sangrienta hacen que los militares franceses se muestren bastante suspicaces en lo tocante a las actividades de los extranjeros en el territorio de su mandato; es así como la guarnición de Palmira se interesará de cerca por la pareja que se instala en el hotel construido por Fernando de Aranda. Es muy probable que Sinclair y Marga se hiciesen amantes; su relación alimentó los informes de los oficiales franceses ociosos, informes que llegaron hasta el coronel Catroux, a cargo por aquel entonces de la información en Beirut.

La aventura palmiriana de la elegante condesa d'Andurain comenzaba con una acusación de espionaje que ya envenenaba su relación con las autoridades francesas del Levante; esta reputación de espía habría de ir reapareciendo a lo largo de su vida, cada vez que la prensa o la administración se interesaban por ella.

Unos meses más tarde moría Sinclair, suicidado por amor, según los rumores. Mientras tanto, Marga d'Andurain se había instalado en Palmira con su marido. Se había enamorado, pero no de un mayor inglés, sino de un lugar, de los beduinos y de un desierto; había adquirido algunos terrenos en los que pensaba dedicarse (como en Argentina) a la ganadería. En sus memorias cuenta sus cazas de la gacela en compañía de los nómadas, sus noches bajo la tienda, la ternura filial que siente por el jeque que gobierna esa tribu. Muy rápidamente, la pareja D'Andurain renuncia a la actividad agropecuaria cuando las autoridades mandatarias le confían la gestión del hotel de Palmira (entonces, el único de la ciudad), hotel en desherencia que pasado un tiempo hasta le permitirán comprar (aparentemente, añadió François-Marie; a menudo, como sucede con todo testimonio, existen ciertas diferencias entre lo que cuenta Marga y el resto de las fuentes); decide que el establecimiento se llamará Hotel Zenobia, en homenaje a la reina del siglo III d.C. vencida por Aureliano. Así pues, todos los turistas de la época pasan por la casa de los D'Andurain; Marga se ocupa del hotel mientras su marido se distrae como puede, montando a caballo o frecuentando a los oficiales de la guarnición palmiriana que cuidan del campo de aviación y comandan una pequeña tropa de meharistas, restos del segundo ejército de Oriente, diezmado por el conflicto mundial y la rebelión siria.

Cinco años más tarde, Marga d'Andurain se aburre. Sus hijos han crecido; la reina de Palmira se da cuenta de que su reino es solo un montón de piedras y de polvo, romántico, cierto, pero sin aventura ni gloria. Es entonces cuando concibe un proyecto loco, inspirado por los personajes femeninos que pueblan su imaginario, lady Stanhope, Jane Digby la enamorada, lady Anne Blunt la nieta de Byron o Gertrude Bell, que murió unos años antes y de cuya increíble historia supo gracias a Sinclair y a sus amigos británicos. Sueña con ir más lejos que todos esos modelos y con ser la primera mujer europea que va en peregrinación a La Meca, después de cruzar el Hiyaz y el Nechd para llegar al golfo Pérsico y pescar perlas, o simplemente comprarlas. A principios de 1933, Marga encuentra una forma de llevar a cabo su viaje: un matrimonio de conveniencia con Suleyman Dikmari, un meharista de Palmira originario de Oneiza en el Nechd, de la tribu de los mutayrs, que desea volver a su casa pero no tiene dinero para hacerlo. Es un hombre simple y analfabeto; jamás ha salido del desierto. Gracias a una importante suma que le será pagada a la vuelta, acepta acompañar a la supuesta condesa hasta Arabia, La Meca y Medina, luego por la costa a Baréin y devolverla a Siria. Por supuesto, antes de partir le hace jurar ante testigos que no intentará consumar el matrimonio y la obedecerá en todo. En la época (y en ese punto tengo la impresión de que François-Marie, muy inspirado, no nos ofrece tantas puntualizaciones sino por el placer de alardear de su conocimiento histórico), el Nechd y el Hiyaz acaban de ser unificados por el príncipe Ibn Saud, que se deshizo de los hachemíes y los expulsó de su territorio; a los descendientes de los jerifes de La Meca no les queda más que Irak y Jordania, donde son apoyados por los británicos. Arabia Saudita nace justo en el momento en que Marga d'Andurain decide emprender su peregrinación. El país se distingue por su identidad beduina y mayoritariamente wahhabita, puritana e intransigente. El reino está vedado a los no musulmanes; obviamente, Ibn Saud desconfía de posibles intervenciones británicas o francesas en su país, apenas unificado. Todas las legaciones son confinadas en Yeda, puerto de La Meca, en el mar Rojo, un agujero entre dos peñascos, sin agua dulce, infestado de tiburones y cucarachas, donde uno puede escoger entre morir de sed, de insolación o de aburrimiento; excepto en el momento de la peregrinación: punto de llegada a la península de los musulmanes del océano Índico y de África, la pequeña ciudad ve cómo llegan decenas de barcos que transportan a miles de peregrinos, con todos los riesgos (policiales, sanitarios y morales) que eso conlleva. Ese es el decorado en el que atracan Marga d'Andurain y su «marido-pasaporte», como ella lo llama, al inicio de su peregrinación, después de una conversión oficial al islam y un matrimonio (complicado) en Palestina. Ahora se llama Zeynab (en homenaje, de nuevo, a Zenobia, la reina de Palmira). Desgraciadamente para ella, las cosas no tardan en ponerse bastante feas: el médico responsable de la inmigración le comunica que la ley del Hiyaz requiere un plazo de dos años entre la conversión y la admisión a la peregrinación. Suleyman el beduino es entonces enviado a La Meca para solicitar un permiso especial al rey Abdelaziz. Marga-Zeynab no puede acompañarlo, mas, por decencia, tampoco puede alojarse sola en el hotel, así que es confiada a la guardia del harén del gobernador de Yeda, donde quedará recluida unos días y soportará todo tipo de humillaciones hasta lograr ser aceptada por las esposas y las hijas del gobernador. Por otra parte, decía François-Marie, le debemos un interesante testimonio sobre la vida en un harén de provincias, uno de los pocos con que contamos para esa región y en ese período. Finalmente, Suleyman vuelve de La Meca sin haber conseguido el permiso especial para su mujer; debe, pues, llevarla con su familia, cerca de Oneiza. Mientras tanto, Zeynab vuelve a ser Marga; frecuenta a Jacques Roger Maigret, cónsul de Francia (quien, por otra parte, representa a Francia en Yeda durante diecisiete años, diecisiete largos años, sin quejarse demasiado, hasta 1945; espero, decía François-Marie, que por lo menos lo hiciesen caballero o comendador de alguna orden republicana por ese reinado interminable), y sobre todo a su hijo, a quien regala sus primeras experiencias eróticas; para ese hombre todavía jovencísimo, la llegada de la hermosa Marga al reino del puritanismo wahhabita es una bocanada de aire fresco: a pesar de la diferencia de edad, la lleva en secreto a bañarse fuera de la ciudad; pasea a Zeynab, tras su largo velo negro, a través de los callejones de Yeda. Marga insiste en la provocación hasta introducir clandestinamente a su joven amante en la habitación de hotel que el poder del cónsul (aunque legalmente ya no sea francesa) le ha conseguido para sacarla del harén. Suleyman insiste en proseguir con un viaje que a la condesa ya no le apetece llevar a cabo: teme que la hagan prisionera, lejos, en el desierto, allí donde la influencia de Maigret ya no podría sacarla de apuros.

Una noche llaman a su puerta: la policía real. Ella esconde a su amante bajo la cama, como en una comedia de enredos, creyendo que se trata de un asunto de costumbres; pero la cosa es más grave: su marido-pasaporte ha expirado. Suleyman ha muerto, envenenado, y ha acusado a su mujer Zeynab de haberle dado un filtro mortal para desembarazarse de él. Marga d'Andurain acaba en prisión, en una cárcel atroz que participa de todos los horrores de Yeda: calor, humedad, cucarachas voladoras, pulgas, roña, excrementos.

Allí pasará dos meses.

Corre el riesgo de ser condenada a muerte por homicidio y adulterio.

Su suerte está en manos del cadí de La Meca.

El cónsul Maigret no da un céntimo por ella.

El 30 de mayo, *L'Orient*, diario de Beirut, anuncia su muerte por ahorcamiento.

François-Marie hace una pausa; yo no puedo abstenerme de echar una ojeada al Hotel Zenobia, cuya masa sombría se percibe lejos allí abajo, luego a la cara de Sarah, que sonríe ante el cuidado efecto del narrador. Porque efectivamente Marga d'Andurain no murió colgada en el Hiyaz, sino veinte años más tarde, asesinada de la manera más sórdida en su velero en Tánger mientras se preparaba para aventurarse en el contrabando de oro desde la zona internacional. Suleyman Dikmari no es sino el segundo cadáver en su camino, marcado por la muerte violenta. El último será el suyo, abandonado en el mar, lastrado por un bloque de hormigón, en la bahía de Malabata.

François-Marie reanuda su relato; explica que la mañana del deceso, la última vez que han estado juntos, han visto a

Marga dándole a su marido una píldora blanca. Ella alega que se trata de una píldora de Kalmine, un remedio inofensivo que toma muy a menudo: en su equipaje se han hallado unas diez cajas de ese medicamento, que contiene principalmente quinina y codeína. Se envía una muestra a El Cairo para su análisis. Entretanto, sin que ella lo sepa, la prensa oriental relata sus aventuras. Se habla de la espía franco-británica, la Mata Hari del desierto, presa de las cárceles de Abdelaziz; es ejecutada y al día siguiente resucitada; se pergeña una conspiración según la cual los servicios de Ibn Saud habrían liquidado al pobre beduino para forzar a Marga d'Andurain a volver a su casa.

Al final, puesto que conforme a la estricta ley religiosa del reino no se practica autopsia alguna, y dado que el análisis de Kalmine que se realizó en El Cairo acabó demostrando que el polvo de las píldoras era inofensivo, tras dos meses de detención es absuelta por falta de pruebas.

François-Marie miró a los presentes con una leve sonrisa irónica; teníamos la impresión de que todavía añadiría algo. Yo pensaba en el Kalmine, cuyo nombre me había llamado la atención; me vinieron a la mente aquellas cajas azules de metal que decoraban el cuarto de baño de mi abuela en Saint-Benoît-la-Forêt, donde ponía «malestar, cansancio, fiebre, insomnio, dolores»; recordé que eran los laboratorios Métadier los que fabricaban semejante panacea y que Paul Métadier, primer balzaquiano de Turena, había transformado el castillo de Saché en Museo Balzac. Todo está relacionado. Balzac, después del asunto Jane Digby-lady Ell', estrechaba un nuevo lazo con Palmira. Cuando Marga d'Andurain, tras la publicación de su versión de los hechos en *L'intransigeant*, recibió por correo el regalo de cien píldoras de Kalmine enviadas directamente por el laboratorio para agradecerle esa publicidad gratuita, está claro que ignoraba que la fortuna de Kalmine en la cual había participado permitiría rendir homenaje, en ese castillo que él tanto apreciaba, al gran hombre de letras. También está claro que Paul Métadier no habría enviado esos remedios promocionales de haber sospechado que, en realidad, lo que envenenó a Suleyman Dikmari el guerrero de la tribu de los mutayrs sí fue una píldora con la marca «Laboratorios Métadier, Tours»; esta información François-Marie la había sacado de las memorias inéditas de Jacques d'Andurain, hijo menor de la condesa. Jacques d'Andurain contaba cómo, en Beirut, en el momento de la partida de su madre hacia La Meca, esta le había confiado sus dudas con respecto a Suleyman, según ella el único «eslabón débil» de su viaje; Suleyman, el deseo de Suleyman, la virilidad de Suleyman eran los obstáculos más incontrolables de la expedición. En La Meca, en el Nechd, iba a estar a su merced; su «marido-pasaporte» tendría derecho sobre ella (o eso es lo que ella pensaba) de vida y de muerte: era lógico que también ella tuviese la posibilidad de matarlo. Así que le pidió a su hijo que comprase por su cuenta en Beirut algún veneno so pretexto de matar a un perro, a un gran perro, a un perro muy grande, de forma rápida e indolora. Y esa sustancia la metió en una píldora de Kalmine, tras haber sustraído su contenido original.

Nada más se sabe.

François-Marie nos miraba, contento de su pequeño golpe de efecto. Sarah retomó la palabra; se había levantado un momento para calentarse las manos en las brasas moribundas.

—Hay una coincidencia divertida. Annemarie Schwarzenbach pasó por Palmira en el transcurso de su segundo viaje al Levante, de Beirut a Teherán, en compañía de su marido, Claude Clarac, secretario de embajada en Irán. En una novela corta titulada *Beni Zaïnab* cuenta su estancia en el Zenobia y su encuentro con Marga d'Andurain. Ella piensa que es muy posible que efectivamente envenenase a su marido o, por lo menos, que tenía el carácter. No el de una envenenadora, pero sí el de una mujer tan decidida como para superar cualquier obstáculo que la separase del objetivo que se había fijado.

Julie y François-Marie parecían estar de acuerdo.

—Es una existencia absolutamente marcada por la violencia, una metáfora de la violencia colonial, una parábola. Poco tiempo después de su regreso a Palmira, una vez sus problemas administrativos más o menos finiquitados, su marido, Pierre d'Andurain, es salvajemente asesinado a cuchilladas. El caso se cierra como una venganza de la familia de Suleyman, aunque Marga y su hijo sospechan (y denuncian) que un complot de oficiales franceses habría manejado el tinglado. Antes de la guerra vuelve a Francia; pasa la Ocupación entre París y Niza, viviendo de tráficos diversos, joyas, opio; en 1945 su hijo mayor se suicida. En diciembre de 1946 es detenida y encerrada en prisión preventiva por el envenenamiento de su ahijado, Raymond Clérisse, por otro lado agente de información de la Resistencia: es cuando la prensa se desencadena. Se le atribuyen no menos de quince homicidios, asuntos de espionaje, una colaboración con la banda de Bonny y Lafont, los rufianes gestapistas parisinos, y Dios sabe cuántas otras fechorías. Todos esos artículos nos dicen mucho sobre los fantasmas franceses durante la Liberación: entre el imaginario colonial, el espionaje de guerra, los recuerdos de Mata Hari y los crímenes del doctor Petiot, el médico de los sesenta y tres cadáveres, que acaba de ser guillotinado. Unos días más tarde es liberada por falta de pruebas. También entonces, poco tiempo antes de su propia muerte, le confiesa a su hijo con medias palabras su responsabilidad en el asunto. Más o menos es todo cuanto se sabe sobre el sombrío destino de la reina de Palmira.

Sarah señaló hasta qué punto la asociación sexualidad-Oriente-violencia había hecho fortuna en la opinión pública y llegado a nuestros días; una novela sensacionalista, a falta de ser sensacional, retomaba las aventuras de la condesa d'Andurain, *Marga, condesa de Palmira*. Según Sarah, ese libro, sin la pesada carga de la verosimilitud ni el respeto por los hechos, insistía cansinamente en los aspectos más «orientales» del asunto: la lujuria, la droga, el espionaje y la crueldad. Para Sarah, lo que hacía de Marga un personaje tan interesante era su pasión por la libertad, una libertad tan extrema que se extendía más allá de la vida del otro. Marga d'Andurain había amado a los beduinos, el desierto y el Levante por esa libertad, puede que totalmente mítica, seguramente exagerada, en la que creía que podría desarrollarse plenamente; no estuvo a la altura de sus sueños, o más bien sí, hasta tal punto se empeñó que esa hermosa libertad se corrompió en un orgullo criminal y acabó por resultar fatal para ella, siendo el milagro de su vida no llegar nunca a vérselas con el hacha del verdugo o el puñal de la venganza, disfrutando de la vida y dejando con un palmo de narices tanto al Destino como a la ley durante años.

También Bilger se levantó para calentarse un poco; el aire era cada vez más glacial, límpido; más allá de nuestra colina, las luces de la ciudad se apagaban poco a poco, debía de ser más o menos medianoche. El Hotel Zenobia seguía iluminado, y yo me preguntaba si el personal actual del establecimiento se acordaría de esa falsa condesa y auténtica asesina y de su marido muerto en medio de aquel desierto gris acero que no era en absoluto, en la noche fría, un lugar agradable, ni tampoco (a pesar de que me cuidé mucho de no revelar ese pensamiento a mis compañeros) garante de la irresistible belleza que algunos le otorgaban.

La indulgencia de Sarah con las criminales, las traidoras y las envenenadoras sigue siendo un misterio; esa inclinación por los bajos fondos del alma no tiene nada que envidiar a la pasión de Faugier por los de las ciudades; que yo sepa, Sarah nunca ha sido espía ni ha matado a nadie, a Dios gracias, pero siempre se ha sentido atraída por el horror, los monstruos, el crimen y las entrañas; cuando hube abandonado, aquí en Viena, mi *Standard*, cuyo color culo de mono tan bien le sienta a la tez de los lectores, en ese café Maximilien cerca de la Votivkirche, después de haber descartado la expedición al moridero de Kafka, ella me convenció (a pesar de mis interminables quejas, menudo idiota, extraña forma de mostrarse amable, a veces hago —hacemos— justo lo contrario de lo que el corazón dicta) para que visitásemos el Museo del Crimen; así que en la planta baja y los sótanos de una hermosa casa del siglo XVIII en Leopoldstadt visitamos el Museo de la Policía de Viena, el museo oficial, por así decirlo con *sello* de vienés, el museo de los asesinos y de los asesinados, con cráneos machacados o perforados por balas, armas del crimen, cuerpos del delito, fotografías, atroces fotografías de cuerpos mutilados, de cadáveres descuartizados para esconderlos en cestas de mimbre y tirarlos a la basura. Sarah observaba esos horrores con un tranquilo interés, el mismo, imaginaba yo, que el de Sherlock Holmes o el de Hércules Poirot, el héroe de Agatha Christie con el que no dejabas de cruzarte por todas partes en Oriente, de Estambul a Palmira pasando por Alepo: su esposo era arqueólogo, y los arqueólogos fueron los primeros parásitos que saltaron sobre el lomo oriental, después de Vivant Denon y la expedición de Egipto; la conjunción del interés romántico por las ruinas y de la renovación de la ciencia histórica empujó a decenas de arqueólogos hacia el Este, origen de la civilización, de la religión y accesoriamente productor de objetos trocables en prestigio o en metálico contante y sonante; la moda egipcia, luego nabatea, asiria, babilónica o persa atestaba los museos y los anticuarios de vestigios de todo tipo, como las antigüedades romanas durante el Renacimiento: los antepasados de Bilger recorrían el Imperio otomano desde Bitinia hasta Elam, llevando a menudo a sus mujeres consigo, mujeres que, como Jeanne Dieulafoy o Agatha Christie, se hicieron escritoras cuando no se entregaron también ellas, como es el caso de Gertrude Bell o Annemarie Schwarzenbach, a los placeres de la arqueología. La arqueología era, junto con la mística, una de las formas más fecundas de exploración del Próximo y del Medio Oriente, y Bilger convino en ello, aquella noche en Palmira, cuando templado por el vino libanés se dignó participar, esta vez en inglés, en nuestra sesión, en aquella *Maqâma tadmoriyya*, con toda la elocuencia británica que se había traído de su estancia en Oxford, de donde tan distinguidos orientalistas habían salido; permaneció de pie, su figura redonda quedaba totalmente en la sombra y no se distinguía más que el límite rubio de su pelo corto como una aureola. Con la botella en la mano según su costumbre, aportó su contribución al desierto, como él dijo, hablándonos de los arqueólogos y los botánicos que habían puesto su grano de arena en la exploración de la Arabia misteriosa; a pesar de ser tan urbano, también Bilger había soñado con el desierto, y no solo siguiendo las aventuras de Kara Ben Nemsi en la tele; antes de convertirse en un especialista en el período helenístico, trató sin éxito de «cavar su agujero» en la arqueología de la Arabia preislámica: la gesta de los exploradores de la península no tenía secretos para él. Lo primero que hizo fue cuestionar el interés de personajes como esa Marga d'Andurain a la que acababa de descubrir. En términos de violencia, de locura y de excentricidades, los viajeros al Nechd, al Hiyaz o al Yebel Chammar ofrecían relatos mucho más extraordinarios; incluso, según añadió con grandilocuencia, auténticas obras maestras literarias. Enseguida se aventuró en una complicada historia de la exploración de Arabia de la que no retuve gran cosa, más allá de los nombres del suizo Burckhardt, los ingleses Doughty y Palgrave, el francés Huber y el alemán Euting; sin olvidar los ineludibles del desierto, Richard Burton el hombre de las mil vidas y el matrimonio Blunt, incorregibles hipófilos que surcaron las arenas en busca de los más hermosos caballos para criar luego su descendencia, el noble *stud* árabe, en sus caballerizas de Sussex; por otra parte, Anne Blunt me resultaba la más simpática de todo ese montón de exploradores, pues era violinista y poseía por instrumento nada menos que un Stradivarius. Un Stradivarius en el desierto.

Tal vez hubiese que añadir una apostilla a mi obra, una coda, incluso un codicilo,

Differentes fformas de locura en Oriente
Abbendum
La caravana de los travestis

que daría cuenta de la pasión de mis colegas de otros tiempos por el disfraz y los ropajes locales; y es que muchos de esos exploradores políticos o científicos se sintieron obligados a disfrazarse, tanto por comodidad como para pasar inadvertidos: Burton de peregrino en la caravana de La Meca; el simpático orientalista húngaro Ármin Vámbéry, el amigo del conde de Gobineau, de vagabundo místico (cráneo rapado, vestido de Bujará) para explorar la Transoxiana desde Teherán; Arthur Conolly, el primer jugador del Gran Juego, que acabará siendo desenmascarado y decapitado en Bujará, de vendedor persa; Julius Euting de beduino; T. E. Lawrence (que se había leído bien a Kipling) de guerrero de los huwaytat... todos ellos cuentan el placer un tanto infantil que hay (cuando a uno le gusta el peligro) en hacerse pasar por lo que no se es, siendo los que se llevan la palma los exploradores del sur del Sahara y del Sahel, René Caillié el conquistador de Tombuctú travestido de egipcio y sobre todo Michel Vieuchange, joven enamorado del desierto del que lo ignoraba todo o casi todo, que primero se disfraza de mujer y luego de odre de sal para divisar Esmara durante un cuarto de hora, una ciudad mítica pero arruinada y abandonada por sus habitantes desde hacía tiempo, hasta acabar en una gran bolsa de yute, enfermo, zarandeado a merced del paso de los camellos durante días, sin luz en un calor asfixiante; acaba por expirar de agotamiento y disentería en Agadir, a la edad de solo veintiséis años. Sarah prefiere la sencillez de ciertas almas más sinceras o menos locas cuyo destino también fue desgraciadamente trágico, como Isabelle Eberhardt, enamorada de Argelia y de la mística musulmana; cierto que Isabelle se vestía de jinete árabe y se hacía llamar Si Mahmud, pero su pasión por el islam y su fe no podían ser más profundas; acaba trágicamente ahogada por una inundación súbita, en Aïn Séfra, en ese sur oranés que tanto amaba. Sobre este tema, Sarah recordaba a menudo que incluso llegó a conquistar al general Lyautey, que sin embargo no solía apasionarse por excentricidad alguna, hasta tal punto que pasó días desesperado en busca de su cuerpo primero y luego de sus diarios; acabó por encontrarlos, esos cuadernos, en las ruinas de la cabaña de Isabelle; el manuscrito completo de *Sur oranés* fue arrancado del lodo por los militares con la paciencia de un filatelista despegando sellos.

La verdadera cuestión de Bilger en Palmira, que no se detenía demasiado ni en la mística ni en los disfraces, más allá de las divertidas anécdotas sobre los fabuladores de todo pelaje que poblaban esas comarcas (lógicamente, las más divertidas concernían a las aventuras del francés Charles Huber y el alemán Julius Euting, auténticos Laurel y Hardy de Arabia), era la de los vínculos entre arqueología y espionaje, entre la ciencia militar y la ciencia a secas. ¿Cómo no van a sospechar hoy los sirios de nuestras actividades, argumentaba Bilger, si nuestros más ilustres predecesores desempeñaron un inequívoco rol político en Oriente Próximo, ya fuese en secreto o de forma pública? Esa constante lo tenía desconsolado; en un momento u otro, todos los arqueólogos famosos se habían mezclado en asuntos de Estado. Hubo que tranquilizarlo: por suerte o por desgracia, los arqueólogos no habían sido los únicos en servir a los militares, muy al contrario; en tiempos de guerra más o menos todas las ramas de la ciencia (lingüistas, especialistas en ciencia religiosa, historiadores, geógrafos, literatos, etnólogos) habían tenido algún tipo de relación con sus gobiernos de origen. Por supuesto, no todos ellos habían llevado armas necesariamente, como T. E. Lawrence o mi compatriota Alois Musil Lawrence de Moravia, pero muchos (mujeres incluidas, como Gertrude Bell, añadió Sarah), en un momento o en otro, habían puesto su conocimiento al servicio de la nación europea de la que procedían. Algunos por convicción nacionalista, otros por el rédito, económico o académico, que de ello pudieran sacar; otros, por último, muy a su pesar: fueron sus trabajos, sus libros, los relatos de sus exploraciones lo que utilizaban los soldados. Era bien sabido que las cartas no servían sino para hacer la guerra, decía François-Marie, lo mismo que los relatos de viaje. Desde que en el Egipto de 1798 Bonaparte echase mano de los sabios para redactar su proclamación a los egipcios y tratar de pasar por su libertador, los científicos, los artistas y sus trabajos, por las buenas o por las malas, se habían visto envueltos en los enredos políticos y económicos de la época. Sin embargo, Sarah sostenía que no era posible condenar a todo ese pequeño mundo en bloque; sería tanto como recriminarle la pólvora a la química y la balística a la física: había que estudiar cada caso de forma individual y abstenerse de fabricar un discurso general, pues, a su vez, no devendría sino una construcción ideológica, un objeto sin mayor alcance que su propia justificación.

El debate se volvió acalorado; Sarah dejó ir el Gran Nombre, el lobo acababa de aparecer en medio del rebaño en el desierto glacial: Edward Said. Era como invocar al Diablo en un convento de carmelitas; Bilger, espantado ante la idea de que pudiesen asociarlo con un *orientalismo* cualquiera, inició de inmediato una confusa autocrítica renegando de padre y de madre; François-Marie y Julie se mostraron más comedidos sobre la cuestión, reconociendo que Said había planteado un tema incómodo pero pertinente, el de la relación en Oriente entre el saber y el poder; yo no tenía opinión, y sigo sin tenerla, creo; Edward Said era un excelente pianista, escribió sobre música y creó junto a Daniel Barenboim la West-Eastern Divan Orchestra, gestionada por una fundación con base en Andalucía, cuyo centro es la belleza en el intercambio y la diversidad.

Las voces comenzaron a decaer vencidas por el vino, el frío y el cansancio; instalamos nuestras camas improvisadas en el mismo peñasco del atrio. Julie y François-Marie de un lado, Sarah y yo del otro; Bilger y su botella (sin duda más astutos que nosotros) prefirieron refugiarse en el coche, aparcado unos metros más abajo; los encontramos de madrugada, Bilger sentado en el asiento del conductor, la cara aplastada contra el cristal cubierto de vaho y la botella vacía atrapada en el volante, apuntando su gollete acusador hacia la figura del arqueólogo adormecido.

Dos mantas debajo, dos encima, he ahí nuestro lecho palmiriano; Sarah se hizo un ovillo contra mí, la espalda cerca de mi vientre. Me preguntó amablemente si no me molestaba; yo traté de no dejar traslucir mi entusiasmo, no, claro que no, de ninguna manera, y bendije la vida nómada; sus cabellos olían a ámbar y a fuego de hoguera; yo no me atrevía a moverme, por miedo a turbar su respiración, cuyo ritmo me invadía; trataba de inspirar como ella, *adagio* primero, luego *largo*; tenía contra mi pecho la larga curvatura de su espalda, bloqueada por el sujetador, cuyo cierre se me clavaba en el brazo replegado; Sarah tenía frío en las piernas y las había pegado un poco contra las mías; el nailon contra mis pantorrillas era suave y a la vez eléctrico. Mis rodillas en el hueco de las suyas, más valía que no pensase demasiado en aquella proximidad, lo cual, por supuesto, me resultaba imposible; a pesar de todo, un deseo inmenso que yo conseguía asfixiar me consumía en silencio. La intimidad de aquella postura era casta y al mismo tiempo erótica, a imagen del propio Oriente; antes de enterrar durante algunas horas mis párpados entre sus rizos, eché una última mirada, más allá de la lana azul, al cielo de Palmira, dándole las gracias por ser tan poco hospitalario.

El despertar fue chistoso; justo antes del alba oímos de golpe las voces de los primeros turistas: eran suabos, aquel dialecto cantarín no pintaba nada en Palmira. Antes de apartar la manta bajo la que temblábamos, enlazados como unos perdidos, yo soñaba que me estaba despertando en un hostal cerca de Stuttgart; absolutamente desorientado, abrí los ojos ante un montón de botas de montaña, de gruesos calcetines, de piernas unas peludas y otras no, envueltas en pantalones cortos de color arena. Supongo que aquella buena gente debía de sentirse tan confusa como nosotros; querían disfrutar de la salida del sol en las ruinas y habían ido a dar con un campamento de orientalistas. Sentí una vergüenza terrible; enseguida cubrí nuestras cabezas con la tela, en un reflejo idiota que todavía resultaba más ridículo. Sarah también se había despertado y se moría de risa; para, cuchicheaba, van a pensar que aquí debajo estamos desnudos; los alemanes debían de adivinar nuestros cuerpos bajo las mantas y oír nuestros chismorreos; yo no salgo de aquí ni de coña, murmuré. Salir era una expresión un tanto relativa, ya que estábamos fuera, pero igual que los niños se esconden en una cueva imaginaria al fondo de sus sábanas, yo tenía muy claro que no pensaba regresar al mundo exterior hasta que aquellos invasores se marchasen. Sarah se prestaba al juego de buen grado y reía; había abierto una corriente de aire que nos permitía no asfixiarnos del todo; a través de un pliegue espiaba a nuestro alrededor la posición de los guerreros enemigos, que no parecían dispuestos a irse del atrio. Yo respiraba su aliento, el olor de su cuerpo al despertar. Ella estaba contra mí, acostada boca abajo; me atreví a pasar mi brazo alrededor de sus hombros, en un gesto, pensé, que podía parecer fraternal. Ella volvió el rostro y me sonrió; yo recé para que Afrodita o Ishtar transformase nuestro refugio, nos volviese invisibles y nos dejase allí por toda la eternidad, en aquel escondrijo de felicidad que yo había fabricado sin darme cuenta, gracias a aquellos cruzados suabos enviados por un dios inspirado; ella me miró, inmóvil y sonriente, sus labios a unos centímetros de los míos. Yo tenía la boca seca, miré a otro lado, gruñí no sé qué tontería y, justo entonces, oímos resonar la voz de François-Marie: «Good morning ladies and gentlemen, welcome to Fakhr ed-Din's Castle»; lanzamos una ojeada fuera de nuestra tienda improvisada y nos echamos a reír, juntos, al ver que el francés había salido de su saco de dormir, las greñas desmadejadas, apenas vestido con unos calzoncillos tan negros como los pelos que cubrían su torso, para saludar a los visitantes del alba; ese djinn consiguió ponerlos en fuga de forma casi inmediata, pero yo no moví un dedo por levantar el velo que nos cubría, y Sarah tampoco: se quedó allí, tan cerca de mí. La luz naciente salpicaba de manchas claras el interior de nuestra cueva. Me volví, sin saber por qué me volví; me cabreé, tenía frío, me apreté contra ella, sentía su respiración en mi cuello, sus pechos contra mi espalda, su corazón con el mío, e hice como que otra vez me dormía, mi mano en la suya, mientras el sol de Baal venía a calentar suavemente a quien ya no lo necesitaba.

Nuestra primera noche en la misma cama (más tarde ella diría que en rigor no podía hablarse de una misma «cama») me dejó un recuerdo imperecedero, los huesos doloridos y un nada glorioso catarro: acabé nuestra expedición con moquillo, avergonzado de esas secreciones sin embargo anodinas, como si mi napia revelase al mundo exterior, de forma simbólica, lo que mi inconsciente había estado urdiendo secretamente durante toda la noche.

Los turistas acabaron por desalojarnos, o por lo menos por forzarnos a levantarnos y a romper nuestros haces, la batalla estaba perdida de antemano; pacientemente, quemando ramitas, conseguimos hervir agua para preparar un café turco; no me cuesta volver a verme sentado en el peñasco, contemplando el palmeral, lejos, más allá de los templos, con una taza en la mano. Comprendí el verso hasta entonces enigmático de Badr Shakir al-Sayyab, «Tus ojos son un bosque de palmeras en la aurora / o un balcón, con la luna lejos afuera», que abren *El canto de la lluvia*; a Sarah le complació que evocase al pobre poeta de Basora, perdido en la melancolía y la enfermedad. Esa noche, esa mañana, esa manta habían alumbrado una intimidad entre nosotros, nuestros cuerpos se habían reconocido y ya no deseaban separarse: continuaban estrechándose, acurrucándose el uno contra el otro en una familiaridad que el frío ya no justificaba.

Acaso fue en aquel momento cuando tuve la idea de poner música a ese poema, sin duda; acaso la suavidad glacial de esa noche en el desierto, los ojos de Sarah, la mañana de Palmira, los mitos que flotaban sobre las ruinas parieron el proyecto; así es, al menos, como me gusta imaginarlo; tal vez hubo también un juego del destino, ahora me toca a mí estar solo, enfermo y melancólico en una Viena adormecida, como Al-Sayyab el iraquí, Al-Sayyab cuya suerte tanto me afectó en Damasco. Más vale que no piense en el terrorífico porvenir que los libros de medicina me predicen como pitonisas, a quién podría confiarle esos temores, a quién podría confesarle que tengo miedo de degenerar, de pudrirme como Al-Sayyab, miedo de que mis músculos y mis sesos se vayan licuando poco a poco, miedo de perderlo todo, de deshacerme de todo, de mi cuerpo y de mi espíritu, por pedazos, a migajas, por escamas, hasta ya no ser capaz de acordarme, de hablar o de moverme, acaso ese proceso ya ha comenzado, eso es lo más terrible, acaso en este momento ya soy menos de lo que fui ayer, incapaz de percibir mi declive; por supuesto, lo noto en mis músculos, en mis manos crispadas, en los calambres, los dolores, las crisis de cansancio extremo que pueden clavarme a la cama, o al contrario, el insomnio, la hiperactividad, la imposibilidad de dejar de pensar o de hablar solo. No quiero sumirme en esos nombres de enfermedad, a los médicos y a los astrónomos les gusta ponerles sus propios nombres a sus descubrimientos, a los botánicos, los de sus mujeres; en última instancia puede entenderse la pasión de algunos por apadrinar asteroides, pero por qué esos grandes doctores les dieron sus apellidos a tan terroríficas afecciones, sobre todo a las incurables, hoy en día su nombre es sinónimo de fracaso, de fracaso y de impotencia, Charcot, Creutzfeldt, Pick, Huntington, tantos matasanos que en un extraño movimiento metonímico —el curandero por lo incurable— se han convertido en la propia enfermedad, y si el nombre de la mía queda pronto confirmado (el médico es un obseso del diagnóstico; los síntomas dispersos deben ser reagrupados y adquirir sentido en un conjunto: al buen doctor Kraus le aliviará saber que estoy mortalmente aquejado de un síndrome por fin conocido, nombrado como por el propio Adán) no será sino tras varios meses de exámenes, de errancias de servicio en servicio, de hospital en hospital: hace dos años, Kraus me envió a la consulta de un eminente galeno especialista en enfermedades infecciosas y tropicales, convencido de que me había traído un parásito de uno de mis viajes, y por más que insistí en que Irán no rebosa precisamente de vibriones agresivos ni infusorios exóticos (y sobre todo en que hacía años que no salía de

Europa), como buen vienés, para quien el vasto mundo comienza al otro lado del Danubio, Kraus adoptó una astuta postura de entendido, típica de los sabios que tratan de disimular su ignorancia, y me obsequió con un «Uno nunca sabe», frase con la que su orgullo de Diafoirus deseaba decir «Yo sí lo sé, tengo mis razones». Fue así como me encontré ante un profesional de las infecciones alógenas, con mis pobres síntomas (jaquecas oftálmicas, insomnios, calambres, dolores muy incapacitantes en el brazo izquierdo), tanto más molesto de tener que esperar en un pasillo de hospital cuanto que (cómo no) Sarah por aquel entonces estaba en Viena y nos esperaban unas urgentes y horribles visitas turísticas. Tuve que explicarle mi cita en el centro hospitalario, pero sin confesar el porqué: tenía demasiado miedo de que pudiese imaginar que era contagioso, se preocupase por su propia salud y me pusiese en cuarentena; tal vez vaya siendo hora de que le cuente mis problemas, todavía no me he atrevido, pero si mañana la enfermedad me transforma en animal priápico y baboso o en crisálida desecada en su silla con orinal ya no podré decirle nada, será demasiado tarde. (Sea como fuere, y perdida como parece estar en Sarawak, cómo explicárselo, qué carta escribirle, y, sobre todo, ¿por qué escribirle a ella?, ¿qué representa ella para mí?, o más bien, todavía más misterioso, ¿qué represento yo para ella?) Tampoco tengo el valor necesario para decírselo a mamá, cómo comunicarle a una madre que, a sus casi setenta y cinco años, va a tener que verse limpiando a su hijo y alimentándolo con cuchara hasta que se apague, lo bastante desmejorado como para regresar a su matriz, es una atrocidad que no puedo cometer, Dios nos guarde, prefiero palmarla solo con Kraus. No es mal tipo, Kraus, yo lo detesto pero es mi único aliado, nada que ver con los médicos del hospital, que son unos monos sabelotodo e imprevisibles. Ese especialista en enfermedades tropicales llevaba una bata blanca abierta sobre unos pantalones de tela azul; estaba un poco gordo, con una gran figura redonda y acento de Berlín. No deja de ser gracioso, pensé, especialista en infecciones exóticas y precisamente alemán, nosotros cuyo imperio siempre fue europeo, sin islas de Samoa ni Togolandia donde estudiar las fiebres pestíferas. Sarah me planteó la pregunta, entonces esa cita, ¿va todo bien? Yo le respondí todo va bien, el facultativo se parecía a Gottfried Benn, y eso la hizo reír, cómo puede ser, ¿a Gottfried Benn?, pero si Benn se parecía a don Nadie; eso mismo, Gottfried Benn no se parece a nada en particular, y ese doctor es su vivo retrato. Durante toda la consulta me estuve imaginando en un lazareto del frente belga en 1914 o en una horrible clínica para enfermedades venéreas de la República de Weimar, Gottfried Benn observaba mi piel en busca de rastros de parasitosis o de «Dios sabe qué otra cosa», convencido de que la humanidad siempre está *infectada* por el Mal. Por otra parte, nunca llevé a la práctica las absurdas peticiones de análisis del doctor Benn, defecar en un recipiente de plástico quedaba mucho más allá de mis fuerzas, algo que, por supuesto, no reconocí ante Sarah: hay que decir, en mi descarga, que ser auscultado por el autor de *Morgue* o de *Carne* no genera mucha confianza. Para darle largas a Sarah, a continuación me abandoné a una comparación entre Benn y Georg Trakl, tan próximos y a la vez tan opuestos; Trakl el hombre sutil y secreto cuya poesía oscurece la realidad para encantarla, Trakl el sensible salzburgués cuyo lirismo disimula, esconde el *yo* en un complejo bosque simbólico, Trakl el maldito, drogadicto, enamorado locamente de su hermana y de la esencia de la adormidera, cuya obra está recorrida por la luna y por la sangre, la sangre del sacrificio, la sangre menstrual, la sangre de la desfloración, el río subterráneo que fluye hasta los osarios de la batalla de Grodek en 1914 y los moribundos de los primeros combates de Galitzia: Trakl, puede que salvado por su tan prematuro deceso de las horribles afinidades políticas de Benn, fue Sarah quien añadió esa atroz sentencia, a veces morir joven preserva de los terroríficos errores de la edad madura; imagina que Gottfried Benn hubiese muerto en 1931, decía, ¿lo juzgarías del mismo modo si no hubiese escrito *El Estado Nuevo y los intelectuales* y no hubiese sostenido tan terribles posturas contra los escritores antifascistas?

En mi opinión, semejante argumento era un tanto engañoso; eran muchos los que no habían muerto en 1931 y no por eso exaltaron «la victoria de nuevos Estados autoritarios» como Benn; según Benn, el cuerpo no es la pareja del alma sino solo un miserable instrumento que hay que mejorar por la vía de la genética para obtener una raza mejor, más eficaz. Que los médicos quedasen luego horrorizados por las consecuencias de sus propias teorías no los absuelve. Que Benn se aleje finalmente de los nazis poco tiempo después de su llegada al poder no lo absuelve. Los Benn participaron en la ilusión nazi. El posterior pavor ante su Golem no los excusa en absoluto.

Ya vuelven la taquicardia y la sensación de ahogo. Las imágenes de muerte, las osamentas quebradas en la melancolía de Trakl, la luna, la sombra del fresno en otoño, donde suspiran los espíritus de los masacrados; sueño y muerte, águilas siniestras —«Hermana a la melancolía de tormenta, mira, una barca se hunde bajo las estrellas, hacia el rostro mudo de la noche»—, el lamento salvaje de las bocas quebrantadas. Desearía volver al desierto, o a los poemas de Al-Sayyab, el iraquí de cara tan pobre, las orejas desmesuradas y despegadas, muerto en la miseria, la soledad y el dolor en Kuwait, donde aullaba al golfo Pérsico: «Oh, Golfo, tú que regalas la perla, la concha y la muerte», sin otra respuesta que el eco, llevado por la brisa de Oriente, «tú que regalas la perla, la concha y la muerte», y también la agonía, el silencio susurrante en que resuenan solas mis propias palabras, me ahogo en mi propia respiración, en el pánico, soy un pez fuera del agua. Levantar rápido la cabeza de la almohada, ese profundo pantano de angustia, encender la lámpara, respirar en la luz.

Todavía respiro en la luz.

Mis libros están todos ante mí y me miran, horizonte tranquilo, pared de prisión. El laúd de Alepo es un animal de panza rolliza y pierna corta y fina, una gacela coja, como aquellas que cazaban los príncipes omeyas o Marga d'Andurain en el desierto sirio. El grabado de Ferdinand-Max Bredt se le parece; *Las dos gacelas*, la joven de ojos negros con pantalones bombachos que alimenta al hermoso animal con la mano.

Tengo sed. ¿Cuánto tiempo me queda por vivir? Qué hice mal para encontrarme aquí solo en la noche despierto el corazón batiente los músculos temblorosos los ojos ardientes, podría levantarme, ponerme los cascos y escuchar música, buscar el consuelo en la música, en el laúd de Nadim, por ejemplo, o en un cuarteto de Beethoven, uno de los últimos; qué hora es en Sarawak, si aquella mañana en Palmira me hubiese atrevido a besar a Sarah en lugar de volverme vilmente puede que todo hubiese sido distinto; a veces un beso cambia toda una vida, el destino se transforma, se curva, da un rodeo. Ya de regreso en Tubinga después del coloquio de Hainfeld, cuando volví a ver a mi amada del momento (se habrá convertido Sigrid en la brillante traductora que soñaba con ser, no tengo ni idea), me di cuenta de hasta qué punto nuestro vínculo, a pesar de ser profundo y cotidiano, parecía soso al lado de lo que había sentido con Sarah; me pasé los meses siguientes pensando en ella y escribiéndole, más o menos regularmente pero siempre a escondidas, como si tuviese la certeza de que en aquellas cartas por otro lado inocentes obrara una fuerza tan poderosa como para poner en peligro mi relación con Sigrid. Si mi vida sentimental (llamemos a las cosas por su nombre) ha sido tan desastrosa, se debe sin duda a que, de forma consciente o inconsciente, siempre he dejado un sitio para Sarah y esa espera me he impedido, hasta la fecha, entregarme por completo a una historia de amor. Todo es culpa suya, tiran más dos tetas que dos carretas, eso es bien conocido; si ella no hubiese mantenido cuidadosamente la ambigüedad, si hubiese sido clara, ahora no estaríamos aquí, yo sentado en plena noche mirando fijamente la biblioteca con la mano todavía en la aceituna de baquelita (objeto agradable, a fin de cuentas) del interruptor de la lámpara de mesa. Llegará un día en que ya ni siquiera podré completar este gesto tan simple, manejar el interruptor, mis dedos estarán tan entumecidos, tan rígidos que me costará poner un poco de luz en mi noche.

Debería levantarme para beber, pero si abandono la cama no volveré a acostarme hasta el alba, debería tener siempre una botella de agua a mano, un odre de piel, como en el desierto, un odre que le dé al líquido su perfume característico de cabra y de alquitrán: el petróleo y el animal, he ahí el sabor de Arabia; Leopold Weiss habría estado de acuerdo, él que en los años treinta pasó meses a lomos de un camello entre Medina y Riad o entre Ta'ef y Ha'il, Leopold Weiss de nombre musulmán Muhammad Asad, el corresponsal más brillante de su época en Oriente Próximo, para el *Frankfurter Zeitung* y para la mayoría de los grandes periódicos de la República de Weimar, Leopold Weiss, judío originario de Galitzia educado en Viena, no muy lejos de aquí: he ahí el hombre o más bien el libro responsable de mi partida a Damasco tras mi estancia en Estambul. Vuelvo a verme en mis últimas semanas en Tubinga, mientras Sigrid tomaba un camino que, a medida que pasaba el tiempo, se alejaba inexorablemente del mío, un alejamiento que mi viaje a Turquía no hacía sino acentuar, vuelvo a verme, entre dos cartas a esa estrella distante que era Sarah, descubriendo maravillado las memorias espirituales de Muhammad Asad, ese extraordinario *Camino a La Meca* que yo leía como el propio Corán, sentado en un banco frente al Neckar, bajo un sauce, pensando «Si Dios necesita de intermediarios, entonces Leopold Weiss es un santo», hasta tal punto su testimonio lograba poner negro sobre blanco la inquietud que me atenazaba desde mi experiencia estambulita: recuerdo precisamente ciertas frases que me encogieron el corazón e hicieron asomar lágrimas a mis ojos: «Este conjunto sonoro y solemne es diferente de todos los demás cantos humanos. Mientras que mi corazón salta en un amor ardiente por esta ciudad y por sus voces, empiezo a sentir que todos mis viajes no han tenido nunca más que un significado: tratar de penetrar el sentido de esa llamada». El sentido de la llamada a la oración, de ese «Allah akbar» modulado en la cima de todos los alminares del mundo desde la edad del Profeta, el sentido de esa melodía única que también a mí me turbó cuando la oí por vez primera en Estambul, ciudad donde sin embargo ese *adhan* es de los más discretos, ahogado en la algarabía de la modernidad. Sentado en mi banco en Tubinga, en un decorado bien distinto al de Arabia, no podía sin embargo alzar la mirada de aquellas palabras, «tratar de penetrar el sentido de esa llamada», como si tuviese ante mí la Revelación, mientras que en mis oídos resonaba esa voz del almuecín, más clara que nunca, esa voz, ese canto que había fascinado a Félicien David o a mi compatriota Leopold Weiss hasta transformar su vida; también yo quería tratar de penetrar el sentido de esa llamada, seguirla, todavía henchido por el recuerdo de la mezquita de Suleyman; tenía que partir, tenía que descubrir lo que había tras ese velo, el *origen* de ese canto. Podría decirse que mi vida espiritual era igual de desastrosa que mi vida sentimental. Hoy me encuentro tan desamparado como siempre, sin el consuelo de la fe: está claro que no formo parte de los elegidos; posiblemente carezco de la voluntad del asceta o de la imaginación creadora del místico; puede que, finalmente, la música haya sido mi única pasión verdadera. El desierto no se reveló (es hora de decirlo) sino como un montón de piedras; las mezquitas quedaron en mi caso tan vacías como las iglesias; las vidas de los santos, los poetas, sus textos, cuya belleza sin embargo percibía, brillaban como prismas sin que la luz, la luz aviceniana, la esencia, llegase nunca a alcanzarme: estoy condenado al materialismo utópico de Ernst Bloch, que en mi caso es una resignación, la «paradoja de Tubinga». En Tubinga contemplaba tres caminos posibles: la religión, como para Leopold Weiss alias Muhammad Asad; la utopía, como en *El espíritu de la utopía* y *El Principio Esperanza* de Bloch; la locura y la reclusión de Hölderlin, cuya torre proyectaba una sombra inquietante, entre los sauces llorones y las barcas de madera del Neckar, sobre toda la ciudad. Por qué diantre me incliné por disfrutar de la relativa generosidad de la Comunidad

Europea para con los estudiantes regresando a Tubinga, y no a París, a Roma o a Barcelona como todos mis compañeros, es algo de lo que ya no me acuerdo exactamente; seguramente la perspectiva de acudir al encuentro de Hölderlin, del orientalismo de Enno Littmann y de la filosofía de la música de Ernst Bloch me parecía un hermoso programa. Había devorado los miles de páginas de la traducción de Littmann de *Las mil y una noches* y empezado a aprender árabe con sus sucesores. Resultaba extraño imaginar que cien años antes, hasta que la Primera Guerra Mundial hizo que los sabios se tambaleasen, Tubinga y la propia Estrasburgo (donde oficiaban, entre otros, Theodor Nöldeke y Euting) fueron las ciudades más orientales del Imperio alemán. Enno Littmann era uno de los nudos alemanes más importantes de esa gran red orientalista; fue él, por ejemplo, quien editó los diarios de viaje de ese famoso Euting cuyas aventuras en Arabia, contadas por Bilger, tanto nos habían hecho reír en Palmira; epígrafe, especialista en lenguas semíticas, Littmann recorre el sur de Siria desde 1900 en busca de inscripciones nabateas; en una carta a Eduard Meyer, especialista en el Antiguo Oriente, describe una campaña de excavaciones en el Hauran en invierno; luchando contra el frío, el viento y las tormentas de nieve, relata su encuentro con un beduino que se hace llamar Kelb Alá, «el perro de Dios»: ese sobrenombre tan humilde es para él una revelación. Como en el caso de Leopold Weiss, la humildad de la vida nómada es una de las imágenes más fuertes del islam, la gran renuncia, el despojo de los atavíos mundanos en la desnudez del desierto; era esa pureza, esa soledad la que también a mí me atraía. Quería encontrar a ese Dios tan presente, tan natural que sus humildes criaturas, en la miseria absoluta, se llaman los perros de Dios. En mi espíritu se oponían vagamente dos visiones: por una parte, el mundo de *Las mil y una noches*, urbano, maravilloso, abundante y erótico, y por otra, el de *Camino a La Meca*, el del vacío y la trascendencia; Estambul había supuesto mi descubrimiento de una versión contemporánea de la primera forma: esperaba que Siria me permitiese encontrar, en los callejones de Damasco y de Alepo, con sus nombres encantados, no solo el ensueño y la dulzura sensual de las *Noches*, sino también, esta vez en el desierto, divisar la luz aviceniana del Todo. Y es que, aliado con Muhammad Asad, mi idilio con Ernst Bloch, con *Vestigios* y con su pequeño texto sobre Avicena había inducido en mi espíritu (para desesperación de Sigrid, a quien leía yo en voz alta, pobrecita, interminables extractos de esas obras) un desorden fértil pero confuso, donde el materialista utópico se cogía de la mano con la mística musulmana y conciliaba a Hegel con Ibn Arabi, todo en la música; sentado con las piernas cruzadas durante horas en la profunda y desfondada butaca que me hacía las veces de celda, ante nuestra cama, con los auriculares puestos, sin dejar que las idas y venidas de Sigrid me distrajesen (piernas blancas, vientre musculoso, pechos erguidos y duros), frecuentaba a los pensadores: René Guénon, que en El Cairo se convirtió en el jeque Abd al-Wahid Yahya, que pasó treinta años siguiendo la brújula infalible de la tradición, desde China hasta el islam, pasando por el hinduismo, el budismo y el cristianismo, sin salir de Egipto, y cuyos trabajos sobre la iniciación y la transmisión de la Verdad me fascinaban. No estaba solo; no pocos de mis camaradas, sobre todo los franceses, habían leído los libros de Guénon, y esas lecturas habían desencadenado en muchos la búsqueda del destello místico, algunos en los musulmanes sunitas o chiítas, otros en los cristianos ortodoxos de las Iglesias de Oriente, y aún otros, como Sarah, en los budistas. En mi caso, debo confesar que los trabajos de Guénon no hicieron sino acrecentar mi confusión.

Afortunadamente, la realidad pone las ideas en su sitio; me parecía que en todas las confesiones de Siria reinaba un formalismo estéril y mi aliento espiritual no tardó en darse de bruces con los melindres de mis condiscípulos que iban a revolcarse por el suelo con baba en los labios en sesiones de *zikr* dos veces por semana como va uno al gimnasio, un gimnasio en el que me parecía que los trances llegaban un poco demasiado rápido como para ser honestos: repetir hasta el infinito «*la ilâha illâ Allah*, no hay más dios que Alá» sacudiendo la cabeza en un convento de derviches era sin duda más que suficiente para alcanzar un estado extraño, pero revelaba más bien una cierta ilusión psicológica antes que el milagro de la fe, por lo menos tal como lo describía, en su hermosa sobriedad, el compatriota Leopold Weiss. Compartir mis dudas con Sigrid no era tarea fácil: mis pensamientos eran tan confusos que ella no entendía nada, lo cual no era de extrañar; su mundo, las lenguas eslavas, estaba muy lejos del mío. Nuestro punto de encuentro era la música rusa o polaca, Rimski, Borodine, Szymanowski, cierto, pero mi auténtica pasión estaba en *Scheherezade* o en *El canto del almuecín enamorado*, en su Oriente, y no a orillas del Volga o del Vístula: el descubrimiento del *Almuecín enamorado* de Karol Szymanowski, de sus «Allah akbar» en medio de aquellos versos en polaco, de ese amor insensato («Si no te amase, ¿sería yo el loco que canta? Y mis cálidas oraciones que ascienden hacia Alá, ¿no son acaso para decirte que te amo?») difundido por los melismas y la coloratura me parecía una hermosa variación europea sobre un tema oriental; Szymanowski había quedado muy impresionado por su viaje a Argelia y a Túnez en 1914, por las fiestas de las noches de Ramadán, *apasionado* más bien, y era dicha pasión la que afloraba en ese *Canto del almuecín enamorado*, un canto, por otra parte, muy poco árabe: Szymanowski se contentaba con repetir las segundas aumentadas y las menores típicas de las *imitaciones* de la música árabe, sin preocuparse por los cuartos de tono introducidos por Félicien David; mas no era ese su propósito: en esa evocación, Szymanowski no necesitaba librarse de la armonía ni quebrantar la tonalidad. Pero esos cuartos de tono, él los había oído; iba a utilizarlos en *Mitos*, y estoy convencido de que en el origen de esas piezas que transformaron radicalmente el repertorio para violín del siglo xx está la música árabe. Una música árabe digerida, esta vez, y no un elemento exógeno ejecutado para obtener un efecto exótico, sino toda una posibilidad de renovación: una fuerza de evolución, no una revolución, como afirmó él mismo tan justamente. Ya no recuerdo si en Tubinga yo conocía los poemas de Hafez y *El canto de la noche* a partir de versos de Rumi, la obra maestra de Szymanowski; no creo.

Me resultaba difícil compartir mis nuevas pasiones con Sigrid; para ella Karol Szymanowski colmaba una parte del alma polaca, nada oriental; ella prefería las *Mazurcas* al *Almuecín*, las danzas de Tatras a las de Atlas. También su visión estaba totalmente justificada.

Quién sabe si liberados de las afinidades del alma, nuestros cuerpos se entregaban a fondo: yo no salía de mi butaca dogmática sino para saltar sobre la cama e ir al encuentro del torso, las piernas y los labios que allí me encontraba. Hoy las imágenes de la desnudez de Sigrid todavía me excitan, no han perdido un ápice de su potencia, su delgada blancura, acostada boca abajo, las piernas ligeramente separadas, cuando solo un trazo rosado, rodeado de carmín y de rubio, nacía de las sábanas claras, vuelvo a ver perfectamente sus glúteos duros, dos cortas mesetas, uniéndose a las caderas, y la cremallera de las vértebras culminar por encima de la doblez donde van a unirse las páginas del libro entreabierto de unos muslos cuya piel, nunca expuesta a los rayos del sol, es un sorbete perfecto que se desliza bajo la lengua, cuando mi mano se entretiene descendiendo la vellosa pendiente de la pantorrilla para ir a jugar en los surcos paralelos del interior de la rodilla, eso me lleva a apagar de nuevo la luz, a precisar esas visiones bajo mi edredón, a buscar en mi imaginación las nubes de Tubinga, tan propicias a la exploración de la feminidad, hace más de veinte años; hoy la perspectiva de tener que acostumbrarme a la presencia de un cuerpo, de que se acostumbren al mío, me agota por anticipado: una inmensa pereza, una desgana próxima a la desesperación; tendría que seducir, olvidar la vergüenza de mi físico tan falto de gracia, tan flaco, marcado por la angustia y la enfermedad, olvidar la humillación de la desnudez, olvidar la vergüenza y la edad que me vuelve lento y torpe, y ese olvido me parece imposible, salvo con Sarah, por supuesto, cuyo nombre se invita siempre a las profundidades de mis más secretos pensamientos, su nombre, su rostro, su boca, su pecho, sus manos y a ver ahora cómo me duermo, con semejante carga de erotismo, con esas turbaciones femeninas sobrevolándome, ángeles, ángeles de lujuria y de belleza; cuánto hace, dos semanas, de aquella cena con Katharina Fuchs, evidentemente no he vuelto a llamarla, tampoco he vuelto a verla en la universidad, va a pensar que la evito, y así es, la evito, a pesar del innegable encanto de su conversación, de su innegable encanto, y no la llamaré, seamos sinceros, cuanto más se acercaba la cena a su fin más asustado estaba yo por el giro que podían tomar los acontecimientos, y eso que sabe Dios cuánto me esforcé por estar bien guapo, me puse ese fular de seda burdeos sobre una camisa blanca que me da un aire de artista muy chic, me peiné, me rocié con agua de colonia, de modo que algo esperaba de esa cena íntima, por supuesto, esperaba acostarme con Katharina Fuchs, pero no podía dejar de mirar la vela fundiéndose en su candelabro de estaño como el anuncio de una catástrofe, Katharina Fuchs es una colega excelente, una colega preciosa, está claro que más valía cenar con ella que ir adulando a las estudiantes como hacen algunos. Katharina Fuchs es una mujer de mi edad y de mi condición, una vienesa divertida y cultivada que come adecuadamente y no hace escándalos en público. Katharina Fuchs es especialista en la relación entre la música y el cine, puede hablar durante horas de *La sinfonía de los bandoleros* y de las películas de Robert Wiene; Katharina Fuchs tiene una cara agradable, pómulos sonrojados, ojos claros, gafas muy discretas, pelo castaño y largas manos con uñas cuidadas; Katharina Fuchs lleva dos sortijas con diamantes; qué fue lo que me incitó a tramar esa cena con ella, e incluso a soñar con dormir con ella, la soledad y la melancolía, sin duda, menudo desamparo. En aquel elegante restaurante italiano Katharina Fuchs me preguntó por Siria, por Irán, se interesó por mi trabajo, la vela se consumía arrojando una sombra anaranjada sobre el mantel blanco, unos pequeños cojones de cera colgaban del borde del candelabro gris; nunca he visto *La sinfonía de los bandoleros*; pues deberías, dijo, estoy segura de que esa película te encantaría, y yo me imaginaba desnudándome ante Katharina Fuchs, oh, estoy seguro de que es una obra maestra, y a ella desvistiéndose ante mí con esa ropa interior de encaje rojo cuyo tirante del sujetador llegaba yo a distinguir, si quieres te la puedo dejar, la tengo en DVD, tenía unos senos interesantes y de un tamaño respetable, aquí el tiramisú es excelente, ¿y yo?, ¿qué calzoncillos llevaba yo? ¿Los de color rosa a cuadros que se me caen por culpa del elástico estropeado? Pobres de nosotros, pobres de nosotros, menuda miseria el cuerpo, no hay la menor posibilidad de que hoy me desnude delante de nadie, no con esos lamentables andrajos en las caderas, oh, vaya, un tiramisú, es un poco, cómo diría, fofo, sí, esa es la palabra, el tiramisú a menudo es demasiado fofo para mí, no gracias.

¿Acaso al final se tomó un postre? Yo tenía que luchar con mi incapacidad para hallar el valor de la intimidad, huir y olvidar, qué humillación le infligí a Katharina Fuchs, ahora debe de odiarme, además, seguramente y sin quererlo, le impedí saborear su tiramisú tan fofo: hay que ser italiano para que a uno se le ocurra la idea de *ablandar* un bizcocho con café, todo el mundo sabe que es imposible mojarlos con eso ni con cualquier otra cosa, parecen duros pero tan pronto como se remojan comienzan a colgar lamentablemente, cuelgan y caen en la taza. Menuda idea fabricar lo fofo. Seguro que Katharina Fuchs me la tiene jurada, no albergaba la menor intención de acostarse conmigo, me la tiene jurada por haberla plantado allí a la salida del restaurante como si tuviese prisa por dejarla, como si su compañía me hubiese molestado horriblemente, buenas noches buenas noches, un taxi que pasa, lo tomo buenas noches, menuda afrenta, imagino que Sarah, si le contase esta historia, se moriría de risa, nunca osaré contarle esta historia, el tipo que se despide a la francesa porque teme haberse puesto por la mañana sus calzoncillos de color rosa y blanco con el elástico estropeado.

A Sarah siempre le parecí divertido. Al principio era un tanto molesto que se riese en cuanto le confiaba mis pensamientos íntimos. Si me hubiese atrevido a besarla bajo aquella tienda palmiriana improvisada en lugar de girarme asustado todo habría sido distinto, todo habría sido diferente, o no, en cualquier caso no habríamos evitado la catástrofe del Hotel Baron ni la de Teherán, el Oriente de las pasiones me lleva a hacer cosas extrañas, cosas extrañas, hoy somos como una vieja pareja, Sarah y yo. El sueño de entonces sigue flotando en el aire, Sarah languidecida en aquella cripta misteriosa. Sarawak, Sarawak. Por quien debería interesarme es por ella, qué viejo egoísta estoy hecho, viejo cobarde, también ella sufre. Ese artículo que llegó por la mañana parece una botella lanzada al mar, una terrorífica señal de angustia. Me doy cuenta de que en Sarawak está el nombre de Sarah. Una nueva coincidencia. Una señal del destino, del karma, diría ella. Está claro que quien delira soy yo. Su obsesión por la muerte y la perversión, el crimen, el suplicio, la antropofagia, los tabúes, el suicidio, todo eso no supone sino un interés científico. Como el interés de Faugier por la prostitución y los bajos fondos. Como mi interés por la música iraní y por las óperas orientalistas. ¿Qué enfermedad de desesperación pudimos contraer? Sarah a pesar de sus años de budismo, de meditación, de sabiduría y de viajes. Al final resultará que tenía razón Kraus cuando me mandó a un especialista de enfermedades exóticas, sabe Dios qué podredumbre del alma pude coger en esas tierras lejanas. Como los cruzados, los primeros orientalistas, que regresaban a sus sombríos pueblos del Oeste cargados de oro, de bacilos y de pena, conscientes de haber destruido, en nombre de Cristo, las más grandes maravillas que jamás habían visto. Las iglesias de Constantinopla saqueadas, Antioquía y Jerusalén arrasadas por las llamas. Qué verdad nos ha arrasado a nosotros, qué belleza llegamos a entrever antes de que se nos escapase, qué dolor, como Lamartine en el Líbano, nos ha asolado secretamente, el dolor de la visión del Origen o del Fin, no tengo ni idea, la respuesta no estaba en el desierto, por lo menos no para mí, mi *Camino a La Meca* era de otra naturaleza: a diferencia de Muhammad Asad alias Leopold Weiss, la *badiyé* siria me resultó más erótica que espiritual; tras nuestra noche palmiriana, cuando salimos de aquellas mantas nos separamos de Julie y François-Marie para proseguir nuestra expedición con Bilger el Loco, hacia el nordeste y el Éufrates, vía un viejo castillo omeya perdido en el tiempo y las piedras y una ciudad bizantina fantasma, Resafa de altas murallas, donde hoy tal vez resida el nuevo comendador de los creyentes, Sombra de Dios en la Tierra, califa de los degolladores y de los saqueadores del Estado Islámico en Irak y en Siria, que Dios lo proteja porque en nuestros días no debe de ser fácil hacer de califa, sobre todo califa de una banda de soldadotes digna de los lansquenetes de Carlos en el saqueo de Roma. Es posible que un día saqueen La Meca y Medina, quién sabe, con sus negros estandartes dignos de las banderas de la revolución abasí en el siglo VIII, eso sí que supondría un cambio en el equilibrio geopolítico de la región, que el reino de Ibn Saud el amigo de Leopold Weiss se dislocase bajo los sablazos de los barbudos y grandes degolladores de infieles. Si tuviese la fuerza, me gustaría escribir un largo artículo sobre Julien Jalaleddin Weiss, homónimo de Leopold, también convertido, que acaba de morir de un cáncer, un cáncer que hasta tal punto coincide con la destrucción de Alepo y de Siria que cabe preguntarse si una cosa no estará relacionada con la otra; Weiss vivía entre dos mundos; se había convertido en el intérprete de qanun más grande de Oriente y de Occidente, en un sabio inmenso, también. El conjunto Al-Kindi que había fundado acompañó a los más grandes cantantes del mundo árabe, Sabri Mudallal, Hamza Shakkur o Lotfi Bouchnak. Sarah me lo presentó en Alepo, lo había conocido gracias a Nadim, que a veces tocaba con él; vivía en un palacio mameluco perdido en el laberinto de la parte antigua de la ciudad, a dos pasos de las pilas de jabones y de cabezas de carnero de los zocos, una austera fachada de piedra detrás de la cual se abría un patio encantador; las habitaciones de invierno rebosaban de instrumentos de música, laúdes, cítaras, flautas de caña, percusiones. Ese hombre guapo y rubio me cayó mal de inmediato: ni me gustó su pretensión ni tampoco su saber ni sus aires de sultán oriental ni, sobre todo, la admiración infantil que le profesaban Nadim y Sarah, y esa mala fe llena de envidia propició que durante mucho tiempo ignorase la belleza de una obra alumbrada bajo el signo del encuentro, del intercambio y de la interrogación de la *tradición*, de la transmisión de la música culta, principalmente religiosa. Puede que necesitase mi estancia en Irán y mis trabajos con During para que ese cuestionamiento adquiriese para mí todo su sentido. Habría que escribir sobre el homenaje que Weiss y Al-Kindi le rinden a Osama Ibn Munqidh, príncipe de Shaizar, ciudad-fortaleza a orillas del Orontes en Siria, combatiente, cazador y hombre de letras, testigo y actor, en el curso de su vida larguísima que coincide casi totalmente con nuestro siglo XII, de las cruzadas y del establecimiento de los reinos francos en el Levante. Imagino a ese príncipe amante de las lanzas y de los halcones, de los arcos y los caballos, de los poemas y los cantantes ante las pesadas armas francas, ante la violenta sobriedad de aquellos enemigos llegados de tan lejos que hizo falta bastante tiempo y numerosas batallas para domesticarlos, para pulir un poco la capa de barbarie de sus armaduras; los francos acabaron por aprender árabe, por apreciar los albaricoques y los jazmines y por alimentar un cierto respeto hacia esas regiones que ellos acababan de librar de infieles; el príncipe de Shaizar, después de una vida de batallas y de caza de leones, conoció el exilio: fue en el exilio, en la fortaleza de Hosn Kayfa, a orillas del Tigris, lejos de los combates, a una edad de cerca de ochenta años, donde compuso tan diversos y magníficos tratados como un *Elogio de las mujeres*, una *Epístola de los bastones* dedicada a los palos milagrosos, desde la vara de Moisés hasta el cayado que el propio príncipe Osama utilizaba en su vejez y que, según él dice, plegándolo con el peso de su cuerpo adquiere la forma del arco poderoso de su juventud feroz; un *Tratado del sueño y de los sueños* y esa autobiografía extraordinaria, *El libro de la instrucción por el ejem-*

plo, que es a la vez un manual de historia, un tratado de cinegética y un breviario de literatura. Osama Ibn Munqidh tuvo tiempo también para reunir su obra poética, a algunos extractos de la cual puso música el conjunto Al-Kindi.

Hoy el caravasar de Jalaleddin Weiss en Alepo ha ardido, y él mismo ha muerto, quién sabe si al ver todo cuanto había construido (un mundo de éxtasis compartido, de posibilidad de pasajes, de participación en la alteridad) arrojado a las llamas de la guerra; se ha reunido con Osama en las orillas de otro río, el gran combatiente que decía sobre la guerra:

El valor es ciertamente una espada más sólida que todas las armaduras
pero no protege más al león de la flecha
que consuela al vencido de la vergüenza y de la ruina.

Me pregunto qué pensaría Osama Ibn Munqidh el valiente sobre las hilarantes imágenes de combatientes de la yihad de hoy fotografiados pegándole fuego a esos instrumentos de música, por *no islámicos*; instrumentos que provienen sin duda de antiguas fanfarrias militares libias, tambores, tambores y trompetas regados con gasolina e incendiados ante una grave tropa de barbudos, tan contentos como si estuviesen quemando al propio Satán. Los mismos tambores y trompetas, más o menos, que los francos copiaran de la música militar otomana unos siglos antes, los mismos tambores y trompetas que los europeos describieran con espanto, pues anunciaban la llegada de los invencibles jenízaros turcos, acompañados por los *mehter*; ninguna imagen representa con tanto acierto la aterradora batalla que libran los yihadistas, en realidad contra la historia del islam, como esos pobres tipos con traje de faena, en su trozo de desierto, ensañándose con unos tristes instrumentos marciales cuya procedencia ignoran.

En la hermosa pista asfaltada entre Palmira y Resafa no había un solo guerrero medieval ni un degollador harapiento, solo una garita plantada al borde del camino desolado en la que, al amparo de una pobre chapa, dormitaban unos reclutas sirios con su uniforme marrón oscuro de invierno a pesar del calor, encargados de abrir y cerrar una cadena que bloqueaba el paso y que Bilger no advirtió sino en el último momento, viéndose obligado a frenar en seco y a hacer chirriar los neumáticos del 4×4 sobre el asfalto sobrecalentado; ¿quién espera una barrera no señalada en pleno desierto? Los dos reclutas, sudados, la cabeza prácticamente afeitada, la chaqueta ablusada mal cortada y de color de excremento de camello cubierta de polvo, miraron con asombro, tomaron sus armas, se acercaron al Range Rover blanco, observaron a los tres extranjeros del interior, vacilaron, esbozaron una pregunta que finalmente no se atrevieron a hacer; uno bajó la cadena, el otro hizo una señal con el brazo, y Bilger volvió a dar gas.

Sarah suspiró, Bilger se había tragado la lengua. Por lo menos durante unos segundos.

EL CONDUCTOR *(bravucón)*: A punto he estado de tragarme esa puta cadena a ciento veinte por hora.

EL PASAJERO *(delante, respetuosamente asustado)*: Podrías tratar de conducir un poco más despacio y estar más atento.

LA PASAJERA *(detrás, en francés con un deje de angustia)*: ¿Creéis que esos fusiles estarán cargados?

EL CONDUCTOR *(incrédulo)*: Una puta barrera en medio del desierto, eso no es normal.

LA PASAJERA *(siempre en francés, inquietud mezclada con curiosidad científica)*: Franz, había un letrero, pero no tuve tiempo de leerlo.

EL PASAJERO *(en la misma lengua)*: No he prestado atención, lo siento.

EL CONDUCTOR *(seguro de sí mismo y en alemán)*: Debe de haber una base militar no muy lejos de aquí.

EL PASAJERO *(indolente)*: Sí, y además allá a la derecha me parece ver un carro de combate.

LA PASAJERA *(en inglés, dirigiéndose al conductor, inquieta)*: Hay dos tipos con una ametralladora en el foso. ¡Frena, frena!

EL CONDUCTOR *(vulgar y de pronto irritado)*: ¿Qué hacen esos h... de p... en mi camino?

EL PASAJERO *(flemático)*: Creo que se trata de un batallón de infantería de maniobras.

LA PASAJERA *(cada vez más inquieta y de nuevo en francés)*: Pero mira, madre mía, mira. ¡En la colina hay unos cañones, allí! ¡Y a la izquierda, más ametralladoras! ¡Da media vuelta, da media vuelta!

EL CONDUCTOR *(muy germánicamente seguro de sí mismo, dirigiéndose al pasajero)*: Si nos han dejado pasar es porque tenemos derecho a pasar. Voy a aminorar un poco.

EL PASAJERO *(menos seguro de sí mismo, en francés)*: Eh... sí. Sé prudente, por favor.

LA PASAJERA *(ofendida)*: Sigue siendo una locura, mira a todos esos soldados corriendo allí a la derecha. Y esas nubes de polvo, ¿creéis que puede ser el viento?

EL PASAJERO *(de repente inquieto)*: Creo que son más bien vehículos dándole caña a través del desierto. Tanques, probablemente.

EL MISMO *(al conductor)*: ¿Estás seguro de que vamos por donde toca? Según tu brújula estamos yendo más hacia el noroeste que hacia el norte. Dirección Homs.

EL CONDUCTOR *(ofendido)*: He tomado esta carretera cientos de veces. A menos que hayan asfaltado una segunda pista recientemente, esta es la buena.

EL PASAJERO *(como si no le afectase)*: Pues la verdad es que esta carretera parece bastante nueva.

LA PASAJERA *(insistiendo)*: El asfalto es demasiado liso para ser decente.

EL CONDUCTOR *(francamente enfurecido)*: Está bien, atajo de cobardes, daré media vuelta. ¡Qué señoritos estáis hechos!

Bilger acabó por dar marcha atrás doblemente cabreado, por equivocarse de camino y por haber sido detenido por un ejército en maniobras; de regreso al *checkpoint*, los dos polvorientos soldados nos bajaron la pesada cadena con la misma flema que a la ida; Sarah y yo tuvimos tiempo de descifrar el letrero de madera mal escrito que decía «Terreno militar - Peligro - Prohibida la entrada». Resulta extraño pensar que aquellos tanques y aquellas ametralladoras que vimos maniobrar sirven hoy para luchar contra la rebelión, para aplastar ciudades enteras y masacrar a sus habitantes. Nosotros solíamos burlarnos de los harapientos soldados sirios, sentados en sus jeeps ex soviéticos averiados al borde del camino, el capó abierto, esperando a una improbable grúa. Como si ese ejército no tuviese para nosotros el mínimo poder de destrucción, la menor fuerza de combate; el régimen de Al-Ásad y sus tanques nos parecían juguetes de cartón piedra, marionetas, efigies desprovistas de sentido sobre las paredes de pueblos y ciudades; más allá de la ruina aparente del ejército y de sus dirigentes, no veíamos la realidad del miedo, de la muerte y de la tortura acechando tras los carteles, la posibilidad de la destrucción y de la violencia extrema tras la omnipresencia de los soldados, por muy mal vestidos que fuesen.

Aquel día Bilger se lució: enfurruñado como un niño por su propio error, anduvo toda la jornada con mala cara y, una vez que llegamos de nuevo casi al punto de partida, a unos kilómetros de Palmira, donde efectivamente estaba el cruce en que nos habíamos equivocado y una segunda carretera, en mucho peor estado (lo cual explicaba que la descartásemos), que se adentraba hacia el norte a través de las colinas de piedras, insistió en resarcirnos y descubrirnos un lugar mágico, el famoso Qasr al-Hayr, viejo palacio omeya que databa de finales del siglo VII, un palacio de placeres, un refugio de caza al que acudían los califas de Damasco para cazar gacelas, escuchar música y beber, beber con sus compañeros un vino tan espeso, tan picante, tan fuerte que había que cortarlo con agua; los poetas de la época describían esa mezcla, contaba Sarah; el encuentro del néctar y del agua resultaba explosivo, surgían chispas; en la copa, la mezcla era roja como ojo de gallo. Bilger explicaba que en Qasr al-Hayr hubo unos magníficos frescos de escenas de caza y de borrachera; de caza y de borrachera, pero también de música: en uno de los más famosos se ve a un músico con un laúd acompañando a una cantante, y aunque, por supuesto, aquellos frescos ya no estaban allí, la idea de ver el célebre castillo nos excitaba bastante. Obviamente, yo ignoraba que fue Alois Musil quien redescubrió y describió ese castillo por vez primera en el curso de su segunda expedición. Para llegar hasta allí, había que seguir el pequeño camino asfaltado hacia el norte durante una veintena de kilómetros, luego girar al este en el dédalo de pistas que se adentraban en el desierto; nuestro mapa era muy sucinto, pero Bilger se empeñaba en que sabría encontrar el castillo en cuestión, pues ya había ido y, según aseguraba, podía divisarse desde muy lejos, como una fortaleza.

El sol de la tarde se reflejaba blanco sobre el terreno pedregoso; en medio de la monotonía, crecían aquí y allá, no se sabía muy bien cómo, unos matorrales de espinas peladas; de tarde en tarde aparecía un grupo de tiendas negras. Esa parte de la *badiyé* no era llana, ni mucho menos, pero los relieves no poseían ninguna vegetación particular, ni la menor sombra, costaba muchísimo identificarlos: una tienda avistada un segundo antes desaparecía de repente tras una altura invisible, como por arte de magia, con lo cual aún era más complicado orientarse; a veces descendíamos a unas grandes depresiones, circos donde podría haberse escondido sin la menor dificultad todo un regimiento de meharistas. El 4×4 se bamboleaba sobre las piedras y empezaba a dar unos botes espectaculares en cuanto Bilger sobrepasaba los treinta por hora; tenía que ponerse a sesenta con el fin de que, volando, por así decirlo, sobre las piedras, la máquina vibrase mucho menos y los pasajeros no sufriesen el vaivén como en una infernal butaca de masaje; pero tal velocidad requería de una gran concentración: un súbito montículo, un agujero o una piedra grande podían mandar el coche a paseo; la cabeza de sus ocupantes chocaba entonces violentamente contra el techo y el vehículo rechinaba horriblemente. Bilger se aferraba, pues, a su aro con las dos manos, los dientes apretados, los ojos fijos en la pista; los músculos de sus antebrazos tensos, los tendones de la muñeca a la vista; aquello me hacía pensar en una película de guerra de cuando era niño, en la cual un soldado del Afrikakorps conducía un jeep a toda velocidad en alguna parte en Libia, no sobre arena como de costumbre, sino sobre piedras agudas y cortantes, y el soldado sudaba, los dedos blanqueados por la presión apretando el volante, como Bilger. Sarah no parecía darse cuenta de la dificultad del ejercicio; nos leía en francés y en voz alta la novela corta de Annemarie Schwarzenbach *Beni Zaïnab*, el encuentro en Palmira con Marga d'Andurain del que habíamos estado hablando la noche anterior; de vez en cuando le preguntábamos si leer en tales circunstancias no le resultaba molesto, pero no, desgraciadamente, aparte de los sobresaltos del libro ante sus ojos a merced de los traqueteos, nada parecía molestarla. Bilger no se privaba de hacer observaciones irónicas, por supuesto en alemán: «Has hecho bien en traer un audiolibro, en los viajes largos se agradece. Y así mejoro mi francés». Me hubiese gustado mucho estar junto a ella en el asiento de atrás; sin demasiada convicción, yo esperaba que por la noche volviésemos a compartir las mismas mantas y que esta vez sí encontraría el valor para tirarme al agua, o más bien sobre su boca: Bilger decía que nos iba a tocar vivaquear en Qasr al-Hayr: imposible conducir por el desierto durante la noche, lo cual no podía venirle mejor a mis planes.

Unos planes que iban a verse complacidos, no exactamente en el sentido que tenía previsto, pero sin embargo complacidos: dormiríamos en el desierto. Tres horas más tarde seguíamos conduciendo más o menos hacia el este a una velocidad que oscilaba entre cincuenta y sesenta por hora. Como ninguno de nosotros había tenido la precaución de mirar el cuentakilómetros al dejar atrás el cruce, no sabíamos muy bien la distancia que habíamos recorrido; el mapa no era de ninguna ayuda: en él no figuraba para ese sector más que una sola pista este-oeste, mientras que, sobre el terreno, decenas de caminos se cruzaban y volvían a cruzarse sin descanso; solo la pequeña brújula del panel de control de Bilger y el sol nos señalaban más o menos el norte.

Bilger empezó a ponerse nervioso. No dejaba de maldecir, de darle al volante un golpe tras otro; decía que era imposible, que ya deberíamos de haber dado con la autopista Palmira-Deir ez-Zor, mira el mapa, gritaba, es imposible, es completamente imposible, es ABSOLUTAMENTE IMPOSIBLE, pero había que rendirse a la evidencia: nos habíamos perdido. Es decir, perdidos no, pero sí extraviados. Creo recordar que fue Sarah quien introdujo este matiz para manejarse con el orgullo de Bilger, matiz que me costó no poco esfuerzo traducir al alemán; aquello no consoló a Bilger sino muy ligeramente, así que siguió echando pestes a media voz, como un niño al que se le resiste su juguete. Hicimos un alto en el camino para subir a pie a un cerro rocoso con la esperanza de que la vista panorámica nos permitiese localizar algún punto de referencia: la carretera de Deir ez-Zor o el famoso castillo omeya. Pero lo que nos parecía un promontorio se reveló más o menos al mismo nivel que los alrededores, no había nada que ver, era nuestro coche el que se encontraba un poco más bajo del nivel general del desierto. Aquella mancha verde a lo lejos, hacia el norte (¿era aquel realmente el norte?), era un trigal de primavera o un cuadrado de hierba, aquellos puntos negros, grupos de tiendas. Tampoco es que arriesgásemos gran cosa, aparte de no poder ver Qasr al-Hayr ese día. Era bien entrada la tarde: el sol empezaba a descender por detrás de nosotros, para gran desespero de Bilger; yo pensaba en Alois Musil, gran descubridor de castillos omeyas, y en sus misiones de exploración: en 1898, después de haber estudiado todos los documentos occidentales de la región de Maan y las relaciones de los viajeros en la biblioteca de la Universidad Saint-Joseph de los jesuitas de Beirut, se había adentrado en el desierto a lomos de un camello y en compañía de algunos gendarmes otomanos «prestados» por el *kaimmakam* de Akaba, para localizar el famoso castillo de recreo de Qasr Tuba, del que nadie, salvo los beduinos, había oído hablar desde hacía siglos. ¿Qué arrojo, qué fe o qué locura animaba al sacerdote católico de Bohemia para adentrarse así en el vacío, el arma al hombro, en medio de aquellas tribus nómadas todas más o menos hostiles hacia el poder otomano y que se entregaban regularmente al pillaje o a la guerra? ¿Acaso sintió, también él, el pavor del desierto, esa angustia solitaria que oprime el pecho en la inmensidad, la gran violencia de la inmensidad que tantos peligros y males esconde: penas y peligros del alma y del cuerpo mezclados, la sed y el hambre, cierto, pero también la soledad, el abandono, la desesperación?; desde lo alto de aquel pequeño montón de piedras sin importancia, resultaba divertido pensar que los primos Musil, Alois y Robert, cada uno de un modo muy diferente, habían vivido la experiencia del aislamiento, del desamparo; Robert entre los escombros de la Viena imperial, Alois a miles de kilómetros de allí, entre los nómadas; ambos habían transitado las ruinas. Recordaba yo el principio de *El hombre sin atributos* (¿es realmente el principio?), cuando Ulrich se cruza con unos vagabundos armados con garrotes emplomados que lo acaban dando por muerto y lo abandonan sobre la acera vienesa; una joven muy hermosa lo socorre y lo sube a su coche, donde él diserta irónicamente, a lo largo del trayecto, sobre las similitudes entre la experiencia de la violencia y la de la mística; para Alois el primo, el desierto era sin la menor duda, pensaba yo mientras observaba a Sarah luchar con la grava en la pendiente del pequeño cerro, como la Bona Dea de Ulrich, aunque él la encontrase en los garrotazos; el desierto era, sin ninguna duda, el lugar de la iluminación pero al mismo tiempo del desamparo, donde Dios se mostraba también a través de su ausencia, a través de sus contornos, contradicción que Ulrich, en la novela de Robert Musil, señalaba con el dedo: «Las dos alas de un gran pájaro multicolor y mudo. Ulrich acentuó la voz sobre las alas y el pájaro mudo: una imagen sin justo sentido, pero un poco llena de aquella monstruosa sensualidad con que la vida satisface en su organismo inmenso todos los contrastes opuestos; advirtió entonces que su vecina no había comprendido lo más mínimo; a pesar de todo, la suave nevada que ella derramaba y esparcía en el coche se había hecho más densa». Sarah era esa suave nevada en el desierto, pensé mientras casi llegaba junto a mí en lo alto de aquel promontorio desde el que no había nada que observar.

Creo que me estoy adormilando, que me duermo poco a poco, el rostro acariciado por una brisa del desierto, en el distrito IX de esta Nueva Viena que ninguno de los dos Musil conoció, bajo mi edredón, sobre mi almohada, que son una tienda de nómada interior, tan profunda y espaciosa como la que nos acogió aquella noche, la noche en el desierto; como los guías de Alois Musil, un bamboleante camión volquete se detuvo de repente cerca de nosotros pensando que necesitábamos ayuda; sus ocupantes (figuras bronceadas y arrugadas envueltas en kufiyyas rojos, bigotes rígidos seccionando sus rostros en dos) nos explicaron que el castillo que buscábamos quedaba todavía bastante lejos hacia el nordeste, por lo menos a tres horas de pista, y que no íbamos a llegar antes del anochecer; nos invitaron a dormir bajo su tienda negra, en la mejor tradición beduina. No éramos los únicos invitados: instalado en el «salón» había ya un extraño vendedor ambulante, un vendedor ambulante del desierto que llevaba, en unas inmensas bolsas de nailon gris, como odres desmesurados, cientos de objetos de plástico, timbales, pasadores, cubos, claquetas, juguetes de niños, además de objetos de hojalata como teteras, cafeteras, platos y cubiertos: sus gigantescas alforjas a las puertas de la tienda parecían dos enormes larvas deformadas o alubias degeneradas de una planta infernal. Aquel vendedor ambulante era originario del norte de Siria y no tenía vehículo: recorría la *badiyé* a merced de los camiones y los tractores de los nómadas, de tienda en tienda hasta venderlo todo, entonces regresaba a Alepo a rehacer sus existencias en el dédalo de los zocos. Una vez sus bártulos reorganizados reanudaba su gira, descendía el Éufrates en autobús, luego recorría todo el territorio comprendido entre el río, Palmira y la frontera iraquí, disfrutando (abusando, pensaría un occidental) de la hospitalidad de los nómadas, que eran tanto sus clientes como sus anfitriones. Seguramente ese T. E. Lawrence de la cacerola era un poco un espía que debía de informar a las autoridades sobre los hechos y las gestas de esas tribus que mantenían estrechos lazos con Irak, Jordania, Arabia Saudita y hasta Kuwait; me sorprendió mucho descubrir que me hallaba en una casa (así se llama, en árabe, a la tienda) del clan de los mutayrs, la famosa tribu guerrera que a principios de la década de 1920 se alió con Ibn Saud y permitió su acceso al poder, para luego rebelarse contra él. La tribu del marido-pasaporte de Marga. Muhammad Asad el judío de Arabia cuenta cómo él mismo participó en una operación de espionaje en Kuwait por cuenta de Ibn Saud, contra los mutayrs de Faysal Dawish. Esos grandes guerreros parecían (por lo menos en su versión siria) muy pacíficos: eran ganaderos de carneros y de cabras, poseían un camión y algunas gallinas. Por pudor, todavía en el coche, Sarah se había recogido el pelo como había podido mientras seguíamos al camión de los beduinos hasta su tienda; cuando bajó del vehículo, el sol poniente abrasó su cabellera justo antes de que penetrase en la sombra de la tela negra; nada de una segunda noche bajo las estrellas, acurrucado contra Sarah, menuda desgracia, pensé, maldita desgracia no haber conseguido llegar a ese castillo perdido. El interior de la casa de piel era sombrío y acogedor; una pared de cañas entreveradas con tejidos rojos y verdes dividía la tienda en dos, un lado para los hombres, el otro para las mujeres. El jefe de la morada, el patriarca, era un hombre muy viejo de sonrisa dorada por las prótesis, parlanchín como una urraca: sabía decir cuatro cosas en francés, que había aprendido con el ejército del Levante, donde había servido en los tiempos del mandato francés de Siria, «¡En pie! ¡Al suelo! ¡Marchen!», órdenes que él gritaba de dos en dos con una intensa alegría, «¡Enpiealsuelo!, ¡Alsuelomarchen!», feliz no solo por el simple placer de la reminiscencia, sino también por la presencia de un auditorio francófono al que se suponía que podría gustarle esas órdenes marciales; nuestro árabe era demasiado rudimentario (sobre todo el de Bilger, limitado a «Cavad, pala, pico», otra versión del «Enpiealsuelomarchen») como para entender correctamente los numerosos relatos de aquel jefe de clan octogenario, aunque Sarah, tanto por empatía como gracias a sus conocimientos lingüísticos, conseguía seguir las historias del viejo y traducirnos más o menos el sentido general cuando a nosotros se nos escapaba. Por supuesto, la primera pregunta de Sarah al Matusalén local concernía a Marga d'Andurain, la condesa de Palmira: ¿la había él conocido? El jeque se rascó la barba y sacudió la cabeza, no, había oído hablar de ella, de ese *comta* palmiriana, pero nada más, ningún contacto con la leyenda, Sarah debió de quedar decepcionada. Bebimos una decocción de corteza de canilla, dulce y perfumada, sentados con las piernas cruzadas en las alfombras de lana que cubrían el suelo; un perro negro aulló cuando nos acercamos, el guardián del ganado que protegía a las bestias de los chacales, incluso de las hienas; las historias de hienas que nos contaron el abuelo, sus hijos y el vendedor ambulante ponían los pelos de punta. Sarah estaba en la gloria, recuperada de inmediato de su decepción por no haber encontrado a uno de los últimos testigos del reinado de Marga d'Andurain la envenenadora del desierto; a menudo se volvía hacia mí con una sonrisa cómplice, y yo sabía que en esos relatos mágicos ella encontraba los cuentos de guls y otros animales fantásticos que había estudiado: la hiena, prácticamente desaparecida en aquellas regiones, era depositaria de las más extraordinarias leyendas. El viejo jeque era un narrador de primer orden, un gran comediante; con un breve gesto de la mano hizo callar a sus hijos y al vendedor ambulante para disfrutar del placer de contar una historia que conocía: la hiena, dijo, hipnotiza a los hombres que tienen la desgracia de cruzar con ella su mirada; cuando esto sucede se ven forzados a seguirla a través del desierto hasta su cubil, donde los atormenta y acaba por devorarlos. A los que consiguen escapar de ella los persigue en sus sueños; su solo contacto provoca horribles pústulas; no resulta sorprendente que esos pobres bichos hayan sido ampliamente masacrados, pensé. En cuanto al chacal, era despreciable pero inofensivo; su largo grito atravesaba la noche; a mí esos gemidos me parecían particularmente siniestros, pero, según sostenían los beduinos, no había ni punto de comparación con la atroz llamada de la hiena, que tenía el poder de paralizarte al instante, de helarte de espanto: todos cuantos habían oído ese ronco bufido se acordaban el resto de su vida.

Después de esas consideraciones de zoología sobrenatural, Sarah y yo (del mismo modo que Alois Musil con sus propios nómadas, pensé) intentamos conseguir información sobre los yacimientos arqueológicos de los alrededores, los templos, los castillos, las ciudades olvidadas que solo los beduinos podían conocer, lo cual molestó al rey Bilger, convencido de que generaciones de orientalistas ya «habían agotado el desierto»; los Grabar, los Ettinghausen o los Hillenbrand se habían empleado a fondo durante años en describir las ruinas islámicas mientras sus colegas especialistas en la Antigüedad daban con los fuertes y pueblos romanos o bizantinos: no queda nada que descubrir, pensaba él; efectivamente, nuestros huéspedes nos hablaron de Qasr al-Hayr y de Resafa, no sin añadir ciertas historias de tesoros escondidos que divirtieron momentáneamente a Bilger, todavía ligeramente ofendido por su error de orientación. Me explicó, en alemán, que los autóctonos vigilaban las excavaciones de los arqueólogos y también cavaban, tan pronto como estos se quitaban el traje de faena; esos cuervos de la arqueología eran una plaga bien conocida en los yacimientos, cuyos accesos acababan, exageraba Bilger, llenos de agujeros y de montículos de tierra, como asolados por topos desmesurados.

Las mujeres, con sus largos vestidos oscuros realzados con bordados, trajeron la cena: pan redondo sin levadura, miel, tomillo salvaje seco mezclado con zumaque y sésamo, queso, leche, yogur; de no haber sido por su terrible sabor a quemado, podríamos haber confundido el queso con jabón, seco y salado. Todos los lácteos tenían, por otra parte, el mismo regusto a quemado, algo que para mí se convirtió en el sabor del desierto, el país de la leche, de la miel y del incendio. El viejo comía poco e insistía mucho en que repitiésemos de esto o de aquello; Sarah había entablado conversación con una de las mujeres, una de las más jóvenes, según me pareció; llevado por un pudor seguramente exagerado, yo traté de evitar mirarlas demasiado. Seguimos hablando de misterios y de descubrimientos. El vendedor ambulante se levantó y salió, sin duda para satisfacer alguna necesidad fisiológica (entendí que, a diferencia de los campings del Salzkammergut, aquella tienda no disponía de ningún tipo de sanitario; a mamá no le hubiese parecido bien en absoluto; también me habría advertido en relación a los alimentos, aunque el poderoso aroma a chamuscado parecía indicar que la leche había sido hervida) y el jeque aprovechó su ausencia (lo cual confirmaba que el vendedor ambulante era sospechoso de ser un informador) para confiarnos, en voz baja, que efectivamente había unas ruinas olvidadas y misteriosas, lejos, al sudoeste, en la frontera del desierto con la montaña basáltica que separa la *badiyé* de la llanura del Hauran, toda una ciudad, dijo el viejo, cubierta de osamentas; me costó muchísimo comprender esa palabra, «hueso», «osamenta», y tuve que preguntarle a Sarah qué significaba *'adhm*; según el jeque, se trataba de las ruinas de una de las ciudades destruidas por la cólera de Dios, como estaba escrito en el Corán: hablaba de ella con pavor, decía que el lugar había sido maldito y que jamás, que nunca jamás los beduinos acampaban cerca de ella: se contentaban con contemplar las montañas de huesos y de escombros, recogerse y seguir su camino. Bilger alzaba la mirada al cielo con un aire exasperado y completamente descortés para con nuestro huésped; es fácil de encontrar, esa ciudad, se burlaba, según la Biblia basta con coger a la derecha en el cruce de la mujer convertida en estatua de sal. Yo traté de averiguar algo más. ¿Eran huesos de animales? ¿Un cementerio de camellos, tal vez? ¿Una erupción volcánica? Mis preguntas hicieron reír al viejo, no, los dromedarios no van a esconderse a un lugar secreto para morir, la palman allí donde están, se echan en el suelo y mueren como todo el mundo. Bilger me aseguró que todos los volcanes de Siria estaban extintos desde hacía decenas de miles de años, lo que convertía la hipótesis de la erupción en algo poco probable; a él todo aquello le parecían patrañas nacidas de la supersticiosa imaginación de los autóctonos. Yo imaginaba, en las pendientes de un cráter de basalto lunar, los restos de una antigua fortaleza y de una ciudad desaparecida, cubiertos con los huesos de sus habitantes, muertos en Dios sabe qué catástrofe: una visión pesadillesca, negra, selenita. El vendedor ambulante regresó a la tienda, entonces salí yo; era de noche; el frío parecía ascender desde las piedras directo al cielo, helado de estrellas. Me alejé de la tienda para orinar, el perro me acompañó un momento hasta abandonarme para ir a husmear más lejos, en la oscuridad. Sobre mí, a pesar de no haberlo advertido antes, alto en el cielo, señalando al oeste, a Palestina y al Mediterráneo, brillaba, súbita revelación, un cometa de larga cabellera y polvo reluciente.

Estoy acostado con Sarah desnuda a mi lado; sus largas tren-
zas forman un arroyo, entorpecido por los peñascos de las
vértebras. Estoy atormentado por los remordimientos; la observo y estoy lleno de remordimientos. El barco nos lleva
hacia Beirut: el último viaje de la Lloyd austríaca, Trieste – Alejandría – Jaffa – Beirut. Siento de un modo confuso que Sarah
no va a despertarse hasta que lleguemos a Beirut, donde nos
espera Nadim para la boda. Tanto mejor. Recorro su cuerpo
esbelto, musculoso y casi flaco; ella ni se inmuta mientras
juego un momento con su sexo, duerme profundamente. Sé
que no debería encontrarme allí. La culpabilidad me asfixia.
A través del ojo de buey, veo cómo el mar despliega su in-
finitud verdusca, invernal, estriada de espuma en la cima de
las olas; salgo del camarote, los largos pasillos están tapizados
con terciopelo rojo, alumbrados por apliques de bronce, me
equivoco en el húmedo calor del barco, es desesperante perderse así en unos pasillos sofocantes justo cuando voy con
retraso; en las puertas de los camarotes, unas placas ovaladas
indican el nombre de los ocupantes, sus fechas de nacimiento y de muerte; dudo si llamar a la de Kathleen Ferrier, luego a la de Lou Andreas-Salomé, pero no me atrevo a moles-
tarlas, siento demasiada vergüenza por haberme perdido,
vergüenza por haberme visto obligado a orinar en el pasillo,
en un magnífico paragüero, hasta que la anfitriona (traje de
noche transparente, observo fijamente su ropa interior) me
toma por el brazo, «Franz, le esperamos arriba, venga, vamos

a pasar por las bambalinas. Stefan Zweig está furioso, quiere deshonrarlo, retarlo en duelo; sabe que no tendrá usted agallas de enfrentarse con él y que será excluido de la *Burschenschaft*».

Trato de besarla en la boca, ella se deja hacer, su lengua es dulce y tibia, paso una mano bajo su vestido, mano que ella retira afectuosamente, murmurando «Nein, nein, nein, Liebchen», me siento herido pero lo entiendo. Hay toda una muchedumbre a nuestro alrededor, el doctor Kraus ha triunfado, aplaudimos frenéticamente el fin de las *Geistervariationen* de Schumann. Trato de aprovechar para levantar de nuevo el vestido de la anfitriona, ella vuelve a rechazarme tiernamente. Me siento ansioso por que empiecen las cosas. El coronel está charlando animadamente con el doctor Kraus; me explica que Kraus no soporta que su mujer toque el piano mejor que él, y estoy de acuerdo, Lili Kraus es una inmensa pianista, nada que ver con usted, querido doctor. Derramo mi vaso de leche sobre el uniforme de gala del coronel, todas las águilas quedan consteladas, afortunadamente, la leche no mancha los uniformes, cosa distinta es un traje de noche, que la anfitriona se ve obligada a quitarse; hace una bola con él y luego lo esconde en un armario.

–¿Qué va a ser de nosotros? Este país es tan pequeño y tan viejo, coronel, que defenderlo no sirve de nada. Más vale cambiarlo.

–Efectivamente, esa sería la solución definitiva al problema sirio –dice.

Fuera, la guerra continúa haciendo estragos; no podemos salir, vamos a tener que quedarnos encerrados bajo esta escalera.

–¿No es allí donde has escondido tu traje de novia, el que he manchado sin querer?

Tranquilicémonos, tranquilicémonos. Estamos estrechamente enlazados en la oscuridad, pero la anfitriona no se interesa por mí, sé que solo tiene ojos para Sarah. Hay que hacer algo, pero ¿qué? El mar de Irlanda está desatado, queda claro que no llegará usted sino en dos o tres días. ¡Dos o tres días! Señor Ritter, dice Kraus despacito, creo que podemos cambiar de enfermedad. Ya es hora, tiene usted razón. Ya es hora. ¡Mire, Franz, mire cómo se acaricia esa joven! Meta la cara entre sus piernas, eso lo transformará.

Kraus sigue soltando tonterías, tengo frío, debo encontrar mi camarote y a Sarah adormecida cueste lo que cueste, dejo a la anfitriona y su masturbación, el corazón en un puño. Usted verá, señor Ritter. Usted verá. El mar está efectivamente embravecido, hoy. ¡Tóquenos algo, pues, para pasar el rato! Este laúd no es el mío, pero debería poder improvisar algo. ¿Qué modo prefiere? ¿*Nahawand*? ¿*Hedjazi*? ¡*Hedjazi*! Es el más indicado para esta situación. Venga, querido Franz, toque entonces nuestro vals, ¿lo recuerda? Oh, sí, *El vals de la muerte*, por supuesto que lo recuerdo, *fa, fa-la, fa-la#-si, si, si*. Mis manos recorren el mástil del laúd al son del violín. El bar de este barco, el hogar de la ópera, está abierto al mar y las salpicaduras alcanzan a los músicos y a sus instrumentos. Imposible tocar en estas condiciones, querido público. ¡Qué decepción! ¡Nosotros que queríamos disfrutar de *El vals de la muerte*! ¡*Den Todeswalzer*! Vamos directos al naufragio, disfrútenlo. Yo lo disfruto, querido público, queridos amigos. Queridos amigos, el doctor Zweig quiere decirles unas palabras (otra vez ese viejo Zweig de la larga figura, qué fastidio). Abandono la escena con mi laúd para cederle mi lugar, hay un gran charco de agua bajo la silla. Zweig me riñe, me pasa la mano por el pelo y me manda sentar. ¡Damas, caballeros —grita—, es la guerra! ¡Monschau! ¡Saint-Denis! ¡Es la guerra! ¡A disfrutar!

Todos aplauden, los militares, los marinos, las mujeres, los Kraus e incluso Sarah, me sorprende verla allí, me precipito hacia ella, ¿estás despierta? ¿Estás despierta? Me escondo el laúd a la espalda para que no vea que se lo he robado a Nadim; ¿se lo he robado? Sé que la policía me busca por ese crimen horrible que cometí hace tiempo. ¿Llegaremos pronto? Es la guerra, digo. Todos ellos se regocijan de morir en combate. Viena va a convertirse en la nueva capital de Siria. En Graben acabaremos hablando árabe.

Sobre todo que Sarah no se entere, por el asesinato y el cuerpo. ¡Doctor Kraus! ¡Doctor Kraus! ¡Sus iris han crecido sobre nuestros cadáveres! Qué horrible primavera, con esta lluvia interminable, uno diría que no está en Oriente. Todo se pudre. Todo enmohece. Los huesos no dejan de descomponerse. Tendremos una hermosa vendimia, este año, el vino de los muertos será abundante. Chsss, murmura Sarah, no menciones el vino de los muertos, es un secreto. ¿Un filtro? Puede. ¿De amor o de muerte? Ya verás.

A lo lejos canta un marino: «El buque marcha a levante, fresco sopla el viento hacia la patria, mi niña irlandesa, ¿hacia dónde va tu vida?».

Y eso hace reír a Sarah. Se parece a Molly Bloom, pienso, la que empuja su carretilla por las calles estrechas para vender marisco. ¡Dios mío, qué vasto es el mar!

¿Cuántos hijos tendremos, doctor Kraus? ¿Cuántos?

Sería impensable que me entregase a ese tipo de predicciones, soy un médico serio, señor Ritter. No comparta esa jeringa, van a contagiarse el uno al otro.

Franz, tienes unas hermosas venas, ¿sabes?

Señor Ritter, se lo advertí.

Franz, tienes unas venas muy hermosas, repite Sarah.

Sudor, sudor, sudor.

Horror. Qué horror, Dios mío. La luz sigue encendida, todavía tengo el interruptor en la mano. Esa imagen de Sarah con una jeringa en la mano, por suerte me despierto antes de lo irreparable, Sarah inyectándome un líquido nauseabundo, su *vino de los muertos* ante la viciosa mirada del doctor Kraus, menuda atrocidad, y pensar que hay gente a la que le gusta soñar. Respira, respira. Esta sensación de faltar el aire, como de ahogarse en sueños, es muy penosa. Afortunadamente, de mis sueños no recuerdo más que los últimos segundos, se borran de mi memoria casi enseguida, afortunadamente. Escapo de la culpabilidad del inconsciente, del salvajismo del deseo. A menudo ese extraño sentimiento me oprime en sueños. Creer que realmente cometí un crimen atroz que podría ser descubierto. El vino de los muertos. El artículo de Sarah me obsesiona, menuda idea enviarme ese texto desde Sarawak, a mí que en estos momentos estoy enfermo y tan frágil. Me doy cuenta de lo mucho que la echo de menos. De lo mucho que le he fallado. De hasta qué punto puede estar también ella enferma y frágil, en su selva verdecida, con sus ex cortadores de cabezas grandes vendimiadores de cadáveres. Qué viaje. He ahí un trabajo para el charlatán de la Berggasse, el vecino de la señora Kafka. Al final siempre volvemos a lo mismo. Creo recordar que Jung, el primer orientalista inconsciente, había descubierto que una de sus pacientes soñaba *El libro tibetano de los muertos*, del que nunca había oído hablar, lo que le puso la mosca detrás de la oreja al discípulo y lo arrojó tras la pista del inconsciente colectivo y los arquetipos. Yo sueño no con el libro tibetano o egipcio de los muertos sino con los escondrijos del cerebro de Sarah. Tristán e Isolda. Los filtros de amor y de muerte. Dik al-Djinn el Loco. El viejo poeta de Homs, loco de celos hasta el punto de matar a su amada. Pero eso no es nada, decía Sarah, Dik al-Djinn estaba tan trastornado, tan desgarrado de dolor por haber destruido el objeto de su pasión, que con las cenizas del cadáver de su bienamada mezcladas con arcilla modeló una copa, una copa mortal, mágica y mortal, en la cual bebió vino, el primer vino de la Muerte, que le inspiró sublimes poemas de amor. Bebía en el cuerpo de su amada, bebía el cuerpo de su amor, y esa locura dionisíaca devino apolínea por el juego de los versos, de la métrica estructurada en la que se ordenaba la energía de su pasión necrófaga por aquella a quien había matado por celos, cediendo a los rumores y al odio: «Te he devuelto a la desnudez más completa –cantaba–, he mezclado tu rostro con la tierra, e incluso, si hubiese soportado verte pudrirte, habría dejado tu figura muerta a plena luz del día».

Uno entiende que se embriagase, ese poeta de Homs que vivió cerca de setenta años, acaso siguió ajumándose con su copa mortal en el ocaso de su vida, es posible, es probable. ¿Por qué se interesa Sarah por esas atrocidades, necrofagia, magia negra, pasiones devoradoras? Todavía puedo verla en el Museo del Crimen de Viena, deambulando con una sonrisa en el rostro por aquel sótano de Leopoldstadt, en medio de los cráneos perforados por balas y los garrotes de asesinos de todo tipo, políticos, crapulosos, amorosos, hasta el sórdido apogeo de la exposición, una vieja y polvorienta cesta de mimbre en la que a principios del siglo XX fue hallado un cuerpo de mujer, brazos y piernas cortados, una mujer-tronco de la que no se escatimaban fotografías de época, desnuda y mutilada, el pubis tan negro como los hombros y los muslos, donde habían sangrado los miembros ausentes. Un poco más allá había también una mujer destripada, violada antes o después de ser eviscerada. «Sois graciosos, vosotros los austríacos —decía Sarah—, podéis mostrar imágenes de mujeres torturadas hasta la muerte, pero censuráis la única representación de placer de todo este museo.» Se trataba de una pintura, en la parte de la exposición dedicada a los burdeles vieneses, que en un decorado orientalizante mostraba a una odalisca acariciándose con las piernas abiertas; un censor contemporáneo había colocado un gran recuadro negro sobre su mano y sus partes íntimas. La leyenda decía sobriamente «Cuadro decorativo procedente de una mancebía». Por supuesto, sentí vergüenza de estar allí con Sarah comentando aquella imagen; miraba hacia otro lado enrojeciendo, algo que ella tomó por una confesión, el reconocimiento de la perversión vienesa: las mujeres torturadas en el sótano, el erotismo censurado, y fuera la más beata castidad.

Me pregunto por qué pienso ahora en ello, puede que haya sido un rastro de onirismo, la cola de un cometa, una remanencia sensual que contamina el recuerdo de la potencia del deseo, debería aceptar que la noche ya está muerta, levantarme de la cama y pasar a otra cosa, corregir esa disertación sobre Gluck o releer mi artículo sobre *Maruf, zapatero de El Cairo*, la ópera sacada de la traducción de Charles Mardrus de *Las mil y una noches*; me gustaría mucho enviárselo a Sarah, sería mi respuesta a su opus sobre el vino de los muertos en el Sarawak misterioso. Podría enviarle un e-mail, pero sé que si le escribo voy a pasarme los próximos días pegado al ordenador como un bobo esperando su respuesta. Al final no estábamos tan mal en el Museo del Crimen, por lo menos ella me acompañaba, si me lo hubiese propuesto tampoco me hubiese importado ir al Museo de las Pompas Fúnebres o a Narrenturm a contemplar una vez más, en la antigua Torre de los Locos, todas aquellas horribles anomalías genéticas y patologías terroríficas.

No le falta mucho a ese artículo sobre *Maruf, zapatero de El Cairo*, apenas un toque de no-sé-qué y, entonces sí, podría *pedirle consejo* a Sarah, no enviárselo directamente; esa sería una maniobra mucho más inteligente para retomar el contacto con ella, en lugar de confesarle sin más te echo de menos o recordarle sutilmente a la mujer desnuda del Museo del Crimen (¿te acuerdas, querida Sarah, de la emoción que me embargó cuando contemplamos juntos aquella imagen pornográfica en un sótano sangriento?), también ella estudió la obra del doctor Mardrus y sobre todo de su esposa Lucie, el primer personaje de su colección de mujeres de orientalistas, con Lou Andreas-Salomé y Jane Dieulafoy. Mardrus el caucásico de las letras, cuyo abuelo había combatido a los rusos en las filas del imán Schamyl, he ahí un hombre al que me hubiese gustado conocer, Mardrus, en aquel París tan mundano de la década de 1890; frecuentó a Mallarmé, luego a Apollinaire; tan pronto como desembarcó del paquebote de mensajería marítima donde oficiaba como médico a bordo, y gracias a su encanto y erudición, hizo furor en los salones parisinos: eso es lo que me haría falta para redactar mi gran obra, una estancia de algunos años en el camarote de un buque, entre Marsella y Saigón. Mardrus traduce en el mar los miles de páginas de *Las mil y una noches*; creció en El Cairo, estudió medicina en Beirut, el árabe es, por así decirlo, su lengua materna, he ahí la gran ventaja que tiene sobre nosotros, orientalistas no orientales, el tiempo ganado en el aprendizaje de la lengua. El redescubrimiento de las *Noches* gracias a la traducción de Mardrus provoca una ola de adaptaciones, de imitaciones, de prolongaciones de la obra maestra, como cincuenta años antes *Los orientales* de Hugo, los poemas de Rückert o el *Diván* de Goethe. Esta vez se cree que es el auténtico Oriente en sí mismo el que insufla directamente su fuerza, su erotismo, su potencia exótica en el arte de finales de siglo; amamos la sensualidad, la violencia, el placer, las aventuras, los monstruos y los genios, los copiamos, los comentamos, los multiplicamos; creemos ver, por fin sin intermediarios, la verdadera cara del Oriente eterno y misterioso, pero es el Oriente de Mardrus, de nuevo un reflejo, una vez más un Tercer Oriente; es, en resumidas cuentas, el Oriente de Mallarmé y de *La Revue blanche*, el erotismo de Pierre Louÿs, una representación, una interpretación. Como en *La noche mil dos* de Joseph Roth o la *Scheherezade* de Hofmannsthal, los motivos de las *Noches* son utilizados para sugerir, para crear una tensión en un contexto europeo; el deseo del sah, en la novela de Roth, de acostarse con la condesa W. desencadena una intriga típicamente vienesa, como sirven los ballets de la *Scheherezade* de Rimski o las danzas de Mata Hari para alegrar al parisino burgués; en última instancia, poco importa su relación con un supuesto Oriente *real*. Nosotros mismos, en el desierto, en la tienda de los beduinos, enfrentados no obstante a la realidad más tangible de la vida nómada, nos topábamos con nuestras propias representaciones, las cuales, debido a las expectativas que teníamos, parasitaban la posibilidad de la experiencia de una vida que no era la nuestra; la pobreza de aquellas mujeres y de aquellos hombres nos parecía plena de la poesía de los antiguos, su indigencia nos recordaba a la de los ermitaños y los iluminados, sus supersticiones nos hacían viajar en el tiempo, el exotismo de su condición nos impedía entender su visión real de la existencia del mismo modo que ellos nos veían, con nuestra mujer con el pelo al aire, nuestro 4×4 y nuestro árabe rudimentario, como idiotas originales, de quienes envidiaban el dinero, tal vez el coche, pero por supuesto no el saber o la inteligencia, ni siquiera la técnica: el viejo jeque nos había contado que los últimos occidentales a los que había recogido, europeos sin duda alguna, habían llegado en autocaravana y que el horrible ronroneo de su generador (para la nevera, cabe suponer) le impidió dormir en toda la noche. Solo el vendedor ambulante, pensé mientras orinaba bajo el cometa Halley, mientras escudriñaba la oscuridad para asegurarme de que el perro no estaba a punto de comerse mis cosas, comparte realmente la vida de esta tribu, pues participa de ella; ocho meses al año renuncia a todo para dar salida a sus bagatelas. Nosotros seguimos siendo simples viajeros, encerrados en nosotros mismos, susceptibles, quién sabe, de transformarnos al contacto con la alteridad, pero nunca de adentrarnos en la experiencia profunda. Somos espías, tenemos acceso al contacto rápido y furtivo de los espías. Chateaubriand, cuando en 1811 inventa la literatura de viajes con *Itinerario de París a Jerusalén*, mucho antes que Stendhal y sus *Memorias de un turista*, más o menos en el momento en que aparece *Viaje a Italia* de Goethe, Chateaubriand espía en provecho del arte; ya no es, claro, el explorador que espía para la ciencia o para el ejército: espía principalmente para la literatura. El arte tiene sus espías, en el mismo sentido en que la historia o las ciencias naturales tienen los suyos. La arqueología es una forma de espionaje, la botánica, también la poesía; los etnomusicólogos son los espías de la música. Los espías son viajeros, los viajeros son espías. «Desconfía de los relatos de los viajeros», decía Saadi en el *Golestân*. No ven nada. Creen ver, pero no atisban más que reflejos. Somos prisioneros de las imágenes, de las representaciones, diría Sarah, y solo aquellos que, como ella o como el vendedor ambulante, eligen librarse de su vida (si algo así es realmente posible) pueden alcanzar al otro. Recuerdo el ruido de mi orina derramándose sobre las piedras en el silencio embriagante del desierto;

recuerdo mis pequeños pensamientos, tan fútiles, sobre la infinidad de los seres; no era consciente de las hormigas y las arañas que ahogaba en urea. Estamos condenados, como dice Montaigne en su último *Ensayo*, a pensar como orinamos, de camino, rápida y furtivamente, como espías. Solo el amor, pensé mientras regresaba a la tienda, estremeciéndome de frío y de deseo al recordar la noche anterior, nos abre hacia el otro; el amor como renuncia, como fusión; no es casualidad que esos dos absolutos, el desierto y el amor, se encontrasen para crear uno de los monumentos más importantes de la literatura universal, la locura de Majnun, que aulló su pasión por Layla a las piedras y a las víboras cornudas, Layla a quien él ama, allá por el año 750, en una tienda absolutamente igual. La pared de piel de cabra estaba cerrada; la luz de la lámpara de gas penetraba por una pequeña puerta, había que agacharse para entrar. Bilger estaba medio acostado sobre un colchón de lana, un vaso de infusión de canilla en la mano; Sarah había desaparecido. La habían invitado a pasar al lado de las mujeres, en la segunda pieza de la tienda, mientras que nosotros, Bilger y yo, nos quedábamos con los hombres. A mí me desenrollaron un lecho cubierto por un edredón que olía a hoguera y a animal. El viejo se había acostado, el vendedor ambulante se había enrollado en un gran abrigo negro, una posición de profeta. Estoy en el desierto, como Qays el Loco de Layla, tan enamorado que renunció a su ser para vivir con las gacelas en medio de la estepa. También a mí me han raptado a Sarah, privándome de mi segunda noche contra ella, casta noche de amor puro; podría haberle aullado a la luna versos desconsolados que cantarían la belleza de mi amada, a quien las convenciones sociales acababan de arrancar de mis brazos. Pensé en las largas carreras de Qays Majnun en el desierto para llorar de desesperación sobre los restos del campamento de la familia de Layla, rascándome con rabia, convencido de que la lana o el algodón de mi colchón rebosaba de pulgas y otros bichos enfurecidos prestos a devorarme las piernas.

Oí a Bilger roncando en sordina; fuera un mástil o una driza sonaban en la brisa, era como si estuviésemos en un velero anclado; acabé por dormirme. Una luna redonda a ras de suelo, poco antes de la aurora, me despertó mientras la tienda se abría a la inmensidad suavemente azulada; la sombra de una mujer levantaba el faldón de tela y el perfume del desierto (tierra seca, ceniza, animales) se arremolinaba a mi alrededor, en el cacareo todavía discreto de las gallinas que espigaban, horribles monstruos furtivos en la penumbra, las migas de pan de nuestra cena o los insectos nocturnos que nuestro calor había atraído; luego la aurora pasó sus dedos rosados a través de la bruma, empujando a la luna, y todo pareció animarse en concierto: el gallo cantó, el viejo jeque espantó a las gallináceas demasiado aventuradas con un revés de la manta, el vendedor ambulante se levantó, se puso sobre los hombros el abrigo en el que se había enrollado por la noche y salió; solo Bilger seguía durmiendo; eché un vistazo a mi reloj, eran las cinco de la mañana. También yo me levanté; las mujeres estaban atareadas delante de la tienda, me hicieron una señal con la mano. El vendedor ambulante hacía sus abluciones parsimoniosamente, con un aguamanil de plástico azul: uno de los objetos que vendía, pensé. Aparte de los ligeros reflejos rojos del cielo hacia el este, la noche seguía siendo profunda y helada; el perro todavía dormía, hecho una bola contra la pared exterior. Me pregunté si iba a ver a Sarah, saliendo también ella, puede que estuviese durmiendo, como el perro, como Bilger. Me quedé allí, viendo cómo el cielo se abría, con el oratorio de Félicien David en la cabeza, el primero en poner en música la terrorífica sencillez del desierto.

Si fuesen ya las cinco podría levantarme, agotado como cada mañana, vencido por la noche; imposible escapar de estos recuerdos de Sarah, me pregunto si es mejor ahuyentarlos o abandonarme por completo al deseo y a la reminiscencia. Estoy paralizado sentado en mi cama. ¿Hace cuánto que miro fijamente la biblioteca, inmóvil, la cabeza en otro sitio, la mano todavía en el interruptor, como un niño que no suelta su sonajero? ¿Qué hora es? El despertador es el cayado del insomne, debería comprarme un despertador-mezquita como los de Bilger en Damasco, mezquita de Medina o de Jerusalén, de plástico dorado, con una pequeña brújula incorporada para determinar la dirección de la oración; he ahí la superioridad del musulmán sobre el cristiano: en Alemania te imponen los Evangelios en el cajón de la mesita de noche, en los hoteles musulmanes te pegan una pequeña brújula a la madera de la cama, o te dibujan en el escritorio una rosa de los vientos que marca la dirección de La Meca, una brújula y una rosa de los vientos que pueden servir, cierto, para localizar la península arábiga, pero indicarte también, si así lo prefieres, dónde está Roma, Viena o Moscú: en esos lugares uno nunca se pierde. He visto incluso alfombras de oración con una pequeña brújula integrada en el tejido, una alfombra que de inmediato te dan ganas de hacer volar, tan preparada como está para la navegación aérea: un jardín en las nubes con un dosel como la alfombra de Salomón de la leyenda judía, hecho de palomas para protegerse del sol; mucho podría escribirse sobre la alfombra voladora, sobre esas bonitas ilustraciones, prestas a suscitar el ensueño, de príncipes y de princesas sentados con las piernas cruzadas, con trajes suntuosos, al amparo de un cielo de leyenda brillando en rojo hacia Occidente, alfombras que sin duda deben más a los cuentos de Wilhelm Hauff que a *Las mil y una noches* propiamente dichas, más a los trajes y a los decorados de la *Scheherezade* de los ballets rusos que a los textos de los autores árabes o persas; una vez más, una construcción conjunta, un complejo trabajo del tiempo donde lo imaginario se superpone a lo imaginario, la creación a la creación, entre Europa y el Dar al-Islam. De las *Noches*, los turcos y los persas conocen las versiones de Antoine Galland y de Richard Burton, siendo muy escasa y rara la traducción directa del árabe; imaginan, a su vez, sobre lo que tradujeron otros antes de ellos; la Scheherezade que llega a Irán en el siglo xx ha viajado mucho, llega cargada de la Francia de Luis XIV, de la Inglaterra victoriana, de la Rusia zarista; su propio rostro procede de una mezcla de las miniaturas safávidas con los vestidos de Paul Poiret, las elegantes imágenes de Georges Lepape y las mujeres iraníes de hoy en día. «Del destino cosmopolita de los objetos mágicos», he ahí un título para Sarah: la cosa iría más o menos sobre lámparas con genios, alfombras voladoras y babuchas miríficas; demostraría cómo esos objetos son el resultado de sucesivos esfuerzos comunes, y cómo muy a menudo lo que se considera puramente «oriental» no es, de hecho, sino la recuperación de un elemento «occidental» que modifica en sí mismo otro elemento «oriental» anterior, y así sucesivamente; concluiría que *Oriente* y *Occidente* no acontecen nunca por separado, que siempre están mezclados, presentes el uno en el otro, y que esas palabras —«Oriente», «Occidente»— no tienen más valor heurístico que las direcciones inalcanzables que designan. Imagino que Sarah terminaría con una proyección política sobre el cosmopolitismo como el único punto de vista posible en esta cuestión. También yo, si fuese más... ¿más qué?, más brillante, menos veleidoso, si me hallase menos enfermo, podría desarrollar este artículo ínfimo sobre *Maruf, zapatero de El Cairo*, sobre Henri Rabaud y Charles Mardrus, y construir una auténtica síntesis de ese famoso Tercer Oriente en la música francesa, acerca de los alumnos de Massenet quizá, y del propio Rabaud, pero también de Florent Schmitt, Reynaldo Hahn, Ernest Chausson y sobre todo de Georges Enesco, he ahí un caso interesante, un «oriental» que vuelve a «Oriente» pasando por Francia. Todos los alumnos de Massenet compusieron melodías del desierto o de caravanas sobre poemas orientalistas, desde *La caravana* de Gautier («La caravana humana en el Sáhara del mundo...») hasta las *Pequeñas orientales* de Jules Lemaître —siempre me he preguntado quién era ese Jules Lemaître—, sin duda bien diferentes de la caravana de «A través del desierto», aria del segundo acto de *Maruf*, cuando Maruf, para engañar a los vendedores y al sultán, se inventa una rica caravana de miles de camellos y de mulas que debería llegar de un momento a otro y describe detalladamente su carga preciosa, con enorme ornamento *orientalista*, lo cual resulta bastante vertiginoso; incluso en los propios relatos árabes hay un *sueño de Oriente*, un sueño de pedrerías, de sedería, de belleza, de amor, y ese sueño que nosotros entendemos como un sueño oriental es de hecho un ensueño bíblico y coránico; se parece a las descripciones del Paraíso que figuran en el Corán, donde se nos ofrecerán vasos de oro y copas llenas de todo cuanto nuestro apetito podría desear, todo cuanto encandilará nuestra visión, donde tendremos frutas en abundancia en jardines y fuentes, donde llevaremos trajes de fina seda y de brocado, donde desposaremos a huríes de bonitos ojos, donde nos servirán un néctar sellado de almizcle. La caravana de Maruf –la de *Las mil y una noches*– utiliza *irónicamente* estos elementos; por supuesto, su descripción es exagerada, extremada; es un embuste, una farsa urdida para seducir a la asistencia, un catálogo maravilloso, *de ensueño*. En las *Noches* pueden hallarse muchos ejemplos de este segundo grado, de este orientalismo en Oriente. El aria de la caravana de Henri Rabaud añade un movimiento a esta construcción: la traducción de Mardrus del cuento «Historia del pastel hilado con miel de abejas» es adaptada bajo el título *Maruf, zapatero de El Cairo* por un libretista, Lucien Népoty, y luego musicada por Rabaud con una brillante orquestación; ahí, Massenet sigue acechando en la sombra, escondido tras una duna de ese desierto imaginario a través del cual caminan, en *sol* menor por supuesto, en los trinos de las cuerdas y el deslizar de los vientos, los camellos y las mulas de la extraordinaria caravana de tejidos, de rubíes y de zafiros guardada por mil mamelucos hermosos como lunas. Irónicamente, la música exagera, exagera el trazo: en cada compás se oye el bastón de los mulateros golpeando a los asnos, un figuralismo que resultaría a mi juicio bastante ridículo de no ser precisamente tan divertido, exagerado, ejecutado para engañar a los vendedores y al sultán: ¡para que se lo crean es necesario que esa caravana se oiga! Y, milagro de la música tanto como de la palabra, ¡se lo creen!

Supongo que Reynaldo Hahn, como hizo su amigo Marcel Proust, había leído las *Noches* en la nueva traducción de Mardrus; en cualquier caso, en 1914, tanto uno como el otro estaban presentes en el estreno de *Maruf*. Hahn saluda la partitura de su antiguo compañero del Conservatorio en una importante revista especializada; señala la calidad de la música, cuya audacia nunca altera la pureza; remarca la finura, la fantasía, la inteligencia y sobre todo la ausencia de vulgaridad en la «precisión del sentido oriental». Saluda, de hecho, la aparición de un orientalismo «a la francesa» que está más cerca de Debussy que de los desenfrenos de violencia y de sensualidad de los rusos: tantas culturas musicales, tantos Orientes, tantos exotismos.

Por otra parte, me pregunto si sería menester extender el artículo, con todos esos Orientes superpuestos, a una capa más, la de Roberto Alagna en Marruecos. A fin de cuentas, eso le daría una vertiente bastante «magazín» a una contribución a mi juicio más bien seria, y además a Sarah le haría gracia, esa imagen del vivaracho tenor europeo en el Oriente del siglo XX: el vídeo es absolutamente impagable. En un festival en Fez, una versión *árabe*, con laúd y qanun, de «A través del desierto», el aria de la caravana de Rabaud; cabe suponer a los organizadores la mejor intención, la parodia neutralizada, la caravana al encuentro del *verdadero* desierto, el auténtico, con instrumentos y decorado originales; pero, como es bien sabido, el infierno rebosa de buenas intenciones, y todo se va al traste. El laúd no sirve para nada, el qanun, más bien incómodo en la progresión armónica de Rabaud, apenas deja las comas convenidas en el silencio de la voz; Alagna, vestido con una chilaba blanca, canta como si estuviese en escena en la ópera cómica, pero con un micrófono en la mano; las percusiones (címbalos frotados y llaves entrechocadas) tratan por todos los medios de amueblar el gran, el inmenso vacío que semejante mascarada deja al descubierto; el músico que toca el qanun parece martirizado al oír una música tan mala; solo Alagna el Magnífico parece no darse cuenta de nada, con sus grandes gestos y sus camelleros, qué risa, Dios mío, si Rabaud llegase a oírlo moriría por segunda vez. Por otra parte, puede que sea el castigo de Rabaud: el destino escarmentándolo por su comportamiento durante la Segunda Guerra Mundial, por su filonazismo, por su diligencia a la hora de denunciar a los profesores judíos del conservatorio de música que él dirigía. Afortunadamente, en 1943 su sucesor será más lúcido, más valiente, y tratará de salvar a sus alumnos en lugar de entregarlos al ocupante. Henri Rabaud nutre la larga lista de los orientalistas (artistas o científicos) que colaboraron directa o indirectamente con el régimen nazi; acaso debería insistir en ese momento de su vida, episodio mucho más tardío que la composición de *Maruf* en 1914; no lo sé. Sin embargo, el propio compositor dirigirá, en la Ópera, la centésima representación de *Maruf, zapatero de El Cairo* el 4 de abril de 1943 (día de un terrorífico bombardeo que destruyó las fábricas Renault y acabó con varios cientos de muertos en el oeste parisino) ante un patio de butacas rebosante de uniformes alemanes y de notorios vichystas. En la primavera de 1943, mientras en Túnez continuaban los combates a pesar de que se sabía que el Afrikakorps y Rommel estaban vencidos, y que las esperanzas nazis de conquistar Egipto se iban desvaneciendo, ¿acaso *Maruf, zapatero de El Cairo* adquiría un sentido especial y suponía una pulla al ocupante alemán? Sin duda, no. Era solo un momento de este *buen humor* que todo el mundo coincide en hallar en la obra, *buen humor* para olvidar la guerra, un *buen humor* que yo me pregunto si, en semejantes circunstancias, no tenía algo de criminal: se cantaba «A través del desierto, mil camellos cargados de telas marchan bajo el bastón de mis caravaneros», mientras que seis días antes, a unos pocos kilómetros de allí, partía un convoy (el quincuagésimo tercero) de mil judíos franceses del campo de Drancy hacia Polonia y el exterminio. Eso a los parisinos y a sus huéspedes alemanes les interesaba mucho menos que las derrotas de Rommel en África, mucho menos que las aventuras de Maruf el Zapatero, de su mujer, Fattouma la Calamitosa, y de la caravana imaginaria. Y sin duda al viejo Henri Rabaud, a la batuta treinta años después del estreno de *Maruf*, estos atroces convoyes le importan un comino. Ignoro si Charles Mardrus está en la sala: es posible, aunque a sus setenta y cinco años de edad vive desde el principio de las hostilidades recluido en Saint-Germain-des-Prés, sale muy poco, deja pasar la guerra como otros ven caer la lluvia. Se dice que solo abandona su apartamento para ir al Deux-Magots o a un restaurante iraní que uno se pregunta cómo en plena ocupación logra encontrar arroz, azafrán y carne de cordero. En cambio, sí sé que Lucie Delarue-Mardrus no está en la centésima representación de *Maruf*; está en su casa en Normandía, donde les da vueltas a sus recuerdos de Oriente: se encuentra redactando lo que será su último libro, *El Arab, el Oriente que conocí*; allí cuenta sus viajes entre 1904 y 1914 en compañía de Mardrus, su marido. Morirá poco después de la aparición de estas últimas memorias, en 1945; tanto el libro como su autora fascinaban a Sarah; ese es sin duda el sentido en que podría solicitar su ayuda para el artículo; una vez más, nuestros intereses se cruzan: yo, Mardrus y las adaptaciones musicales de su traducción por Rabaud u Honegger; ella, Lucie Delarue, poetisa y novelista prolija y misteriosa, que en la década de 1920 vive un idilio con Natalie Barney, para quien escribe sus más célebres poemas, *Nuestros secretos amores*, que pueden enmarcarse tanto en la poesía erótica homosexual como en las odas normandas y los poemas para niños. Sus memorias de viaje con J. C. Mardrus resultan pasmosas, Sarah las cita en su libro sobre las mujeres y Oriente. Es a Lucie Delarue-Mardrus a quien debemos esta frase extraordinaria: «Los orientales no tienen el menor sentido de Oriente. Quien tiene el sentido de Oriente somos nosotros los occidentales, nosotros los rumíes. (Me refiero a los rumíes, bastante numerosos por cierto, que no son unos zafios)». Para Sarah, este pasaje resume por sí solo el orientalismo, el orientalismo como ensueño, el orientalismo como lamentación, como exploración siempre decepcionada. Efectivamente, los rumíes se han apropiado el territorio del sueño, son ellos quienes, después de los narradores árabes clásicos, lo explotan y lo recorren; todos los viajes suponen una confrontación con ese sueño. Existe incluso una corriente fértil que se construye sobre ese sueño, sin necesidad de viajar, cuyo representante más ilustre es, sin duda, Marcel Proust y su *En busca del tiempo perdido*, corazón simbólico de la novela europea: Proust convierte *Las mil y una noches* en uno de sus modelos: el libro de la noche, el libro de la lucha contra la muerte. Así como Scheherezade se bate cada noche, después del amor, contra la sentencia que pesa sobre ella contándole una historia al sultán Shahriar, Marcel Proust toma cada noche la pluma, muchas noches, dice, «puede que cien, puede que mil», para luchar contra el tiempo. A lo largo de *En busca del tiempo perdido*, Proust se refiere más de doscientas veces a Oriente y a las *Noches*, que él conoce en las traducciones de Galland (la de la castidad de la infancia, la de Combray) y de Mardrus (más turbia, más erótica, la de la edad adulta); a lo largo de su inmensa novela, teje el hilo dorado de lo maravilloso árabe; Swann escucha un violín como un genio salido de una lámpara, una sinfonía revela «todas las pedrerías de *Las mil y una noches*». Sin Oriente (sin ese sueño en árabe, en persa y en turco, apátrida, que se llama Oriente) no hay Proust, no hay *En busca del tiempo perdido*.

Con mi alfombra voladora y su brújula incorporada, ¿hacia dónde pondría yo rumbo? El alba de Viena en diciembre no tiene nada que ver con la del desierto: la aurora de los dedos de hollín maculando el granizo, he ahí el epíteto del Homero del Danubio. Un tiempo como para que un orientalista no vaya a ninguna parte. Decididamente, soy un sabio de salón, nada que ver con Bilger, Faugier o Sarah, que solo eran felices al volante de sus 4×4, en los bajos fondos −cómo decirlo− más *estimulantes* o simplemente «sobre el terreno», como dicen los etnólogos; soy un espía, un mal espía, seguramente habría producido el mismo saber si no hubiese salido de Viena hacia esas regiones lejanas e inhospitalarias donde a uno lo acogen con ahorcados y escorpiones, si nunca hubiese viajado mi carrera mediocre sería la misma: mi artículo más citado se titula «La primera ópera orientalista oriental: *Majnun y Layla*, de Hajibeyov», y es más que evidente que no he puesto jamás los pies en Azerbaiyán, donde uno chapotea, según tengo entendido, en el petróleo y el nacionalismo; en Teherán, no estábamos muy lejos de Bakú, y cuando hicimos nuestras excursiones a orillas del Caspio nos remojábamos los pies en la misma agua que baña las orillas azerbaiyanas unas decenas de kilómetros más al norte; en resumen, resulta bastante deprimente pensar que el mundo universitario se acordará de mí por mi análisis de los vínculos entre Rossini, Verdi y Hajibeyov. Ese recuento informático de las citas y de las indexaciones llevará a la universidad al desastre, ya nadie se aventurará a escribir trabajos largos, difíciles y costosos, más vale publicar apostillas bien escogidas que vastas obras de erudición; en cuanto a la calidad real del artículo sobre Hajibeyov no me hago ilusiones, lo recogen en todas las publicaciones que tratan sobre el compositor, irreflexivamente, como una de las raras contribuciones europeas a los estudios sobre Hajibeyov el azerbaiyano, y todo el interés que yo veía en ese trabajo, la emergencia de un orientalismo *oriental*, se pierde, por supuesto, en semejante tránsito. Para eso no vale la pena llegar hasta Bakú. No obstante, debo ser justo: si no hubiese ido a Siria, si no hubiese tenido una experiencia minúscula y fortuita del desierto (y un desengaño amoroso, reconozcámoslo), nunca me habría apasionado por Majnun el Loco de Layla hasta el punto de encargar, cosa complicada en la época, una partitura del *Majnun y Layla* de Hajibeyov; como tampoco habría sabido nunca que el enamorado que aúlla su pasión a las gacelas y peñascos inspiró un montón de novelas en verso, en persa o en turco, entre ellas la de Fuzûlî, que adapta Hajibeyov: yo aullaba mi pasión a Sarah, no mi pasión por ella, sino por Majnun, todos los Majnun, y mi entusiasmo le parecía de lo más cómico; todavía nos veo en Irán, en aquellas butacas de cuero del Instituto Francés de Investigación donde, sin mala intención (¿sin mala intención?), me preguntaba por mi «colección», como ella la llamaba, cada vez que me veía volver de la librería con un paquete bajo el brazo, ¿entonces —me interrogaba— sigues loco por Layla? Y yo tenía que asentir, un loco de Layla, o un *Cosroes y Shirin*, o un *Vis y Rāmin*, es decir, una novela clásica de amor, una pasión imposible que se resolvía en la muerte. Y ella, perversa, me preguntaba «¿Y la música, en todo eso…?» con un falso tono de reproche, aunque yo di con una respuesta: ando preparando el texto *definitivo y universal* sobre el amor en la música, desde los trovadores hasta Hajibeyov pasando por Schubert y Wagner, y lo decía mirándola a los ojos, y ella se echaba a reír, una risa monstruosa, de djinn o de hada, de peri, una risa culpable, y ya estoy de nuevo con Sarah, no hay nada que hacer. Qué filtro debimos beber, acaso el vino de Estiria en Hainfeld, el vino libanés de Palmira, el arak del Hotel Baron en Alepo o el vino de los muertos, curioso filtro que *a priori* no funciona sino en un solo sentido; no, en el Hotel Baron de Alepo el mal ya estaba hecho, qué vergüenza, Dios mío, qué vergüenza, había conseguido desembarazarme de Bilger, que se quedó en el Éufrates, en la horrible Al Raqa de siniestro reloj, y llevar a Sarah (todavía vibrando por la noche de Palmira) hasta las delicias de Alepo, donde encontró, emocionada, a Annemarie Schwarzenbach, las cartas a Klaus Mann y toda la melancolía de la suiza andrógina. Sin embargo, la descripción que ofrece Ella Maillart de Annemarie en *La vía cruel* no es como para suscitar pasión alguna: una drogadicta quejumbrosa, siempre descontenta, de una delgadez enfermiza con falda-pantalón o pantalones bombachos, enganchada al volante de su Ford, buscando en el viaje, en el sufrimiento del largo viaje entre Zurich y Kabul, una buena excusa para su dolor: triste retrato. Más allá de la descripción de esa piltrafa con cara de ángel, costaba identificar a la antifascista convencida, a la combatiente, a la escritora cultivada y llena de encanto de la que se enamoraron Erika Mann o

Carson McCullers; puede que porque la sobria Ella Maillart, la monja trotamundos, no fuese en absoluto la persona indicada para describirla; puede que porque en 1939 Annemarie era alguien a la imagen y semejanza de Europa, jadeante, asustada, en fuga. Estuvimos hablando de ella en aquel restaurante escondido en lo más profundo de un callejón de piedra, aquel Sissi House con camareros con traje negro y camisa blanca; Sarah también me contaba la vida breve y trágica de la suiza, el reciente redescubrimiento de sus textos, fragmentados, desperdigados, y de su personalidad, igualmente fragmentada entre la morfina, la escritura y una probable homosexualidad muy difícil de llevar en un medio tan conservador como las orillas del lago de Zurich.

El tiempo se cernía sobre nosotros; aquel restaurante con las sillas de paja, aquella comida deliciosa e intemporal, otomana y armenia, en aquellos pequeños platos de cerámica vidriada, el recuerdo tan reciente de los beduinos y las orillas desoladas del Éufrates de arruinadas ciudadelas, todo aquello nos calafateaba en una extraña intimidad, tan acogedora, envolvente y solitaria como las calles estrechas, sombrías, ceñidas por las altas paredes de los palacios. Yo observaba a Sarah con su cabellera de cobre, su mirada brillante, su cara iluminada, su sonrisa de coral y de nácar, y esa felicidad perfecta, apenas mermada por la evocación de la melancolía en los rasgos de Annemarie, pertenecía tanto a los años treinta como a los años noventa, tanto al siglo xv otomano como al mundo compuesto —sin lugar, sin tiempo— de *Las mil y una noches*. Todo a nuestro alrededor participaba en ese decorado, desde los insólitos tapetes de encaje hasta los viejos objetos (candelabros Biedermeier, aguamaniles árabes de metal) colocados sobre el alféizar de las ventanas en ojiva que daban al patio cubierto y al rincón de la escalera tan rígida, de hermosas balaustradas de hierro forjado, que llevaba hacia unas celosías encuadradas por piedras negras y blancas; yo escuchaba a Sarah hablando sirio con el maître y con las damas alepinas de la mesa de al lado, y tenía suerte, me parecía, de haber entrado en esa burbuja, en el círculo mágico de su presencia que iba a devenir mi vida cotidiana, ya que para mí estaba más que claro que tras la noche de Tadmor y la batalla contra los caballeros suabos nos habíamos convertido en... ¿qué? ¿En pareja? ¿En amantes?

Mi pobre Franz, siempre viviendo de ilusiones, habría dicho mamá en su francés tan dulce, siempre fuiste así, un soñador, pobrecito mío. Y sin embargo has leído *Tristán e Isolda*, *Vis y Rāmin*, *Majnun y Layla*, existen fuerzas que vencer, y la vida es muy larga, a veces, la vida es muy larga, tan larga como la sombra sobre Alepo, la sombra de la destrucción. El tiempo ha retomado su derecho sobre el Sissi House; el Hotel Baron todavía está en pie, sus postigos cerrados en un sueño profundo, hasta que los degolladores de ese Estado Islámico establezcan allí su cuartel general, lo transformen en prisión, en caja de caudales, o acaben por dinamitarlo; dinamitarán mi vergüenza y su memoria todavía ardiente, y con ella la memoria de tantos viajeros, el polvo volverá a caer sobre Annemarie, sobre T. E. Lawrence, sobre Agatha Christie, sobre la habitación de Sarah, sobre el ancho pasillo (baldosas de motivos geométricos, paredes lacadas en crema); los techos tan altos se hundirán sobre el descansillo donde dormitaban dos grandes arcones de cedro, ataúdes de la nostalgia con sus placas funerarias, «London-Baghdad in 8 days by Simplon Orient Express and Taurus Express», los escombros engullirán la escalera de gala que subí en un suspiro un cuarto de hora después de que Sarah decidiese irse a la cama alrededor de la medianoche; todavía me veo llamando a su puerta, dos batientes de madera amarillentos, las falanges muy cerca de las tres cifras de metal, con la angustia, la determinación, la esperanza, la ceguera, el desconsuelo de quien se lanza, de quien quiere hallar en la cama al ser adivinado bajo unas mantas en Palmira y perseguir, agarrarse, enterrarse en el olvido, en la saturación de los sentidos, con el fin de que la ternura se impusiese a la melancolía, y la exploración ávida del otro abriese las murallas del yo.

No me viene ninguna de las palabras, ninguna palabra, afortunadamente todo se ha borrado; no me quedan más que su cara un poco grave y la llegada del dolor, la sensación de volver de repente a ser un objeto en el tiempo, aplastado por el puño de la vergüenza y propulsado hacia la desaparición.

Me avergüenzo de ser tan cobarde, cobarde y apocado, bueno, voy a levantarme, tengo sed. Wagner leyó *El mundo como voluntad y representación* de Schopenhauer en septiembre de 1854, justo en el momento en que comienza a imaginar *Tristán e Isolda.* Hay un capítulo sobre el amor, en *El mundo como voluntad y representación.* Schopenhauer nunca amó a nadie como a su perro Atma, un perro sánscrito con nombre de alma. Se cuenta que Schopenhauer designó a su perro como legatario universal, me pregunto si es verdad. Puede que Gruber haga lo mismo. Sería divertido. Gruber y su chucho deben de estar durmiendo, ahí arriba no se oye nada. Menuda maldición el insomnio. ¿Qué hora es? Ya no recuerdo muy bien las teorías de Schopenhauer sobre el amor. Creo que separa el amor entre la ilusión ligada al deseo sexual por una parte, y el amor universal, la compasión, por otra. Me pregunto qué pensaba Wagner al respecto. Debe de haber cientos de páginas escritas sobre Schopenhauer y Wagner y yo no he leído ninguna. A veces la vida es desesperante.

Filtro de amor, poción de muerte, muerto por amor.

Voy a prepararme una infusión, venga.

Adiós al sueño.

Un día compondré una ópera que se titulará *El perro de Schopenhauer,* sobre amor y compasión, sobre la India védica, el budismo y la gastronomía vegetariana. El perro en cuestión será un labrador melómano al que su dueño lleva a la ópera, un perro wagneriano. ¿Cómo se llamará ese perro? ¿Atma? Günter. He ahí un nombre bonito, Günter. El perro será testigo del fin de Europa, de la ruina de la cultura y del regreso a la barbarie; en el último acto el fantasma de Schopenhauer surgirá de entre las llamas para salvar al perro (solo al perro) de la destrucción. La segunda parte llevará por título «Günter, perro alemán» y contará el viaje del perro a Ibiza y su emoción al descubrir el Mediterráneo. El perro hablará de Chopin, de George Sand y de Walter Benjamin, de todos los exiliados que encontraron el amor o la paz en las Baleares; Günter acabará su vida feliz bajo un olivo en compañía de un poeta al que inspirará hermosos sonetos sobre la naturaleza y la amistad.

Ahí lo tienes, te estás volviendo loco. Te estás volviendo completamente loco. Ve a prepararte una infusión, una bolsita de muselina que te recordará a las flores secas de Damasco y de Alepo, a las rosas de Irán. Está claro que, pasados los años, sigues sin digerir el rechazo de aquella noche en el Hotel Baron, a pesar de todas las formas que ha ido adquiriendo, a pesar de todo lo que haya podido suceder más tarde, a pesar de Teherán, de los viajes; por supuesto, al día siguiente por la mañana tuviste que enfrentarte con su mirada, con su bochorno, con tu bochorno, te caíste del guindo, bajaste de las nubes, ella pronunció el nombre de Nadim y el velo se desgarró. Egoísta, lo estuve tratando con frialdad durante los meses e incluso años siguientes: celoso, celoso, es triste admitirlo, el orgullo lacerado, qué reacción tan estúpida. A pesar de mi veneración por Nadim, a pesar de todas las noches que pasé oyéndolo tocar, escuchando sus improvisaciones y aprendiendo a reconocer, no sin esfuerzo y uno por uno, los modos, los ritmos y las frases tipo de la música tradicional, a pesar de toda la amistad que parecía haber nacido entre nosotros, a pesar de la generosidad de Nadim, me encerré en mi orgullo herido, hice la ostra, como Balzac. Seguí mi camino de Damasco en solitario y ahora aquí estoy, de pie buscando mis pantuflas, buscar las pantuflas mientras silbo «Weinen, Klagen, Sorgen, Zagen», los pies sobre la alfombrilla de la cama, esta alfombra de oración (sin brújula) del Jorasán comprada en el bazar de Teherán que perteneció a Sarah y que ella jamás volvió a llevarse. Tomar la bata, enredarse en las mangas demasiado anchas de este manto de emir beduino bordado en oro que siempre provoca los comentarios sarcásticos o suspicaces del cartero y de los empleados del gas, encontrar la chinelas bajo la cama, darse cuenta de que hay que ser muy tonto para ponerse tan nervioso por tan poca cosa, caminar hasta la biblioteca atraído por los lomos de los libros como la mariposa por la vela, acariciar (a falta de cuerpo, de otra piel que acariciar) las obras poéticas de Fernando Pessoa sobre su atril, abrirlas al azar por el placer de sentir resbalar bajo los dedos el papel biblia, caer, por supuesto (a causa del marcapáginas), sobre «Opiario» de Álvaro de Campos: «Es antes del opio que mi alma está doliente. / Sentir la vida que convalece y declina / y voy en busca del opio que consuela / un Oriente al oriente de Oriente». Una de las grandes odas de Campos, esa criatura de Pessoa; un viajero, «Canal de Suez, a bordo, marzo de 1914»; pensar que esa firma es antedatada, Pessoa hizo trampas, con Álvaro de Campos quiso crear un poeta «a la francesa», un Apollinaire, amante de Oriente y de los paquebotes, un moderno. «Opiario» es una copia magnífica que deviene más auténtica que un original: Campos necesitaba una «infancia», poemas de juventud, spleen, opio y viajes. Pensar en Henry Jean-Marie Levet, poeta del spleen, del opio y de los paquebotes, buscar en la biblioteca (no muy lejos, estante «poetas franceses olvidados», al lado de Louis Brauquier, poeta marítimo, empleado de la Compañía Mensajerías Marítimas, otra «estrella» de Sarah) y encontrar sus *Postales*, libro minúsculo: las obras completas de Levet caben en la palma de la mano, sus textos se cuentan con los dedos. Murió de tuberculosis en 1906, a los treinta y dos años, diplomático principiante, enviado en misión a la India y a Indochina, que fue cónsul en Las Palmas y cuyos poemas cantábamos nosotros en Teherán; acordarse de haber escrito algunas canciones sobre sus versos, con un espantoso aire de jazz para divertir a los compañeros, lamentar que ningún verdadero compositor haya caído sobre esos textos, ni siquiera Gabriel Fabre, el amigo de los poetas, músico todavía más olvidado que el propio Henry Levet: los dos hombres fueron vecinos, calle Lepic en París, y Levet le dedicó su «Postal» de Puerto Saíd:

Miramos cómo brillan los fuegos de Puerto Saíd,
como miraban los judíos a la tierra prometida:
pues no podemos desembarcar; nos está prohibido
—eso parece— por la convención de Venecia

a los del pabellón amarillo de cuarentena.
No iremos a tierra a calmar los sentidos inquietos
ni a hacer provisión de fotos obscenas
y de ese excelente tabaco de Latakieh…

Poeta, si has deseado, durante la corta escala
pisar una hora o dos el suelo del Faraón
en lugar de escuchar a miss Florence Marshall
cantando «The Belle of New York», en el salón.

No estaría mal encontrar un día, en una maleta olvidada, una partitura de Fabre sobre los versos de Levet: pobre Gabriel Fabre, que zozobró en la locura; sus últimos diez años los pasó abandonado por todos, en un asilo. Había musicado a Mallarmé, a Maeterlinck, a Laforgue e incluso algunos poemas chinos, poemas chinos muy antiguos cuya traducción nos gusta imaginar que le regaló Henry Levet, su vecino. Arreglos musicales sin genio, desgraciadamente, pálidas melodías, lo cual debió de complacer a los poetas: las *palabras* tenían más importancia que el canto. (Por otra parte, cabe imaginar que esa generosa modestia le costó a Gabriel Fabre su parte de fortuna póstuma, tan ocupado como estuvo en asegurar la de otros.)

Sarah apreciaba las *Postales* como un tesoro no menos valioso que las obras de Pessoa; por lo demás, afirma que el joven Álvaro de Campos se inspiró en Henry Levet, a quien había leído en la edición de Fargue y Larbaud. La figura de este Henry dandi y viajero, muerto muy joven en los brazos de su madre, le resulta conmovedora; no cuesta entender el porqué. En Teherán, en las profundas butacas de cuero habana del Instituto Francés de Investigación de Irán, Sarah contaba cómo de adolescente, en París, le gustaban los paquebotes, el ensueño de los paquebotes, la Compañía Mensajerías Marítimas y todas las líneas coloniales. Faugier la hacía rabiar afirmando que esa era una afición de chico, que los barcos, como los trenes, habían sido siempre juguetes de chico, y que no conocía a ninguna chica *digna de ese nombre* a la que le gustasen tanto tales cosas, la marina a vapor, los transmisores de órdenes de cobre, las mangueras de ventilación, las boyas, las grandes bolas de oro de los compases, las gorras bordadas y las orgullosas líneas de estrave. Sarah admitía que el aspecto técnico no le interesaba sino muy ligeramente (aunque era capaz, según afirmaba, de recordar las características de los buques, tal envergadura, tantos toneles, tal velocidad, tanto calado), lo que más le gustaba eran los nombres de los paquebotes y sobre todo de sus líneas: Marsella−Puerto Saíd−Suez−Adén−Colombo−Singapur−Saigón−Hong Kong−Shanghái−Kobe−Yokohama en treinta y cinco días, dos veces al mes el domingo, a bordo del *Tonkin*, a bordo del *Tourane* o a bordo del *Cao-Bang*, que aforaba 6.700 barriles en el momento de su naufragio por tiempo nebuloso delante de la isla de Poulo Condor, atroz talego al que el barco acudía para relevar a los guardias, a la altura de Saigón. Sarah soñaba con esos lentos itinerarios marítimos, con el descubrimiento de puertos, con las escalas; los comedores de lujo con su carpintería de caoba; los fumaderos, los tocadores, los espaciosos camarotes, los menús de gala que se iban volviendo cada vez más exóticos al ritmo de las escalas, y el mar, el mar, el líquido original removido por los astros igual que agita el barman su coctelera de plata sin darle la menor importancia.

El Armand-Béhic *(de las Mensajerías Marítimas)*
vuela a catorce nudos sobre el océano Índico...

El sol se pone en mermeladas de crimen,
en este mar llano como con la mano.

Porque hay un Oriente más allá de Oriente, es el sueño de los viajeros de otros tiempos, el sueño de la vida colonial, el sueño cosmopolita y burgués de los embarcaderos y de los vapores. Nos gusta imaginar a la joven Sarah soñando, en un apartamento absolutamente terrenal del distrito XVI de París, tumbada con un libro entre las manos, mirando al techo, soñando que embarca rumbo a Saigón: ¿qué vería en esas horas extranjeras, en esa habitación en la que nos hubiese gustado entrar como un vampiro, para posarnos cual gaviota sobre el cabezal de su cama, borda de un paquebote mecido por la noche, entre Adén y Ceilán? Loti en Turquía, Rimbaud en Abisinia, Segalen en China, esas lecturas del final de una infancia francesa que fabrican vocaciones de orientalistas o de soñadores como el *Siddhartha* de Hesse y *El cuarteto de Alejandría* de Durrell; todos tenemos malas razones para hacer las cosas, nuestros destinos, en su juventud, son tan fácilmente desviados como el rumbo de un corcho provisto de una aguja imantada; a Sarah le gustaba la lectura, el estudio, el sueño y los viajes; qué sabemos sobre los viajes cuando contamos diecisiete años, apreciamos el sonido, las palabras, los mapas y luego, durante el resto de la vida, tratamos de hallar aquellas ilusiones de la infancia en la realidad. Segalen el bretón, Levet de Montbrison o Hesse del Wurtemberg sueñan y al mismo tiempo fabrican el sueño como Rimbaud antes de ellos, Rimbaud, ese demonio viajero cuya vida, cuya vida entera, parece querer asirlo con cadenas con el fin de impedirle partir, hasta el punto de amputarle una pierna para asegurarse de que deje de moverse; pero incluso con una sola pierna se permitirá un infernal ida y vuelta Marsella-Ardenas, con un horrible muñón que lo hace sufrir de forma atroz en los traqueteos de esos caminos de Francia, tantos divinos caminos donde escondió poemas que estallan en recuerdos a cada vuelta del engranaje, a cada rechinamiento del metal contra el metal, a cada ronco efluvio del vapor. Terrorífico verano de dolor en que el vidente con cabeza de esclavo morirá: no se le escatimará el socorro de la morfina ni el auxilio de la religión; el primer poeta de Francia, el hombre de las escapadas locas, desde las colinas del Norte hasta la misteriosa Java, termina de consumirse el 10 de noviembre de 1891 en el hospital de La Concepción de Marsella, más o menos a las dos de la tarde, con una pierna de menos y un enorme tumor en la ingle. Sarah compadecía a ese niño de treinta y seis años (cuatro años más que Levet, cientos de versos y de kilómetros más, diez años pasados en Oriente) que desde su cama de hospital le escribió a su hermana: «¿Dónde están las carreras a través de los montes, las cabalgatas, los paseos, los desiertos, los ríos y los mares? ¡Ahora, la existencia de un mutilado!».

Habrá que añadir un nuevo volumen a nuestra Gran Obra,

Differentes fformas de locura en Oriente
Volumen segundo
Gangrena & tuberculosis

y establecer el catálogo de los afligidos, de los tísicos, de los sifilíticos, de cuantos acabaron por desarrollar una atroz patología, un cancro, una cuperosis, setas pestíferas, tumores purulentos, escupitajos sanguinolentos hasta la amputación o la asfixia, como Rimbaud o Levet, los martirios de Oriente; y yo mismo, a pesar de mi negativa, también yo podría consagrarme un capítulo, incluso dos, «Enfermedades misteriosas» y «Enfermedades imaginarias», y dedicarme una mención en el apartado «Diarreas y corrientes», que, más que cualquier otra afección, son las verdaderas compañeras del orientalista; ahora, por indicación del doctor Kraus, vivo condenado a beber yogur y a comer hierbas, un montón de hierbas, desde espinacas hasta *sabzi* iraní, lo cual resulta bastante desagradable, pero menos espectacular que un ataque de diarrea del viajero: en un autobús entre Teherán y el mar Caspio, en medio de la noche y en plena nevasca, Faugier se vio obligado a tener unas palabras poco amistosas con el chófer, pues se negaba a detenerse en el arcén lateral de aquella carretera de montaña bordeada por montones de nieve formados por el viento y lo conminaba a esperar a la parada, para la que no faltaba mucho; Marc, retorciéndose y pálido como la cera, agarró al conductor por el cuello, le amenazó con vaciarse allí mismo en el suelo y lo convenció para que parase. Todavía me acuerdo perfectamente de Faugier corriendo por la nieve y desapareciendo (cayendo) detrás de un talud; unos segundos más tarde, en la luz de los faros estriada por los copos, vimos con sorpresa cómo se elevaba una hermosa nube de vapor, igual que las señales de humo en los dibujos animados, y el chófer se echó a reír. Un minuto más tarde el pobre Faugier regresaba como podía, temblando de frío, blanco como el papel y mojado: una pálida sonrisa de alivio en el rostro. Efectivamente, unos kilómetros más allá, el autocar se detenía para dejar bajar a los pasajeros en un cruce en plena montaña; detrás de nosotros, la enorme espalda del macizo de Damavand y sus seis mil metros de roca oscurecían un poco más el invierno; delante, los bosques de robles y de carpes, densos y abruptos, descendían hasta la llanura litoral. El chófer insistió en que Faugier se tomase una taza de té de su termo; el té todo lo cura, le decía; dos simpáticas viajeras le ofrecieron al enfermo unas cerezas agrias confitadas que él rechazó con horror; un señor mayor insistía en darle medio plátano, que supuestamente (al menos así es como entendimos la expresión persa) le aminoraría el tránsito; Faugier corrió a refugiarse unos minutos en los aseos de la gasolinera para luego afrontar la bajada hacia Amol, una bajada que soportó con valor, rígido como la justicia, la frente sudada, los dientes apretados.

Más que con té, con frutas confitadas o con plátanos, trató su cagalera a base de opio, con lo cual los resultados acabaron siendo espectaculares: unas semanas más tarde ya estaba conmigo del lado oscuro de la defecación, el de los estreñidos crónicos.

Por supuesto, nuestros males de orientalistas no eran sino pequeñas molestias en comparación con los de nuestros ilustres predecesores, las esquistosomiasis, los tracomas y otras oftalmías del ejército de Egipto, la malaria, la peste y el cólera de los tiempos remotos; el osteosarcoma de Rimbaud no tiene *a priori* nada de exótico y muy bien podría haberle afectado en Charleville, a pesar de que el poeta aventurero lo atribuye a la pesadez del clima, a las largas marchas a pie y a caballo. El descenso del Rimbaud enfermo hacia Zeila y el golfo de Adén fue mucho más penoso que el de Faugier hacia el Caspio, «dieciséis negros portadores» para su camilla, trescientos kilómetros de desierto desde los montes de Harar hasta la costa en medio de un horrible sufrimiento durante doce días, doce días de martirio que, a su llegada a Adén, lo dejan completamente agotado, hasta tal punto que el médico del Hospital Europeo decide cortarle la pierna inmediatamente, aunque cambia de opinión y acaba prefiriendo que Arthur Rimbaud vaya a que se la amputen en cualquier otro lugar; el 9 de mayo de 1891, Rimbald el marino, como lo apodaba su amigo Germain Nouveau, toma un vapor con destino a Marsella, el *Amazona*. Del explorador de Harar y de Shewa, ese «hombre de las suelas de viento», Sarah recitaba pasajes enteros:

La tempestad ha bendecido mis desvelos marítimos.
Más ligero que un corcho bailé sobre las mareas
llamadas eternos devoradores de víctimas,
¡diez noches, sin echar de menos el ojo bobo de los faroles!

y todos escuchaban, en aquellas profundas butacas iraníes en que el propio Henry Corbin había platicado con otras eminencias sobre la luz oriental y sobre Suhrawardi; y veíamos cómo Sarah se transformaba en barco, pitia rimbaldiana:

Y desde entonces, me bañé en el Poema
de la mar, sembrada de astros, y lactescente,
devorando los azures verdes; donde, flotación lívida
y radiante, un ahogado absorto a veces desciende;

Sus ojos brillaban, su sonrisa se volvía aún más deslumbrante; relucía, resplandecía de poesía, lo cual asustaba un poco a los científicos presentes. Faugier se reía diciendo que hacía falta «abozalar a la musa en ella» y le advertía amablemente contra esos «ataques de romanticismo», y eso a su vez la hacía reírse a carcajadas. Muchos fueron, sin embargo, los orientalistas europeos cuya vocación tanto debía a los sueños de la vida colonial: ventiladores de palas de madera exótica, bebidas fuertes, pasiones autóctonas y amores ancilares. Esas dulces ilusiones parecen más frecuentes entre los franceses y los ingleses que en otros pueblos del orientalismo; los alemanes, en general, tenían sueños bíblicos y arqueológicos; los españoles, quimeras ibéricas, de Andalucía musulmana y de gitanos celestes; los holandeses, visiones de especias, de pimenteros, de alcanforeros y de buques en la tempestad a la altura del cabo de Buena Esperanza. Sarah y su maestro y director del instituto, Gilbert de Morgan, en este sentido eran absolutamente franceses: su pasión no se limitaba a los poetas persas, sino que se extendía a aquellos a quienes Oriente inspiró, a los Byron, los Nerval, los Rimbaud y a cuantos, como Pessoa a través de Álvaro de Campos, buscaron un «Oriente al oriente de Oriente».

Un Oriente extremo más allá de las llamas de Oriente Próximo; y pensar que en otros tiempos el Imperio otomano era «el hombre enfermo de Europa»: hoy Europa es su propio hombre enfermo y envejecido, un cuerpo abandonado, colgado de su horca, que se deja pudrir convencido de que «París será siempre París», en una treintena de lenguas diferentes, incluido el portugués. «Europa es una estatua yacente que reposa en sus codos», escribe Fernando Pessoa en *Mensaje*, estas obras poéticas completas son un oráculo, un oráculo sombrío de la melancolía. En las calles de Irán uno se cruza con mendigos armados con pájaros que esperan al transeúnte para predecirle el futuro: a cambio de un pequeño billete, el volátil (cotorra amarilla o verde, la más astuta de las aves) señala con el pico un papel doblado o enrollado que te entregan y donde hay escrito un verso de Hafez, esa práctica se llama *fâl-e Hafez*, el oráculo de Hafez; yo voy a probar el oráculo de Pessoa, a ver lo que me reserva el portugués campeón del mundo de la inquietud.

Unas páginas después de «Opiario», dejando resbalar el dedo al azar y cerrando los ojos para luego volver a abrirlos: «Grandes son los desiertos y todo es desierto»; entonces era eso, de nuevo el desierto, al azar página 428, al azar otra vez Álvaro de Campos, a veces uno tiende a soñar que efectivamente todo está relacionado, que cada palabra, cada gesto está unido a todas las palabras y a todos los gestos. Todos los desiertos el desierto, «Enciendo un cigarro para aplazar el viaje, / para aplazar todos los viajes, / para aplazar el universo entero».

En una biblioteca está el universo entero, no hay necesidad de salir de ella: a santo de qué dejar la Torre, decía Hölderlin, el fin del mundo ya aconteció, no hay razón para ir a comprobarlo por uno mismo; nos entretenemos, la uña entre dos páginas (tan dulces, tan crema) en que Álvaro de Campos, el dandi ingeniero, se vuelve más verdadero que Pessoa, su doble de carne y hueso. Grandes son los desiertos y todo es desierto. Él tiene un Oriente portugués como cada lengua de Europa tiene un Oriente, un Oriente en ella y un Oriente fuera; así como en Irán, el último miércoles del año, saltan por encima de un fuego campestre porque da buena suerte, a uno le apetecería saltar las llamas de Palestina, de Siria y de Irak, las llamas del Levante, para aterrizar a pie juntillas en el Golfo o en Irán. El Oriente portugués comienza en Socotra y en Ormuz, etapas en el camino de las Indias, islas tomadas por Afonso de Albuquerque el Conquistador a principios del siglo XVI. Seguimos ante la biblioteca, Pessoa entre las manos; estamos de pie en la proa de un buque sediento: un buque de pesares, sediento de naufragios, una vez pasado el cabo de Buena Esperanza ya nada lo detiene; los barcos de Europa suben hacia el norte con los portugueses a la cabeza. ¡Arabia! ¡El Golfo! El golfo Pérsico es el reguero de baba del sapo mesopotámico, el sudor caliente y liso, apenas enturbiado en sus bordes por las manchas de petróleo, negras y pegajosas, las boñigas de los petroleros, esos rumiantes del mar. Nos tambaleamos; nos agarramos a un libro grueso, a un montante de madera, nos enredamos los pies en una jarcia; no, en la bata, vieja capa de corsario enganchada en el atril. Contemplamos nuestros tesoros en las estanterías, tesoros olvidados, enterrados bajo el polvo, un camello de madera, un talismán de plata sirio con antiguos símbolos grabados (pensamos recordar que este amuleto ilegible tenía la función de calmar, puede que hasta de curar, en otro tiempo, a los locos peligrosos), una miniatura de madera, pequeño díptico con bisagras de cobre pintado de verde que representa un árbol, un cervatillo y dos amantes, sin que sepamos exactamente a qué novela de amor pertenece esta escena campestre comprada a uno de los anticuarios de la avenida Manutchehri de Teherán. Nos imaginamos regresando a Darakeh o a Darband, alto en las montañas al norte de la ciudad, excursión del viernes, a orillas de un arroyo alejado de la muchedumbre, en plena naturaleza, bajo un árbol, con una joven con fular gris y abrigo azul, rodeados de amapolas, flor del martirio a la que le gusta ese pedregal, esos torrentes, y cada primavera vuelve a plantar en ellos sus semillas minúsculas; el ruido del agua, el viento, los perfumes de las especias, del carbón, un grupo de jóvenes cercanos pero invisibles, más abajo en la hondonada, de los que solo llegan las risas y el olor de la comida; permanecemos allí, a la sombra espinosa de un granado gigante, tirando piedras al agua, comiendo cerezas y ciruelas confitadas y esperando… esperando ¿qué? Un corzo, un íbice, un lince, no viene ninguno; no pasa nadie aparte de un viejo derviche de extraño sombrero, todo recto, sacado del *Masnavi* de Rumi, subiendo hacia no se sabe qué cumbres ni qué refugios, su flauta de caña en bandolera, el cayado en la mano. Lo saludamos diciendo «Yâ Ali!» un tanto asustados por el presagio, la irrupción de lo espiritual en una escena que, por el contrario, hubiésemos querido de lo más temporal, enamorada. «Escucha la flauta, cómo cuenta historias, lamenta la separación, cuando fue cortada del cañaveral; sus llantos entristecen a hombres y mujeres.» ¿Existe alguna traducción completa al alemán del *Masnavi* de Rumi? ¿O al francés? Veintiséis mil rimas, trece mil versos. Uno de los monumentos de la literatura universal. Una cima de la poesía y de la sabiduría mística, cientos de anécdotas, de relatos, de personajes. Desgraciadamente, Rückert no tradujo más que algunos gazales, nunca llegó a atacar el *Masnavi*. De todos modos, en nuestros días Rückert está muy mal editado. Se encuentran o bien antologías contemporáneas baratas y delgadas, o bien ediciones de finales del siglo XIX o de principios del XX, sin notas, sin comentarios, llenas de erratas; la edición científica está en curso, según parece, «la edición de Schweinfurt» («Hermoso lugar, horrible nombre», decía el poeta), lenta, en diez o doce volúmenes, inhallables, carísima: un lujo para bibliotecas universitarias. ¿Por qué no hay una Pléiade en Alemania o en Austria? He aquí una invención que se le podría envidiar a Francia, esas recopilaciones con flexible cubierta de cuero tan cuidadosamente editadas, con introducciones, apéndices, comentadas por sabios, donde uno encuentra el conjunto de la literatura francesa y extranjera. Nada que ver con los lujosos volúmenes del Deutscher Klassiker Verlag, mucho menos populares, que no deben de regalarse mucho en Navidad. Si Friedrich Rückert fuese francés, estaría en la Pléiade: hay tres volúmenes de Gobineau, el orientalista racialista especializado en Irán. La Pléiade es mucho más que una colección, es un asunto de Estado. La entrada de este o de aquel otro bajo la protección del cuero de colores y el lomo rayado desata pasiones. Por supuesto, el colmo para un escritor es entrar *estando vivo*: disfrutar de su tumba, experimentar la experiencia (que uno supone agradable) de la gloria póstuma sin llegar aún a criar malvas. Lo peor sería (aunque no creo que haya caso alguno) ser excluido estando vivo una vez que ya habías entrado. Un destierro *ad vitam*. Porque hay quien sale de esa divina colección, y en Teherán tal situación dio lugar a una escena digna de la *Epístola sobre las maravillas de los profesores* de Jâhez: el director del Instituto Francés de Investigación en Irán, eminente orientalista, estalló en su despacho hasta el punto de abandonarlo para recorrer el vestíbulo gritando «¡Es un escándalo! ¡Una vergüenza!» y provocando inmediatamente el pánico entre sus empleados; la dulce secretaria (a quien los bruscos cambios de humor de su jefe asustan tanto) se esconde detrás de sus expedientes, el informático se sumerge bajo una mesa destornillador en mano, hasta el buenazo del secretario general encuentra a una prima o a una vieja tía a quien llamar urgentemente y se pierde al teléfono en interminables fórmulas de cortesía.

SARAH *(en el umbral de su despacho, inquieta)*: Pero ¿qué está sucediendo? Gilbert, ¿todo bien?

MORGAN *(el rayo en la mano)*: Es un escándalo, Sarah. ¿Todavía no se ha enterado? ¡Agárrese! ¡Qué afrenta a la comunidad científica! ¡Qué desastre para las letras!

SARAH *(vacilante, amedrentada, la voz velada)*: Dios mío, me temo lo peor.

MORGAN *(feliz de poder compartir su dolor)*: No se lo va a creer: acaban de expulsar a Germain Nouveau de la Pléiade.

SARAH *(boquiabierta, incrédula)*: ¿No? Pero ¿cómo? ¡A uno no pueden expulsarlo de la Pléiade! ¡No a Germain Nouveau!

MORGAN *(aterrado)*: Sí. Está hecho. *Exit* Nouveau. Adiós. La reedición no recoge más que a Lautréamont, solo a él, sin Germain Nouveau. Es el fin.

SARAH *(tira automáticamente del lápiz que retiene su moño; el pelo le cae sobre los hombros en desorden; parece una antigua plañidera)*: Hay que hacer algo, una petición, movilizar a la comunidad científica…

MORGAN *(grave, resignado)*: Es demasiado tarde… El Lautréamont salió ayer. Y el editor informa de que en los próximos años no se contempla ningún volumen de Germain Nouveau.

SARAH *(indignada)*: Qué horror. ¡Pobre Nouveau! ¡Pobre Humilis!

FRANZ *(observa la escena desde la puerta del despacho de los investigadores invitados)*: ¿Pasa algo grave? ¿Puedo ayudaros?

SARAH *(pagando su mal humor con el pobre extranjero)*: No veo en qué podría Austria o incluso Alemania sernos de alguna ayuda en este preciso instante, gracias.

MORGAN *(ídem, sin el menor asomo de ironía)*: Ha dado usted en caer en pleno duelo nacional, Franz.

FRANZ *(medianamente herido, cerrando la puerta del despacho)*: En tal caso, les acompaño en el sentimiento.

Yo no tenía la menor idea de quién podía ser ese Germain Nouveau cuyo declive precipitaba a la ciencia en el dolor y en la aflicción; no tardé mucho en enterarme, por Sarah evidentemente, pues me infligió un seminario completo sobre el sujeto, un seminario y también una reprimenda, pues quedaba meridianamente claro que no me había leído su artículo «Germain Nouveau en el Líbano y en Argelia» aparecido en *Lettres françaises*, cuyo título, no obstante, y para mi gran vergüenza, me sonaba vagamente. Una media hora después del duelo nacional me invitaba a tomar el té fúnebre «arriba», en el salón del apartamento de los huéspedes, para reprenderme: Germain Nouveau fue compañero de viaje de Rimbaud (a quien siguió hasta Londres) y de Verlaine (a quien siguió en la embriaguez y el catolicismo), compañero, eso sí, sin la gloria ni del uno ni del otro, pero excelente poeta y con una existencia a cuestas también de lo más singular, sin nada que envidiarle a ninguno de los dos. Hombre del sur, llegó muy joven a la capital, muy joven pero lo bastante adulto como para frecuentar los tugurios del Barrio Latino y de Montmartre. Quería ser poeta.

Hoy en día esa idea resulta absolutamente sorprendente, que alguien pueda dejar Marsella en 1872 y plantarse en París esperando convertirse en poeta, dos o tres sonetos en el bolsillo, algunos francos de oro y el nombre de los cafés donde se reúne la bohemia: Tabourey, Polidor... Imagino a un joven de Innsbruck o de Klagenfurt encaminándose en nuestros días hacia Viena con una misiva de su profesor de alemán y sus poemas en el iPad por todo viático, le costaría encontrar colegas; absenta checa y drogas de todo tipo para enturbiar los sentidos, por supuesto que sí, pero poesía, difícil. Es probable (afortunadamente para la poesía) que yo conozca muy mal mi ciudad, ya que no frecuento los cafés por la noche y todavía menos a los poetas, que siempre me han parecido seductores sospechosos, sobre todo a principios del siglo XXI. Germain Nouveau era un auténtico poeta, buscó a Dios en la ascesis y la oración y se volvió loco, aquejado de «delirio melancólico con ideas místicas», según sus médicos de Bicêtre, donde fue internado por primera vez durante seis meses. Tal como señalaba Sarah en su artículo, la primera crisis de delirio de Nouveau coincide exactamente con el descenso a Harar de Rimbaud, y dura hasta la muerte de este último; Nouveau deja el asilo cuando Rimbaud muere, en noviembre de 1891. Por supuesto, Germain Nouveau ignoraba la triste suerte de su antiguo compañero de ruta; tras fracasar en su intento de instalarse en el Líbano y vagabundear largamente por Francia, Germain intenta de nuevo la aventura oriental, esta vez en Argel; desde allí le escribe una misiva a Arthur Rimbaud, enviada a Adén, para confiarle su proyecto: convertirse en pintor decorador, en Alejandría o en Adén, y en nombre de su vieja amistad le pide «algún soplo». «No he visto a Verlompe desde hace por lo menos dos años», escribe. A Sarah esa carta a un finado le parecía muy conmovedora; Verlompe-Verlaine podría haberle informado de la muerte de Rimbaud, sobrevenida precisamente dos años antes. Un susurro en la noche. Es agradable pensar que, todavía hoy, hay investigadores que intentan demostrar, con perseverancia a falta de pruebas, que el autor de las *Iluminaciones* fue Germain Nouveau y no Rimbald el marino; lo más probable es que la cuestión no se cierre nunca.

Sarah había reconstruido pacientemente las aventuras (las desventuras, más bien) de Germain Nouveau en Beirut y en

Argel. También él soñó con Oriente, hasta el punto de intentar establecerse allí como profesor en un colegio griego católico de Beirut. Sarah recorrió todas las instituciones griegas católicas del Líbano tratando de encontrar, en archivos dispersos por el tiempo y por las guerras, sus contratos laborales y sobre todo la razón de su despido del puesto de profesor, pocas semanas después de su llegada; sin éxito. Solo queda una leyenda, que quiere que Germain tuviese una relación con la madre de uno de sus alumnos. Pero vistos sus hojas de servicio francés y los muchos y consternados informes de sus superiores en Francia («Este hombre es todo menos un profesor», decía el director de un liceo), Sarah piensa más bien que fue su incompetencia la que le valió el cese a Germain Nouveau. Se queda en Beirut, sin dinero, desempleado, hasta el otoño, intentando que le paguen el finiquito. Se cuenta que se enamoró de una joven ciega a la que enviaba a mendigar para los dos a Bab Idriss; puede que sea la mujer (ciega o no) que describe en uno de sus sonetos del Líbano, que tratan de pinturas orientalistas:

> *¡Oh! ¡Pintar tus cabellos del azul de la humareda,*
> *tu piel dorada y de un tono tal, que ver casi creo*
> *una rosa quemada! Y tu carne embalsamada,*
> *en grandes ropas de ángel, así como en un fresco.*

Posiblemente su demanda prospera y acaba obteniendo alguna indemnización, o bien es repatriado a Marsella por el consulado de Francia en el paquebote *Tigre* de las Mensajerías Marítimas, que hace escala en Jaffa; el muy cristiano Germain Nouveau no puede resistirse a la proximidad de los lugares santos y va a pie hasta Jerusalén, luego hasta Alejandría, mendigando el pan; unas semanas más tarde se embarca de nuevo en *La Seyne*, que llega a Marsella, donde a principios de 1885 encuentra a Verlaine, la absenta y los cafés parisinos.

Abro esa Pléiade que reúne a Nouveau y a Lautréamont, el Oriente de Germain con el Uruguay de Isidore, esa Pléiade en la que hoy Ducasse de Lautréamont reina en solitario, tras desembarazarse de su rival accidental; es el destino de Humilis, según el nombre que escogió para sí; el poeta mendigo, el loco de Cristo nunca quiso reeditar su escasa obra publicada, y hoy (esa es por lo menos la conclusión de Sarah) esa obra brilla, *Stella maris*, como una estrella escondida tras las nubes del olvido.

> *Es loco por lo demás que moriré,*
> *pero sí, Señora, no es un error,*
> *y primero… de tu menor gesto,*
> *loco… de tu paso celeste*
> *que deja un perfume de fruta en flor,*
>
> *de tu paso alerta y sincero,*
> *sí, loco de amor, sí, loco de amor,*
> *loco de tu sagrado… golpe de cadera,*
> *que te mete miedo… en su blancura,*
> *mejor que un redoble de tambor.*

El pobre efectivamente murió loco, loco de amor y loco por Cristo, y Sarah piensa, puede que con razón, que sus meses beirutís y su peregrinación a Jerusalén fueron (como el «reencuentro» de san Benito José Labre, su patrono y el de Verlaine) el arranque de ese desajuste melancólico que habría de conducirlo a la crisis de 1891: trazaba la señal de la cruz en el suelo con la lengua, mascullaba incesantes oraciones, se libraba de sus vestiduras. Presa de alucinaciones auditivas, dejó de interactuar con el exterior. Fue internado. Y o bien porque se las apañó para disimular lo mejor posible las marcas de su santidad, o bien porque se le había pasado el efecto de la absenta, unos meses más tarde lo soltaron; entonces tomó su bolsa y su cayado y se fue a Roma a pie, como san Benito José Labre en el siglo XVIII:

> *Es Dios quien conducía a Roma,*
> *poniendo un cayado en su mano,*

a ese santo que no fue sino un pobre hombre,
golondrina de gran camino,
que dejó su pedazo de tierra,
su celda de solitario,
y la sopa del monasterio,
y su banco templado al sol,
sordo a su siglo, a sus oráculos,
no acogido sino en tabernáculos,
pero investido del don de los milagros
y tocado por el nimbo bermejo.

El ejercicio de la miseria: he ahí cómo llama Sarah a la regla de san Germain le Nouveau. Los testigos cuentan que en sus últimos años en París, antes de partir al sur, vivía en una mansarda donde dormía sobre un cartón; que más de una vez se lo vio, armado con un gancho, buscando comida en los cubos de basura. Ordenó a sus amigos que quemasen sus obras, intentó procesos contra cuantos las publicaron a su pesar; se pasó los diez últimos años de existencia rezando, ayunando más allá de lo razonable, contentándose con el pan que le daban en el hospicio; acabó muriendo de inanición, de una cuaresma demasiado larga, precisamente antes de Pascua, en su camastro, con los piojos y las arañas por única compañía. A Sarah le parecía extraordinario que de su gran obra no se conociese más que *La doctrina del amor*, solo aquello que un admirador y amigo, el conde de Larmandie, se había aprendido de memoria. Ningún manuscrito. Larmandie decía: Como los exploradores de las ciudades muertas, robé y escondí en mi corazón, para luego restituirlas al sol, las joyas de un rey desaparecido. Esta transmisión, con todas las sombras de incertidumbre que proyectaba sobre la obra (acaso Nouveau no escribió a Larmandie, cuando descubrió «su» recopilación así pirateada: «¡Usted me hace decir cualquier cosa!»), acercaba a Nouveau a los grandes textos antiguos, a los místicos de los primeros tiempos y a los poetas orientales, cuyos versos eran retenidos oralmente antes de ponerse por escrito, a menudo años más tarde. Sarah me explicaba, en aquellas famosas buta-cas, delante de un té, en el suelo, el *amor* que sentía por Nou-veau, sin duda porque tenía el presentimiento de que ella misma, un poco más tarde, iba a su vez a escoger la ascesis y la contemplación, aunque la tragedia que habría de provocar semejante elección todavía no había tenido lugar. Ya estaba interesada por el budismo, seguía sus enseñanzas, practicaba la meditación, algo que a mí me costaba tomarme en serio. En alguna parte tengo «Germain Nouveau en el Líbano y en Argelia» de Sarah, ayer por la noche saqué la inmensa mayoría de las separatas de sus artículos: centro de la biblioteca, estan-te de Sarah. Devolver a Pessoa a su atril, disponer a Nouveau al lado de Levet, los textos de Sarah están colocados en medio de la crítica musical, por qué, ya no me acuerdo. Tal vez para que sus obras descansen detrás de la brújula de Bonn, no, eso es estúpido, para que Sarah esté en el centro de la biblioteca como lo está de mi vida, otra idiotez, debido al formato y a los hermosos colores de los lomos de sus libros, es mucho más probable. Miramos de paso al Oriente portugués, la foto en-marcada de la isla de Ormuz, Franz Ritter mucho más joven sentado sobre la caña del viejo cañón cubierto de arena, cer-ca del fuerte; la brújula en su caja, justo delante de *Orientes femeninos*, primer libro de Sarah, *Desorientes*, la versión abre-viada de su tesis, y *Devoraciones*, su obra sobre el corazón co-mido, el corazón revelador y todo tipo de santos horrores del canibalismo simbólico. Un libro casi vienés, que merecería ser traducido al alemán. Es verdad que en francés se habla de una pasión *devoradora*, de hecho en ello reside la intención del li-bro: entre la pasión y la ingestión glotona. El misterioso artícu-lo de Sarawak no es, por otra parte, sino una prolongación de ese libro, un poco más allá en lo atroz. El vino de los muertos. El jugo de cadáver.

Esta foto de la isla de Ormuz es verdaderamente bonita. Sarah tiene facilidad para la fotografía. En nuestros días es un arte rebajado, todo el mundo fotografía a todo el mundo, con teléfonos, con ordenadores, con tabletas; eso arroja millones de imágenes penosas, flashes carentes de la menor gracia aplastando las caras que se suponía que iban a poner en valor, ligerezas muy poco artísticas, lastimosos contraluces. En la época de lo argéntico se iba con más cuidado, me parece. Pero acaso lloro una vez más sobre las ruinas. Menudo nostálgico incurable estoy hecho. Hay que decir que me encuentro más bien seductor, en esa foto. Hasta tal punto que mamá enmarcó una ampliación. La camisa azul a cuadros, el pelo corto, las gafas de sol, la barbilla bien apretada sobre el puño derecho, un aire de pensador frente al azul claro del golfo Pérsico y al cian del cielo. Muy al fondo, se aprecia la costa y sin duda Bandar Abbás; a mi derecha, el rojo y el ocre de las paredes derrumbadas de la fortaleza portuguesa. Y el cañón. En mi memoria había un segundo cañón que no aparece en la foto. Era invierno y estábamos contentos de haber dejado Teherán: había nevado abundantemente durante varios días, y luego una ola de frío envolvió en hielo la ciudad. Los *djoub*, esos canales al borde de las aceras, resultaban invisibles, cubiertos por la nieve, y ejercían de auténticas trampas para los peatones, hasta para los coches: aquí y allá se veían Paykan tumbados, dos ruedas hundidas en esos pequeños ríos a la vuelta de una curva. En el norte de Vanak, los inmensos plátanos de la avenida Vali-Asr, a merced del viento, descargaban sobre los transeúntes sus dolorosos frutos de nieve helada. En Shemirán reinaba un silencio calmo lleno del aroma del fuego y el carbón. En la plaza Tajrish nos refugiamos en un pequeño bazar para escapar de la corriente de aire helado que parecían verter las montañas por el valle de Darband. Incluso Faugier había renunciado a frecuentar los parques; toda la mitad norte de Teherán, desde la avenida Enqelâb, estaba adormecida por la nieve y la helada. La agencia de viajes se encontraba en esa avenida, por otra parte, cerca de la plaza Ferdowsi; Sarah se había encargado de los billetes, avión directo a Bandar Abbás con una nueva compañía con el musical nombre de Aria Air, en un magnífico Iliushin de treinta años de edad reformado por Aeroflot donde todavía estaba todo en ruso; no me lo podía creer, menuda idea, ahorros de chicha y nabo, ganar unos cientos de riales por la diferencia de precio pero arriesgar el pellejo, recuerdo el sermón que le solté en el aeroplano, por cuatro duros: me lo copiarás, me copiarás cien veces «Nunca más viajaré en compañías estrafalarias que utilicen tecnología soviética», ella se reía, mis sudores fríos le hacían gracia, al despegar me cagué de miedo, el ingenio vibraba como si fuese a dislocarse allí mismo. Pero no. Durante las dos horas de vuelo permanecí muy atento a los ruidos circundantes. Sentí un nuevo escalofrío cuando aquella cafetera acabó por posarse con la ligereza de una pluma. El auxiliar de vuelo anunció veintiséis grados centígrados. El sol castigaba y Sarah empezó enseguida a echar pestes contra su manto islámico y su fular negro; el golfo Pérsico era una masa de bruma blanquecina ligeramente azulada en la base; Bandar Abbás, una ciudad llana que se abalanzaba sobre una playa muy larga y un gran rompeolas de hormigón, muy alto, se hundía a lo lejos en el mar. Pasamos por el hotel para dejar nuestro equipaje, un edificio que parecía muy reciente (flamante ascensor, pintura reluciente) pero cuyas habitaciones estaban en la peor de las ruinas: armarios viejos y desvencijados, alfombras gastadas, colchas moteadas por quemaduras de cigarrillo, mesitas de noche titubeantes y lámparas de mesa destartaladas. Un poco más tarde descubrimos el secreto de la historia: el hotel se hallaba, eso era cierto, en un edificio nuevo, pero su contenido (las obras debieron de agotar el dinero de su propietario) había sido trasladado sin más, tal cual, desde el establecimiento anterior y, según nos informó el recepcionista, con la mudanza el mobiliario aún había sufrido un poco más. Sarah no tardó en ver en ello una magnífica metáfora del Irán contemporáneo: construcciones nuevas y las mismas antiguallas. A mí no me hubiese importado un poco más de confort, incluso de belleza, al parecer esta última cualidad estaba totalmente ausente del centro de la ciudad de Bandar Abbás; hacía falta mucha imaginación (mucha) para encontrar el puerto antiguo por el que pasó Alejandro Magno de camino al país de los ictiófagos, el antiguo Porto Comorão de los portugueses, el desembarcadero de las mercancías de la India, la ciudad portuaria recuperada con la ayuda de los ingleses, llamada Puerto Abbas en homenaje a Sah Abbas, el soberano que reconquistó para Persia esta puerta sobre el estrecho de Ormuz al mismo tiempo que la isla del mismo nombre, poniendo fin de este modo a la presencia lusófona en el golfo Pérsico. Los portugueses llamaron a Bandar Abbás «el puerto de la gamba»; una vez que hubimos dejado el equipaje en nuestras horribles habitaciones salimos a buscar un restaurante donde saborear esas inmensas gambas blancas del océano Índico que veíamos desembarcar, tan brillantes en el hielo, en la pescadería del bazar de Tajrish en Teherán. El *tchelow meygou*, ragú de esos decápodos nadadores, era efectivamente delicioso; mientras tanto, Sarah se había puesto un manto islámico más ligero, de algodón crema, y se recogió el pelo bajo un fular a flores. El paseo a orillas del agua nos confirmó que en Bandar Abbás no había nada que ver aparte de una hilera de edificios más o menos modernos; en la playa, te encontrabas aquí y allá con mujeres con su atuendo tradicional, con la máscara de cuero decorado que les daba un aire bastante inquietante, monstruosos personajes de un mórbido baile de máscaras o de una novela de Alexandre Dumas. En el bazar había dátiles de todas clases, de Bam o de Kerman, montañas de dátiles, secos o frescos, negros o claros alternados con las pirámides rojas, amarillas y marrones de guindilla, de cúrcuma y de comino. En medio de la escollera estaba el puerto de pasajeros, un pontón que se adentraba recto en el mar a lo largo de un centenar de metros; el fondo era arenoso y en muy suave pendiente; las embarcaciones más voluminosas no podían acercarse a la orilla. Lo más curioso era que embarcaciones voluminosas no había, solo pequeñas lanchas, canoas bastante estrechas equipadas con enormes motores fueraborda, el mismo tipo de esquifes, según me pareció, que utilizaron durante la guerra los Guardianes de la Revolución para atacar petroleros y buques de carga. Para embarcar había, pues, que bajar una escalera de metal desde el pontón hasta el bote más abajo: el muelle, en realidad, solo servía para reunir a los pasajeros potenciales. Por lo menos para los que deseaban (y no eran muchos) ir a la isla de Ormuz: los que viajaban a Kish o a Qeshm, las dos grandes islas cercanas, iban en unos ferries confortables, lo que me llevó a insinuarle a Sarah «Mira, ¿qué te parecería ir más bien a Qeshm?»; ella ni siquiera se tomó la molestia de responder y, con la ayuda de un marinero, empezó a bajar la escalera hacia la barcaza que se mecía en el oleaje tres metros más abajo. Con el fin de reunir el valor suficiente pensé en el Lloyd austríaco, cuyos orgullosos buques partían de Trieste para surcar los mares del globo, y también en los veleros que, una vez o dos, había timoneado en el lago de Trauen. La única ventaja de la velocidad desmesurada de nuestra barcaza, donde solo el eje del motor y la hélice tocaban el agua, la proa apuntando inútilmente al cielo, fue reducir el tiempo de la travesía, que yo pasé agarrado a la borda tratando de no caer ridículamente hacia atrás, luego hacia delante, cada vez que una ola minúscula amenazaba con transformarnos en una forma insólita de hidroavión. Estaba claro que el capitán y único miembro de la tripulación había pilotado en otro tiempo una máquina suicida y que el fracaso de su misión (suicidarse) todavía lo acuciaba veinte años después del fin del conflicto. No guardo el menor recuerdo de nuestro aterrizaje en Ormuz, prueba de mi emoción; veo de nuevo el fuerte portugués, objeto del deseo de Sarah: una ancha torre casi cuadrada, con la cima derrumbada, piedras rojas y negras, dos muretes bastante bajos, bóvedas de arcos mitrales y viejos cañones herrumbrosos frente al estrecho. La isla era un enorme peñasco seco, una roca que parecía desértica; había, sin embargo, un pequeño pueblo, algunas cabras y Guardianes de la Revolución: contrariamente a lo que temíamos, aquellos pasdaran con uniforme de color arena no iban a acusarnos de espionaje, muy al contrario, estaban encantados de poder intercambiar cuatro palabras con nosotros, y de señalarnos el camino que permitía rodear el fuerte. Imagina, me dijo Sarah, a los marineros portugueses del siglo XVI que se encontraban aquí, sobre esta piedra, guardando el estrecho. O enfrente, en Porto Comorão, de donde llegaban todos los productos que necesitaban los soldados y los artesanos, incluida el agua. Sin duda fue aquí donde se utilizó por vez primera la palabra «nostalgia». Semanas de mar para acabar en este islote, en la húmeda canícula del Golfo. Qué soledad…

Sarah se imaginaba —mucho mejor que yo, hay que admitirlo— los tormentos de esos aventureros portugueses que desafiaron el cabo de las Tempestades y al gigante Adamastor, «rey de los vacíos profundos» en la ópera de Meyerbeer, para colonizar este redondo peñasco, las perlas del Golfo, las especias y la sedería de la India. Según me contó, Afonso de Albuquerque era el artífice de la política del rey de Portugal dom Manuel, una política mucho más ambiciosa que no podía dejarle adivinar la modestia de sus ruinas: estableciéndose en el Golfo, cogiendo a contrapié a los mamelucos de Egipto, cuya flota del mar Rojo ya habían desbaratado, los portugueses deseaban no solo establecer un haz de puertos comerciales desde Malacca hasta Egipto, sino también, en una última cruzada, liberar Jerusalén de los infieles. Un sueño portugués que era todavía medio mediterráneo; correspondía a ese movimiento de basculación en que el Mediterráneo deja poco a poco de ser el único objetivo político y económico de las potencias marítimas. Los portugueses de finales del siglo XV soñaban a la vez con la India y con el Levante, se hallaban (por lo menos dom Manuel y su aventurero Albuquerque) entre dos aguas, entre dos sueños, entre dos épocas. A principios del XVI, resultaba imposible mantener Ormuz sin un apoyo en el continente, ya fuese del lado persa como hoy, o del lado omaní como en la época de aquel sultanato de Ormuz al que puso fin, con sus cañones y sus veinticinco buques, Afonso de Albuquerque gobernador de las Indias.

En cuanto a mí, yo pensaba que la saudade, como su nombre indica, era también un sentimiento muy árabe y muy iraní, y que esos jóvenes pasdaran en su isla, por poco que fuesen originarios de Shiraz o de Teherán, y en tanto que no volvían a sus casas cada noche, debían de recitarse poemas alrededor de un fuego para engañar a la tristeza; y no versos de Camões, eso está claro, como los que declamaba Sarah subida sobre el cañón herrumbroso. Nosotros nos sentamos en la arena al amparo de un viejo murete, frente al mar, cada uno en su *saudade*: yo *saudade* de Sarah, demasiado cercana para no sentir el deseo de enterrarme entre sus brazos, y ella *saudade* de la sombra triste de Badr Shakir al-Sayyab que se reflejaba sobre el Golfo, lejos hacia el norte, entre Kuwait y Basora. El poeta de la larga figura pasó por Irán en 1952, sin duda por Abadán y Ahvaz, para evitar la represión en Irak, sin que se sepa nada de su trayecto iraní. «Grito hacia el Golfo / oh, Golfo, tú que regalas la perla, la concha y la muerte / y el eco vuelve, como un sollozo / regalas la perla, la concha y la muerte», esos versos a los que también yo les doy vueltas regresan como un eco, «El canto de la lluvia» del iraquí expulsado de la infancia y del pueblo de Yaykur por la muerte de su madre, arrojado al mundo y al dolor, al exilio infinito, como esa isla del golfo Pérsico cubierta de conchas muertas. En su obra podían leerse ecos de T. S. Eliot, que él había traducido al árabe; viajó a Inglaterra, donde sufrió una terrible soledad, según sus cartas y sus textos; se las vio con la *Unreal City*, se convirtió en una sombra entre las sombras del London Bridge. «Here, said she, is your card, the drowned Phoenician Sailor. (Those are pearls that were his eyes, look!)» El nacimiento, la muerte, la resurrección, la tierra yerma, tan estéril como la llanura de aceite del Golfo. Sarah tarareaba mi lied sobre los versos de «El canto de la lluvia», lento y grave, tan fúnebre como pretencioso, allí donde al-Sayyab había sido tan modesto como es posible. Menos mal que he dejado de componer melodías, me faltaba la humildad de Gabriel Fabre, su compasión. También su pasión, sin duda.

Estuvimos recitando versos de al-Sayyab y de Eliot ante el viejo fuerte portugués hasta que dos cabras vinieron a sacarnos de nuestra contemplación, unas cabras de un pelaje marrón rojizo, acompañadas por una niña cuya mirada brillaba de curiosidad; las cabras parecían tranquilas, despedían un fuerte olor, empezaron a empujarnos con el hocico, despacio pero con firmeza; ese ataque homérico puso fin a nuestra intimidad, al parecer la cría y sus animales habían decidido pasar la tarde con nosotros. Llevaron su cortesía hasta el punto de acompañarnos (sin decir nada, sin responder a ninguna de nuestras preguntas) hasta el embarcadero del que partían los botes de regreso a Bandar Abbás; a Sarah, aquella chiquilla que, a diferencia de los caprinos, no nos dejaba acercarnos a ella, le pareció graciosa: tan pronto como le tendíamos la mano ella huía, pero unos segundos más tarde volvía a uno o dos metros de nosotros, yo más bien espantado, sobre todo por su mutismo incomprensible.

A los pasdaran del embarcadero no les extrañó lo más mínimo que aquella jovencita y sus chivos se hubiesen pegado a nuestras faldas. Sarah se volvió para saludar a la niña con la mano, sin despertar en ella la menor reacción, ni siquiera un leve gesto. Estuvimos un buen rato comentando el porqué de un comportamiento tan salvaje; yo sostenía que a la muchacha (diez, doce años como mucho) debía de sucederle algo, tal vez fuese sorda; a Sarah solo le pareció tímida: lo más probable es que sea la primera vez que oye hablar una lengua extranjera, dijo, algo que a mí me pareció improbable. En cualquier caso, aquella extraña aparición fue, con los militares, los únicos habitantes de la isla de Ormuz que vimos. El piloto de la vuelta no era el de la ida, pero su embarcación y su técnica náutica eran exactamente los mismos, salvo que nos desembarcó en la playa, levantando el motor y varando la embarcación en el fondo arenoso, a unos metros de la orilla. Fue así como tuvimos la oportunidad de mojarnos los pies en el agua del golfo Pérsico y comprobar dos cosas: la primera es que los iraníes son menos estrictos de lo que cabría pensar, no había ningún policía escondido bajo un guijarro esperando para abalanzarse sobre Sarah y ordenarle que se tapase los tobillos (que son, sin embargo, una parte muy erótica del cuerpo femenino, según los censores) tirando de los bajos de sus pantalones; la segunda, más triste, es que si en algún momento había dudado de la presencia de hidrocarburos en la región, podía quedarme tranquilo: llevaba la planta de un pie maculada por unas manchas espesas y pegajosas que, a pesar de mi esfuerzo en la ducha del hotel, me dejaron por mucho tiempo una aureola marrón en la piel y los dedos del pie; cuánto eché en falta los detergentes especializados de mamá, los pequeños frascos de Doktor No-sé-qué cuya eficacia atribuyo, seguramente sin razón, a los años de experiencias inconfesables purificando uniformes nazis, difíciles de recuperar, como dice mamá de los manteles blancos.

Hablando de cabras y de trapos, es absolutamente perentorio que lleve esta bata a que me la acorten o acabaré por partirme la crisma contra el canto de un mueble, adiós, Franz, adiós, al final Oriente Próximo habrá tenido razón contigo, pero nada de un terrorífico parásito, ni de gusanos que devoran los ojos desde el interior o de un envenenamiento a través de la piel de los pies, sino solo un batín beduino demasiado largo, el desquite del desierto; no cuesta imaginar el suelto en la prensa, «Muerto por su horrible gusto indumentario: el profesor universitario loco se disfrazaba de Omar Sharif en *Lawrence de Arabia*». De Omar Sharif o más bien de Anthony Quinn, el Auda Abu Tayya de la película: Auda el beduino orgulloso de los howeitats, la tribu de bravos guerreros que en 1917 tomaron Akaba a los otomanos con Lawrence, Auda el hombre feroz de los placeres de la guerra, el guía obligado de todos los orientalistas en el desierto: acompañó tanto a Alois Musil el moravo como a Lawrence el inglés o al padre Antonin Jaussen de Ardecha. Este padre dominico formado en Jerusalén conoció también a los dos anteriores, que de este modo devinieron los tres mosqueteros del orientalismo, con Auda Abu Tayya como D'Artagnan. Dos sacerdotes, un aventurero y un combatiente beduino gran espadachín de turcos; desgraciadamente, los azares de la política internacional quisieron que Musil combatiese en el bando opuesto al de Jaussen y Lawrence; en cuanto a Auda, empezó la Gran Guerra con uno y la acabó aliado con los otros dos, cuando Faysal, hijo del jerife Hussein de La Meca, consiguió convencerlo para que pusiese a sus valerosos caballeros al servicio de la rebelión árabe.

Por otra parte, no sorprende en absoluto que Jaussen, tras recibir la petición de auxilio de su país, prefiriese ponerse del lado del sacerdote explorador austríaco, con quien, en el curso de las largas expediciones en camello por el pedregal de Châm, podría entretenerse platicando sobre teología y antigüedades árabes, y no del de los escuálidos británicos, cuya extraña mística exhalaba un espantoso hedor de paganismo, y el gobierno mohoso, de sorda traición. Antonin Jaussen y Alois Musil se vieron, pues, forzados por los acontecimientos (forzados relativamente: tanto unos como otros, dado que estaban protegidos por los militares debido a sus sayales, se prestaron voluntariamente) a enfrentarse por la dominación del Oriente árabe y más concretamente de esas tribus guerreras entre la *badiyé* siria e Hiyaz, acostumbradas a las redadas y a las guerras de clanes. Auda alias Anthony Quinn no se fiaba ni de uno ni del otro; era un hombre pragmático que, más que cualquier otra cosa, apreciaba las batallas, las armas y la poesía belicosa de los tiempos remotos. Se cuenta que tenía el cuerpo cubierto por las cicatrices de sus heridas, lo que excitaba la curiosidad de las mujeres; según la leyenda, se casó una buena veintena de veces y tuvo muchísimos hijos.

Mira, olvidé apagar la cadena de música. Todavía no me he comprado esos cascos infrarrojos que te permiten escuchar música sin depender de un cable. Podría pasearme hasta la cocina con Reza Shayarián o Franz Schubert en los oídos. Cuando enciendo el hervidor, la bombilla de la luz del techo siempre vacila un poco. Las cosas están relacionadas. El hervidor se comunica con la luz del techo, aunque, teóricamente, un dispositivo no tiene nada que ver con el otro. El ordenador portátil bosteza sobre la mesa, medio abierto, como una rana de plata. ¿Dónde habré puesto esas bolsitas de infusión? Ahora escucharía un poco de música iraní, el *târ*, el *târ* y el *zarb*. La radio, la amiga de los insomnes. No hay como ser insomne para escuchar *Die Ö1 Klassiknacht* en la cocina. Schumann. Es Schumann, pondría la mano en el fuego, trío de cuerdas con piano. Imposible equivocarse.

Ah, aquí está. Samsara Chai o Red Love: esa es otra. A santo de qué habré comprado esto. Samsara Chai debe de ser té, además. Bueno bueno bueno, entonces una tacita de Red Love. Pétalos de rosas, frambuesas secas y flores de hibisco, según el envase. ¿Por qué no tengo manzanilla en mis cajones? ¿O verbena, incluso melisa? La herboristería de la esquina cerró hace cinco o seis años, una dama muy simpática, me apreciaba mucho, al parecer era su único cliente; hay que decir que la edad de su tienda tampoco era lo bastante venerable como para inspirar mayor confianza, apenas un horrible establecimiento de los años setenta, sin el menor encanto en su decadencia ni nada especial en las estanterías de formica. Desde entonces me toca comprar Samsara Chai o Dios sabe qué otra cosa en el supermercado.

Y sí, Schumann, lo sabía. Dios mío, son las tres de la mañana. Las noticias son siempre deprimentes, a pesar de la voz más bien tranquilizadora (gracias a su suavidad) del locutor. Un rehén decapitado en Siria, en el desierto, por un verdugo de acento londinense. Cabe imaginar toda una puesta en escena para aterrorizar al espectador occidental, el sacrificador enmascarado de negro, el rehén arrodillado, la cabeza inclinada; esos atroces vídeos de degollaciones están de moda desde hace unos diez años, desde la muerte de Daniel Pearl en Karachi en 2002, o incluso puede que antes, en Bosnia y en Chechenia, cuántos deben de haber sido ejecutados de la misma manera desde entonces, decenas, cientos de personas, en Irak y en otros lugares; uno se pregunta por qué semejante modo de ejecución, la degollación hasta decapitar al reo con un cuchillo de cocina, tal vez ignoran la potencia del sable o del hacha. Por lo menos los saudíes, que cada año decapitan a miríadas de pobres diablos, lo hacen con todo el peso de la tradición, por así decirlo: a sable, que uno imagina manejado por un gigante; el ejecutor mata de un solo golpe sobre la nuca del condenado, quebrantando inmediatamente sus cervicales y separando la cabeza de los hombros (aunque eso, en última instancia, es secundario), como en tiempos de los sultanes. *Las mil y una noches* están llenas de decapitaciones según este mismo *modus operandi*, el sable sobre la nuca; en las novelas de caballería también, se decapita «con toda la fuerza», como dicen los franceses, con la espada o con el hacha, la cabeza colocada sobre un tronco, como Milady, la mujer de Athos en *Los tres mosqueteros*; según recuerdo, era un privilegio de la nobleza, ser decapitado en lugar de descuartizado, quemado o estrangulado; con la invención de la guillotina, la Revolución francesa pondrá orden en todo eso; en Austria teníamos nuestra horca, parecida al garrote vil español, una estrangulación absolutamente manual. Por supuesto, en el Museo del Crimen había un ejemplo de esa horca, Sarah tuvo ocasión de descubrir su funcionamiento y la personalidad del verdugo más célebre de la historia de Austria, Josef Lang, gracias a esa extraordinaria fotografía fechada en la década de 1910 donde se le ve, sombrero hongo en la cabeza, bigote, pajarita, una gran sonrisa en los labios, encaramado sobre su escabel detrás del cadáver de un hombre limpiamente ejecutado, colgando, muerto, bien estrangulado, y a su alrededor los asistentes, igualmente sonrientes. Sarah observó esa imagen y suspiró «La sonrisa del trabajador ante el trabajo bien hecho», demostrando que había entendido perfectamente la psicología de Josef Lang, pobre tipo atrozmente normal, buen padre de familia que se jactaba de matarte como un experto, «entre agradables sensaciones». «Qué pasión por la muerte, todo sea dicho, la de tus conciudadanos», decía Sarah. Por los recuerdos macabros. E incluso por las cabezas de los muertos: hace algunos años todos los periódicos de Viena hablaban del entierro de una cabeza, el cráneo de Kara Mustafa, nada menos. El gran visir que en 1683 dirigió el segundo sitio de Viena y que perdió la batalla acabó siendo estrangulado por orden del sultán, en Belgrado, donde se había replegado; vuelvo a verme contándole a una Sarah incrédula que, después del cordón de seda, Kara Mustafa fue decapitado *post mortem*, que luego le arrancaron la piel del rostro para enviarla a Estambul como prueba de su muerte y que enterraron su cabeza (supongo que con el resto de sus huesos) en Belgrado. Allí la descubrieron los habsburgueses, en la tumba correspondiente, cuando cinco años más tarde ocuparon la ciudad. La cabeza de Kara Mustafa, Mustafa el Negro, fue regalada a no sé qué prelado vienés, quien a su vez la regaló al Arsenal, luego al museo de la ciudad, donde fue expuesta durante años, hasta que un conservador escrupuloso pensó que aquella mórbida antigualla ya no tenía cabida entre las ilustres colecciones de historia de Viena, y decidió librarse de ella. Como uno no puede tirar a la basura la cabeza de Kara Mustafa, cuya tienda estaba plantada a dos pasos de aquí, a unos cientos de metros del glacis, hacia el Danubio, le dieron sepultura en un nicho anónimo. ¿Acaso esa reliquia del Turco tiene algo que ver con la moda de las cabezas de turcos bigotudos que adornan los frontones de nuestra hermosa ciudad? He ahí una pesquisa para Sarah, estoy seguro de que es una experta en decapitación, los turcos, sus cabezas, los rehenes y hasta el puñal del verdugo; allá en Sarawak debe de oír las mismas noticias que nosotros, las mismas noticias en la radio, o puede que no, quién sabe. Puede que en Sarawak presten más atención a las últimas decisiones del sultán de Brunéi que a los asesinos enmascarados de ese islam de farsa macabra con su negra bandera. A fin de cuentas es una historia tan europea. Víctimas europeas, verdugos con acento londinense. Un islam radical nuevo y violento, nacido en Europa y en Estados Unidos, bombas occidentales, y las únicas víctimas que importan son, en resumidas cuentas, las europeas. Pobres sirios. En realidad, a nuestros medios de comunicación su destino les importa bien poco. El espeluznante nacionalismo de los cadáveres. Auda Abu Tayya el orgulloso guerrero de Lawrence y Musil sin duda hoy en día lucharía con el Estado Islámico, nueva yihad mundial después de tantas otras. ¿A quién se le ocurrió primero la idea, a Napoleón en Egipto o a Max von Oppenheim en 1914? Max von Oppenheim el arqueólogo de Colonia ya tiene una cierta edad cuando comienzan las hostilidades, ya ha descubierto Tell Halaf; como muchos orientalistas y arabistas de la época, se une a la Nachrichtenstelle für Orient, agencia berlinesa encargada de agrupar la información de interés militar procedente del Este. Oppenheim está acostumbrado a los círculos del poder; fue él quien convenció a Guillermo II para que hiciese su viaje oficial a Oriente y la peregrinación a Jerusalén; cree en el poder del panislamismo, al que se entregó junto con el propio Abdul Hamid el Sultán Rojo. Cien años después, los orientalistas alemanes estaban más al corriente de la realidad oriental que los arabistas de Bonaparte, quienes intentaron, sin demasiado éxito, hacer pasar al pequeño corso ante aquellos por el libertador de los árabes del yugo de los turcos. La primera expedición colonial europea a Oriente Próximo fue un hermoso fracaso militar. Napoleón Bonaparte no conoció el éxito esperado como salvador del islam y concedió a los pérfidos británicos una derrota muy humillante: diezmados por la peste, la miseria y los cañonazos ingleses, los últimos jirones del glorioso ejército de Valmy tuvieron que ser abandonados allí mismo; las únicas disciplinas que se beneficiaron aunque solo fuese un poco de la aventura fueron, por orden de importancia, la medicina militar, la egiptología y la lingüística semítica. ¿Acaso los alemanes y los austríacos pensaron en Napoleón cuando en 1914 hicieron un llamamiento a la yihad global? La idea (presentada por Oppenheim el arqueólogo) era llamar a la desobediencia de los musulmanes del mundo: tabors marroquíes, tiradores argelinos y senegaleses, musulmanes indios, caucásicos y turcomanos que la Triple Entente enviaba a combatir al frente europeo, y a desorganizar mediante motines o acciones de guerrilla las colonias musulmanas inglesas, francesas y rusas. La idea complació a los austríacos y a los otomanos, y el 14 de noviembre de 1914 la yihad se proclamó en árabe en nombre del sultán-califa de Estambul en la mezquita de Mehmet el Conquistador, sin duda para darle todo su peso simbólico a una fatwa por lo demás bastante compleja, ya que no llamaba a la guerra santa contra todos los infieles, y de entre los impíos excluía a los alemanes, a los austríacos y a los representantes de los países neutrales. Veo cómo empieza a tomar forma el tercer tomo de la obra que habrá de valerme la gloria:

Differentes fformas de locura en Oriente
Volumen tercero
Retratos de orientalistas como comendadores de los creyentes

Esta llamada fue inmediatamente seguida por un desfile solemne hasta las embajadas de Alemania y de Austria, luego por una primera acción de guerra; tras los discursos, un policía turco vació su arma a quemarropa sobre un noble reloj inglés en el vestíbulo del Gran Hotel Tokatliyan, disparo de salida de la yihad, si hay que creer las memorias del dragomán alemán Schabinger, uno de los artífices de esta solemne proclamación que precipitó a todas las fuerzas orientalistas a la batalla. Alois Musil fue enviado con sus queridas tribus beduinas y Auda Abu Tayya el belicoso para asegurarse su apoyo. Los británicos y los franceses no le anduvieron a la zaga; movilizaron a sus sabios para lanzar una contra-yihad, los Lawrence, los Jaussen, los Massignon y compañía, con éxito, que se sepa: la gran cabalgata de Faysal y de Auda Abu Tayya en el desierto. El principio de la leyenda de Lawrence de Arabia, que, desgraciadamente para los árabes, terminará con los mandatos francés e inglés sobre Oriente Próximo. En mi ordenador tengo el artículo de Sarah sobre los soldados coloniales franceses y la yihad alemana, con las imágenes de ese campo modelo para prisioneros de guerra musulmanes cerca de Berlín por el que desfilan todos los etnólogos y orientalistas de la época; un artículo «de divulgación» para una revista, *L'Histoire* o sabe Dios qué publicación de ese tipo, algo que acompañará a las mil maravillas la tisana y las noticias en la radio,

Solo conocemos a estos dos hombres por los archivos que se conservan en las colecciones del Ministerio de Defensa, que digitalizó pacientemente las cerca de un millón trescientas treinta mil fichas del millón trescientos mil y pico muertos por Francia entre 1914 y 1918. Estas fichas manuscritas, cumplimentadas con una bonita escritura de trazos gruesos y finos de tinta negra, son sucintas; en ellas se apunta el apellido, nombres, fecha y lugar de nacimiento del soldado fallecido, el grado, el cuerpo del ejército al que pertenece, su número de identificación, y esa línea aterradora que no conoce el eufemismo de los civiles: «Tipo de muerte». El *tipo de muerte* es, sin embargo, una poesía sorda, brutal, donde las palabras se despliegan en imágenes horrorosas de «muerto por el enemigo», «heridas», «enfermedad», «torpedeado y hundido» en una infinidad de variantes y repeticiones; de tachaduras, también; la mención «herida» puede ser borrada y sobreescrita por «enfermedad»; «desaparecido» puede ser tapada más tarde, reemplazada por «muerto por el enemigo», lo que significa que más tarde se encontró el cuerpo del desaparecido, el cual, por tanto, ya no regresaría; esta no-reaparición con vida le vale la mención «muerto por Francia» y los honores que de ella se derivan. Luego, todavía en la ficha, se inscribe el lugar donde el *tipo de muerte* en cuestión hizo su obra, es decir, pone un término definitivo al trayecto del soldado sobre esta tierra. Así que se sabe muy poca cosa de los dos combatientes que aquí nos interesan. Hasta su estado civil es parcial, como sucede a menudo con los soldados coloniales. Solo un año de nacimiento. Nombres de pila y un apellido invertidos. Yo supongo, sin embargo, que son hermanos. Hermanos de armas, por lo menos. Son originarios de la misma ciudad de Niafunké, a orillas del río Níger, en el sur de Tombuctú, en ese Sudán francés de la época que hoy se llama Mali. Nacieron con dos años de diferencia, en 1890 y 1892. Son bambaras, del clan de Tamboura. Se llaman Baba y Moussa.

Los destinan a dos regimientos distintos. Son voluntarios, o al menos así es como se llama a los coloniales raptados;

PARTIE À REMPLIR PAR LE CORPS.

Nom _BABA_
Prénoms _TAMBOURA_
Grade _1er classe_
Corps _7ª Bon Sénégalais_
Nº _30.414_ au Corps. — Cl. _1918_
Matricule. _30.414_ au Recrutement _Issa-Ber_
Mort pour la France le _17 Fevrier 1917_
à _bord de l'Athos vapeur torpillé et coulé_
Genre de mort _Torpillé et coulé_

Né le _inconnu en 1890_ _Soudan_
à _Ma Lema ? ganton_ Département _Soudan_
de Soubourdou Samba
Arrᵗ municipal (pr Paris et Lyon), _C. d'Issa Ber_
à défaut rue et Nº.
est inscrit à Issa-Ber

Jugement rendu le _18 Juin 1919_
par le Tribunal de _Marseille_
acte ou jugement transcrit le _Octobre 1919_
à _Marseille_
Nº du registre d'état civil

534-708-1921. [26434.]

los gobernadores de cada región están obligados a abastecer su cuota de soldados; en Bamako o en Dakar, nadie se fija demasiado en de qué modo los obtienen. Lo ignoramos todo de cuanto Baba y Moussa dejan tras de sí al salir de Mali, un oficio, una madre, una mujer, hijos. En cambio, podemos adivinar sus sentimientos en el momento de la partida, el orgullo del uniforme, un poco; el miedo a lo desconocido, sin duda; y sobre todo ese gran desgarro que supone la partida del país natal. Baba tuvo suerte, Moussa no tanta. Primero a Baba lo asignan a un batallón de ingenieros, escapa por muy poco de la carnicería de los Dardanelos y durante largos meses permanecerá acantonado en África, en Somalia.

Tras llegar a Francia, concretamente a Marsella, a principios de 1916, Moussa será formado en el oficio de las armas en el campo de Fréjus, para ser luego enrolado y destinado a Verdún en la primavera de 1916. Podemos imaginar la impresión que causa en estos tiradores senegaleses el descubrimiento de Europa. Los bosques de árboles desconocidos, los tranquilos ríos que estrían las llanuras tan verdes en primavera, las sorprendentes vacas con manchas negras y blancas. Y de repente, después de un rodeo por un campo en la retaguardia y una interminable marcha desde Verdún, llega el infierno. Zanjas, alambradas, granadas. Tantas granadas que el silencio se convierte en un bien raro e inquietante. Los coloniales descubren la muerte al mismo tiempo que al soldado de infantería blanco que tiene al lado. La expresión «carne de cañón» nunca estuvo tan justificada. Los hombres se desmontan como maniquíes bajo el efecto de los explosivos, se desgarran como el papel por efecto de la metralla, aúllan, sangran, los terraplenes rebosan de despojos humanos triturados por el molino de pólvora de la artillería. Setecientos mil hombres caen en Verdún, a un lado y al otro del Mosa. Sepultados, quemados vivos, despedazados por las ametralladoras o por los millones de obuses que aran el terreno. Moussa, como todos sus compañeros, primero experimenta el miedo, luego un miedo terrible y al final un terrorífico espanto; encuentra el coraje en el corazón del pavor, el coraje para seguir a un cabo y lanzarse al asalto de una posición demasiado bien defendida que habrá que renunciar a conquistar, no sin antes presenciar cómo sus hermanos de armas van cayendo a su alrededor, y no llega a entender por qué extraña razón él sigue indemne. El sector tiene un nombre de circunstancias, el Muerto-Hombre; cuesta creer que haya podido existir un pueblo en aquel osario que las lluvias de primavera transforman en una ciénaga en la que, en lugar de plantas acuáticas, flotan dedos y orejas. Moussa Tamboura será finalmente capturado el 24 de mayo de 1916, con la mayor parte de su escuadra, ante esa cota 304 que diez mil soldados acaban de morir en vano para defender.

Más o menos en ese mismo momento, mientras Moussa, que acaba de escapar por poco de la muerte, se pregunta si su hermano sigue vivo, Baba planta su tienda en las afueras de Yibuti. Su batallón va a ser reformado con otros elementos coloniales. De Indochina deberían llegar soldados para unirse a ellos antes de partir hacia Francia.

Para Moussa, a qué negarlo, la cautividad supone un alivio; los alemanes reservan a los soldados musulmanes un tratamiento especial. Moussa Tamboura es enviado a un campo de presos al sur de Berlín, a mil kilómetros del frente. Sin duda, durante el viaje piensa que los paisajes alemanes se parecen a lo que él pudo ver del norte de Francia. El campo en el que lo internan se llama «Campo de la Media Luna», Halbmond-Lager, en Zossen, cerca de Wünsdorf; está reservado para los presos «mahometanos» o tomados por tales. Hay argelinos, marroquíes, senegaleses, malienses, somalíes, gurjas del Himalaya, sijs y musulmanes indios, comorenses, malayos y, en un campo vecino, musulmanes del Imperio ruso, tártaros, uzbecos, tayikos y caucásicos. El campo es concebido como un pequeño pueblo, con una hermosa mezquita de madera de estilo otomano; se trata de la primera mezquita de los alrededores de Berlín. Una mezquita de guerra.

Moussa adivina que para él los combates han terminado, que estando tan lejos, en el fondo de Prusia, los obuses nunca lo alcanzarán; no sabe si debería alegrarse. Es cierto que ya no se arriesga a la horrible herida, peor que la muerte, pero la sensación de derrota, el exilio y el alejamiento son otros males incluso más insidiosos: en el frente, la tensión constante, el combate diario contra las minas y las ametralladoras ocupaban el espíritu. Allí, entre los campamentos de barracas y la mezquita, uno está entre supervivientes; se cuentan en bambara y sin descanso historias del país, y esa lengua allí resuena de manera extraña, tan lejos del río Níger, en medio de todas aquellas lenguas y de todos aquellos destinos. Ese año el ramadán comienza el 2 de

julio; el ayuno en los interminables días del verano del norte es un auténtico suplicio: apenas cinco horas de noche oscura. Moussa ya no es carne de cañón, pero sí carne de etnólogos, orientalistas y propagandistas: todos los sabios del Imperio visitan el campo y se entretienen con los presos para aprender sus tradiciones, sus costumbres; unos hombres con camisa blanca que los fotografían, los describen, les miden el cráneo, les hacen contar historias de sus países y las graban para luego estudiar sus lenguas y dialectos. De esas grabaciones de los campos de Zossen saldrán muchos estudios lingüísticos, como, por ejemplo, los de Friedrich Carl Andreas, el marido de Lou Andreas-Salomé, sobre las lenguas iraníes del Cáucaso.

La única imagen de que disponemos de Moussa Tamboura fue tomada en ese campo. Se trata de una película de propaganda para uso del mundo musulmán, que muestra la fiesta del Eid al final del ramadán, el 31 de julio de 1916. El invitado de honor es un prusiano noble, así como el embajador turco en Berlín. Vemos a Moussa Tamboura en compañía de tres de sus compañeros, preparando un fuego ritual. Todos los presos musulmanes están sentados; todos los alemanes están de pie, con sus hermosos bigotes. La cámara se entretiene luego con los gurjas, los hermosos sijs, los marroquíes, los argelinos; el embajador de la Puerta parece ausente, y el príncipe, lleno de curiosidad por esos soldados, ex enemigos de un tipo nuevo que no le importaría en absoluto que desertasen en masa o se rebelasen contra la autoridad colonial: tratan de mostrarles que Alemania es amiga del islam como lo es de Turquía. Un año antes, en Estambul, todos los orientalistas del Imperio alemán habían redactado un

Gefangenenlager Zossen   Mohammedaner (Kamelreiter)

texto en árabe clásico que llamaba a los musulmanes del mundo entero a la yihad contra Rusia, Francia y Gran Bretaña, con la esperanza de levantar a las tropas coloniales contra sus señores. De ahí la cámara, que Moussa Tamboura no parece advertir, tan absorto como está preparando el fuego.

En el campo modelo de Zossen se redacta y se publica un periódico de quince mil ejemplares, sobriamente titulado *La Yihad*, «periódico para los prisioneros de guerra mahometanos», que aparece simultáneamente en árabe, en tártaro y en ruso; un segundo periódico, *El Cáucaso*, destinado a los georgianos, y un tercero, *El Indostán*, en dos ediciones, urdu e hindi. Los traductores y los redactores de estas publicaciones son presos, orientalistas e «indígenas» adheridos a la política de Alemania, la inmensa mayoría nacidos en provincias del Imperio otomano. Max von Oppenheim, el célebre arqueólogo, fue uno de los responsables de la publicación árabe. Los ministerios de Asuntos Exteriores y de la Guerra esperan estar en condiciones de «reutilizar» a los soldados coloniales, tras su esperada «reconversión», en la nueva guerra santa.

No se conocen bien las repercusiones efectivas de la yihad alemana en los territorios afectados; lo más probable es que fuesen casi nulas. Ni siquiera se sabe, por ejemplo, si el anuncio llegó a Baba Tamboura en Yibuti. Baba ignora que su hermano participa a su pesar en la empresa alemana; lo imagina muerto, o vivo en el frente, cuyos ecos llegan a través de la censura hasta los confines del mar Rojo: heroísmo, gloria y sacrificio, he aquí cómo Baba imagina la guerra. Está convencido de que su hermano, allá en Francia, es un héroe y combate con valor. De sus propios sentimientos ya no está tan seguro, mezcla confusa de deseo de acción y de aprensión. Finalmente, a principios de diciembre de 1916, mientras Moussa vive el inicio del invierno glacial de Berlín, Baba es informado de que su batallón va a ser enviado por fin, vía Puerto Saíd y el Canal de Suez, al frente en la metrópoli. A finales de diciembre, ochocientos cincuenta tiradores deben embarcar en el paquebote *Athos* de las Mensajerías Marítimas, un hermoso buque casi nuevo de ciento sesenta metros de eslora y trece mil toneles, procedente de Hong Kong con un cargamento a bordo de novecientos cincuenta culíes chinos que ya ocupan las bodegas. Finalmente, no zarparán hasta principios de febrero, mientras que en Berlín Moussa está enfermo, tose y tiembla de frío en el invierno prusiano.

El *Athos* sale de Puerto Saíd el 14 de febrero de 1917, y tres días más tarde, cuando los tiradores apenas empiezan a acostumbrarse al salvajismo del mar, en el fondo de sus bodegas de tercera clase, a unas pocas millas de la isla de Malta, el *Athos* se cruza con el U-Boot alemán número 65 que le lanza un torpedo que impacta en pleno costado de babor. El ataque se cobrará setecientas cincuenta víctimas entre los pasajeros. Una de ellas es Baba, que no habrá visto de la guerra sino su fin súbito y feroz, una explosión terrorífica seguida de alaridos de dolor y de pánico, gritos y cuerpos rápidamente ahogados en el agua que invade las bodegas, los entrepuentes, los pulmones. Moussa nunca sabrá del deceso de su hermano, ya que unos días más tarde también él morirá «de enfermedad en cautividad en el hospital del campo de Zossen», si hay que creer el «tipo de muerte» de su ficha de «muerto por Francia», hoy en día el único rastro de ese dolor del exilio en el Campo de la Media Luna.

Qué locura esta primera guerra realmente mundial. Morir ahogado en la oscuridad de una bodega, menuda atrocidad. Me pregunto si esa mezquita yihadista sigue existiendo, al sur de Berlín, en esas llanuras arenosas de la Marca de Brandeburgo recortadas por los lagos, dentadas por las ciénagas. Tendría que preguntárselo a Sarah; una de las primeras mezquitas de Europa del Norte, la guerra tiene a veces extrañas consecuencias. Esa yihad alemana fabrica los más incongruentes compañeros de viaje: los sabios Oppenheim o Frobenius, los militares, los diplomáticos turcos y alemanes y hasta los argelinos en el exilio o los sirios pro-otomanos como Shakib Arslan el druso. Igual que hoy en día, la guerra santa es de todo menos espiritual.

Cuentan que los mongoles hacían pirámides de cabezas cortadas para asustar a los habitantes de las regiones que invadían; al final los yihadistas utilizan en Siria el mismo método, el horror, el pavor, aplicándoles a los hombres una atroz técnica de sacrificio reservada hasta la fecha para los carneros, sajarles la garganta y luego rebanarles penosamente el cuello hasta la separación en nombre de la guerra santa. De nuevo una cosa horrible construida en común. La yihad, una idea a primera vista tan extranjera, exterior, exógena, es una larga y extraña andadura colectiva, la síntesis de una historia atroz y cosmopolita: Dios nos preserva de la muerte y *Allah akbar*, Red Love, decapitación y Mendelssohn-Bartholdy, *Octeto para cuerdas*.

Gracias a Dios se acaban la noticias, vuelve la música, Mendelssohn y Meyerbeer, los enemigos jurados de Wagner, sobre todo Meyerbeer, objeto de todo el odio wagneriano, un terrorífico odio que siempre me he preguntado si sería la causa o tal vez la consecuencia de su antisemitismo: puede que Wagner se vuelva antisemita por los celos brutales que tiene del éxito y del dinero de Meyerbeer. A Wagner no le vendrá de una contradicción más: en *El judaísmo en la música* insulta a Meyerbeer, el mismo Meyerbeer al que estuvo bailando el agua durante años, el mismo Meyerbeer al que soñaba con imitar, el mismo Meyerbeer que le ayudó para que se tocase *Rienzi* y *El barco fantasma*. «La gente se venga de los favores que se le hacen», decía Thomas Bernhard, una buena frase para Wagner. Richard Wagner no está a la altura de sus obras. Wagner tiene mala fe, como todos los antisemitas. Wagner se venga de los favores que le ha hecho Meyerbeer. En sus consideraciones resentidas, Wagner reprocha a Meyerbeer y de paso también a Mendelssohn no tener una lengua materna y por tanto chapurrear un idioma que, tras muchas generaciones, sigue reflejando una «pronunciación semita». Esta ausencia de lenguaje personal los condena a carecer de un estilo propio y al pillaje. El horrible cosmopolitismo de Mendelssohn y Meyerbeer les impide alcanzar el arte. Hay que ver qué estupidez. O acaso Wagner no es un estúpido y solo actúa de mala fe. Y es consciente de que sus propósitos son idiotas. Quien habla es su odio. Está cegado por su odio, como lo estará por su mujer Cósima Liszt cuando veinte años más tarde se reedite su libelo, esta vez con su nombre. Wagner es un criminal. Un criminal rencoroso. Si Wagner conoce a Bach y con él esa armonía a la que tan magnífico provecho le saca para revolucionar la música, es gracias a Mendelssohn. Mendelssohn, que, en Leipzig, saca a Bach del olvido relativo en el que había caído. Veo de nuevo esa foto tan atroz en la que, a mediados de la década de 1930, un policía alemán muy contento de sí mismo, con casco en punta y con bigotes, posa ante la estatua de Mendelssohn encadenado a una grúa antes de que sea demolida. Ese policía es Wagner. Se dirá lo que se quiera, pero la mala fe de Wagner repugnaba incluso al propio Nietzsche. Y poco importa si es por razones personales, pero también él rechaza al pequeño policía de Leipzig. Tiene razones para estar harto de Wagner el anticosmopolita, perdido en la ilusión de la Nación. Los únicos Wagner aceptables son Mahler y Schönberg. La única gran obra audible de Wagner es *Tristán e Isolda*, porque es su única ópera que no es atrozmente alemana o cristiana. Una leyenda celta o de origen iraní, o inventada por un autor medieval desconocido, qué importa. Pero en *Tristán e Isolda* están Vis y Rāmin. Está la pasión de Majnun el Loco por Layla, la pasión de Cosroes por Shirin. Un pastor y una flauta. «Desolado y vacío, el mar.» La abstracción del mar y de la pasión. Nada de Rin, nada de oro ni de ondinas nadando ridículamente en escena. Ah, las puestas en escena del propio Wagner en Bayreuth, eso sí que es algo, en términos de kitsch burgués y de pretensión. Las lanzas, los cascos alados. ¿Cómo se llamaba la yegua que regaló Luis II el Loco para la representación? Un nombre ridículo que he olvidado. Debe de haber imágenes de ese ilustre animal; pobrecita, hubo que ponerle algodón en las orejas y también anteojeras para que no se asustase ni paciese en los vestidos transparentes de las ondinas. Es divertido pensar que el primer wagneriano de Oriente fue el sultán otomano Abdülaziz, quien le envió a Wagner una enorme suma de dinero para el escenario del festival de Bayreuth; desgraciadamente, murió antes de poder disfrutar de las lanzas, los cascos, la yegua y la acústica sin igual del lugar que había contribuido a erigir.

Puede que el nazi iraní del Museo Abguineh de Teherán fuese wagneriano, quién sabe: menuda sorpresa cuando aquel treintañero orondo y bigotudo nos abordó entre dos magníficos jarrones de una sala prácticamente desierta, el brazo alzado gritando «Heil Hitler!». Primero imaginé una broma de muy mal gusto, pensé que el hombre me había tomado por un alemán y se trataba de una especie de insulto, luego me di cuenta de que Faugier y yo habíamos estado hablando en francés. El energúmeno nos observaba sonriendo, con el brazo aún levantado, le pregunté que a qué venía aquello, ¿algún problema? Faugier, a mi lado, se mostraba risueño. De pronto el hombre pareció contrariado, con aires de perro apaleado, y lanzó un suspiro de desesperación, «Ah, no son ustedes alemanes, qué pena». Pena, *indeed*, desgraciadamente no somos ni alemanes ni filonazis, sonrió Faugier. El individuo parecía especialmente afligido, se abandonó a una larga diatriba hitleriana con acentos patéticos; insistía en el hecho de que Hitler era «hermoso, muy hermoso, Hitler *qashang, kheyli qashang*», bramaba apretando el puño sobre un tesoro invisible, el tesoro de los arios, sin duda. Explicó largamente que Hitler le había revelado al mundo que los alemanes y los iraníes formaban un solo pueblo, un pueblo llamado a dirigir el destino del planeta, y que según él era muy triste, sí, muy triste que esas magníficas ideas todavía no se hubiesen plasmado. Aquella visión de Hitler como héroe iraní tenía algo de horroroso y de cómico al mismo tiempo, en medio de aquellas copas, de los ritones y los platos ornamentados. Faugier trató de hacer avanzar la discusión, de saber hasta dónde estaba dispuesto a llegar el último nazi de Oriente (o tal vez no el último), qué sabía realmente de las teorías nacionalsocialistas y sobre todo de sus consecuencias, pero abandonó enseguida, pues las respuestas del iluminado joven se limitaban a unos grandes gestos señalando a su alrededor para expresar sin duda «¡Mirad! ¡Mirad! ¡Ved la grandeza de Irán!», como si aquellos venerables abalorios fuesen en sí mismos una emanación de la superioridad de la raza aria. El hombre se mostró muy educado; a pesar de su decepción por no haber ido a dar con dos alemanes nazis, nos deseó un día excelente, una magnífica estancia en

Irán, insistió en saber si necesitábamos algo, se alisó sus bonitos bigotes a lo Guillermo II, entrechocó los talones y se fue, dejándonos, según la expresión de Faugier, con dos palmos de narices, atónitos y desamparados. Esa evocación del viejo Adolf en el corazón de aquel palacio neoselyúcida del Museo Abguineh y de sus maravillas resultaba tan incongruente que nos dejó un extraño sabor de boca: entre la carcajada y la consternación. Un poco más tarde, ya de vuelta en el instituto, le conté a Sarah nuestro encuentro. Como nosotros, empezó riéndose; luego se interrogó sobre el sentido de esa risa: Irán nos parecía tan alejado de las cuestiones europeas que un nazi iraní no era más que una inofensiva curiosidad; allí donde en Europa ese tipo hubiese desencadenado nuestra cólera y nuestra indignación, aquí nos costaba creer que llegase a entender el sentido profundo de sus palabras. Las teorías raciales vinculadas con lo ario nos parecían hoy tan absurdas como la práctica de medir el cráneo para descubrir la posición de la protuberancia de las lenguas. Pura ilusión. No obstante, el hallazgo decía mucho, añadió Sarah, sobre la potencia de la propaganda del Tercer Reich en Irán: cómo durante la Primera Guerra Mundial, y a menudo con el mismo personal (entre ellos el ineludible Max von Oppenheim), la Alemania nazi intentó hacerse con el favor de los musulmanes para atacar desde dentro a los ingleses y a los rusos, en la Asia Central soviética, en la India y en Oriente Próximo, y llamó de nuevo a la yihad. Las entidades científicas (desde las universidades hasta la Deutsche Morgenländische Gesellschaft) habían sido nazificadas a tal extremo desde la década de 1930 que se habían prestado al juego: incluso llegaron a consultar a los orientalistas islamólogos si acaso el Corán no predecía, de un modo u otro, el advenimiento del Führer, a lo que, a pesar de toda su buena voluntad, los sabios no pudieron responder positivamente. Propusieron, sin embargo, redactar textos en árabe en ese sentido. Hasta se contempló la idea de difundir en tierras del islam un *Retrato del Führer como comendador de los creyentes* bien divertido, con turbante y decoraciones inspiradas en la gran época otomana, para acercarse a las masas musulmanas. Goebbels, contrariado por aquella imagen horrible, puso término a la operación. La bilis nazi estaba dispuesta a utilizar a «subhombres» junto a los refinados militares de verdad, pero no a colocar un turbante o un fez sobre la cabeza de su guía supremo. El orientalismo SS, y especialmente el *Obersturmbannführer* Viktor Christian, eminente director de su rama vienesa, tuvo que contentarse con tratar de «desemitizar» la historia antigua y demostrar, al precio de la superchería, la superioridad histórica de los arios sobre los semitas en Mesopotamia e inaugurar una «escuela para mulás» en Dresde, donde habrían de formarse los imanes SS encargados de la formación de los musulmanes soviéticos; en sus aproximaciones teóricas, a los nazis les costó muchísimo decidir si semejante institución debía formar imanes o mulás, y qué nombre convenía ponerle a tan extraña empresa.

Faugier se unió a la conversación; habíamos preparado té, el samovar temblaba suavemente. Sarah tomó un pedazo de azúcar candi y dejó que se le fundiese en la boca; se había quitado los zapatos y replegado las pantorrillas bajo los muslos en la butaca de cuero. Un disco de setar amueblaba el silencio; era otoño, o invierno, ya estaba oscuro. Faugier no dejaba de dar vueltas como cada día al ponerse el sol. Todavía aguantaría una hora, luego la angustia iba a ser demasiado intensa y se vería obligado a retirarse a fumar su pipa o su porro de opio para adentrarse en la noche. Yo recordé sus propios consejos de experto en otros tiempos, en Estambul; al parecer, no los había seguido. Ocho años más tarde se había vuelto opiómano; estaba terriblemente preocupado ante la idea de volver a Europa, donde le costaría mucho más conseguir la droga. Sabía perfectamente lo que iba a suceder; acabaría por engancharse a la heroína (ya fumaba un poco, de vez en cuando, en Teherán) y se vería abocado al pesar de la adicción o a la agonía del destete. La idea del regreso, además de los inconvenientes materiales que entrañaba (dejar de recibir la ayuda para la investigación, ausencia de perspectivas de empleo inmediatas en esa sociedad secreta que es la universidad francesa, ese monasterio laico donde el noviciado puede durar toda una vida), se multiplicaba ante la terrorífica lucidez sobre su estado, su miedo pánico al adiós al opio; un miedo que él compensaba con una actividad frenética, aumentando el número de paseos (como aquel día que me llevó al Museo Abguineh), de citas, de expediciones sospechosas, de noches en blanco para tratar de no perder ni un minuto y olvidar en el placer y los estupefacientes que su estancia tocaba a su fin, lo cual acrecentaba su ansiedad día tras día. Por otra parte, Gilbert de Morgan, el director, no estaba descontento ante la idea de desembarazarse de él: hay que decir que la nobleza caduca del viejo orientalista casaba bastante mal con la inspiración, con la libertad y con los extraños temas de estudio de Faugier. Morgan estaba persuadido de que «lo contemporáneo» era lo que le valía todos sus problemas no solo con los iraníes, sino también con la embajada de Francia. Las letras (clásicas a ser posible), la filosofía y la historia antigua, he aquí cuanto lo complacía. Se da usted cuenta, decía, otra vez me envían a un político. (Así es como llamaba a los estudiantes de historia contemporánea, de geografía o de sociología.) En París están locos. Nos matamos tratando de obtener visados para los investigadores, y acabamos presentando unos expedientes que tenemos perfectamente claro que no complacerán en absoluto a los iraníes. Y entonces hay que mentir. Qué locura.

La locura era, en efecto, un elemento clave de la investigación europea en Irán. El odio, el disfraz de los sentimientos, los celos, el miedo, la manipulación eran los únicos lazos que la comunidad de los sabios, en todo caso en su relación con las instituciones, llegaba a desarrollar. Locura colectiva, derivas personales: Sarah debía ser fuerte para que ese ambiente no le afectase demasiado. Morgan había encontrado un nombre simple para su política de gestión: el knut. A la antigua. ¿Acaso la administración iraní no era milenaria? Había que volver a esos sanos principios de organización: el silencio y el látigo.

Por supuesto, ese método infalible entrañaba el inconveniente de demorar bastante los trabajos (como con las pirámides o el palacio de Persépolis). También aumentaba la presión a la que Morgan se veía sometido, pues de repente se pasaba el día lamentándose; no le quedaba tiempo para hacer nada más, decía, que vigilar a sus administrados. Los investigadores quedaban al margen de este método. Sarah quedaba al margen. Faugier no tanto. Los extranjeros de paso, el polaco, el italiano o yo, no contábamos. Gilbert de Morgan nos despreciaba respetuosamente, nos ignoraba con miramientos, nos dejaba disfrutar de todas las ventajas de su instituto, y sobre todo del gran apartamento que había sobre las oficinas, donde Sarah se bebía su té a sorbitos, donde Faugier no paraba un minuto quieto, donde comentábamos teorías sobre el loco del Museo Abguineh (habíamos acabado por decidir que estaba loco), sobre Adolf Hitler posando con un fez o con un turbante en la cabeza y sobre su lejano inspirador, el conde de Gobineau, el inventor del arianismo; el autor del *Ensayo sobre la desigualdad de las razas humanas* era también un orientalista, el primer secretario de la legación de Francia en Persia, luego embajador, que a mediados del siglo XIX había llevado a cabo dos estancias en Irán; sus obras tienen derecho a tres bonitos volúmenes en esa famosa colección de la Pléiade que tan injustamente, según Morgan y Sarah, había eyectado al pobre Germain Nouveau. El primer racista de Francia, el inspirador de Houston Stewart Chamberlain, gran teórico de la germanidad rencorosa que lo descubrió gracias a los consejos de Cósima Liszt y de Wagner, amigos de Gobineau desde noviembre de 1876; Gobineau es también un wagneriano: le escribirá una cincuentena de cartas a Wagner y a Cósima. No podía haber caído en mejor lugar, desgraciadamente, en aras de la posteridad de la parte más negra de su obra; fue a través del círculo de Bayreuth (principalmente Chamberlain, que se casará con Eva Wagner) como sus teorías arias sobre la evolución de las razas humanas siguieron su horrible camino. Pero, tal como señalaba Sarah, Gobineau no es antisemita, al contrario. Considera la «raza judía» como una de las más nobles, sabias e industriosas, de las menos decadentes, de las más resguardadas de la decadencia general. El antisemitismo lo añadieron Bayreuth, Wagner, Cósima, Houston Chamberlain, Eva Wagner. La lista espantosa de los discípulos de Bayreuth, los terroríficos testigos, Goebbels tomando la mano de Chamberlain durante su agonía, Hitler en su entierro, Hitler amigo íntimo de Winifred Wagner: qué injusticia cuando uno lo piensa, la aviación aliada lanza dos bombas incendiarias sobre la Gewandhaus de Leipzig de ese pobre Mendelssohn y ni una sola sobre el teatro del Festival de Bayreuth. Hasta los aliados fueron, a su pesar, cómplices de los mitos arios: la destrucción del teatro de Bayreuth habría supuesto una gran pérdida para la música, cierto. Pero qué importa, hubiese sido reconstruido igualito, y Winifred Wagner y su hijo habrían conocido un poco de esa destrucción que con tanto ahínco habían desencadenado sobre el mundo, un poco del dolor de la pérdida al ver cómo se esfumaba la herencia criminal de su padre político y su abuelo. Si es que las bombas pueden compensar el crimen. Resulta desesperante pensar que uno de los vínculos que unen a Wagner con Oriente (más allá de las influencias recibidas a través de Schopenhauer, Nietzsche o la lectura de *La introducción a la historia del budismo indio* de Burnouf) sea la admiración de Wagner por la obra del conde de Gobineau *Ensayo sobre la desigualdad de las razas humanas*; quién sabe, tal vez Wagner también leyó *Tres años en Asia* o *Novelas asiáticas*. La propia Cósima Wagner tradujo al alemán, para los *Bayreuther Blätter*, un estudio de Gobineau, *Lo que sucede en Asia*; Gobineau visita a menudo a los Wagner. Los acompaña a Berlín para el estreno triunfal del *Ring*, en 1881, cinco años después de la creación en Bayreuth, dos años antes de la muerte del maestro en Venecia, un maestro que, según se dice, al final de su vida todavía piensa en escribir una ópera budista, *Los vencedores*, cuyo título tan poco budista a Sarah la hacía reír a carcajadas; por lo menos tanto como ciertas observaciones de ese pobre Gobineau; Sarah fue a buscar sus obras completas «al sótano», es decir, a la biblioteca del instituto, y no me cuesta volver a vernos, mientras arranca el segundo movimiento del *Octeto* de Mendelssohn, leyendo en voz alta fragmentos de *Tres años en Asia*. Hasta Faugier dejó a un lado sus angustiadas circunvoluciones para sumergirse en la prosa del pobre orientalista.

El personaje de Gobineau tenía algo de conmovedor: era un poeta atroz y un novelista sin gran genio; solo sus relatos de viajes y las novelas cortas que entresacó de sus recuerdos parecían tener un interés real. Era también escultor, y hasta había expuesto algunos bustos, entre ellos una *Valquiria*, una *Sonata appassionata* y una *Reina Mab* (Wagner, Beethoven, Berlioz: el tipo tenía buen gusto), mármoles más bien expresivos, de una hermosa finura, según las críticas. Fue bastante famoso entre los círculos del poder: conoció a Napoleón III, a su mujer y a sus ministros; desarrolló toda una carrera de diplomático, en Alemania, luego dos veces en Persia, en Grecia, en Brasil, en Suecia y en Noruega; frecuentó a Tocqueville, a Renan, a Liszt y a numerosos orientalistas de su tiempo, a August Friedrich Pott el sanscritista alemán o a Jules Mohl el iranista francés, el primer traductor del *Shāhnāmé*. El propio Julius Euting, gran sabio oriental del Estrasburgo alemán, rescató por cuenta del Reich la totalidad de la herencia Gobineau tras su muerte: las esculturas, los manuscritos, las cartas, las alfombras, todo cuanto de curiosidades deja tras de sí un orientalista; el azar y la Primera Guerra Mundial hicieron que en 1918 esa colección acabase en manos francesas; resulta extraño pensar que, en última instancia, los millones de muertos de esa guerra idiota tuvieron por único objetivo privar a Austria de las playas del Adriático y recuperar las antiguallas de la sucesión Gobineau, machacadas por los teutones. Desgraciadamente, toda esa gente murió para nada: hay millones de austríacos de vacaciones en Istria y en Véneto, y la Universidad de Estrasburgo renunció desde hace tiempo a exponer en su pequeño museo las reliquias de Gobineau, víctima del racismo teórico de su siglo, que no hacen sino poner en aprietos a los sucesivos conservadores del lugar.

El conde de Gobineau sentía horror por la democracia: «Odio mortalmente el poder popular», decía. Sabía ser muy violentamente irónico con la supuesta estupidez de los tiempos, la de un mundo poblado de insectos, armados con instrumentos de ruina, «empeñados en echar por tierra cuanto he respetado, cuanto he amado; un mundo que quema las ciudades, destruye las catedrales, no quiere más libros, ni más música, ni cuadros, y que todo lo reemplaza por la patata, la carne de res sangrienta y el vino azul», escribe en su novela *Las pléyades*, que se abre con esta larga diatriba contra los imbéciles que no deja de recordar a los discursos de los intelectuales de extrema derecha de hoy en día. El fundamento de las teorías racistas de Gobineau era la lamentación: el sentimiento de la larga decadencia de Occidente, el resentimiento hacia lo vulgar. ¿Dónde está el imperio de Darío, dónde está la grandeza de Roma? Pero a diferencia de sus discípulos posteriores, no veía en «el elemento judío» al responsable de la decadencia de la raza aria. Para él (y, por supuesto, no debió de ser este un elemento que complaciese a Wagner o a Chamberlain), el mejor ejemplo de la pureza de la raza aria era la nobleza francesa, lo cual resulta más bien cómico. Esa obra de juventud, *Ensayo sobre la desigualdad de las razas humanas*, debe tanto a las aproximaciones lingüísticas como a los balbuceos de las ciencias humanas; pero en Persia, en el curso de sus dos misiones como representante de la Francia imperial, Gobineau verá la realidad de Irán; al descubrir Persépolis o Ispahán, quedará convencido de haber acertado en cuanto a la grandeza de los arios. El relato de su estancia es brillante, a menudo divertido, jamás racista en el sentido moderno del término, por lo menos en cuanto a los iraníes. Sarah nos leía pasajes que hasta a Faugier el angustiado le hacían reír. Recuerdo esta frase: «Confieso que entre los peligros que aguardan al viajero en Asia, sin lugar a la menor duda y sin menoscabo de las heridas que puedan causar los tigres, las serpientes y los merodeadores, para mí el primero son las cenas británicas, de las que uno no puede escapar». Sentencia absolutamente divertida. Gobineau cargaba las tintas en los platos «sencillamente satánicos» servidos por los ingleses, en cuyas casas, dice, uno se levanta de la mesa enfermo o hambriento, «martirizado o muerto de hambre». Sus impresiones sobre Asia conjugan las más sabias descripciones con las más cómicas consideraciones.

Esta tisana tiene un gusto ácido de caramelo, artificial, un sabor inglés habría dicho Gobineau. Nada que ver con las flores de Egipto o de Irán. Voy a tener que revisar mi juicio sobre el *Octeto* de Mendelssohn, es todavía más interesante de lo que imaginaba. *Ö1 Klassiknacht*, aun así mi vida es bastante siniestra, en lugar de seguir dándoles vueltas a mis viejos recuerdos iraníes mientras escucho la radio podría estar leyendo. El loco del Museo Abguineh. Por Dios, qué triste era Teherán. El duelo eterno, la grisalla, la contaminación. Teherán o la pena capital. Una tristeza que quedaba reforzada, encuadrada por la escasez de luz; si bien es cierto que las fiestas estrafalarias de la juventud dorada del norte de la ciudad en un primer momento nos distraían, luego, debido al brutal contraste con la muerte del espacio público, me precipitaban a un profundo spleen. Aquellas magníficas jóvenes que bailaban en tan eróticas posturas, bebiendo cerveza turca o vodka al ritmo de una música prohibida llegada de Los Ángeles, volvían luego a sus fulares y sus mantones y se perdían en la multitud de la decencia islámica. Esa diferencia tan iraní entre el *birun* y el *andarun*, el interior y el exterior de la casa, la intimidad y lo público, que ya Gobineau observa, fue llevada al extremo por la República Islámica. Uno entraba en un apartamento o una villa del norte de Teherán y se encontraba de repente rodeado de una juventud en bañador que se divertía, vaso en mano, alrededor de una piscina, hablaba perfectamente inglés, francés o alemán y olvidaba, en el alcohol de contrabando y la diversión, el gris de fuera, la ausencia de futuro en el seno de la sociedad iraní. Había algo de desesperado en aquellas veladas; una desesperanza que uno sentía que podía transformarse, para los más valientes o los menos pudientes, en esa energía violenta propia de los revolucionarios. Las redadas de la milicia de las costumbres, según los períodos y los gobiernos, eran más o menos frecuentes; se oían rumores según los cuales fulanito habría sido detenido, zutanito molido a palos, menganita humillada mediante un examen ginecológico para probar que no había mantenido relaciones sexuales fuera del matrimonio. Esos relatos, que siempre me recordaban al atroz examen proctológico sufrido por Verlaine en Bélgica después de su riña con Rimbaud, formaban parte de la cotidianidad de la ciudad. Para muchos, los intelectuales y los catedráticos universitarios ya no tenían la energía de la juventud, se dividían en varias categorías: los que a trancas y barrancas habían conseguido construirse una existencia más o menos confortable «al margen» de la vida pública; los que redoblaban su hipocresía para aprovecharse lo más posible de las prebendas del régimen, y los muchísimos que sufrían una depresión crónica, una tristeza salvaje que capeaban como podían refugiándose en la erudición, en los viajes imaginarios o en los paraísos artificiales. Me pregunto qué fue de Parviz: el gran poeta de barba blanca no me ha dado señales de vida desde hace lustros, podría escribirle, hace mucho que no lo hago. Pero ¿con qué pretexto? Podría traducir al alemán uno de sus poemas, pero traducir de una lengua que no se conoce de verdad es una experiencia terrorífica, uno tiene la impresión de nadar en la oscuridad: un lago tranquilo parece un mar embravecido, un estanque de recreo es como un río profundo. En Teherán era más sencillo, él estaba allí y podía explicarme, casi palabra por palabra, el sentido de sus textos. Tal vez ni siquiera siga ya en Teherán. Tal vez viva en Europa o en Estados Unidos. Pero lo dudo. La tristeza de Parviz (como la de Sadeq Hedayat) venía precisamente del doble fracaso de sus breves tentativas de exilio, en Francia y en Holanda: echaba de menos Irán, al cabo de dos meses ya había regresado. Evidentemente, de vuelta en Teherán le bastaron unos pocos minutos para detestar de nuevo a sus conciudadanos. Entre las mujeres de la policía de la frontera ataviadas con *marnaé* que te piden el pasaporte en el aeropuerto de Mehrabad, contaba, uno no reconoce ni al verdugo ni a la víctima; llevan la cogulla negra del ejecutor medieval; no te sonríen; están flanqueadas por soldadotes con parka caqui armados con fusiles de asalto G3 *made in the Islamic Republic of Iran* que uno no sabe si están ahí para protegerlas de los extranjeros que desembarcan de sus aviones impuros o para ajusticiarlas en caso de que les muestren una simpatía excesiva. Uno nunca llega a saber (y esto Parviz lo soltaba con una resignación irónica, una mezcla completamente iraní de tristeza y de humor) si las mujeres de la Revolución iraní son las amas o los rehenes del poder. Las funcionarias con chador de la Fundación de los desheredados están entre las mujeres más ricas y más poderosas de Irán. Los fantasmas son mi país, decía, esas sombras, esas cornejas del pueblo a las que atan sólidamente el velo negro cuando son ejecutadas por ahorcamiento, para evitar una indecencia, porque la indecencia aquí no es la muerte, que está en todas partes, sino el ave, el vuelo, el color, sobre todo el color de la carne de las mujeres, tan blanca, tan blanca: nunca ve la luz del sol y de tan pura podría llegar a cegar a los mártires. Aquí los verdugos con capucha negra de duelo son también las víctimas a las que se cuelga con total tranquilidad para castigarlas por su irreductible belleza, y colgamos, y colgamos, y azotamos, golpeamos con el bastón y sin motivo lo que nos gusta y nos parece hermoso, y la propia belleza toma a su vez el látigo, la cuerda, el hacha y alumbra la amapola de los mártires, flor sin perfume, puro color, azar puro del talud, rojo, rojo, rojo: todo maquillaje les está prohibido a nuestras flores del martirio, porque ellas son el dolor en sí mismo y mueren desnudas, ellas tienen el derecho a morir rojas sin ser revestidas de negro, las flores del martirio. Los labios siempre son demasiado rojos para el Estado, que ve en ellos una competencia indecente: solo los santos y los mártires pueden exhalar la dulzura roja de su sangre sobre Irán, algo que les está prohibido a las mujeres, pues por decencia deben teñir sus labios de negro, de negro, y dar prueba de discreción cuando son estranguladas, ¡mirad! ¡Mirad! Nuestros hermosos muertos no tienen nada que envidiarle a nadie, se mecen noblemente en lo alto de las grúas, decentemente ejecutados, no vengáis a criticar nuestra falta de tecnología, somos un pueblo de belleza. Nuestros cristianos, por ejemplo, son magníficos. Celebran la muerte en la Cruz y se acuerdan de sus mártires como nosotros. Nuestros zoroástricos son magníficos. Llevan máscaras de cuero donde el fuego refleja la grandeza de Irán, entregan sus cuerpos para que se pudran y alimenten a las aves con su carne muerta. Nuestros carniceros son magníficos. Degüellan a las bestias con el mayor respeto como en tiempos de los profetas y de la luz de Dios. Somos grandes como Darío, más grandes, Anushirvan, más grandes, Ciro, no, más grandes, los profetas predicaron el fervor revolucionario y la guerra, con la guerra respiramos en la sangre como en los gases de combate.

Nosotros hemos sabido respirar en la sangre, llenar nuestros pulmones de sangre y disfrutar plenamente de la muerte. Hemos transmutado la muerte en belleza durante siglos, la sangre en flores, en fuentes de sangre, hemos llenado los escaparates de los museos de uniformes maculados de sangre y gafas rotas por el martirio y estamos orgullosos de ello, porque cada mártir es una amapola, que es roja, que es un poco de belleza, que es este mundo. Nosotros hemos fabricado un pueblo líquido y rojo, vive en la muerte y es feliz en el Paraíso. Hemos tendido una tela negra sobre el Paraíso para protegerlo del sol. Hemos lavado nuestros cadáveres en el río del Paraíso. Paraíso es una palabra persa. Nosotros les damos de beber a los transeúntes el agua de la muerte bajo las tiendas negras del duelo. Paraíso es el nombre de nuestro país, de los cementerios donde vivimos, el nombre del sacrificio.

Parviz no sabía hablar en prosa; no en francés, en todo caso. En persa guardaba su negrura y su pesimismo para sus poemas, él era mucho menos grave, lleno de humor; los que, como Faugier o Sarah, conocían lo bastante bien la lengua como para disfrutarlo, a menudo se reían a carcajadas: contaba chistes con mucho gusto, chistes que en cualquier otra parte del mundo hubiese resultado asombroso que conociese un gran poeta. Parviz hablaba muy a menudo de su infancia en Qom durante la década de 1950. Su padre era un religioso, un pensador al que él en sus textos siempre llama el «hombre de negro», si no me falla la memoria. Gracias al «hombre de negro» lee a los filósofos de la tradición persa, desde Avicena hasta Alí Shariatí, y a los poetas místicos. Parviz se sabía de memoria una cantidad extraordinaria de versos clásicos, de Rumi, de Hafez, de Khadju, de Nezamí, de Bidel, y modernos, de Nima, de Shamlú, de Sepehrí o de Akhavan Sales. Una biblioteca ambulante: Rilke, Essenine, Lorca, Char, se sabía al dedillo (en persa y en versión original) miles de poemas. El día que nos conocimos, persuadido de que yo era vienés, buscó en su memoria como quien recorre una antología y regresó de ese breve viaje interior con un poema de Lorca, en español, «En Viena hay diez muchachas, un hombre donde solloza la muerte y un bosque de palomas disecadas», del cual, por supuesto, no entendí ni papa, me lo tuvo que traducir; luego me miró muy seriamente y me preguntó:

—¿Es verdad? Nunca he estado allí.

Sarah intervino en mi lugar:

—Oh, sí que es verdad, sí. Sobre todo por las palomas disecadas.

—Muy interesante, una ciudad taxidermista.

A mí los derroteros que había tomado la conversación no me parecían los más convenientes, así que miré a Sarah con ojos de reprobación, algo que enseguida le pareció divertido, ahí tenemos al austríaco ofendido, no hay nada que le guste más que exponer públicamente mis defectos; el apartamento de Parviz era pequeño pero confortable, lleno de libros y de alfombras; curiosamente, se hallaba en una avenida con nombre de poeta, Nezamí o Attar, no me acuerdo. Uno olvida fácilmente las cosas importantes. Debería dejar de pensar en voz alta, qué vergüenza si alguna vez me grabasen. Tengo miedo de pasar por loco. No uno como el loco del Museo Abguineh o como el amigo Bilger, pero un chiflado a pesar de todo. El tipo que le habla a su radio y a su ordenador portátil. Que discute con Mendelssohn y con su taza de Red Love acidulado. También yo podría haberme traído un samovar de Irán, mira. Me pregunto qué habrá hecho Sarah con el suyo. Traerme un samovar en lugar de discos, instrumentos musicales y las obras de unos poetas que jamás comprenderé. ¿Acaso hablaba solo, en otros tiempos? ¿Acaso inventaba roles, voces, personajes? Mi viejo Mendelssohn, debo confesar que en resumidas cuentas conozco bastante mal tu obra. Qué quieres, uno no puede escucharlo todo, espero que no te ofendas. En cambio, conozco tu casa, en Leipzig. El busto de Goethe sobre tu escritorio. Goethe tu padrino, tu primer maestro. Goethe, que oyó a dos niños prodigio, a Mozart y a ti. Allí vi tus acuarelas, tus bonitos paisajes suizos. Tu salón. Tu cocina. Vi el retrato de la mujer que amaste y los recuerdos de tus viajes a Inglaterra. Tus hijos. Imaginé una visita de Clara y Robert Schumann, tú salías precipitadamente de tu gabinete de trabajo para recibirlos. Clara estaba resplandeciente; llevaba una pequeña cofia, los cabellos recogidos atrás, algunos tirabuzones le caían sobre las sienes y le encuadraban el rostro. Robert llevaba unas partituras bajo el brazo y un poco de tinta en el puño derecho, tú te reíste. Os sentasteis todos en el salón. Esa misma mañana habías recibido una carta de Ignaz Moscheles desde Londres en la que te anunciaba su disposición para ir a enseñar a Leipzig en el novísimo conservatorio que tú acababas de fundar. Moscheles, tu profesor de piano. Le anuncias las excelentes noticias a Schumann. Y es que vais a trabajar todos juntos. Si Schumann acepta, desde luego. Y acepta. Luego desayunáis. Luego salís a dar un paseo, siempre os he imaginado como grandes caminadores, a Schumann y a ti. Te quedan cuatro años de vida. Dentro de cuatro años Moscheles y Schumann portarán tu ataúd.

Siete años más tarde será Schumann quien se sumergirá, en Düsseldorf, en el Rin y la demencia.

Me pregunto, mi viejo Mendel, quién me tomará primero, la muerte o la locura.

—¡Doctor Kraus! ¡Doctor Kraus! Le exijo que responda a esta pregunta. Según las últimas investigaciones de esos legistas del alma que son los psiquiatras *post mortem*, parece ser que Schumann no estaba más enajenado que usted o yo mismo; que estaba simplemente triste, profundamente triste por las dificultades de su relación amorosa, por el fin de su pasión, tristeza que olvidaba con el alcohol. Clara lo dejó morir abandonado durante dos largos años en el fondo de un asilo, esa es la verdad, doctor Kraus. La única persona (con Brahms, pero convendrá usted en que Brahms no cuenta) que lo visitó, Bettina von Arnim, la hermana de Brentano, así lo confirma. Según ella, Schumann fue encerrado injustamente. No es Hölderlin en su torre. Por otra parte, el último gran ciclo para piano de Schumann, los *Cantos del alba*, compuesto apenas seis meses antes de su internamiento, está inspirado en Hölderlin y dedicado a Bettina Brentano von Arnim. Acaso Schumann pensaba en la torre de Hölderlin a orillas del Neckar, acaso es lo que temía, Kraus, ¿qué piensa usted?

—El amor puede devastarnos, ese es mi profundo convencimiento, doctor Ritter. Pero tampoco podemos estar del todo seguros. En todo caso, le recomiendo que se tome estas medicinas para descansar un poco, amigo mío. Usted necesita calma y descanso. Y no, no le prescribiré opio para «ralentizar su metabolismo», como usted dice. No es posible alejar el instante de la muerte *ralentizando el metabolismo*, estirando el tiempo, doctor Ritter, esa es una idea absolutamente infantil.

—Pero en fin, querido Kraus, ¿qué le dieron a Schumann durante esos dos años en su asilo de Bonn? ¿Caldo de gallina?

—Lo ignoro, doctor Ritter, no tengo ni idea. Solo sé que los médicos de la época diagnosticaron una *melancholia psychotica* que requirió internamiento.

—Ah, los médicos son terribles, ¡usted jamás contradiría a un colega! ¡Charlatanes, Kraus! ¡Charlatanes! ¡Vendidos! *Melancholia psychotica, my ass!* ¡Estaba más sano que una manzana, es lo que afirma la Brentano! Lo único es que sufrió un pequeño revés. Un pequeño revés, el Rin lo despertó, hasta lo revivificó, como buen alemán el Rin lo resucitó, las ondinas le acariciaron las partes y ¡hop! Figúrese, Kraus, que ya antes de la visita de la Brentano pedía papel pautado, una edición de los *Caprichos* de Paganini y un atlas. ¡Un atlas, Kraus! Schumann quería ver mundo, dejar Endenich y a su verdugo, el doctor Richarz. ¡Ver mundo! No había ninguna razón para enterrarlo en esa casa de locos. La responsable de sus desgracias fue su mujer, Clara, que, a pesar de todos los informes que recibía de Endenich, jamás fue a buscarlo. Clara, que siguió *al pie de la letra* las recomendaciones criminales de Richarz. La responsable de la crisis que la medicina transformó en un largo entierro fue Clara. Fue la pasión, el fin de la pasión, la angustia del amor lo que lo enfermó.

—Adónde quiere ir a parar por ahí, doctor Ritter, mientras se acaba su horrible filtro de pétalos artificiales, ¿cree que acaso usted mismo no está tan gravemente enfermo? ¿Que también usted ha sufrido apenas «un pequeño revés» debido a una cuestión amorosa y no una larga y terrorífica enfermedad?

—Doctor Kraus, me gustaría mucho que tuviese usted razón. Me gustaría mucho tener razón también por Schumann. Los *Cantos del alba* son tan… tan únicos. Fuera del tiempo de Schumann, aparte de su escritura. Schumann estaba fuera de sí cuando escribió los *Cantos del alba*, unas semanas antes de la noche fatal, justo antes de las últimas *Variaciones de los espíritus* que siempre me han asustado, compuestas alrededor de (durante) la zambullida en el Rin. *Mi* bemol mayor. Un tema nacido de una alucinación auditiva, acúfeno melódico o revelación divina, pobre Schumann. *Mi* bemol mayor, la tonalidad de la sonata de *Los adioses* de Beethoven. Los fantasmas y los adioses. El alba, los adioses. Pobre Eusebius. Pobre Florestan, pobres compañeros de David. Pobres de nosotros.

A veces me pregunto si yo mismo no tendré alucinaciones. Hete aquí que evoco *Los adioses* de Beethoven y que *Die Ö1 Klassiknacht* anuncia la sonata opus 111 del propio Beethoven. Quién sabe si no programarán la música *al revés*, Schumann tardío, luego Mendelssohn, Beethoven; falta Schubert: si permanezco a la escucha el tiempo suficiente, estoy seguro de que pondrán una sinfonía de Schubert, primero música de cámara, luego piano, solo falta la orquesta. He pensado en *Los adioses* y es la trigésimo segunda, la que Thomas Mann en *Doktor Faustus* llama «el adiós a la sonata». ¿Acaso el mundo se ciñe realmente a mis deseos? Ahora es ese mago de Mann quien aparece en mi cocina; cuando le hablo a Sarah de mi juventud siempre miento, le digo «mi vocación de musicólogo viene de *Doktor Faustus*, leyendo *Doktor Faustus* a los catorce años tuve la revelación de la música», qué inmensa mentira. Mi vocación de musicólogo no existe. En el mejor de los casos soy Serenus Zeitblom, doctor, criatura de pura invención; en el peor Franz Ritter, que de niño soñaba con ser relojero. Vocación inconfesable. ¿Cómo explicarle al mundo, querido Thomas Mann, querido mago, que de niño era un apasionado de los relojes y los péndulos? Me tomarían enseguida por un conservador estreñido (que lo soy, por otra parte), no verían en mí al soñador, al creador obsesionado por el tiempo. Pues del tiempo a la música no hay más que un paso, mi querido Mann. Es lo que me digo cuando estoy triste. Cierto, no triunfaste en el mundo de las maravillosas mecánicas, los cucos y las clepsidras, pero has conquistado el tiempo por la música. La música es el tiempo domesticado, el tiempo reproducible, el tiempo hecho forma. Y como les sucede a los relojes, uno desearía que fuese perfecto, ese tiempo, que no se desviase ni un microsegundo, ve usted adónde quiero ir a parar, doctor Mann, querido premio Nobel, faro de las letras europeas. Mi vocación de relojero me viene de mi abuelo, quien muy tiernamente, muy despacio, me inoculó el amor por los bellos mecanismos, por los engranajes ajustados con lupa, los precisos resortes (la dificultad del resorte circular, me decía, a diferencia del peso vertical, es que despliega más energía al principio que al fin de la distensión, así que hay que compensar su extensión mediante sutiles limitaciones, sin gastarlo demasiado). Mi fervor relojero me predestinaba al estudio de la música, que es también cuestión de resortes y de contrapesos, de resortes arcaicos, de pulsación y de tintineos, así que, y este era el objeto de la digresión, no estoy mintiendo a Sarah, en realidad no, cuando le hablo de mi vocación por la musicología, que es a la música lo que la relojería es al tiempo, *mutatis mutandis*. Ah, doctor Mann, veo que frunce el ceño, usted nunca fue un poeta. Escribió *la* novela de la música, *Faustus*, en eso todo el mundo está de acuerdo, salvo el pobre Schönberg, quien, según dicen, se mostró muy celoso. Ah, estos músicos. Nunca están contentos. Egos desproporcionados. Usted dice que Schönberg es Nietzsche más Mahler, un genio inimitable, y él se queja. Se queja sin duda de que no lo llame usted Arnold Schönberg, sino Adrian Leverkühn. Seguramente le hubiese gustado mucho que le dedicase usted seiscientas páginas de novela, cuatro años de su genio, llamándolo por su nombre, Schönberg, aunque en resumidas cuentas no fuese él, sino Nietzsche lector de Adorno, padre de un niño muerto. Nietzsche sifilítico, por supuesto, como Schubert, como Hugo Wolf. Doctor Mann, sin ánimo de ofender, esa historia prostibularia me parece un poco exagerada. Fíjese en mi caso, uno puede contagiarse de afecciones absolutamente exóticas sin necesidad de enamorarse de una prostituta degradada a causa de una enfermedad profesional. Qué historia tan terrorífica, el hombre que sigue a su amada más allá del burdel y se acuesta con ella sabiendo que contraerá su terrible bacteria. Seguramente de ahí vienen las quejas de Schönberg, de esa manera de tacharlo de sifilítico sin parecerlo. Imagínese su vida sexual tras la aparición de *Doktor Faustus*, el pobre. Las dudas de sus parejas. Por supuesto, exagero y nadie pensó jamás en ello. Para usted la enfermedad se oponía a la salud nazi. Reivindicar el cuerpo y el espíritu enfermos supone enfrentarse directamente con aquellos que habían decidido asesinar a todos los alienados en las primeras cámaras de gas. Tenía usted razón. Probablemente podría haber escogido otra afección, la tuberculosis, por ejemplo. Discúlpeme, perdón, evidentemente era imposible. Y es que la tuberculosis, aun en el caso de que no hubiese usted escrito *La montaña mágica*, supone el aislamiento de la sociedad, la reagrupación de los enfermos en gloriosos sanatorios, mientras que la sífilis es una maldición que uno se guarda para sí, una de esas enfermedades de la soledad que a uno lo roen en la intimidad. Tuberculosos y sifilíticos, he ahí la historia del arte en Europa: lo público, lo social, la tuberculosis; o lo íntimo, lo vergonzoso, la sífilis. Más allá de lo dionisíaco o lo apolíneo, propongo estas dos categorías para el arte europeo. Rimbaud: tuberculoso. Nerval: sifilítico. ¿Van Gogh? Sifilítico. ¿Gauguin? Tuberculoso. ¿Rückert? Sifilítico. ¿Goethe? ¡Un gran tuberculoso, vamos! ¿Miguel Ángel? Atrozmente tuberculoso. ¿Brahms? Tuberculoso. ¿Proust? Sifilítico. ¿Picasso? Tuberculoso. ¿Hesse? Se vuelve tuberculoso tras un principio sifilítico. ¿Roth? Sifilítico. Los austríacos en general son sifilíticos, salvo Zweig, que es, por supuesto, el modelo del tuberculoso. Fíjese en Bernhard: absolutamente, terriblemente sifilítico a pesar de su enfermedad pulmonar. Musil: sifilítico. ¿Beethoven? Ah, Beethoven. Se ha cuestionado si la sordera de Beethoven no sería debida a la sífilis, pobre Beethoven, le encontraron *a posteriori* todos los males del mundo. Hepatitis, cirrosis alcohólica, sífilis, la medicina se ensaña con los grandes hombres, está claro. Con Schumann, con Beethoven. ¿Sabe usted qué lo mató, señor Mann? ¿Lo que se conoce hoy en día de fuente más o menos segura? El plomo. El saturnismo. Sí señor. No fue la sífilis. ¿Y de dónde venía ese plomo?, no se lo va usted a creer. De los médicos. Fueron los odiosos y absurdos tratamientos de esos charlatanes los que mataron a Beethoven y sin duda también los que lo volvieron sordo. Terrorífico, ¿no le parece? He estado en Bonn dos veces. La primera cuando era estudiante en Alemania, y la segunda más recientemente para dar una conferencia sobre el Oriente de Beethoven y *Las ruinas de Atenas*, con ocasión de la cual me encontré con el fantasma de mi amigo Bilger. Pero esa es otra historia. ¿Conoce los aparatos acústicos de Beethoven que hay en la Beethovenhaus en Bonn? No se ha visto nada más horroroso. Pesados martillos, latas de conservas encajadas, da la impresión de que hacen falta dos manos para sostenerlas. Ah, aquí tenemos la opus 111. Al principio estamos todavía en la sonata. Aún no en el Adiós. El conjunto del primer movimiento está construido sobre las sorpresas y las diferencias: la majestuosa introducción, por ejemplo. Uno tiene la impresión de estar tomando un tren en marcha, de haberse olvidado algo; es como entrar en un mundo que ya había empezado a girar antes de haber nacido, un tanto desorientado por la séptima disminuida: las columnas de un templo antiguo, esos *forti*. El pórtico de un universo nuevo, un pórtico de diez medidas, bajo el cual pasamos a *do* menor, juntas la potencia y la fragilidad. Coraje, júbilo, grandilocuencia. ¿Están también los manuscritos de la trigésimo segunda en las salas Bodmer en Bonn? Doctor Mann, sé que usted lo conoció, al famoso Hans Conrad Bodmer. El mayor coleccionista beethoveniano. Con suma paciencia lo reunió todo, entre 1920 y 1950 lo compró todo, las partituras, las cartas, los muebles, los objetos más diversos; con ello iba llenando su villa zuriquesa, y les mostraba esas reliquias a los grandes intérpretes que estaban de paso, los Backhaus, los Cortot, los Casals. A golpe de francos suizos, Bodmer reconstituyó a Beethoven como se reconstituye una antigua vasija quebrada. Volvió a pegar todo lo que se había ido desperdigando durante cerca de cien años. ¿Sabe usted qué es lo que más me emocionó de entre todos esos objetos, doctor Mann? ¿El escritorio de Beethoven? ¿El que poseía Stefan Zweig, sobre el que escribió la inmensa mayoría de sus libros y que acabó por vender junto con su colección de manuscritos a su amigo Bodmer? No. ¿Su escribanía de viaje? ¿Sus sonotones? Tampoco. Su brújula. Beethoven poseía una brújula. Una pequeña brújula de metal, de cobre o de latón, que puede contemplarse en una vitrina junto a su bastón. Un compás de bolsillo, redondo, con tapa, muy parecido a los modelos actuales, me parece. Una hermosa esfera de color con una magnífica rosa de los vientos. Sabemos que Beethoven era un gran paseante. Pero caminaba por los alrededores de Viena, por la ciudad en invierno y en verano por el campo. No hay necesidad de brújula para salir de Grinzing o encontrar el Augarten: ¿acaso en sus excursiones por el bosque vienés llevaba consigo ese compás, o cuando atravesaba las viñas para llegar al Danubio en Klosterneuburg? ¿Acaso contemplaba la idea de un gran viaje? ¿Italia, tal vez? ¿Grecia? ¿Acaso Hammer-Purgstall lo había convencido para ir a visitar Oriente? Hammer le propuso a Beethoven que musicase textos «orientales», los suyos, pero también traducciones. Según parece, el maestro nunca aceptó. No hay lieder «orientales» en Beethoven aparte de *Las ruinas de Atenas* del horrible Kotzebue. Solo existe una brújula. Yo tengo una réplica, o por lo menos un modelo parecido. No dispongo de muchas ocasiones para servirme de ella. Creo que no ha salido nunca de este apartamento. Así que siempre marca la misma dirección, al infinito, sobre su estante, la tapa cerrada. Sometida con perseverancia por el magnetismo, sobre su gota de agua, la doble aguja roja y azul señala al este. Siempre me pregunté dónde debió de encontrar Sarah este raro artefacto. Mi brújula de Beethoven señala al este. Y no es solo la esfera, qué va, tan pronto como tratas de orientarte, te das cuenta de que la brújula apunta hacia el este y no hacia el norte. Una brújula de broma. Pasé mucho tiempo jugando con ella, incrédulo, hice decenas de pruebas, en la ventana de la cocina, en la ventana del salón, en la ventana de la habitación y, efectivamente, señala al este. Sarah se partía de risa viendo cómo yo giraba la maldita brújula en todos los sentidos. Me decía: «Entonces ¿te encuentras o no?». Pero con ese instrumento era absolutamente imposible orientarse. Apuntaba hacia la Votivkirche, la aguja se estabilizaba rápidamente, bien inmóvil, yo giraba la rueda para colocar la N bajo la aguja, pero entonces el acimut afirmaba que la Votivkirche se hallaba al este en lugar de estar al sur. Es falsa, eso es todo, no funciona. Sarah se moría de risa, contenta de su broma, ¿ni siquiera sabes manejar una brújula? ¡Te digo que apunta al este! Y en efecto, milagrosamente, si se colocaba la E bajo la aguja en lugar de la N, entonces, como por encanto, todo estaba en su sitio: el norte en el norte, el sur en el sur, la Votivkirche al borde de la Ring. Yo no entendía cómo era posible, debido a qué sortilegio podía existir una brújula que señalase al este y no al norte. El magnetismo terrestre se subleva contra semejante herejía, ¡este objeto está tocado por alguna suerte de magia negra! Sarah lloraba de risa al verme tan desconcertado. Se negaba a explicarme el truco; yo me sentía terriblemente ofendido; giré y volví a girar aquel maldito cuadrante en todos los sentidos. La bruja responsable del encanto (o, por lo menos, de su compra, pues hasta los magos más grandes compran sus trucos) acabó por compadecerse de mi falta de imaginación y me confió que en realidad había dos agujas separadas por un cartón; la aguja imantada se encontraba debajo, inaccesible a la vista, y la segunda, sujeta a la primera, formaba un ángulo de noventa grados con el imán, de modo que siempre señalaba el eje este-oeste. ¿Cuál era la gracia? Aparte de tener ante los ojos de forma inmediata la dirección de Bratislava o de Stalingrado sin hacer cálculos, yo no veía ninguna.

—Franz, careces de poesía. Ahora posees una de las pocas brújulas que apuntan hacia oriente, la brújula de la Iluminación, el artefacto suhrawardiano. Una vara de zahorí mística.

Se preguntará usted, querido señor Mann, qué relación podía guardar Suhrawardi, gran filósofo persa del siglo XII decapitado en Alepo por orden de Saladino, con la brújula de Beethoven (o por lo menos con la versión traficada por Sarah). Suhrawardi, nativo de Suhraward en el noroeste de Irán y descubierto para Europa (y en gran parte también para los iraníes) por Henry Corbin (¿le he hablado ya de las butacas de cuero de Corbin en las que comíamos pistachos en Teherán?), el especialista en Heidegger que se pasó al islam y dedicó a Suhrawardi y a sus sucesores un volumen entero de su gran obra, *En islam iraní*. Henry Corbin es sin duda uno de los pensadores europeos más influyentes en Irán, cuyo largo trabajo de edición y de exégesis participó en la renovación, en la tradición, del pensamiento chiíta. Especialmente en la renovación de la exégesis de Suhrawardi, el fundador de la «teosofía oriental», de la sabiduría de las Luces, el heredero de Platón, de Plotino, de Avicena y de Zoroastro. Mientras la metafísica musulmana se apagaba en las tinieblas occidentales con la muerte de Averroes (y la Europa latina se detuvo ahí), ella continuaba brillando en el este a través de la teosofía mística de los discípulos de Suhrawardi. Esa es la vía que muestra mi brújula, según Sarah, el camino de la Verdad en el sol naciente. El primer orientalista en sentido estricto es este decapitado de Alepo, jeque de la iluminación oriental, del *Ishraq*, las luces del este. Mi amigo Parviz Baharlou el poeta de Teherán, el erudito de la alegre tristeza, solía hablarnos de Suhrawardi, del saber del *Ishraq* y de su relación con la tradición mazdeísta del Irán antiguo, un vínculo subterráneo que unía el Irán chiíta moderno con la Persia antigua. Para él, esa corriente era mucho más interesante y subversiva que la iniciada por Alí Shariatí, basada en la relectura del chiísmo como arma de combate revolucionario, que él llamaba «el río seco» porque la tradición no fluía en ella, el flujo espiritual estaba ausente. Desgraciadamente, según Parviz, los mulás iraníes en el poder no sabían qué hacer ni con una ni con la otra: no solo las ideas revolucionarias de Shariatí ya no estaban en boga (al principio de la Revolución, Jomeini ya había condenado su pensamiento como innovación censurable), sino que el aspecto teosófico y místico fue borrado de la religión del poder en provecho de la sequedad del *velayat-e faqih*, el «gobierno del jurista»: los clérigos, hasta el momento de la parusía del Mahdi, el imán escondido que traerá la justicia a la tierra, son los responsables de la administración terrestre, los intermediarios no espirituales, aunque sí temporales, del Mahdi. En su tiempo, esa teoría había provocado la cólera de grandes ayatolás como Shariatmadari, que había formado en Qom al padre de Parviz. Por otra parte, Parviz añadía que el *velayat-e faqih* había tenido enormes consecuencias en las vocaciones: el número de aspirantes a mulá se multiplicó por cien, porque un magisterio temporal permitía llenarse los bolsillos mucho más fácilmente (y Dios sabe lo profundos que son los bolsillos de los mulás) que un sacerdocio espiritual, rico en recompensas en el más allá pero bastante poco rentable en este bajo mundo; así fue como florecieron los turbantes en Irán, por lo menos tanto como los funcionarios en el Imperio austro-húngaro, por así decirlo. Hasta tal punto que hoy algunos religiosos lamentan que en las mezquitas haya más clérigos que fieles, que uno encuentre demasiados pastores y cada vez menos carneros a los que esquilar, más o menos como en los últimos tiempos de la Viena imperial, donde había más funcionarios que administrados. El propio Parviz explicaba que viviendo en el Paraíso sobre la tierra del islam no veía qué motivo habría para ir a la mezquita. Las únicas aglomeraciones religiosas donde hay una auténtica muchedumbre, decía, son las reuniones políticas de unos y otros: se han fletado cantidad de autobuses para ir a por los habitantes del sur de la ciudad, que suben jovialmente, contentos del paseo gratuito y la comida que reciben al final de la oración en común.

Sin embargo, el Irán filosófico y místico seguía estando ahí, y fluía como un río subterráneo bajo los pies de los mulás indiferentes; los poseedores del *erfân*, el conocimiento espiritual, seguían la tradición de la práctica y del comentario.

Los grandes poetas persas participaban en esa oración del corazón, puede que inaudible en el estruendo de Teherán, pero cuyo sordo batir era uno de los ritmos más íntimos de la ciudad, del país. Frecuentando a los intelectuales y los músicos, casi olvidábamos la máscara negra del régimen, esa sábana de duelo tendida sobre todo cuanto estaba a su alcance, casi nos librábamos del *zahir*, de lo aparente, para acercarnos al *bâtin*, al vientre, a lo escondido de las potencias del alba. Casi, porque Teherán también sabía desgarrarte el alma por sorpresa y devolverte a la tristeza más superficial, donde no había ni éxtasis ni música: el loco neogobiniano del Museo Abguineh, por ejemplo, con su salvación hitleriana y su bigote, o bien ese mulá que me encontré en la universidad, profesor de yo-qué-sé-qué, llamándonos aparte para explicarnos que nosotros, cristianos, teníamos tres dioses, predicábamos el sacrificio humano y bebíamos sangre; no éramos, pues, simples infieles, sino, *stricto sensu*, terroríficos paganos. Pensándolo bien, fue la primera vez que me hacían llevar el nombre de cristiano: la primera vez que la evidencia de mi bautismo era utilizada por otro para señalarme y (en esta circunstancia) despreciarme, del mismo modo que en el Museo Abguineh fue la primera vez que me imponían el nombre de alemán para situarme entre los hitlerianos. Esa violencia de la identidad atribuida por otro y pronunciada a modo de condena, Sarah la sentía con mucha mayor intensidad que yo. El Apellido que podría haber llevado ella, en Irán debía permanecer en secreto: aunque oficialmente la República Islámica protegía a los judíos iraníes, la pequeña comunidad presente en Teherán desde hacía cuatro milenios era presa de humillaciones y sospechas; las últimas migajas del judaísmo aqueménida solían ser detenidas, torturadas y colgadas tras rotundos procesos que dependían más de la brujería medieval que de la justicia moderna, acusadas —entre otros mil cargos extravagantes— de alterar medicamentos y tratar de envenenar a los musulmanes de Irán por cuenta, por supuesto, del Estado de Israel, cuya evocación tenía en Teherán la misma potencia que los monstruos y los lobos en los cuentos infantiles. Y aunque Sarah, en realidad, no era más judía que católica, más valía no confiarse (vista la facilidad con que la policía fabricaba espías), era mejor disimular ciertos lazos que pudiese mantener con esa entidad sionista que tan ardientemente deseaban aniquilar los discursos oficiales iraníes.

Resulta extraño pensar la facilidad con que hoy en día, en Europa, se tacha de «musulmán» a cualquiera que lleve un nombre patronímico de origen árabe o turco. La violencia de las identidades impuestas.

Ah, la segunda exposición del tema. Hay que escucharla con lupa. Todo se borra. Todo huye. Nos adentramos en territorios nuevos. Todo fuga. Hay que reconocer que sus páginas sobre la trigésimo segunda sonata de Beethoven provocasen los celos de los musicólogos, querido Thomas Mann. Ese conferenciante tartamudo, Kretzschmar, que toca el piano bramando sus comentarios para sobrepasar sus propios *fortissimi*. Menudo personaje. Un tartamudo para hablar de un sordo. ¿Por qué no hay un tercer movimiento en la opus 111? Me gustaría someter a su criterio mi propia teoría. Ese famoso tercer movimiento está presente de forma indirecta. A través de su ausencia. Habita en los cielos, en el silencio, en el futuro. En tanto que se lo espera, ese tercer movimiento quebranta la dualidad del enfrentamiento de las dos primeras partes. Sería un movimiento lento. Lento, tan lento o tan rápido que perdura en una tensión infinita. En el fondo es la misma cuestión que la de la resolución del acorde de Tristán. Lo doble, lo ambiguo, lo turbio, lo huidizo. La fuga. Ese falso círculo, ese imposible regreso queda inscrito por el propio Beethoven justo al principio de la partitura, en el *maestoso* que acabamos de escuchar. Esa séptima disminuida. La ilusión de la tonalidad esperada, la vanidad de las esperanzas humanas, tan fácilmente burladas por el destino. Lo que creemos escuchar, lo que creemos esperar. La esperanza majestuosa de la resurrección, del amor, del consuelo no es seguido sino por el silencio. No hay tercer movimiento. Es terrorífico, ¿no le parece? El arte y las alegrías, los placeres y los sufrimientos de los hombres resuenan en el vacío. Todas esas cosas que apreciamos, la fuga, la sonata, todo eso es frágil, queda disuelto por el tiempo. Escuche el final del primer movimiento, el genio de esa coda que termina en el aire, suspendida después de ese largo camino armónico: hasta el espacio entre los dos movimientos es incierto. De la fuga a la variación, de la huida a la evolución. El aria prosigue, *adagio molto*, sobre uno de los ritmos más sorprendentes, la marcha hacia la sencillez de la nada. Una nueva ilusión de la Esencia; no la descubrimos en la variación como tampoco en la fuga. Creemos ser tocados por la caricia del amor, y nos encontramos cayéndonos de culo por una escalera. Una escalera paradójica que no lleva sino a su punto de partida: ni al paraíso ni al infierno. La genialidad de estas variaciones, convendrá usted conmigo, señor Mann, reside también en sus transiciones. Ahí es donde se halla la vida, la vida frágil, en el vínculo entre todas las cosas. La belleza es el pasaje, la transformación, todas las artimañas de lo vivo. Esta sonata está viva, precisamente porque pasa de la fuga a la variación y desemboca en la nada. «¿Qué hay en la almendra? La Nada. La Nada está en la almendra. Allí está, está.» Por supuesto, no puede conocer estos versos de Paul Celan, señor Mann, cuando aparecieron usted ya había muerto.

> *Una nada*
> *fuimos, somos, seremos,*
> *floreciendo:*
> *rosa de*
> *nada, de nadie.*

Todo lleva a ese famoso tercer movimiento, en silencio mayor, una rosa de nada, una rosa de nadie.

Pero gasto saliva en balde, querido Thomas Mann, sé que usted está de acuerdo conmigo. ¿Le importaría que apagase la radio? Al final Beethoven me pone triste. Sobre todo este trino interminable justo antes de la variación final. Beethoven me devuelve a la nada; a la brújula de Oriente, al pasado, a la enfermedad y al porvenir.

Aquí la vida se termina con la tónica; simplemente, *pianissimo*, en *do* mayor, un acorde todo él blanco seguido de un cuarto de suspiro. Y la nada.

Lo importante es no perder el este. Franz, no pierdas el este. Apaga la radio, detén esa conversación en voz alta con el fantasma de Mann el mago. Mann el amigo de Bruno Walter. Amigo hasta en el exilio, amigo durante treinta y cinco años. Thomas Mann, Bruno Walter y el caso Wagner. La aporía Wagner, de nuevo. Bruno Walter el discípulo de Mahler, al que la burguesía muniquesa acabará por echar de su puesto de director de orquesta porque, siendo semita, maculaba la música alemana. No lustraba lo suficiente la estatua wagneriana. En Estados Unidos se convertirá en uno de los directores más grandes de todos los tiempos. ¿Por qué esta noche estoy tan a la contra de Wagner? Puede que por influencia de la brújula de Beethoven, esa que señala al este. Wagner es el *zahir*, lo aparente, el siniestro Occidente. Bloquea los ríos subterráneos. Wagner es una presa, con él el arroyo de la música europea se desborda. Wagner lo cierra todo. Destruye la ópera. La ahoga. La obra total deviene totalitaria. ¿Qué hay en su almendra? El Todo. La ilusión del Todo. El canto, la música, la poesía, el teatro, la pintura con sus decorados, los cuerpos con sus actores y hasta la naturaleza con su Rin y sus caballos. Wagner es la República Islámica. A pesar de su interés por el budismo, a pesar de su pasión por Schopenhauer, Wagner transforma toda esa alteridad en *yo* cristiano. *Los vencedores*, ópera budista, deviene *Parsifal*, ópera cristiana. Nietzsche es el único que supo alejarse de ese imán. Que supo percibir el peligro. Wagner: tuberculoso. Nietzsche: sifilítico. Nietzsche pensador, poeta, músico. Nietzsche quería *mediterraneizar* la música. Amaba las exóticas exuberancias de *Carmen*, el sonido de la orquesta de Bizet. Amaba. Nietzsche veía el amor en el sol transportado por el mar hasta Rapallo, en las luces secretas de la costa italiana, donde los verdes más densos sufren en el mercurio. Nietzsche había comprendido que, con Wagner, la cuestión no era tanto las cimas que había podido alcanzar como la imposibilidad de su sucesión, la muerte de una tradición que ya no era vivificada (en lo mismo) por la alteridad. La horrible modernidad wagneriana. *La adhesión a Wagner, eso se paga caro.* Wagner quiso ser un peñasco aislado, precipitó las barcas de todos sus sucesores sobre los arrecifes.

Para Nietzsche, el cristianismo reencontrado de *Parsifal* resulta insoportable. El Grial de Perceval suena casi como un insulto personal. La clausura en el sí, en la ilusión católica.

Wagner es una calamidad para la música, afirma Nietzsche. Una enfermedad, una neurosis. El remedio es *Carmen*, el Mediterráneo y el Oriente español. La bohemia. Un mito del amor muy diferente al de Tristán. Hay que bastardear la música, Nietzsche no dice otra cosa. Nietzsche asistió a una veintena de representaciones de *Carmen*. La sangre, la violencia, la muerte, los toros; el amor como golpe de suerte, como esa flor que te arrojan y te condena al sufrimiento. Esa flor que se seca contigo en prisión sin perder su perfume. Un amor pagano. Trágico. Para Bizet, Oriente es Italia: es en Sicilia donde el joven Georges Bizet, premio de Roma, descubre los rastros de los moros, los cielos ardientes de pasión, los limoneros, las mezquitas devenidas iglesias, las mujeres vestidas de negro de las novelas de Mérimée, ese Mérimée a quien Nietzsche adoraba. En una carta, el vidente bigotudo (la carta llamada «del pez volador», donde declara vivir «de manera extraña sobre la cresta de las olas») explica que la coherencia trágica de Mérimée pasa a la ópera de Bizet.

Bizet se casó con una judía e inventó una bohemia. Bizet se casó con la hija de Halévy el compositor de *La judía*, la obra más representada en la Ópera de París hasta la década de 1930. Se cuenta que Bizet murió dirigiendo *Carmen*, durante el trío del Tarot, en el preciso instante en que las tres cartománticas gitanas pronunciaban «¡La muerte! ¡La muerte!». Al darle la vuelta a la carta fatal. Me pregunto si es verdad. Hay toda una red de bohemias mortales en la literatura y en la música, desde Mignon, el andrógino del *Wilhelm Meister* de Goethe, hasta Carmen pasando por la sulfurosa Esmeralda de Hugo; cuando era un adolescente quedé terriblemente impresionado por *Isabel de Egipto*, la novela de Achim von Arnim, el marido de Bettina Brentano; todavía recuerdo el principio del texto, tan sombrío, cuando la vieja gitana le muestra a la joven Bella un punto sobre la colina diciéndole es una horca, cerca de un arroyo; quien está colgado allá arriba es tu padre. No llores, le dice, esta noche iremos a entregar su cuerpo al río para que sea devuelto a Egipto; toma este plato de carne y este vaso de vino y ve a celebrar en su honor la comida fúnebre. Y yo imaginaba, bajo esa luna implacable, a la niña contemplando a lo lejos la horca donde se mecía el cadáver de su padre; veía a Bella, sola, comiendo esa carne y bebiendo ese vino mientras pensaba en el duque de los gitanos, este padre cuyo cadáver iba a tener que arrancar de la horca para confiárselo al torrente, un torrente tan poderoso que tenía el poder de devolver los cuerpos al otro lado del Mediterráneo, a Egipto, patria de los muertos y de los bohemios, y en mi imaginación todavía infantil, todas las peripecias terroríficas de las aventuras de Bella, la fabricación del homúnculo mágico, el encuentro con el joven Charles Quint, todo eso no era nada en comparación con tan horrible comienzo, los restos del duque Michel rechinando en la noche en lo alto del patíbulo, la niña sola con su comida fúnebre. Mi gitana es Bella, más que Carmen: la primera vez que mis padres permitieron que los acompañase a la Ópera de Viena, rito de paso de todo hijo de burgués, fue para una representación de *Carmen* que dirigía Carlos Kleiber; quedé fascinado por la orquesta, por el sonido de la orquesta, por la cantidad de músicos; por los vestidos de las cantantes y el ardiente erotismo de los bailes, pero terriblemente sorprendido ante la horrible fonética francesa de aquellas diosas, fatigado; en lugar de encarnar un excitante acento español, Carmen era rusa y Micaela alemana, les decía a los soldados «Non non, cheu refiendré», lo cual me parecía (qué edad podía tener, doce años quizá) absolutamente desternillante. Yo esperaba una ópera francesa situada en la España salvaje, y no entendía absolutamente nada de los diálogos hablados, ni de las arias, pronunciadas en una especie de sabir marciano que, después lo supe, era, desgraciadamente, el de la ópera de hoy en día. Sobre escena había un enorme barullo de gitanas, militares, asnos, caballos, paja y cuchillos, uno esperaba que en cualquier momento vería salir de bastidores a un auténtico toro al que Escamillo (ruso también) mataría allí mismo; Kleiber saltaba a su atril para intentar que la orquesta tocase más fuerte, más fuerte, siempre más fuerte, con acentos tan exagerados que hasta los asnos, los caballos, los muslos bajo los vestidos y los pechos en los escotes parecían una función de pueblo: los triángulos golpeados hasta la dislocación del hombro, los metales soplados de un modo tan poderoso que hacían volar los cabellos de los violinistas y las enaguas de la cigarrera, las cuerdas cubriendo las voces de los cantantes, obligados a bramar como borricos o jacas para hacerse oír y perdiendo así todo matiz; solo el coro de los niños, «Con la guardia entrante», etcétera, parecía divertirse con aquel énfasis, gritando ellos también a cual más fuerte y blandiendo sus armas de madera. Había tanta gente en escena que uno se preguntaba cómo podían moverse sin caer en el foso de la orquesta, sombreros, tocas, gorros, rosas en los peinados, sombrillas, fusiles, una masa, un magma de vida y de música de una confusión sin límite reforzada, en mi memoria (aunque la memoria siempre exagera), por la dicción de los actores, que acercaba el texto a simples borborigmos; afortunadamente, antes mi madre ya me había contado pacientemente la historia funesta del amor de don José por Carmen; recuerdo perfectamente mi pregunta, pero ¿por qué la mata? ¿Por qué matar a la mujer amada? Si la quiere, ¿por qué la apuñala? Y si ya no la ama, si se ha casado con Micaela, entonces ¿cómo puede seguir sintiendo el odio suficiente como para asesinarla? La historia era para mí sumamente improbable. Me parecía muy extraño que Micaela consiguiese descubrir ella sola la guarida de los contrabandistas en la montaña, cuando la policía no lo había logrado. Tampoco entendía por qué, al final del primer acto, don José dejaba escapar a Carmen de prisión, si apenas la conocía. Además, había rajado de una cuchillada a una pobre joven. ¿Acaso don José no tenía el menor sentido de la justicia? ¿Es que ya era un asesino en potencia? Mi madre suspiraba que yo no entendía nada sobre la fuerza del amor. Por suerte, la exuberancia kleiberiana me permitió olvidar el relato y concentrarme en los cuerpos de aquellas mujeres bailando en escena, en sus trajes y en sus posturas sugerentes, en la seducción lasciva de sus bailes. Las bohemias son una historia de pasión. Desde *La gitanilla* de Cervantes, en Europa los cíngaros han representado una alteridad de deseo y de violencia, un mito de libertad y de viaje; hasta en la música: por los personajes que abastecen las óperas, pero también por las melodías y los ritmos. En *De los bohemios y sus músicas en Hungría*, Franz Liszt, tras una introducción siniestra y antisemita de noventa páginas dedicada a los judíos en el arte y la música (de nuevo los absurdos argumentos wagnerianos: disimulación, cosmopolitismo, ausencia de creación, de genio, en provecho de la imitación y del talento: Bach y Beethoven, genios, contra Meyerbeer y Mendelssohn, imitadores talentosos), describe la libertad como la primera característica de «esa extraña raza» bohemia. El cerebro lisztiano, roído por el concepto de raza y por el antisemitismo, se debate entre salvar o no a los gitanos; si algo los diferencia de los judíos, sentencia, es que no esconden nada, que no tienen ni Biblia ni testamento propio; los gitanos son ladrones, cierto, porque no se doblegan ante ninguna norma, como el amor en *Carmen*, que «jamás conoció ley alguna». Los niños de bohemia corren detrás de «la eléctrica chispa de una sensación». Están prestos a cualquier cosa por *sentir*, no importa a qué precio, en comunión con la naturaleza. El cíngaro nunca es tan feliz como cuando duerme en un bosque de abedules, nos enseña Liszt, cuando sorbe las emanaciones de la naturaleza a través de todos sus poros. Libertad, naturaleza, sueño, pasión: los bohemios de Liszt son el pueblo romántico por excelencia. Pero cuando encontramos al Liszt más profundo, al más amoroso, es sin duda cuando olvida las fronteras de la raza que acaba de atribuirle a los *rom* y se interesa por su contribución a la música húngara, por los motivos cíngaros que alimentan la música húngara; la epopeya bohemia alimenta la música, Liszt se convertirá en el rapsoda de esas aventuras musicales. La fusión con los elementos tártaros (según los orígenes, en la época, los húngaros misteriosos) firma el nacimiento de la música húngara. A diferencia de España, donde los cíngaros no dan nada bueno (una vieja guitarra que suena como una sierra en la pereza de una cueva del Sacromonte o de los palacios en ruinas de la Alhambra no puede considerarse música, dice), es en las inmensas llanuras de Hungría donde el fuego gitano encontrará según él su más hermosa expresión; imagino a Liszt en España, en el esplendor olvidado de los restos almohades, o en la mezquita de Córdoba, buscando apasionadamente gitanos para escuchar su música; en Granada leyó los *Cuentos de la Alhambra* de Washington Irving, oyó cómo las cabezas de los abencerrajes caían bajo el sable de los verdugos, en el estanque de la fuente de los leones; Washington Irving el norteamericano, el amigo de Mary Shelley y de Walter Scott, el primer escritor en revivir la gesta de los musulmanes de España, el primero en reescribir la crónica de la conquista de Granada y en vivir un tiempo en el Alhambra. Es extraño que Liszt, en los cantos alrededor de esa mala guitarra, como dice, no haya oído otra cosa que trivialidades; reconoce, sin embargo, que tuvo mala pata. El afortunado es Domenico Scarlatti, quien durante su larga estancia en Andalucía, en la pequeña corte de Sevilla, sin duda escuchó un buen montón de rastros de las músicas moras perdidas, transportados por los gitanos al flamenco naciente; ese aire vivifica la música barroca y participa, a través de la originalidad de Scarlatti, en la evolución de la música europea. Desde los márgenes, en los paisajes húngaros y las colinas andaluzas, la pasión gitana transmite su energía a la música así llamada «occidental»: un nuevo argumento para la idea de Sarah de la «construcción común». Esa es, por otra parte, la contradicción de Liszt: al limitar la aportación gitana a la «raza» gobineana, la está alejando, la está neutralizando; esa aportación que él reconoce no puede concebirla sino como un flujo antiguo que desde «ese pueblo extranjero como los judíos» llega a la música húngara de los primeros tiempos: sus rapsodias se titulan *Rapsodias húngaras*, y no *Rapsodias gitanas*… Ese gran movimiento de exclusión «nacional», la construcción histórica de la música «alemana», «italiana», «húngara» concebida como la expresión de la nación homónima, en perfecta adecuación con ella, queda, en realidad, inmediatamente contradicha incluso por sus propios teóricos. Los arrebatos modales de algunas sonatas de Scarlatti, las alteraciones de la gama gitana (Liszt habla de «muy extraños tornasoles y de un resplandor que resulta ofensivo»), son como cuchilladas en la armonía clásica, la cuchillada de Carmen, cuando raja con una cruz de San Andrés la cara de una de las cigarreras. Podría sugerirle a Sarah que se adentrase en el mundo de los gitanos de Oriente, tan poco estudiados, los cíngaros turcos, los nawars sirios, los lulis iraníes: nómadas o sedentarios de la India al Magreb pasando por Asia Central desde la época sasánida y el rey Bahram Gour. En la poesía persa clásica, los gitanos son libres, alegres, músicos; tienen la belleza de la luna, bailan y seducen: son objeto de amor y de deseo. No sé nada de su música, ¿es diferente de la de Irán o, al contrario, es el sustrato sobre el cual crecen los modos iraníes? Entre la India y las llanuras de Europa del oeste late la sangre libre de sus lenguas misteriosas, de todo cuanto llevaron consigo en sus desplazamientos, dibujando otro mapa, secreto: el de un inmenso país que va del valle del Indo hasta el Guadalquivir.

Sigo dándole vueltas al amor. Remuevo mi cucharilla en una taza vacía. ¿Me apetece otra infusión? Lo que está claro es que no tengo sueño. ¿Qué intenta decirme esta noche el Destino? Podría echarme las cartas, si tuviese la menor competencia en la materia me echaría el Tarot. «Madame Sosostris, famous clairvoyante, is known to be the wisest woman in Europe, with a wicked pack of cards.» He aquí mi carta, El Marino Fenicio Ahogado. El ahorcado oriental acuático, en suma. «Temed a la muerte por ahogamiento.» O en Bizet:

> *Pero si debes morir,*
> *si tan terrible palabra*
> *está escrita por el destino,*
> *aunque comiences veinte veces,*
> *implacablemente las cartas*
> *repetirán: ¡Muerte!*
> *¡Una y otra vez!*
> *¡Siempre la muerte!*
> *¡Otra vez! ¡El desaliento!*
> *¡Siempre la muerte!*

Morir de la mano de Carmen o de la señora Sosostris es exactamente lo mismo, «kifkif bourricot», como dicen los franceses. El anuncio de una muerte ya muy próxima, como en la hermosa sobriedad del postscriptum de una de las últimas cartas de Nietzsche, el gigante de los bigotes de arcilla,

P. D.: Este invierno me quedo en Niza. Mi dirección estival es: Sils-Maria, Haute-Engadine, Suiza. He dejado de dar clases en la universidad. Estoy ciego en tres cuartas partes.

que resuena como un epitafio. Cuesta imaginar que exista una última noche en la que uno ya esté ciego en tres cuartas partes. Se dice que Sils en Engadine se cuenta entre los paisajes de montaña más bonitos de Europa. El lago de Sils y el lago de Silvaplana, a los que Nietzsche iba a pasear. Nietzsche el persa, Nietzsche el lector del Avesta, último o primer zoroástrico de Europa, cegado por la luz del fuego de Ahura Mazda la Gran Claridad. Todo sigue cruzándose una y otra vez; Nietzsche enamorado de Lou Salomé, la misma Lou que se casará con un orientalista, Friedrich Carl Andreas, especialista en lenguas iraníes, un orientalista que a punto estará de matarse a cuchilladas porque ella le niega su cuerpo hasta volverlo loco de deseo; Nietzsche se cruza con Annemarie Schwarzenbach en Sils-Maria, donde los Schwarzenbach poseían un suntuoso chalet; Annemarie Schwarzenbach se cruza con el fantasma de Nietzsche en Teherán, por donde pasa en repetidas ocasiones; Annemarie Schwarzenbach se cruza con Thomas Mann y Bruno Walter a través de Erika y Klaus Mann, a quien envía esas cartas perdidas de Siria y de Irán. Annemarie Schwarzenbach se cruza sin saberlo con Arthur de Gobineau en el valle del Lahr, a unas decenas de kilómetros al norte de Teherán. La brújula señala siempre al este. En Irán, Sarah me llevó a visitar esos lugares, uno tras otro: la villa de Farmanieh donde Annemarie residió con su esposo el joven diplomático francés Claude Clarac, una bonita casa de columnatas neopersas, con un jardín magnífico, que es hoy la residencia del embajador de Italia, hombre afable, encantado de hacernos los honores en su residencia y de enterarse de que la suiza melancólica vivió allí un tiempo; Sarah brilla a la sombra de los árboles, sus cabellos son esos peces dorados que tornasolan en el agua oscura; su felicidad al descubrir aquella casa se transforma en una sonrisa interminable; yo mismo me alegro tanto ante su placer infantil que me siento henchido de un júbilo primaveral, poderoso como el perfume de las innumerables rosas de Teherán. La villa es suntuosa: la fayenza kayarí en las paredes cuenta las historias de los héroes persas; el mobiliario, en muchos casos de época, oscila entre la vieja Europa y el Irán inmortal. El edificio fue modificado y ampliado en la década de 1940, inextricable mezcla entre arquitectura neogótica italiana y siglo XIX persa, bastante armonioso. La ciudad a nuestro alrededor, a menudo tan agria, se suaviza en esa visión de Sarah arrodillada sobre un brocal y de su mano blanca, deformada por el agua de un estanque cubierto de nenúfares. Vuelvo a verla en Irán unos meses después de París y la lectura de su tesis, largos meses después de su matrimonio y de mis celos, después de Damasco, de Alepo y de la puerta de la habitación del Hotel Baron que me cerró en las narices: el dolor se borra poco a poco, todos los dolores se borran, la vergüenza es un sentimiento que imagina al otro en sí mismo, que toma en cuenta la visión del otro, un desdoblamiento, y ahora, arrastrando las pantuflas hacia el salón y mi despacho, tropezando como de costumbre con el paragüero de porcelana invisible en la oscuridad, me digo que fui un estúpido al tratarla con tanta frialdad, y al intrigar al mismo tiempo y de todas las maneras posibles e imaginables para volver a verla en Irán, buscando temas de investigación, becas, invitaciones para ir a Teherán, totalmente cegado por esa idea fija, hasta el punto de alterar por completo mis estimados planes universitarios; en Viena todo el mundo me preguntaba ¿por qué Teherán, por qué Persia? Estambul y Damasco todavía tienen un pase, pero ¿Irán? Y yo tenía que inventarme argumentos retorcidos, cuestiones acerca del «sentido de la tradición musical» en la poesía persa clásica y sus ecos en la música europea, o acudir a un muy perentorio «Tengo que volver a las fuentes» que tenía la ventaja de hacer callar enseguida a los curiosos, convencidos de que había sido tocado por la gracia o, más probablemente, por el viento de la locura.

Mira, sin apenas darme cuenta he despertado a mi ordenador; sé lo que vas a hacer, Franz, vas a hurgar en viejas historias, en tus carnets de Teherán, a releer los correos de Sarah, y sabes que no te conviene, harías mejor en tomarte otra infusión y volver a acostarte. Y si no, corrige, corrige ese trabajo infernal sobre las óperas orientalistas de Gluck.

Una bocanada de opio iraní, una bocanada de memoria es una forma del olvido, del olvido de la noche que avanza, de la enfermedad que se impone, de la ceguera que nos invade. Puede que fuese eso lo que le faltó a Sadeq Hedayat cuando en abril de 1951, en París, decidió abrir el gas, una pipa de opio y de memoria, alguna compañía: el prosista iraní más grande del siglo XX, el más sombrío, el más divertido, el más feroz, acaba por entregarse a la muerte por agotamiento; se abandona, no resiste más, su vida no le parece digna de ser vivida, ni aquí ni allí: la perspectiva de volver a Teherán le resulta tan insoportable como la de quedarse en París, flota, flota en ese estudio que tanto le costó conseguir, en la calle Championnet en París, la Ciudad de la Luz en la que él ve tan poco. De París le gustan los bares, el coñac y los huevos duros, porque es vegetariano desde hace muchísimo tiempo, desde sus viajes a la India; de París le gusta el recuerdo de la ciudad que él conoció en los años veinte, y esa tensión entre el París de su juventud y el de 1951 −entre su juventud y 1951− supone un dolor cotidiano, en sus paseos por el Barrio Latino, en sus largos callejeos por los suburbios. Frecuenta (es mucho decir) a algunos iraníes, exiliados como él; esos iraníes lo encuentran un poco altivo, un tanto despectivo, lo que probablemente sea el caso. Ya no escribe mucho. «Solo escribo para mi sombra, proyectada por la lámpara sobre la pared; he de lograr que me conozca.» Sus últimos textos los quemará. Nadie ha amado y odiado tanto Irán como Hedayat, contaba Sarah. Nadie ha estado tan atento a la lengua de la calle, a los personajes de la calle, a los beatos, a los humildes, a los poderosos. Nadie ha sabido construir una crítica tan salvaje y al mismo tiempo un elogio tan inmenso de Irán como Hedayat. Puede que fuese un hombre triste, sobre todo al final de su vida, ácido y a la vez amargo, pero no es un escritor triste, ni mucho menos.

Como a Hedayat, París siempre me intimidó; la extraña violencia que se respira, el olor a cacahuete tibio del metro, la costumbre que tienen sus habitantes de correr en lugar de caminar, la mirada al suelo, preparados para arramblar con cualquier cosa con tal de llegar a su destino; la roña, que parece acumularse en la ciudad sin interrupción por lo menos desde Napoleón; el río tan noble y tan apretado en sus orillas pavimentadas, salpicadas por monumentos altivos y disparatados; todo, bajo el ojo fofo y lechoso del Sacré-Coeur, me parece siempre de una belleza baudelairiana, monstruosa. París capital del siglo XIX y de Francia. En París nunca logré desprenderme de mis vacilaciones de turista, y mi francés, por mucho que me esfuerce en que resulte contenido, sobrio, perfecto, allí se halla siempre en el exilio: tengo la impresión de no entender más que una palabra de cada dos, y peor todavía, el colmo de la humillación, a menudo me hacen repetir la frase; desde Villon y el final de la Edad Media, en París no se habla sino en jerga. E ignoro si esos rasgos característicos hacen que Viena o Berlín se vean como dulces y provincianas o, al contrario, es París la que sigue sumergida en su provincia, aislada en el corazón de esa Île-de-France cuyo mismo nombre puede que esté en el origen de la singularidad de la ciudad y de sus habitantes. Sarah es una auténtica parisina, si es que el adjetivo tiene realmente algún sentido: en todo caso nació allí, creció allí y, para ella, «il n'est bon bec que de Paris». Y para mí también: tengo que admitir que Sarah, incluso enflaquecida por el agotamiento, los ojos ligeramente oscurecidos, el pelo más corto que de costumbre, como si hubiera entrado en un monasterio o en prisión, las manos pálidas y casi óseas, la alianza de pronto demasiado holgada saliéndosele del dedo, seguía siendo el ideal de belleza femenino. Qué pretexto me inventé para esa breve estancia parisina, ya no me acuerdo; me alojé en un pequeño hotel muy cerca de la plaza Saint-Georges, una de esas plazas de proporciones milagrosas transformadas en un infierno por obra y gracia del automóvil; lo que yo ignoraba es que «a dos pasos de la plaza Saint-Georges» (tal como decía el folleto del hotel que debí de escoger, inconscientemente, por las resonancias amistosas del nombre del santo, mucho más familiar que, pongamos, Notre-Dame-de-Lorette o Saint-Germain-l'Auxerrois) significaba desgraciadamente a dos pasos de la plaza Pigalle, monumento gris con todo tipo de atrocidades visuales donde los chulos de los bares de putas te agarraban por el brazo para insistir en que te tomases algo y no te soltaban hasta haberte insultado copiosamente, convencidos de que sus invectivas, marica, impotente, harían mella en tu virilidad. Curiosamente, la plaza Pigalle (y las calles adyacentes) se hallaba entre

Sarah y yo. Sarah y Nadim tenían su apartamento un poco más arriba, en la plaza des Abbesses, a medio camino de la ascensión que lleva (¡oh, París!) de las putas de Pigalle a los frailecillos del Sacré-Cœur, más allá de la loma donde manejaban sus cañones los comunardos, hacia la última morada de Sadeq Hedayat. En el momento de mi visita, Nadim estaba en Siria, lo cual a mí me venía de perlas. Cuanto más subía yo para acudir a mi cita con Sarah, por aquellos callejones que pasan sin previo aviso de lo sórdido a lo turístico y de lo turístico a lo burgués, más me daba cuenta de que todavía me quedaban esperanzas, unas locas esperanzas que me negaba a tener por tales; aunque luego, bajando por la gran escalera de la calle de Mont-Cenis, después de perderme brevemente y de pasar por un sorprendente viñedo arrinconado entre dos casas cuyas viejas cepas me recordaron a Viena y a Nussdorf, escalón tras escalón hacia el Ayuntamiento del distrito XVIII, hacia la pobreza y la sencillez de los suburbios que vienen tras la ostentación de Montmartre, esas esperanzas se diluyeron en el seno de un gris que parecía entristecer incluso a los árboles de la calle Custine, envarados en sus rejas de hierro colado, esa limitación tan parisina del ensañamiento con lo vegetal (nada representa mejor el espíritu moderno que esa extraña idea: la reja del árbol; por más que se empeñen en que esos imponentes trozos de chatarra están ahí para proteger al castaño o al plátano, que están ahí por su bien, para evitar que sus raíces se vean perjudicadas, a mi juicio no existe más terrible representación de la lucha a muerte entre la ciudad y la naturaleza, ni señal más elocuente de la victoria de la primera sobre la segunda), y cuando por fin, tras varias vacilaciones, llegué a un Ayuntamiento, a una iglesia, a una ruidosa rotonda y a la calle Championnet, París se acabó imponiendo a mis esperanzas. El lugar podría haber resultado agradable, incluso encantador; algunos inmuebles eran elegantes, con sus cinco pisos más ático bajo los tejados de cinc, pero la inmensa mayoría de las tiendas parecían abandonadas; la calle estaba desierta, era empinada e interminable. Frente a la casa de Hedayat había un curioso conjunto, una casa baja y antigua, sin duda del siglo XVIII, pegada a un enorme edificio de ladrillos con la entrada a un aparcamiento para autobuses parisinos. Mientras esperaba a Sarah, tuve tiempo suficiente para observar las ventanas del número 37 bis, donde Sadeq Hedayat decidió acabar con su existencia, lo que, bajo aquel cielo átono, de un gris pálido, no incitaba precisamente a la alegría. Pensé en ese hombre de cuarenta y ocho años que taponó la puerta de su cocina con paños para luego abrir el gas, acostarse en el suelo sobre una manta y dormirse para siempre. El orientalista Roger Lescot había terminado más o menos su traducción de *La lechuza ciega*, pero la editorial Grasset ya no la quería o ya no tenía los medios para publicarla. José Corti, librero y editor de los surrealistas, quedará fascinado por el texto que saldrá dos años después de la desaparición del autor. *La lechuza ciega* es un sueño de muerte. Un libro violento, de un erotismo salvaje, donde el tiempo es un abismo cuyo contenido refluye en vómito mortal. Un libro de opio.

Llegó Sarah. Caminaba deprisa, con la cartera en bandolera y la cabeza ligeramente inclinada; no me había visto. Yo la reconocí, a pesar de la distancia, por el color de su cabellera, y un rayo de esperanza volvió a insinuarse en mi corazón con un deje de angustia. Está ante mí, falda larga, botines, inmensa bufanda ocre siena. Me da la mano, sonríe, dice que está muy contenta de volver a verme. Por supuesto, yo no debería haberle señalado enseguida que había adelgazado mucho, que estaba pálida, con ojeras, no fue la mejor idea; pero estaba tan sorprendido por el cambio en su aspecto físico que la angustia me arrojó en manos de la futilidad y no pude evitarlo; y fue así como la jornada, una jornada que yo había propiciado, que me había trabajado, que estuve esperando e imaginando, se fue de repente al traste. Sarah se sintió ofendida; trató de que no se le notara, y una vez que salimos de nuestra visita al apartamento de Hedayat (es decir, de nuestra visita al hueco de la escalera, pues el inquilino actual del estudio se negó a abrirnos: según Sarah, que la noche anterior había hablado con él por teléfono, estaba aterrorizado y se mostraba supersticioso ante la idea de que un extranjero misterioso hubiese podido poner fin a sus días sobre el linóleo de su cocina), mientras volvíamos a subir por la calle Championnet hacia el oeste y tomábamos la calle Damrémont en dirección al cementerio de Montmartre, y hasta que nos paramos a desayunar en aquel restaurante turco, guardó un silencio muy incómodo y yo me abandoné a un parloteo histérico; los ahogados se resisten, mueven los brazos y las piernas; y así yo intenté hacerla reír, o por lo menos captar su interés; le conté las últimas noticias de Viena, si es que en Viena hay novedades, continué hablándole sobre los lieder orientales de Schubert, mi obsesión por aquel entonces, luego sobre Berlioz, cuya tumba íbamos a visitar, y sobre mi muy personal lectura de los *Troyanos*; hasta que se detuvo en medio de la acera y me miró con una media sonrisa:

—Franz, me estás mareando. Es increíble. Hace dos kilómetros que no dejas de hablar. ¡Dios, pareces una cotorra!

Yo estaba bien orgulloso de haberla embriagado con mis hermosas palabras y no pensaba callarme tan fácilmente:

—Tienes razón, no paro, no paro y no te dejo abrir la boca. Así que, dime, esa tesis, ¿avanza o qué? ¿Te falta mucho?

Lo cual tuvo un efecto sorpresivo por no decir inesperado: Sarah dejó escapar un gran suspiro, allí, sobre la acera de la calle Damrémont, se cubrió la cara con las manos, luego movió la cabeza, alzó los brazos al cielo y lanzó un largo aullido. Un grito exasperado, una llamada a los dioses, una súplica llena de rabia que me dejó sin palabras, sorprendido, herido, sin ni siquiera parpadear. Después se calló, se volvió hacia mí y suspiró de nuevo:

—Venga, vamos a comer.

En la acera de enfrente había un restaurante; un restaurante de decoración exótica, cortinas, cojines, objetos de todo tipo, antiguallas tan polvorientas como el propio escaparate, borroso de tanta suciedad, sin ningún cliente aparte de nosotros, porque apenas era mediodía y los parisinos, jactándose sin duda de unas influencias más meridionales, de una mayor libertad que el resto de sus conciudadanos, almuerzan tarde. Si es que por ventura lo hiciesen en aquel lugar. Tuve la impresión de que éramos los únicos clientes de la semana, por no decir del mes, tan sorprendido como pareció el dueño (sentado indolentemente a una mesa, tratando de superar su récord personal en el Tetris) cuando nos vio. Un dueño cuyo físico paliducho, mal humor, acento y precios acreditaban como todo un parisino: dejando a un lado el ornamento oriental, habíamos ido a caer en el único restaurante turco regentado por un autóctono, que no se dignó abandonar su ordenador para atendernos sino tras un suspiro y después de haber terminado su partida.

Había llegado el momento de callarme, tocado de muerte por el aullido ridículo de Sarah. Pero ¿por quién me había tomado? Me intereso por ella y ¿qué es lo que recibo a cambio? Que se ponga a gritar como una descosida. Melindres quejumbrosos. Después de unos minutos de aquel vengativo silencio, mi mohín disimulado tras la carta del establecimiento, consintió en pedir disculpas.

—Franz, perdona, perdóname, lo lamento, no sé qué me ha pasado. Pero tú tampoco me lo pones fácil.

—*(Mortalmente ofendido, con acentos patéticos)*: No es nada, dejémoslo estar. Mejor veamos qué hay de comestible en esta taberna a la que me has traído.

—Si prefieres, podemos ir a otro sitio.

—*(Definitivo, con un punto de hipocresía)*: No podemos salir de un restaurante después de sentarnos y leer la carta. Eso no se hace. Como decís vosotros en Francia: «Cuando el vino está servido, hay que bebérselo».

—Puedo pretextar que me encuentro mal. Si no cambias de actitud, *voy a encontrarme* mal.

—*(Malicioso, todavía escondido detrás del menú)*: ¿Estás indispuesta? Eso explicaría tus bruscos cambios de humor.

—Franz, vas a conseguir sacarme de mis casillas. Si sigues así, me voy. Me vuelvo a trabajar.

—(Cobarde, asustado, confuso, dejando por fin la carta): No, no, no te vayas, solo lo decía en broma, estoy seguro de que todo está muy bueno aquí. Incluso delicioso.

Entonces se echó a reír. Ya no sé lo que comimos, solo recuerdo el *ding* del microondas resonando en el restaurante desierto antes de que llegase cada plato. Sarah me habló de su tesis, de Hedayat, de Schwarzenbach, de sus amados personajes; de esos espejos entre Oriente y Occidente que ella quería romper, decía, mediante la continuidad del paseo. Sacar a la luz los rizomas de la construcción común de la modernidad. Mostrar que los «orientales» no quedaban excluidos de ese proceso, sino que, muy al contrario, a menudo eran inspiradores, iniciadores, participantes activos; mostrar que, después de todo, las teorías de Said se habían convertido muy a su pesar en uno de los más sutiles instrumentos de dominación; la cuestión no era si Said tenía o no tenía razón en su visión del orientalismo, el problema era la brecha, la grieta ontológica que sus lectores habían admitido entre un Occidente dominador y un Oriente dominado, una brecha que, en tanto que se abría más allá de la ciencia colonial, contribuía a la realización del modelo así creado y establecía *a posteriori* el guión de dominación contra el cual el pensamiento de Said deseaba luchar. Mientras que la historia podía leerse de un modo totalmente distinto, aseguraba ella, escribirse de un modo totalmente distinto, desde lo compartido y la continuidad. Habló largamente de la santa trinidad poscolonial, Said, Bhabha, Spivak; de la cuestión del imperialismo, de la diferencia, de un siglo XXI en el que, frente a la violencia, necesitábamos más que nunca librarnos de esa absurda idea de la alteridad absoluta del islam y admitir no solo la aterradora violencia del colonialismo, sino todo cuanto Europa le debía a Oriente; de la imposibilidad de separar al uno del otro, de la necesidad de cambiar de perspectiva. Según decía, más allá del estúpido arrepentimiento de unos o de la nostalgia colonial de los otros, había que hallar una nueva visión que incluyese al otro en el yo. Por ambas partes.

La decoración venía al dedillo: los falsos tejidos anatolianos conjugados con las baratijas *made in China* y con los modos tan parisinos del gerente parecían el mejor ejemplo para acreditar su tesis.

Oriente es una construcción imaginaria, un conjunto de representaciones del que cada uno, dependiendo del lugar desde el que habla, saca conclusiones distintas. Pensar que hoy en día en Europa ese archivo de imágenes orientales es un conjunto cerrado resulta ingenuo. Porque no es así. Esas imágenes, ese cofre del tesoro, es accesible a cualquiera y todos añaden su parte al ritmo de la producción cultural, nuevas viñetas, nuevos retratos, nuevas músicas. Argelinos, sirios, libaneses, iraníes, indios, chinos, manejan a su vez ese compendio, ese imaginario. Voy a ponerte un ejemplo muy actual y sorprendente: las princesas veladas y las alfombras voladoras de los estudios Disney pueden ser vistas como «orientalistas» u «orientalizantes»; en realidad se corresponden con la última expresión de la construcción reciente de un imaginario. No en vano esas películas han sido no solo autorizadas en Arabia Saudita, sino que resultan omnipresentes. Todos los cortometrajes didácticos (para aprender a rezar, a ayunar, a vivir como buen musulmán) las copian. La puritana sociedad saudí contemporánea es una película de Walt Disney. El wahabismo es una película de Disney. Operando de este modo, los cineastas que trabajan para Arabia Saudita están añadiendo nuevas imágenes a ese fondo común. Otro ejemplo, ciertamente chocante: la decapitación en público, la del sable curvo y el verdugo de blanco, o todavía más escalofriante, la degollación hasta la decapitación. También eso es el producto de una construcción común a partir de fuentes musulmanas transformadas por todas las imágenes de la modernidad. También semejantes atrocidades ocupan su lugar en ese mundo imaginario; forman parte de esa construcción común. Nosotros, los europeos, las vemos con el horror de la alteridad, pero esa alteridad también le pone los pelos de punta a un iraquí o a un yemení. Incluso aquello que rechazamos, aquello que odiamos, procede de ese mundo imaginario común. Lo que nosotros identificamos en esas atroces decapitaciones como «otro», «diferente», «oriental», también a un árabe, a un turco o a un iraní le resulta «otro», «diferente» y «oriental».

Yo la escuchaba distraído, absorto en su contemplación: a pesar de las ojeras y la delgadez tenía un rostro poderoso, cargado de resolución y tierno a la vez. Su mirada ardía con el fuego de sus ideas; sus pechos parecían más menudos que unos meses atrás; el escote de su jersey de cachemira negra descubría unos festones del mismo color, límite de una blusa cuya fina línea, bajo la lana, en medio del hombro, dejaba adivinar el tirante. Las pecas de su esternón seguían el límite del encaje y subían hasta la clavícula; yo atisbaba el nacimiento del hueso sobre el cual colgaban sus pendientes, dos piezas heráldicas imaginarias grabadas con blasones desconocidos. Tenía el pelo recogido en lo alto, retenido por una pequeña peineta de plata. Sus manos claras de largas venas azuladas agitaban el aire al ritmo de su discurso. Ella apenas había tocado el contenido de su plato. Yo volvía a pensar en Palmira, en el contacto de su cuerpo, me hubiese gustado acurrucarme contra él hasta desaparecer. Ella cambió por completo de tema, sus problemas con Gilbert de Morgan, su director de tesis, con quien yo me había cruzado, tal como me recordó, una vez en Damasco; estaba preocupada por sus repentinos cambios de humor, por sus crisis de alcoholismo y desesperación, y sobre todo por su desafortunada tendencia a buscar la salvación en la sonrisa de las estudiantes de primer y segundo año. Aspiraba a su contacto como si la juventud fuese contagiosa. Y no todas ellas estaban dispuestas a dejarse vampirizar. Esa evocación me inspiró una sonrisa salaz y una risita que me valieron una buena bronca, Franz, no tiene ninguna gracia, eres tan machista como él. Las mujeres no son simples objetos, etcétera. ¿Acaso advertía mi propio deseo, por muy maquillado que estuviese, disfrazado de deferencia y respeto? Y otra vez cambió de tema. Su relación con Nadim era cada vez más complicada. Se habían casado, me confió, para facilitar que Nadim viniese a Europa. Pero tras varios meses en París echaba de menos Siria: en Damasco o en Alepo era un concertista famoso; en Francia, un emigrante más. Sarah estaba tan absorbida por su tesis que desgraciadamente no había podido dedicarle mucho tiempo; Nadim la había tomado con su país de acogida, por todas partes veía racistas, islamófobos; soñaba con volver a Siria, algo que tras su reciente obtención de un permiso de residencia definitivo por fin tenía a su alcance. Estaban más o menos separados, dijo. Ella se sentía culpable. Se la veía agotada; de repente unas lágrimas brillaron en sus ojos. No se estaba dando cuenta de las esperanzas tan egoístas que esa confesión suscitaba en mí. Se excusó, yo traté torpemente de tranquilizarla, después de la tesis todo irá mejor. Después de la tesis iba a encontrarse sin trabajo, sin dinero y sin proyectos, dijo. Yo me moría de ganas de gritarle que estaba loco por ella. Pero en mi boca esa frase se transformó, se convirtió en una propuesta extraña, podrías instalarte en Viena durante un tiempo. Primero no pareció entender, luego sonrió, gracias, eres muy amable. Es muy amable que te preocupes por mí. Mucho. Y como la magia es siempre un fenómeno raro y pasajero, ese instante quedó rápidamente interrumpido por el dueño, quien nos trajo una cuenta que no habíamos pedido en una horrible copela de bambú adornada con un ave pintada. «*Bolboli khoun djegar khorad o goli hâsel kard*, un ruiseñor apenado que perdía su sangre dio origen a una rosa», pensé. Solo dije «Pobre Hafez», Sarah supo enseguida a qué me refería, y sonrió.

Luego nos pusimos en camino hacia el cementerio de Montmartre y la compañía tranquilizadora de las tumbas.

Extraños son los diálogos que se instauran en la geografía aleatoria de los cementerios, pensaba yo mientras me recogía ante Heinrich Heine el orientalista («¿Dónde estará el último descanso del paseante cansado, bajo las palmeras del Sur o los tilos del Rin?»; nada de eso: bajo los castaños de Montmartre), una lira, unas rosas, una mariposa de mármol, un rostro fino inclinado hacia delante, entre una familia Marchand y una dama Beucher, dos tumbas negras encuadrando el blanco inmaculado de Heine que las domina como un triste guardián. Una red subterránea une las sepulturas entre ellas, Heine con los músicos Hector Berlioz y Charles Valentin Alkan muy cercanos, o con Halévy el compositor de *La judía*, allí están todos, haciéndose compañía, codo con codo. Théophile Gautier el amigo del «buen Henri Heine» un poco más lejos, Maxime Du Camp que acompañó a Flaubert hasta Egipto y conoció el placer con Kutchuk Hanim o Ernest Renan el muy cristiano, por la noche debe de haber unos buenos debates secretos entre todas esas almas, animadas conversaciones transmitidas por las raíces de los arces y los fuegos fatuos, conciertos subterráneos y silenciosos a los que asistirá la muchedumbre asidua de los difuntos. Berlioz compartía su tumba con su *poor Ophelia*, Heine estaba aparentemente solo en la suya, y ese pensamiento, por muy infantil que parezca, provocó en mí una ligera tristeza.

Sarah deambulaba al azar, dejándose guiar por los nombres del pasado, sin consultar el plano que tan amablemente nos habían facilitado al entrar; sus pasos nos llevaron con total naturalidad hasta Marie du Plessis la Dama de las Camelias y hasta Louise Colet, a quien me presentó, si puede decirse así. Yo quedé sorprendido por la cantidad de gatos que hay en los cementerios parisinos, compañeros de los poetas muertos como siempre lo han sido de los vivos: un micho enorme y cardenillo holgazaneaba sobre una hermosa estatua yacente desconocida, cuyos nobles pliegues no parecían preocuparse por las afrentas de las palomas ni tampoco por la ternura del mamífero.

Todos acostados juntos, los gatos, los burgueses, los pintores y las cantantes de variedades; el mausoleo más florido, donde se amontonaban los turistas, era el de la cantante Dalida, italiana de Alejandría, muy cerca de la entrada: una estatua de la artista de pie rodeada de bolas de boj y con un vestido transparente, adelantándose un paso hacia los curiosos; detrás de ella un sol brillante proyectaba sus rayos de oro sobre una placa de mármol negro, en el centro de un arco monumental de un gris tornasolado; nos hubiese costado adivinar a qué deidad veneraba la cantante mientras vivía, aparte posiblemente de Isis en Filé o Cleopatra en Alejandría. Sin duda, esa irrupción del sueño oriental en la resurrección de los cuerpos no disgustaba en absoluto a muchos de los pintores que disfrutaban del descanso eterno en el cementerio de Montmartre, entre ellos Horace Vernet (su sarcófago era muy sobrio, una simple cruz de piedra que contrastaba con la pintura abundante de este orientalista marcial) o Théodore Chassériau, que combina la precisión erótica de Ingres con el furor de Delacroix. Lo imagino en gran conciliábulo con Gautier, su amigo, al otro lado del cementerio: hablan de mujeres, de cuerpos de mujer, y discuten sobre el mérito erótico de la estatua de la cantante alejandrina. Chassériau hizo un viaje a Argelia, vivió un tiempo en Constantina, donde montó su caballete y pintó, también él, la casta belleza misteriosa de las argelinas. Me pregunto si Jalil Pachá tenía algún cuadro de Chassériau, seguro que sí: el diplomático otomano amigo de Sainte-Beuve y de Gautier, futuro ministro de Asuntos Exteriores en Estambul, poseía una magnífica colección de pinturas orientalistas y de escenas eróticas; compró *El baño turco* de Ingres, y resulta agradable pensar que ese turco originario de Egipto, nacido en el seno de una gran familia de funcionarios, coleccionaba preferentemente telas orientalistas, mujeres de Argel, desnudos, escenas de harén. Hay una hermosa novela por escribir sobre la vida de Jalil Pachá de Egipto, que se une al cuerpo diplomático de Estambul en lugar de al de su país natal porque, según explica en la carta en francés que le escribe al gran visir, «tiene problemas oculares causados por el polvo de El Cairo». Comienza su brillante carrera en París, como comisario egipcio de la exposición internacional de 1855, al año siguiente participa en el congreso que pone fin a la guerra de Crimea. Podría haber conocido a Faris Chidiac el gran autor árabe tan querido por Sarah, que da a imprimir su inmensa novela en París en ese mismo momento, en la imprenta de los hermanos Pilloy, sita en el bulevar de Montmartre número 50, a tiro de piedra de esas tumbas que nosotros visitábamos tan religiosamente. A Jalil Pachá lo entierran en Estambul, creo; un día me gustaría ir a adornar con flores la tumba de ese otomano de las dos orillas; ignoro por completo a quién frecuentaba aquí en Viena, entre 1870 y 1872, mientras París vivía una guerra y luego una revolución más, esa Comuna que iba a forzar a su amigo Gustave Courbet al exilio. Jalil Pachá conoce a Courbet durante su segunda estancia parisina, y le manda lienzos: primero el tierno *Sueño*, comprado por veinte mil francos, evocación de la lujuria y del amor homosexual, dos mujeres adormecidas, desnudas, enlazadas, una morena y la otra rubia, sus cabelleras y encarnaciones maravillosamente contrastadas. Cuánto dinero no valdría una transcripción de la conversación que dio lugar a ese encargo, por no hablar de haber asistido a la siguiente, la del encargo de *El origen del mundo*: el joven otomano se regala un sexo de mujer en primer plano, pintado por uno de los artistas más dotados para el realismo de la carne, un cuadro absolutamente escandaloso, directo y sin rodeos que se le escatimará al gran público durante décadas. No cuesta imaginar el placer de Jalil Pachá al poseer semejante joya secreta, una vulva morena y dos pechos que el pequeño formato permiten disimular fácilmente en su cuarto de aseo, tras un velo verde, si hay que creer a Maxime Du Camp, que detesta tanto a Courbet como las fantasías y la riqueza del otomano. La identidad de la propietaria de tan moreno vellón pubiano y de esos pechos de mármol sigue siendo una incógnita; a Sarah le gustaría mucho que se tratase del sexo de Marie-Anne Detourbay alias Jeanne de Tourbey, que murió siendo condesa de Loynes, hizo soñar a Gustave Flaubert y fue la amante —la musa— de buena parte de ese Gran París literario de la década de 1860, incluido posiblemente del fogoso Jalil Bey. La tumba de Jeanne de Tourbey se encontraba en alguna parte en ese cementerio de Montmartre, no muy lejos de las de Renan o Gautier, a quienes había recibido en su salón, en la época en que se le daba el nombre terrorífico de «semimundana»; nosotros no la encontramos, esa tumba, ya sea porque la vegetación la disimulara, ya sea porque las autoridades, disgustadas por albergar unos huesos pélvicos tan escandalosos, hubiesen decidido sustraer el sarcófago de la mirada concupiscente de los transeúntes. A Sarah le gustaba imaginar, bajo los castaños de la gran avenida bordeada por mausoleos, que para Jalil Bey ese sexo suavemente entreabierto era el recuerdo de una mujer deseada, cuyo rostro le habría pedido a Courbet que escondiese por discreción; así podría contemplar su intimidad sin correr el riesgo de comprometer a la damisela.

Cualquiera que sea la identidad real de la modelo, si es que algún día se descubre, no quita que le debamos al Imperio otomano y a uno de sus diplomáticos más eminentes una de las joyas de la pintura erótica europea. Ni siquiera los propios turcos eran insensibles a la belleza de los espejismos orientalistas, muy al contrario, decía Sarah, así lo atestiguan Jalil Bey el diplomático coleccionista o el primer pintor orientalista de Oriente, el arqueólogo Osmán Hamdi, a quien debemos el descubrimiento de los sarcófagos de Sidón y magníficos cuadros de «escenas de género» orientales.

A Sarah aquel paseo por el mundo maravilloso de la memoria le había devuelto la energía, hasta el punto de que olvidó la redacción de su tesis para viajar de una tumba a otra, de una época a otra, y cuando la sombra negra del puente Caulaincourt (las sepulturas que domina yacen en la eterna oscuridad) y de sus pilares de metal remachado comenzó a invadir la necrópolis, con sumo pesar nos tocó dejar nuestro paseo para sumergirnos en la efervescencia de la plaza de Clichy; yo tenía en la cabeza una extraña mezcla de lápidas sepulcrales y órganos sexuales femeninos, un camposanto completamente pagano, y dibujaba en mi imaginación un *Origen del mundo* tan pelirrojo como la cabellera de Sarah, quien descendía hacia la gran plaza atestada de autobuses y turistas.

A pesar de todos mis esfuerzos, este escritorio está tan atestado como el cementerio de Montmartre, un horrible desbarajuste. Por más que lo ordene y lo ordene sigue igual. Los libros y los papeles se acumulan con la insistencia de una marea montante cuya bajamar no llega nunca. Desplazo, organizo, amontono; el mundo se obstina en verter sobre mi minúsculo espacio de trabajo sus volquetes de mierda. Cada vez que quiero poner encima el ordenador tengo que apartar esos restos como se barre un montón de hojas secas. Publicidad, facturas, extractos bancarios que hay que escoger, clasificar, archivar. Una chimenea, he ahí la solución. Una chimenea o una trituradora de papel, la guillotina del funcionario. En Teherán un viejo diplomático francés nos contó que en otros tiempos, cuando la recatada República Islámica prohibía a las embajadas incluso la importación de alcohol, los aburridos escribas consulares habían transformado una vieja trituradora manual en prensa y, para distraerse, en el sótano producían vino en colaboración con los italianos de enfrente; encargaban hectogramos de buena uva de Urmía, la prensaban, la vinificaban en barreños de lavandería y la embotellaban. Hasta habían impreso unas hermosas etiquetas, con un pequeño bosquejo de su legación, «Cosecha Neauphle-le-Château», por el nuevo nombre que el Irán revolucionario había impuesto a la antigua avenida de Francia, la avenida Neauphle-le-Château. Esos dignos descendientes de los monjes de la abadía de Thelema se regalaban, pues, un poco de consuelo en su monasterio; cuentan que en otoño toda la avenida olía a vinaza, un ácido aroma que escapaba por los respiraderos y burlaba a los policías iraníes en facción ante los augustos edificios. Por supuesto, los caldos estaban sujetos a los azares no solo de la calidad de la uva, sino también de la mano de obra: los funcionarios eran renovados con frecuencia, y a veces tal o cual enólogo (por otro lado contable, agente de estado civil o criptógrafo) era trasladado a la madre patria, provocando la desesperación de la comunidad si es que la partida había de producirse antes del embotellado.

Yo no les concedí el menor crédito a esos relatos hasta que el diplomático exhumó ante nuestros ojos atónitos una de esas divinas botellas: a pesar del polvo, la etiqueta todavía era legible; el nivel de líquido había bajado un buen cuarto y el corcho, cubierto de moho, medio salido del gollete, era un bulbo hinchado, verdusco y estriado de venas moradas, que no apetecía lo más mínimo acabar de sacar. Me pregunto si la trituradora en cuestión sigue en un sótano de la embajada de Francia en Teherán. Lo más seguro es que sí. Un artilugio como ese quedaría de maravilla en mi escritorio: terminar con el papeleo, transformarlo en lengüetas de papel y luego en una madeja fácil de tirar. En Teherán, «los estudiantes alineados con el imán» habían reconstituido pacientemente todos los cables y los informes de la embajada estadounidense; chicos y chicas se volcaron durante días en el gigantesco rompecabezas de las papeleras yanquis y volvieron a pegar prudentemente las hojas pasadas por la trituradora, probando de este modo que, en Irán, más valía utilizar esas máquinas para prensar uva que para destruir documentos secretos: todos los telegramas confidenciales fueron publicados por «los estudiantes alineados con el imán» que habían asaltado la embajada, «nido de espías»; apareció una decena de entregas, y las estrías de las páginas mostraban, si es que había alguna necesidad, los prodigios de la paciencia de la que habían dado prueba para volver a hacer legibles aquellas tiras de papel de tres milímetros de ancho con el único objetivo de avergonzar al tío Sam haciendo públicos sus secretillos. Me pregunto si en nuestros días los destructores de papel siguen funcionando del mismo modo o un ingeniero estadounidense ha recibido la orden de mejorarlos para evitar que una cohorte de estudiantes tercermundistas, armada nada más que con lupas, pueda descifrar los secretos mejor guardados del Departamento de Estado. Después de todo, WikiLeaks no es más que la versión posmoderna de los tubos de pegamento de los revolucionarios iraníes.

Mi ordenador es un amigo fiel, su luz azulada un cuadro moviente en la noche; tendría que cambiar esa imagen, ese lienzo de Paul Klee está ahí desde hace tanto tiempo que ya ni siquiera lo veo, cubierto por los iconos del escritorio que se acumulan como papeles virtuales. Uno tiene sus rituales, abrir el correo, tirar a la basura los no deseados, la publicidad, las newsletters, ningún mensaje, en realidad, entre los quince nuevos, solo ruido, residuos de la perpetua avalancha de mierda que es el mundo de hoy en día. Yo esperaba un e-mail de Sarah. Bueno, habrá que tomar la iniciativa. Nuevo. A Sarah. Asunto, de Viena. Queridísima, he recibido esta mañana —no, ayer por la mañana, hop— tu separata, no sabía que todavía las publicaban… muchas gracias, pero ¡qué horror ese vino de los muertos! De repente estoy preocupado. ¿Estás bien? ¿Qué haces en Sarawak? Aquí todo sigue igual. Acaban de abrir el mercado de Navidad en medio de la universidad. Un olor atroz a vino caliente y salchichas. ¿Tienes pensado pasar por Europa próximamente? Cuéntame algo. Un fuerte abrazo. Enviado imprudentemente a las 4 h 39. Espero que no se dé cuenta, es un poco patético enviar mensajes a las cuatro y media de la mañana. Ella sabe que normalmente me acuesto temprano. Tal vez se piense que esta noche he salido. Podría hacer clic en su nombre y me aparecerían de golpe todos sus e-mails ordenados cronológicamente. Sería demasiado triste. Todavía tengo una carpeta titulada «Teherán», no tiro nada. Sería un buen archivero. Por qué le habré hablado de vino caliente y de salchichas, menudo imbécil. Demasiado relajado para ser honesto, este correo. Una vez lanzado al Gran Misterio de los flujos electrónicos, un correo ya no puede recuperarse. Es una lástima. Mira, había olvidado este texto que escribí tras mi regreso de Teherán. No su contenido glacial. Vuelvo a ver a Gilbert de Morgan en su jardín de Zafaraniyeh. Esta extraña confesión, unas semanas antes de que Sarah se fuese de Irán de una forma tan precipitada. No hay azar, diría ella. ¿Por qué quise relatar lo sucedido aquella tarde? ¿Para deshacerme de ese desafortunado recuerdo? ¿Para seguir discutiéndolo con Sarah? ¿Para adornarlo con todo mi conocimiento sobre la Revolución iraní? ¿O por el placer, tan poco habitual, de escribir en francés?

      –Hablar de amor no se cuenta entre mis aficiones, y hablar sobre mí todavía menos, pero puesto que está usted tan interesada en esos investigadores de Oriente perdidos en su tema de estudio, tengo que contarle una historia absolutamente excepcional, con una vertiente bien terrorífica, que me interesa a nivel personal. Seguro que recordará que entre 1977 y agosto de 1981 yo me hallaba aquí, en Teherán. Asistí a la Revolución y al inicio de la guerra entre Irán e Irak, hasta que las relaciones entre Francia e Irán se volvieron tan tensas que nos evacuaron y el propio Instituto Francés de Iranología quedó en hibernación.

      Gilbert de Morgan hablaba en un tono un tanto molesto; la tarde era sofocante; el suelo era una losa de horno que devolvía el calor acumulado durante el día. La polución tendía su velo rosáceo sobre las montañas todavía inflamadas por los últimos rayos de sol; hasta el denso emparrado sobre nuestras cabezas parecía acusar la sequedad del verano. La gobernanta Nassim Janom nos había servido unos refrigerios, una deliciosa agua de bergamota helada a la que Morgan añadía sus buenos chorros de vodka armenio; el nivel de alcohol de la hermosa garrafita bajaba regularmente y Sarah, que ya había sido testigo de las inclinaciones atrabiliarias de su maestro, me pareció que lo observaba con un gesto ligeramente inquieto, aunque puede que solo se tratase de una atención sostenida. La cabellera de Sarah relucía en la tarde. Nassim Janom seguía a nuestro alrededor, trayéndonos todo tipo de dulces, pasteles o azúcar candi azafranado, y nosotros, en medio de las rosas y las petunias, olvidábamos el ruido de la calle, las bocinas y hasta los efluvios de gasoil de los autobuses que pasaban en tromba justo al otro lado de la pared del jardín haciendo que el suelo vibrase ligeramente y que los cubitos de hielo tintineasen en los vasos. Gilbert de Morgan continuó con su relato, sin prestar atención ni a los movimientos de Nassim Janom ni al jaleo de la avenida Vali-Asr; alrededor de las axilas, así como en el pecho, le iban creciendo unas marcas de sudor.

–Tengo que contarles la historia de Frédéric Lyautey –continuó–, un joven originario de Lyon, investigador principiante él también, especialista en poesía persa clásica que frecuentaba la Universidad de Teherán cuando las primeras manifestaciones contra el sah. A pesar de nuestra prevención, estaba metido en todas las comitivas; la política le apasionaba, así como las obras de Alí Shariatí, los clérigos en el exilio y los activistas de todo pelaje. En otoño de 1977, durante las manifestaciones que siguieron a la muerte de Shariatí en Londres (por aquel entonces estábamos seguros de que había sido asesinado), Lyautey fue arrestado una primera vez por la SAVAK, la policía secreta, y luego puesto en libertad casi inmediatamente cuando se percataron de que era francés; aunque, eso sí, no lo liberaron sin antes darle una ligera paliza, como él decía, que a todos nos asustó: lo vimos reaparecer en el instituto cubierto de moratones, los ojos hinchados y, sobre todo, lo más terrorífico, con dos uñas de menos en la mano derecha. Él no parecía demasiado afectado; casi se reía, y esa aparente valentía, en lugar de tranquilizarnos, aún nos preocupó más: hasta los más fuertes habrían sucumbido ante la violencia y la tortura, pero Lyautey tiraba de una energía bravucona, un sentimiento de superioridad tan extraño que nos hacía temer si su cordura no se habría visto afectada por los verdugos, por lo menos tanto como su cuerpo. Estaba escandalizado por la reacción de la embajada de Francia, que, según nos contó, le había hecho saber, en resumidas cuentas, que había sido culpa suya, que no tenía que meterse en esas manifestaciones y que se diese por avisado. Lyautey estuvo asediando el despacho del embajador Raoul Delaye durante días, con el brazo todavía en cabestrillo y la mano vendada, para explicarle cómo lo veía él, hasta que en una recepción consiguió apostrofarlo; allí estábamos todos, arqueólogos, investigadores y diplomáticos, y vimos a Lyautey, los apósitos mugrientos, el pelo largo y grasiento, perdido en unos vaqueros demasiado grandes, llevándose aparte al tan civil Delaye que no tenía la menor idea de quién era él; en descarga del embajador hay que decir que, a diferencia de hoy, entonces en Teherán había muchos investigadores y estudiantes. Recuerdo perfectamente a Lyautey, enrojecido y rabioso, escupiendo su rencor y sus mensajes revolucionarios en presencia de Delaye hasta que dos gendarmes se echaron sobre el enajenado, que empezó a declamar poemas en persa, aullando y gesticulando, versos muy violentos que yo no conocía. Un tanto consternados, vimos cómo en un rincón de los jardines de la embajada Lyautey tuvo que acreditarse como miembro del Instituto de Iranología para que los gendarmes accediesen a dejarlo ir y no lo entregasen a la policía iraní.

»Por supuesto, la inmensa mayoría de los presentes lo había reconocido y unas almas caritativas se apresuraron a informar al embajador de la identidad del impertinente; lívido de furia, Delaye prometió que haría que expulsasen a aquel "loco de atar", pero conmocionado por las torturas que el joven había sufrido, o acaso por su apellido y la relación que pudiese tener con el finado mariscal del mismo nombre, no hizo nada; como tampoco los iraníes, quienes cabe suponer que tenían otras cosas que hacer aparte de preocuparse por revolucionarios alógenos, y no lo metieron en el primer avión a París, algo que sin duda no tardarían en lamentar.

»El caso es que al salir de la recepción nos lo encontramos fumando tranquilamente sentado en la acera, delante de la embajada de Italia, a unos pasos de la puerta de la residencia; parecía estar hablando solo, o seguir mascullando aquellos versos desconocidos, un iluminado o un mendigo, y me avergüenza un poco reconocer que, de no haber sido por un compañero que insistió en que lo llevásemos a su casa, yo habría tomado la avenida de Francia en sentido opuesto y lo habría abandonado a su suerte.

»Dos días después, el "asunto Lyautey" fue evocado por Charles-Henri de Fouchécour, entonces director de nuestro instituto, que tuvo que ver cómo le cantaban las cuarenta en la embajada; Fouchécour es un gran sabio, también él supo olvidar el incidente casi enseguida para volver a sumergirse en sus queridos espejos de príncipes, y aunque deberíamos habernos preocupado por la salud de Lyautey, todos, tanto los amigos como los investigadores y las autoridades, preferimos desentendernos.

Gilbert de Morgan marcó una pausa en su relato para vaciar el vaso jugueteando con los cubitos de hielo que no habían tenido tiempo de derretirse; Sarah volvió a dirigirme una mirada inquieta, aunque nada en el discurso del maestro dejaba entrever la menor señal de embriaguez; yo no podía dejar de pensar que también él, como ese Lyautey cuya historia nos contaba, tenía un apellido famoso, por lo menos en Irán: Jacques de Morgan fue el fundador, después de Dieulafoy, de la arqueología francesa en Persia. Acaso tenía Gilbert algún lazo de parentesco con el saqueador oficial de tumbas de la III República francesa, de eso no sé nada. La tarde caía sobre Zafaraniyeh y el sol empezaba a desaparecer por fin entre el follaje de los plátanos. La avenida Vali-Asr debía de estar sumida en un atasco monumental: tan taponada que de nada servía tocar el claxon, lo que traía un poco de calma al jardín de la minúscula villa donde Morgan, tras servirse otro vaso, seguía contando su historia:

—Pasaron varias semanas sin que volviésemos a saber nada de Fred Lyautey: de vez en cuando aparecía por el instituto, se tomaba un té con nosotros sin decir nada de especial y se marchaba de nuevo. Su aspecto era otra vez normal; no participaba en nuestras discusiones sobre la agitación social y política; se limitaba a mirarnos sonriendo, con un aire vagamente superior, tal vez un tanto despectivo, en cualquier caso muy irritante, como si él fuese el único en comprender lo que estaba sucediendo. La Revolución estaba en marcha, aunque a principios de 1978, en los círculos que frecuentábamos, nadie podía imaginar que el sah pudiese acabar cayendo; y sin embargo, a la dinastía Pahlaví no le quedaba más que un año.

»Hacia finales de febrero (esto es, poco después del "levantamiento" de Tabriz) por casualidad volví a ver a Lyautey en el café Naderi. Estaba con una joven magnífica, por no decir sublime, una estudiante de literatura francesa llamada Azra a la que yo ya había visto una o dos veces y en la que, a qué negarlo, me había fijado por su gran belleza. Me quedé pasmado al encontrarla en compañía de Lyautey. Por aquel entonces, él hablaba tan bien en persa que podía pasar por un iraní. Hasta sus rasgos se habían transformado ligeramente, tenía la tez un tanto oscurecida, eso me pareció, y creo que se teñía el pelo, que llevaba medio largo a la manera iraní. Se hacía llamar Farid Lahouti, porque le parecía un nombre cercano a Fred Lyautey.

Sarah lo interrumpió:

—¿Lahouti como el poeta?

—O como el vendedor de alfombras del bazar, vaya usted a saber. Lo cierto es que los camareros, pues los conocía a todos, le dedicaban un «Agha-ye Lahouti» por aquí, un «Agha-ye Lahouti» por allá, hasta tal punto que me pregunto si él mismo no terminó por creer que era su auténtico apellido. Resultaba absolutamente ridículo y a nosotros nos irritaba en grado sumo, sin duda por envidia, ya que su persa era decididamente perfecto: controlaba todos los registros, la lengua hablada tanto como los meandros del persa clásico. Más tarde supe que hasta había conseguido hacerse, Dios sabe cómo, con un carnet de estudiante con el nombre de Farid Lahouti, una tarjeta con su fotografía. Debo confesar que me sorprendió encontrármelo allí, en compañía de Azra, en el café Naderi, que era un poco nuestra guarida. ¿Por qué la había llevado precisamente a ese lugar? Por aquel entonces en Teherán había muchos bares y cafés, nada que ver con lo que sucede hoy en día. Imaginé que quería que lo viésemos con ella. O puede que no fuese más que una simple coincidencia. El caso es que me senté a su lado —suspiró Morgan—, y que una hora más tarde yo ya no era el mismo.

Entonces miró su vaso, concentrado en el vodka, en sus recuerdos; quién sabe si vio un rostro en el líquido, un fantasma.

—Quedé hechizado por la belleza, la gracia, la delicadeza de Azra.

Su voz había bajado de tono. Hablaba solo. Sarah me echó una mirada del tipo «Está completamente borracho». Yo tenía ganas de saber más sobre el asunto, de enterarme de lo que había podido suceder a continuación, en el café Naderi, en plena Revolución: yo mismo había estado allí, en ese café al que solía acudir Sadeq Hedayat, fue Sarah quien me llevó; como todos los cafés del Teherán posrevolucionario, el lugar era un poco deprimente, no porque ya no se pudiese beber alcohol, sino porque los jóvenes que allí vaciaban su falsa Pepsi mirándose a los ojos, los poetas que leían el periódico con un cigarrillo en los labios, tenían todos un aspecto un tanto triste, abatido, atropellado por la República Islámica; el café Naderi era un vestigio, un rastro de otros tiempos, un recuerdo del centro de una ciudad que había sido abierto y cosmopolita, y sumía a sus clientes en una profunda nostalgia.

Sarah esperaba a que Gilbert de Morgan prosiguiese con su historia o se derrumbase, vencido por el vodka armenio, sobre el césped muy corto del pequeño jardín delante de la terraza; yo me preguntaba si no sería mejor que nos fuésemos, que volviésemos a bajar hacia la ciudad, pero la perspectiva de encontrarnos en un inmenso atasco con aquel calor no era precisamente halagüeña. El metro se hallaba lo bastante lejos de la pequeña villa de Zafaraniyeh como para estar seguros de que, yendo a pie, llegaríamos empapados en sudor, sobre todo Sarah, bajo su manto islámico y su *rupush*. Más valía quedarse un rato en aquel jardín tan iraní, saboreando los turrones de Ispahán que nos traía Nassim Janom, incluso jugando una partidita de cróquet en la tierna hierba, que permanecía tan verde gracias a los cuidados del inquilino y al amparo de los grandes árboles, esperar hasta que la temperatura bajase un poco, cuando las altas montañas parecen aspirar, más o menos a la puesta del sol, el calor de los valles.

Morgan marcó una larga pausa un tanto molesta para el auditorio. Ya no nos miraba; observaba cómo los reflejos de los rayos de sol transformaban en su vaso vacío los cubitos de hielo en frágiles diamantes. Al final alzó la cabeza.

—No sé por qué les cuento todo esto, discúlpenme.

Sarah se volvió hacia mí, como para buscar mi aprobación, o para excusarse por el tópico hipócrita de su siguiente frase:

—No nos importa en absoluto, al contrario. La Revolución es un período apasionante.

La Revolución sacó inmediatamente a Morgan de su ensueño.

—Era un rugido que iba creciendo, cada vez más sordo, cada vez más poderoso, cada cuarenta días. A finales de marzo hubo manifestaciones en varias grandes ciudades de Irán como homenaje a los muertos de Tabriz. Luego, el 10 de mayo, hubo otras, y luego otras. *Arbein*. El duelo de los cuarenta días. No obstante, el sah había tomado medidas para contentar a la oposición: sustitución de los jefes más sangrientos de la SAVAK, fin de la censura, libertad de prensa y liberación de numerosos presos políticos. Hasta tal punto que, en mayo, la CIA le transmitía a su gobierno una famosa nota en la que sus agentes en Irán afirmaban que la situación iba «volviendo a la normalidad» y que Irán no estaba en una «situación prerrevolucionaria, ni mucho menos revolucionaria». Pero el rugido se intensificó. Habiendo recibido instrucciones para luchar contra la inflación, la principal reivindicación del pueblo, el primer ministro Jamshid Amouzegar aplicó una política draconiana: enfrió sistemáticamente la actividad, cortó en seco la inversión pública, detuvo las grandes obras de Estado, organizó un sistema de multas y humillaciones contra los «aprovechados», principalmente los comerciantes del bazar, que repercutían la subida de los precios. Una rigurosa política que acabó teniendo éxito: en dos años, fabricó la crisis económica y consiguió de forma magistral reemplazar la inflación por un paro masivo, urbano, que le costó la antipatía no solo de la clase media y de los obreros, sino también de la burguesía comerciante tradicional. Es decir que, *de facto*, aparte de su inmensa familia, que se gastaba ostensiblemente y en cualquier parte del mundo los millones del petróleo, y de algunos generales corruptos que se pavoneaban en las convenciones de armamento y en los salones de la embajada de Estados Unidos, en 1978 Reza Shah Pahlaví no contaba con el menor apoyo real. Flotaba por encima de todos. Incluso de aquellos que se habían enriquecido gracias a él, los que habían disfrutado de una educación gratuita, los que habían aprendido a leer gracias a sus campañas de alfabetización, es decir, todos aquellos que él, en su ingenuidad, pensaba que deberían estarle agradecidos, deseaban que se fuese. Sus únicos partidarios lo eran por defecto.

»Nosotros los jóvenes científicos franceses seguíamos los acontecimientos más o menos de lejos junto con nuestros compañeros iraníes; pero nadie, digo bien, nadie (aparte posiblemente de nuestros servicios de inteligencia en la embajada, aunque lo dudo) podía imaginar lo que nos esperaba al año siguiente. Nadie salvo Frédéric Lyautey, por supuesto, que no solo *imaginaba* lo que podía suceder, la caída del sah, la Revolución, sino que lo *deseaba*. Era un revolucionario. Cada vez lo veíamos menos. Yo sabía por Azra que, como ella, militaba en un grupúsculo "islamista" (en aquel entonces la palabra tenía otro sentido) progresista que aspiraba a la aplicación de las ideas revolucionarias de Alí Shariatí. Le pregunté a Azra si Lyautey se había convertido; ella me miró absolutamente sorprendida, como si no me entendiese. Para ella, desde luego, Lahouti era tan iraní como *evidente* su chiísmo, si alguna vez se convirtió debió de ser hacía mucho. Por supuesto, y quiero insistir en ello, religiosos más o menos iluminados los hubo siempre y siempre los habrá, tanto en la iranología como en la islamología en general. Un día os contaré la historia de una colega francesa que cuando, en 1989, murió Jomeini lloró todas las lágrimas de su cuerpo gritando "¡Emâm ha muerto! ¡Emâm ha muerto!" y a punto estuvo de morir de pena el día del entierro en Behesht-e Zahra, en medio de la muchedumbre, rociada por los helicópteros con agua de rosas. Había descubierto Irán unos meses antes. No era el caso de Lyautey. Él no era un devoto, lo sé. No tenía el celo de los conversos, ni esa fuerza mística que se le nota a algunos. Resulta increíble, pero era simplemente un chiíta, como cualquier iraní, con naturaleza y sencillez. Por empatía. Ni siquiera estoy seguro de que fuese realmente creyente. Pero las ideas de Shariatí sobre el "chiísmo rojo", el chiísmo del martirio, el de la acción revolucionaria, opuesto al "chiísmo negro" del duelo y de la pasividad, lo enardecían. La posibilidad de que el islam fuese una fuerza de renovación, de que Irán sacase de sí mismo los conceptos de su propia revolución, le entusiasmaba. Lo mismo que a Azra y a millones de otros iraníes. Lo que a mí me parecía más divertido (y no solo a mí) es que Shariatí se había formado en Francia; había asistido a los cursos de Massignon y de Berque; su tesis la dirigió Lazard. Alí Shariatí, el más iraní o por lo menos el más chiíta de los pensadores de la Revolución, había construido su reflexión a partir de los orientalistas franceses. Eso debería complacerte, Sarah. Un nuevo argumento para tu concepto cosmopolita de "construcción común". ¿Acaso Edward Said menciona a Shariatí?

–Eh, sí, creo que sí, en *Cultura e imperialismo*. Pero ya no me acuerdo de en qué términos.

Sarah se había mordido el labio antes de responder; detestaba que la pillasen en falta. En cuanto regresásemos, seguro que se precipitaría a la biblioteca pidiendo a gritos si por ventura tenían las obras completas de Said. Morgan aprovechó el rodeo de la conversación para servirse otro vasito de vodka, gracias a Dios sin insistir en que lo acompañásemos. Dos pájaros revoloteaban a nuestro alrededor posándose a veces sobre la mesa para tratar de picotear alguna semilla. Tenían el pecho amarillo y la cabeza y la cola azuladas. Morgan hacía unos aspavientos más bien cómicos tratando de asustarlos, como si se tratase de moscas o de abejorros. Había cambiado mucho desde Damasco e incluso desde París y la lectura de la tesis de Sarah, donde me lo encontré antes de llegar a Teherán. Ya fuese por su barba, por su pelo grasiento, por sus ropas de otros tiempos, por su cartera de escay azul y negro, regalo promocional de Iran Air de los años setenta, por su cazadora de color crema, ennegrecida en los codos y a lo largo de la cremallera; ya fuese por su aliento, cada vez más cargado, ya fuese por todos esos frágiles detalles acumulados en un cuerpo que nosotros pensábamos que caía, que estaba en caída libre. No se trataba del aspecto un tanto descuidado que presentan a veces algunos universitarios, de natural sabios y distraídos. Sarah pensaba que había contraído una de esas enfermedades del alma que te devoran en soledad; según aseguraba, en París cuidaba esa afección con vino tinto, en su pequeño apartamento de dos habitaciones, donde las botellas se alineaban ante la biblioteca, bajo los respetables divanes de los poetas clásicos persas. Y aquí, en Teherán, con vodka armenio. Ese gran profesor era de una amargura prodigiosa, aunque su carrera me parecía brillante, absolutamente envidiable, incluso; era respetado internacionalmente; seguro que ganaba unas maravillosas sumas de dinero gracias a su nuevo puesto en el extranjero, y sin embargo caía. Caía y procuraba agarrarse en su caída, agarrarse a las ramas, sobre todo a las mujeres, a las jóvenes, procuraba agarrarse a las sonrisas, a las miradas que le taladraban el alma herida, dolorosos bálsamos sobre una herida en carne viva. Sarah lo conocía desde hacía más de diez años y temía quedarse sola con él, sobre todo si había bebido; no es que el viejo sabio fuese un tigre temible, pero quería evitarle la humillación, así como el sentimiento de rechazo que, en caso de tener que ponerlo en su sitio, no hubiese sino acentuado su melancolía. En cuanto a mí, yo pensaba que el eminente profesor, enorme especialista en poesía lírica persa y europea que se conocía al dedillo tanto a Hafez como a Petrarca, a Nima Yushich como a Germain Nouveau, presentaba todos los síntomas del demonio de mediodía, o más bien del demonio de las tres de la tarde, teniendo en cuenta su edad; ese climaterio, tratándose de un seductor inveterado, de un hombre cuyas ruinas mostraban que había sido guapo y carismático, me parecía pronto a desembocar en una melancolía segura, una melancolía entrecortada de fases maniáticas desconsoladas, como la que estábamos presenciando, en medio de las rosas y los pájaros, en medio de la bergamota y del turrón, en el calor que pesaba mucho más sobre Teherán que todos los velos del islam.

–Después de aquel encuentro, a lo largo del año 1978 me seguí encontrando con Azra con cierta regularidad. Oficialmente era la «novia» de Frédéric Lyautey, o más bien de Farid

Lahouti, con quien se pasaba el tiempo militando, manifestándose, discutiendo sobre el futuro de Irán, sobre la posibilidad y luego la realidad de la Revolución. Durante el verano, el sah estuvo presionando al vecino gobierno iraquí para que expulsase a Jomeini de Nayaf, pensando que de ese modo neutralizaría la oposición interna. Jomeini se hallaba, pues, en el suburbio parisino de Neauphle-le-Château, con toda la potencia de los medios de comunicación occidentales en sus manos. Cierto que mucho más lejos de Teherán, pero infinitamente más cerca de los oídos y los corazones de sus compatriotas. Una vez más, la medida tomada por el sah se volvía en su contra. Jomeini llamó a la huelga general y paralizó el país, la administración al completo y, sobre todo, todavía más grave para el régimen, la industria petrolera. Farid y Azra participaron en la ocupación del campus de la Universidad de Teherán, luego en los enfrentamientos con el ejército que acabarían desencadenando los motines del 4 de noviembre de 1978: la violencia se volvió general, Teherán estaba en llamas. La embajada de Gran Bretaña ardió en parte: tiendas, bares, bancos y oficinas postales incendiadas, todo cuanto representaba el imperio del sah o la influencia occidental fue atacado. Al día siguiente por la mañana, el 5 de noviembre, yo estaba con Azra en mi casa. Ella había venido sin avisar hacia las nueve de la mañana, más hermosa que nunca a pesar de su aire entristecido. Estaba absolutamente irresistible. Flotaba en el viento henchido de libertad que soplaba sobre Irán. Tenía una cara tan armoniosa, esculpida de sombras, fina, los labios del color de los granos de granada, la tez muy morena; exhalaba sándalo y azúcar tibio. Su piel era un talismán de bálsamo que hacía perder la razón a todos cuantos siquiera rozaba. La dulzura de su voz era tal que habría consolado a un muerto. Hablar, intercambiar palabras con Azra era tan hipnótico que muy pronto te dejabas arrullar sin responder, te convertías en un fauno, adormecido por el soplo de un arcángel. Fue a mediados de otoño y la luz todavía era espléndida; preparé un té, el sol inundaba mi minúsculo balcón, que daba a una pequeña *koutché* paralela a la avenida Hafez. Ella no había venido a mi casa más que una sola vez, con una parte de la pequeña banda del Naderi, antes del verano. La mayoría de las veces nos encontrábamos en algún café. Yo me pasaba la vida fuera. Frecuentaba esos locales con la esperanza de verla. ¡Y allí la tenía, en mi casa, a las nueve de la mañana, tras haber atravesado a pie una ciudad abandonada al caos! Se había acordado de la dirección. Me contó que el día anterior había sido testigo de los enfrentamientos entre los estudiantes y el ejército en el campus. Los soldados dispararon, hubo jóvenes muertos, todavía temblaba de emoción. La confusión era tal que le había costado varias horas salir de la facultad y llegar a casa de sus padres, quienes le prohibieron categóricamente que regresase a la universidad: ella los desobedeció. Teherán está en guerra, decía. La ciudad olía a incendio; una mezcla de neumáticos y basura quemados. Iban a declarar el toque de queda. Tapar el fuego, esa era la política del sah. Aquella misma tarde iba a anunciar la formación de un gobierno militar diciendo: «Pueblo de Irán, os habéis alzado contra la opresión y la corrupción. Como sah de Irán y como iraní, no puedo sino saludar esta revolución de la Nación iraní. He escuchado el mensaje de vuestra revolución, pueblo de Irán». Yo, desde mi ventana, también había visto el humo de los motines y escuchado los gritos y los ruidos de escaparates rotos en la avenida Hafez, vi a decenas de jóvenes corriendo por mi callejón sin salida; ¿andaban buscando un bar o un restaurante con nombre occidental para atacarlo? Las consignas de la embajada eran claras, había que quedarse en casa. Esperar a que amainase la tormenta.

»Azra se mostraba nerviosa, no podía estarse quieta. Temía por la suerte de Lyautey. Lo había perdido de vista durante una manifestación hacía tres días. No tenía ninguna noticia de él. Lo había llamado mil veces, pasó a buscarlo por su casa, fue a la Universidad de Teherán a pesar de la prohibición de sus padres, para tratar de dar con él. Sin éxito. Estaba terriblemente angustiada y la única persona a la que conocía de sus «amigos franceses» era yo.

La evocación de Azra y de la Revolución le conferían a Morgan un aire un tanto alarmante. Su pasión se había vuelto fría; su rostro seguía impasible, sumergido en el recuerdo; mientras hablaba miraba su vaso, lo apretaba con las dos manos, cáliz profano de la memoria. Sarah mostraba signos de malestar, de aburrimiento tal vez, puede que ambos. Cruzaba y descruzaba las piernas, daba golpecitos en el brazo de su butaca de mimbre, jugaba maquinalmente con un dulce hasta que lo dejó, sin servirse, en su platillo de cristal.

—Era la primera vez que hablábamos de Lyautey. Habitualmente Azra evitaba el tema por pudor; y yo por celos. Debo reconocer que no me apetecía lo más mínimo interesarme por la suerte de ese loco. Me había robado mi objeto de deseo. Ya podía haberse ido al infierno que a mí me daba lo mismo. Pero Azra estaba en mi casa, y eso me bastaba para sentirme feliz. Contaba con aprovecharlo el mayor tiempo posible. Así que le dije que era muy probable que Lyautey me llamase o se pasase por mi casa sin previo aviso, como de costumbre, algo que, por supuesto, era mentira.

»Se quedó allí una gran parte de la jornada. Tranquilizó a sus padres por teléfono, diciéndoles que se hallaba a buen recaudo en casa de una amiga. Vimos la televisión escuchando al mismo tiempo la BBC. Oíamos los gritos, las sirenas en la calle. A veces nos parecía distinguir disparos. Veíamos cómo el humo se elevaba por encima de la ciudad. Sentados los dos en el sofá. Hasta me acuerdo de los colores de aquel canapé. Ese momento me persigue desde hace años. La violencia de ese momento. La dulzura de ese momento, el perfume de Azra en mis manos.

Sarah dejó caer su taza; el objeto rebotó, rodó hasta la hierba sin romperse. Ella se levantó de su silla para ir a recogerlo. Morgan miró fijamente sus piernas, luego sus caderas sin el menor recato. Sarah no volvió a sentarse; permaneció de pie en el jardín mirando la extraña fachada deforme de la villa. Morgan espantó de nuevo a los paros con un revés de la mano y volvió a servirse, sin hielo esta vez. Masculló algo en persa, versos de un poema sin duda, me pareció identificar una rima. Sarah se había puesto a recorrer la pequeña propiedad; observaba cada rosal, cada granado, cada cerezo de Japón. Yo imaginé sus pensamientos, su malestar, incluso su dolor al escuchar la confesión de su maestro. Morgan no hablaba para nadie. El vodka hacía su efecto, imaginé que al poco estallaría en llantos de borracho, apiadándose definitivamente de su suerte. No estaba seguro de tener ganas de escucharlo hasta el final, pero antes de que Sarah regresase y me pusiese en la tesitura de levantarme yo también, Morgan retomó su historia, con una voz todavía más profunda y ahogada:

—Reconozcan que la tentación era demasiado fuerte. Estar allí, a su lado, tan cerca que podía tocarla… Recuerdo su gélida sorpresa cuando le descubrí mi pasión. Por desgracia ella estaba, cómo decirlo, indispuesta. Como en *Vis y Rāmin*, la novela de amor. El recuerdo del antiguo romance me despertó. Me asusté. Acabé por acompañarla al ocaso de la tarde. Tuvimos que rodear el centro de la ciudad asolado, ocupado por el ejército. Azra caminaba mirando al suelo. Luego volví solo. Jamás olvidaré aquella tarde. Me sentía a la vez feliz y triste.

Lyautey acabó por aparecer en un hospital militar del norte de la ciudad. Le habían dado un mal golpe en la cabeza, las autoridades avisaron a la embajada y de allí llamaron al instituto. Inmediatamente salté a un coche para ir a su encuentro. Delante de su puerta había un oficial del ejército o de la policía con el pecho cubierto de medallas que, con toda la cortesía iraní, se excusó por el error. Pero hágase usted cargo, dijo sonriendo irónicamente, no es fácil distinguir a un iraní de un francés en medio de una manifestación violenta. Sobre todo si el francés grita consignas en persa. Lyautey estaba cubierto de vendas. Parecía agotado. Empezó por decirme que al sah no le quedaba mucho tiempo, yo asentí. Luego le expliqué que Azra lo andaba buscando, que los nervios la estaban matando; él me preguntó si podía llamarla para tranquilizarla; yo le propuse que si quería podía llevarle una carta en mano esa misma noche. Él me agradeció el detalle encarecidamente. Redactó un breve billete en persa delante de mí. Todavía debía quedarse tres días en observación. Luego fui a la embajada; me pasé el resto del día convenciendo a nuestros queridos diplomáticos de que había que devolver a Lyautey a Francia, por su propio bien. Que estaba loco. Que se hacía llamar a Farid Lahouti, que usurpaba una identidad iraní, que militaba, que era peligroso incluso para sí mismo. Luego pasé por casa de Azra para entregarle la carta de Fred. No me dejó entrar, ni siquiera me miró, permaneció tras una puerta entreabierta que cerró en cuanto tuvo el papel en la mano. Cuatro días más tarde, oficialmente repatriado por razones de salud en cuanto salió de la clínica, Fred Lyautey estaba en un avión rumbo a París. En realidad, había sido expulsado por los iraníes por petición de la embajada, con la indicación de que tenía prohibido volver a Irán.

»Por fin tenía a Azra para mí solo. Pero ahora había que convencerla de que me perdonase el arrebato, de que lo sentía con toda el alma. Ella estaba muy afectada por la partida de Lyautey, quien le escribía desde París para decirle que era víctima de un complot monárquico y que volvería "a Irán al mismo tiempo que la libertad". En esas misivas, me llamaba "su único amigo francés, el único francés de Teherán en quien podía confiar". Como las huelgas habían paralizado el correo, me escribía a mí por valija diplomática pidiéndome que se las entregase. Una o dos cartas al día, que yo recibía en paquetes de ocho o diez a la semana. No pude evitar leerlas, esas cartas, y me hacían enloquecer de celos. Largos poemas eróticos en persa, de una belleza inaudita. Desconsolados cantos de amor, odas sombrías iluminadas por el sol de invierno del amor, que yo debía portar hasta el buzón de la interesada. Cada vez que le llevaba a Azra esas cartas, una rabia llena de impotencia me desgarraba el corazón. Era una auténtica tortura: la venganza inconsciente de Lyautey. Solo hacía de cartero por la esperanza de ver a Azra en la puerta de su edificio. A veces el dolor era tan fuerte que, tras leerlos, no podía evitar quemar alguno de esos sobres; cuando los poemas eran demasiado hermosos, demasiado eróticos, demasiado susceptibles de reforzar el amor de Azra por Lahouti, cuando me hacían sufrir demasiado, los destruía.

»En diciembre, la Revolución amplió su alcance. El sah estaba recluido en el palacio de Niavaran, daba la impresión de que no lo iban a sacar de allí sino con los pies por delante. Por supuesto, el gobierno militar era incapaz de reformar el país y la administración seguía paralizada por las huelgas. A pesar del toque de queda y la prohibición de manifestarse, la oposición seguía organizándose; el papel del clero, tanto en Irán como en el exilio, devenía cada vez más preponderante. El calendario religioso no ayudaba: diciembre era el mes de *muharram*. La celebración del martirio del imán Husein amenazaba con propiciar manifestaciones masivas. Una vez más, fue el propio sah quien precipitó su caída; ante la presión de los clérigos, autorizó las marchas religiosas pacíficas del 10 *muharram, Ashura*. Millones de personas desfilaron en todo el país. Teherán fue tomada por la muchedumbre. Curiosamente, no hubo ningún incidente notorio. La oposición había alcanzado tal magnitud, tal potencia, que la violencia se volvió innecesaria. La avenida Reza Sah era un enorme río humano que desembocaba en la plaza Shahyad, convertida en un lago trémulo que destacaba, como un peñasco, sobre un monumento a la realeza que parecía estar cambiando de sentido, volviéndose un monumento a la Revolución, a la libertad y al poder del pueblo. Estoy seguro de que todos los extranjeros presentes en Teherán durante aquellos días recuerdan la extraordinaria sensación de fuerza que emanaba de aquella muchedumbre. Irán se había puesto en pie en nombre del imán Husein abandonado por los suyos, en nombre de la justicia frente a la tiranía. Ese día todos supimos que el régimen acabaría cayendo. Ese día todos creímos que empezaba la era de la democracia.

»En Francia, Frédéric Lyautey y su loca determinación le habían propuesto sus servicios como intérprete de Jomeini en Neauphle-le-Château: durante algunas semanas fue uno de los numerosos secretarios del imán; respondía por él a los correos de los admiradores franceses. Los allegados del religioso desconfiaban de él, pensaban que era un espía, algo que a él le hacía sufrir terriblemente; a menudo me telefoneaba, en un tono muy amistoso, comentándome las últimas noticias de la Revolución, me envidiaba la suerte que tenía por estar viviendo sobre el terreno aquellos momentos "históricos". Por lo visto, ignoraba mis tejemanejes para hacer que lo expulsasen así como mi pasión por Azra. Ella no le había contado nada. De hecho, fue él mismo quien la empujó hacia mí. El padre de Azra había sido detenido en su domicilio el 12 de diciembre y enviado a un lugar secreto, probablemente a la prisión de Evin. En aquellos momentos no se arrestaba prácticamente a nadie; el sah intentaba negociar con la oposición para acabar con el gobierno militar y, en un último intento de reforma, convocar más tarde elecciones libres. La detención del padre de Azra, un simple profesor de liceo y militante reciente del partido Tudeh, era todo un misterio. La Revolución parecía ineluctable, pero la máquina represiva continuaba girando en la sombra de forma extraña, de un modo absurdo: nadie comprendía por qué ese hombre había sido arrestado, teniendo en cuenta que los días anteriores había habido millones en la calle gritando abiertamente "Muerte al sah". El 14 de diciembre hubo una contramanifestación en favor del régimen, unos miles de secuaces y soldados de paisano desfilaron a su vez blandiendo retratos de los Pahlaví. Evidentemente, nadie podía prever los acontecimientos, adivinar que un mes más tarde el sah se vería forzado a dejar el país. La angustia de la familia de Azra se hacía más fuerte a medida que aumentaban la confusión y la energía revolucionaria. Fue Lyautey quien convenció por teléfono a Azra de que necesitaba ponerse en contacto conmigo. Me llamó poco antes de Navidad; a mí no me apetecía lo más mínimo volver a Francia por las fiestas; lo creáis o no, no quería alejarme de ella. Por fin iba a verla de nuevo. En un mes y medio, mi pasión no había hecho sino crecer. Me odiaba a mí mismo y deseaba a Azra hasta el absurdo.

Sarah se había acercado a la mesa de jardín; seguía de pie, las manos en el respaldo de la silla, haciendo de observadora, de árbitro. Escuchaba con un aire lejano y casi despectivo. Yo esbocé una señal con la cabeza dirigiéndome a ella, una señal que para mí significaba «¿Nos vamos?», a la que ella no respondió. Yo me debatía (como ella, sin duda) entre las ganas de conocer el final de la historia y una cierta vergüenza mezclada con pudor que me impulsaba a huir de aquel erudito perdido en sus recuerdos fogosos y revolucionarios. Morgan no parecía darse cuenta de nuestras vacilaciones; era como si le pareciese de lo más normal que Sarah se quedase allí de pie; en caso de que nos hubiésemos marchado está claro que habría continuado con sus reminiscencias. Solo se detenía para tomar un trago de vodka o echarle una mirada concupiscente al cuerpo de Sarah. La gobernanta no volvió a dejarse ver, se había refugiado en el interior, seguro que tenía algo mejor que hacer que presenciar cómo se embriagaba su jefe.

—Azra me pidió que me sirviese de mis relaciones para lograr algún tipo de información sobre la detención de su padre. Según me dijo, su madre contemplaba las más disparatadas opciones, como que su padre llevase en realidad una doble vida, que fuese un agente soviético, etcétera. Desde su cama de hospital, Lyautey me había visto conversando con un oficial cargado de medallas; en su locura, acabó concluyendo que yo conocía personalmente a todos los jefes de la SAVAK. Yo no saqué a Azra de ese error. Le pedí que viniese a mi casa para hablar del tema, ella se negó. Le propuse que nos viésemos en el café Naderi, asegurándole que mientras tanto haría mis pesquisas sobre la situación de su padre. Aceptó. Me sentía infinitamente feliz. Era el primer día del mes de *dey*, el solsticio de invierno; fui a una lectura de poesía: una joven leía «Tengamos fe en el comienzo de la estación fría», de Forugh Farrojzad, y especialmente «Siento pena por el jardín», cuyo pesar simple y profundo me heló el alma, no sé por qué; todavía me sé algunas partes de memoria, «kasi be fekr-e golhâ nist, kasi be fekr-e mâhihâ nist», «no hay nadie para pensar en las flores, nadie para pensar en los peces, nadie quiere creer que el jardín se muere». Supongo que la perspectiva de ver de nuevo a Azra me había vuelto extremadamente sensible a todo tipo de ruego exterior. La poesía de Forugh me llenaba de una tristeza de nieve; ese jardín abandonado con su estanque vacío y sus malas hierbas era el retrato de mi desamparo. Después de la lectura, todo el mundo se tomó una copa: a diferencia de mí, la compañía era más bien alegre, ardiente de esperanza revolucionaria: no se hablaba más que del fin del gobierno militar y del posible nombramiento de Shapur Bajtiar, opositor moderado, como primer ministro. Algunos llegaban al punto de predecir la rápida abdicación del sah. Muchos se preguntaban cuál sería la reacción del ejército: ¿intentarían los generales un golpe de Estado respaldados por los norteamericanos? Esa hipótesis «chilena» asustaba a todo el mundo. El doloroso recuerdo de la caída de Mosaddeq en 1957 estaba más presente que nunca. Yo andaba dando vueltas en aquella velada. Me preguntaron varias veces por Lahouti, yo eludía la pregunta y enseguida cambiaba de interlocutor. La inmensa mayoría de los presentes (estudiantes, jóvenes profesores, escritores en ciernes) conocía a Azra. Supe por uno de los invitados que desde la partida de Lyautey ya no salía.

»Le planteé algunas preguntas sobre el padre de Azra a un amigo de la embajada; no tardó en enviarme al carajo. Si es un iraní no podemos hacer nada. Con doble nacionalidad, todavía, y aun así… Además, en estos momentos la administración es un auténtico caos, ni siquiera sabría a quién dirigirme. Por supuesto, mentía. Y eso me arrojó a mí mismo en brazos de la mentira. Azra se sentó frente a mí en el café Naderi; llevaba un grueso jersey de lana a cabrios sobre el que brillaban sus cabellos negros; no me miró a los ojos, tampoco me estrechó la mano; me saludó con una voz minúscula. Yo empecé por excusarme ampliamente por mis errores del mes anterior, por mi brusquedad, luego le hablé de amor, de la pasión que sentía por ella, con toda la dulzura de la que fui capaz. Después le conté mis pesquisas sobre su padre; le aseguré que no tardaría en obtener resultados, seguramente al día siguiente. Le dije que verla tan inquieta y abatida me entristecía, y que haría todo lo que estuviese en mi mano con tal de que volviese a visitarme. Le supliqué. Ella seguía mirando a otra parte, a los camareros, a los clientes, el mantel blanco, las sillas lacadas. Sus ojos vibraban. Permaneció en silencio. Yo no sentí vergüenza. Sigo sin sentir vergüenza. Si nunca se han visto ustedes turbados por la pasión, no pueden entenderlo.

Nosotros sí sentíamos vergüenza: Morgan se derrumbaba sobre la mesa a marchas forzadas; yo veía a Sarah estupefacta, petrificada por el cariz de la confesión; imaginaba cómo se iba encolerizando. Me sentí incómodo; solo podía pensar en una cosa, salir de aquel jardín ardiente: eran las siete en punto. Los pájaros jugueteaban entre la sombra y el sol poniente. También yo me puse en pie.

También yo di cuatro pasos por el pequeño jardín. La villa de Morgan en Zafaraniyeh era un lugar mágico, una casa de muñecas, construida al parecer para el guardia de una gran mansión desaparecida después, lo que explicaría su extraño emplazamiento, casi al borde de la avenida Vali-Asr. Morgan se la había alquilado a uno de sus amigos iraníes. La primera vez que estuve allí, invitado por el dueño, en invierno, poco antes de nuestro viaje a Bandar Abbás, cuando la nieve todo lo cubría y los rosales desnudos brillaban de escarcha, había fuego en la chimenea: una chimenea oriental con el dintel redondeado y la campana en punta que recordaba a las del palacio de Topkapi en Estambul. En todas partes había preciosas alfombras de colores vivos y sin embargo matizados, violetas, azules, anaranjados; en las paredes, fayenzas de la época kayarí y miniaturas de gran valor. El salón era pequeño, de techo bajo, muy apropiado para el invierno; el profesor recitaba unos poemas de Hafez, de quien hacía años que trataba de aprenderse de memoria la totalidad del *Diván*, como los sabios de otros tiempos; afirmaba que aprenderse a Hafez de memoria era la única forma de comprender íntimamente lo que él llamaba «el espacio» del gazal, el encadenamiento de los versos, la disposición de los poemas, el retorno de los personajes, de los temas; saberse a Hafez era vivir la experiencia íntima del amor. «Temo que mis lágrimas traicionen mi pena y que ese misterio dé la vuelta al mundo. ¡Hafez, tú que tienes el almizcle de sus cabellos en la mano, contén la respiración, si no el céfiro descubrirá tu secreto!» Penetrar el misterio, o los misterios: misterios fonéticos, misterios métricos, misteriosas metáforas. Pero, ay, al viejo orientalista se le resistía el poeta del siglo XIV: a pesar de todos sus esfuerzos, retener el conjunto de los cuatrocientos ochenta gazales que componen el *Diván* se revelaba imposible. Mezclaba el orden de los versos, otros los olvidaba; las reglas estéticas de la compilación, y especialmente la unidad de cada uno de los dísticos, perfectos como las perlas ensartadas una a una en el hilo de la métrica y de la rima para producir el collar del gazal, hacían que resultase fácil olvidar alguno. De los cuatro mil versos que contiene la obra, se lamentaba Morgan, yo me sé más o menos tres mil quinientos. Siempre me faltan quinientos. Siempre. Nunca son los mismos. Algunos aparecen, otros se van. Componen una nube de fragmentos que se interpone entre la Verdad y yo.

Nosotros tomábamos aquellas consideraciones místicas junto al fuego por la expresión de un antojo literario, el último capricho de un erudito; las revelaciones del verano habrían de darles un sentido completamente distinto. El secreto, el amor, la culpabilidad, ahora conocíamos su origen. Y si a mi regreso a Viena escribí este texto grave y solemne fue sin duda para a mi vez consignarlos, tanto como para recuperar a través de la prosa la presencia de Sarah, que enlutada y emocionada partió a París a enfrentarse con la tristeza. Qué sensación volver a leerlo. Un espejo que envejece. Me siento atraído y rechazado por ese yo como si de otro se tratase. Un primer recuerdo, intercalado entre la memoria y yo. Una hoja de papel diáfano que la luz atraviesa para dibujar en él otras imágenes. Una vidriera. *Yo* es en la noche. El ser está siempre en esa distancia, en alguna parte entre un yo insondable y el otro en sí. En la sensación del tiempo. En el amor, que es la imposibilidad de la fusión entre el yo y el otro. En el arte, la experiencia de la alteridad.

Ni nosotros llegábamos a marcharnos ni Morgan a concluir su relato: continuó con su confesión, puede que tan sorprendido por su capacidad de hablar como por la nuestra de escucharlo. A pesar de todas mis señales, Sarah, aunque indignada, permanecía enganchada a su silla de jardín de metal calado.

—Al final Azra aceptó volver a mi casa. Incluso varias veces. Yo le contaba mentiras sobre su padre. El 16 de enero, siguiendo los consejos de su Estado Mayor, el sah abandonó Irán, supuestamente «por vacaciones», y dejó el poder en manos de un gobierno de transición dirigido por Shapur Bajtiar. Las primeras medidas de Bajtiar fueron la disolución de la SAVAK y la liberación de todos los presos políticos. El padre de Azra no apareció. Creo que nadie supo nunca lo que le había sucedido. La Revolución parecía consumada. Dos semanas más tarde, un Boeing de Air France devolvió al ayatolá Jomeini a Teherán contra la opinión del gobierno. Cientos de miles de personas lo recibieron como el Mahdi. Yo solo temía una cosa, que Lyautey estuviese en el avión. Pero no. Vendría muy pronto, le anunció a Azra en aquellas cartas que yo leía. Le preocupaban la tristeza, el silencio, la frialdad de Azra. Insistía en su amor por ella; unos cuantos días, decía, y muy pronto volveremos a estar juntos, ánimo. No lograba entender el dolor y la vergüenza de la que ella le hablaba, decía, sin darle más explicaciones.

»Cuando nos veíamos, Azra estaba tan triste que poco a poco acabé por sentir asco de mí mismo. La amaba apasionadamente y la quería feliz, alegre, también ella apasionada. Mis caricias no le arrancaban sino lágrimas frías. Puede que poseyese su belleza, pero ella se me escapaba. El invierno era interminable, glacial y sombrío. A nuestro alrededor, Irán se precipitaba en el caos. Por un momento habíamos creído que la Revolución había terminado, pero no había hecho sino comenzar. Los religiosos y los partidarios de Jomeini luchaban contra los demócratas moderados. Unos días después de su regreso a Irán, Jomeini nombró a su propio primer ministro paralelo, Mehdí Bazargán. Bajtiar se había convertido en enemigo del pueblo, el último representante del sah. Empezaban a oírse consignas a favor de una "República Islámica". Se organizó un comité revolucionario en cada barrio. Es decir, se organizó si puede decirse así. Empezaron a florecer las armas. Las porras, los garrotes, y luego, tras la adhesión de una parte del ejército el 11 de febrero, también los fusiles de asalto; los partidarios de Jomeini ocuparon todos los edificios administrativos y hasta los palacios del emperador. Bazargán fue el primer jefe de Gobierno nombrado ya no por el sah, sino por la Revolución: por Jomeini, en realidad. Presentíamos la llegada de un peligro, de una catástrofe inminente. Las fuerzas revolucionarias eran tan dispares que resultaba imposible adivinar qué forma podría tomar un nuevo régimen. Los comunistas del partido Tudeh, los marxistas-musulmanes, los Muyahidines del Pueblo, los religiosos jomeinistas partidarios de la Wilayat Faqih, los liberales favorables a Bajtiar y hasta los autonomistas kurdos se enfrentaban más o menos directamente por el poder. La libertad de expresión era total y se publicaba a toda máquina: periódicos, libelos, recopilaciones de poemas. La economía se hallaba en un estado catastrófico; el país estaba tan desorganizado que los productos básicos comenzaban a escasear. La opulencia de Teherán parecía haber desaparecido en un abrir y cerrar de ojos. A pesar de todo, quedábamos con los compañeros y nos comíamos latas y latas de caviar de contrabando de gruesos granos verduscos, con pan *sangak* y vodka soviético: todo eso lo comprábamos con dólares. Algunos comenzaban a temer que el país se desplomase del todo y buscaban divisas extranjeras.

»Yo sabía desde hacía poco por qué Lyautey no volvía a Irán: estaba hospitalizado en una clínica de los suburbios parisinos. Depresión grave, alucinaciones, delirio. No hablaba más que en persa y estaba convencido de llamarse realmente Farid Lahouti. Los médicos pensaban que se trataba de un síndrome de burnout y de un shock relacionado con la Revolución iraní. Sus cartas a Azra se volvían todavía más frecuentes; más frecuentes y cada vez más sombrías. No le hablaba de su hospitalización, solo de los tormentos del amor, del exilio, de su dolor. Había imágenes que volvían una y otra vez, las brasas hechas antracita, duras y friables, en la ausencia; un árbol con ramas de hielo matado por el sol de invierno; un extranjero ante el misterio de una flor que nunca llegaba a abrirse. Como él mismo no lo mencionaba, no le revelé a Azra el estado de salud de Lyautey. Mi chantaje y mis mentiras me pesaban. Quería que Azra fuese mía por completo; poseer su cuerpo no era más que el sabor anticipado de un placer todavía más completo. Trataba de mostrarme atento, de seducirla, de no forzarla. Más de una vez estuve a punto de revelarle la verdad, toda la verdad, que no sabía nada de la situación de su padre, cuál era el estado de Lyautey en París, mis artimañas para hacer que lo expulsasen. Mis mistificaciones no eran en realidad sino pruebas de amor. No había mentido sino por amor, y esperaba que ella lo entendería.

»Azra se daba cuenta de que probablemente su padre no volviese nunca. Todos los presos del sah ya habían sido liberados, reemplazados rápidamente en las prisiones por los partidarios y los soldados del antiguo régimen. La sangre corría: se ejecutaba a toda prisa a los militares y a los altos funcionarios. El Consejo Revolucionario de Jomeini empezaba a ver a Mehdí Bazargán, su propio primer ministro, como un obstáculo para la instauración de la República Islámica. Esos primeros enfrentamientos, y más tarde la transformación de los Comités en "Guardianes de la Revolución" y "Voluntarios de los Oprimidos", preparaban el terreno para la confiscación del poder. En la exuberancia revolucionaria, las clases medias y las formaciones políticas más poderosas (partido Tudeh, Frente Democrático, Muyahidines del Pueblo) parecían no darse cuenta de la escalada de peligro. El tribunal revolucionario itinerante dirigido por Sadeq Jaljalí, llamado el Carnicero, juez y verdugo al mismo tiempo, ya estaba en marcha. A pesar de todo eso, desde finales de marzo, como consecuencia de un referéndum promovido entre otros por los comunistas y los muyahidines, el Imperio de Irán se convirtió en la República Islámica de Irán, y se entregó a la redacción de su Constitución.

»Al parecer, Azra había abandonado las tesis de Shariatí para acercarse al Tudeh comunista. Seguía militando, participaba en las manifestaciones y publicaba artículos feministas en los periódicos cercanos al Partido. También reunió algunos de los poemas de Farid Lahouti, los más políticos, en una pequeña compilación que confió nada menos que al propio Ahmad Shamlú: el poeta más destacado ya entonces, el más innovador, el más poderoso, a quien le pareció magnífica (y eso que no era benevolente con la poesía de sus contemporáneos); cuando supo que el tal Lahouti era en realidad un orientalista francés quedó estupefacto e hizo publicar algunos de sus textos en revistas influyentes. Semejante triunfo me volvió loco de envidia. Incluso internado a miles de kilómetros, Lyautey se las arreglaba para hacerme la vida imposible. Tendría que haber destruido todas aquellas malditas cartas en lugar de contentarme con echar a las llamas solo algunas de ellas. En marzo, en el momento en que regresaba la primavera, cuando el Año Nuevo iraní establecía el año 1 de la Revolución, en el momento en que la esperanza de todo un pueblo crecía con las rosas, una esperanza que habría de arder con la misma certeza que las rosas, mientras yo hacía planes para desposar al objeto de mi pasión, esa estúpida compilación, debido a la estima de cuatro intelectuales, reforzaba la relación entre Azra y Fred. Ella no hablaba de otra cosa. Hasta qué punto fulanito apreciaba sus poemas. Cómo el actor menganito iba a leer sus versos en una velada organizada por tal o cual revista de moda. Esa celebridad le daba fuerzas a Azra para despreciarme. Sentía su desprecio en sus gestos, en su mirada. Su culpabilidad se había transformado en un odio despectivo hacia mí y hacia todo lo que yo representaba, Francia, la universidad. Yo estaba intrigando para conseguirle una beca de doctorado con el fin de que, terminada mi estancia en Irán, pudiésemos regresar juntos a París. Quería casarme con ella, y ella lo mandaba todo al traste con desdén. Y peor todavía: se negaba a entregarse a mí. Venía hasta mi apartamento para provocarme con insolencia, para hablarme de esos poemas, de la Revolución, para rechazarme. Dos meses antes la tenía en mis brazos y ahora no representaba para ella más que un residuo abyecto que rehusaba con horror.

Gilbert derramó su vaso al espantar con un gesto demasiado exagerado a las aves que se habían atrevido a picotear las migajas de los dulces incluso encima de la mesa. Enseguida volvió a servirse, y de un solo trago se bebió su pequeño cubilete. Tenía lágrimas en los ojos, lágrimas que no parecían provenir de la violencia del alcohol. Sarah había vuelto a sentarse. Observó a los dos pájaros revoletear hasta el abrigo de los arbustos. Yo sabía que se debatía entre la compasión y la cólera; miraba a otra parte, pero allí seguía. Morgan permanecía en silencio, como si la historia hubiese terminado. De repente volvió a aparecer Nassim Janom. Retiró las tazas, los platillos, las copelas de azúcar candi. Llevaba un *rupush* azul oscuro anudado bajo la barbilla, una blusa gris con motivos oscuros; ni siquiera miró a su patrono. Sarah le sonrió; ella le devolvió la sonrisa, le ofreció té o limonada. Sarah le agradeció gentilmente sus esfuerzos, a la iraní. Yo advertí que me moría de sed, vencí mi timidez y le pedí a Nassim Janom un poco más de limonada; mi fonética persa era tan terrorífica que no me entendió. Sarah acudió en mi auxilio, como de costumbre. Tuve la impresión, ay qué vergüenza, de que repetía exactamente lo que yo acababa de decir, pero esta vez Nassim Janom lo entendió de inmediato. Enseguida imaginé un complot según el cual aquella dama respetable me arrinconaba del lado de los hombres, del lado de su terrorífico jefe, el cual seguía en silencio, los ojos enrojecidos de vodka y de recuerdos. Sarah advirtió mi ofendido desconcierto y lo interpretó erróneamente; me miró fijamente durante un instante, como si me tomase la mano para salir juntos del tibio lodo de aquella tarde, y esa ternura súbita tensó con tanta fuerza los lazos entre nosotros que un niño podría haber jugado a la goma con ellos, en medio de aquel jardín siniestro, abrasado por el verano.

Morgan no tenía nada más que añadir. Removía su vaso, una y otra vez, los ojos en el pasado. Es hora de irse. Tiré de esas famosas cuerdas invisibles y Sarah se levantó al mismo tiempo que yo.

Gracias, Gilbert, por esta magnífica tarde. Gracias. Gracias.

Engullo el vaso de limonada que Nassim Janom acaba de traerme. Gilbert no se levanta, masculla versos persas de los que no descifro ni una palabra. Sarah está de pie; se coloca el velo de seda morada en la cabeza. Yo cuento maquinalmente las pecas de su cara. Pienso en Azra, en Sarah, prácticamente los mismos sonidos, las mismas letras. La misma pasión. Morgan también mira a Sarah. Sentado, tiene los ojos clavados en sus caderas disimuladas por el manto islámico que acaba de ponerse a pesar del calor.

—¿Qué fue de Azra?

Planteo la pregunta para desviar su mirada del cuerpo de Sarah, tonta, celosamente, del mismo modo que uno le recuerda a un hombre el nombre de su esposa para que los fonemas lo fustiguen, con el buen Dios y la ley moral.

Morgan se vuelve hacia mí, un rastro de pena en el rostro:

–No sé. Me contaron que fue ejecutada por el régimen. Es probable. A principios de los ochenta desaparecieron miles de militantes. Hombres y mujeres. La Patria en peligro. La agresión iraquí, en lugar de debilitar el régimen, como se había previsto, lo reforzó, le dio una excusa para desembarazarse de toda la oposición interior. Los jóvenes iraníes que habían vivido entre el sah y la República Islámica, esa clase media (horrible expresión) que había gritado, escrito, luchado en favor de la democracia, terminaron todos colgados en una oscura prisión, ajusticiados de un tiro en la sien o forzados al exilio. Yo dejé Irán poco después del comienzo de la guerra; volví ocho años más tarde, en 1989. Ya no era el mismo país. La universidad estaba llena de excombatientes incapaces de juntar dos palabras pero convertidos en estudiantes por la gracia del Basij. Estudiantes que se convertirían en profesores. Profesores ignaros que a su vez formarían a unos alumnos condenados a la mediocridad. Todos los poetas, todos los músicos, todos los sabios se hallaban en el exilio interior, aplastados por la dictadura del duelo. Todos al amparo de los mártires. A cada movimiento de pestaña, se les recordaba a un mártir. Sus calles, sus callejones sin salida, sus tiendas de ultramarinos llevaban nombres de mártires. Muertos, sangre. Poesía de muerte, cantos de muertos, flores de muerte. La única lírica llevaba los nombres de las ofensivas: Aurora I, Aurora II, Aurora III, Aurora IV, Aurora V, Kerbela I, Kerbela II, Kerbela III, Kerbela IV y así hasta la parusía del Mahdi. Ignoro dónde y cuándo murió Azra. Seguro que en la prisión de Evin. Yo morí con ella. Mucho antes. En 1979, el año 1 de la Revolución, el año 1357 del calendario hegiriano solar. No quiso volver a verme. Tan simple como eso. Se diluyó en su vergüenza. Mientras Jomeini luchaba por consolidar su poder, Azra, atrincherada en su amor por los poemas de Lahouti, me dejó definitivamente. Había averiguado la verdad, decía. Una verdad (la forma en que intrigué para alejar a su amante, cómo mentí con respecto a su padre), no

la verdad. La verdad es mi amor por ella, que ella pudo comprobar a cada instante que estuvimos juntos. Esa es la única verdad.
Nunca me he sentido tan realizado como en aquellos momentos
en que estuvimos juntos. Nunca me he casado. Nunca le he
hecho promesas a nadie. La esperé toda mi vida.

»Fred Lyautey no tuvo mi paciencia. Lahouti se ahorcó en
un olmo con una sábana, en el parque de su clínica, en diciembre de 1980. Azra no había vuelto a verlo desde hacía unos dos
años. Un alma caritativa le contó lo de su muerte. Sin embargo,
Azra no vino a la velada que organizamos en el instituto en
honor a Lyautey. Por otra parte, tampoco acudió ninguno de
esos poetas famosos que tanto se suponía que respetaban su
obra. Fue una hermosa velada, recogida, ferviente, íntima. Con
su habitual grandilocuencia, me había designado como su "de-
rechohabiente en asuntos literarios". Quemé todos sus papeles
en un fregadero, junto con los míos. Todos los recuerdos de ese
período. Las fotos se retorcían, amarillas en las llamas; los cuadernos se consumían lentos como leños.

Nos fuimos. Gilbert de Morgan todavía recitaba misteriosos
poemas. Cuando cruzamos el portillo en la pared del jardín nos
hizo una pequeña señal con la mano. Se quedó solo con su
gobernanta y aquella familia de pájaros que en alemán se llaman «Spechte», a menudo coronados de rojo, que anidan en los
troncos.

En el taxi que nos llevaba hacia el centro de Teherán, Sarah
no dejaba de repetir «Pobre tipo, Dios mío, por qué nos contará
eso, menuda basura» en un tono incrédulo, como si, después
de todo, no acabase de admitir la realidad del relato de Gilbert de
Morgan, como si no pudiese creer que aquel hombre, al que ella
conocía desde hacía más de diez años y tan importante había
sido en su carrera, en realidad fuese otro, un Fausto que no necesitase de Mefistófeles para venderle su alma al diablo y poseer
a Azra, un personaje cuyo abundante saber se erigía sobre una
impostura moral de tal envergadura que se volvía inverosímil.
Sarah no podía siquiera considerar la veracidad de aquella historia por la simple razón de que era él mismo quien la contaba. No

podía estar tan loco como para autodestruirse, y por lo tanto —ese era, al menos, el razonamiento de Sarah, la forma de protegerse de Sarah— mentía. Fantaseaba. Quería que lo reprobásemos sabe Dios por qué oscura razón. Quizá asumiese los horrores de otro. Si la tomaba con él y lo trataba como a un despojo era sobre todo por habernos salpicado con aquellas bajezas y traiciones. No puede reconocer tan tranquilamente que violó y chantajeó a esa chica, o por lo menos no puede contarlo con semejante frialdad, en su jardín, bebiendo vodka, y yo sentía que su voz vacilaba. Estaba a punto de llorar, en aquel taxi que bajaba pisando a fondo la autopista Modarres, llamada en otros tiempos, en los tiempos de Azra y de Farid, la autopista del Rey de Reyes. A mí no me pareció que Morgan mintiese. Al contrario, la escena a la que acabábamos de asistir, aquel ajuste de cuentas consigo mismo, me pareció de una extraordinaria honestidad, incluso en sus implicaciones históricas.

El aire del crepúsculo era tibio, seco, eléctrico; olía a la hierba abrasada de las platabandas y a todas las mentiras de la naturaleza.

Al final creo que no me caía tan mal, ese Gilbert de Morgan de la larga figura. ¿Acaso el día de esa confesión ya se sabía enfermo? Es probable: dos semanas más tarde abandonó Irán definitivamente por razones de salud. No recuerdo haberle dado a leer este texto a Sarah; debería enviárselo, en una versión expurgada de los comentarios que la conciernen. ¿Sentiría algún interés? Seguro que ella, esas páginas, las leería de otro modo. La historia de amor de Farid y Azra devendría una parábola del imperialismo y de la Revolución. Opondría los caracteres de Lyautey y de Morgan y extraería una reflexión sobre la cuestión de la alteridad: Fred Lyautey la negaba totalmente y se sumergía en lo otro, creía convertirse en lo otro y a punto estaba de lograrlo, en la locura; Morgan buscaba poseer esa alteridad, dominarla, llevarla a su terreno para apropiársela y disfrutarla. Resulta absolutamente deprimente pensar que Sarah es incapaz de leer una historia de amor por lo que es, una historia de amor, es decir, la abdicación de la razón en la pasión; es *sintomático*, diría el buen doctor. Se resiste. Para Sarah el amor no es más que un haz de contingencias, en el mejor de los casos el potlatch universal, en el peor un juego de dominación en el espejo del deseo. Qué tristeza. Trata de protegerse del dolor de los afectos, está claro. Quiere controlar cuanto pudiese afectarla; se defiende de antemano de los golpes que pudiesen darle. Se aísla.

Todos los orientalistas, tanto los de ayer como los de hoy, se plantean la cuestión de la diferencia, del yo, del otro; poco después de que Morgan se marchase, justo cuando mi ídolo el musicólogo Jean During acababa de llegar a Teherán, recibimos la visita de Gianroberto Scarcia, eminente especialista italiano de literatura persa, alumno del inmenso Bausani, el padre de la iranología italiana. Scarcia era un hombre extraordinariamente brillante, erudito y divertido; se había interesado, entre otras cosas, por la literatura persa de Europa; esta expresión, «literatura persa de Europa», a Sarah la fascinaba. Que alguien pudiese componer poemas clásicos en persa hasta finales del siglo XIX, a solo unos kilómetros de Viena, la arrebataba tanto (puede que incluso más) como el recuerdo de los poetas árabes de Sicilia, de las Baleares o de Valencia. Scarcia también sostenía que el último poeta persa de Occidente, como él lo llamaba, era un albanés que compuso dos novelas en verso y escribió gazales eróticos entre Tirana y Belgrado hasta entrada la década de 1950. La lengua de Hafez había seguido irrigando el viejo continente después de la guerra de los Balcanes e incluso desde la Segunda Guerra Mundial. Lo más fascinante, añadía Scarcia con una sonrisa infantil, es que esos textos seguían la gran tradición de la poesía clásica, pero nutriéndola de modernidad: como Naim Frashëri, el chantre de la nación albanesa, ese último poeta persa de Occidente también compone en albanés e incluso en turco y en griego. Pero en un momento muy diferente: en el siglo XX Albania es independiente, y en los Balcanes la cultura turco-persa es un ser moribundo. «¡Qué posición tan extraña —decía Sarah, cautivada– la de un poeta que escribe en una lengua que en su país ya nadie o casi nadie entiende, ya nadie quiere comprender!» Scarcia, con una chispa de malicia en su mirada tan clara, añadía que habría que escribir una historia de la literatura árabe-persa de Europa para redescubrir ese patrimonio olvidado. El otro en el yo. Scarcia adoptó un tono triste: «Desgraciadamente, una gran parte de esos tesoros fue destruida a principios de los años noventa junto con las bibliotecas de Bosnia. Esos rastros de una Europa diferente molestan. Pero quedan libros y manuscritos en Estambul, en Bulgaria, en Albania y en la Universidad de Bratislava. Como usted dice, querida Sarah, el orientalismo debe ser un humanismo». Sarah abrió los ojos con asombro: así que Scarcia había leído su artículo sobre Ignác Goldziher, Gershom Scholem y el orientalismo judío. Scarcia lo había leído todo. Desde lo alto de sus ochenta años, veía el mundo con una curiosidad eterna.

La construcción de una identidad europea como simpático puzzle de nacionalismos ha borrado todo cuanto ya no cuadraba con sus compartimentos ideológicos. Adiós diferencia, adiós diversidad.

¿Un humanismo basado en qué? ¿En qué universal? ¿Dios, que tan discreto se muestra en el silencio de la noche? Entre los degolladores, los acaparadores, los contaminadores; acaso la unidad de la condición humana puede aún fundar algo, no tengo ni idea. El saber, posiblemente. El saber y el planeta como nuevo horizonte. El hombre en cuanto que mamífero. Residuo complejo de una evolución carbónica. Un eructo. Una chinche. No hay más vida en el hombre que la que hay en una chinche. La misma. Más materia, pero la misma vida. Me quejo del doctor Kraus, pero mi condición es bastante envidiable con respecto a la de un insecto. Últimamente la especie humana no está en su mejor momento. A uno le dan ganas de refugiarse en sus libros, en sus discos y en sus recuerdos de infancia. De apagar la radio. O de ahogarse en el opio, como Faugier. También él estaba allí cuando recibimos la visita de Gianroberto Scarcia. Regresaba de una expedición a los bajos fondos. Ese jocoso especialista de la prostitución elaboraba minuciosamente un léxico de argot persa, un diccionario de los horrores: de los términos técnicos de la droga, por supuesto, pero también de las expresiones de los hombres y mujeres prostituidos que frecuentaba. Faugier avanzaba tanto a vela como a vapor, como dicen los franceses; con su acostumbrada franqueza de Gavroche nos contaba sus excursiones, y yo a menudo tenía ganas de taparme los oídos. De no escucharlo más que a él, uno hubiese podido inferir que Teherán era un gigantesco lupanar para toxicómanos, una imagen muy exagerada pero no del todo desprovista de realidad. Un día, bajando en taxi de la plaza Tajrish, el chófer, muy mayor y cuyo volante parecía desatornillado para permanecer insensible a sus violentos temblores, me hizo la pregunta de forma muy directa, casi de buenas a primeras: ¿Cuánto cuesta una puta, en Europa? Tuvo que repetir la frase varias veces, tan difícil me pareció pronunciarla pero también comprender la palabra «djendé»: jamás la había oído en la boca de nadie. Tuve que justificar mi ignorancia como pude; el viejo se negaba a creer que nunca hubiese estado con una prostituta. Cansado de negarlo, acabé por soltar una cifra al azar, que a él le pareció rocambolesca; se echó a reír y a decir ¡Ah, ahora empiezo a entender por qué no va usted de putas! ¡A ese precio, más vale casarse! Me contó que, sin ir más lejos, la noche anterior había cogido a una puta en su taxi.

—Después de las ocho de la tarde —me dijo—, las mujeres que van solas suelen ser putas. La de ayer me ofreció sus servicios.

Iba zigzagueando por la autopista, a todo trapo, adelantando por la derecha, tocando el claxon, sacudiendo el volante como un condenado; se volvía para mirarme y el viejo Paykan aprovechaba su distracción para escorarse peligrosamente hacia la izquierda.

—¿Es usted musulmán?

—No, cristiano.

—Yo soy musulmán, pero me gustan mucho las putas. La de ayer quería veinte dólares.

–Ah.

–¿Eso también le parece caro? Aquí son putas porque necesitan dinero. Es triste. No es como en Europa.

–En Europa no es muy diferente –le dije yo.

–En Europa sienten placer. Aquí no.

Yo lo dejé cobardemente con sus certezas. El viejo se calló un momento para pasar por los pelos entre un autobús y un enorme 4×4 japonés. Sobre las platabandas, al borde de la autopista, unos jardineros cortaban rosales.

–Veinte dólares era demasiado caro. Le dije «¡Hazme precio! ¡Podría ser tu abuelo!».

–Ah.

–Yo con las putas sé manejarme.

Ya en el instituto le conté esta historia extraordinaria a Sarah, a quien no le hizo mucha gracia, y a Faugier, a quien le pareció hilarante. Fue poco antes de que lo agrediesen unos basijis; le dieron varios garrotazos, sin que el motivo de la riña quedase demasiado claro: atentado político dirigido a Francia o «simple asunto de costumbres», nunca llegamos a saberlo. Faugier cuidaba sus moretones con risa y opio, y si se negaba a entrar en detalles con respecto al enfrentamiento, repetía a quien quisiera escucharlo «La sociología es un deporte de riesgo». A mí me hacía pensar en el Lyautey del relato de Morgan: se negaba a considerar la violencia de la que había sido objeto. Nosotros sabíamos que Irán podía ser un país potencialmente peligroso, donde los esbirros del poder, oficiales u ocultos, no se andaban con miramientos, pero creíamos estar totalmente protegidos por nuestras nacionalidades y nuestro estatus de universitarios; estábamos equivocados. Las turbulencias internas del poder iraní podían muy bien afectarnos sin que llegásemos a saber el porqué. Sin embargo, el principal interesado no se equivocaba: sus investigaciones eran sus costumbres, sus costumbres participaban de sus investigaciones, y el peligro era una de las razones por las que esos temas le interesaban. Él sostenía que era más fácil que te diesen una cuchillada en un bar dudoso de Estambul que en Teherán, y sin duda tenía razón.

De todos modos, su estancia en Irán tocaba a su fin (para gran alivio de la embajada de Francia); aquella tunda, aquella paliza, decía él, sonaba como un siniestro canto de partida y sus equimosis como un regalo a modo de recuerdo de la República Islámica. Los gustos de Faugier, su pasión por lo turbio, no le impedían ser terriblemente lúcido para con su condición: él era su propio objeto de estudio; admitía que, como muchos orientalistas y diplomáticos que no lo reconocen tan fácilmente, si había escogido el Este, Turquía e Irán, era por deseo erótico del cuerpo oriental, una imagen de lascivia, de permisividad que le fascinaba desde la adolescencia. Soñaba con los músculos de los hombres aceitados en los gimnasios tradicionales, con los velos de las bailarinas perfumadas –las *almées*–, con las miradas –masculinas y femeninas– realzadas con kohl, con las brumas de los baños turcos donde todas las visiones devenían realidad. Se veía a sí mismo como un explorador del deseo, y en ello se había convertido. Había profundizado en la realidad de esa imagen orientalista de la *almée* y del efebo, y esa realidad acabó por cautivarlo hasta el punto de sustituir su sueño inicial; amaba a sus viejas bailarinas prostituidas, a las animadoras de los siniestros cabarets de Estambul; amaba a sus travestis iraníes excesivamente maquillados, sus encuentros furtivos en lo más profundo de un parque de Teherán. Qué importaba si los baños turcos eran a veces sórdidos y mugrientos, qué importaba si las mejillas mal afeitadas de los efebos rascaban como almohazas, él seguía apasionado por la exploración; por el goce y la exploración, añadió Sarah, a quien había dado a leer su «diario de campo», como él lo llamaba; evidentemente, la idea de que Sarah se hubiese adentrado en semejante lectura me resultaba odiosa, me sentía atrozmente celoso de esa extraña relación por diario interpuesto. Aunque sabía que Sarah no sentía la menor atracción hacia Faugier, ni Marc hacia ella, imaginarla asomándose a su intimidad, a los detalles de su vida *científica*, que en ese caso concreto se correspondían con los de su vida *sexual*, me resultaba del todo insoportable. Veía a Sarah en el lugar de Louise Colet leyendo el diario de Egipto de Flaubert.

«*Almées*, cielo azul. Las mujeres están sentadas delante de sus puertas, sobre esteras de palmera o de pie. Las madamas están con ellas. Trajes claros, los unos por encima, los otros flotando en el viento cálido.»

O mucho peor.

«Paso la noche con Sophia Zughaira: muy corrompida, bulliciosa, gozando, pequeña tigresa. Maculo el diván.

»Segundo polvo con Kutchuk: al abrazarla notaba en el hombro su collar redondo bajo mis dientes, su coño me contaminaba como con burletes de terciopelo. Me sentí feroz.»

Y así sigue, toda la perversión de la que los orientalistas son capaces. Pensar en Sarah saboreando la prosa (infame, ni que decir tiene) de ese guaperas que yo sabía absolutamente capaz de escribir una barbaridad del tipo «su coño me contaminaba» era una pura tortura. Cómo pudo Flaubert infligirle semejante suplicio a Louise Colet, es incomprensible; el estilista normando debía de estar muy convencido de su propio genio. O puede que pensase, como en el fondo Faugier, que esas notas eran inocentes, que la obscenidad que en ellas se escenificaba no pertenecía al dominio de lo real, sino a otro orden, a la ciencia o al viaje, a una investigación que alejaba esas consideraciones pornográficas de su ser, de su propia carne: cuando Flaubert escribe «un polvo, y otro, lleno de ternura», o «su coño más cálido que el vientre me calentaba como con un hierro», cuando cuenta cómo, una vez Kutchuk adormecida entre sus brazos, juega a aplastar chinches contra la pared, chinches cuyo olor se mezcla con el sándalo del perfume de la joven (la sangre negra de los insectos dibuja hermosos trazos sobre la cal), Flaubert está convencido de que esas observaciones suscitan el interés, y no el rechazo: se asombra de que Louise Colet se sienta horrorizada por ese pasaje sobre la ciudad de Esna. Trata de justificarse en una carta no menos atroz: «Al entrar en Jaffa —cuenta—, percibí al mismo tiempo el olor de los limoneros y el de los cadáveres». Para él, el horror está en todas partes; se mezcla con la belleza; la belleza y el placer no serían nada sin la fealdad y el dolor, hay que sentirlos juntos. (Louise Colet quedará tan impresionada por ese manuscrito que también ella viajará a Egipto, dieciocho años más tarde, en 1869, con ocasión de las ceremonias de inauguración del Canal de Suez, cuando toda Europa se amontona a orillas del Nilo; verá a las *almées* y sus bailes y le parecerán vulgares; quedará sobrecogida ante dos alemanes hipnotizados por los cascabeles de sus collares hasta tal punto que desaparecerán y no volverán a presentarse en el barco hasta unos días después, «vergonzosamente agotados y sonrientes»; se detendrá, también ella, en Esna, pero para contemplar los estragos del tiempo en el cuerpo de esa pobre Kutchuk Hanim: tendrá su desquite.)

El deseo de Oriente es también un deseo carnal, una dominación por el cuerpo, un borrado del otro en el goce; no sabemos nada de Kutchuk Hanim, esa bailarina prostituida del Nilo, aparte de su potencia erótica y el nombre del baile que ejecuta, «La abeja»; aparte de sus vestidos, de sus movimientos, de la materia de su coño, lo ignoramos todo, ni frase ni sentimiento; era sin duda la más célebre de las *almées* de Esna, o puede que la única. No obstante, poseemos un segundo testimonio sobre Kutchuk, este de un norteamericano que visita la ciudad dos años antes que Flaubert y publicará su *Nilo, notas de un howadji* en Nueva York: George William Curtis le dedica dos capítulos a Kutchuk, dos capítulos poéticos, llenos de referencias mitológicas y metáforas voluptuosas («¡Oh, Venus!»), el cuerpo de la bailarina doblegándose como el tubo del narguile y la serpiente del pecado original, un cuerpo «profundo, oriental, intenso y terrible». De Kutchuk no conoceremos más que su país de origen, Siria nos dice Flaubert, Palestina según Curtis, y una sola palabra, «buono»: según Curtis «one choice italian word she knew». «Buono», todo el sórdido goce desprovisto de la gravedad de la decencia occidental que Kutchuk pudo suscitar, las páginas de *Salambó* y *La tentación de san Antonio* que ella inspiró, y nada más.

En su «observación participante», Marc Faugier se interesa por los relatos de vida, por las voces de las *almées* y de los khawalas del siglo XXI; se preocupa por sus recorridos vitales, por sus sufrimientos, por sus alegrías; en este sentido, vincula las pasiones orientalistas originales con las aspiraciones de las ciencias sociales de hoy en día, igual de fascinado que Flaubert por la mezcla de belleza y de horror, por la sangre de la chinche aplastada, y por la dulzura del cuerpo que él posee.

Antes de soñar con lo hermoso es menester sumirse en el horror más profundo y haberlo recorrido por entero, decía Sarah; Teherán olía cada vez más a violencia y muerte, entre la agresión de Faugier, la enfermedad de Morgan, los ahorcamientos y el duelo perpetuo del imán Husein. Afortunadamente, quedaba la música, la tradición, los instrumentistas iraníes a los que yo llegué gracias a Jean During, digno sucesor de la gran escuela orientalista de Estrasburgo: en el seno del islam rigorista y puritano todavía brillan los fuegos de la música, de las letras y de la mística, del humor y de la vida. Por cada ahorcado, mil conciertos, mil poemas; por cada cabeza cortada, mil sesiones de *zikr* y mil carcajadas. Bastaría con que nuestros periodistas se dignasen interesarse por algo más que el dolor y la muerte; son las cinco y media de la mañana, el silencio de la noche; la pantalla es un mundo en sí mismo, un mundo donde ya no hay ni tiempo ni espacio. «Ishq», «hawa», «hubb», «mahabba», las palabras árabes de la pasión, el amor de los humanos y de Dios, que es lo mismo. El corazón de Sarah, divino; el cuerpo de Sarah, divino; las palabras de Sarah, divinas. Isolda, Tristán. Tristán, Isolda. Isolda, Tristán. Los filtros. La unidad. Azra y Farid de trágica fortuna, seres atropellados bajo la Rueda del Destino. ¿Dónde se encuentra la luz de Suhrawardi? ¿A qué Oriente apuntará la brújula? ¿Qué arcángel vestido de púrpura vendrá a abrirnos el corazón al amor? ¿*Eros, philia* o *ágape*? ¿Qué borracho griego con sandalias vendrá una vez más, acompañado por una flautista, la frente ceñida de violetas, a recordarnos la locura del amor? Jomeini escribió poemas de amor. Poemas que tratan de vino, de embriaguez, del amante llorando a la amada, de rosas, de ruiseñores transmitiendo mensajes de amor. Para él el martirio era un mensaje de amor. El sufrimiento, una suave brisa. La muerte, una amapola. Es un decir. Tengo la impresión de que en nuestros días solo Jomeini habla de amor. Adiós a la compasión, viva la muerte.

Yo me sentía celoso de Faugier sin razón, sé perfectamente que sufría, que sufría el martirio, que huía, que había huido, que había huido de sí mismo hacía mucho, hasta acabar en Teherán acurrucado sobre una alfombra, las rodillas bajo la barbilla, entre convulsiones; sus tatuajes, contaba Sarah, se mezclaban con las equimosis para formar dibujos misteriosos; estaba medio desnudo, le costaba respirar, decía, con los ojos abiertos y fijos, lo mecí como a un niño, añadía Sarah aterrada, me vi obligada a mecerlo como a un niño, en medio de la noche en el jardín de la eterna primavera cuyas flores rojas y azules se volvían horrorosas en la penumbra; Faugier resistía entre la angustia y el mono, la angustia ampliaba el mono y el mono la angustia, y esos dos monstruos lo asaltaban en la noche. Gigantes, criaturas fantásticas que lo torturaban. El miedo, el desamparo en la soledad absoluta del cuerpo. Sarah lo consolaba. Decía haberse quedado con él hasta el alba; al alba se durmió, la mano en la suya, todavía sobre la alfombra donde lo arrojó la crisis. A la dependencia de Faugier (del opio y, más tarde, como él mismo había pronosticado, de la heroína) venía ahora a sumarse otra adicción, por lo menos igual de fuerte, ese otro olvido que es el sexo, el placer carnal y el sueño oriental; su camino hacia el este se detuvo allí, sobre aquella alfombra, en Teherán, en su propio callejón sin salida, en esa aporía −entre el yo y el otro− que es la identidad.

«El sueño es bueno, la muerte es mejor −dice Heinrich Heine en su poema "Morfina"−, pero lo mejor de todo sería no haber nacido.» Me pregunto si alguien tomó la mano de Heine en sus largos meses de sufrimiento, alguien que no fuese el hermano Sueño con la corona de adormidera, el que acaricia suavemente la frente del enfermo y libra su alma de todo dolor; y yo viviré mi agonía solo en mi habitación o en el hospital, mejor no pensar en ello, apartemos la mirada de la enfermedad y de la muerte, como Goethe, que siempre evitó a los agonizantes, los cadáveres y los entierros: el viajero de Weimar se las arregla cada vez para escapar del espectáculo del deceso, para escapar del contagio de la muerte; se imagina como un ginkgo, ese árbol de Extremo Oriente, inmortal, el antepasado de todos los árboles, cuya hoja bilobulada representa la unión en el amor de un modo tan magnífico que le envió una, seca, a Marianne Willemer: «¿No sientes en mis cantos que soy Uno y soy doble?». La hermosa vienesa (mejillas rollizas, formas generosas) tiene treinta años, Goethe sesenta y cinco. Para Goethe, Oriente es lo opuesto a la muerte; mirar hacia el este es apartar los ojos de la Guadaña. Huir. En la poesía de Saadi y de Hafez, en el Corán, en la India lejana; el *Wanderer* camina hacia la vida. Hacia Oriente, la juventud y Marianne, contra la vejez y su esposa Christiane. Goethe deviene Hatem, y Marianne Suleika. Christiane morirá sola en Weimar, Goethe nunca asirá su mano, Goethe no asistirá a su entierro. Acaso también yo me desvío de lo inevitable obsesionándome con Sarah, sumergiéndome en la memoria de este ordenador para encontrar su carta de Weimar,

Mi muy querido Francisco José:

Es bastante extraño encontrarse en Alemania, en esta lengua, tan cerca de ti, y que no obstante tú no estés. No sé si ya has hecho el viaje a Weimar; supongo que sí, Goethe, Liszt y el propio Wagner, imagino que eso debió de atraerte. Recuerdo que estudiaste un año en Tubinga, no muy lejos de aquí, me parece. Estoy en Turingia desde hace dos días: nieve, nieve, nieve. Y un frío gélido. Te preguntarás qué hago aquí: un coloquio, por supuesto. Un coloquio comparatista sobre literatura de viajes en el siglo XIX. Eminencias. Conocí a Sarga Moussa, gran especialista en las visiones de Oriente en el XIX. Magnífica contribución sobre el viaje y la memoria. Un poco celosa de su saber, más teniendo en cuenta que habla perfectamente alemán, como la inmensa mayoría de los invitados. Yo he presentado por enésima vez una comunicación sobre los viajes a Europa de

Faris Shidyaq, en una versión diferente, claro, aunque siempre tengo la impresión de repetirme. El precio de la gloria.

Por supuesto, visitamos la casa de Goethe; parece que el maestro vaya a levantarse de su butaca para saludar, hasta tal punto se ha conservado el lugar. La casa de un coleccionista: objetos por todas partes. Gabinetes, muebles archivadores para los dibujos, cajones para los minerales, esqueletos de aves, reproducciones griegas y romanas. Su habitación, minúscula, junto a su enorme despacho, en la buhardilla. La butaca donde murió. El retrato de su hijo August, que murió dos años antes que su padre, en Roma. El retrato de su mujer Christiane, que murió quince años antes que él. La habitación de Christiane, con sus cosas: un hermoso abanico, un juego de cartas, algunos frascos, una taza azul con una inscripción bastante conmovedora en letras doradas, «A la Fiel». Una pluma. Dos pequeños retratos, uno joven y uno menos joven. Es una sensación extraña recorrer esa casa donde, según dicen, desde 1832 todo ha permanecido igual. Da un poco la impresión de visitar una tumba, momias incluidas.

Lo más sorprendente es la relación de Weimar con Oriente; a través de Goethe, por supuesto, pero también de Herder, Schiller y la India o bien Wieland y su *Djinnistan*. Por no mencionar los ginkgos (irreconocibles en esta estación del año) que pueblan la ciudad desde hace más de un siglo, hasta tal punto que incluso les han dedicado un museo. Pero imagino que todo eso ya lo sabes; yo lo ignoraba. La vertiente oriental del clasicismo alemán. Una vez más, aquí te das cuenta de hasta qué punto Europa es una construcción cosmopolita… Herder, Wieland, Schiller, Goethe, Rudolf Steiner, Nietzsche… En Weimar es como si bastase con levantar una piedra para que aparezca un vínculo con el lejano Este. Pero seguimos en Europa: la destrucción nunca está muy lejos. El campo de concentración de Buchenwald se encuentra a unos kilómetros de aquí, parece que la visita es terrorífica. No me atrevo a acercarme.

En 1945 Weimar fue bombardeada masivamente en tres ocasiones. ¿Te imaginas? ¿Bombardear una ciudad de sesenta mil habitantes sin valor militar alguno cuando la guerra está casi ganada? Violencia pura, venganza pura. Bombardear el símbolo de la primera república parlamentaria alemana, tratar de destruir la casa de Goethe, la de Cranach, los archivos de Nietzsche… con cientos de toneladas de bombas soltadas por jóvenes aviadores recientemente desembarcados de Iowa o de Wyoming, que morirán a su vez quemados vivos en la carlinga de sus aviones, difícil encontrarle el menor sentido, prefiero callarme.

Tengo un regalo para ti: ¿recuerdas mi artículo sobre Balzac y la lengua árabe? Pues bien, podría escribir otro, mira esta hermosa página que imagino que ya conoces:

Es de la edición original del *Diván*. También aquí hay árabe, también aquí, como puedes ver, hay diferencias entre el árabe y el alemán: en árabe, es *El Diván oriental del escritor occidental*. Un título que me resulta muy intrigante, seguramente debido a ese escritor «occidental». Ya no es un objeto mixto, como en el original alemán, un diván «occidentoriental», sino una recopilación de Oriente compuesta por un hombre de Occidente. Del lado árabe de las cosas, no se trata de una mezcla, de fusión del uno y del otro, sino de un objeto oriental separado de su autor.

¿Quién tradujo este título para Goethe? ¿Sus profesores de Jena? En el Museo Goethe vi una página de ejercicios de árabe: al parecer, el maestro se divertía aprendiendo (con una hermosa caligrafía de principiante) palabras extraídas de la recopilación de Heinrich von Diez, uno de los primeros orientalistas prusianos, *Denkwürdigkeiten von Asien in Künsten und Wissenschaften*. (Dios mío, qué lengua tan difícil el alemán, he necesitado cinco minutos para copiar este título.)

Sigue estando el otro en el yo. Como en la novela más grande del siglo XIX, *Las piernas cruzadas* o *La vida y las aventuras de Fariac*, de Faris Shidyaq, de quien he hablado esta tarde, ese inmenso texto árabe impreso en París en 1855 a costa de Rafael Kahla, un exilado de Damasco. No me resisto a mostrarte la portada:

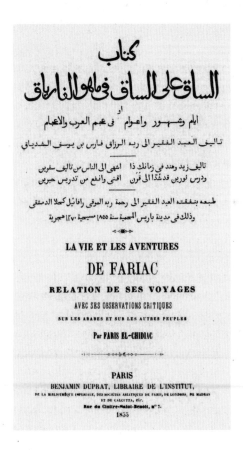

Visto desde aquí, el carácter mixto del título de Shidyaq responde al de Goethe; da la impresión de que los ciento cincuenta años siguientes no han tratado sino de alejar pacientemente lo que los dos grandes hombres habían conseguido reunir.

En Weimar también hay (así, al tuntún) un retablo de Cranach con un magnífico demonio deforme y verdusco; la casa de Schiller, la de Liszt; la universidad de la Bauhaus; hermosos palacios barrocos; un castillo; el recuerdo de la Constitución de una frágil república; un parque con hayas centenarias; una pequeña iglesia en ruinas que se diría acabada de salir (bajo la nieve) de un cuadro de Schinkel; algún que otro neonazi; salchichas, cientos de salchichas de Turingia en todas sus formas, crudas, secadas, tostadas, y mi mejor recuerdo germánico.

Tuya,

SARAH

para olvidar, releyéndola, que la muerte me tomará sin duda antes de llegar a la edad de Goethe o de Faris Shidyaq el gran libanés, por lo menos hay pocas posibilidades de que me muera a los mandos de un bombardero, tocado por un obús de la DCA o abatido por un caza, eso queda más o menos descartado, aunque el accidente aéreo siempre es posible: en los tiempos que corren a uno puede alcanzarlo un misil ruso en pleno vuelo o despedazarlo un atentado terrorista, eso ya no resulta tan tranquilizador. El otro día me enteré por el *Standard* de que habían detenido a un yihadista de catorce años mientras preparaba un atentado en una estación de Viena, un bebé yihadista de Sankt Pölten, guarida de terroristas, como es bien sabido; esa noticia podría hacerme sonreír si no fuese porque se trata de un signo de los tiempos: pronto habrá hordas de estirianos precipitándose sobre los impíos vieneses al grito de «¡Jesús es grande!», y desencadenarán la guerra civil. No recuerdo ningún atentado en Viena desde el aeropuerto de Schwechat y los palestinos de Abu Nidal en los años ochenta, Dios no lo quiera, Dios no lo quiera, pero no puede decirse que Dios esté dando lo mejor de sí mismo últimamente. Los orientalistas tampoco: escuché a un especialista en Oriente Próximo preconizar que había que dejar que todos los aspirantes a yihadista se marchasen a Siria, que se fuesen al carajo; morirían bajo las bombas o en las escaramuzas y no volveríamos a saber de ellos. Bastaba con impedir el regreso de los supervivientes. Esa seductora sugerencia conlleva, sin embargo, un problema moral, acaso resulta razonable que enviemos a nuestros regimientos de barbudos a vengarse de Europa en poblaciones civiles inocentes de Siria y de Irak; es un poco como tirar la basura en el jardín del vecino, eso no es bonito. Práctico, sí, pero no muy ético.

Sarah se equivoca, nunca he ido a Weimar. Un concentrado de Alemania, en efecto. Una reducción para coleccionistas. Una imagen. Menuda fuerza la de Goethe. Enamorarse a los sesenta y cinco años del *Diván* de Hafez y de Marianne Willemer. Leerlo todo a través de los binóculos del amor. El amor genera amor. La pasión como motor. Goethe como máquina deseante. La poesía como carburante. Había olvidado ese frontispicio bilingüe del *Diván*. Todos hemos olvidado esos diálogos, preocupados por cerrar las obras sobre la nación sin advertir el espacio que se abre entre las lenguas, entre el alemán y el árabe, en el canal de la encuadernación, en el pliegue de los libros, en el blanco de alrededor. Deberíamos interesarnos más por las adaptaciones musicales del *Diván occidentoriental*, Schubert, Schumann, Wolf, decenas de compositores sin duda, hasta los conmovedores *Goethe Lieder* para mezzosoprano y clarinetes de Luigi Dallapiccola. Es hermoso ver hasta qué punto Hafez y la poesía persa irrigaron el arte burgués europeo, Hafez y, por supuesto, Omar Jayam; Jayam el sabio irreverente tiene incluso su estatua no lejos de aquí, en pleno Centro Internacional de Viena, una estatua regalada hace unos años por la República Islámica de Irán, nada revanchista contra el poeta del vino enfadado con Dios. Un día me gustaría llevar a Sarah al Danubio a ver ese monumento que reina entre los edificios de Naciones Unidas, esos cuatro sabios de mármol blanco bajo su palio de piedra oscura, encuadrado por columnas que recuerdan a las de la apadana de Persépolis. Jayam, propulsado por la traducción de Edward FitzGerald, invade la Europa de las letras; el matemático olvidado del Jorasán deviene poeta europeo de primer orden desde 1870; Sarah estudió el caso Jayam a través del comentario y la edición de Sadeq Hedayat, un Jayam reducido a lo esencial, reducido a los cuartetos que provienen de las reseñas más antiguas. Un Jayam escéptico más que místico. Sarah explicaba la inmensa fortuna mundial de Omar Jayam por la sencillez universal de la forma del cuarteto, primero, y luego por la diversidad del corpus: sucesivamente ateo, agnóstico o musulmán, enamorado hedonista o contemplativo, borracho inveterado o bebedor místico, el sabio del Jorasán, tal como se nos aparece en los mil cuartetos que se le atribuyen, tiene con qué complacer a cualquiera; incluso a Fernando Pessoa, que compondrá, a lo largo de su vida, cerca de doscientos cuartetos inspirados por su lectura de la traducción de FitzGerald. Sarah reconocía sin problemas que lo que prefería de Jayam era la introducción de Hedayat y los poemas de Pessoa; ella los habría reunido a los dos de buena gana, fabricando un hermoso monstruo, un centauro o una esfinge, un Sadeq Hedayat que, al amparo de Jayam, introduciría los cuartetos de Pessoa. Pessoa también gustaba del vino,

> *La alegría sigue al dolor, y el dolor a la alegría.*
> *Bebemos vino porque es fiesta, a veces*
> *bebemos vino en el gran dolor.*
> *Pero de un vino o del otro, ¿qué nos queda?*

y se mostraba por lo menos tan escéptico y desesperado como su antepasado persa. Sarah me hablaba de las tabernas de Lisboa donde Fernando Pessoa iba a beber, a escuchar música o poesía, y efectivamente, se parecían en su relato a las *meykhané* iraníes, hasta tal punto que Sarah añadía irónicamente que Pessoa era un heterónimo de Jayam, que el poeta más occidental y más atlántico de Europa era en realidad un avatar del dios Jayam,

Después de las rosas, copero, vertiste
el vino en mi copa y te alejaste.
¿Quién es más flor que tú, que huiste?
¿Quién es más vino que tú, que te negaste?

y en interminables conversaciones con el amigo Parviz, en Teherán, ella se divertía retraduciendo al persa los cuartetos de Pessoa, para encontrar, decían, el gusto de lo que se perdió: el espíritu de la embriaguez.

Parviz nos había invitado a un concierto privado donde un joven cantante, acompañado por un *târ* y un *tombak*, cantaba cuartetos de Jayam. El cantante (treinta años más o menos, camisa blanca de cuello redondo, pantalones negros, bonito rostro oscuro y grave) tenía una preciosa voz de tenor que el estrecho salón en que nos hallábamos permitía escuchar en todos sus matices; el percusionista brillaba: riqueza de sonidos limpios y claros, tanto en los graves como en los agudos, fraseo impecable en los ritmos más complejos, sus dedos sonaban contra la piel del *zarb* con una precisión y una velocidad asombrosas. El músico que tocaba el *târ* era un adolescente de dieciséis o diecisiete años, y aquel, uno de sus primeros conciertos; parecía llevado por la virtuosidad de sus dos mayores, exaltado por el público; en las improvisaciones instrumentales, exploró el *goushé* del modo escogido con un saber y una expresividad que, para mis oídos de principiante, compensaron ampliamente su falta de experiencia. La brevedad de las palabras cantadas, cuatro versos de Jayam, permitía a los músicos, cuarteto tras cuarteto, explorar ritmos y modos diferentes. Parviz se mostraba encantado. Me apuntaba escrupulosamente los textos de los cuartetos en mi cuaderno. Mi registrador iba a permitirme, más tarde, ejercitarme en ese ejercicio terrorífico que es la transcripción. Yo ya había anotado instrumentos, *setar* o *tombak*, pero nunca la voz, y tenía curiosidad por ver, con calma, sobre el papel, cómo se organiza la alternancia de breves y de largas de la métrica persa en el canto culto; cómo transpone el cantante el metro o las sílabas del verso para incluirlos en un ritmo, y de qué modo las frases musicales tradicionales del *radif* se veían transformadas, revivificadas por el artista según los poemas cantados. El encuentro de un texto del siglo XII, de un patrimonio musical milenario y de músicos contemporáneos que actualizaban, desde su individualidad y frente a un público dado, el conjunto de esos posibles.

> *Sírveme de ese vino, para que le diga adiós*
> *adiós al néctar rosa como tus mejillas en fuego.*
> *Ay, mi arrepentimiento es tan recto y franco*
> *como el arabesco de los rizos de tu pelo.*

Los músicos, como nosotros, estaban sentados con las piernas cruzadas en una alfombra de Tabriz roja con un medallón azul oscuro en el centro; con la lana, los cojines y nuestros cuerpos, la acústica era muy seca, de un calor sin reverberación alguna; a mi derecha Sarah estaba sentada sobre los talones, nuestros hombros se tocaban. El perfume del canto nos embriagaba; las olas sordas y profundas del tambor, tan cercano, parecían rebosar nuestros corazones ablandados por los trinos del *târ*; respirábamos con el cantante, conteníamos el aliento para seguirlo en las alturas de esos largos encadenamientos de notas vinculadas, claras, sin vibrato, sin vacilaciones, hasta que de repente, una vez en medio de ese cielo sonoro, se abandonó a una serie de figuras de acrobacia, una sucesión de melismas y de trémolos tan matizados, tan conmovedores, que mis ojos se llenaron de lágrimas contenidas, vergonzosamente tragadas mientras el *târ* respondía a la voz retomando la frase, modulada una y otra vez, que el cantante acababa de dibujar entre las nubes.

> *Bebes vino, estás ante la verdad,*
> *ante los recuerdos de tus días fugados,*
> *las estaciones de la rosa, los amigos embriagados.*
> *En esa triste copa, bebes la eternidad.*

Yo sentía el calor del cuerpo de Sarah contra el mío y mi embriaguez era doble: escuchábamos al unísono, tan sincrónicos en los latidos de nuestros corazones y nuestra respiración como si hubiésemos cantado nosotros mismos, tocados, llevados por el milagro de la voz humana, la comunión profunda, la humanidad compartida, en esos raros instantes en que, como dice Jayam, uno bebe la eternidad. Parviz también estaba arrebatado: cuando acabó el concierto, después de largos aplausos y de un bis, mientras nuestro huésped, un médico melómano de sus amigos, nos invitó a pasar a otros alimentos más terrenales, también él salió de su reserva habitual y compartió su entusiasmo con nosotros, riéndose, bailando con un pie sobre el otro para desentumecer sus piernas anquilosadas por el largo rato sentado, también él medio embriagado por la música y recitando aún aquellos poemas que acabábamos de escuchar cantados.

El apartamento de Reza el médico se encontraba en el duodécimo piso de un edificio totalmente nuevo cerca de la plaza Vanak. Con buen tiempo debía de verse todo Teherán hasta Varamin. Una luna rojiza se había alzado por encima de lo que me pareció la autopista de Karaj, que flanqueada por su rosario de edificios serpenteaba entre las colinas hasta desaparecer. Parviz hablaba en persa con Sarah; agotado por la emoción de la música, a mí no me quedaban fuerzas para seguir su conversación; con los ojos en la noche, hipnotizados por el tapiz de luces amarillas y rojas del sur de la ciudad, yo soñaba con los caravasares de otros tiempos, los que frecuentó Jayam; entre Nishapur e Ispahán, sin duda se detuvo en Rayy, primera capital de sus protectores selyúcidas antes de que la tempestad mongol la transformase en un montón de piedras. Desde la atalaya en que me hallaba, podría haber visto pasar al matemático poeta, en una larga caravana de caballos y camellos de Bactria, escoltada por soldados para defenderse de la amenaza de los ismaelitas de Alamut. Sarah y Parviz hablaban de música, oí las palabras «dastgâh», «segâh», «tchahârgâh». Jayam, como muchos filósofos y matemáticos del islam clásico, también compuso una epístola sobre la música que utiliza su teoría de las fracciones para definir los intervalos entre las notas. La humanidad en busca de la armonía y de la música de las esferas. Los invitados y los músicos charlaban alrededor de unas copas. Unas hermosas garrafitas de colores contenían todo tipo de bebidas; el aparador desbordaba de verduras rellenas, de pasteles de hierbas, de pistachos enormes cuya semilla era de un hermoso color rosa oscuro; Parviz nos inició (sin mucho éxito en lo que a mí se refiere) en el White Iranian, cóctel de su invención que consiste en mezclar yogur líquido *dough*, aguardiente iraní y una pizca de pimienta. Parviz y nuestro huésped el médico se lamentaban de la ausencia de vino: Es una lástima, Jayam hubiese querido vino, mucho vino, decía Parviz, vino de Urmía, vino de Shiraz, vino de Jorasán… Menuda paradoja, insistía el matasanos, vivir en el país que más ha cantado al vino y a la vid y verse privado de él. Podría hacerlo usted mismo, argüí, pensando en la experiencia diplomática de la «cosecha Neauphle-le-Château». Parviz me miró con un gesto de disgusto: Nosotros respetamos demasiado el Néctar como para beber infectos jugos de uva vinificados en cocinas teheraníes. Esperaré a que la República Islámica autorice su consumo, o por lo menos a que lo tolere oficialmente. En el mercado negro el vino es demasiado caro, y a menudo está mal conservado. La última vez que estuve en Europa, prosiguió nuestro anfitrión, apenas llegar me compré tres botellas de shiraz australiano y me las bebí solo, toda una tarde, viendo a las parisinas pasar bajo mi balcón. ¡El Paraíso! ¡El Paraíso! *Ferdows, Ferdows!* Cuando me desplomé, hasta mis sueños estaban perfumados.

No me costó imaginar el efecto que pudo tener la ingestión de tres frascos de tinto de las antípodas en un teheraní que no solía probarlo. Yo mismo, después de un vodka con naranja y un White Iranian, me sentía un tanto beodo. Sarah parecía apreciar el horrible combinado de Parviz, donde el yogur se coagulaba un poco por efecto del arak. El médico nos habló de los gloriosos años ochenta, cuando la penuria en cuestión de bebida era tal que el galeno desviaba fabulosas cantidades de etanol de noventa grados para fabricar todo tipo de mezclas, con cerezas, cebada, zumo de granada, etcétera. Hasta que, para evitar los robos, le añadieron alcanfor, con lo cual era imposible beberlo, añadió Reza con un asomo de tristeza. ¿Recuerdas, intervino Parviz, cuando la República Islámica empezó a censurar el doblaje de las películas y de las series extranjeras? Gran momento. De repente estabas viendo un western, un tipo entraba en un saloon, los Colts a las caderas, y le decía en persa al barman «¡Una limonada!», y el barman le servía un vaso minúsculo de un líquido ambarino que el vaquero se tomaba de un trago para repetir de inmediato: «¡Otra limonada!». Era desternillante. Hoy ya ni nos damos cuenta, añadió Parviz. No sé, ya hace lustros que no veo la tele iraní, confesó Reza.

Después de aquellas consideraciones etílicas y de haberle hecho los honores al bufet, nos marchamos; yo seguía turbado por el concierto: en un estado un tanto extático. Me volvían algunas frases musicales, a pedacitos; la pulsación del tambor seguía en mis oídos, los destellos del laúd, las interminables oscilaciones de la voz. Soñaba melancólicamente con cuantos son capaces de originar tales emociones, con cuantos poseen un talento musical o poético; en su lado del asiento trasero del taxi, Sarah debía de soñar con un mundo en que recitarían a Jayam en Lisboa y a Pessoa en Teherán. Llevaba un manto islámico azul oscuro y un fular de lunares blancos del que sobresalían algunas mechas de su cabellera pelirroja. Estaba apoyada contra la portezuela, vuelta de cara al cristal y a la noche de Teherán que desfilaba a nuestro alrededor; el chófer sacudía la cabeza para ahuyentar el sueño; la radio emitía unas cantilenas un tanto siniestras que hablaban de morir por Palestina. Sarah tenía la mano derecha sobre el falso cuero del asiento, su piel era la única claridad en el habitáculo, si la tomase entre las mías atraparía el calor y la luz del mundo; para mi gran sorpresa, y sin por ello volverse hacia mí, fue ella quien apretó mis dedos entre los suyos y atrajo mi mano hacia ella, para no volver a soltarla, ni siquiera cuando llegamos a nuestro destino, ni siquiera cuando, horas más tarde, la aurora roja inflamó el monte Damavand para invadir mi habitación y alumbrar, en medio de las sábanas surcadas de carne, su rostro pálido por la fatiga, su espalda infinitamente desnuda donde, mecido por las olas de su respiración, holgazaneaba el largo dragón de las vértebras y los rastros de su fuego, esas pecas que ascendían hasta la nuca como astros de un fulgor extinto, una galaxia que yo recorría con el dedo dibujando viajes imaginarios mientras Sarah, al otro lado de su cuerpo, apretaba mi mano izquierda bajo su pecho. Y yo acariciaba su cuello, que un rayo fino y rosado, aguzado por la persiana, volvía feérico; en lo más susurrante del alba, todavía sorprendido por aquella intimidad total, por su dulce aliento de ayuno y de lejano alcohol, maravillado por la eternidad, por la eterna posibilidad de enterrarme por fin en sus cabellos, de recorrer con toda tranquilidad sus pómulos, sus labios, atónito por la ternura de sus besos, vivos y risueños, breves o profundos, pasmado, el hálito suave, por haber podido dejar que me desvistiese sin la menor vergüenza ni pena, cegado por su belleza, por la recíproca sencillez de la desnudez después de minutos u horas de telas, de roces de algodón, de seda, de envites, de minúsculas torpezas, de tentativas de olvido en el unísono del cuerpo, del corazón, de Oriente, en el gran conjunto del deseo, el gran coro del deseo donde tantos paisajes se disponen, de pasado y de porvenir, en la noche de Teherán divisé a Sarah desnuda. Ella me acarició, yo la acaricié, y nada en nosotros trató de tranquilizarse a través de la palabra «amor», tan inmersos como estábamos en la belleza más fangosa del amor, que es la absoluta presencia del otro, en el otro, el deseo a cada instante saciado, a cada segundo reconducido, pues a cada segundo encontrábamos un color nuevo que desear en aquel caleidoscopio de la penumbra; Sarah suspiraba y reía, suspiraba y reía y yo temía aquella risa, la temía tanto como la deseaba, tanto como quería oírla, como hoy en la noche de Viena, mientras trato de atrapar los recuerdos de Sarah como un animal las estrellas fluentes. Por más que hurgo en mi memoria no me quedan de aquella noche junto a ella más que algunos destellos. Destello del primer contacto de nuestros labios, torpemente en las mejillas, labios torpes y ávidos perdiéndose también en los dedos que recorren nuestras caras, que sanan las frentes tras un golpe, por sorpresa, por esa extraña torpeza de la sorpresa al descubrirnos besándonos, por fin, sin que nada, solo unos minutos antes, nos hubiese preparado realmente para ese sobresalto, esa falta de aire, ni los años pasados planeándolo, ni los sueños, los muchísimos sueños con ese propósito carnal de repente relegados, desazonados, borrados por el resplandor de un principio de realidad, el sabor de un aliento, de una mirada tan cercana que cerramos los ojos, que volvemos a abrirlos, que cerramos los que nos observan, con nuestros labios, besamos esos ojos, los cerramos con nuestros labios y advertimos el tamaño de una mano cuando los dedos por fin se cruzan, ya no se agarran sino que encajan.

Destello que ilumina el contraluz de su torso erguido, horizonte bloqueado por el mármol blanco de su pecho bajo el que nadan los círculos de su vientre; destello de un pensamiento, *si* mayor, pensé *si* mayor, y perderme un momento lejos del presente, verme, en *si* mayor, autor de los gestos de otro, testigo, por unos segundos, de mis propias cavilaciones, por qué *si* mayor, cómo escapar al *si* mayor, y ese pensamiento resultaba tan incongruente, tan asustado, que por un momento me quedé paralizado, lejos de todo, y Sarah percibió (ritmo calmo, dulce caricia en mi pecho) mis vacilaciones antes de, simplemente, desvanecerlas por el milagro de su ternura.

Destello de cuchicheos en la noche, de equilibrios redondeados por el rozar de las voces contra los cuerpos, vibraciones del aire tenso de Teherán, de la dulce embriaguez prolongada de la música y de la compañía; qué nos dijimos aquella noche que el tiempo no haya borrado, el brillo oscuro de un ojo sonriente, la languidez de un pecho, el sabor de una piel ligeramente rugosa bajo la lengua, el perfume de un sudor, la acidez turbadora de los pliegues devorados, acuosos, sensibles en que rebosan las lentas olas del gozo; la pulpa de las falanges amadas en mis cabellos, en mis hombros, en mi verga que yo trataba de disimular a sus caricias, hasta que también yo me abandoné, también yo me ofrecí para que aconteciese la unión y la noche avanzase hacia el alba ineluctable; uno y otro de perfil, sin saber qué líquidos acompañan a qué alientos, en una pose de estatuas encajadas, las manos cerradas en su pecho, las rodillas en el hueco de las rodillas, las miradas enganchadas, torcidas, del caduceo, las lenguas ardientes enfriadas a menudo por la mordedura, en el cuello, en el hombro, tratando de asir mal que bien esas riendas de nuestros cuerpos que un nombre murmurado suelta, desata en sílabas abiertas, difunde en fonemas asfixiados por la potencia del abrazo.

Antes de que la aurora roja de los guerreros del Libro de los Reyes baje del Damavand, en el silencio ahogado, todavía estupefacto, maravillado por la presencia de Sarah contra mí, mientras que en Teherán uno lo olvida, nunca lo oye, discreto, ahogado en los ruidos de la ciudad, resuena la llamada a la oración: un milagro frágil que no se sabe si proviene de una mezquita vecina o de un apartamento cercano, el *adhan* cae sobre nosotros, nos envuelve, sentencia o bendición, ungüento sonoro, «Mientras mi corazón salta en un amor ardiente por esta ciudad y por sus voces, empiezo a sentir que ninguno de mis viajes ha tenido nunca más que un significado: tratar de penetrar el sentido de esa llamada», decía Muhammad Asad, y por fin entiendo el sentido, un sentido, el de la dulzura del compartir y del amor, y sé que Sarah, como yo, piensa en los versos de los trovadores, en la alborada triste; la llamada se mezcla con el canto de los primeros pájaros, aves cantoras urbanas, nuestros ruiseñores de pobres («*Sahar bolbol hekâyat bâ Sabâ kard*, Al amanecer el ruiseñor le habla a la brisa»), con la fuga de los automóviles, con los perfumes de asfalto, de arroz y de azafrán que es el olor de Irán, asociado por los siglos, para mí, al sabor de lluvia salada de la piel de Sarah; nos quedamos inmóviles, estupefactos, escuchando los estratos sonoros de ese momento ciego, sabiendo que significa al mismo tiempo el amor y la separación en la luz del día.

06.00

Todavía sin respuesta. ¿Habrá internet en Kuching, capital de Sarawak? Sí, por supuesto. Ya no existe lugar alguno sobre la tierra donde no haya internet. Incluso en medio de las guerras más atroces, para bien o para mal, encuentras una conexión. Hasta en su monasterio de Darjeeling, Sarah tenía cerca un cibercafé. Imposible escapar de la pantalla. Ni siquiera en la catástrofe.

En Teherán, cuando al día siguiente de aquella noche tan dulce se metió en el primer avión a París, el vuelo vespertino de Air France, trémula de dolor y de culpabilidad, después de haberse pasado el día sin pegar ojo un minuto, de oficina de policía en oficina de policía para arreglar esos sórdidos manejos del visado en que tan especialistas son los iraníes, armada con un papel que le expidió con urgencia la embajada de Francia confirmando el gravísimo estado de salud de su hermano y rogando a las autoridades iraníes que facilitasen su partida, aunque ella, por el tono de la voz de su madre y a pesar de lo que le dijesen, tenía el íntimo presentimiento de que Samuel ya había fallecido, destruida por el shock, la distancia, la incomprensión, la incredulidad ante semejante anuncio, aquella misma tarde, mientras se revolvía sin lograr dormir en su asiento, en medio de las estrellas impasibles, yo me metí enseguida en internet para enviarle cartas, cartas y cartas que ella leería, según esperaba yo tontamente, en cuanto llegase. También yo me pasé la noche sin pegar ojo, en una tristeza rabiosa e incrédula.

Su madre le había llamado sin éxito durante toda la noche y bien entrada la mañana, desesperada, se puso en contacto con el instituto, con el consulado, removió cielo y tierra y por fin, mientras Sarah me lanzaba un beso al aire y cerraba púdicamente la puerta del cuarto de baño para ocultarle su presencia al intruso, vinieron a buscarme para darme el aviso: el accidente se había producido la noche anterior, el accidente, el suceso, el descubrimiento, poco era lo que se sabía, pero era urgente que Sarah telefonease a su madre «a su casa»; fueron esas palabras, «a su casa», no al hospital, no Dios sabe dónde, sino «a su casa» las que le hicieron presentir la tragedia. Se abalanzó sobre el teléfono, todavía puedo ver la esfera y sus manos vacilantes, equivocándose, yo me eclipsé, salí de allí, tanto por educación como por cobardía.

Ese último día erré con ella por los bajos fondos de la justicia iraní, en la oficina de los pasaportes, el reino de los llantos y de la iniquidad, donde los ilegales afganos con ropas maculadas de cemento y de pintura, esposados, abatidos, desfilaban ante nosotros rodeados por pasdaran buscando un poco de consuelo en las miradas de los presentes; esperamos durante horas en aquel banco de madera limada, bajo los retratos del primer y segundo Guías de la Revolución, y cada diez minutos Sarah se levantaba para ir a la ventanilla y volvía a repetir la misma pregunta y el mismo argumento, «*bâyad emshab beravam*, debo irme esta tarde, debo irme esta tarde», y cada vez el funcionario le respondía «mañana, mañana, usted se irá mañana», y en el egoísmo de la pasión yo albergaba la esperanza de que efectivamente no partiese sino al día siguiente, para poder pasar una velada, una noche más con ella, para consolarla, o eso imaginaba yo, ante una catástrofe que apenas intuíamos, y lo más atroz, en aquella antecámara desvencijada, bajo la mirada enfurecida de Jomeini y las gruesas gafas de miope de Jamenei, fue que no podía tomarla entre mis brazos, ni siquiera asir su mano o enjugar las lágrimas de rabia, de angustia y de impotencia de su cara, temiendo que esa prueba de indecencia y de ofensa a la moral islámica mermase todavía un poco más sus posibilidades de obtener el visado de salida. Finalmente, cuando toda esperanza de que estampasen de una vez por todas el sello mágico parecía perdida, un oficial (en la cincuentena, corta barba gris, una panza más bien bonachona bajo una impecable chaqueta de uniforme) pasó por delante de nosotros en dirección a su despacho; aquel buen padre de familia escuchó la historia de Sarah, sintió lástima de ella y, con esa magnánima grandeza solo al alcance de las dictaduras poderosas, rubricó un oscuro documento y llamó a su subordinado para ordenarle que estampase en el pasaporte de la interfecta el sello tan supuestamente inaccesible, a lo que el subordinado, el mismo funcionario inquebrantable que nos había estado enviando a paseo sin la menor consideración durante toda la mañana, cumplió con las órdenes de su superior, con una ligera sonrisa de ironía o de compasión, y Sarah despegó hacia París.

Si mayor: el alba que pone fin a la escena de amor; la muerte. ¿Acaso el *Canto de la noche* de Szymanowski, que tan bien aúna los versos de Rumi el místico con la larga noche de Tristán e Isolda pasa por el *si* mayor? No me acuerdo, pero es probable. Una de las más sublimes composiciones sinfónicas del último siglo, sin la menor duda. La noche de Oriente. El Oriente de noche. La muerte y la separación. Con esos coros brillando como cúmulos de estrellas.

Szymanowski también musicó poemas de Hafez, dos ciclos de canciones compuestos en Viena, poco antes de la Primera Guerra Mundial. Hafez. Da la impresión de que el mundo gira alrededor de su misterio, como el Pájaro de Fuego místico alrededor de la montaña. «¡Hafez, chitón! ¡Nadie conoce los misterios divinos, cállate! ¿A quién vas a preguntarle qué sucedió con el ciclo de los días?» Alrededor de su misterio y de sus traductores, desde Hammer-Purgstall hasta Hans Bethge, a cuyas adaptaciones de poesía «oriental» tan a menudo se les pondrá música con el correr del tiempo. Szymanowski, Mahler, Schönberg o Viktor Ullmann, todos acudirán a las versiones de Bethge. Bethge, viajero casi inmóvil que no sabía ni árabe, ni persa, ni chino. El original, la esencia, quedará entre el texto y sus traducciones, en un país entre las lenguas, entre los mundos, en alguna parte en el *nâkodjââbad*, el país del no-lugar, ese mundo imaginario donde también la música tiene sus fuentes. No hay original. Todo está en movimiento. Entre los lenguajes. Entre los tiempos, el tiempo de Hafez y el de Hans Bethge. La traducción como práctica metafísica. La traducción como meditación. Muy tarde ya para pensar en esas cosas. El recuerdo de Sarah y de la música me abocan a esta melancolía. Esos grandes espacios de la vacuidad del tiempo. Ignorábamos lo que la noche ocultaba de dolor; qué larga y extraña separación se abría en ella, después de aquellos besos; imposible volver a acostarme, no hay todavía ni pájaro ni almuecín en las tinieblas de Viena, el corazón batiente de recuerdos, tal vez de un vacío tan poderoso como el del opio, falto de aliento y de caricias.

Sarah se ha labrado una brillante carrera; la invitan constantemente a los más prestigiosos coloquios, sigue siendo una nómada universitaria que no tiene «puesto», como suele decirse, al revés que yo, que poseo exactamente lo contrario: seguridad, cierto, en un campus confortable, con estudiantes agradables, en la ciudad donde crecí, aunque un renombre muy cercano a la nada. Al menos puedo contar con una invitación de vez en cuando a la Universidad de Graz, incluso a la de Bratislava o la de Praga, para estirar un poco las piernas. Hace años que no he regresado a Oriente Próximo, ni siquiera a Estambul. Podría permanecer durante horas ante esta pantalla recorriendo los artículos y las apariciones públicas de Sarah, reconstruyendo sus periplos, coloquios en Madrid, en Viena, en Berlín, en El Cairo, en Aix-en-Provence, en Boston, en Berkeley, hasta en Bombay, Kuala Lumpur o Yakarta, el mapa internacional del saber.

A veces tiendo a pensar que la noche ha caído, que las tinieblas occidentales se han cernido sobre el Oriente de las luces. Que el espíritu, el estudio, los placeres del espíritu y del estudio, del vino de Jayam o de Pessoa no han sobrevivido al siglo xx, que la construcción cosmopolita del mundo ya no se produce en el intercambio del amor y el pensamiento sino en el de la violencia y los objetos manufacturados. Los islamistas en lucha contra el islam. Estados Unidos, Europa, en guerra contra el otro en el yo. De qué sirve sacar del olvido a Antón Rubinstein y sus *Lieder de Mirza Schaffy*. De qué acordarse de Friedrich von Bodenstedt, de sus *Mil y un días en Oriente* o de sus descripciones de las veladas alrededor de Mirza Schaffy el poeta azerbaiyano en Tiflis, de sus borracheras con vino georgiano, de sus elogios titubeantes de las noches del Cáucaso y de la poesía persa, poemas que el alemán gritaba, ya borracho, por las calles de Tiflis. Bodenstedt, un traductor olvidado más. Un viajero. Un creador, sobre todo. Sin embargo, en el siglo XIX, el libro de los *Lieder de Mirza Schaffy* fue uno de los grandes éxitos de la literatura «oriental» en Alemania. Lo mismo que la adaptación musical de Antón Rubinstein en Rusia. Para qué recordar a los orientalistas rusos y sus hermosos encuentros con la música y la literatura de Asia Central. Hay que tener la energía de Sarah para reconstruirse una vez tras otra, para mirar siempre de cara tanto al duelo como a la enfermedad, para perseverar, para continuar hurgando en la tristeza del mundo y arrancarle belleza o conocimiento.

Mi muy querido Franz:

Lo sé, últimamente no te escribo, no sabes mucho de mí, ando sumergida en el viaje. Estoy en Vietnam por un tiempo, en Tonkín, en Annam y en la Cochinchina. Estoy en Hanói en 1900. Te veo abrir los ojos con asombro: ¿en Vietnam? Sí, un proyecto sobre el imaginario colonial, figúrate. Desgraciadamente, sin salir de París. Sobre el opio. Me zambullo en los relatos de Jules Boissière el intoxicado, el pobre funcionario occitano que murió a los treinta y cuatro años a causa de su pasión después de haber fumado muchas pipas y enfrentado las selvas de Tonkín, el frío, la lluvia, la violencia y la enfermedad con la única compañía de la oscura luz de su lámpara de opio; la historia de la imagen del opio en la literatura colonial es extraordinariamente interesante. El proceso de esencialización del opio como «extremo-oriental», todo cuanto la «buena, dulce droga», como dice Boissière, concentra de misticismo, de claridad en el corazón de la violencia colonial. Para Boissière, el opio es el vínculo con lo vietnamita; comparten no solo las pipas y las literas, sino también el dolor de la abstinencia y la violencia de los tiempos. El fumador es un ser aparte, un sabio que pertenece a la comunidad de los videntes: un visionario y un mendigo frágil. El opio es la negrura luminosa que se opone a la crueldad de la naturaleza y a la ferocidad de los hombres. Se fuma después de haber combatido, después de haber torturado, después de haber visto las cabezas arrancadas por los sables, las orejas rebanadas por los machetes, los cuerpos asolados por la disentería o el cólera. El opio es un lenguaje, un mundo común; solo la pipa y la lámpara tienen el poder de hacerte penetrar «el alma de Asia». La droga (plaga precolonial introducida por el comercio imperial, temible arma de dominación) deviene la llave de un universo extranjero que hay que penetrar, y luego lo que representa mejor ese mundo, la imagen que lo muestra con mayor perfección ante las masas occidentales.

Aquí tienes, por ejemplo, dos postales expedidas en Saigón en los años veinte. La juventud de los modelos da la impresión

87. COCHINCHINE
Fumeur d'Opium préparant la pipe

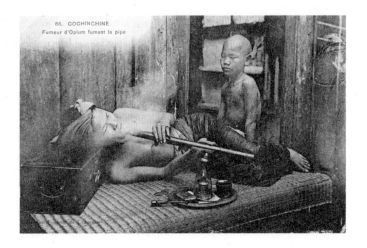

88. COCHINCHINE
Fumeur d'Opium fumant la pipe

de que el opio es una práctica no solo extraordinariamente difundida, sino también aceptada, eterna, rural, natural; la caja negra, cerrada con candado, contiene sin duda todos los secretos de esos países tan *exóticos* donde se entregan a semejante pasión *infantil*. Retrato del indígena como niño drogadicto.

«Siempre hay que intoxicarse: este país tiene el opio, el islam el hachís, Occidente a la mujer… Quizá el amor sea, sobre todo, el medio que emplea el occidental para emanciparse de su condición de hombre», escribe Malraux en *La condición humana*; esta frase cuando menos curiosa muestra a la perfección cómo el opio deviene la herencia de Extremo Oriente, de qué modo se fabrican nuestras representaciones; no se trata, por supuesto, de volver a poner en cuestión la realidad de los estragos del opio en China o en Vietnam, sino de ver cómo se construye ese imaginario, y de qué modo sirve a la propaganda colonial.

Recuerdo a Marc perdido en el opio en Teherán y me pregunto si no cedió a un gran sueño, si todas sus justificaciones científicas no serían más que excusas inconscientes para zambullirse, como todos nosotros, en territorios oníricos donde uno escapa de sí mismo.

Te explico todo esto pero lo que en realidad me gustaría por encima de todo es acostarme también yo sobre una estera, la cabeza contra una maleta, aspirar el olvido vaporoso, confiar mi alma al nepentes y olvidar todos los dolores de la pérdida. Mi opio son esos textos y esas imágenes que voy a buscar día tras día en las bibliotecas parisinas, esas mariposas de palabras que colecciono, que observo sin pensar en otra cosa, ese océano de viejos libros donde procuro sumergirme; desgraciadamente, a pesar de todo pienso en mi hermano, tengo la impresión de cojear, de seguir siendo patituerta, y a veces, cuando caigo sobre un texto demasiado violento o demasiado conmovedor, me cuesta retener las lágrimas, entonces me encierro en mi habitación, me tomo uno de esos comprimidos modernos que carecen sin duda del encanto, de la potencia del opio y duermo veinticuatro horas de un tirón.

> *Usted que sufre, he aquí el tesoro que le queda:*
> *fume. Y vosotros, sed bendecidos, dioses indulgentes,*
> *pues pusisteis la felicidad a merced de un gesto.*

Es el epitafio que Albert de Pouvourville escribe para su amigo Jules Boissière en Hanói, en la pagoda del Lago. Me gustaría que la felicidad estuviera a merced de un gesto. Sé que piensas en mí; leo tus cartas cada día, trato de responder sin lograrlo, tengo miedo de que me lo tengas en cuenta, entonces me entierro en mis investigaciones como se esconde un niño bajo las sábanas.

Aun así, escríbeme.

Un abrazo,

SARAH

Sarah se ha reconstruido yendo más lejos hacia el este, más profundamente, avanzando en esa indagación espiritual y científica que le ha permitido escapar de su propia desgracia; yo prefiero quedarme en mi apartamento vienés, con riesgo de sufrir insomnio, la enfermedad y al perro de Gruber. No tengo su valor. La guerra nunca ha sido el mejor aliado de nuestra congregación. Arqueólogos transformados en espías, lingüistas en orfebres de la propaganda, etnólogos en carceleros. Sarah hace bien al exiliarse en esas tierras misteriosas y lejanas donde la gente se interesa por el comercio de la pimienta y de los conceptos filosóficos, y mucho menos por los degolladores y los artificieros. «Al oriente de Oriente», como dice Pessoa. Qué encontraría yo en la lejana China, en el reino de Siam, en los pueblos mártires de Vietnam y de Camboya o en Filipinas, viejas islas conquistadas por los españoles que en el mapa parecen vacilar entre un lado y el otro del mundo, inclinadas sobre la inmensidad pacífica, última barrera que cierra el mar de China, o en las Samoa, el punto más al este de la lengua alemana, o más al oeste, colonia pacífica del imperio de Bismarck que le recompra a los españoles las últimas migajas de sus posesiones australes, qué encontraríamos al occidente de Occidente, allí donde el cinturón del planeta entra en bucle, unos cuantos etnólogos temblorosos administrando colonias sudorosas y ahogando su spleen en alcohol y violencia bajo la desolada mirada de los autóctonos, de las empresas de importación y exportación, de los bancos offshore, de los turistas, o bien el saber, la música, el amor, los encuentros, los intercambios; el último rastro del colonialismo alemán es una cerveza, como Dios manda, la Tsingtao, por el nombre de la capital del emporio de Kiau Chau, en el nordeste de la China misteriosa; unos cuantos miles de alemanes habitaron ese territorio, alquilado al Imperio Celeste por noventa y nueve años, aunque las tropas japonesas, asistidas por un contingente británico, acabaron por tomarlo al asalto en otoño de 1914, quién sabe si atraídos por su gran cervecería de ladrillos que sigue allí, aún hoy, exportando millones de botellas al mundo entero; de nuevo se riza el rizo, la cerveza ex colonial que, un siglo más tarde, coloniza a su vez el planeta capitalista. Imagino las máquinas y a los maestros cerveceros llegando de Alemania en 1900 y desembarcando en aquella bahía magnífica entre Shanghái y Pekín que los artilleros germanos se disponen a arrancarle a la dinastía manchuriana acuciada por las potencias occidentales como una herida por los gusanos; los rusos se arrogaron Port Arthur, los franceses Fort-Bayard, los alemanes Tsing-Tau, sin contar las concesiones en las ciudades de Tien-Tsin o de Shanghái. Hasta nuestra pobre Austria-Hungría obtendrá un trozo de terreno en Tien-Tsin que se apresurará, según dicen, a cubrir de edificios de estilo vienés, una iglesia, algunos inmuebles, tiendas. A ciento sesenta kilómetros de Pekín, Tien-Tsin debía de parecer la Exposición Europea, barrio francés, inglés, alemán, ruso, austríaco, belga y hasta italiano, en unos pocos kilómetros uno tenía la impresión de haber recorrido la Europa altiva y colonizadora, esa Europa de bandidos y de aventureros que en 1860 saqueó e incendió el Palacio de Verano de Pekín, ensañándose con los pabellones de jardín, las fayenzas, los ornamentos de oro, las fuentes y hasta los árboles, los soldados ingleses y franceses arramblaron con las riquezas del palacio igual que vulgares rateros para luego prenderle fuego, uno encontraba platos chinos imperiales y recipientes de bronce hasta en los mercados de Londres o de París, producto del pillaje y la violencia. Peter Fleming, hermano del creador de James Bond y compañero de viaje de Ella Maillart en Asia, cuenta en su libro sobre los famosos 55 días de Pekín, en que los representantes de once naciones europeas resistieron el sitio del barrio de las legaciones por parte de los bóxers y el ejército imperial, Peter Fleming cuenta que un orientalista lloró desconsoladamente cuando el fuego destruyó el único ejemplar completo del *Yung Lo Ta Tien*, la inmensa enciclopedia de los Ming, compilada en el siglo XV y que englobaba todo el saber del mundo, once mil volúmenes, once mil volúmenes, veintitrés mil capítulos, millones y millones de ideogramas manuscritos convertidos en humo en el crepitar de las llamas de la biblioteca imperial, que la mala suerte quiso situar al lado de la legación británica. Un sinólogo desconocido lloró: uno de los pocos seres conscientes, en la efervescencia guerrera, de lo que acababa de desaparecer; se hallaba allí, en medio de la catástrofe, y de repente su propia muerte le pareció indiferente, había visto cómo el conocimiento se desvanecía en el humo, cómo se borraba el legado de los sabios antiguos; acaso rezó, lleno de odio, a un dios desconocido para que las llamas aniquilasen tanto a los ingleses como a los chinos, o, aturdido por el dolor y la vergüenza, se contentó con mirar las pavesas y las mariposas de papel incandescente invadiendo la noche de verano, sus ojos protegidos del humo tras lágrimas de rabia, no sabemos nada. Lo único que está claro, habría dicho Sarah, es que la victoria de los extranjeros sobre los chinos dio lugar a matanzas y pillajes de una violencia inaudita, hasta los misioneros, según parece, se regodearon en el placer de la sangre y en el gozo de la venganza en compañía de los soldados de las gloriosas naciones aliadas. Aparte del sinólogo desconocido, al parecer nadie lloró sobre la enciclopedia destruida; fue añadida a la lista de las víctimas de la guerra, víctimas de la conquista económica y del imperialismo frente a un imperio recalcitrante que se negaba obstinadamente a dejarse despedazar.

Tampoco al oriente de Oriente escapamos de la violencia conquistadora de Europa, de sus vendedores, sus soldados, sus orientalistas o sus misioneros; los orientalistas son la versión, los misioneros el tema: allí donde los sabios traducen e importan saberes extranjeros, los religiosos exportan su fe, aprenden las lenguas locales para volver los Evangelios más fácilmente inteligibles. Los primeros diccionarios de tonquinés, de chino o de jemer los redactaron los hombres de las misiones, ya fuesen jesuitas, lazaristas o dominicanos. Esos misioneros pagaron un alto tributo a la propagación de la Fe; habrá que consagrarles un tomo de mi Gran Obra:

Differentes fformas de locura en Oriente
Volumen cuarto
La enciclopedia de los decapitados

Los emperadores de China y de Annam martirizaron, entre otros, a una cantidad nada despreciable de comerciales de Jesús, en muchos casos beatificados e incluso canonizados luego por Roma, mártires de Vietnam, de China o de Corea, cuyos sufrimientos no tienen nada que envidiar a los mártires romanos, como san Teófano Vénard el mal llamado, cuya decapitación, no lejos de Hanói, requirió cinco sablazos; el joven francés da testimonio de su fe a orillas del río Rojo en la década de 1850, cuando la ofensiva de Francia en Annam fuerza al emperador a endurecer la persecución contra los cristianos. Se lo representa tranquilamente arrodillado frente al río con el verdugo a su lado: el primer sablazo, demasiado rápido y mal calculado, no le da en la nuca y no hace sino rajarle la mejilla; Teófano continúa rezando. El segundo golpe, puede que porque el ejecutor esté todavía más nervioso debido a su primer error, lo alcanza en la garganta, derrama un poco de sangre del misionero pero no interrumpe sus oraciones; será necesario que el rebanacabezas (solemos imaginarlo grande, gordo, calvo, como en las películas, mas puede que fuese pequeño, peludo y sobre todo, según se dice, que estuviese borracho, lo cual explicaría de forma plausible sus yerros) alce su brazo cinco veces para que la cabeza del mártir acabe rodando, su cuerpo se desplome y sus oraciones se interrumpan. Colocarán su cabeza en una pica, a modo de ejemplo, en una orilla del río Rojo, y el cuerpo lo enterrarán en el lodo; ambos serán robados por los catecúmenos al amparo de la noche, le ofrecerán al torso una auténtica sepultura en un cementerio cristiano y a la cabeza una campana de cristal para que sea conservada como reliquia por el obispado de Hanói, y ciento cincuenta años más tarde el joven sacerdote de las Misiones Extranjeras de París será canonizado, en compañía de muchos de sus hermanos descuartizados, estrangulados, quemados o decapitados.

«Tipo de muerte»: cabeza cortada con sable, crucifixión, desmembramiento, destripamiento, ahogamiento, torturas diversas, recitarían las fichas de los misioneros en Asia.

A qué santo me encomendaré en mi agonía, a san Teófano Vénard u otros santos masacrados, o simplemente a san Martín, el santo de mi infancia, del que tan orgulloso me sentía, en Austria, cuando cada 11 de noviembre se celebraban los desfiles con antorchas; para mis conciudadanos de Viena, san Martín no es san Martín *de Tours*, cuya tumba visité de niño en la basílica del mismo nombre (dorada, oriental más que gala) con la abuela y con mamá, lo cual, en mi religiosidad infantil, me confería una proximidad privilegiada con el legionario del mantón recortado, una proximidad asociada a las cañas de la orilla del Loira, a los bancos de arena, a las columnas de pórfido del sepulcro subterráneo y silencioso donde descansaba este santo, tan caritativo que, según decía la abuela, uno podía solicitar su intercesión para cualquier cosa, algo que yo no dejaba de hacer, torpemente sin duda, para pedir caramelos, golosinas y juguetes. Mi devoción por el soldado-obispo era absolutamente interesada, y en Viena, cuando a mediados de otoño íbamos al campo a comernos el ganso de san Martín, ese volátil un tanto seco estaba para mí directamente relacionado con Tours; sin duda llegaba de allí volando: si una campana era capaz de volver de Roma para anunciar la Resurrección, bien podía un ganso volar desde Turena hasta Austria para rendirle homenaje al santo y acostarse, convenientemente tostado, entre las castañas y el *Serviettenknödel*. Aunque resulte extraño, san Benito, aunque el pueblo de la abuela llevase su nombre, nunca fue para mí nada más que fonemas; seguramente porque, en la imaginación de un niño, un legionario que comparte su abrigo con un pobre es mucho más atractivo que un monje italiano, por muy importante que hubiese sido para la espiritualidad medieval; sin embargo, san Benito es el patrón de los agonizantes, he ahí mi intercesor, tal vez pudiese invertir en una imagen de san Benito, serle infiel a mi icono de san Cristóbal. También el gigante cananeo murió decapitado, en Samos; es el santo del pasaje, el que hace atravesar los ríos, el que llevó a Cristo de una orilla a la otra, el patrón de los viajeros y de los místicos. A Sarah le gustaban los santos orientales. San Andrés de Constantinopla o Simeón el Loco, me contaba las historias de esos locos de Cristo que se servían de su locura para disimular su santidad: la locura, en la época, significaba la alteridad de las costumbres, la diferencia inexplicable de los actos; Simeón, que se encontró un perro muerto en el camino a la entrada de Emesa, le anudó una cuerda al cuello y lo arrastró tras de sí como si estuviese vivo; Simeón, que juega a apagar los cirios del oficio arrojándoles nueces y luego, cuando tratan de atraparlo, se sube al púlpito para bombardear a la asistencia con sus frutos secos, hasta expulsar de la iglesia a los fieles; Simeón que baila, que aplaude con pies y manos, que se burla de los monjes y come altramuces como un oso.

Puede que también Bilger sea un santo, quién sabe. El primer santo arqueólogo, que disimula su santidad en una locura impenetrable. Puede que en el desierto conociese la iluminación, en el seno de las excavaciones, ante los rastros del pasado que él sacaba de la arena y cuya sabiduría bíblica lo fuese penetrando poco a poco hasta convertirse, un buen día más claro que los otros, en un inmenso arcoíris. En cualquier caso, Bilger es el más sincero de nosotros; no se contenta con una ligera falla, con insomnios, con enfermedades indescifrables como las mías, ni tampoco con la sed espiritual de Sarah; él es ahora el explorador de su profunda alteridad.

Sarah era también una entusiasta de los misioneros, martirizados o no; ellos son, según decía, la ola subterránea, el equivalente místico y sabio de la artillería; ambos avanzan juntos, los soldados siguiendo o precediendo de cerca a los religiosos y a los orientalistas, que a veces son los mismos. A veces las tres cosas a un mismo tiempo: religiosos, orientalistas y soldados, como Alois Musil, el padre dominico Jaussen o Louis Massignon, la santa trinidad de 1917. La primera travesía del Tíbet, por ejemplo (me complació poder descubrirle a Sarah esta hazaña de hisopo nacional), fue obra de un jesuita austríaco de Linz, Johannes Gruber, quién sabe si un antepasado de mi vecino; este santo varón del siglo XVI, matemático a ratos libres y misionero, fue a su regreso de China el primer europeo en visitar Lhasa. Sarah, en su larga exploración de las tierras del budismo, encontró a otros misioneros, a otros orientalistas cuyas historias me fue contando, y que resultaban no menos apasionantes que las de los espías del desierto; el padre Évariste Huc, por ejemplo, cuya bondad de hombre del sur (si la memoria no me falla, era originario de Montauban, a orillas del Tarn, patria rosada de Ingres, el pintor bienamado de los orientalistas y de Jalil Pachá) amenizó una merienda vienesa en el fondo bastante tensa, bastante triste, la primera vez que Sarah me visitó tras la muerte de Samuel. En aquella época ella estaba en Darjeeling. Horribles museos vieneses, recuerdos de orientalistas y una extraña distancia que tratábamos de combatir a golpe de ciencia y de discursos cultos. Aquella estancia me pareció muy larga. Sarah me irritaba. Yo me sentía orgulloso de mostrarle mi vida vienesa y al mismo tiempo atrozmente decepcionado al no lograr de inmediato la intimidad de Teherán. Todo eran torpezas, impaciencias, riñas e incomprensiones. Me hubiese gustado llevarla al Museo del Belvedere o mostrarle los rastros de mi infancia en Mariahilf, y ella no se interesaba sino por horrores o centros búdicos. Yo me había pasado esos meses meciéndome en aquel recuerdo, había invertido mucho en la espera, llegué a construir un personaje imaginario tan perfecto que, de golpe, acabaría por colmar mi existencia; qué egoísmo, cuando pienso en ello. Nunca llegué a ser plenamente consciente de la dimensión de su duelo, del dolor, del sentimiento de injusticia que puede representar la pérdida brutal de un ser tan próximo, a pesar de sus cartas:

Querido Franz, gracias por ese diplomático mensaje, que ha logrado hacerme sonreír, algo más bien difícil en estos momentos. Te echo mucho de menos. O más bien lo echo todo de menos. Tengo la impresión de estar fuera del mundo, me siento flotar en el duelo. Con solo cruzar mi mirada con la de mi madre las dos nos ponemos a llorar. A llorar por la tristeza de la otra, ese vacío que vemos cada una en nuestros rostros agotados. París es una tumba, retazos de recuerdos. Sigo con mis incursiones en los territorios literarios del opio. Ya no sé dónde estoy.

Te mando un abrazo triste, hasta pronto,

SARAH

Franz Ritter escribió:

Queridísima Sarah:

¡¡¡Ah, si supieses qué difícil le resulta a uno, a veces, estar a la altura de sus pretensiones cuando no tiene la suerte de ser francés, qué laborioso puede ser ascender a las cimas de tus compatriotas con el único auxilio de la inteligencia, comprender sus sublimes motivaciones, sus preocupaciones y sus emociones!!! La otra noche me invitaron a cenar en casa del consejero cultural de tu gran país, y tuve ocasión de comprobar cuánto camino me queda por recorrer antes de llegarle siquiera a la suela de los zapatos. El consejero es músico; recordarás que no perdía ocasión de charlar conmigo de la Ópera o de la Filarmónica de Viena. Soltero, recibe mucho, en su preciosa villa de Niavaran. Me sentí muy halagado por la invitación. Venga, me dijo, he invitado a unos amigos iraníes, tocaremos música y cenaremos. Sin lujos, comeremos cualquier cosa.

Llegué a la hora convenida, hacia las ocho de la tarde, después de caminar un cuarto de hora por la nieve porque el Paykan del taxista patinaba y se negó a subir más arriba. Llego al portal, llamo, espero, vuelvo a llamar: nada. Así que decido aprovechar la ocasión para dar una vueltecita en la noche helada, sobre todo, debo reconocerlo, porque si me quedaba inmóvil me arriesgaba a una muerte segura. Deambulo unos minutos al azar, y cuando vuelvo a pasar por delante de la casa me cruzo con la sirvienta que salía: me precipito, la interrogo y me dice:

—Oh, usted es el que llamaba. El señor está tocando con sus amigos, y cuando toca nunca responde.

Seguramente porque el salón de música está al otro lado de la villa y desde allí no se oye el timbre. Bien bien bien. Entro y ya estoy en el vestíbulo de imponentes columnas dóricas e iluminación clásica como la música que alcanzo a oír, clavecín, flauta, ¿Couperin? Cruzo el gran salón fijándome mucho en no pisar las preciosas alfombras. Me pregunto si debo esperar allí, y ya me conoces, soy muy educado, así que espero, de pie, una pausa antes de entrar en el salón de música, como en el Musikverein. Me da tiempo a mirar bien los cuadros, las esculturas de efebos de bronce y, ¡horror!, las huellas de lodo nevoso que han dejado mis zapatos por todas partes sobre el mármol. Vergüenza. Un teutón desembarca en este remanso de belleza. Mi trayecto vacilante se seguía perfectamente, rodeando las alfombras, yendo de una estatua a otra. Todavía más vergüenza. Que no quede por eso: me aproximo a una caja nacarada que tiene pinta de contener pañuelos, la tomo con la esperanza de que la sonata dure lo suficiente como para completar mi baja tarea, me arrodillo con la caja en la mano y oigo:

—Oh, ¿está usted ahí? ¿Qué hace, quiere usted jugar a las canicas? Pero entre, vamos, entre.

Efectivamente, la caja contenía bolas de porcelana, no me preguntes cómo pude confundirla con una caja de pañuelos, no sabría responder: seguramente la emoción estética, debí de pensar que en semejante decorado una caja de kleenex no podía ser sino nacarada. Ridículo, me puse en ridículo, quedó como que pretendía jugar a canicas sobre la alfombra mientras estaban tocando música culta. Un ignorante. El musicólogo austríaco prefiere jugar a las canicas sobre alfombras de Oriente antes que escuchar a Couperin.

Suspiro, dejo en su lugar la preciosa caja y sigo al consejero hacia el susodicho salón de música: un sofá, dos butacas, algunos cuadros orientalistas, más esculturas, una espineta, los músicos (el clavecinista consejero, un flautista iraní) y el público, un joven de muy simpática sonrisa.

—Les presento: Mirza, Abbas. Franz Ritter, musicólogo austríaco, alumno de Jean During.

Nos estrechamos la mano; me siento, y él vuelve a ponerse a tocar, lo cual me deja tiempo para olvidar por un momento mi vergüenza y reírme de mí mismo. El consejero canturreaba un poco mientras tocaba, con los ojos cerrados para concentrarse. Una hermosa música, debo decirlo, vibrante profundidad de la flauta, frágil cristal del clavecín.

Al cabo de cinco minutos terminan el fragmento, yo aplaudo. El consejero se levanta:

—Bueno, ha llegado el momento de probar esa fondue. Por aquí, queridos gourmets.

Porque es que olvidé precisarte que había sido invitado para una fondue saboyana, un plato bastante raro en Teherán como para dejar pasar la ocasión. Cuando el consejero me lo propuso, le respondí:

—¿Una fondue? Nunca la he probado.

—¿Nunca? ¿En Austria no tienen fondue? Pues bien, es la ocasión de iniciarlo a usted. Es mucho mejor que la *raclette*, también suiza. Más refinada. Sí, más refinada. Y con esta nieve, es el plato ideal.

Y es que el consejero cultural se interesa por todas las artes, incluida la cocina.

Así que ahí nos tienes a los cuatro, de camino a la antecocina. A pesar de las precauciones del consejero y su «comeremos cualquier cosa», yo contaba con encontrarme una cena un poco esnob con grandes y pequeños platos servidos en la mesa, y de repente me hallo con un delantal puesto, a la buena de Dios, como quien dice.

Me asignan la tarea de cortar el pan. Bien. Corto, bajo la vigilancia del chef, que controla el tamaño de los trozos. El chef es Mirza, así como presidente del club de gourmets que, según me entero, se reúne una vez a la semana en casa del consejero.

—La semana pasada, oh... codornices, sublimes codornices —me cuenta—. Suculentas. Por supuesto, esta noche es más sencillo, nada que ver. Fondue, embutidos, vino blanco. Toda la originalidad reside en el pan iraní y las *sabzi*, evidentemente. Disfrutaremos.

El consejero observa con aire encantado cómo sus convidados se ponen manos a la obra, le gusta ver su cocina animada, se nota. Corta delicadamente el jamón y la *rosette*, dispone las rodajas sobre un gran plato de fayenza iraní azul. Hace meses que no como cerdo, y tengo la impresión de estar cometiendo una extraordinaria transgresión. Ponemos la mesa, charlamos mientras damos cuenta de los aperitivos, y llega el momento de sentarse a la mesa. Sacan los pinchos y preparan las *sabzi*, que, junto con el *sangak*, dan un aire multicultural a esa cena pagana. Y entonces el consejero exclama, en un tono muy poco diplomático:

—Venga, strip-fondue, el que pierde su trozo de pan se quita la camisa.

Y estalla en una enorme carcajada que lo lleva a alzar los ojos al cielo mientras mueve la cabeza de derecha a izquierda. Estupefacto, me agarro a mi pincho.

Se sirve el vino, delicioso por otra parte, un graves blanco. Mirza hace los honores, sumerge su pan en el queso fundido y lo saca sin problema arrancándole unos pequeños filamentos. Me toca a mí probar: hay que reconocer que es excelente.

La conversación gira alrededor del vino.

Con suma satisfacción, el consejero prorrumpe:

—Les anuncio que ahora soy accionista de Côtes-du-rhône. Sí, queridos amigos.

No me cuesta leer la envidia en la cara de los otros dos sibaritas.

—Oh, qué bien. —Y menean la cabeza al unísono—. ¡Côtes-du-rhône!

Hablan de glucómetro, de cubas y fermentación. Yo estoy más bien ocupado peleándome con la fondue, y advierto que, cuando ya se ha enfriado, no es precisamente pan comido, si me permites la expresión, sobre todo con un trozo de pan iraní, pues es blando y permeable y eso no facilita su inmersión prolongada en el jugo tibio sin que se desintegre peligrosamente. A punto estuve varias veces de dejarme allí la camisa.

En resumidas cuentas, no comí mucho.

Finalmente, la fondue termina sin incidentes, y sin que nadie pierda otra cosa en la marmita que sus ilusiones. Llegan postre, café, licor y charla sobre arte, más concretamente castañas glaseadas de Provenza, expresso italiano, coñac y «el fondo y la forma». Escucho atentamente las palabras del consejero, que con el coñac VSOP pasan solas:

—Yo soy un esteta —dice—. La estética está en todas partes. A veces, hasta la forma tiene sentido, en el fondo.

—Lo que nos devuelve a la fondue —digo yo.

Soy el blanco de una mirada furibunda por parte de los dos estetas adjuntos, pero el consejero, que tiene sentido del humor, deja ir un pequeño hipido nervioso, je je, y prosigue con aire inspirado:

—Irán es el país de las formas. Un país es-té-ti-ca-men-te for-mal.

¿Te das cuenta?, todo esto me deja mis buenos ratos libres para pensar mucho en ti. Espero haberte hecho sonreír en estos momentos tan tristes.

Un fuerte abrazo,

FRANZ

París es una tumba y yo le cuento historias mundanas y humorísticas, dibujo caricaturas de gentes que le son indiferentes, menudo idiota, qué vergüenza; a veces la ausencia, la impotencia desconsolada hacen que uno se comporte como si se estuviese ahogando. Ese consejero aliaba una profunda simpatía por Irán y una cultura inmensa. Y le miento, lo cual es peor, pues no le explico las largas semanas de Teherán sin ella, pasadas casi exclusivamente con Parviz leyendo poesía, el gran Parviz, el amigo que escuchaba con paciencia todo cuanto yo no decía.

Exceptuando a Parviz, en Teherán ya no me quedaban amigos íntimos. Faugier había acabado yéndose, físicamente destruido, moralmente perdido en su objeto de estudio, en un sueño opiáceo. Me dijo adiós como si se fuese al otro mundo, solemnemente, con una sobria gravedad bastante horrorosa para un dandi en otros tiempos exuberante: yo recordaba al hombre de Estambul, al Gavroche seductor, al príncipe de las noches de Estambul y de Teherán, pero se había desvanecido, casi había desaparecido. No sé lo que se hizo de él. Lo comenté varias veces con Sarah, y solo había una cosa más o menos cierta: Marc Faugier, a pesar de todas sus competencias, todas sus publicaciones, ya no pertenece al mundo universitario. Ni siquiera Google tiene ya noticias suyas.

Llegaron nuevos investigadores, entre otros un compatriota, un alumno austríaco de Bert Fragner, el director del Instituto de Estudios Iraníes de la Academia de las Ciencias de Viena, la misma Academia de las Ciencias que fundó en su momento el querido Hammer-Purgstall. Ese compatriota historiador no era mal tipo, no tenía más que un solo defecto: hablaba cuando caminaba solo, recorría los pasillos reflexionando en voz baja, durante horas, kilómetros de pasillos recorridos, y esa monodia tan sabia como ininteligible me atacaba ferozmente los nervios. Cuando no deambulaba, se abandonaba a interminables partidas de go con otro recién llegado, noruego este: un noruego exótico que tocaba la guitarra, flamenco, a un nivel tan alto que todos los años participaba en un festival en Sevilla. Todo cuanto el mundo podía ofrecer en cuestión de encuentros descabellados: un filatelista austríaco apasionado por la historia de los sellos iraníes que jugaba al go con un noruego guitarrista gitano versado en el estudio de la administración petrolera.

Esas últimas semanas viví en casa de Parviz donde, aparte de alguna que otra mundanidad como la invitación a casa del consejero cultural melómano, estuve encerrado, rodeado por los objetos que Sarah no había podido llevarse en su partida precipitada a París: muchos libros, la alfombra de oración de Jorasán, de un magnífico color malva y que sigo teniendo junto a la cama, un samovar eléctrico plateado, una colección de copias de miniaturas antiguas. Entre los libros, las obras de Annemarie Schwarzenbach, por supuesto, especialmente *El valle feliz* y *Muerte en Persia*, donde la suiza describe el valle del Lahr, al pie del monte Damavand. Sarah y yo habíamos planeado visitarlo, un valle alto y árido por el que fluyen las aguas de la cumbre más alta de Irán, donde también el conde de Gobineau había plantado su tienda ciento cincuenta años antes; el majestuoso cono blanqueado en verano por nieve estriada de basalto es, junto con el monte Fuji o el Kilimanjaro, la imagen de la montaña perfecta, alzándose solitaria en medio del cielo, sobrepasando, desde lo alto de sus cinco mil seiscientos metros, los picos cercanos. Había también un voluminoso libro de imágenes sobre la vida de Annemarie; numerosas instantáneas que había tomado ella misma en el curso de sus viajes y retratos realizados por otros, especialmente su marido, el secretario de embajada Clarac; en uno de ellos la vemos medio desnuda, hombros estrechos, pelo corto, el agua del río hasta las rodillas, los brazos a lo largo del cuerpo, vestida solo con unos pantalones cortos de color negro. La desnudez de su pecho, la posición de sus manos, caídas a lo largo de sus muslos, y su cara sorprendida le confieren un aspecto frágil, de una inexpresividad triste o vulnerable, en el paisaje grandioso del valle en lo alto, bordeado por juncos y espinos y dominado por las pendientes secas y rocosas de las montañas. Pasé noches enteras de soledad hojeando ese libro de fotografías, en mi habitación, y lamenté no poseer imágenes de Sarah, un álbum que recorrer y en el que hallarme en su compañía; quedé atrapado por Annemarie Schwarzenbach; leí el relato de su viaje con Ella Maillart desde Suiza hasta la India. Pero fue en los dos textos de fiebre amorosa, de melancolía narcótica que Annemarie sitúa en Irán, siendo uno el reflejo más distanciado del otro, muy íntimo, donde busqué algo de Sarah, aquello que me había contado Sarah, la razón profunda de su pasión por la vida y la obra de ese «ángel inconsolable». Las dos obras estaban subrayadas y anotadas con tinta; dependiendo del color de las anotaciones, podían seguirse los pasajes vinculados con la angustia, con el miedo indecible que asaltaba por las noches a la narradora, los relativos a la droga y a la enfermedad y los que concernían a Oriente, a la visión de Oriente de la joven. Leyendo sus notas (letra de médico, marginalia negras que me tocaba descifrar más que leer) podía entrever, o a mí me parecía entrever, una de las cuestiones fundamentales que no solo subyacían a la obra de Sarah, sino que volvían tan atractivos los textos de Annemarie Schwarzenbach: Oriente como resiliencia, como búsqueda de la curación de un mal oscuro, de una angustia profunda. Una búsqueda psicológica. Una búsqueda mística sin dios, sin otra trascendencia que las profundidades del propio yo, una investigación que, en el caso de Schwarzenbach, se saldó con un triste fracaso. No hay nada en esos parajes que facilite su curación, nada que alivie su pena: las mezquitas quedan vacías, el mihrab no es más que un nicho en una pared; los paisajes son desecados por el verano o inaccesibles en invierno. Ella avanza por un mundo abandonado. E incluso cuando encuentra el amor junto a una joven medio turca medio cherkesa y piensa en llenar de vida los parajes desolados que había dejado en las laderas del resplandeciente Damavand, lo que acaba descubriendo es la muerte. La enfermedad de la amada y la visita del ángel. El amor no nos permite compartir los sufrimientos del otro, y tampoco curar los nuestros. En el fondo, siempre estamos solos, decía Annemarie Schwarzenbach, y al descifrar sus anotaciones al margen de *Muerte en Persia* yo temía que esa fuese también la profunda convicción de Sarah, una convicción que en el momento en que yo leía esas líneas se amplificaba sin duda por el duelo, como en mi caso por la soledad.

Su interés y su pasión por el budismo no son sino una búsqueda de curación, pero también un sentimiento profundo, que yo sé que ya estaba presente antes de la muerte de su hermano; su partida a la India tras sus viajes por Extremo Oriente en las bibliotecas parisinas no fue una sorpresa, aunque yo me lo tomé como una bofetada, debo reconocerlo, como un abandono. A quien dejaba atrás junto con Europa era a mí, y yo pensaba hacérselo pagar, debo admitirlo, quería vengarme de su sufrimiento. Fue necesario que me llegase este e-mail especialmente conmovedor, que trata de Darjeeling y de Andalucía,

Darjeeling, 15 de junio

Mi muy querido Franz:

Aquí me tienes de regreso en Darjeeling después de una visita relámpago a Europa: París, dos días con la familia, luego Granada, dos días en un coloquio fastidioso (ya sabes de qué te hablo) y dos días para volver, vía Madrid, Delhi y Calcuta. Me habría gustado pasar por Viena (vista desde aquí, Europa es tan pequeña que parece sencillo cruzarla sin más), pero no tenía claro que estuvieses allí. O que te apeteciese verme.

Cada vez que vuelvo a Darjeeling tengo la impresión de encontrar la calma, la belleza, la paz. Las plantas de té descienden por las colinas; son pequeños arbustos de hojas alargadas, de forma redondeada, que plantan muy apretadas: vistos desde arriba, los campos parecen un mosaico de botones verdes y densos, de bolas musgosas que invaden las pendientes del Himalaya.

El monzón está a punto de llegar, en un mes va a llover más aquí que en tu casa durante todo el año. La gran limpieza. Las montañas rezumarán, chorrearán, se depurarán; cada calle, cada callejón, cada senda se transformará en un torrente salvaje que se llevará por delante piedras, puentes, a veces incluso casas.

Tengo alquilada una pequeña habitación no muy lejos del monasterio donde enseña mi maestro. La vida es simple. Medito en mi casa durante toda la mañana, luego voy al monasterio a recibir las enseñanzas; por la tarde leo o escribo un poco, luego de nuevo meditación, después el sueño, y así todos los días. La rutina me viene muy bien. Trato de aprender un poco de nepalí y de tibetano, sin mucho éxito. La lengua vernácula, aquí, es el inglés. ¿Sabes una cosa? He descubierto que Alexandra David-Néel fue cantante, soprano. Y que hasta empezó una carrera: figúrate, actuó en la ópera de Hanói y de Haiphong... donde cantó Massenet, Bizet, etcétera. ¡Estoy segura de que el programa de la ópera de Hanói te interesaría! El orientalismo en Oriente, el exotismo en el exotismo, ¡está pensado para ti! Luego Alexandra David-Néel fue una de las primeras exploradoras del Tíbet y una de las primeras mujeres budistas de Europa. Como ves, pienso en ti.

Un día deberíamos volver a hablar de Teherán, de Damasco. Soy consciente de mi parte de responsabilidad en toda esta historia, que si no sonase tan grandilocuente podríamos llamar «nuestra historia». Me gustaría mucho pasar a verte por Viena. Charlaríamos un poco, pasearíamos. Todavía me falta ver un montón de museos horribles. Por ejemplo, el Museo de las Pompas Fúnebres. Pero no, es broma. Bueno, todo esto suena un poco deslavazado. Seguramente porque me gustaría enunciar cosas que no me atrevo a decir, volver sobre episodios que preferimos dejar atrás: nunca te he agradecido tus cartas a la muerte de Samuel. El calor y la compasión que hallé en ellas todavía brillan a día de hoy. Ninguna palabra de consuelo me tocó tan de cerca como las tuyas.

Pronto dos años. Dos años ya. Los budistas no hablan de «conversión», uno no se convierte al budismo, halla refugio en él. Halla refugio en Buda. Es exactamente lo que he hecho yo. He hallado refugio aquí, en Buda, en el *dharma*, en el *sangha*. Voy a seguir la dirección que marcan estas tres brújulas. Me siento un poco consolada. Descubro en mí y a mi alrededor una energía nueva, una fuerza que no me pide que abdique de mi razón, muy al contrario. Lo que cuenta es la experiencia.

Ya veo cómo sonríes… Resulta difícil compartirlo. Imagina que me levanto al amanecer con gusto, que medito una hora con gusto, que escucho y estudio textos muy antiguos y muy sabios que me descubren el mundo mucho más naturalmente que todo lo que haya podido leer u oír hasta ahora. Su verdad se impone muy racionalmente. No hay nada que creer. No es cuestión de «fe». No hay más que los seres, perdidos en el sufrimiento, no hay más que la conciencia muy simple y muy compleja de un mundo donde todo está relacionado, un mundo sin sustancia. Me gustaría descubrirte todo esto, pero sé que cada cual hace ese camino por sí mismo, o no.

Cambiemos de tema: en Granada, en medio de tantísimo aburrimiento, asistí a una intervención que me resultó apasionante, un destello de belleza entre mares de bostezos. Trataba sobre la lírica hebraica de Andalucía en sus relaciones con la poesía árabe, a través de los poemas de Ibn Nagrella, poeta combatiente (fue visir) de quien se cuenta que incluso en el campo de batalla componía. ¡Qué belleza esos versos y sus «hermanos» árabes! Todavía habitada por esos cantos de amor tan terrestres, descripciones de rostros, de labios, de miradas, fui a pasearme por la Alhambra. Hacía muy buen tiempo y el cielo contrastaba con las paredes rojas de los edificios, el color azul los encuadraba, como una imagen. Me sentí asaltada por un sentimiento extraño; tuve la impresión de hallarme ante todo el tumulto del tiempo. Ibn Nagrella murió mucho antes del esplendor de la Alhambra, y sin embargo cantaba a las fuentes y a los jardines, a las rosas y a la primavera; esas flores del Generalife ya no son las mismas flores, las piedras de las paredes ya no son las mismas piedras; pensé en las idas y venidas de mi familia, de la historia, que me devolvían allí donde probablemente viviesen mis lejanos ancestros y tuve la sensación, muy fuerte, de que todas las rosas no son sino una sola, todas las vidas una sola vida, que el tiempo es un movimiento tan ilusorio como la marea o el trayecto del sol. Cuestión de punto de vista. Y puede que fuera porque salía de ese congreso de historiadores dedicados a escribir pacientemente el relato de las existencias, pero tuve la visión de una Europa tan indistinta, tan múltiple, tan diversa como esos rosales de la Alhambra que, sin darse cuenta, hunden sus raíces tan profundamente en el pasado y el futuro, hasta tal punto que resulta imposible decir de dónde surgen realmente. Y esa sensación vertiginosa no era desagradable, al contrario, me reconciliaba un momento con el mundo, me desvelaba por un instante el ovillo de lana de la Rueda.

Desde aquí oigo cómo te ríes. Pero te aseguro que fue un momento singular, muy raro. La experiencia de la belleza y al mismo tiempo la sensación de su vacuidad. Bueno, con estas buenas palabras voy a tener que dejarte, se hace tarde. Mañana iré a un cibercafé para «expedir» esta misiva. Respóndeme pronto, háblame un poco de Viena, de tu vida en Viena, de tus proyectos...

Un beso enorme,

SARAH

para que me desarmase en el acto, me sorprendiese, me enamorase como en Teherán, o incluso más, tal vez; qué hice yo durante esos dos años, me sumergí en mi vida vienesa, en la universidad; escribí artículos, continué con ciertas investigaciones, publiqué un libro en una oscura colección para sabios; sentí los primeros pasos de la enfermedad, los primeros insomnios. Hallar refugio. He aquí una hermosa expresión. Hermosas prácticas. Luchar contra el sufrimiento, o más bien tratar de escapar de este mundo, de esta rueda del Destino, que es solo sufrimiento. Cuando recibí esta carta andaluza me derrumbé: Teherán volvía a mí de golpe, los recuerdos de Damasco también, París, Viena, de repente teñidos, del mismo modo que basta un simple rayo para darle su tonalidad al cielo inmenso de la tarde, de tristeza y de amargura. El doctor Kraus no me encontraba demasiado bien. Mamá se preocupaba por mi delgadez y por mi apatía. Yo trataba de componer, práctica abandonada desde hacía muchos años (aparte de los juegos sobre los versos de Levet en Teherán), trataba de escribir, de poner por escrito, o más bien sobre el éter de la pantalla, mis recuerdos de Irán, trataba de encontrar una música que se les pareciese, un canto. Trataba vanamente de descubrir, a mi alrededor, en la universidad o en el concierto, una cara nueva sobre la que proyectar esos sentimientos embarazosos y rebeldes que no querían de nadie más que de Sarah; y acababa por huir, como la otra noche con Katharina Fuchs, de lo que yo mismo había procurado poner en marcha.

Bonita sorpresa: mientras que yo me debatía en el pasado, Nadim vino a Viena a dar un recital con un conjunto alepino; compré una entrada en la tercera fila de orquesta; no le avisé de mi presencia. Modos *rast*, *bayati* y *hedjazi*, largas improvisaciones sostenidas por una percusión, diálogo con un *ney*, y esa flauta de caña, larga y grave, maridaba a las mil maravillas con el laúd de Nadim, tan brillante. Sin cantante, Nadim se apoyaba sin embargo en melodías tradicionales; el público (toda la comunidad árabe de Viena estaba allí, incluidos los embajadores) reconocía las canciones antes de que se perdiesen en variaciones, y casi podía escucharse a la sala tarareando aquellas melodías en voz baja, con un fervor recogido, vibrante de pasión respetuosa. Nadim sonreía al tocar; la sombra de la corta barba todavía le confería, por contraste, una mayor luminosidad a su rostro. Yo sabía que él no podía verme, cegado por el contraluz de la escena. Después del bis, durante los larguísimos aplausos, dudé si salirme por la tangente y volver a casa sin saludarlo, huir; la sala volvió a iluminarse y yo seguía vacilando. ¿Qué decirle? ¿De qué hablar, aparte de Sarah? ¿Tenía realmente ganas de charlar con él?

Pedí que me indicasen el camino a su camerino; el pasillo estaba atestado por funcionarios que esperaban para saludar a los artistas. En medio de toda aquella gente me sentí más bien ridículo; tenía miedo, pero ¿de qué? ¿De que no me reconociese? ¿De que se sintiese tan incómodo como yo? Nadim es mucho más generoso: en cuanto su cabeza cruzó la puerta del camerino, sin ni siquiera esos pocos segundos de titubeo que separaran a un desconocido de un viejo compañero, se adentró entre el gentío para estrecharme entre sus brazos, diciendo esperaba verte aquí, *old friend*.

Durante la cena que vino después, rodeados de músicos, de diplomáticos y de personalidades, sentado uno frente al otro, Nadim me contó que no sabía gran cosa de Sarah, que no había vuelto a verla desde el entierro de Samuel en París; andaba por algún lugar en Asia, nada más. Me preguntó si sabía que se habían divorciado hacía ya mucho tiempo, y esa pregunta me hirió terriblemente; Nadim ignoraba nuestra cercanía. Muy a su pesar, solo con esa sencilla frase me distanciaba de ella. Cambié de tema, estuvimos evocando nuestros recuerdos de Siria, los conciertos en Alepo, aquellos cursos de laúd con él en Damasco, las veladas que pasamos, el *ouns*, esa palabra árabe tan bonita para las reuniones de amistad. La guerra civil, que ya comenzaba, no me atreví a mencionarla.

Un diplomático jordano (impecable traje oscuro, camisa blanca, gafas con adornos dorados) se unió de repente a la conversación, decía que en Ammán había conocido al maestro de laúd árabe iraquí Munir Bashir; de pronto me di cuenta de que, en ese tipo de cenas musicales, los presentes suelen mencionar a los grandes intérpretes a los que han conocido o escuchado, sin que acabe de quedar claro si esas comparaciones implícitas suponen un elogio o una humillación; evocaciones que a menudo les arrancan a los músicos una sonrisa molesta, impregnada de cólera contenida, ante la grosería del supuesto admirador. Nadim sonrió al jordano con aire cansado, entendido o hastiado: sí, Munir Bashir era el más grande, y no, nunca había tenido la suerte de conocerlo, aunque contaban con un amigo común, Jalaleddin Weiss. El nombre de Weiss nos devolvió inmediatamente a Siria, a nuestros recuerdos, y el diplomático acabó por volverse hacia su vecino de la derecha, funcionario de la ONU, y por abandonarnos a nuestras reminiscencias. Con la ayuda del vino y del cansancio, en ese estado de exaltación agotada que sigue a los grandes conciertos, Nadim me confió a quemarropa que Sarah había sido el amor de su vida. A pesar del fracaso de su matrimonio. Si las cosas no hubiesen sido tan complicadas para mí, aquellos años, dijo. Si hubiésemos tenido ese hijo, dijo. Todo habría sido diferente, dijo. El pasado es el pasado. Por otra parte, mañana es su cumpleaños, dijo.

Observé las manos de Nadim, vi de nuevo cómo sus dedos se deslizaban sobre el nogal del laúd o manejaban el plectro, esa pluma de águila que hay que asir con fuerza pero sin llegar a ahogarla. El mantel era blanco, había semillas verdes de calabaza desprendidas de la corteza de un trozo de pan junto a mi vaso, en el que las burbujas ascendían poco a poco hacia la superficie del agua; burbujas minúsculas que formaban una fina línea vertical y no dejaban adivinar, en la absoluta transparencia del conjunto, de dónde podían salir. De repente sentí esas mismas burbujas en el ojo, no tendría que haberlas mirado, subían y subían; su finura de aguja, su obstinación sin origen, sin otro fin que la ascendencia y la desaparición, su ligera quemazón me obligaron a cerrar los párpados con fuerza, incapaz de alzar la mirada hacia Nadim, hacia otros tiempos, hacia ese pasado cuyo nombre acababa él de pronunciar, y cuanto más mantenía la cabeza gacha, más intensa se volvía la quemazón, en la comisura de los ojos, las burbujas crecían y crecían, trataban, como en el vaso, de alcanzar el exterior, debía esforzarme en impedírselo.

Pretexté una necesidad urgente y huí vilmente, no sin antes excusarme brevemente.

Darjeeling, 1 de marzo

Queridísimo Francisco José:

Gracias por este magnífico regalo de cumpleaños. Es la joya más hermosa que me han regalado nunca: y estoy encantada de que hayas sido tú quien lo descubra. Ocupará un lugar de honor en mi colección. No conozco ni la lengua ni la música, pero la historia de esta canción es absolutamente mágica. *Sevdah! Saudade!* Si te parece bien, la incluiré en un próximo artículo. Una vez más esas construcciones comunes, esas idas y venidas, esas máscaras superpuestas. Viena, *Porta Orientis*; todas las ciudades de Europa son puertas de Oriente. ¿Te acuerdas de aquella literatura persa de Europa de la que hablaba Scarcia en Teherán? Toda Europa está en Oriente. Todo es cosmopolita, interdependiente. Imagino esta *sevdalinka* resonando entre Viena y Sarajevo como la *saudade* de los fados de Lisboa y me siento un poco... ¿un poco qué? Te echo de menos, a Europa y a ti. Siento intensamente la *sankhara dukkha*, el sufrimiento omnipresente, que puede que sea el nombre budista de la melancolía. El movimiento de la rueda del *samsara*. El paso del tiempo, el sufrimiento de la conciencia de la finitud. Mejor no abandonarse a él. Voy a meditar; siempre te incluyo en mis visualizaciones, te tengo muy presente, junto con la gente a la que amo.

Un fuerte abrazo, saludos al Strudlhofstiege de mi parte,

S.

Franz Ritter escribió:

Querida Sarah:

¡Feliz cumpleaños!

Espero que todo te vaya bien en el monasterio. ¿No pasas mucho frío? Te imagino sentada con las piernas cruzadas ante un bol de arroz en una gélida celda, y como visión resulta un tanto inquietante. Supongo que tu lamasería no se parece a la de *Tintín en el Tíbet*, pero quizá tengas la oportunidad de ver levitar a un monje. O de escuchar las enormes trompetas tibetanas, creo que arman un alboroto de mil diablos. Al parecer, las hay de distinta longitud, dependiendo de las tonalidades; esos instrumentos son tan imponentes que es muy difícil modular el sonido con el aire de la boca. He buscado grabaciones en nuestra fonoteca, no hay gran cosa en el estante «música tibetana». Pero basta de cháchara. Me permito molestarte en tu meditación porque tengo un pequeño regalo de cumpleaños para ti.

El folclore bosnio cuenta con unas canciones tradicionales llamadas *sevdalinke*. El nombre proviene de una palabra turca, *sevdah*, tomada prestada del árabe *sawda*, que significa «la negra». En el *Canon de medicina* de Avicena, es el nombre del humor negro, la *melan kholia* de los griegos, la melancolía. Se trata, pues, del equivalente bosnio de la palabra portuguesa *saudade*, que (contrariamente a lo que sostienen los etimologistas) también viene del árabe *sawda*, y de la misma atrabilis o bilis negra. Las *sevdalinke* son la expresión de una melancolía, como los fados. Las melodías y el acompañamiento son una versión balcánica de la música otomana. Fin del preámbulo etimológico. Ahora, tu regalo:

Te regalo una canción, una *sevdalinka*, «Kraj tanana šadrvana», que cuenta una pequeña historia. A la caída de la tarde, la hija del sultán oye el correr de las claras aguas de su fuente; cada tarde, un joven esclavo árabe observa en silencio, fijamente, a la magnífica princesa. La cara del esclavo empieza a palidecer; acaba por ponerse lívido como un cadáver. Ella le pregunta su nombre, de dónde viene y cuál es su tribu; él le responde simplemente que se llama Mohammed, que es originario de Yemen, de la tribu de los asra, esos asra, le dice, que mueren cuando aman.

El texto de esta canción de motivo turco-árabe no es, como podría parecer, un viejo poema de época otomana. Es una obra de Safvet-beg Bašagić: la traducción de un célebre poema de Heinrich Heine, «Der Asra». (¿Recuerdas la tumba del pobre Heine en el cementerio de Montmartre?)

Safvet-beg, nacido en 1870 en Nevesinje, Herzegovina, estudió en Viena a finales del siglo XIX; hablaba turco, aprendió árabe y persa con los orientalistas vieneses. Redactó una tesis austro-húngara en alemán; tradujo a Omar Jayam al bosnio. Esta *sevdalinka* vincula a Heinrich Heine con el antiguo Imperio otomano: el poema orientalista deviene oriental. Reencuentra (tras un largo camino imaginario, que pasa por Viena y Sarajevo) la música de Oriente.

Es una de las *sevdalinke* más conocidas y más cantadas en Bosnia, donde pocos de cuantos la escuchan saben que procede de la imaginación del poeta de la «Lorelei», judío nacido en Düsseldorf y muerto en París. Puedes escucharla fácilmente en internet (te recomiendo las versiones de Himzo Polovina).

Espero que te guste este pequeño regalo.

Un fuerte abrazo.

Hasta pronto, espero.

FRANZ

Quería contarle mi encuentro con Nadim, el concierto, los pedazos de su intimidad que me había confiado, pero fui incapaz y este extraño regalo de aniversario se impuso en lugar de una penosa confesión. Pensamiento de las siete de la mañana: soy de una cobardía inaudita, dejé allí plantado a un viejo amigo por una cuestión de faldas, como diría mamá. Y ahí siguen mis dudas, unas dudas imbéciles que Sarah habría barrido con uno de sus gestos definitivos, en fin, eso creo, nunca le he preguntado por esos temas. Ella jamás volvió a hablarme de Nadim en otros términos que no fuesen respetuosos y distantes. Tengo un lío tan grande que ni siquiera sé si Nadim es un amigo, un enemigo o un lejano recuerdo fantasma cuya aparición en Viena, shakesperiana, no hace sino confundirme aún más en mis sentimientos contradictorios, la cola de ese cometa que inflamó mis cielos en Teherán.

Me digo «Va siendo hora de olvidar todo eso, a Sarah, el pasado, Oriente» y sin embargo soy la brújula de mi obsesión por la bandeja de entrada de mi cuenta de correo, todavía sin noticias de Sarawak, allí es la una de la tarde, acaso se dispondrá a comer, buen tiempo, entre veintitrés y treinta grados, según el mundo ilusorio de la informática. Cuando Xavier de Maistre publica *Viaje alrededor de mi habitación*, no imagina que ciento cincuenta años más tarde ese tipo de exploración se volverá la norma. Adiós al casco colonial, adiós a las mosquiteras, visito Sarawak en bata. Luego voy a dar un paseo por los Balcanes, a escuchar una *sevdalinka* viendo imágenes de Višegrad. Luego atravieso el Tíbet, de Darjeeling hasta las arenas del Taklamakán, el desierto de los desiertos, y llego a Kashgar, ciudad de los misterios y de las caravanas, ante mí, al oeste, se alzan los Pamirs; detrás de ellos, Tayikistán y el corredor de Wakhan, que se alarga como un dedo ganchudo, uno podría deslizarse sobre sus falanges hasta Kabul.

Es la hora del abandono, de la soledad y la agonía; la noche se sigue resistiendo, todavía no se decide a bascular en el día, ni mi cuerpo en el sueño, tenso, la espalda endurecida, los brazos pesados, un bosquejo de calambre en la pantorrilla, el diafragma dolorido, debería acostarme, por qué volver a la cama ahora, a dos pasos del alba.

Sería el momento de la oración, el momento de abrir *El reloj de los vigilantes* y de rezar; Señor, ten piedad de los que, como yo, no tienen fe y esperan un milagro que no sabrán ver. Sin embargo, el milagro ha estado cerca de nosotros. Algunos sintieron el perfume del incienso en el desierto, alrededor de los monasterios de los Padres; escucharon, en la inmensidad de las piedras, el recuerdo de san Macario, el ermitaño que un día, en el ocaso de su vida, mató una pulga con la mano; esa vileza lo entristeció, y para castigarse permaneció seis meses desnudo en el erial, hasta que su cuerpo no fue más que una llaga. Y murió en paz, «dejándole al mundo el recuerdo de grandes virtudes». Vimos la columna de Simeón el Estilita, ese peñasco corroído en su gran basílica rosa, san Simeón hombre de estrellas, a quien los astros sorprendían desnudo, en las tardes de verano, sobre su inmenso pilar, en el fondo de los vallejos sirios; enterado san José de Cupertino, aéreo y bufón, a quien el sayal y la levitación transformaban en paloma en medio de las iglesias; siguiendo los pasos de san Nicolás el alejandrino, partió también él en busca de las arenas del desierto, que son Dios en polvo en el sol, y los rastros de esos menos ilustres que cubren suavemente las piedras, las gravas, los pasos, las osamentas acariciadas a su vez por la luna, friables en el invierno y en el olvido; a los peregrinos ahogados delante de Acre, los pulmones llenos del agua que corroe la tierra prometida, el caballero bárbaro y el antropófago que ordenó que asasen a los infieles en Antioquía para convertirse luego a la unicidad divina en la aridez oriental, el zapador cherkés de las murallas de Viena, que cavó con la mano el destino de Europa, que traicionó y fue perdonado, el escultor medieval que apomazaba sin descanso un Cristo de madera mientras le cantaba nanas como a una muñeca, el cabalista de España enterrado en el Zohar, el alquimista vestido de púrpura con el mercurio inasible en la mano, los magos de Persia cuya carne muerta jamás manchaba la tierra, los cuervos que reventaban los ojos de los ahorcados como si de cerezas se tratase, las fieras que despedazaban a los condenados en la arena, el serrín, la arena que absorbe su sangre, los aullidos y las cenizas de la hoguera, el olivo retorcido y fértil, los dragones, los grifos, los lagos, los océanos, los sedimentos interminables donde quedan encarceladas milenarias mariposas, las montañas desapareciendo en sus propios glaciares, piedra a piedra, segundo a segundo, hasta el magmático sol líquido, todas las cosas cantan las alabanzas de su creador; pero la fe me rechaza, hasta en el fondo de la noche. Aparte del satori de las chanclas de monitor de natación en la mezquita de Solimán el Magnífico, sin noticia de ninguna escalera para ver cómo ascienden los ángeles, sin noticia de ninguna caverna en la que dormir doscientos años, bien guardada por un perro, cerca de Éfeso; solo Sarah encontró, en otras grutas, la energía de la tradición y su vía hacia la iluminación. Su largo camino hacia el budismo comienza con un interés científico, con un descubrimiento, en *Los prados de oro* de Al-Masudi, la historia de Budasaf, cuando al principio de su carrera ella trabajaba en lo maravilloso; su trayecto hacia el este atraviesa el islam clásico, la cristiandad, y hasta los misteriosos sabeos del Corán, que Al-Masudi, desde el fondo de su siglo VIII, piensa que fueron inspirados por ese Budasaf, primera figura musulmana del Buda que él asocia a Hermes el Sabio. Sarah reconstruyó pacientemente las transformaciones de esos relatos hasta su equivalente cristiano, la vida de los santos Barlaam y Josafat, versión siria de la historia del bodhisattva y de su camino hacia el despertar; quedó impresionada por la vida del propio príncipe Siddharta Gautama, Buda en nuestra era, y por sus enseñanzas. Conozco su amor por Buda y por la tradición tibetana, cuyas prácticas de meditación ha adoptado, por los personajes de Marpa el traductor y de su alumno Milarepa, el negro mago que, alrededor del año mil, plegándose a la terrorífica disciplina impuesta por su maestro, logró alcanzar la iluminación en una sola vida, algo que hace soñar a todo aspirante al despertar; entre ellos, Sarah. Ella abandonó rápidamente el opio colonial para concentrarse en Buda; quedó entusiasmada por la exploración del Tíbet, por los sabios, los misioneros y los aventureros que divulgaron, en época moderna, el budismo tibetano en Europa antes de que, a partir de los años sesenta, en las cuatro esquinas de Occidente empezasen a instalarse grandes maestros autóctonos y comenzasen a transmitir ellos mismos la energía espiritual. Y es que, como si se tratase de un jardinero irritado que creyendo acabar con una mala hierba lo que hace es desperdigar sus semillas a los cuatro vientos, al ocupar el Tíbet, quemar los monasterios y enviar al exilio a numerosos monjes, lo que acabó consiguiendo China fue sembrar el budismo tibetano en el universo todo.

Hasta en Leopoldstadt; y es que al salir de nuestra visita del Museo del Crimen, museo de las mujeres descuartizadas, de verdugos y desórdenes, en una de esas pequeñas calles en que Viena vacila entre casas bajas, edificios del XIX e inmuebles modernos, a dos pasos del mercado de los Carmelitas, mientras yo miraba al suelo para no mirarla demasiado a ella y ella reflexionaba en voz alta sobre el alma vienesa, sobre el crimen y la muerte, Sarah se detuvo de repente para decirme mira, ¡un centro budista! Y empezó a leer los programas en el escaparate, extasiándose con los nombres de los tibetanos Tan Preciosos que apadrinaban esa *gompa* en el exilio; quedó sorprendida al descubrir que aquella comunidad pertenecía a la misma escuela tibetana que ella, gorros rojos o amarillos, ya no lo sé, nunca he logrado recordar el color del sombrero o los nombres de los grandes Reencarnados que ella reverencia, pero me sentí feliz ante los auspicios que me parecía descifrar en ese encuentro, ante el brillo en sus ojos y ante su sonrisa, llegando incluso a contemplar secretamente la posibilidad de que un día, quién sabe, convirtiese ese centro de Leopoldstadt en su nueva cueva. Porque ese día los auspicios fueron muchos, una extraña mezcla de nuestro pasado común: dos calles más abajo, cruzamos la calle Hammer-Purgstall; yo había olvidado (si es que alguna vez lo supe) que el viejo orientalista era titular de una calle en Viena. La placa lo acreditaba como «fundador de la Academia de las Ciencias», y fue en efecto ese hecho, más que su pasión por los textos orientales, lo que le había valido semejante distinción. El coloquio en Hainfeld me rondaba por la mente mientras Sarah (pantalones negros, jersey de cuello vuelto color rojo, abrigo negro bajo sus mechas resplandecientes) seguía reflexionando sobre el destino. Una mezcla de imágenes eróticas, de recuerdos de Teherán y del castillo de Hammer en Estiria me devoraba, la tomé del brazo y, para no dejar enseguida el barrio, para no volver a cruzar el canal, torcí hacia la Taborstrasse.

En aquella pastelería donde nos detuvimos, un establecimiento opulento de decoración neobarroca, Sarah hablaba de misioneros y a mí me parecía que, mientras ella departía sobre Huc el lazarista de Montauban, todo ese mar de palabras no tenía otro propósito que disimular su incomodidad; aunque la historia de este padre Huc, tan fascinado por su viaje a Lhasa y por sus debates con los monjes budistas que se pasó los siguientes veinte años soñando con regresar, era más bien interesante, a mí me costaba prestarle la atención necesaria. Por todas partes veía las ruinas de nuestra relación fracasada, la dolorosa imposibilidad de sincronizarnos en un mismo tempo, en la misma melodía, y luego, mientras se empeñaba en inculcarme algunos rudimentos de filosofía, el Buda, el *dharma*, el *sangha*, bebiendo su té, yo no podía dejar de añorar sus manos veteadas de azul alrededor de la taza, sus labios maquillados del mismo rojo que su jersey, que dejaban una ligera marca en la porcelana, su carótida latiendo bajo el ángulo de su cara, y tenía la certeza de que lo único que nos unía ya, más allá de los recuerdos fundidos a nuestro alrededor como una nieve maculada, era el fastidio común, esta torpe verbosidad que no procuraba sino llenar el silencio del desconcierto. Teherán había desaparecido. La complicidad de los cuerpos se había desvanecido. La de las almas estaba en vías de desaparición. Aquella segunda visita a Viena abría entre nosotros un largo invierno que la tercera no hizo sino confirmar: ella quería trabajar sobre Viena como *Porta Orientis* y ya ni siquiera dormía en mi casa, lo que, en el fondo, me evitaba quedarme languideciendo, inmóvil y solitario en la cama, esperando cada noche a que viniese; oyendo cómo iba pasando las páginas de un libro, viendo luego apagarse su lámpara, bajo mi puerta, y escuchando su respiración durante largo rato, sin renunciar hasta el amanecer a la esperanza de que apareciese a contraluz en el umbral de mi habitación, aunque solo fuese para darme un beso en la frente, un beso que habría alejado a los monstruos de la oscuridad.

Sarah ignoraba que Leopoldstadt, el lugar donde se encontraba aquella pastelería, había sido el mismísimo centro de la vida judía de Viena en el siglo XIX, con los mayores templos de la ciudad, entre ellos, según dicen, la magnífica sinagoga turca de estilo morisco; todos esos edificios fueron destruidos en 1938, le explicaba yo, ya no quedaban más que placas conmemorativas y algunas imágenes de época. Cerca de aquí crecieron Schönberg, Schnitzler o Freud, los nombres que me venían a la mente, entre tantos otros, como el de un compañero de liceo, el único judío que frecuenté en Viena con cierta regularidad: se hacía llamar Seth, pero en realidad su nombre era Septimus, pues fue el séptimo y último hijo de una pareja de profesores muy simpática, originaria de Galitzia. Sus padres no eran religiosos: a guisa de educación cultural, dos tardes por semana obligaban a sus hijos a cruzar toda la ciudad hasta Leopoldstadt para tomar lecciones de literatura yiddish con un viejo maestro lituano que había escapado milagrosamente de la catástrofe y que las turbulencias del siglo XX habían acabado por instalar en la Taborstrasse. Para Séptimo, esas enseñanzas eran un auténtico pénsum; consistían, entre dos estudios de gramáticos del siglo XVIII y de sutilezas dialectales, en leer páginas y páginas de Isaac Singer y comentarlas. Un día, mi amigo se quejó ante su maestro:

—Maestro, ¿sería posible cambiar de autor, aunque solo fuese una vez?

Debía de tener mucho sentido del humor, el maestro, pues, a manera de castigo, Séptimo vio cómo se le infligía la memorización de un larguísimo relato de Israel Joshua Singer, hermano mayor del anterior; todavía lo veo recitando aquella historia de traición durante horas, hasta sabérsela de memoria. Su nombre romano, su franco compañerismo y sus cursos de cultura yiddish lo volvían a mis ojos un ser excepcional. Luego Septimus Leibowitz se convirtió en uno de los historiadores más importantes del Yiddishland anterior a la Destrucción, sacando del olvido, en largas monografías, todo un mundo material y lingüístico. Hace demasiado tiempo que no lo veo, y eso que nuestros despachos se encuentran a menos de doscientos metros el uno del otro, en uno de los patios de ese campus milagroso de la Universidad de Viena que el mundo entero nos envidia; en su última visita, Sarah conoció nuestro claustro, que compartimos con los historiadores del arte, absolutamente magnífico; quedó extasiada ante nuestro patio, con sus dos grandes pórticos y el banco donde ella esperó tranquilamente, un libro en la mano, a que yo saliese de mi clase. Mientras terminaba mal que bien mi exposición sobre las *Pagodas* de Debussy, yo esperaba que no se hubiese perdido y hubiese seguido mis indicaciones para encontrar nuestra puerta cochera en la Garnisongasse; no podía dejar de ir a mirar por la ventana cada cinco minutos, hasta tal punto que los estudiantes debieron de preguntarse qué mosca meteorológica podría haberme picado para sondear con semejante ansiedad el cielo de Viena, por otra parte de un gris del todo habitual. Terminado el seminario, bajé las escaleras de cuatro en cuatro, luego traté de encontrar un paso normal al llegar a la planta baja; ella leía tranquilamente en el banco, un gran fular anaranjado sobre los hombros. Estuve dudando desde primera hora de la mañana: ¿debía llevarla a visitar el departamento? Vacilaba entre mi orgullo infantil de mostrarle mi despacho, la biblioteca, las aulas, y la vergüenza que iba a sentir si nos cruzábamos con algún colega, sobre todo femenino: ¿cómo presentarla? Sarah, una amiga, pero es que, claro, todo el mundo tiene amigos. Salvo por el hecho de que en este departamento nunca me han visto con nadie aparte de con honorables colegas o con mi madre, y aun así muy de vez en cuando. Precisamente, quizá haya llegado el momento de que las cosas cambien, pensé. Presentarme con una estrella de la investigación internacional, una mujer carismática, tal vez eso lustraría mi blasón, pensé. Pero tal vez no, pensé. Tal vez creerían que quería dármelas de importante, con esa sublime pelirroja de fular anaranjado. Además, ¿de verdad me apetecía dilapidar un capital tan precioso en conversaciones de pasillo? Sarah iba a quedarse demasiado poco tiempo como para malgastarlo con colegas que podrían encontrarla de su gusto. Puesto que no duerme en mi casa, con la dudosa excusa de disfrutar de sabe Dios qué hotel de lujo, no es como para dejarla en manos de profesores impúdicos o arpías celosas.

Sarah estaba absorbida en la lectura de un enorme libro de bolsillo y sonreía; sonreía al libro. El día anterior habíamos quedado en un café del centro, estuvimos errando por el Graben, pero así como a la lija le lleva su tiempo desnudar el calor de la madera bajo un viejo barniz, al verla allí, abismada en su lectura, el fular sobre los hombros, en aquel decorado tan familiar, tan cotidiano, me vi anegado en una inmensa ola de melancolía, movimiento de agua y de sal, de ternura y de nostalgia. Había cumplido los cuarenta y cinco y podría pasar por una estudiante. Una peineta oscura retiene sus cabellos, una fíbula de plata brilla en su chal. No va maquillada. Una alegría infantil le ilumina el rostro.

Acabó por darse cuenta de que la estaba observando, se levantó, cerró su libro. Acaso me precipité sobre ella, acaso la colmé de besos hasta que desapareciese en mí… no, en absoluto. La besé torpemente en la mejilla, de lejos.

—Dime, ¿qué te parece? No está mal, ¿verdad?

—¿Qué tal? ¿Ha ido bien el curso? Este lugar es magnífico, hay que ver, ¡qué maravilla de campus!

Le expliqué que en otros tiempos ese inmenso conjunto había sido el antiguo hospital general de Viena, fundado en el siglo XVIII, ampliado a lo largo del XIX, y entregado al saber desde hacía solo algunos años. Le presenté el lugar: la gran plaza, las bibliotecas; el antiguo oratorio judío del hospital («la curación para las almas») que es hoy en día un monumento a las víctimas del nazismo, la pequeña construcción en forma de cúpula que recuerda los mausoleos de los santos en los pueblos sirios. Sarah no dejaba de repetir «Menuda universidad». «Otro tipo de monasterio», le respondí yo, y eso la hizo reír. Cruzando los sucesivos patios llegamos a la gran torre redonda de ladrillos, toscos y agrietados, del antiguo asilo de locos que desde sus cinco pisos domina un pequeño parque donde un grupo de estudiantes, sentados en la hierba a pesar del tiempo amenazante, charlaban mientras se comían un bocadillo. Las ventanas largas y muy estrechas, los grafitis en la fachada y los andamios de unas obras de rehabilitación interminables acababan de conferirle al edificio un aspecto absolutamente siniestro; puede que porque yo conocía los horrores que contenía la Narrenturm, el museo de anatomía patológica, una mezcolanza de bocales de formol llenos de atroces tumores, malformaciones congénitas, criaturas bicéfalas, fetos deformes, cancros sifilíticos y cálculos vesicales en estancias de paredes desconchadas, armarios polvorientos y un suelo mal nivelado sobre el que ibas tropezando con los huecos de las baldosas desaparecidas, estancias guardadas por estudiantes de medicina con bata blanca que uno se preguntaba si, para distraerse, no se embriagarían con el alcohol de preparación medicinal, testando un día el zumo de un falo afectado de gigantismo y al día siguiente el de un embrión megalocéfalo, esperando ingenuamente que se les pegasen sus propiedades simbólicas. Todo el horror de la naturaleza en estado puro. El dolor de los cuerpos muertos había reemplazado al de los espíritus enajenados, y los únicos gritos que se oyen hoy en día son los aullidos de espanto de algunos turistas que recorren esos círculos de aflicción que son como los del infierno.

Sarah se apiadó de mí: le bastó mi descripción, no insistió (señal, o eso me pareció en mi ingenuidad, de que la práctica del budismo había atenuado su pasión por los horrores) en que visitásemos ese inmenso vertedero de la medicina de otras épocas. Nos sentamos en un banco no muy lejos de los estudiantes; afortunadamente, Sarah no podía entender el contenido de su conversación, bastante poco científico. Soñaba en voz alta, hablaba de esa Narrenturm, la asociaba con la gruesa novela que estaba leyendo: es la torre de Don Quijote, decía. La Torre de los Locos. *Don Quijote* es la primera novela árabe, ¿sabes? La primera novela europea y la primera novela árabe, fíjate, Cervantes lo atribuye a Sayyid Hamid Ibn Al-Ayyil, que él transcribe Cide Hamete Benengeli. El primer gran loco de la literatura aparece bajo la pluma de un historiador morisco de La Mancha. Habría que recuperar esta torre para convertirla en un museo de la locura, que empezaría con los santos orientales locos en Cristo, con los Don Quijote, e incluiría a no pocos orientalistas. Un museo de la mezcla y la bastardía.

—Hasta podríamos asignarle un apartamento al amigo Bilger, en el último piso, con cristales para poder observarlo.

—Mira que puedes ser malo. No, en el último piso estaría el original árabe del *Quijote*, escrito doscientos cuarenta años más tarde, *La vida y las aventuras de Fariac*, de Faris Shidyaq.

Ella seguía con su exploración de los territorios del sueño. Pero sin duda tenía razón, tal vez no fuese tan mala idea, un museo del otro en el yo en la Torre de los Locos, un homenaje y a la vez una exploración de la alteridad. Un museo vertiginoso, tan vertiginoso como ese asilo redondo de celdas rebosantes de pedazos de cadáver y jugos mortales dignos de su artículo sobre Sarawak; cuánto hace que está allí, como mucho unos meses, de cuándo data el último correo que me envió,

Querido Franz:

Muy pronto me iré de Darjeeling.

Hace una semana, después de las enseñanzas, mi maestro me habló. Más vale que vuelvas al mundo, me dijo. Opina que mi lugar no está aquí. No es un castigo, dijo. Resulta difícil admitirlo. Tú me conoces, me siento herida y desanimada. Es el orgullo el que habla por mí, lo sé. Tengo la impresión de ser un niño al que han reñido sin motivos, y sufro al ver hasta qué punto es poderoso mi ego. Como si, tras esta decepción, todo cuanto aquí he aprendido se desvaneciese. El sufrimiento, *dukkha*, es el más fuerte. La perspectiva de regresar a Europa —es decir, a París— me agota con solo pensarlo. Me han ofrecido, tal vez, un puesto en Calcuta, en la Escuela Francesa de Extremo Oriente. Nada oficial, solo investigadora asociada, pero es por lo menos un lugar donde caer. Una vez más, nuevos territorios. Me encantaría trabajar en la India: sobre las representaciones de la India en Europa, sobre las imágenes de Europa en la India. Sobre la influencia del pensamiento indio en los siglos xix y xx. Sobre los misioneros cristianos en la India. Como ya he hecho durante dos años con el budismo. Por supuesto, todo eso no llena la nevera, pero tal vez podría encontrar algunos cursos aquí y allá. La vida es tan fácil en la India. O tan difícil.

Imagino tu reacción (oigo tu tono grave y seguro de sí mismo): Sarah, estás huyendo. No, más bien dirías: Te estás fugando. El arte de la huida. Después de todos estos años, ya no hay gran cosa que me ate a Francia: algunos colegas, dos o tres viejas amigas del liceo a las que no veo desde hace diez años. Mis padres. A veces me imagino volviendo a su apartamento, a mi cuarto de adolescente junto al de Samuel, atestado de reliquias, y me pongo a temblar. Los pocos meses que pasé allí tras su defunción, sumergida en el opio colonial, todavía me producen escalofríos en la espalda. Mi maestro es la persona que mejor me conoce en el mundo, seguro que tiene razón: un monasterio no es un lugar para esconderse. La no-adhesión no es una huida. Eso es lo que he aprendido. Sin embargo, y aunque reflexiono profundamente sobre el tema, me cuesta ver la diferencia... Semejante conminación es para mí tan brutal que resulta incomprensible.

Un abrazo, pronto te escribiré con más tiempo.

S.

P. D.: Releo esta carta y no veo en ella sino la confusión de mis propios sentimientos, el producto de mi orgullo. ¡Qué vas a pensar de mí! No sé por qué te escribo todo esto; o más bien sí, eso sí lo sé. Perdóname.

Desde la pasada primavera, ninguna otra señal de vida a pesar de mis numerosas misivas, como de costumbre: la he mantenido al corriente de mis menores hechos y gestos, de mis investigaciones musicales; me preocupé por su salud sin aburrirla con las dificultades de la mía, mis innumerables citas con el doctor Kraus («Oh, doctor Ritter, qué suerte tenerle. Cuando esté usted curado o muerto voy a aburrirme terriblemente») para encontrar el sueño y la razón, y acabé por cansarme. El silencio llega al final de todo. Todo lo encierra el silencio. Todo se consume en él, o se duerme en él.

Hasta el último episodio de sus consideraciones sobre el canibalismo simbólico recibido ayer por la mañana. El vino de los muertos de Sarawak. Ella compara esa práctica con una leyenda medieval, un poema de amor trágico, cuyo primer caso aparece en la *Novela de Tristán*, de Thomas: Isolda suspira por Tristán, y de su tristeza nace una canción sombría, que ella les canta a sus damas de compañía; la endecha cuenta la suerte de Guirun, sorprendido por un ardid del marido de su amor y asesinado en el acto. Luego el marido le arrancó el corazón a Guirun, y se lo hizo comer a quien Guirun amaba. El relato es luego trasladado numerosas veces; numerosas mujeres fueron condenadas a tragarse el corazón de sus amantes en terroríficos banquetes. La vida del trovador Guillem de Cabestany termina así, él asesinado y su corazón devorado, bajo coerción, por su amante, para luego matarla también a ella. A veces la más extrema violencia tiene consecuencias insospechadas; permite a los amantes ser por fin y para siempre el uno en el otro, superar el foso que separa al yo del otro. El amor se realiza en la muerte, sostiene Sarah, lo cual es muy triste. Me pregunto qué posición es menos envidiable, si la del comido o la de la comedora, a pesar de todas las precauciones culinarias de las que se proveen los relatos medievales para describir la horrible receta del corazón amoroso.

Mira, la noche comienza a aclararse. Se oyen algunos pájaros. Obviamente, empiezo a tener sueño. Se me cierran los ojos. No he corregido ese trabajo, y se lo había prometido a esa estudiante…

Mi muy querido Franz:

Perdona que no te haya vuelto a dar señales de vida; hace tanto que no te escribo que ya no sabía cómo romper este silencio; por eso te he enviado ese artículo: he hecho bien.

Estoy en Sarawak desde principios de verano, tras una breve estancia en Calcuta (ciudad todavía más loca de lo que puedas imaginar) y en Java, donde me he cruzado con las sombras de Rimbaud y de Segalen. En Sarawak no conocía nada ni a nadie aparte de la familia Brooke, a veces está bien abandonarse a la novedad y al descubrimiento. Acompañé al bosque a una antropóloga muy simpática, fue ella quien me puso sobre la pista (si puede decirse así) del vino de los muertos y me permitió pasar unos días con los berawan.

¿Qué tal te va? No puedes ni imaginar hasta qué punto me animó tu (breve) mensaje. Estos últimos días he pensado mucho en Damasco y en Teherán. En el tiempo que pasa. Imaginaba mi artículo en un saco de tela en el fondo de un barco, luego a bordo de un tren, en la mochila de un ciclista, en tu buzón y finalmente en tus manos. Tan tremendo viaje para tan pocas páginas.

Háblame de ti…

Te mando un fuerte abrazo y espero verte pronto.

SARAH

Franz Ritter escribió:

Queridísima, ayer por la mañana recibí tu separata, no sabía que todavía las publicaban… Muchas gracias, pero ¡qué horror ese vino de los muertos! De repente estoy preocupado. ¿Estás bien? ¿Qué haces en Sarawak? Aquí todo sigue igual. Acaban de abrir el mercado de Navidad en medio de la universidad. Un olor atroz a vino caliente y salchichas. ¿Tienes pensado pasar por Europa próximamente? Cuéntame algo.

Un fuerte abrazo.

FRANZ

El corazón no es comido, late; por supuesto, ella no piensa que también yo estoy ante la pantalla. Responder. Pero ¿se encontrará bien? Qué es esa historia de los berawan, me preocupé hasta el punto de ser incapaz de encontrar el sueño. Nada nuevo en mi vieja ciudad. ¿Cuánto tiempo se queda en Sarawak? Mentir: menuda coincidencia, acababa de levantarme y llegó tu mensaje. Abrazar, firmar y enviar rápidamente, para no darle tiempo a que se largue sabe Dios a qué países misteriosos.

Y esperar.

Y esperar. No, no puedo quedarme aquí releyendo indefinidamente sus correos esperando a que

¡Franz!

Es extraño y agradable saberte ahí, al otro lado del mundo, y pensar que estos mensajes van mucho más rápidos que el sol. Tengo la sensación de que me escuchas. Me dices que mi artículo sobre los berawan de Sarawak te preocupa; estoy contenta de que pienses en mí; efectivamente, no me siento demasiado bien, últimamente estoy un poco triste. Pero no tiene nada que ver con Sarawak, son los azares del calendario: un día llega la fecha y caes en las redes de la rememoración; todo se tiñe ligeramente de duelo, por mucho que te pese, y esa confusa bruma tarda unos días en disiparse.

Como has leído, los berawan colocan los cuerpos de sus muertos en jarras de barro cocido en las verandas de las «grandes casas», esas viviendas colectivas equivalentes a las de nuestros pueblos donde pueden llegar a vivir hasta cien familias. Dejan que el cadáver se descomponga. El líquido de la descomposición fluye por un bambú hueco colocado bajo la jarra. Como sucede con el vino de arroz. Esperan a que esa vida acabe de fluir del cuerpo para declararlo muerto. La muerte, para ellos, es un proceso largo, no un instante. Ese residuo líquido de la putrefacción es una manifestación de la vida todavía presente. Una vida fluida, tangible y bebible.

Más allá del horror que esa tradición pueda provocar en nosotros, hay una gran belleza en esta costumbre. Es la muerte la que escapa del cuerpo, y no solo la vida. Las dos juntas, todavía. No es únicamente canibalismo simbólico, como el de Dik al-Djinn el Loco de amor que se embriagaba con la copa fabricada con cenizas de su pasión. Es una cosmogonía.

La vida es una larga meditación sobre la muerte.

¿Recuerdas la muerte de Isolda, de la que tanto me has hablado? Tú veías en ella un amor total, del que ni siquiera el propio Wagner sería consciente. Un momento de amor, de unión, de unidad con el Todo, de unidad entre las luces del Este y las tinieblas occidentales, entre el texto y la música, entre la voz y la orquesta. Yo veo la expresión de la pasión, la *karuna*. No solo a Eros buscando la eternidad. La música como «expresión universal del sufrimiento del mundo», decía Nietzsche. En el momento de su muerte, Isolda ama tanto que ama al mundo entero. La carne que parte junto con el espíritu. Es un instante frágil. Contiene el germen de su propia destrucción. Toda obra contiene en germen su propia destrucción. Como nosotros. No estamos a la altura del amor, ni de la muerte. Para eso necesitaríamos el despertar, la conciencia. Si no, no fabricamos más que jugo de cadáver, todo cuanto sale de nosotros no es más que un elixir de sufrimiento.

Te echo de menos. Echo de menos la risa. Un poco de ligereza. Me gustaría tanto estar a tu lado... Estoy cansada de tanto viaje. No, eso no es cierto: nunca me cansaré de tanto viaje, pero he comprendido algo, puede que con Pessoa:

> *Dicen que el buen Jayam descansa*
> *en Nishapur entre fragantes rosas*
> *pero no es Jayam quien allí yace,*
> *es aquí donde se halla, y él es nuestras rosas.*

Por fin me parece adivinar lo que quería decirme mi maestro cuando en Darjeeling me recomendó que me marchase. El mundo necesita mezcolanza, diásporas. Europa ya no es mi continente, así que puedo regresar. Participar en las redes que allí se cruzan, explorarlas como extranjera. Aportar algo. Dar también yo, y poner en evidencia el don de la diversidad.

Voy a ir un poco a Viena, ¿qué opinas? Iré a buscarte a la universidad, me sentaré en el banco en el hermoso patio, te esperaré mirando por turnos la luz de tu despacho y a los lectores de la biblioteca; un profe habrá dejado la ventana de su aula abierta; la música invadirá el patio, y tendré, como la última vez, la sensación de estar en un mundo amigo y tranquilizador, de placer y de saber. Me reiré de antemano de tu sorpresa enfurruñada al verme allí, dirás «Podrías haberme avisado, ¿no te parece?», y tendrás ese tierno gesto medio molesto y un tanto estirado que te hace adelantar el busto hacia mí para besarme al tiempo que retrocedes un paso, las manos en la espalda. Me gustan mucho esas vacilaciones, me recuerdan Alepo, Palmira, y sobre todo Teherán, son dulces y tiernas.

Desgraciadamente, nosotros no somos seres iluminados. Concebimos por momentos la diferencia, lo otro, nos entrevemos debatiéndonos en nuestras vacilaciones, en nuestras dificultades, en nuestros errores. Iré a buscarte a la universidad, pasaremos ante la Torre de los Locos, nuestra torre, tú echarás pestes contra el estado de ruina y de abandono del edificio y del «museo de los horrores» que contiene; dirás «¡Es del todo inadmisible! ¡La universidad debería avergonzarse!».Y tus arrebatos me harán reír; luego descenderemos el Strudlhofstiege para ir a dejar mi maleta en tu casa y a ti te resultará un poco embarazoso, rehuirás mi mirada. ¿Sabes?, hay algo que jamás te he contado: la última vez que pasé por Viena, acepté vivir en aquel lujoso hotel que me habían propuesto, ¿te acuerdas? En lugar de dormir en tu casa. Eso te contrarió terriblemente. Creo que lo hice con la esperanza inconfesada, un tanto infantil, de que vinieses conmigo, de que retomásemos, en una hermosa habitación desconocida, aquello que comenzamos en Teherán.

De repente, te echo de menos,
cuán hermosa es Viena,
cuán lejos está Viena.

S.

Qué cara tiene, a pesar de todo. «Estirado», según mi diccionario, significa «Engreído en su trato con los demás, que afecta gravedad en su porte», qué vergüenza. Exagera. Mira que, cuando quiere, puede resultar detestable. Si supiese cómo me encuentro, mi terrorífico estado, si supiese en qué aguas me muevo no se burlaría de mí de esa forma. Llega el alba; es al amanecer cuando la gente muere, dice Victor Hugo. Sarah. Isolda. No, Isolda no. Apartemos la mirada de la muerte. Como Goethe. Goethe que se niega a ver cadáveres, a acercarse a la enfermedad. Niega la muerte. Aparta los ojos. Piensa que debe su longevidad a la huida. Miremos hacia otro lugar. Tengo miedo, tengo miedo. Tengo miedo de morir y miedo de responder a Sarah.

«Cuán hermosa es Viena, cuán lejos está Viena», es una cita, pero ¿de qué, de quién, de un austríaco? ¿Grillparzer? ¿O acaso Balzac? Ni siquiera traducido al alemán me dice nada. Dios mío Dios mío qué responder, convoquemos al djinn Google como al genio de la lámpara, Genio estás ahí, ah… nada de literatura, es un extracto de una horrible canción francesa, una horrible canción francesa, he aquí el texto completo, encontrado en 0,009 segundos: Dios mío, mira que son largas estas letras. La vida es larga, a veces la vida es muy larga, sobre todo escuchando a esta Barbara, «Si te escribo esta tarde desde Viena», menuda idea, en fin, Sarah qué se te ha pasado por la cabeza, con todos los textos que te sabes de memoria, Rimbaud, Rumi, Hafez; esa Barbara tiene una cara inquietante, juguetona o demoníaca, Dios mío detesto las canciones francesas, a Édith Piaf y su voz de lija, Barbara triste como desarraigar un roble, ya sé qué responderle, también yo copiaré un pasaje de una canción, Schubert y el invierno, eso es, medio cegado por la aurora que apunta hacia el Danubio, la luz átona de la esperanza, hay que verlo todo a través de los quevedos de la esperanza, apreciar al otro en el yo, reconocerlo, amar este canto que es todos los cantos, desde los cantos al alba de los troveros, de Schumann y todos los gazales de la creación, siempre nos sorprende lo que siempre viene, la respuesta del tiempo, el sufrimiento, la compasión y la muerte; el día, que no acaba de despuntar; el Oriente de las luces, el Este, la dirección de la brújula y del arcángel teñido de púrpura, nos sorprende el mármol del mundo veteado de sufrimiento y de amor, al amanecer, venga, no hay vergüenza, ya hace tiempo que no hay vergüenza, no es vergonzoso co-

piar esta canción de invierno, no es vergonzoso abandonarse
a los sentimientos,

> *Cierro los ojos,*
> *mi corazón sigue latiendo ardientemente.*
> *¿Cuándo reverdecerán las hojas en la ventana?*
> *¿Cuándo tendré a mi amor entre mis brazos?*

y al tibio sol de la esperanza.

Differentes fformas de locura en Oriente

ENVÍO

A Peter Metcalf y su «Wine of the Corpse, Endocannibalism and the Great Feast of the Dead in Borneo», publicado en *Representations* en 1987, en el que se inspira el artículo «Del vino de los muertos de Sarawak»: una contribución en realidad mucho más profunda y sabia de lo que de ella dicen Franz y Sarah.

Al Berliner Künstlerprogramm du Deutscher Akademischer Austauschdienst, que me acogió en Berlín y me permitió sumergirme en el orientalismo alemán.

A todos los investigadores de cuyos trabajos me he nutrido, orientalistas de otros tiempos y eruditos modernos, historiadores, musicólogos, especialistas en literatura; cuando sus nombres aparecen mencionados, he tratado, en la medida de mis posibilidades, de no traicionar sus puntos de vista.

A mis viejos maestros, Christophe Balay y Ricardo Zipoli; al Círculo de los Orientalistas Melancólicos; a mis compañeros de París, de Damasco y de Teherán.

A los sirios.

ÚLTIMOS TÍTULOS PUBLICADOS

Nosotros caminamos en sueños, Patricio Pron
Despertar, Anna Hope
Los Jardines de la Disidencia, Jonathan Lethem
Alabanza, Alberto Olmos
El vientre de la ballena, Javier Cercas
Goat Mountain, David Vann
Americanah, Chimamanda Ngozi Adichie
La parte inventada, Rodrigo Fresán
El camino oscuro, Ma Jian
Pero hermoso, Geoff Dyer
La trabajadora, Elvira Navarro
Constance, Patrick McGrath
La conciencia uncida a la carne, Susan Sontag
Sobre los ríos que van, António Lobo Antunes
Constance, Patrick McGrath
La trabajadora, Elvira Navarro
El camino oscuro, Ma Jian
Pero hermoso, Geoff Dyer
La parte inventada, Rodrigo Fresán
Americanah, Chimamanda Ngozi Adichie
Goat Mountain, David Vann
Barba empapada de sangre, Daniel Galera
Hijo de Jesús, Denis Johnson
Contarlo todo, Jeremías Gamboa
El padre, Edward St. Aubyn
Entresuelo, Daniel Gascón
El consejero, Cormac McCarthy
Un holograma para el rey, Dave Eggers
Diario de otoño, Salvador Pániker
Pulphead, John Jeremiah Sullivan
Cevdet Bey e hijos, Orhan Pamuk
El sermón sobre la caída de Roma, Jérôme Ferrari
Divorcio en el aire, Gonzalo Torné
En cuerpo y en lo otro, David Foster Wallace
El jardín del hombre ciego, Nadeem Aslam
La infancia de Jesús, J. M. Coetzee

La guerra perdida, Jordi Soler

Nosotros los animales, Justin Torres

Plegarias nocturnas, Santiago Gamboa

Al desnudo, Chuck Palahniuk

El congreso de literatura, César Aira

Un objeto de belleza, Steve Martin

El último testamento, James Frey

Noche de los enamorados, Félix Romeo

Un buen chico, Javier Gutiérrez

El Sunset Limited, Cormac McCarthy

Aprender a rezar en la era de la técnica, Gonçalo M. Tavares

El imperio de las mentiras, Steve Sem Sandberg

Fresy Cool, Antonio J. Rodríguez

El tiempo material, Giorgio Vasta

¿Qué caballos son aquellos que hacen sombra en el mar?, António Lobo Antunes

El rey pálido, David Foster Wallace

Canción de tumba, Julián Herbert

Parrot y Olivier en América, Peter Carey

La esposa del tigre, Téa Obreht

Ejército enemigo, Alberto Olmos

El novelista ingenuo y el sentimental, Orhan Pamuk

Caribou Island, David Vann

Diles que son cadáveres, Jordi Soler

Salvador Dalí y la más inquietante de las chicas yeyé, Jordi Soler

Deseo de ser egipcio, Alaa al-Aswany

Bruno, jefe de policía, Martin Walker

Pygmy, Chuck Palahniuk

Señores niños, Daniel Pennac

Acceso no autorizado, Belén Gopegui

El método, Juli Zeh

El espíritu de mis padres sigue subiendo en la lluvia, Patricio Pron

La máscara de África, V. S. Naipaul

Habladles de batallas, de reyes y elefantes, Mathias Énard

Mantra, Rodrigo Fresán

Esperanto, Rodrigo Fresán

Asesino cósmico, Robert Juan-Cantavella
A Siberia, Per Petterson
Renacida, Susan Sontag
Norte, Edmundo Paz Soldán
Toro, Joseph Smith
Némesis, Philip Roth
Hotel DF, Guillermo Fadanelli
Cuentos rusos, Francesc Serés
A la caza de la mujer, James Ellroy
La nueva taxidermia, Mercedes Cebrián
Chronic City, Jonathan Lethem
Guerrilleros, V. S. Naipaul
Hilos de sangre, Gonzalo Torné
Harún y el Mar de las Historias, Salman Rushdie
Luka y el Fuego de la Vida, Salman Rushdie
Yo no vengo a decir un discurso, Gabriel García Márquez
El error, César Aira
Inocente, Scott Turow
El archipiélago del insomnio, António Lobo Antunes
Un historia conmovedora, asombrosa y genial, Dave Eggers
Zeitoun, Dave Eggers
Menos que cero, Bret Easton Ellis
Suites imperiales, Bret Easton Ellis
Los buscadores de placer, Tishani Doshi
El barco, Nam Le
Cazadores, Marcelo Lillo
Algo alrededor de tu cuello, Chimamanda Ngozi Adichie
El eco de la memoria, Richard Powers
Autobiografía sin vida, Félix de Azúa
El Consejo de Palacio, Stephen Carter
La costa ciega, Carlos María Domínguez
Calle Katalin, Magda Szabó
Amor en Venecia, muerte en Benarés, Geoff Dyer
Corona de flores, Javier Calvo
Verano, J. M. Coetzee
Lausana, Antonio Soler

Meridiano de sangre, Cormac McCarthy
Rant: la vida de un asesino, Chuck Palahniuk
Diario de un mal año, J. M. Coetzee
Hecho en México, Lolita Bosch
Europa Central, William Vollmann
La carretera, Cormac McCarthy
La solución final, Michael Chabon
Medio sol amarillo, Chimamanda Ngozi Adichie
La máquina de Joseph Walser, Gonçalo M. Tavares
Hablemos de langostas, David Foster Wallace
El castillo blanco, Orhan Pamuk
Cuentos de Firozsha Baag, Rohinton Mistry
Ayer no te vi en Babilonia, António Lobo Antunes
Ahora es el momento, Tom Spanbauer
Robo, Peter Carey
Al mismo tiempo, Susan Sontag
Deudas y dolores, Philip Roth
Mundo maravilloso, Javier Calvo
Veronica, Mary Gaitskill
Solsticio de invierno, Peter Hobbs
No es país para viejos, Cormac McCarthy
Elegía, Philip Roth
Un hombre: Klaus Klump, Gonçalo Tavares
Estambul, Orhan Pamuk
La persona que fuimos, Lolita Bosch
Con las peores intenciones, Alessandro Piperno
Ninguna necesidad, Julián Rodríguez
Fado alejandrino, António Lobo Antunes
Ciudad total, Suketu Mehta
Parménides, César Aira
Memorias prematuras, Rafael Gumucio
Páginas coloniales, Rafael Gumucio
Fantasmas, Chuck Palahniuk
Vida y época de Michael K, J. M. Coetzee
Las curas milagrosas del Doctor Aira, César Aira
El pecho, Philip Roth

Jardines de Kensington, Rodrigo Fresán

Canto castrato, César Aira

En medio de ninguna parte, J. M. Coetzee

El dios reflectante, Javier Calvo

Nana, Chuck Palahniuk

Asuntos de familia, Rohinton Mistry

La broma infinita, David Foster Wallace

Juventud, J. M. Coetzee

La edad de hierro, J. M. Coetzee

La velocidad de las cosas, Rodrigo Fresán

Vivir para contarla, Gabriel García Márquez

Los juegos feroces, Francisco Casavella

El mago, César Aira

Las asombrosas aventuras de Kavalier y Clay, Michael Chabon

Cíclopes, David Sedaris

Pastoralia, George Saunders

Asfixia, Chuck Palahniuk

Cumpleaños, César Aira

Huérfanos de Brooklyn, Jonathan Lethem

Algo supuestamente divertido que nunca volveré a hacer, David Foster Wallace

Entrevistas breves con hombres repulsivos, David Foster Wallace

Risas enlatadas, Javier Calvo

Locura, Patrick McGrath

Las vidas de los animales, J. M. Coetzee

Los frutos de la pasión, Daniel Pennac

El señor Malaussène, Daniel Pennac

Infancia, J. M. Coetzee

Desgracia, J. M. Coetzee

La pequeña vendedora de prosa, Daniel Pennac

La niña del pelo raro, David Foster Wallace

El hada carabina, Daniel Pennac

La felicidad de los ogros, Daniel Pennac

Un viaje muy largo, Rohinton Mistry

Páginas de vuelta, Santiago Gamboa

Cómo me hice monja, César Aira